James Lee Burke est né le 5 décembre 1936 à Houston, Texas. C'est l'un des auteurs les plus prestigieux du roman noir américain contemporain. Deux fois lauréat du prestigieux Edgar Award, il poursuit les sagas qui l'ont rendu célèbre, celle de l'enquêteur Dave Robicheaux (héros de *Dans la brume électrique* que Bertrand Tavernier a porté à l'écran) et du shérif Hackberry Holland. Unanimement loué pour le lyrisme avec lequel il évoque la nature dans son œuvre, engagé dans la défense de l'environnement, Burke continue à explorer de livre en livre, les ambiguïtés du bien et du mal, une quête puissante qui l'a fait comparer à Faulkner. Il partage son temps entre le Montana et la Louisiane.

New Iberia Blues

Du même auteur
chez le même éditeur

Série Dave Robicheaux

La Pluie de néon
Prisonniers du ciel
Black Cherry Blues
Une tache sur l'éternité
Une saison pour la peur
Dans la brume électrique avec les morts confédérés
Dixie City
Le Brasier de l'ange
Cadillac Juke-Box
Sunset Limited
Purple Cane Road
Jolie Blon's Bounce
Dernier tramway pour les Champs-Élysées
L'Emblème du croisé
La Descente de Pégase
La Nuit la plus longue
Swan Peak
L'Arc-en-ciel de verre
Creole Belle
Lumière du monde
Robicheaux
New Iberia Blues
Une cathédrale à soi

Série Clan Holland

Déposer glaive et bouclier
Texas Forever
La Rose du Cimarron
Heartwood
Bitterroot
Dieux de la pluie
La Fête des fous
La Maison du soleil levant

(suite en fin d'ouvrage)

James Lee Burke

New Iberia Blues

Traduit de l'anglais (États-Unis)
par Christophe Mercier

*Collection fondée par
François Guérif*

Rivages/noir

Retrouvez l'ensemble des parutions
des Éditions Payot & Rivages sur

payot-rivages.fr

Collection dirigée
par Jeanne Guyon et Valentin Baillehache

Ouvrage publié sous la direction
de François Guérif

Titre original :
The New Iberia Blues

© James Lee Burke, 2019
Published by Simon & Schuster, New York
© Éditions Payot & Rivages, Paris, 2021,
pour la présente édition

Pour Julian Higgins, poète avec une caméra

1

L'histoire de la réussite de Desmond Cormier était une histoire improbable, même à l'aune des innombrables légendes complaisantes sur le passage de la misère à la richesse que nous nous répétons au fil de l'épopée encore en cours de notre jeune république, une épopée qui ne cesse de changer tout en restant la même, une épopée qui englobe de la même façon les tombes de Shiloh et les cendres des villages indiens. Et je ne cherche pas à me montrer cynique. L'histoire de Desmond était un morceau d'Americana, destiné à nous rassurer sur le fait que la richesse et un royaume magique sont à la portée du plus infime d'entre nous, à la condition de ne pas nous laisser aller à notre penchant à briser les os de nos héros sur une roue médiévale, quitte à les réhabiliter plus tard, à l'abri des vents de l'Histoire.

Desmond n'était pas seulement né dans la misère, à l'intérieur de la cabine d'un semi-remorque où sa mère avait ligaturé le cordon ombilical avant de disparaître définitivement, il avait été élevé par ses grands-parents pauvres sur la Réserve indienne de Chitimacha dans le fond d'un magasin général qui était à peine plus qu'une cabane étouffante. Il se dressait au bord d'un chemin au milieu de terres agricoles dépourvues d'arbres, où un peu d'ombre et un soda frais sur la galerie du bazar étaient considérés comme des luxes, avant que n'arrivent, venus du New Jersey, les exploitants de casinos qui, aidés par l'État de Louisiane, convainquirent un grand nombre de gens qu'un vice est une vertu.

Comme ses grands-parents, Desmond appartenait à ce groupe d'Indiens métissés méchamment surnommés *redbones*. Il avait les cheveux couleur cannelle, ce qui est plus caractéristique des femmes cajun que des hommes. Il avait la peau douce comme de la glaise, presque glabre, et des yeux d'un bleu délavé, trop écartés, comme chez ceux qui sont affligés d'un syndrome d'alcoolisme fœtal. Il était complexé par ses origines, comme la plupart de ses semblables, et souriait rarement. Mais quand ça lui arrivait, son sourire était capable d'illuminer une pièce. J'avais toujours eu l'impression que Desmond essayait de se recroqueviller dans ses vêtements, comme s'il était habité à la fois par la peur et par une grande tristesse. Tel Protée soufflant dans sa conque fleurie[1], Desmond passait son temps à se créer et à se recréer, sans peut-être jamais savoir qui il était vraiment.

Peu importe. Même enfant, il n'était pas prêt à accepter le monde tel qu'il est, pas plus qu'il ne l'était à accepter les cartes qui lui avaient été distribuées. À l'âge de douze ans, il paraissait destiné à rester maigre et fragile, son intestin infesté de vers et sa tête de poux. Un matin, derrière le bazar de ses grands-parents, torse nu sous un soleil blanc, son petit corps dégoulinant de sueur, il ficela un parpaing à chaque extrémité d'un manche à balai, et souleva. Et continua à soulever. Et, dans le bus qui le conduisait,

---

1. Allusion à une expression employée par Wordsworth dans *The World Is Too Much With Us*.

après école il serrait silencieusement dans son poing une balle en caoutchouc, tandis que les garçons plus grands que lui se moquaient et, souvent, le faisaient tomber sur le gravillon. À l'âge de quatorze ans, il avait le corps et la bravoure latente d'un homme, et maintenant ceux qui l'avaient brutalisé essayaient, avec un faible sourire honteux, de s'insinuer dans ses bonnes grâces. Il réagissait avec l'attention bienveillante de quelqu'un qui regarde un étranger souffler des bulles de savon, jusqu'à ce qu'ils baissent la tête et s'éloignent sans rien dire, de peur de le provoquer.

Après le lycée, il fut serveur dans le Vieux Carré, et devint l'assistant d'un peintre de rue sur Jackson Square, avant de s'apercevoir qu'il était plus doué que son maître. Parfois, je le voyais aux petites heures de l'aube, échevelé, de la peinture sur sa chemise et ses cheveux, en train de manger des beignets sortis d'un sachet en papier et de boire un café au lait dans un gobelet en polystyrène. Un matin de janvier, particulièrement gris et froid, près de la cathédrale Saint-Louis, je le vis voûté sur un banc métallique, au milieu du brouillard, comme une créature primitive venue d'une autre ère. Il n'avait pas de manteau et ses manches étaient remontées haut sur ses bras, comme pour défier le temps. Il paraissait mélancolique, feignant l'indifférence pour masquer sa solitude. Sans y être invité, je me suis assis à côté de lui. L'air sentait le fleuve, les insectes morts dans un égout pluvial, les gobelets à vin et à bière dans les caniveaux, la terre humide, les fleurs écloses dans la nuit et le lichen sur la pierre. L'odeur évoquait moins l'Amérique qu'une ville des Caraïbes. Desmond me dit qu'il s'apprêtait à aller à Hollywood, pour devenir metteur en scène.

« Il ne faut pas faire d'études, pour ça ? demandai-je.
– Je les ai déjà faites.

– Où ? »

Il pointa un doigt sur sa tête. « Là-dedans. »

Je lui adressai un sourire bonhomme, mais ne répondis pas.

« Vous ne me croyez pas, hein ? dit-il.

– Qu'est-ce que j'en saurais ?

– Vous allez toujours à la messe ?

– Bien sûr.

– Ça signifie que vous croyez à ce qui existe au-delà du monde matériel. La peinture en fait partie. Le fait de réaliser des films aussi. On pénètre dans un univers magique auquel d'autres n'ont pas accès. »

Je me levai. Je me sentais vieux. Mes blessures de guerre étaient douloureuses. J'avais la dureté du banc imprimée dans les fesses. J'entendis l'angélus sonner au clocher de la cathédrale, peut-être afin de nous rappeler notre mutabilité et notre destin ultime.

« Bonne chance, dis-je. Une fois en Californie, fais parler de toi. »

Il avait sur la joue une trace de sucre en poudre. Pendant un instant, j'eus l'impression d'avoir sous les yeux un petit pauvre qui se serait introduit subrepticement dans une boulangerie. Quand il leva les yeux sur moi, il souriait.

« Qu'est-ce qui t'amuse ? demandai-je.

– Tout ce qu'on obtient par chance n'en vaut pas la peine, Dave. Je pensais que vous le saviez. »

Vingt-cinq ans plus tard, Desmond, quand il revint, était un cinéaste reconnu, couronné par un Golden Globe et nominé aux Oscars. Il s'installa à temps partiel à Cypremort Point, dans une maison sur pilotis, entourée de chênes et de palmiers, avec une vue magnifique sur la baie, d'où il prétendait voir chaque soir des requins scintiller dans le crépuscule et plonger dans les vagues, leurs nageoires dorsales aussi affûtées que des lames de rasoir. Le problème, c'est qu'il était le seul à les voir. Il y avait longtemps que tout le monde avait décidé que Desmond n'appartenait pas tout à fait à ce monde, et vivait à la lisière d'un rêve dont il tenait à la fois son talent et son apparent mépris pour le succès et pour l'argent.

Il ne rentrait dans aucune catégorie et, par conséquent, il avait des problèmes avec tout le monde – avec les producteurs, avec le politiquement correct et avec le non politiquement correct, avec un acteur qu'il avait jeté dans une piscine, avec un sheik arabe qui possédait une douzaine de voitures dormant vingt-quatre heures sur vingt-quatre dans le garage du Beverly Hills Hotel, et à la villa de qui Desmond fit livrer un plein camion de chèvres.

Dans les dernières heures torrides d'un après-midi d'août, après un été de sécheresse et de poissons morts sur un marécage à sec transformé en céramique, je roulais vers l'extrémité de Cypremort Point en compagnie d'un jeune adjoint en civil, Sean McClain, qui était dans la police depuis sept mois, avait encore foi dans la race humaine, et s'éveillait chaque matin avec des chants d'oiseau dans la tête. Il avait grandi dans une petite ville à la frontière de la Louisiane et de l'Arkansas, et son accent donnait l'impression de la vibration d'une épingle à cheveux.

À cinq heures, ce matin-là, nous avions reçu trois appels au 911 à propos d'une femme en train de hurler quelque part à l'extrémité sud de Cypremort. Un de ceux qui nous avaient appelés affirmait que les hurlements provenaient d'une vedette de croisière éclairée. Les autres ne savaient pas trop. À l'arrivée du policier en charge, le soleil était levé. Personne, que ce soit sur les docks ou dans les abris à bateaux, n'avait vu ni entendu quoi que ce soit de particulier. J'aurais pu classer l'affaire, mais à chaque fois que trois personnes signalent des hurlements, leurs appels ne concernent pas un son, mais un souvenir enfoui dans l'inconscient collectif, un souvenir qui remonte à l'âge des cavernes. Quand on est inquiet au point de devoir en parler, c'est qu'on plonge dans une connaissance primale de ce que recèle de plus sombre notre patrimoine génétique. C'est du moins ce que j'ai toujours pensé.

Je montrai à Sean la maison de Desmond.

« C'est là qu'habite ce type célèbre qui est dans le cinéma ? dit-il. C'est autre chose, hein ? » Je suis certain qu'il voulait me faire passer un message, mais je n'avais aucune idée duquel.

« Ouais, c'est là qu'il passe une partie de l'année.

– C'est un de ces gauchistes d'Hollywood ?

– Pose-lui la question. S'il est chez lui, je te présenterai.

– Sans blague ?

– Mais d'abord on va travailler un peu.

– Absolument. » Par la vitre, il jeta un regard sérieux sur les bungalows, les palmiers, et les chênes festonnés de mousse espagnole. « Mais, au fait, qu'est-ce qu'on cherche ?

– Si tu vois un cadavre sur la plage, le visage dans le sable, ça sera un indice. »

Je garai la voiture de patrouille sur le bord de la route, et nous descendîmes au bord de l'eau. La mer se retirait, la petite bande de plage était lisse, ruisselante, avec de minuscules crustacés, et la baie scintillait comme un bouclier de bronze. Nous marchâmes jusqu'à l'extrémité de Cypremort, puis remontâmes cinq cents mètres vers le nord. Je repérai une chaussure de tennis qui flottait à l'envers dans l'écume. Je la ramassai, et en secouai le sable et l'eau de mer. Elle était vert citron, avec des rayures bleues, pointure 38.

« On la met dans un sac ? » demanda Sean. Il était svelte, mesurait plus d'un mètre quatre-vingts, avec des épaules, sous sa chemise, aussi rectangulaires qu'un cintre en fil de fer, un ventre aussi plat qu'une planche. Son visage respirait une innocence que j'espérais ne jamais lui voir perdre.

« Bonne idée », dis-je.

Nous traversâmes le jardin de Desmond, et gravîmes la double volée de marches en bois menant à sa porte. Je n'avais pas vu Desmond depuis des années, et je me demandais si c'était une bonne idée de réintroduire le passé dans ma vie ou dans la sienne. Je sonnai à la porte. Rétrospectivement, je regrette de l'avoir fait.

La maison, en forme de L, était faite de teck et de chêne, avec des pièces spacieuses et des portes coulissantes, un belvédère, et une terrasse entourée d'une rambarde comme le pont arrière d'un navire. À l'ouest, le soleil était couleur d'ambre rouge, les nuages orange et pourpre et, à l'horizon, un jet d'eau tournait comme du verre filé. Desmond me serra la main. Sa poignée de main était relâchée et détendue, et ne trahissait pas sa force. « Tu as l'air en forme, Dave. J'ai un rôti en train de cuire. Joignez-vous à moi, toi et ton jeune ami, je t'en prie.

– Je suis un grand admirateur de vos films, Mr. Cormier, dit Sean.

– Alors vous êtes venu au bon endroit », répondit Desmond.

Sean n'aurait pu avoir l'air plus heureux. Desmond referma la porte derrière nous. La maison était remplie de plantes en pots. La moquette était épaisse de plusieurs centimètres, les meubles étaient en bois flotté blond, les fauteuils et les canapés dotés de gros coussins en cuir ; il y avait près des portes coulissantes un piano noir onyx, une guitare Martin et un saxo ténor doré appuyés sur des supports. Mais ce que le décor avait de plus frappant, c'était les photos extraites de films de John Ford, encadrées de métal. Elles occupaient toute la longueur du couloir, et un mur du salon.

« Tôt ce matin, on a reçu au 911 des appels à propos d'une femme qui hurlait, dis-je.
– Des problèmes domestiques ? demanda Desmond.
– Possible. Les cris venaient peut-être d'une vedette de croisière. Tu connais quelqu'un dans le coin possédant une vedette de croisière et qui aime frapper les femmes ?
– Oui, à Catalina Island. Viens avec moi sur la terrasse. J'aimerais te montrer quelque chose. »

Je m'apprêtai à le suivre. Sean fixait un plan en noir et blanc de la dernière scène de *La Poursuite infernale*. « Ça me rend tout chose. »

C'était un plan d'Henry Fonda, dans le rôle de Wyatt Earp, parlant à Cathy Downs, qui jouait Clementine Carter, au bord d'un chemin de terre qui se perdait dans le désert. On voyait au loin une montagne dénudée, qui avait la forme d'un monument, ou d'une dent cariée, dont la surface était érodée de crevasses perpendiculaires. La sécheresse antédiluvienne et l'immensité du paysage donnaient le tournis.

« Cette femme est si jolie, elle a un air si doux, dit Sean. Il est en train de lui dire adieu ?
– Oui, c'est ça, dit Desmond.
– Je ne comprends pas. Pourquoi il ne l'emmène pas avec lui ?

– Personne ne le sait, dit Desmond.
– Ça me rend triste, dit Sean.
– C'est parce que vous êtes quelqu'un de sensible, dit Desmond. Sortons. J'ai des boissons fraîches au frigo. J'aimerais vous proposer autre chose, mais je ne bois pas d'alcool quand je travaille.
– Ça nous va, dit Sean. Sacrée fusillade. »

Desmond sourit des yeux, fit glisser la porte coulissante et s'avança sur la terrasse, dans le vent et la chaleur de la soirée. Sur la rambarde de la terrasse était fixé un télescope. Un homme quasiment nu, ses parties génitales et ses fesses moulées dans une serviette blanche nouée, pratiquait de lents mouvements d'arts martiaux, sa mince silhouette brûlée par le soleil et brillant d'huile pour bébé, ses cheveux gris fer ramenés en arrière en un fouillis imprégné de sueur.

« Je vous présente mon cher ami Antoine Butterworth, dit Desmond.
– Salut, dit Butterworth, dont le regard s'attarda sur Sean.
– On ne peut pas rester, dis-je à Desmond. On a trouvé sur la plage une chaussure de tennis vert citron, avec des rayures bleues. Ça vous dit quelque chose, à l'un ou à l'autre ?
– Je crains que non, dit Desmond.
– Vous recherchez un cadavre, quelque chose comme ça ? » demanda Butterworth. Il avait un léger accent anglais, qui sentait la prétention et le contentement de soi.

« On ne sait pas vraiment, dis-je. Vous connaissez une femme qui porte des tennis vertes ?
– Je ne peux pas dire ça.
– Vous avez entendu une femme crier, tôt ce matin ?
– Tôt ce matin, je n'étais pas là. Je crains de ne pouvoir vous être d'un grand secours, dit Butterworth.

– Vous venez d'Angleterre, n'est-ce pas ? dis-je.

– Non », répondit-il d'un ton précieux, la bouche en cul-de-poule.

J'attendis. Il ne continua pas, comme si j'avais violé son intimité.

« Vous pratiquez plusieurs arts martiaux ? demanda Sean.

– Oh ! Je pratique tout, répondit Butterworth.

– Vous êtes un acteur ? demanda Sean, sans percevoir la rudesse de la réponse.

– Rien d'aussi prestigieux. »

Sean secoua la tête, à sa façon candide.

J'entendis Desmond faire sauter la languette de deux cannettes de soda. « Regardez à travers mon télescope », dit-il.

Je me penchai, et regardai à travers l'oculaire. Le grossissement était stupéfiant. Je voyais nettement Marsh Island et l'ouverture sur la passe du sud-ouest, qui débouche sur le golfe du Mexique. À l'automne 1942, quasiment du même endroit, j'avais vu à l'horizon l'embrasement rouge des pétroliers torpillés par les sous-marins allemands. J'avais vu aussi les corps carbonisés des marins américains noyés qui avaient été remontés dans des filets à crevettes et jetés sur le sable comme des carpes géantes.

« Les requins ne vont pas tarder à arriver, dit Desmond.

– Tu en es sûr ? dis-je.

– De grosses bêtes. Des requins-marteaux, peut-être. »

Je me suis redressé. « En général, ils ne viennent pas dans la baie. Ce n'est pas assez profond, et il n'y a pas assez à manger.

– Tu as sans doute raison », dit-il.

C'était tout Desmond, toujours gentleman, jamais prêt à entamer une discussion.

Je me penchai sur l'oculaire. Cette fois, je vis un aileron couper une vague. Puis il disparut. Je me redressai. « Je retire ce que j'ai dit.

– Qu'est-ce que je t'avais dit ? » Desmond sourit. « Je peux jeter un œil ? »

Il se pencha sur l'oculaire, sa chemise en jean gonflée par le vent qui agitait ses fins cheveux. « Maintenant, il est parti. Mais il reviendra. Ils reviennent toujours. Les prédateurs, je veux dire.

– À vrai dire, ce ne sont pas des prédateurs, en tout cas pas plus que n'importe quel poisson, dis-je.

– Tu me prends pour un con ? Laisse-moi vous préparer une assiette, à ton ami et à toi. »

Je m'apprêtais à refuser.

« Ça m'irait très bien », dit Sean.

Desmond fit glisser le rôti de la rôtissoire, et commença à le trancher sur un plat, avec une fourchette et un couteau de boucher. Butterworth dénoua la serviette qu'il avait autour des reins, et entreprit de s'essuyer, indifférent à ce que nous pouvions éprouver, le visage face au vent, les yeux fermés.

Je me penchai à nouveau sur le télescope. La baie et le courant dans la passe du sud-ouest brillaient dans les derniers rayons du soleil. Je fis pivoter le télescope, et observai Weeks Bay. Puis je vis une image qui avait quelque chose d'hallucinatoire, tirée de l'inconscient, la superposition sur le monde naturel du penchant humain pour la cruauté.

Je me frottai les yeux et regardai à nouveau. La marée avait changé et remontait vers le rivage. J'étais certain de voir une énorme croix de bois danser dans les brisants. Quelqu'un y était attaché, les bras étendus sur la poutre horizontale, les genoux et les chevilles tordus de part et d'autre de la base. La croix était soulevée par la houle, et son sommet s'élevait au-dessus de la vague. J'en perdis le souffle. Je vis la personne sur la croix. Elle était noire et vêtue d'une robe pourpre qui collait à son corps comme un Kleenex mouillé. Elle avait le visage ratatiné, à cause du soleil, ou de l'eau, ou de la douleur. Sa tête tombait sur son épaule ; ses cheveux lui pendaient sur les joues, et frisaient en vrilles autour de sa gorge. Elle semblait me regarder droit dans les yeux.

« Qu'est-ce qui ne va pas, Dave ? demanda Desmond.

– Il y a une femme dans l'eau. Sur une croix.

– Quoi ?

– Tu m'as bien entendu. »

Il se pencha sur le télescope, qu'il fit avancer et reculer. « Où ?

– À trois heures.

– Je ne vois rien. Attends une minute. Je vois un aileron de requin. Non, j'en vois trois. »

Je l'écartai, et regardai à nouveau. Une longue vague glissait vers le rivage, chargée de sable et de débris organiques ; sa crête se brisa, des mouettes y plongèrent.

« Tu as sans doute vu dans un reflet un arbre déraciné par la tempête, dit Desmond. L'ombre et la lumière jouent des tours comme ça.

– Elle me regardait droit dans les yeux, dis-je. Elle avait d'épais cheveux noirs. Ils s'entortillaient autour de son cou. »

Je sentis sur moi l'haleine d'Antoine Butterworth. Je me retournai, tentant de cacher ma répulsion.

« Laissez-moi voir », dit-il.

Je fis un pas de côté. Il se pencha sur le télescope, tenant contre ses parties génitales sa serviette roulée en boule. « On dirait qu'elle a flotté hors de vue. »

Je regardai encore une fois. Le soleil sur l'eau était aussi éblouissant que du cuivre. Je sentis encore une fois l'haleine de Butterworth. « Vous voulez bien reculer, s'il vous plaît ? dis-je.

— Pardon ?

— Je suis claustrophobe. Depuis mon enfance.

— C'est parfaitement compréhensible. » Il enfila un peignoir en soie bleue, qu'il ferma à l'aide d'une ceinture. « Ça va mieux ?

— On va y aller, dis-je à Desmond. On appellera les gardes-côtes. »

Sean regarda à travers le télescope, puis se redressa.

« Allons-y, shérif adjoint, dis-je.

— Un instant. » Avec un mouchoir, il essuya l'oculaire, et observa à nouveau. Puis il se retourna et me regarda en face.

« Quoi ? dis-je.

— Cette saloperie s'est coincée sur un chicot. Et là-bas, ce ne sont pas des requins. Ce sont des dauphins. »

Je regardai Desmond et Butterworth. Desmond blêmit. Butterworth eut un large sourire, au-dessus de la mêlée, profitant de cet instant.

Desmond se reprit. « J'ai un bateau. Il y a vraiment un cadavre ? Je ne l'ai pas vu, Dave.

— Mon Dieu, mon Dieu ! On dirait qu'on va faire la fête ! » dit Butterworth.

Je composai sur mon portable le numéro d'Helen Soileau. « Restez par là. Ma patronne aura peut-être une ou deux questions à vous poser. »

2

À 22 h 24, avec un canot de sauvetage du département, nous atteignîmes le cadavre et la croix. À la lumière des lampes-torches, deux plongeurs sautèrent de la proue, dégagèrent la croix d'un arbre submergé, et la firent glisser sur un îlot de sable, les vagues clapotant sur le visage de la femme morte. Elle était ficelée à la poutre avec de la corde à linge. Elle avait les yeux ouverts ; ils étaient du même bleu pâle que ceux de Desmond.

Notre shérif était Helen Soileau. Elle s'était hissée du poste de contractuelle au grade de policière au NOPD, et, plus tard, était devenue ma partenaire aux Homicides dans les services de police de New Iberia. Quand la police de la ville avait fusionné avec celle de la paroisse, elle avait été élue notre première femme shérif.

Helen, un auxiliaire médical, Sean et moi pataugeâmes à travers les hauts-fonds jusque sur le sable. Helen braqua sa torche sur le corps. « Seigneur. »

Ma première description était inexacte. La femme morte n'était pas seulement attachée à la croix avec de la corde à linge. Ses chevilles étaient clouées de part et d'autre de la poutre, ce qui imprimait une torsion à ses genoux. Ils n'étaient plus dans l'alignement de ses hanches. Helen se baissa, redressa la robe de la femme, et lui libéra les poignets. Un auxiliaire médical ouvrit la fermeture éclair d'un sac mortuaire. Je m'accroupis à côté de la croix. « Elle était dans l'eau depuis combien de temps, à ton avis ? »

Helen maintint le rayon de sa torche sur le visage de la morte. « Elle n'a pas été submergée. Difficile à dire. Peut-être huit ou neuf heures.

– Ça ne correspond pas avec les appels au 911 parlant de cris tôt ce matin, dis-je.

– Peut-être ne s'agit-il pas de la même femme, dit Helen.

– On a trouvé une chaussure de tennis sur la plage, dis-je. Pointure 38.

– Ça correspond à peu près, dit-elle. Je ne vois aucune blessure, à part les chevilles. Pas de traces de ligature, ou de bleus sur le cou. Putain, qui peut être capable d'une chose pareille ? »

Nous portions tous les deux des gants de latex. J'effleurai un des clous enfoncés dans les chevilles de la femme. « Celui qui a fait ça, qui que ce soit, en connaissait un rayon sur les crucifixions romaines. Les clous traversaient les chevilles plutôt que le dessus du pied. Les os des pieds se seraient libérés des clous. »

Helen fixa le corps, le regard vide. « Pauvre fille. Elle n'a pas plus de vingt-cinq ans. »

Je restai accroupi, pris la torche d'Helen, et la dirigeai sur les chevilles blessées. Elles étaient propres, comme si elles n'avaient pas saigné. Autour de l'une des chevilles, il y avait une chaînette de métal bon marché. Un minuscule morceau de fil de fer argenté était accroché à l'un des maillons.

Dans le sud de la Louisiane, les religions sont un sujet compliqué. Elles n'ont pas toutes leur origine à

Jérusalem ou à Rome. Certains viennent des Caraïbes, ou de l'Afrique de l'Ouest. Pour beaucoup de Blancs pauvres, et pour les gens de couleur, le *gris-gris* – la malchance, ou le mauvais sort – ne peut être conjuré que si la personne concernée porte à la cheville une pièce de monnaie percée accrochée à une chaînette. Je connaissais un couple de Blancs, des Cajuns qui ne savaient ni lire ni écrire, qui avaient mis une chaînette autour de la gorge de leur petite fille pour empêcher le croup de pénétrer dans sa poitrine. Le bébé s'était étranglé dans son berceau.

« Tu vois quelque chose ? » demanda Helen.

Quand je me relevai, mes genoux craquèrent. « Si elle portait un talisman, ça ne lui a pas servi à grand-chose.

– Je n'y comprends rien », dit Helen.

La boule jaune d'un éclair de chaleur traversa un banc de nuages d'orage et disparut sans un son. « Qu'est-ce que tu veux dire ?

– Elle n'a pas une égratignure, dit Helen. Tu sais ce que les crabes font à n'importe quelle carcasse ? »

Je regardai Cypremort Point, de l'autre côté de la baie. Dans la maison de Desmond, tout était allumé. Je me demandai si lui ou son ami nous regardaient à travers le télescope. Je me demandai si j'avais jamais vraiment connu Desmond Cormier.

« Tirons-nous d'ici, dit Helen. Cet endroit me fout les chocottes. »

J'étais trois fois veuf, et je vivais avec Alafair, ma fille adoptive, dans une *shotgun house*[1] sur East Main, à New Iberia. À mon retour de Weeks Bay, j'allai

---

1. Type d'habitat populaire, notamment dans le Sud. La *shotgun house* est un bloc rectangulaire, comprenant de trois à

directement me coucher, et ne racontai pas à Alafair où j'étais allé, ni ce que j'avais vu, avant le lendemain matin. Il pleuvait, et le Bayou Teche débordait et courait à travers les arbres au pied de notre propriété. La pluie était mêlée de neige fondue qui heurtait le toit de tôle aussi fort que de la grenaille. Alafair avait étalé un journal sur le sol de la cuisine, et fait entrer Snuggs, notre chat guerrier, et son ami Mon Tee Coon, qu'elle était en train de nourrir. Quand je lui parlai de la femme sur la croix, son visage resta vide de toute expression.

« Pas de signe d'identification ? demanda-t-elle.
– Une toute petite chaîne autour de la cheville.
– Et rien sur la chaîne ?
– Un bout de fil de fer. Peut-être un talisman qui a été arraché. »

Elle parcourut mon visage du regard. « Qu'est-ce que tu ne m'as pas encore dit ?
– J'ai vu la femme et la croix à travers le télescope de Desmond. Et l'adjoint aussi. Mais Desmond et ce type, Butterworth, disaient qu'ils ne voyaient rien. »

Elle posa sur la table une assiette de biscuits et deux tasses de café, puis s'assit. « Quel intérêt auraient-ils eu à mentir à propos d'une chose que tu avais déjà vue ?
– Aucun, sans doute. Mais est-ce que les menteurs sont malins ?
– La femme avait des clous dans les chevilles ? »
J'acquiesçai.
« Mais tu ignores les causes de la mort ?
– Oui. Il n'y avait pas de sang sur les clous. J'espère qu'elle était morte quand ils ont été enfoncés.

---

cinq pièces en enfilade, sans couloir ni vestibule, avec une entrée à chaque extrémité.

– Il faut que tu te sortes ces images de la tête, Dave. »

Elle était diplômée de Reed avec mention, et était sortie parmi les premières de la faculté de droit de Stanford. Avant de se mettre à écrire des romans et des scénarios, elle avait travaillé pour le Neuvième Circuit et été assistante du procureur à Portland, Oregon. Mais pour moi, elle était toujours la petite fille qui collectionnait les livres de Nancy Drew et de Baby Squanto.

« Tu sais quelque chose sur ce type, Butterworth ? demandai-je.

– Il a commencé comme acteur et scénariste, puis il est devenu producteur. Il y a des rumeurs qui courent à son sujet, mais, de fait, il a beaucoup de talent.

– Quel genre de rumeurs ?

– Coke et pilules. Sadomasochisme. »

Je ne répondis pas.

« Il produit des films qui plaisent, dit-elle. Il fait jouer les plus grandes stars.

– Je parie qu'il fréquente aussi régulièrement son église.

– Je pense que tu n'as pas assez dormi.

– Je ferais mieux de me préparer pour aller au travail.

– On est samedi.

– Vraiment ?

– Je vais te faire un autre café. »

Je mis mon chapeau, sortis par derrière, descendis la pente, m'arrêtai sous un chêne vert et regardai les gouttes rider le bayou. Je n'arrivais pas à m'ôter de l'esprit le regard de la morte, ni la douceur parfaite de sa peau couleur chocolat – qui n'était gâtée que par les blessures des clous. Helen avait raison. La vie marine n'est pas bonne pour les morts. Mais la femme semblait avoir été épargnée. Etait-ce une coïncidence si des dauphins lui servaient d'escorte ?

J'avais enquêté sur bien des homicides. Ce dont on se souvient, ce sont les yeux. Et pas pour la raison que les gens imaginent. Ils ne sont porteurs d'aucun message. Mais ils vous obligent à recréer la terreur, le désespoir, la souffrance, qui ont marqué leurs derniers instants sur terre. Deux sortes de flics avalent leur revolver : les flics corrompus, et ceux qui laissent les morts prendre le pas sur les vivants.

Plus tard, cet après-midi-là, Clete Purcel déboucha dans mon allée au volant de la Cadillac 1956 restaurée qu'il avait achetée la semaine d'avant. Avec ses courbes épurées, sa peinture bordeaux cirée à la main, ses pneus aux flancs blancs à rayons chromés et son intérieur en cuir, elle faisait passer les voitures d'aujourd'hui pour des boîtes à chaussures équipées d'un volant. La capote était baissée, et deux cannes à pêche étaient appuyées sur le siège arrière. Il descendit de la voiture, et retira du capot une feuille qu'il laissa tomber sur la pelouse comme il l'aurait fait d'un papillon de nuit blessé. « Tu veux qu'on aille taquiner le poisson ?

– J'ai rendez-vous avec le coroner à Iberia General.

– À propos de ce cadavre que vous avez repêché ?

– C'est dans le journal ?

– Ouais. » Il regarda, plus loin dans la rue, The Shadows, une maison de planteur construite en 1834. Ses cheveux étaient coupés de frais, sa peau était rose dans les rayons de soleil traversant les chênes verts. « J'ai quelque chose à te dire. »

Je connaissais le scénario. Quand Clete avait fait quelque chose de mal, il prenait le chemin de chez moi, ou de mon bureau. J'étais son confesseur, son remède universel, son flacon d'aspirine et de vitamine B, sa dose de Vodka Collins capable, d'un coup de balai, de ramener les araignées dans leur nid. Il portait un pantalon gris repassé, une chemise hawaïenne propre, et des mocassins sang-de-bœuf cirés. Il n'était pas venu pour aller à la pêche.

« Tu as un problème ? demandai-je.

– Il y a dix jours, j'ai mis un bateau à l'eau près du pont de chemin de fer, au-dessus du Mermentau. Juste au crépuscule. Personne en vue. Pas de vent. L'eau était parfaite. Les crapets de roche commençaient à monter au milieu des nénuphars. Puis j'ai entendu un train arriver. Un train de marchandises qui pouvait faire du quarante après l'heure.

Clete n'était pas un adepte de la concision. « Je te suis, dis-je.

– Tu vois, la soirée était parfaite. C'est un peu mon endroit secret. Alors je rêvassais, je n'avais pas les idées très claires.

– De quoi tu me parles, Cletus ?

– Je te parle du train de marchandises. Il brinquebalait, il cliquetait. La lune se levait, huit ou neuf wagons sont passés. Et à ce moment-là j'ai vu un gars en pantalon blanc et chemise blanche debout sur le toit d'un wagon couvert. Il y avait des garnitures bleues sur son col et les poches de sa chemise. Et alors le type a sauté du wagon dans la rivière. Il a dû atteindre le milieu, sinon il se serait cassé les jambes.

– Il portait un uniforme ?

– Ouais. » Clete attendit.

« Quel genre d'uniforme ? dis-je.

– Le genre qu'on voit dans beaucoup de prisons texanes. Il a jailli de l'eau, et il m'a regardé droit dans les yeux. Puis il a commencé à nager dans le courant.

– Tu avais ton portable ?

– Il était dans la Caddy. » Il y eut un silence. « De toute façon, je ne l'aurais pas signalé.

– Pourquoi ?

– Je n'étais sûr de rien. J'étais incapable de réfléchir. Tu sais comment sont ces taules privées.

– Attends, soyons clairs, Clete. On n'est pas certains qu'il se soit évadé d'une prison privée. Ni de n'importe quelle prison.

– C'est comme ça que je voyais les choses. Pourquoi cafarder un type dont on ne connaît pas toute l'histoire ? Je déteste les mouchards. J'aurais dû naître criminel.

– C'est ce que je suis en train de te dire. Et ensuite, que lui est-il arrivé ?

– Il a pataugé au milieu des bambous, et il a disparu. Alors j'ai oublié ça. Vivre et laisser vivre.

– Alors pourquoi ça te préoccupe maintenant ?

– J'ai été un peu sur Google, et j'ai appris qu'un type coupable de deux homicides s'était évadé d'une taule près d'Austin. Il y a onze jours. Ce type est considéré comme un fanatique religieux. Et puis aujourd'hui, j'ai lu dans le *Daily Iberian* l'article à propos de la femme que tu as sortie de l'eau. Dans l'article, on ne parlait pas de la croix. Je l'ai su par le reporter. Et maintenant j'ai ce type sur la conscience.

– Comment s'appelle le détenu évadé ?

– Hugo Tillinger. Il a mis le feu à sa maison, et laissé brûler sa femme et sa fille de dix ans parce qu'elles écoutaient Black Sabbath.

– Comment a-t-il échappé à l'injection ?

– Il a été condamné à mort. Il a essayé de se suicider. Il s'est évadé de l'hôpital de la prison. Qu'est-ce que je dois faire ?

– Tu as vu un type sauter d'un train de marchandises. Tu me l'as signalé. À partir de là, je prends le relais. Fin de l'histoire.

– Qui est la femme morte ?

– On n'en a aucune idée.

– Ça me ronge, Dave. »

Que pouvais-je dire ? Il était le meilleur flic que j'aie jamais connu, mais il avait saboté sa carrière à coups de dope, de bibine et de strip-teaseuses de Bourbon Street ; pendant un moment, il avait été en cheville avec la Mafia, et maintenant il exerçait comme privé, poursuivant des évadés de conditionnelle et espionnant par les fenêtres.

« Entre, dis-je. On va aller dîner.

– Tu m'as dit que tu devais voir le coroner.

– Je lui téléphonerai.

– Je n'ai pas besoin de baby-sitter. À plus tard.

– Vas-y mollo sur la gnôle.

– Ouais, c'est vrai, c'est la source de mes problèmes. Merci de me rappeler que je suis un alcoolo. »

Notre coroner s'appelait Cormac Watts. Il avait un accent distingué de Virginie, chaussait du 49, portait des pantalons en coton gaufré remontés haut sur ses hanches et des chemises habillées à manches longues, sans veste ; il était mince comme une trique, et sa coupe de cheveux évoquait une brosse à chaussures à l'envers.

À Iberia General, dans une pièce sans fenêtres, trop froide et qui sentait les produits chimiques, notre inconnue était allongée sur une table en acier, équipée de gouttières, de drains et de tubes pour évacuer les fluides libérés par l'autopsie. Elle avait un drap remonté jusqu'au menton, et les yeux fermés. Une main et une partie de l'avant-bras étaient visibles ; les extrémités des doigts étaient d'un bleu sombre, et commençaient à se recourber comme des griffes.

« Très belle femme, dit Cormac.
– Tu as trouvé les causes de la mort ? »
Il souleva le drap du pied gauche de la femme. « Elle a eu trois injections entre les orteils. Elle était chargée de suffisamment d'héroïne pour tuer un éléphant.
– Pas de traces sur les bras ?
– Aucune.
– Elle a été violée ?
– Pas que je puisse dire.
– La plupart des adeptes de l'intraveineuse commencent par les bras, dis-je. En général, ceux qui se piquent entre les orteils ont tout un passé derrière eux.
– C'est là que ça devient bizarre. » Il souleva sa main. « Ses ongles étaient coupés, et d'une propreté scrupuleuse. Ses cheveux avaient été lavés récemment, et sa peau frottée avec un nettoyant puissant. Elle n'avait aucune particule de nourriture entre les dents.
– Tu peux dire tout ça à propos d'un corps qui a passé une demi-journée dans l'eau ?
– Elle flottait sur le dessus de la croix. Le soleil a occasionné plus de dégâts que l'eau.
– Elle était vivante quand elle a été clouée ?
– Non.
– On a affaire à quoi, à ton avis ?
– Une histoire de fétichisme. Un sacrifice. Comment le saurais-je ? »

J'entendais le bourdonnement du système de réfrigération. La lumière dans la pièce était métallique, stérile, déformée sur les surfaces angulaires.

« Tu ferais bien de choper ce fils de pute, Dave. »

C'était la première fois que j'entendais Cormac s'exprimer de cette façon. « Pourquoi ?

– Il recommencera. »

Les services du shérif d'Iberia se trouvaient dans la mairie, un imposant bâtiment en brique à un étage, au bord du bayou, avec des colonnes blanches, des lucarnes, et, à l'avant, un miroir d'eau et une fontaine. Tôt le lundi matin, j'entrai dans le bureau d'Helen.

« Je m'apprêtais à te sonner, dit-elle. Un vieux pasteur noir de Cade a appelé, pour signaler que sa fille avait disparu depuis six jours. Elle s'appelle Lucinda Arceneaux.

– Et ce n'est que maintenant qu'il nous signale sa disparition ?

– Il pensait qu'elle avait pris un vol à Lafayette pour Los Angeles. Il venait juste d'apprendre qu'elle n'était jamais arrivée.

– Quel âge a-t-elle ?

– Vingt-six.

– Tu veux que j'aille lui parler ?

– Ouais. Qu'est-ce que tu voulais me dire ?

– Il y a environ deux semaines, Clete Purcel pêchait sur la Mermentau River, et il a vu un type sauter dans l'eau depuis le toit d'un wagon fermé. Clete a lu dans l'*Iberian* l'histoire de notre inconnue et il a pensé qu'il devait me parler de ça. Le type portait un uniforme blanc, avec des garnitures bleues.

– Comme un détenu texan ?

– Possible. »

Il y eut un silence. « Clete n'a pas voulu le signaler ? dit-elle.

– Les marchands de glace portent des uniformes blancs. Les concierges et les cuisiniers aussi. Quand Clete a vu l'article dans le journal, il a trouvé sur Internet l'histoire d'un détenu évadé de l'hôpital d'une prison près d'Austin. Il s'appelle Hugo Tillinger. »

Helen se leva et écrivit quelque chose sur un bloc-notes posé sur son sous-main, la mâchoire tendue. Elle avait un physique massif et puissant, des traits androgynes et impénétrables, en particulier quand elle était en colère. « Pourquoi Tillinger était-il condamné ?

– Double homicide. Sa femme et sa fille adolescente. Il a mis le feu à sa maison.

– Tu peux dire à Clete qu'il vient d'arriver en tête de ma liste de connards.

– Il n'avait pas les informations dont nous disposons, Helen.

– Le père de Lucinda Arceneaux dit qu'elle travaillait pour l'Innocence Project. Ils tirent des gens du couloir de la mort. »

Je détournai les yeux. « Quelle est l'adresse de son père ?

– Essaie la Free Will Baptist Church. Et dis à Clete que je n'ai pas l'intention de tolérer son attitude de trou-du-cul.

– Lâche-le un peu. Il ne pouvait pas être certain que ce type était un détenu évadé. Il ne voulait pas enfoncer un type qui était déjà dans la merde.

– Plus un mot là-dessus. »

Je pris une voiture de patrouille, et roulai jusqu'à Cade, un minuscule village, principalement peuplé de Noirs, sur une petite route entre New Iberia et Lafayette. L'église était un bâtiment couvert de bardeaux, avec un faux clocher, au milieu d'un bosquet de pacaniers. Derrière l'église, une caravane était posée sur des parpaings. Dans la cour, il y avait un arbre à bouteilles. Au cours de la Grande Dépression et des années de guerre, beaucoup de gens de la campagne suspendaient des bouteilles de lait de magnésium en verre bleu aux branches des arbres, pour qu'elles tintent et résonnent au vent. Je ne crois pas que cette coutume ait eu d'autre raison que le désir d'apporter un peu de couleur et de musique à la grisaille de leurs vies. Et puis, encore une fois, c'était la Louisiane, un pays où non seulement les morts sont parmi nous, mais peut-être aussi des esprits malins auxquels on préfère ne pas penser. J'ai frappé à la porte de la caravane.

L'homme qui m'ouvrit paraissait beaucoup plus vieux que le père d'une fille de vingt-six ans. Il était courbé, il marchait avec une canne, portait des bretelles pour retenir un pantalon trop grand pour lui. Il avait les joues couvertes de rouflaquettes blanches, des yeux couleur d'amandes, différents de ceux de notre inconnue. J'ouvris l'étui de mon badge et lui dis qui j'étais.

« Entrez, dit-il. Vous avez des nouvelles de Lucinda ?

– Je n'en suis pas sûr, Révérend, répondis-je en entrant. J'ai besoin de plus d'informations, et ensuite on passera peut-être quelques appels.

– Je l'ai déjà fait. Ça n'a servi à rien. »

Je m'assis sur un fauteuil rembourré couvert d'un tissu. Je regardai autour de moi, à la recherche de photos sur les murs ou les tables. Mes yeux ne s'étaient pas habitués au maigre éclairage. Un ventilateur oscillait sur le sol. Il n'y avait pas l'air conditionné dans la caravane. Je détestais l'issue possible de la conversation que nous allions avoir.

« Miss Lucinda travaille pour l'Innocence Project ?

– Elle y travaillait. Elle a trouvé un boulot en Californie.

– Dans quel secteur, monsieur ?

– Ce qu'ils appellent la restauration bio. Elle a toujours aimé faire la cuisine, s'occuper de nourriture. Ça fait trois mois qu'elle travaille chez un traiteur.

– Combien de temps est-elle restée avec l'Innocence Project ?

– Deux ans. Il s'agissait principalement d'une activité bénévole. Elle rendait visite à des détenus, elle les interrogeait, et elle aidait leurs avocats.

– Au Texas ?

– Oui, m'sieur. Parfois. Et d'autres fois à Angola.

– Est-ce que le nom de Hugo Tillinger vous dit quelque chose ?

– Non, m'sieur. Qui est-ce ?

– Un homme qu'on aimerait retrouver. »

Il était assis sur un canapé délavé, avec un imprimé de fleurs. Sur la table basse devant lui, il y avait des piles de magazines, *National Geographic*, *People*, *Sierra*. « J'ai appelé la compagnie aérienne. Ils ne m'ont donné aucune information. J'ai appelé une des amies avec qui elle travaillait à Los Angeles. Aucun de ses collègues ne sait où elle est.

– Votre femme est-elle ici, monsieur ?

– Elle est morte depuis neuf ans. Nous avons adopté Lucinda quand elle avait trois ans. Elle n'est jamais allée nulle part sans me le dire. Pas une seule fois.

– Vous avez une photo ? »

Il alla dans un petit couloir qui conduisait à une salle de bains et à deux chambres, et en revint avec une photo encadrée qu'il avait prise sur le mur. Il me la mit dans la main, et s'assit. Je jetai un coup d'œil sur la jeune femme de la photo. Elle se tenait à côté du révérend, sur fond de plage et de montagne. Elle souriait. Elle avait autour du cou une guirlande de fleurs. Je sentis ma poitrine se vider de son sang.

« Elle a été prise à Hawaï, il y a deux ans, dit-il. Nous y sommes allés en voyage organisé avec notre église. » Il se tut un instant. « Vous aviez déjà vu ma fille, n'est-ce pas ?

– Il faut que vous m'accompagniez à Iberia General, monsieur. »

Il soutint mon regard, puis prit une brève inspiration. « C'est là qu'est Lucinda ?

– Nous avons trouvé une jeune femme à Weeks Bay.

– Lucinda n'avait aucune raison de se trouver là-bas.

– Est-ce que quelqu'un pourrait nous accompagner ? demandai-je.

– Ici, on habite juste tous les deux. On a toujours fait comme ça. Elle a toujours été la plus gentille petite fille du monde. »

Ses yeux ne quittaient pas les miens. Il y a des moments où je ne déteste pas seulement mon boulot, mais la race humaine en général. Je n'avais pas de mots adéquats.

« Vous êtes certain de ça ? demanda-t-il.

– Allons nous occuper de l'identification, monsieur.

– Aidez-moi à me lever, s'il vous plaît. Mes genoux ne sont plus ce qu'ils étaient. »

Il s'accrocha à mon bras, aussi léger qu'un oiseau, tandis que nous descendions les marches. Arrivé à la voiture, il s'écarta de moi, comme s'il pouvait effacer notre entrevue, et ce que je lui avais appris. « Qui aurait pu vouloir lui faire du mal ? Elle essayait d'obtenir la justice dont personne ne se souciait. Dites-moi ce qu'ils lui ont fait. Dites-le-moi, tout de suite. »

Mais tout réconfort que j'aurais pu lui apporter aurait été fondé sur un mensonge.

Il s'assit de biais sur le siège passager, les pieds à l'extérieur, et se mit à pleurer dans ses mains. J'entendais l'arbre à bouteilles tinter dans le vent, les feuilles de pacanier frissonner. J'aurais voulu me trouver de l'autre côté de la lune.

3

Plus tard, ce même après-midi, Clete m'appela au poste et me demanda de passer le voir à son bureau. Il se trouvait sur Main Street, dans un bâtiment de brique vieux d'un siècle, à un demi-pâté de maisons de The Shadows. La réceptionniste était partie, et les chaises métalliques pliantes étaient vides, sauf celle occupée par un homme aux cheveux longs aussi lisses et brillants que du plastique, qui se curait les ongles avec un canif. Le sol était semé de mégots, d'emballages de chewing-gum, d'un trognon de pomme et d'une peau de banane. Clete était assis à son bureau dans la pièce du fond, la porte entrouverte. Il me fit signe d'entrer. « Ferme la porte », dit-il.

Il y avait sur son bureau des tirages d'imprimante, deux dossiers et un bloc-notes. Par la fenêtre, je voyais sa table-bobine et son parasol sur l'étendue de ciment derrière le bâtiment, ainsi que le pont à bascule de Burke Street, et le vieux couvent de l'autre côté du bayou.

« Que se passe-t-il ? demandai-je.

– J'ai passé plusieurs appels à propos d'Hugo Tillinger. C'est une affaire compliquée. Et ça ne sent pas bon.

– J'ai parlé de lui à Helen, Clete. On va repartir de là.

– Ça ne pose pas de problème ? Je veux dire, le fait que je n'aie pas signalé Tillinger immédiatement ? »

J'ai évité son regard. « Ne t'inquiète pas de ça.

– Vous avez identifié le corps de la fille sur la croix ?

– C'est la fille d'un pasteur baptiste de Cade. Elle s'appelle Lucinda Arceneaux. Elle était bénévole pour l'Innocence Project. »

Il tressaillit.

« Ça ne veut pas dire qu'elle connaissait Hugo Tillinger, ajoutai-je.

– Arrête. »

Il se leva et ouvrit la porte. « Entre, Travis. »

L'homme aux cheveux noirs gominés en arrière replia son canif et le laissa tomber dans sa poche. Il avait un peu de ventre, et ses joues donnaient l'impression d'avoir été frottées de suie. Il portait son pantalon en dessous du nombril ; des poils dépassaient par-dessus sa ceinture.

« Je te présente Travis Lebeau, dit Clete. Raconte à Dave ce que tu sais à propos d'Hugo Tillinger.

– Quand il était détenu avant son procès, je lui portais de la glace dans sa cellule, dit Travis.

– De la glace ? dis-je.

– C'était mon boulot dans cette taule. J'apportais de la glace de la cuisine, et j'étais payé en clopes, ou je ne sais quoi. »

Trois larmes tatouées coulaient de son œil gauche. Il avait à la base du cou un tatouage de deux étoiles bleues, de la taille d'une brûlure de cigare.

« Travis appartenait à l'AB[1], m'expliqua Clete. Maintenant il essaie de rendre quelques services en compensation de son passé.

---

1. Aryan Brotherhood, gang de prison.

— Je croyais que l'AB, c'était pour la vie.
— Ils m'ont vendu aux Nègres. Au BGF[1], répondit Travis. Ils prétendaient que j'avais mouchardé un type. Je n'ai jamais donné personne de ma vie.
— Continue à propos de Tillinger, dit Clete.
— On jouait aux échecs sur le sol, entre les barreaux. Il savait qu'il finirait sur la table à injection. Il disait que le jury, les juges, les flics, et même son avocat, étaient au service de Satan. Je lui disais qu'ils n'avaient pas besoin de Satan, qu'ils étaient au service d'eux-mêmes, ce qui est déjà assez pénible. Je peux m'asseoir ? Je me sens comme une bouche d'incendie qui va se faire pisser dessus.
— Bien sûr, dit Clete.
— Il répétait tout le temps ça, comme tous ces chrétiens *born again*, vous savez, qui arrivent pas à la fermer à ce sujet, dit Travis. Il m'a dit qu'il était un ivrogne, habité par la rage, ou je ne sais quoi, et qu'il avait été sauvé par les Pentecôtistes au cours d'un *revival* sous une tente. Il était vraiment chiant à écouter.
— Vous allez un peu vite pour moi, Travis, dis-je.
— Ce que je suis en train de dire, c'est que Tillinger n'était pas un criminel, ni le genre de type à faire cramer sa famille. Quand il était bourré, il arrachait tous les posters du mur de la chambre de sa fille, et il hurlait et braillait dans le jardin, mais ça n'allait pas plus loin. Je le croyais. Comme la fille de couleur qui passait le voir.
— Quel fille de couleur ? demandai-je.
— Elle s'appelait Lucinda. Elle a commencé à lui rendre visite juste après sa condamnation. Elle disait que les membres de l'Innocence Project s'occupaient de son cas. Elle disait qu'elle connaissait des gens

---

1. Black Guerilla Family, autre gang de prison.

dans le cinéma, peut-être certains de ceux qui avaient tiré Hurricane Carter de prison. Ça lui donnait de l'espoir. Mais, dès le départ, je savais qu'il aurait droit à l'aiguille.

– Pourquoi ? demandai-je.

– Le gouverneur était candidat à la présidence. Les types qui veulent devenir président ne se font pas élire en se montrant gentils pour des types accusés d'avoir assassiné leur famille.

– Quel était le nom de famille de la Noire ? demandai-je.

– Il l'appelait Miss Lucinda. C'est tout.

– Un homme habité par la rage ne mettrait pas le feu à sa maison ? dis-je.

– Peut-être qu'un type comme moi, si. Mais Tillinger ne faisait pas partie du système. Tout le monde le savait. La sagesse des prisons, vous savez ce que c'est, non ? »

Je ne répondis pas.

« J'ai fait deux fois cinq ans à la suite. Je les ai faits jusqu'au bout, sans remise de peine. J'avais fait cramer mon beau-frère dans sa voiture, et en taule j'avais buté un type. Dans la queue de la cantine. À cause d'une de ces larmes sur mon visage. Je n'avais pas l'intention de tuer mon beau-frère, mais c'est comme ça que ça s'est fini. J'ai eu ce que je méritais. Tillinger était ce qu'on appelle un puceau. Il s'est jamais fait défoncer le cul. Ça veut dire qu'il a jamais été dans le milieu. Il faisait partie de l'association de parents d'élèves, des conneries comme ça.

– On n'a pas besoin de toutes ces informations, dis-je.

– À propos de ce qui s'est passé dans la queue à la cantine ? Ça ne vous plaît pas ? Vous vous fichez que quelqu'un le sache ? »

Je ne répondis pas.

« Regardez-moi, mec. Vous avez la moindre idée de ce que ces putains de bestiaux noirs m'ont fait ? Mes meilleurs amis m'ont vendu pour deux cartouches de clopes. Ils ont dit : "Arrachez-lui ses plumes." Et depuis, chaque jour de ma vie, je dois vivre avec ce qu'ils m'ont fait. Allez vous faire foutre, connard. »

Il avait les yeux brillants de larmes.

Après le départ de Travis, Clete et moi suivîmes la rue sous la colonnade jusque chez Bojangles, et prîmes un café avec une part de tarte aux noix de pécan dans un coin au fond de la salle.

« Tu le crois ? demandai-je.

– La plupart du temps, il est réglo. Il n'a pas envie de perdre les quelques relations qu'il a. Il sait que l'Aryan Brotherhood finira sans doute par l'avoir.

– Je ne crois pas à l'innocence de Tillinger.

– Voilà ce qui s'est passé, dit Clete. Sa maison avait cent ans, et elle était sèche comme du petit bois. Quand il est arrivé, il y avait le feu au premier étage. La fille et la mère étaient en haut. Il affirme qu'il a essayé de les tirer de là, mais que la chaleur était trop forte. Plus tard, il a dit à l'inspecteur des incendies que certains des fils électriques dans les murs avaient besoin d'être remplacés, mais qu'il n'avait pas d'argent pour les réparations.

« Jusqu'ici, tout va bien. Ensuite, l'inspecteur trouve des traces d'un accélérant entre la galerie et le hall ; ou du moins c'est ce qu'il croit avoir vu. Il dit que l'incendie a démarré au premier étage, et s'est propagé jusqu'au plafond, et à la cage d'escalier. Un des voisins a dit que Tillinger n'avait jamais essayé de pénétrer dans la maison. Et que, au contraire, il avait éloigné du feu sa Ford F-150 neuve.

« Pour couronner le tout, Tillinger avait une assurance-vie de cinquante mille dollars sur sa femme et sa fille. En plus, il avait ouvert sa gueule au Wallmart, et dit à un groupe de fidèles de son église que sa famille avait intérêt à bien se tenir, sinon il mettrait le feu à la maison.

« Ça ressemblait de plus en plus à un incendie volontaire et à un homicide. Et alors un avocat de l'ACLU[1] s'est pointé, et a commencé à examiner les preuves. Le type qui se prétendait inspecteur des incendies n'avait pas de diplôme, et avait peu d'expérience dans les enquêtes sur les incendies volontaires. L'accélérant était une boîte d'allume-charbon que quelqu'un avait laissée à côté du barbecue portable sur la galerie. Et il n'y avait pas de trace d'accélérant dans le hall. De plus, les traces de chaleur sur les plinthes étaient sans doute dues à une explosion de flammes dans la cage d'escalier, et pas à un incendie qui aurait démarré au premier étage.

« L'avocat de la défense appartenait à l'ACLU, et il a été aussi utile qu'une merde d'éléphant dans un saladier de punch. »

Les consommateurs des autres tables se tournèrent vers nous.

« Quelle est ton opinion ? demandai-je.

– C'est sans importance. J'aurais dû appeler le 911 quand j'ai vu un type en uniforme de prisonnier sauter du train.

– On n'est pas certain qu'il s'agisse de Tillinger. Pourquoi aurait-il sauté dans la Mermentau River ?

---

1. American Civil Liberties Union.

Pourquoi n'aurait-il pas continué de rouler jusqu'en Floride ?

— Je me suis renseigné. Il y avait des cheminots qui travaillaient sur la voie. Il pouvait les voir depuis le toit du wagon. Helen est plutôt furax, non ?

— Tu es un bon flic, Clete. Et elle le sait.

— Je ne suis pas un flic. J'ai tout foutu en l'air.

— Ne dis pas ça. Ni maintenant. Ni jamais. »

Il regardait dans le vide. Le blanc de ses yeux était brillant, avec une teinte rosée. Il leva les yeux sur le climatiseur. « Il fait trop froid, ici. On va marcher un peu. J'ai l'impression d'avoir traversé des toiles d'araignée. Désolé pour la façon dont Travis t'a parlé. Dans les douches d'Huntsville, il servait de savonnette. »

Comme toujours, le lendemain matin, je me rendis au travail à pied. Desmond Cormier m'attendait dans l'allée ombragée qui passe derrière la bibliothèque municipale et la grotte dédiée à la mère de Jésus. Il était assis sur le siège passager d'une Subaru décapotable immatriculée en Californie, au volant de laquelle se trouvait Antoine Butterworth.

Desmond descendit, et me serra la main. Son ami me fit un clin d'œil. « Il faut que je te parle, Dave », dit Desmond.

Je ne répondis pas. Butterworth prit une cigarette à bout doré sur le cendrier de la voiture, en tira une bouffée et, d'une chiquenaude, l'expédia sur le parterre de fleurs entourant la grotte.

« Je me sens tellement bête », dit Desmond. Il portait un short de tennis, un T-shirt jaune, et un panama. « À propos de cette histoire avec le télescope, et la femme sur la croix. Mon œil droit voit mal, et à gauche j'ai une cataracte. C'est pour ça que je ne l'ai pas vue. J'aurais dû t'expliquer ça.

— Et ton ami qui est ici ? Il ne l'a pas vue non plus.

— Il est comme ça, dit Desmond. Il est contrariant. Il a participé à plusieurs guerres. En Somalie, et dans l'ancien Congo belge. Si tu lui laissais sa chance, tu t'apercevrais que c'est quelqu'un. Viens déjeuner avec nous.

— Une autre fois.

— Tu étais l'un des rares que je respectais, Dave.

— L'un des rares quoi ?

— Parmi les gens habituels.

— Il y a par ici des gens très bien, Desmond.

— On se reverra un de ces jours, je suppose.

— Tu as déjà entendu parler d'un certain Hugo Tillinger ?

— Non. Qui est-ce ?

— Un détenu évadé. Il connaissait la morte. Il est peut-être dans le coin.

— J'aimerais pouvoir t'aider. C'est une chose terrible.

— Avant que tu ne partes... Cette image d'Henry Fonda sur le bord du chemin, en train de dire au revoir à Clementine ?

— Eh bien ?

— C'est une scène qui parle de l'amour perdu, de l'approche de la mort, n'est-ce pas ?

— Pour moi, elle parle du conflit entre l'ombre et la lumière. Chacune cherche à dominer l'autre. Aucune des deux ne se satisfait de sa part. »

Je le regardai. Je n'essayai pas de suivre le fil de ses pensées. « J'ai vu le film au cinéma Evangeline en 1946. C'est ma mère qui m'y avait emmené. »

Il secoua la tête.

« Je pense qu'une scène comme ça serait capable de faire basculer quelqu'un, dis-je.

– C'est la première fois que j'entends une chose pareille.

– Ce qui se passe quand un type plonge trop profondément en lui-même est étrange.

– Tu réfléchis peut-être trop, dit-il.

– Sans doute. » Je me penchai et ramassai le mégot allumé que Butterworth avait lancé dans le parterre. Je l'écrasai sur le klaxon de la Subaru et le fourrai dans la poche de la chemise de Butterworth. « On est pointilleux sur les détritus. »

Butterworth sourit. « En Louisiane ? »

Tous deux s'éloignèrent, le soleil étincelant sur le pare-brise.

Je n'arrivais pas à m'ôter de la tête l'image de Wyatt Earp et de Clementine. J'avais presque l'impression d'entendre la musique du film dans les arbres.

À l'entrée de derrière de l'hôtel de ville, une autre surprise m'attendait. Travis Lebeau était avachi contre le mur de briques, à l'ombre, en train de se curer les ongles.

« Que se passe-t-il ? demandai-je.

– Tendez bien l'oreille.

– Montez dans mon bureau.

– Et si on descendait au bord de l'eau ? Je n'aime pas trop entrer chez les flics. »

Je jetai un coup d'œil sur ma montre. Quand on veut encourager les informateurs, il n'y a rien de mieux que de feindre l'indifférence. « Je suis à la bourre.

– J'ai une cible dans le dos », dit-il.

Je me dirigeai vers le bord du bayou, et le laissai me suivre. « Dites ce que vous avez à me dire.

– Il y a deux type de l'AB qui savent où je suis. Filez-moi cinq cents dollars. Je vous donnerai Tillinger.

– Ce même Tillinger que vous défendiez ?

– Je suis dans la merde, dit-il en détournant les yeux. Il aimait bien balancer des noms.

– Des gens que connaissait Lucinda Arceneaux ? »

Il regarda de côté, et expira. « Ouais, des gens qu'elle connaissait.

– Quels gens ?

– Et l'argent ?

– Vous ne m'avez encore rien dit, Travis. »

Il se gratta les avant-bras de ses deux mains, comme quelqu'un qui a de l'urticaire.

« Il faut que je réussisse à régler mes problèmes, dit-il. Je tiendrai mes promesses.

– Vous êtes accro ?

– Non, je suis Dorothy dans *Le Magicien d'Oz*.

– Je ne peux rien pour vous, mon vieux. »

Je me retournai pour partir.

« J'ai peut-être exagéré un peu, dit-il.

– À propos de quoi ?

– De Tillinger. Il me foutait la trouille.

– En quel sens ?

– En ce sens que le sexe entre hommes le travaillait. Quand il entendait deux types en train de s'envoyer en l'air, il avait un éclair de folie dans le regard. Vous avez déjà connu un type comme ça qui ne soit pas lui-même pédé ? Il lui arrivait de se brûler avec des allumettes. Il parlait de chasser les démons et de réveiller les morts.

– Aurait-il pu faire du mal à Lucinda Arceneaux ? »

Il secoua lentement la tête, comme s'il n'arrivait pas à prendre une décision. « Je sais pas, mec. Je peux pas entrer dans la tête de quelqu'un.

— En fait, vous n'avez rien à me vendre, n'est-ce pas ? »

Il ne sut pas quoi répondre. Je commençai à remonter la pente.

« Deux cents », dit-il dans mon dos.

Je continuai à marcher. Il me rattrapa et tira sur ma chemise. « Vous ne comprenez pas. Ils utilisent un chalumeau. Je les ai vus faire ça dans une émeute.

— Désolé.

— Peut-être que la couleur chocolat l'a attiré. Peut-être que Tillinger a perdu la tête. Allez, mec, il faut que je me tire de cette ville.

— Retirez votre main de mon bras.

— Allons, mec. Je souffre.

— La vie est une saloperie. »

Son visage me faisait penser à une feuille de papier vierge en train de se friper sur des charbons brûlants. La cruauté se manifeste sous bien des formes. C'est quand on la découvre en soi qu'elle est la moins plaisante.

Je rentrai chez moi à pied pour déjeuner. Une Lamborghini rouge cerise était garée dans l'allée. Alafair était en train de manger à la table de la cuisine en compagnie d'un homme entre deux âges que je ne connaissais pas. Une assiette d'œufs mimosa, deux sandwiches avocats-crevettes emballés dans du papier sulfurisé, et un verre de thé glacé avec des feuilles de menthe avaient visiblement été préparés pour moi. Mais elle et son ami n'avaient pas attendu mon arrivée pour commencer.

« Bonjour, dis-je.

– Salut, Dave, dit-elle. Je te présente Lou Wexler. Il doit aller à l'aéroport, alors on ne t'a pas attendu. »

Wexler était un homme grand, au corps musclé pourvu d'un bronzage intense, avec des cheveux blonds aux extrémités décolorées par le soleil. Avec ses yeux intelligents, ses grandes mains, il était d'une beauté virile, et il affichait le type de confiance en soi qui signale parfois l'agressivité. Il s'essuya les doigts sur une serviette avant de se lever pour me serrer la main. « C'est un honneur pour moi.

– Enchanté, monsieur », dis-je en m'asseyant tout en jetant un coup d'œil sur le bayou. Je ne me montrai pas aimable. Mais aucun père, aussi bienveillant soit-il, ne fait confiance dès leur première rencontre à un autre homme ami de sa fille. Celui qui dira le contraire est soit un menteur, soit un parent déficient.

« Lou est scénariste et producteur, expliqua Alafair. Il travaille avec Desmond.

– À vrai dire, je ne travaille pas avec Desmond, dit-il. Je l'aide à produire ses films. Personne ne "travaille" avec Desmond. C'est un solitaire. Dans le meilleur sens du terme, je veux dire.

– Et ce Butterworth ? dis-je.

– Vous avez rencontré Antoine ? demanda-t-il.

– Deux fois. »

Les yeux de Wexler lancèrent des étincelles. « Et alors ?

– Ce n'est pas un type ordinaire.

– Ne le prenez pas au sérieux, dit Wexler. Personne ne le prend au sérieux. C'est un gratte-papier qui pose à l'artiste.

– J'ai appris qu'il avait participé à plusieurs guerres, dis-je.

– Ce qu'il faisait le mieux, c'est effrayer les autochtones dans le bush, brinqueballer sa Land

Rover, et poser pour des photographes. L'Afrique du Sud était pleine de gens comme ça.

– C'est de là que vous venez ? demandai-je.

– J'y ai vécu un temps. Je suis né à La Nouvelle-Orléans. Et maintenant je vis à Los Angeles. »

S'il avait grandi à La Nouvelle-Orléans, son accent local avait été rincé à l'acide.

« Nous avons sorti un corps de la mer juste au sud de la maison de Desmond Cormier, dis-je. Le corps était attaché à une croix. J'ai repéré la croix à travers un télescope. Notre ami Butterworth a jeté un coup d'œil, mais il n'a rien vu. Desmond non plus, mais ce matin il m'a dit que sa vue était mauvaise. Quant à Butterworth, ça ne lui a fait ni chaud ni froid. »

Il y eut un silence. Alafair me regarda fixement.

« Vous pouvez me répéter ça ? » dit Wexler.

Je le lui répétai.

« Eh bien, c'est quelque chose, non ? dit Wexler. Désolé, je n'ai pas vu passer le temps. Je dois acheter un nouveau sac de sport. Et ensuite il faut que je récupère des types à Lafayette. Nous sommes à la recherche de quelques extérieurs. Peut-être pourrez-vous nous aider. »

Il était difficile d'évaluer son niveau d'égocentrisme.

« Je ne saurais sans doute pas ce que vous cherchez », dis-je.

Il se tapota la bouche avec sa serviette, qu'il reposa sur la table. « Ça a été super de faire votre connaissance, Mr. Robicheaux.

– Et réciproquement.

– Ne vous levez pas. »

Je n'en avais pas l'intention. Alafair le raccompagna à la porte. Puis elle revint à la cuisine, la mâchoire serrée. « Pourquoi faut-il que tu te montres aussi irritable ?

— Tu réussis très bien toute seule. Tu n'as pas besoin de connards bidon comme ça.
— Tu stigmatises toute une profession juste à cause de ce Butterworth ?
— Ils ne croient à rien.
— Ce n'est pas le cas de Desmond. C'est un grand réalisateur. Tu sais pourquoi ? Parce qu'il a fait ses putains d'armes.
— Et si tu surveillais un peu ton langage, Alf ?
— Parfois, tu me déçois vraiment », dit-elle.

Je sentis mon visage se plisser. Je sortis mon assiette dehors et finis de manger à la table de jardin, en compagnie de Snuggs et de Mon Tee Coon. Puis je rentrai dans la maison. Alafair était en train de se coiffer devant le miroir de sa chambre. Elle faisait un mètre quatre-vingts, et elle avait le teint mat, avec des cheveux magnifiques qui lui tombaient sur les épaules. Elle était ceinture noire de karaté et courait huit kilomètres chaque matin. Parfois, il m'arrivait de ne pas croire qu'elle fût la même petite Salvadorienne que j'avais sortie d'un avion submergé près de la Passe du Sud-Ouest.

« Et, à propos, qu'est-ce qu'il faisait ici, ce type ?
— Il était venu m'inviter. À dîner. Ce soir, dit-elle. Merci de m'avoir posé la question. »

4

Au cours des trois jours suivants, j'interrogeai l'employeur et les collègues de Lucinda Arceneaux chez le traiteur de Los Angeles, son ancienne colocataire, et un garçon de Westwood qui avait l'habitude de l'accompagner à la bibliothèque publique. Tous évoquèrent son bon caractère et sa gentillesse. Aucun n'était capable d'expliquer sa disparition.

Le département de la Justice criminelle du Texas me donna les coordonnées de trois surveillants de prison qui avaient connu Hugo Tillinger. Deux n'avaient pas d'opinion à son sujet ; le troisième, un maton à l'ancienne, me dit : « Tillinger ? Ouais, j'ai connu ce fils de pute de menteur. Qu'on lui tourne le dos, et il vous aurait éventré du nombril au menton. Il y a autre chose que vous voulez savoir ? »

Le vendredi, je suis allé voir Helen dans son bureau, et lui ai fait part de ce que j'avais appris.

« Quel est ton sentiment à propos de Tillinger ? dit-elle.

— Je ne le vois pas comme suspect possible dans le meurtre de Lucinda Arceneaux. Un détenu évadé en uniforme de prisonnier a autre chose en tête que commettre un homicide rituel à l'aide d'une croix et d'une seringue hypodermique. »

Helen regarde le bloc-notes qu'elle avait sous les yeux. « Il y a eu des effractions dans trois camps de pêche non loin de Cypremort Point. On a retrouvé, à moitié enfouie près du hangar à bateaux, une chemise blanche avec des marques d'identification de couleur bleue. Il est dans le coin. Reste à savoir pourquoi.

– Il a sauté sur le premier train de marchandises qu'il a trouvé pour sortir du Texas.
– Et s'il avait un complice ?
– On ne travaille pas sur le bon suspect, Helen.
– Il a fait brûler sa femme et sa fille. Ne me dis pas que ce n'est pas le bon suspect.
– Je veux avoir une nouvelle conversation avec Desmond Cormier et Antoine Butterworth.
– Tu es partial, Belle Mèche. Tu n'aimes pas les gens d'Hollywood.
– C'est faux. Je n'aime pas quiconque croit avoir des privilèges. »

Elle fit tourner son stylo à bille sur son sous-main. « D'accord. Au fait, tu vas faire équipe avec quelqu'un de nouveau.
– Pardon ?
– Elle s'appelle Bailey Ribbons.
– Bailey Ribbons ? Qui est-ce ?
– Je l'ai embauchée il y a deux jours. Elle a vingt-huit ans. Elle enseignait dans le primaire à La Nouvelle-Orléans, et elle est diplômée en psychologie. Elle a été pendant dix-huit mois répartitrice au NOPD.
– C'est toute son expérience ?
– Ce qu'elle ne sait pas, tu le lui apprendras.
– C'est un cas de discrimination positive ?
– Je l'ai embauchée pour son intelligence. Je vais être très critiquée à ce sujet. Inutile que tu en rajoutes. Ne bouge pas. »

Elle quitta le bureau, et revint trois minutes plus tard accompagnée d'une femme qui paraissait sortie d'un film sans rapport avec le monde actuel. Elle avait des cheveux d'un noir corbeau, une peau claire, des yeux comme une lumière prisonnière d'une bouteille de sherry. Elle portait des chaussures noires, un corsage blanc au col froufroutant boutonné à la gorge, et une jupe qui lui tombait bien en dessous des genoux. Ce qui me frappa le plus, ce fut son sourire chaleureux et sa posture très droite. Quand je lui serrai la main, je me sentis bizarre, et même mal à l'aise, comme un petit garçon.

« C'est un plaisir de faire votre connaissance, inspecteur Robicheaux.

– Et réciproquement, Miss Bailey. Appelez-moi Dave.

– Salut, Dave. »

Je me mis à parler, mais je fus incapable de me rappeler ce que je voulais dire.

« Mets Bailey au courant de l'enquête Arceneaux, me dit Helen.

– Bien sûr. Helen ?

– Quoi ? »

J'eus un nouveau blanc. Bailey Ribbons était trop jeune, trop inexpérimentée, trop susceptible de déplaire aux membres plus âgés du service.

« Je vais réserver une voiture, dis-je. Si Bailey est libre, on peut aller à Cypremort Point.

– Elle est libre, dit Helen. Au revoir, Dave. »

Je descendis et sortis avec Bailey Ribbons. Il émanait d'elle un parfum de fleurs. Mes paumes me picotaient, et j'avais l'impression d'avoir une arête dans la gorge.

« J'ai dit une chose qu'il ne fallait pas ? demanda-t-elle.

– Non, m'dame. C'est un plaisir de vous avoir avec moi.

– J'apprécie votre courtoisie. Je me rends bien compte que certains pourraient penser que je ne suis pas qualifiée pour ce travail, mais je ferai de mon mieux. »

Je regardai son profil, son visage rayonnant, et mon cœur se mit à battre.

Mon Dieu, ne me laissez pas jouer au vieux con, suppliai-je.

Nous avons roulé jusqu'à la pointe sud de Cypremort Point, avant de marcher le long de la languette de sable, de *salt grass* et de parpaings où j'avais trouvé la chaussure de tennis. Le vent était chaud, et expédiait des vagues brunes sur le sable.

« Nous avons reçu trois appels au 911 signalant des hurlements de femme, expliquai-je. Un de ceux qui ont appelé pensait qu'ils provenaient d'une vedette de croisière éclairée. Les vedettes amarrées ici ont toutes été inspectées. »

Bailey balaya du regard la longue étendue d'eau, les mamelons de verdure et les bancs de sable évoquant plus un marais qu'une baie d'eau de mer. « Tout ça est en train de disparaître, n'est-ce pas ?

– D'à peu près seize miles carrés par an, répondis-je.

– Pourquoi le cinéaste et son ami vous dérangent-ils ?

– C'est son ami, Butterworth, qui me dérange le plus. Je pense que c'est un pervers et un sadique caché.

– Ce sont des termes qu'on n'entend plus beaucoup.

– C'est lui le vrai problème.

– Présentez-moi. »

Ses cheveux étaient comme des plumes sur sa joue. Le sentiment protecteur que j'éprouve pour elle est le même que celui que j'éprouve pour ma fille, pensai-je. Et il est naturel qu'un vieil homme se sente protecteur envers une jeune femme. Il n'y a rien de mal à ça. Absolument rien. Seul un Janséniste caché verrait un dessein précis dans ce qui n'était qu'une inclination inhérente à l'espèce.

Quel mensonge.

J'avais appelé Desmond pour prendre rendez-vous. Mais je ne m'étais pas contenté de ça pour me préparer en ce qui concernait Antoine Butterworth. J'avais parlé avec un ami des services du Shérif de Los Angeles, capitaine du poste d'Hollywood Ouest. Dans la sous-culture de l'industrie cinématographique, Butterworth était quasiment un mythe. Il embauchait des prostituées qu'il faisait s'humilier réciproquement à l'aide d'objets sexuels ; il lui arrivait aussi de les suspendre à des crochets, et de les tabasser à coups de poings. Il était revenu de La Nouvelle-Orléans à Los Angeles dans un état de rage, et avait houspillé tous les gens de son bureau parce que la prostituée avec laquelle il avait dû coucher était laide. Un coproducteur et lui avaient mis du LSD dans le déjeuner de la domestique hispanique du coproducteur, et ils l'avaient filmée tandis qu'elle titubait, égarée et effrayée, à travers la maison ; plus tard, ils avaient projeté la vidéo au bureau. Butterworth vivait dans le quartier de Palisades, dans une maison en stuc blanc à 7 millions de dollars dominant l'océan. Il avait installé dans le *pool house* un médecin junkie pour obtenir une provision de dope propre. Le médecin avait été découvert flottant à plat ventre au milieu des jacinthes d'eau, mort par overdose. Avant de trouver une situation chez Butterworth, le médecin avait participé à un programme de désintoxication en douze étapes.

Si Butterworth avait des limites, personne ne les connaissait.

C'est Desmond qui ouvrit la porte. Quand il vit Bailey Ribbons, le souffle lui manqua. « Qui êtes-vous ? »

Elle rougit. « L'adjoint Ribbons.

– Je ne peux pas y croire, dit-il.

– J'espère que nous ne vous dérangeons pas, dit-elle.

– Non, Dieu merci. Entrez, répondit-il avec un coup d'œil à la terrasse derrière lui. Vous pouvez m'accorder une seconde ?

– Il y a un problème ? demandai-je.

– Nous étions en train de jouer quelques morceaux. Antoine n'est pas complètement habillé. J'ai un peu confondu les heures. »

Il entra dans la chambre pour y prendre un peignoir qu'il apporta sur la terrasse. À travers la porte vitrée, je le vis qui discutait avec Butterworth. Butterworth portait un maillot de bain jaune moulant, son corps bronzé luisant d'huile ; il enfila le peignoir qu'il se noua à la taille, prit une pince à joint dans un cendrier, tira une bouffée et mangea le joint.

Desmond revint dans le salon. « Vous savez à qui vous ressemblez ? demanda-t-il à Bailey.

– À mes parents, je suppose, répondit-elle.

– À Cathy Downes. L'actrice qui jouait avec Henry Fonda dans *La Poursuite infernale*.

– Je ne connais pas ce film, dit-elle.

– On vous organisera une projection ici. Quand vous voudrez.

— Il faut que je parle à ton ami, là-dehors, Desmond », dis-je.

Il se gratta le sourcil. « Encore cette histoire ?

— Je ne sais pas ce que tu entends par "cette histoire". Il s'agit d'une enquête sur un homicide.

— Antoine, dans le passé, a eu quelques addictions. Tu devrais être capable de le comprendre.

— Je viens de le voir manger un joint.

— Il a une prescription médicale de marijuana. Je ne le laisserai plus fumer ici. Tu as ma parole.

— Vous jouez de tous ces instruments ? demanda Bailey.

— Le saxophone est à Antoine, répondit Desmond.

— Quels morceaux étiez-vous en train de jouer ? demanda Bailey.

— Quelques arrangements de Flip Phillips. Vous savez qui était Flip Phillips ?

— Non, je suis désolée, dit-elle.

— On n'est pas en train de faire des mondanités, dis-je.

— D'accord, me dit-il. Quelle tête brûlée tu fais, Dave. Non, je retire ce que j'ai dit. Tu as une tête de puritain. Il te faudrait des souliers à boucles, et un de ces hauts chapeaux. »

Je refermai la porte vitrée, et attendis Bailey. « Vous venez ?

— Oui. » Elle sourit.

Le regard de Desmond ne quitta pas sa nuque.

Butterworth était allongé sur une chaise-longue sous un parasol planté dans une table en verre. « Oh là là ! Seigneur ! Regardez ce qui nous arrive ! »

Son peignoir s'était ouvert. Le contour de son phallus se dessinait sous son maillot moulant, aussi ferme qu'une banane. Il m'envoya un baiser.

Desmond avait raison. Je n'étais pas objectif à l'égard de Butterworth. Sur une table en séquoia était posée une glacière ouverte dans laquelle des bouteilles de bière étrangère dépassaient des grumeaux de glace pilée. J'ai sorti de la glace une bouteille de Tuborg. « Attrapez ça. »

Butterworth cligna des yeux, mais attrapa la bouteille de sa main gauche aussi adroitement qu'une grenouille qui, de sa langue, intercepte un insecte en plein vol. « On s'amuse à se lancer des objets, c'est ça ?

— Votre vue me paraît plutôt bonne, dis-je. C'est vraiment dommage qu'elle vous fasse défaut quand vous regardez à travers un télescope.

— On est un gros malin !

— Je vous conseille de ne pas vous adresser une deuxième fois à moi en utilisant un pronom indéfini, dis-je.

— Gros méchant. Ça m'excite, dit-il.

— Je pense que vous ne comprenez pas très bien, Mr. Butterworth. La Louisiane est l'équivalent américain du Guatemala. Notre système judiciaire est une plaisanterie. Notre corps législatif est un asile psychiatrique. Est-ce que ça vous dirait de passer quelques jours dans la prison de notre paroisse ?

— J'aurais sans doute la visite de quelques grands costauds noirs après l'extinction des feux ? »

Pareil à tous les mégalomanes, il n'avait pas de barrières. Il était le genre d'homme dont les Espagnols disent qu'ils sont *sin dios, sin verguenza*, sans Dieu et sans honte.

« Vous voulez bien vous lever une minute ? dis-je.

— On va en venir aux mains, maintenant ?

– Non. Votre peignoir est entrouvert, et je n'aime pas vous voir. Et je n'aime pas non plus votre insolence. »

Il recouvrit son entrejambe, mais ne bougea pas de la chaise-longue. « J'avais dit à Desmond que nous faisions une erreur en venant ici.

– De quoi êtes-vous en train de parler ?

– Nous sommes en train de tourner un film. En Arizona, au Texas et en Louisiane. Je lui avais dit qu'ici, on aurait des ennuis.

– Vous tournez en Louisiane parce qu'ici l'État vous subventionnera jusqu'à hauteur de vingt-cinq pour cent, dis-je en sortant de ma poche une enveloppe que je lui tendis. Jetez un coup d'œil là-dessus. »

Butterworth sortit une photo de l'enveloppe, et l'observa attentivement. Ses sourcils étaient perlés de sueur. « Elle a été prise dans une morgue ?

– Exact.

– C'est la femme qui était sur la croix ? »

La photo montrait le corps de Lucinda Arceneaux sur la table d'autopsie, un drap remonté jusqu'au menton. Butterworth remit la photo dans l'enveloppe qu'il me rendit, l'air grave.

« Regardez-la encore une fois, dis-je. Elle travaillait pour un traiteur qui livre aux compagnies de cinéma sur les tournages.

– Inutile que je la revoie. Je n'ai jamais vu cette personne.

– Regardez encore, Mr. Butterworth.

– Je vous ai dit la vérité. Je pense que vous m'avez donné cette enveloppe pour que j'y laisse mes empreintes digitales. »

Je sentais sur sa peau l'odeur de la sueur, de l'huile et de l'herbe. « Vous aimez tabasser des putes ?

– C'est un mensonge.

– Un fonctionnaire des Services du Shérif de Los Angeles m'a dit que vous les forciez à se harnacher de godemichets, et à s'humilier mutuellement, et qu'ensuite vous les suspendiez à des crochets ou à des sangles, avant de les rouer de coups.

– J'en ai assez de ces conneries.

– Ouais, si tu arrêtais un peu, Dave ? dit Desmond dans mon dos.

– Il faut être un type assez particulier pour prendre la vie d'une jeune femme innocente dans le but de recréer la Crucifixion, dis-je. Dans le coin, on n'avait encore jamais vu ça. Du moins jusqu'à ce que tu n'amènes Mr. Butterworth ici.

– Au Rwanda, j'ai vu des tas de corps aussi hauts que cette maison, auxquels on mettait le feu, dit Butterworth. Certains étaient encore vivants. Si vous n'étiez pas un officier de police, je vous casserais votre putain de gueule.

– Je me demande pourquoi je ne crois pas un mot de ce que vous dites, dis-je.

– Parce que vous êtes un imbécile incompétent avec sur les bras un crime dont vous n'avez pas l'habitude et que vous n'avez pas assez d'expérience pour résoudre, répondit-il. Pardonnez-moi ma sincérité, mais j'en ai foutrement marre de votre arrogance et de vos insultes. »

Le parasol battait dans le vent, l'air brillait d'humidité, la terrasse était brûlante. Soit il était le meilleur acteur que j'aie jamais vu, soit un homme doté d'une fierté cachée dont je ne l'aurais pas cru capable.

« Je voudrais que vous examiniez ce cadavre, dis-je.

– Vous êtes un acharné, hein ?

– C'est exact.

– Alors allez chercher un mandat. »

Il se leva de sa chaise-longue. Nos visages étaient à vingt centimètres l'un de l'autre, ses yeux étaient ceux d'une bête sauvage. Je sentis ma main droite se fermer, puis s'ouvrir, puis se refermer. J'avais la bouche sèche, l'impression que le vent soufflait dans ma tête. Je connaissais trop bien ces signes. Ils étaient précurseurs de la réaction que j'avais eue bien des fois, lorsque je superposais le visage d'un homme du nom de Mack au visage d'Asiatiques qui ne m'avaient fait aucun mal. Bailey et Desmond nous fixaient du regard comme deux témoins en direct d'un accident de voiture.

« Miss Bailey, je vous en prie, venez jeter un coup d'œil aux photos d'Henry Fonda et de Cathy Downs, dit Desmond en ouvrant la porte coulissante qui séparait la terrasse du salon. Toi aussi, Dave. J'aimerais que vous veniez voir le film, tous les deux. Ça signifierait beaucoup pour moi. »

Bailey se tourna vers moi avec l'air de quelqu'un qui se retrouve dans un asile de fous. Mon portable vibra dans ma poche. Je regardai qui m'appelait. C'était Helen Soileau. « Dave à l'appareil.

– Tu es à Cypremort Point ?
– Oui.
– Tu arrives à quelque chose ?
– Négatif.
– Finis-en avec ça. On en a un autre. »

5

Le camp de chasse consistait en une cabane abandonnée et desséchée dans une zone marécageuse, au sud-ouest d'Avery Island, où les gommiers, les cyprès et les plaqueminiers étaient festonnés de plantes grimpantes desséchées. Nous garâmes la voiture et pataugeâmes à travers une tourbière luisante d'huile et d'essence. Les auxiliaires médicaux, trois adjoints en uniforme, Helen et Cormac Watts étaient déjà là. Un érable des marais aux branches couvertes de lichen, en train de crever à cause de l'eau salée, se dressait derrière la cabane ; à l'une de ses plus grosses branches était suspendu un objet énorme en forme de larme. L'air bourdonnait comme une ruche.

C'est un pêcheur qui était tombé en panne d'essence et s'était hissé sur le tertre qui avait appelé le 911, stupéfait et écœuré par ce qu'il avait vu.

Le vent changea et nous nous trouvâmes submergés par une odeur évoquant un seau rempli de rats morts. J'entendis Bailey hoqueter. Je m'éclaircis la gorge, crachai, et lui tendis un mouchoir propre. « Mettez-vous ça sur le nez.

– Tout va bien.

– C'est une odeur à laquelle on ne s'habitue jamais. Faites ce que je vous dis, Miss Bailey.

– Ne m'appelez plus 'Miss', Dave.
– OK. »

Un adjoint tendait des rubans de scène de crime à travers les arbres. Helen se tenait sur une éminence devant la cabane. La cabane n'avait ni porte, ni vitres. Le sol était incrusté de saleté et de carapaces de coléoptères. Helen respirait par la bouche, inspirant et expirant lentement.

« Avant qu'on ne s'occupe de cette saleté dans l'arbre, je voudrais que tu voies ça, dit-elle. Ça sera peut-être le seul indice qu'on trouvera ici. »

De lourdes empreintes de bottes menaient dans la cabane, et en ressortaient de l'autre côté par un trou entre les planches, encore ébarbées et que les intempéries n'avaient pas eu le temps de noircir, comme si la fente était récente. Il y avait sur le sol des traces sombres indiquant qu'on y avait tiré quelque chose, et des taches dont se nourrissaient des fourmis rouges.

Maintenant, la puanteur était suffocante. J'essayai de m'imaginer l'homme qui portait les bottes. Il s'agissait sans doute de bottes à embout d'acier, aux lacets passés dans des œillets de métal, au cuir raide et même déformé, pour avoir été portées dans un marais ou sur une plate-forme de forage en mer. À moins qu'il ne s'agît de celles d'un homme aux bajoues noires et couvertes de poils, qui évitait volontairement de se laver ou de se raser, et portait son odeur comme une arme. Je pouvais presque entendre ses pas sur le sol tandis qu'il tirait sa victime à l'extérieur, son pas mesuré, ses doigts crochetant la chemise de la victime, son poids écrasant le sol avec le bruit d'une horloge en bois marquant les heures.

Le photographe de notre département prenait des clichés, le bas de son visage masqué par un foulard. Puis il vomit dans le foulard.

Nous marchâmes sur un terrain sec jusqu'à l'autre côté de la cabane. Le corps d'un homme frêle vêtu d'une tenue de chantier kaki était suspendu, la tête en bas, dans un filet de pêcheur. Il avait les bras attachés dans le dos. Une de ses chevilles était liée à ses poignets, si bien que son mollet, ramené en arrière, était serré contre l'intérieur du genou. Son visage était dans un état de décomposition avancée et il avait le regard plissé d'un nouveau-né. Des mouches grouillaient sur presque chaque centimètre carré de peau. Une canne de marche noueuse, à l'extrémité pointue, avait été enfoncée dans sa poitrine, et ressortait dans son dos.

« Tu l'as déjà vu ? me demanda Helen.

– C'est difficile à dire, répondis-je.

– Pourquoi a-t-il la jambe attachée de cette façon ? »

Cette posture me disait quelque chose, mais j'étais incapable de me souvenir où je l'avais vue. Je secouai la tête.

« Ça vient du tarot, dit Bailey.

– Le jeu qui prédit l'avenir ? dit Helen.

– C'est une compilation d'iconographie médiévale et égyptienne, expliqua Bailey. Ce sont les Gitans qui l'ont transmise des âges anciens aux temps modernes.

– Et alors ? dit Helen.

– La victime est mise dans la position du Pendu.

– Qu'est-ce que c'est, le Pendu ? demanda Helen.

– Certains disent que c'est Judas, d'autres que c'est Pierre. D'autres encore disent que c'est Sébastien, le légionnaire romain martyrisé pour sa foi. En mourant il a fait le signe de croix. Dans le jeu de cartes, il est souvent associé au sacrifice de soi. »

Helen s'écarta de l'arbre et observa le sol, les mains sur les hanches. « Quel est ton avis, Dave ?

demanda-t-elle. Tu ne crois toujours pas qu'Hugo Tillinger est notre homme ?

– Peut-être Tillinger a-t-il tué sa famille, ou peut-être que non, dis-je. Mais je doute qu'il soit un spécialiste du symbolisme occidental.

– Qui est un fichu spécialiste ? dit Helen. Je crois que ça n'a rien à voir avec le jeu de tarot. Je crois que ça a à voir avec un type qui aime tuer des gens, et qui veut foutre la trouille à toute la communauté. »

Je regardai Bailey. Il était visible qu'elle essayait de dissimuler à quel point l'odeur de la victime la mettait mal à l'aise ; en même temps, je me doutais qu'elle se demandait si son éducation et ses connaissances ne risquaient pas de faire d'elle un membre solitaire et isolé de notre service.

« En dehors du pêcheur qui a découvert le corps, personne n'a rien vu ? demandai-je à Helen.

– Non. L'an prochain, ou dans quelques années, cet endroit sera englouti. Cormac dit que le corps est sans doute là depuis une semaine. »

Nous retournâmes de l'autre côté de la cabane. Le soleil brillait à travers les arbres, les feuilles frissonnaient dans le vent. J'entendais une balise cliqueter sur la baie.

« Peut-être la façon dont la jambe est attachée est-elle une coïncidence, dis-je. Mais la canne qui transperce la poitrine, ça multiplie la coïncidence par deux.

– Je ne comprends pas, dit Helen.

– Notre jeu de cartes à nous descend du tarot, dis-je. La suite des trèfles vient de la Suite des Bâtons. La Suite des Bâtons, renversée, est associée à l'échec et à la dépendance.

– Je ne veux pas entendre ça, dit Helen.

– Alors je ne sais pas quoi te dire.

– Vous êtes sûrs de ça, tous les deux ? demanda Helen.

– Aussi sûrs qu'on peut l'être quand on se met dans la tête d'un fou », répondis-je.

Un adjoint souleva un de ses collègues afin qu'il puisse couper la corde qui attachait le filet à la branche de l'arbre. Ni l'un ni l'autre ne put éviter de toucher le corps, ni échapper à toute la force de sa puanteur. Le corps tomba sur le sol dans un bruit sourd et un essaim de mouches, la mâchoire s'ouvrit sèchement, et un sylphe d'Amérique jaillit de la bouche.

Le lundi, la victime, grâce à ses empreintes, avait été identifiée comme Joe Molinari, né dans les marges de la société américaine au Charity Hospital de Lafayette, le genre d'homme innocent et sans visage qui voyage, presque invisible, de la naissance à la mort, sans laisser aucune trace écrite, en dehors de quelques formulaires W-2[1], et une arrestation pour un chèque en bois de trente dollars. Permettez-moi d'aller un peu plus loin. Le rôle de Joe Molinari avait consisté à être utilisé par les autres, en tant que consommateur, que travailleur, qu'électeur et que laquais, ce qui, dans l'économie du monde dans lequel j'ai grandi, était considéré comme normal à la fois par le seigneur dans son château et par le vassal travaillant aux champs.

Il avait passé toute sa vie à New Iberia, fumait quatre paquets de cigarettes par jour, et travaillait pour une entreprise qui s'occupait de détruire des

---

1. Formulaire fiscal utilisé pour déclarer les salaires versés aux employés, et les impôts retenus à la source.

bâtiments amiantés, et d'autres boulots que les gens effectuent pour des salaires de misère, tout en affirmant ne pas détruire leur organisme. Il n'avait pas de famille proche, jouait aux dominos dans un salon de jeu près du bayou et, pour autant qu'on sache, ne s'était jamais éloigné de plus de trois paroisses de son lieu de naissance. Il avait disparu depuis sept jours. Cormac Watts conclut que Molinari était mort soit d'un trauma crânien, soit d'une overdose d'opiacés, soit des deux. La décomposition était trop avancée pour qu'on pût conclure.

Le seul fait saillant attaché au nom de Molinari, c'est qu'il avait été concierge du tribunal de la Paroisse d'Iberia pendant deux ans, dans les années 1990. Sinon, il aurait pu vivre et mourir sans que personne ne le remarque.

En rentrant chez moi à pied après le travail, je vis Alafair et le scénariste-producteur Lou Wexler reculer hors de mon allée dans la Lamborghini, capote baissée. Wexler freina et leva une main en l'air. « Joignez-vous à nous, monsieur.

– Pour quoi faire ?

– Aller dîner au Yellow Bowl, à Jeanerette.

– Je t'ai laissé un mot, dit Alafair.

– Une autre fois, dis-je. Il se peut que ce soir, je doive retourner au bureau.

– Bien reçu », dit-il. Il leva le pouce et s'éloigna, ses tuyaux d'échappement vibrant au-dessus de l'asphalte. Je vis qu'Alafair essayait de regarder derrière elle, les cheveux dans le vent. Je n'avais pas à retourner au bureau, et je me sentais coupable d'avoir menti. Et le pire pour moi, c'était d'avoir tenté de faire en sorte qu'Alafair se sente coupable.

J'ai pris un dîner froid sur les marches de derrière en regardant le crépuscule, fâché contre moi-même pour mon incapacité à accepter l'époque, et le fait qu'Alafair ait sa vie à mener et qu'à un moment donné, je doive la laisser aller et la confier aux soins d'un homme que, peut-être, je n'apprécierais pas. Snuggs et Mon Tee Coon, assis sur notre table-bobine, battaient de la queue, humaient la brise. L'air était dense de l'odeur du bayou, l'odeur qu'il dégage après une forte pluie, et la lumière était devenue comme un bol doré à l'envers dans le ciel, les cigales bourdonnant dans les arbres. J'entendis un pas dans les feuilles près de la porte cochère.

« Comment ça va, mon noble ami ? » dit Clete.

Personne dans ma vie n'était autant le bienvenu que Clete Purcel. Il était le seul être humain violent, accro, totalement irresponsable, que j'aie jamais connu, à avoir son rayonnement particulier. « Comment vas-tu, Cletus ?

– Alafair est par là ?

– Elle est sortie avec un certain Lou Wexler.

– J'ai l'impression que tu n'es pas d'accord.

– Je n'ai pas voix au chapitre. Quoi de neuf ?

– J'ai fait des recherches sur ces types d'Hollywood. Je ne veux pas croire que Tillinger soit derrière ces meurtres.

– Ces meurtres n'ont rien à voir avec toi. Oublie cette histoire.

– Quand il a sauté de ce wagon, j'aurais dû appeler le 911.

– Assez.

– Bon », dit-il. Il s'assit à côté de moi, et plia les mains. Il regarda Snuggs et Mon Tee Coon. « Tu as quelque chose en tête ?

– Quelque chose en tête ?

– Oui, quelque chose à quoi je puisse t'aider. »

Que répondre à ça ? « J'ai passé les deux derniers jours à parler à des gens qui ont connu Joe Molinari.
– Le type dans l'arbre ?
– Il devait peser soixante kilos, et n'avait jamais fait de mal à une mouche. Quelqu'un lui a plongé une canne pointue dans le cœur.
– Les "blue meanies[1]" t'attaquent. »

C'était une expression de l'ancien temps, quand Clete et moi arpentions le Vieux Carré et, plus tard, quand nous étions partenaires aux Homicides. « Blue meanies », pour nous, ça voulait dire la dépression, le fait de vivre en sachant ce que la conduite humaine peut avoir de pire. Les « blue meanies » non seulement vous rongeaient : ils vous mâchaient, vous crachaient, et vous piétinaient sur le trottoir.

« Comment tu vois cette affaire ? » demandai-je.

Clete réfléchit un moment. « Ce type met ses victimes en scène. C'est peut-être un photographe. Il en connaît un rayon sur l'histoire, la religion et le symbolisme. Il est plein de rage, mais il ne la laisse se manifester que lorsqu'il contrôle la situation. C'est le genre de plouc en col blanc qui vit seul, qui travaille dans un bureau de huit heures du matin à cinq heures du soir, avant de rentrer chez lui pour s'amuser avec une scie électrique dans un sous-sol dont les vitres sont peintes en noir. »

La description de Clete me donna des frissons, pas à cause des détails, mais parce que, concernant une enquête sur un homicide, il avait rarement tort.

« C'est pour ça que ce Tillinger me préoccupe, continua-t-il. J'ai appris qu'au lycée, il participait au

---

1. Allusion aux « Méchants » dans *Yellow Submarine*, le dessin animé des Beatles.

club de théâtre. Il était aussi photographe amateur, et il aimait David Koresh[1].

– Le maître du culte à Waco ?

– Ouais. Et il y a un autre facteur. Au lycée, il fricotait avec l'acide. En d'autres termes, il était dans le même trip heavy-metal que sa fille. Plus tard, il se revoit en elle, et il fait brûler sa maison avec elle à l'intérieur, et sa mère, pour faire bonne mesure.

– Tu réfléchis trop.

– Travis Lebeau est venu à mon bureau, cet après-midi. Il dit qu'il a vu Tillinger au Wallmart.

– Arrête de te laisser pourrir la vie par ce type. Et arrête de te mettre en accusation. »

Clete posa un bras sur mes épaules. On aurait dit une lance à incendie sous pression. « Je me fais du souci pour toi. Les types comme moi peuvent vivre seuls. Les types comme toi ne devraient pas le faire. Un jour, Alafair partira en Californie, ou à New York, et elle ne reviendra pas.

– Dis un mot de plus, et je te casse la gueule.

– Tu as un autre problème, dit-il. Tu assumes le fardeau des autres, et tu refuses de l'admettre. Exactement comme moi.

– Je pense ce que je viens de te dire, Clete. Ferme-la.

– Comment ça se passe, avec ta nouvelle partenaire ?

– Bien.

– Aujourd'hui, je l'ai vue devant l'hôtel de ville. »

J'attendis.

« Elle n'a pas le type habituel de la policière en civil.

---

1. Leader religieux des « Davidiens », une secte dont le siège de 51 jours par le FBI aboutit à la mort de 82 victimes à Waco (Texas) en 1993.

— Et alors ?
— Rien. Je me demandais juste comment elle s'en sort. »

Il observa Snuggs et Mon Tee Coon, ses mocassins marquant le rythme sur la marche.

Le jeudi, à 15 h 17, Bailey Ribbons frappa discrètement à la porte de mon bureau. Helen et elle avaient passé la plus grande partie de la journée à un séminaire qu'un agent du FBI tenait à Lafayette.

« Bon après-midi, dis-je.
— J'espère que je ne vous dérange pas.
— Pas du tout. »

Je me levai et refermai la porte derrière elle.

« Desmond Cormier m'a appelée deux fois, dit-elle. La première fois pour m'inviter à dîner. La deuxième afin de s'excuser pour la première. Et il y a sur mon répondeur un message que je n'ai pas écouté. »

Elle se tenait à moins de soixante centimètres de moi, la tête levée vers moi, les mains sur son sac.

« Je lui parlerai, dis-je.
— Il ne m'a rien dit d'inconvenant.
— Il sait qu'il compromet votre situation.
— Vous ne serez pas trop dur avec lui, hein ?
— Non, m'dame.
— Vous croyez que son ami Butterworth a quelque chose à voir avec la mort de Lucinda Arceneaux ?
— On n'en a aucune preuve, en dehors du fait qu'il a nié voir son corps à travers le télescope. Mais c'est un type de ce genre.
— Un type de quel genre ?
— Du genre dont le regard exprime une joie malveillante. Qui se nourrissent de Kryptonite. Qui aiment le Mal pour le Mal.

– C'est plutôt dur !

– Quand on sous-estime un type comme ça, on en paie en général le prix toute sa vie.

– Pourquoi Desmond Cormier serait-il associé avec lui ?

– Pour la même raison que n'importe qui : l'argent. »

Elle regarda sa montre. « J'ai abusé de votre temps.

– Je m'apprêtais à sortir prendre un café et un morceau de tarte chez Victor's. Vous avez mieux à faire ?

– Non, j'en serais ravie. »

Trois policiers en uniforme nous croisèrent tandis que nous suivions le couloir pour descendre. J'entendis l'un d'eux marmonner aux deux autres quelque chose dans sa barbe. Un des mots commençait par la lettre C.

« Attendez une minute », dis-je à Bailey.

Je rattrapai les trois policiers. L'un d'eux était petit et musclé, et son visage m'évoquait un œuf dur sur lequel aurait été peint un sourire. Il s'appelait Axel Devereaux. Il avait été accusé de maltraitance sur des prisonniers lors de l'administration précédente, mais avait été déclaré non coupable.

« Tu ne faisais pas référence à ma partenaire, n'est-ce pas, Axel ? » dis-je.

« Jamais de la vie », répondit-il. Les autres détournèrent les yeux.

« Alors de qui est-ce que tu parlais ?

– J'en sais rien. J'ai une très mauvaise mémoire.

– Que cette conversation ne se reproduise plus, compris ? »

Quand il sourit, il montra des dents grosses comme des Chicklets. « Tu nous emmerdes, Robicheaux.

– Sans doute. Tu veux qu'on en reparle plus tard ? Après le bureau ?

– Va te faire foutre. »

Je rejoignis Bailey en haut de l'escalier, et nous descendîmes ensemble au rez-de-chaussée et sortîmes dans le soleil. Le vent soufflait dans les chênes verts près de la grotte, les bambous se balançaient, l'air était saupoudré d'une odeur de pluie. Nous allâmes chez Victor's, où nous prîmes du café et de la tarte. J'étais persuadé que les gens nous regardaient. Dans ces circonstances, et à mon âge, c'est une sensation bizarre, et humiliante.

« Il y a quelque chose qui vous met mal à l'aise, Dave ? demanda-t-elle.

– Non, dis-je. On va faire un tour.

– Où ?

– Je sais où nos amis d'Hollywood tournent aujourd'hui.

– Vous êtes sûr que c'est une bonne idée ?

– Ces gens du cinéma sont mêlés à la mort de Lucinda Arceneaux. Je suis incapable de le prouver, mais je le sais.

– Comment ?

– Le Mal a une odeur. C'est une présence qui consume celui qui l'abrite. Nous refusons de le croire, parce que nous n'avons pas d'explication logique. Il a l'odeur de la pourriture dans un tissu vivant. »

Elle soutint mon regard, ouvrant silencieusement la bouche. J'aurais voulu m'arracher les cordes vocales.

6

L'hélicoptère, un Huey d'époque qui n'avait pas d'armement extérieur – ce qu'au Vietnam nous appelions un « *slick* » –, descendit au ras de l'eau dans une embardée, des tourbillons de fumée montant de sa carlingue, le Plexiglas grêlé de traces d'armes automatiques. Le gamin qui était aux commandes avait un œil couvert d'un bandage sanglant.

Un acteur déguisé en paysan du tiers-monde était attaché à l'un de ses patins. L'hélicoptère grondait au-dessus de nos têtes, aplatissant les graminées autour de la digue sur laquelle nous nous tenions. Cet instant me renvoya aux images et aux bruits et à la folie collective d'un pays asiatique paradisiaque devenu dingue, un lieu que j'avais consigné dans mes rêves et que j'espérais bien ne plus jamais revoir.

Dans mes rêves, j'entendais le *klatch* métallique sur la piste de nuit, mais pas l'explosion. J'étais enduit de lumière, mon corps auréolé de cascades de feuilles et de lianes et d'une terre qui avait une odeur féconde, comme celle d'une tombe fraîchement creusée. Je regardais mon casque rouler silencieusement sur la piste. C'est en vain que j'ouvrais et fermais la bouche, pour chasser la surdité de mes oreilles. À l'intérieur de l'immense obscurité verte de la piste, j'apercevais les silhouettes des hommes de ma patrouille à la lueur des éclairs sortis des canons de leurs armes, ainsi que les armes des petits hommes en pyjama qui vivaient d'une boulette de riz par jour, portaient des sandales en caoutchouc de pneus et buvaient, leurs mains en coupelle dans la rivière, de l'eau infestée de moustiques. Les éclairs ressemblaient à des décharges électriques bondissant dans un nuage de poussière et de fumée qui masquait les étoiles.

Un auxiliaire médical noir de Jersey City, surnommé Spaceman parce qu'il était le gosse le plus courageux de l'unité en même temps qu'un Section Eight[1] potentiel, s'est soudain retrouvé assis sur moi, collant la cellophane d'un paquet de cigarettes sur le trou que j'avais dans la poitrine, qu'il martelait du poing. Il y a eu un afflux d'air dans mes poumons, j'ai récupéré mon audition, et je l'ai entendu me dire : « Respirez, lieutenant. Il faut respirer. Une, deux. Une, deux. Mon meilleur pote est revenu vivant en 65. Cet enfoiré a réussi. »

Ma patrouille a bricolé une civière en entrecroisant des armes, et m'a porté toute la nuit tandis que les obus d'une batterie en mer faisaient des arcs dans le ciel avant d'exploser dans la jungle avec de grands *boom*. Aux premières lueurs de l'aube, nous avons aperçu la zone d'atterrissage dans le lointain, des flammes s'élevant au milieu de l'herbe-éléphant vers le haut de la colline, des hommes en noir ramassant les morts. J'ai entendu que quelqu'un disait : « On est baisés. »

Puis le « *slick* » a émergé d'un soleil brouillé, déjà chargé des grognements des blessés, un civil

---

1. « Section Eight » : personne renvoyée de l'armée pour inaptitude mentale.

vietnamien accroché à l'un de ses patins. Il a lâché prise et est retombé dans la jungle d'une hauteur de vingt mètres, moulinant des jambes comme un homme à bicyclette. Le pilote était un officier spécialisé de dix-neuf ans originaire de Galveston. Il avait une compresse sur un côté du visage, la joue striée de sang. Quand il a atterri, j'ai vu sur son masque une tête de mort en décalcomanie. En dessous, on pouvait lire : « Je suis le dispensateur de la mort. »

J'étais l'un des nombreux occupants du plancher du « *slick* ». Les autres avaient, inscrit sur le front, le M de morphine. Je n'ai jamais eu l'occasion de remercier le pilote. Plus tard, j'ai appris qu'il n'avait pas survécu à la guerre.

Je n'aimais pas parler de la guerre, ni même m'en souvenir. Et même si l'intention était noble, je détestais les cérémonies qui m'y ramenaient. J'avais depuis longtemps déposé mon glaive et mon bouclier, près de la rivière, et ne voulais pas les ramasser.

J'entendis Bailey me demander « Ça va ?
– Sûr », dis-je.

Nous venions juste d'arriver, et nous n'avions encore parlé à personne sur le plateau. L'hélicoptère atterrit sur la jetée, sa descente suffisamment lente pour permettre au cascadeur de toucher le sol sans risques. Il s'éloigna en boitillant, et en se tenant le dos.

« Joli travail, mais on va la refaire, dit Desmond. Un nuage a caché le soleil. Je veux que la silhouette de l'homme claque sur un fond de soleil rouge.

– Je suis épuisé, Des, dit le cascadeur. Je crois que je me suis déchiré le nerf sciatique.

– Passe-moi tes vêtements.

– Ici ?

– Et où ailleurs ? » dit Desmond.

Le cascadeur alla se déshabiller derrière l'hélicoptère. Desmond n'était pas aussi pudique. Il quitta son polo qu'il fourra dans la poche de son pantalon et, en équilibre sur un pied, il se mit en slip.

« Tu veux un cache-sexe, Des ? cria quelqu'un.

– Je l'ai laissé dans la chambre de ta mère », répondit-il.

Il enfila la tenue du paysan, et se retourna. Il ne nous avait pas vus arriver. Il avait le visage rouge vif, et pas à cause des coups de soleil. « Ne me dites pas que vous avez tout vu. »

Je haussai les épaules. Le regard de Bailey se promenait sur le plateau. Desmond ouvrit et ferma les yeux, comme un homme qui vient de s'avancer dans une cage d'ascenseur. « Il faut que je recommence cette scène, et je suis à vous.

– Allez-y, dit Bailey. C'est d'accord, n'est-ce pas, Dave ?

– Bien sûr. J'aurais dû prévenir. »

Desmond enfila une paire de gants de cuir, et se tint en dessous des pales de l'hélicoptère quand elles se mirent à tourner. Lorsque l'hélicoptère se souleva, il s'assit sur un patin aussi naturellement que quelqu'un qui monte dans un funiculaire. Une ceinture de sécurité était fixée à l'un des montants, mais il ne l'utilisa pas. L'hélicoptère s'éleva, puis s'inclina au-dessus de l'eau tandis que Desmond était assis, une main sur le patin et l'autre sur le montant. Quand le pilote eut fait demi-tour et revint vers nous, Desmond se balança sous le patin. Son corps paraissait tordu et torturé, ses jambes se découpant sur le soleil, s'agitant comme si, d'une certaine façon, Desmond avait volé mon rêve et recréé l'homme désespéré que j'avais vu, il y a des dizaines d'années, tomber dans la jungle.

L'hélicoptère descendit suffisamment pour qu'il pût se laisser tomber sur le sol. Il se baissa sous les pales et, alors que tout le monde applaudissait, se dirigea vers nous en souriant.

« Il y a sur la table du champagne, des boissons sans alcool, de la viande froide et une salade de pommes de terre, dit-il. On va remplir nos réservoirs, non ?

– On ferait peut-être mieux de commencer par parler travail, suggéra Bailey.

– Tout ce qui pourra vous faire plaisir.

– C'est à propos de Lucinda Arceneaux », dit-elle.

Le visage de Desmond s'assombrit.

« Nous sommes quasiment certains qu'elle connaissait quelqu'un de ton équipe », dis-je. Il s'agissait d'un mensonge, mais c'est comme ça que ça marche. On tend la toile d'araignée en travers du seuil, et on espère que la bonne personne la traversera.

« Qui, dans mon équipe, par exemple ? dit-il en regardant autour de lui.

– Elle était jeune, idéaliste et naïve, dis-je. Une fille de la campagne pleine de rêves sur Hollywood. Tu penses qu'un de ces types pourrait s'accrocher à une fille comme ça ?

– Tu mets tout le monde dans le même sac, Dave. Tu me rappelles ces gens des années cinquante. Joe McCarthy, Nixon, et leurs pareils.

– Rien de si grandiose, dis-je. Il y a un détenu du Texas évadé dans le coin. Il s'appelle Tillinger. Il a été condamné pour meurtre. Il était persuadé que Lucinda Arceneaux connaissait des gens du cinéma qui pouvaient le sortir du couloir de la mort. Il est venu ici, dans la région où elle vivait et où tu es train de tourner un film.

– Ça me dépasse », dit Desmond.

À l'arrière-plan, je voyais Antoine Butterworth et Lou Wexler en pleine discussion. Wexler portait un pantalon blanc. Il avait glissé les deux mains dans ses poches arrière, comme un entraîneur de base-ball en train d'engueuler un arbitre. Il s'écarta de Butterworth et s'approcha de nous, en agitant les doigts, comme s'il cherchait une serviette. « Il faut que tu fasses en sorte que je n'aie plus ce connard sur le dos avant que je ne lui enfonce la tête dans un trou de langouste, dit-il à Desmond.

– Arrête avec ça, Lou, dit Desmond.

– Vraiment désolé de te créer un problème, dit Wexler. Je croyais que le metteur en scène, c'était toi.

– Quel est le problème ? demanda Desmond.

– Je lui ai dit que tu voulais commencer à six heures demain matin, dit Wexler. La météo est parfaite. On aura des nuages sur un ciel rose, des ombres sur les herbes. La marée sera basse avec le sable lisse et les bois flottés dressés comme des os. Cet enfoiré ne veut rien comprendre. Il dit que le syndicat se plaindra.

– Je vais lui parler. On tourne à six heures, dit Desmond. Plus de querelles de bac à sable.

– Je l'ai connu en Afrique, Des, dit Wexler. Il avait peur des nègres, il avait peur de son ombre. Tu as déjà rencontré un lâche de merde qui ne soit pas capable de te poignarder dans le dos ?

– On ne parle pas comme ça sur le plateau », dit Desmond.

Wexler nous regarda, Bailey et moi, comme s'il ne nous avait pas encore vus. « Désolé.

– Oublie ça », dit Desmond. Il posa les bras sur les épaules de Bailey et sur les miennes. « Allons manger un morceau.

– On va laisser tomber le repas, dis-je. C'est quoi, cette histoire à propos des nègres ?

– Lou aime employer un vocabulaire de mercenaire, expliqua Desmond. En fait, Antoine et lui ont fait fortune dans les jeux vidéo.

– Quel genre de jeux vidéo ? demandai-je.

– Les thèmes de la guérilla urbaine. Faire tout sauter. Style *Grand Theft Auto*, répondit-il.

– Ce sont des thèmes ? dis-je.

– Allons, Dave. Sois beau joueur, et profite de la vie. Prends un peu de plaisir sur le plateau. Comme me l'a dit un jour Burt Reynolds : 'Pourquoi grandir quand on peut faire des films ?'

– C'est pour ça que tu en fais ? »

Le soleil était comme un énorme rubis au milieu d'un bouquet de nuages à la pointe du marais. Il me regarda, les yeux remplis de pensées que j'étais incapable de lire. « Non, ce n'est pas pour ça que j'en fais. Pas du tout.

– Alors, pourquoi ? demanda Bailey.

– Ils permettent de toucher à l'éternité. C'est l'une des expériences que nous avons en commun avec le Créateur. Faire des films, c'est ça. »

En cet instant, je fus persuadé que Desmond Cormier vivait en un lieu dans lequel peu d'entre nous auraient le courage – voire la témérité – de pénétrer.

Le lendemain, après le travail, Sean McClain gara son pick-up dans mon allée, il y avait une pirogue sur le plateau. Deux cannes à pêche étaient appuyées contre le hayon. Il ne descendit pas. « Venez faire un tour à Fausse Point avec moi. »

C'était la première fois qu'il me proposait d'aller pêcher. « Il y a quelque chose qui ne va pas ? demandai-je.

– Je pensais qu'on pourrait aller taquiner les brèmes. La dernière fois que j'ai fait une sortie, je me suis enfoncé une cuiller Mepps dans le cou. J'ai pensé que ce serait plus simple avec une canne à pêche. »

Je n'avais aucune idée de ce qu'il avait en tête, mais je savais que ce n'était pas le poisson. « Pourquoi pas ? » dis-je.

Nous suivîmes Loreauville Road à travers des champs de canne verte sillonnés par le vent, sous un ciel marbré de nuages de pluie violets et pourpres. Nous mîmes la pirogue à l'eau à Lake Fausse Point. J'étais assis à la proue et lui à la poupe, et nous pagayâmes le long de tupelos morts qui, lorsqu'on les frappait, résonnaient comme des congas. Je décrochai la ligne à l'extrémité de la canne à pêche, accrochai un ver à l'hameçon et lançai la ligne, le flotteur et un petit lest de plomb à côté des nénuphars. Le vent était tombé, et l'eau était aussi plate et immobile qu'un tableau.

« Il y a une chose dont je devrais peut-être vous parler, dit Sean.

– Je me disais que tu allais le faire.

– C'est vrai ?

– Tu as descendu un de tes collègues ?

– Je n'en étais peut-être pas loin. »

Je me retournai et le regardai. « Je plaisantais.

– Non, j'ai descendu personne, dit-il. Même si j'y ai pensé. Il y en a à qui le méritent.

– Tu peux me dire de quoi on est en train de parler, s'il te plaît ?

– Je prenais un café au Donut, et certains gars ouvraient leur gueule à propos de Miss Bailey. Un en particulier. Il disait qu'elle avait obtenu son boulot couchée sur le dos.

– Quel type ?

– Celui qui a été accusé, à la prison de la paroisse.
– Axel Devereaux ?
– Je lui ai dit quelques trucs que je n'aurais peut-être pas dû dire.
– Par exemple ?
– Qu'il me faisait penser à un porc fouille-merde enfoncé jusqu'aux oreilles dans un seau de bouillie. Qu'il ferait mieux de fermer sa gueule avant je ne la lui explose.
– Il ne faut pas provoquer un homme comme Devereaux.
– Je l'ai fait.
– Tu as fait quoi ?
– Je lui ai balancé le distributeur de serviettes en papier dans la gueule. Ça l'a fait tomber de son tabouret.
– Tu as cogné Devereaux avec un distributeur de serviettes ?
– Je lui ai aussi piétiné la gueule, et je lui ai dit qu'il ferait mieux de rester à sa place s'il ne voulait pas que je lui transforme l'oreille en raisin écrasé.
– Tu ne me racontes pas d'histoires ?
– Non, monsieur. Il a mouillé son pantalon. Littéralement. » Il jeta un coup d'œil sur l'eau près des nénuphars. « Il y a quelque chose sur votre ligne. »

Le flotteur traversa la surface de l'eau en ligne droite, sans s'enfoncer. Il dessina un V, puis s'enfonça hors de vue. Je levai la canne et sortis de l'eau un poisson-lune que je jetai, tout frétillant, dans le bateau. Je me mis de l'eau dans la main, décrochai le poisson et le remis sous la surface. Je le vis disparaître dans l'obscurité, comme une bulle rouge et or. Je me retournai sur mon banc, et regardai Sean. C'était un trop brave gosse pour se trouver en butte avec des hommes à qui on n'aurait jamais dû donner une arme ou un insigne.

« Parles-en à Helen, dis-je.

— Je suis pas un mouchard.

— Il ne faut pas te faire un ennemi d'un type comme Devereaux.

— Lui et ses copains me feront franchir une porte, et je me ferai buter, c'est ça ?

— C'est comme ça que font les gens comme lui.

— Si vous aviez été dans la cafétéria, qu'auriez-vous fait ?

— Sans doute la même chose.

— En un sens, ça ne me rassure pas.

— Tu es quelqu'un de droit, Sean. Personne ne peut t'enlever ça. Et, secrètement, Devereaux te redoute.

— Vous auriez dû être prêcheur.

— Si tu as encore des problèmes avec ces mecs, dis-le-moi.

— Pas question.

— Pas question, quoi ?

— Mon vieux disait toujours qu'on doit régler ses affaires soi-même. Je vous en ai parlé juste parce que je pensais que vous aviez le droit de savoir ce que Devereaux et ses copains ont en tête. »

Il souleva sa ligne, et la lança dans une autre direction, le visage rosi par le soleil.

Deux jours passèrent sans aucun progrès concernant les étranges meurtres de Lucinda Arceneaux et de Joe Molinari. À vrai dire, rien ne permettait d'établir un lien entre les deux. Le meurtre d'Arceneaux avait visiblement été commis par un obsédé des rituels, mais la position la tête en bas de Joe Molinari dans le filet, et la configuration de ses jambes, pouvaient être une coïncidence sans rapport avec le tarot. Peut-être la victime, tout simplement, devait-elle de l'argent à quelqu'un, ou avait-elle couché avec la femme d'un autre, ou était-elle tombée sur un individu complétement shooté.

Le vendredi soir, Clete Purcel descendait des shots en les faisant passer avec de la bière dans une gargote pour Noirs délabrée qui proposait du blues des Spheres et un poulet grillé à vous briser le cœur, quand un Blanc qu'il n'avait pas envie de revoir franchit la porte et essaya de soulever une Noire à l'extrémité du bar. L'homme, pas rasé, était ivre, le visage luisant d'alcool, d'arrogance et d'un degré de lubricité qu'il ne cherchait pas à dissimuler.

Le barman se pencha vers Clete. « Vous connaissez ce type ?
– Ouais.
– Rendez-lui un service.
– Il se débrouille tout seul, dit Clete.
– Tout seul, ça veut dire qu'il va se retrouver à plat ventre sur une table à dissection. » Le barman inclina une bouteille de Jack au-dessus du verre de Clete. « C'est la maison qui régale. »

Clete plia un billet de cinq dollars qu'il glissa entre les doigts du barman. « Je vais peut-être gagner un peu de temps sur mon purgatoire. »

Il se dirigea vers le bout du comptoir de planches, et posa la main sur l'épaule de l'homme ivre. Il avait deux étoiles bleues tatouées sur la nuque, et un filet de larmes vertes descendait d'un de ses yeux.

« Il est temps d'aller respirer un peu, Travis », dit Clete.

La lèvre inférieure pendante de Travis le faisait ressembler à un poisson bouche ouverte. « Tu ressembles à Clete Purcel.

– Pas possible », dit Clete.

Deux Blancs entrèrent et s'assirent dans le coin. Clete en reconnut un, un shérif adjoint sans son uniforme. Comment s'appelait-il, déjà ? Axel Dickward, ou quelque chose dans ce goût-là. Tous deux regardaient en direction de Clete.

« Ça sent le brûlé, par ici, dit Clete à Travis. Ils te cherchent des crosses ?

– J'sais pas d'quoi tu parles, dit Travis. J'viens juste d'acheter une nouvelle bagnole. J'voulais inviter la dame à faire un tour.

– Un tour, d'accord », dit la femme assise à côté de lui. On était en été, mais elle portait un court manteau bleu marine aux gros boutons de cuivre, peut-être à cause de l'air conditionné qui soufflait sur sa nuque. « Ce garçon est de l'AB, mais ça veut pas dire qu'il aime pas les mûres à la crème. »

Les deux hommes dans le coin n'avaient pas commandé. Le plus petit alluma une cigarette, dont la flamme éclaira ses traits. Des poils dépassaient de ses narines.

« Je pense qu'ils sont en train de te suivre, Travis, dit Clete.

– Le seul qui me suit, c'est toi.

– Content de te l'entendre dire. » Clete lui donna une grande tape dans le dos. Une bouffée d'odeur corporelle sortit de sa chemise. « Continue à mener le bon combat. »

Clete retourna à son shot de Jack et à son demi-verre de bière. Sur la scène, une guitariste en robe violette parsemée de sequins était assise sur un tabouret haut, un rayon de lumière solitaire braqué sur ses mains et sa guitare électrique. Elle avait les cheveux noir corbeau, les lèvres enduites de brillant, les ongles rouges comme des artères. Une cicatrice aussi épaisse qu'un ver géant entourait la moitié de son cou. Elle entama une chanson que Clete n'avait jamais entendue chanter par une femme : *I have a hard time missing you, baby when my gun is in yo' mouth*[1].

Clete versa son shot dans sa bière, et la vida cul-sec. Il sentit le choc se répandre dans son ventre, ses reins, sa poitrine, comme un vieil ami qui met le feu à une bûche. Encore deux ou trois, et son foie deviendrait lyrique. Il regarda la bouche de la chanteuse, l'éclat sur ses seins, la façon dont ses ongles semblaient cliqueter sur les frettes. La pluie fouettait une vitre dans le fond. Il pouvait presque sentir une odeur pareille à un champ mortuaire dans un pays tropical, mais il ne savait pas pourquoi. *Tu es dans la zone*, se dit-il. *Ralentis un peu.*

Il alla aux toilettes, descendit sa braguette, s'appuya d'un bras au-dessus de l'urinoir et se soulagea. Quelqu'un franchit la porte et la laissa battre sur son ressort. Une ombre rejoignit la sienne sur le mur.

« Mr. Merde Blanche a des ennuis. »

Il se retourna et se trouva face à la femme noire que Travis avait essayé de soulever. Il remonta sa braguette, et se lava les mains au lavabo.

« Vous êtes sourd ? insista-t-elle.

— Vous êtes dans les toilettes des hommes, au cas où vous ne l'auriez pas remarqué.

— Ils s'apprêtent à l'emmener quelque part. Quand ils en auront fini avec lui, il ne saura même plus comment il s'appelle. »

Clete s'essuya les mains. « Qu'est-ce que ça peut vous faire ?

---

1. Paroles de *Sweet Blood Call*, de Louisiana Red. Elles font allusion à une fellation, vue du côté de l'homme.

— Axel Devereaux, dans la prison, a enfoncé une chaussette sale dans la bouche de mon frère, et l'a presque fait suffoquer à mort. »

Clete fit de la serviette en papier une boule qu'il lança vers la poubelle. Elle rebondit sur le rebord, et atterrit par terre. « Vous n'avez rien à faire ici. »

Il rentra dans le bar où il commanda un double shot et une bière à long col, glacée, et prête à descendre lourde comme du plomb. La chanteuse sur son tabouret fumait une cigarette, soufflant sa fumée en un flot vertical. Ses yeux semblèrent se fixer sur ceux de Clete. Il voyait bouger ses lèvres, comme si elle murmurait. Il regarda autour de lui. Les moulures de bois étaient peintes en rouge. Les lumières au-dessus du comptoir du fond étaient rouges, aussi, ce qu'il n'avait pas remarqué plus tôt. Il s'essuya la bouche, fugacement incertain de l'endroit où il se trouvait.

« Vous pouvez baisser l'air conditionné ? demanda-t-il au barman. Je crois que je suis en train de prendre froid. »

La tête du barman ressemblait à une boule de bowling marron trop petite pour ses épaules. Sans lever les yeux, il essuya un verre.

« Il faut que j'utilise le langage des signes ? insista Clete.

— Il y a d'autres bars le long du bayou, dit le barman.

— Je vous ai posé une question. Ce bar est une glacière. À moins que j'aie un accès de malaria.

— La vie, c'est une bonne pipe, et ensuite on meurt.

— Vous avez appris ça dans un monastère bouddhiste ? »

Le barman ne répondit pas. Clete porta le shot à ses lèvres, puis le fit une deuxième fois, et le vida, chassant l'alcool avec la bouteille de bière. Il sortit son portefeuille. Les billets qu'il contenait devenaient flous, puis retrouvaient leur netteté. Son estomac tanguait. Il connaissait ces signes. Quelque part dans le sous-sol, le canon du tank lance-flammes s'était mis à tirer, un arc de flamme toucha une paillotte, le « *slick* » tournait au-dessus, les gens du village pataugeaient dans une rizière.

« On est réglo, dit le barman.

– Vous avez mis du poison dans mon verre ?

– On est gentils avec les gens qui ont le cerveau mariné. »

Clete prit son feutre sur le bar et se le mit sur la tête. « Ne me laissez plus entrer ici. »

Il sortit dans la pluie bruineuse et l'odeur du bayou. Au loin, il voyait les lumières de la raffinerie de canne, la fumée qui montait des cheminées, l'électricité crépitant à travers les nuages. Un tacot était arrêté sur le parking, la portière côté conducteur ouverte, les câbles d'allumage pendant sous le tableau de bord. Travis Lebeau était en position, les deux mains sur le capot, les jambes écartées.

Ne fais pas ça, dit une voix dans la tête de Clete.

« Pourquoi vous emmerdez ce pauvre connard ? dit Clete.

– On se connaît ? dit Axel.

– Clete Purcel. J'ai un bureau d'enquêteur privé sur Main Street.

– Alors, vous savez ce que signifie 'en mission'. Et dans votre cas, ça veut dire aussi 'Allez vous faire foutre'.

– Ce type est mon informateur. Ce qui fait de mon avocat son conseiller. Ce qui veut dire que son droit d'assistance s'étend à moi. »

Axel se mit à rire. « Où vous avez été pêcher ça ?

– Ce type essaie de redresser la barre, dit Clete. Fichez-lui la paix.

– Il a volé cette voiture, dit Axel. Regardez le démarreur.

– J'ai les papiers, dit Travis sans se retourner. J'ai perdu la clef de contact.

– Je le ramène chez lui, dit Clete.

– Vous faites obstruction à un officier de police dans l'exercice de ses fonctions, dit Axel.

– C'est vous, le gardien qui a enfoncé une chaussette dans la gorge d'un détenu ?

– Non, voilà ce que j'ai fait, dit Axel. Parce qu'il ne sait pas quand laisser tranquille la nana qu'il faut pas. » Il inséra entre les jambes de Travis une petite matraque en bois qu'il lui enfonça dans le rectum. Travis serra les fesses, le sang désertant son visage. « T'as reçu le message ? dit Axel.

– Ouais », dit Travis, les genoux tremblants.

Axel dégagea la matraque. « C'est mieux. On va y arriver.

– Vous êtes payé par un maquereau ? demanda Clete à Axel.

– On est en train de vous dire que ce type conduit en état d'ivresse, et sans doute une voiture volée », dit l'autre homme. Il avait les cheveux rasés sur les tempes. Un collier de barbe lui entourait la bouche. « On va le crocheter au siège, on va faire enlever sa voiture, et ensuite on vous paiera un verre. Ça vous va ?

– Avec quel maquereau êtes-vous de mèche ? » dit Clete.

Axel se retourna et appuya la tête de sa matraque sur la poitrine de Clete. « Ça fait un moment que t'as franchi la ligne, gros lard. » Il remonta sa matraque jusqu'à la gorge et au menton de Clete. « Compris ? »

La main droite de Clete s'ouvrit et se referma dans le noir. Il regarda les cercles de pluie sur le bayou, le reflet dansant d'une remorque sur sa surface. Le vent changea, et il sentit une odeur pareille à celle de champignons sur une tombe, à celle d'une tourbière troublée au fond d'un marécage, l'eau montant au-dessus de ses chaussures et de ses chevilles. Quelqu'un ouvrit la porte d'entrée du night-club. Clete entendit la femme sur la scène chanter une histoire à propos de la Maison du Soleil Levant.

« Écartez cette matraque de mon visage, dit-il.

– Pas de problème, dit Axel. Tout va bien ?

– Non.

– T'es le trou-du-cul de copain de Robicheaux, non ?

– On a travaillé ensemble aux Homicides au NOPD. Et avant, on faisait des rondes sur Canal, dans le Vieux Carré.

– Il enfile sa nouvelle partenaire ?

– Jamais entendu dire ça.

– Dis lui qu'il fasse gaffe à sa moustache. Saut s'il veut garder l'odeur toute la journée. »

Clete fit un pas en arrière, le sang battant dans ses poignets. Il regarda le bayou, dont le vent plissait la surface. « Je vais retourner à l'intérieur.

– J'ai dit une chose qu'il fallait pas ? dit Axel. Nous sommes tout ouïe.

– Je vais vous rejoindre à la salle d'écrou. Il vaudrait mieux que mon ami Travis soit intact.

– J'ai entendu dire que quand t'étais aux moeurs, tu biberonnais pas mal. Et aussi que tu suçais la bite de la Mafia à Vegas.

– Vous avez sans doute entendu juste, dit Clete.

– T'es le Grand Clete Purcel, hein ? Je ferais mieux de faire gaffe. »

Lui et son équipier menottèrent Travis et l'enfournèrent dans une voiture banalisée, lui cognant la tête quand ils le poussèrent sur le siège arrière. Maintenant, la pluie tombait plus fort, crépitant sur le feutre de Clete. Il crut entendre un court-circuit bourdonner dans sa tête. Il regarda la voiture s'éloigner avec les trois hommes, ses viscères devenus liquides.

Il rentra dans le bar et s'assit au comptoir. De la manche, il épongea la pluie sur son visage. « Donnez à la chanteuse ce dont elle a envie. Pareil pour la dame au bout du bar.

– Que s'est-il passé, dehors ? demanda le barman.
– Rien. Qui mène la danse ?
– Quelle danse ? »

Clete fit un signe de tête en direction du bout du comptoir.

« Personne ne la mène. Elle se mène toute seule. Et ne vous mêlez pas de ça, mec. Vous vous retrouverez avec la tête dans une broyeuse. »

7

Clete ne me parla de ça que le lundi, dans mon bureau.
« Est-ce que Travis a porté plainte ? dis-je.
– Pour quoi ?
– Qu'Axel Devereaux lui ait planté une matraque dans le rectum.
– Tu crois qu'un type avec un casier comme le sien pense qu'on lui rendra justice ? dit Clete.
– Il faut que je parle de ça à Helen.
– Je viens juste de voir Axel Devereaux, dehors. Il m'a regardé en face.
– Ne t'approche pas de ces types, Clete.
– Ce n'est pas moi qui ai commencé. »
Il n'avait pas tort. Les flics comme Devereaux font partie du système. C'est nous qui les avons créés, nourris et protégés, toujours à notre détriment, sans jamais rien apprendre de cette expérience. « Où est Travis ?
– J'ai payé sa caution.
– Ainsi, tu penses que l'un de nos adjoints est un maquereau à temps partiel ?
– Qui sait ? On a bien des gosses noirs qui vendent de la dope devant leur maison à trois heures et demie de l'après-midi.

– Comment s'appelle la pute ?

– Je ne lui ai pas demandé. Je lui ai offert quelques verres. »

Il portait un costume ample, et une chemise de sport pimpante sans cravate. Il avait des yeux vert fumée, impossibles à déchiffrer, et son visage ne portait pas de trace d'alcool.

« Je sais ce que tu penses, dis-je. Ote-toi ces idées de la tête.

– Quelles idées ?

– Régler tes comptes avec Devereaux sans l'aide de personne.

– Je n'aurais pas dû te répéter ce que Devereaux a dit à propos de Bailey Ribbons.

– Je m'occuperai de ça selon la procédure appropriée.

– La procédure appropriée ? C'est joli. Tu sais ce qui me fait le plus peur ?

– Aucune idée.

– Qu'un jour tu découvres qui tu es vraiment, et que tu te tires une balle. »

Après le travail, je pris mon pick-up et roulai jusqu'au club de blues près du bayou. À l'ouest, le soleil était rouge et bas ; de la poussière montait des champs de canne. J'entrai et montrai mon insigne au barman.

« Je sais qui vous êtes, dit-il.

– Clete Purcel était là vendredi soir, dis-je. Une femme noire était assise à l'extrémité du bar. Elle portait un manteau bleu marine, avec de gros boutons de cuivre. Elle l'a suivi dans les toilettes. »

Le barman a distraitement jeté un torchon en l'air, en regardant le tabouret vide au bout du bar. « Ouais, je me souviens. Et alors ?

– Comment s'appelle-t-elle ?
– Hilary Bienville. Elle vient boire ici. Mais elle ne fait rien de plus.
– Combien de soirs par semaine vient-elle ?
– Quatre ou cinq.
– Avec qui vient-elle ?
– Je n'ai pas remarqué.
– Avec qui part-elle ?
– Même réponse.
– Où vit-elle ?
– Je sais pas exactement.
– Vous savez qui est Axel Devereaux ?
– Non, m'sieur. »

Le barman entreprit de rincer un torchon dans l'évier, les yeux mi-clos. Une Noire à la silhouette mince en jupe noire moulante et chemise cow-boy verte avec des boutons pression en nacre, aux cheveux parsemés de perles de verre de Mardi Gras, était sur la scène, en train d'accorder sa guitare. Ses cheveux pendaient sur son visage, mais j'avais le sentiment que son regard était sur moi plus que sur les chevilles de réglage.

« Axel Devereaux est un flic pourri, dis-je au barman. Pourquoi le soutenir ?
– C'est comme ça, m'sieur.
– Arrêtez votre numéro à la Stepin Fetchit[1]. »

Il pencha vers moi sa tête ronde et lisse trop petite pour ses larges épaules. « Pas question que je supporte ça.
– Vous avez raison. » Je lui mis sous les yeux ma carte professionnelle. « Je dirai à Devereaux que vous

---

1. Acteur noir américain (1902-1985). Incarnation du Noir paresseux et pleurnicheur.

êtes un type solide. Je vois que vous avez ici un seau et un balai. Ça pourrait faire un superbe blason. »

Je sortis, et remontai dans mon pick-up. Mais je ne partis pas. La lumière commençait à déserter le ciel et les oiseaux se rassemblaient dans les chênes bordant le bayou, les grenouilles arboricoles coassaient. Quinze minutes passèrent. Puis la porte d'entrée s'ouvrit, et la femme à la chemise de cow-boy et aux perles de Mardi Gras sortit et, avec une allumette en carton, alluma une cigarette fichée dans un fume-cigarette, avant, d'une chiquenaude, d'envoyer promener l'allumette. Elle s'approcha de ma vitre, la fumée glissant entre ses lèvres. « Qu'est-ce qui se passe, chéri ?

– Il ne se passe rien.

– La fille que vous cherchez va avoir besoin d'aide. Vous la trouverez au caravaning près du pont à bascule de Jeanerette, juste en face de la grande maison de la plantation.

– Elle est en danger ?

– Elle a donné Axel Devereaux à votre ami le privé.

– Où avez-vous eu cette cicatrice sur le cou ?

– Je suis une négresse du Mississippi. J'ai eu toutes sortes d'histoires.

– Vous êtes de La Nouvelle-Orléans, dis-je. Ne vous rabaissez pas, ma belle.

– Comment vous savez que je suis de La Nouvelle-Orléans ?

– Vous avez l'accent d'un ange. »

Elle glissa ses ongles dans mes cheveux. « Viens me voir, un jour où tu travailleras pas. Je peux brûler ton blues.

– Je suis trop vert pour brûler », dis-je.

Quand elle sourit, ses dents bordées d'or brillèrent. « Tu as un *gris-gris* contre toi, mon chou. Quand tu auras besoin d'aide, dis-le à Maman. »

Elle souleva ma main du volant et me mordit le doigt tendrement.

Le lendemain matin, je me réveillai difficilement, la tête bourdonnante, rempli de tous les désirs et besoins que les hommes âgés ne perdent jamais, aussi dignement qu'ils puissent se conduire. Ce désir peut se manifester sous plusieurs formes, dont aucune n'est prévisible, et dont aucune n'est bonne.

À huit heures seize, je suivis Axel Devereaux dans les toilettes pour hommes du service. Il mouilla son peigne au robinet. Je me mis derrière lui, sans parler. Il secoua son peigne pour en faire tomber l'eau et le glissa dans la poche de sa chemise, tout en m'observant dans la glace.

« Tu m'as l'air un peu contrarié. Une nana t'a envoyé bouler ? dit-il.

– Je n'aime pas parler à un reflet. »

Il se retourna lentement, et son regard croisa le mien. Il avait les avant-bras épais et solides, couverts de poils. « Purcel t'a parlé ? »

Je l'ai giflé. Il avait la peau aussi rêche que du papier émeri. Il m'a regardé sans ciller, le visage figé, comme s'il avait subi un éclair stroboscopique dans l'obscurité. J'ai connu des hommes mauvais, mais je n'avais encore jamais vu un homme avec des yeux pareils. Il y avait en eux une méchanceté sans fond.

« Parle encore une fois de ma partenaire de façon aussi irrespectueuse, et je te suspends par les orteils et je te coupe la langue, dis-je. Et il ne s'agit pas d'une métaphore. »

Il détourna les yeux, et fixa le vide.

« Tu m'as bien entendu ? » dis-je.

Il passa à côté de moi et sortit, obligeant deux policiers à s'écarter, de l'eau s'égouttant de ses cheveux sur sa chemise.

Je restai au milieu de la pièce, tremblant de colère, les oreilles bourdonnantes. Je me lavai les mains, essayant d'ôter de ma peau le contact de sa barbe.

***

À cinq heures de l'après-midi, je roulai le long du Bayou Teche jusqu'à Jeanerette, passant devant la Plantation Alice, construite en 1803, avec ses palmiers, sa large galerie surélevée et ses deux cheminées, et devant une autre maison de planteur, entourée de chênes verts vieux de deux siècles. Je traversai un pont à bascule et tournai dans un terrain de caravanes qui semblait avoir été transporté depuis le Bengladesh.

Le responsable me désigna du doigt la caravane louée par Hilary Bienville. Elle était posée sur des parpaings, ses soudures orange de rouille, son plancher affaissé. Je frappai à la porte.

Une jeune femme noire m'ouvrit, accrochant la porte-moustiquaire en voyant l'étui de mon insigne. « Qu'est-ce que vous voulez ?

— Je m'appelle Dave Robicheaux, je suis un ami de Clete Purcel. J'aimerais vous parler.

— J'allais me faire à manger.

— Vous avez essayé d'aider un pauvre type, Travis Lebeau. Ce n'est pas tout le monde qui en ferait autant, Miss Hilary.

— Qui vous a dit où j'habite ?

— Une dame qui chante le blues.

— Quelqu'un est après moi ?

– Vous connaissez Axel Devereaux ?
– J'ai rien dit du tout sur Mr Axel.
– Mais vous le connaissez ?
– Tout le monde connaît Axel Devereaux.
– Je m'occupe des homicides et des agressions, pas des mœurs », dis-je. Je sortis une photo de mon portefeuille. On m'y voyait en compagnie de Clete, au Gulfstream Park, à Hallandale, en Floride. « Accordez-moi cinq minutes. »

Elle regarda mon pick-up, scruta mon visage, puis fixa les autres caravanes et le linge qui battait sur les fils. Elle décrocheta la porte. « Il faut que je sorte mon repas du micro-ondes. »

J'entrai. Les murs étaient couverts de pages découpées dans des magazines de cinéma. La plupart des photos montraient des acteurs noirs. Sur la table de la cuisine, il y avait une grande bouteille en verre vert remplie de piquette. Elle sortit du micro-ondes le repas surgelé et le posa sur un set de table.

« Il faut je nourrisse mon bébé avant que ma grand'maman arrive, dit-elle. Soyez rapide, d'accord ?

– Combien de nuits travaillez-vous ?

– Six. Je travaille pas le dimanche. Le dimanche, c'est jamais bon dans mon boulot.

– Vous êtes meilleure que vous ne le pensez, dis-je.

– Il faut bien essayer de payer les factures.

– Si vous avez de la chance, le maquereau qui vous tient ne prend que trente-cinq pour cent. Il donne vingt-cinq pour cent à Axel. Une fois de temps en temps, votre maquereau se sert de vous pour arnaquer un miché, et ça vous fait un petit supplément. Ça vous paraît une façon raisonnable de gagner votre vie ?

– C'est mieux que de récurer le sol d'un Blanc qui crache dessus. »

Elle retira le film transparent qui couvrait la nourriture, indifférente à la chaleur. Ses yeux s'embuèrent.

« Les nonnes du Southern Mutual Help peuvent vous aider à prendre un nouveau départ », dis-je.

Elle ne répondit pas. Elle pencha la tête, et commença à avaler par petites bouchées. Elle s'essuya le nez du dos du poignet.

Je pris sur le comptoir un rouleau d'essuie-mains, que je posai à côté d'elle. « Il me semble entendre votre bébé se réveiller. »

Elle posa sa fourchette. « Il faut que j'aille la changer.

– Je vais m'en occuper. »

J'entrai dans une pièce minuscule. Un bébé de neuf ou dix mois était allongé sur le côté, dans un berceau. Je retirai la couche sale, j'essuyai le bébé, et je lui mis une couche propre. Elle regarda mon visage avec curiosité et sourit quand j'agitai un jouet que je lui mis dans la main. Elle avait, noué autour de la cheville, un morceau de ficelle rouge à laquelle était accrochée une croix de Malte en cuivre.

Je retournai dans la cuisine et m'assis à la table sans qu'elle me l'ait proposé. « C'est un gentil bébé.

– Merci.

– Où avez-vous trouvé l'amulette qu'elle a à la cheville ?

– Ça me regarde.

– Ne la lui mettez pas autour du cou.

– Jamais je ferais une chose pareille.

– Vous croyez au *gris-gris* ?

– J'ai vu des morts. Ils ont des yeux affamés. C'est parce qu'ils peuvent pas manger ni boire avant d'entrer dans le corps de quelqu'un et le faire à travers lui.

– C'est la nuit que vous voyez ces morts ?

– En plein jour. Debout juste à côté de moi à l'épicerie. Un tas de gens sont pas ce qu'ils semblent. Il y a une deuxième personne à l'intérieur d'eux. »

Elle ne s'exprimait pas comme quelqu'un d'ignorant, ni même comme quelqu'un de superstitieux. Et c'est pourquoi elle me mettait vraiment mal à l'aise. Elle regarda par la fenêtre. « Voilà ma grand'maman.

– Cette amulette s'appelle la croix de Malte. Vous ne voulez pas me dire comment vous l'avez eue ?

– Dans un distributeur de chewing-gums.

– Qui est votre maquereau, Miss Hilary ?

– Vous croyez que je vous le dirais, à *vous* ?

– Voilà ma carte professionnelle. Si vous voulez sortir de ce milieu, appelez-moi. Ne vous laissez pas harceler par Axel. C'est une brute, et un lâche.

– Alors comment il est devenu adjoint du shérif ? »

L'après-midi du lendemain, Helen me convoqua dans son bureau. « Quelqu'un a empoisonné les animaux de Sean McClain.

– Quand ?

– Il les a nourris hier soir. Ce matin, ils étaient morts. Celui qui a fait ça, qui que ce soit, voulait avoir à la fois le chat et le chien. Il y avait un papier de boucherie avec de la viande hachée dans la niche, et une boîte de sardines sur l'herbe.

– Est-ce que Sean avait des problèmes avec ses voisins ?

– Sean n'a de problèmes avec personne. À part avec un ou deux trous-du-cul dans le service.

– Axel Devereaux en fait partie ?

– Devereaux sait que tu protèges Sean.

– Ça va plus loin que ça. Sean a balancé un distributeur de serviettes sur la tête de Devereaux, chez Victor's.

– Je l'ignorais.
– C'est sans importance. Devereaux ne devrait pas appartenir à ce service.
– Si je le vire arbitrairement, tu pourras t'occuper du procès qu'il nous fera.
– Je pense qu'il est peut-être associé avec un maquereau.
– Quel maquereau ?
– Je ne sais pas. J'ai parlé avec une prostituée noire de Jeanerette. Elle a refusé de me donner son nom. On en sait un peu plus sur le détenu évadé du Texas ?
– Non. Pourquoi ?
– La prostituée s'appelle Hilary Bienville. Son bébé a une croix de Malte à la cheville. C'est une icône que portaient les Croisés.
– Quel rapport ?
– Lucinda Arceneaux avait une chaînette à la cheville. La médaille en avait été arrachée.
– Je sais. Quel rapport avec Hugo Tillinger ?
– Je n'en sais rien, Helen. Je suis dans le brouillard. D'après tout ce qu'on entend, la tête de Tillinger est remplie de superstitions et de conneries de ce genre.
– Tu sais combien de gens, dans la Louisiane du sud, portent sur eux une amulette ou une médaille religieuse, toi compris ? »

Nous en étions arrivés au stade où chacun décharge sa colère sur l'autre, ce qui, lors d'une enquête policière, est presque toujours le signe qu'on va vers une impasse.

« Je vais parler à Sean, dis-je.
– Voilà la fin de l'histoire : quand Devereaux l'a croisé dans le couloir, ce matin, il a dit "Ouah-ouah" et "Miaou-miaou". »

Ce soir-là, le temps était très chaud et sec, et la fin de l'été flottait comme de la cendre dans le vent. Le ciel crépitait d'éclairs sans pluie, comme des flashes d'artillerie apparaissant à l'horizon et s'étalant silencieusement à travers les nuages. Un ivrogne se cogna contre un poteau électrique, et l'électricité se trouva coupée sur East Main. Les trois climatiseurs de ma maison poussèrent un grognement, avant de mourir comme des animaux malades. Je sortis de la glacière un bocal de citronnade que je me fis rouler sur le visage, puis je m'assis sur mon fauteuil au bord du bayou, et je bus ma citronnade en regardant les étoiles tomber du ciel.

Quand je rentrai dans la maison, le téléphone sonnait, et la lumière du répondeur clignotait. Il était 2 h 13 du matin.

« Où étais-tu ? demanda Helen.

— Dehors.

— On a besoin de toi sur Old Jeanerette Road. Entre la Plantation Alice et le pont à bascule. Reste en ligne. Il faut que je vire d'ici un photographe des actualités. »

Le lieu qu'elle indiquait me retourna l'estomac. C'était près de la caravane d'Hilary Bienville.

Helen revint en ligne. « On a un cadavre. Ou ce qu'il en reste. Magne-toi, tu veux bien ?

— Un homme ou une femme ?

— Bonne question », répondit-elle.

8

L'aspect le plus surréaliste de la scène résidait dans la juxtaposition des maisons de plantation d'avant la guerre civile, dont les lanternes brillaient comme des bougies sur un gâteau d'anniversaire, et de la trace sur le goudron. Elle commençait à la ferme expérimentale de LSU[1] et se poursuivait presque jusqu'au pont à bascule, en une ligne serpentine de près d'un kilomètre. C'est là que le véhicule s'était arrêté et que quelqu'un avait coupé la corde passée autour du cou de la victime.

Il était allongé sur le flanc au milieu des mauvaises herbes, les yeux ouverts, couvert de sang coagulé. La plus grande partie de son visage et de ses cheveux avait été comme poncée. Il n'avait plus de dents ni de chaussures, sa mâchoire était brisée. Ses jambes ressemblaient à des bâtons sanglants vêtus de loques.

Des véhicules d'urgence, gyrophares allumés, bordaient la route. « Il n'a pas de papiers d'identité, dit Helen.

– Il s'appelle Travis Lebeau, dis-je.

– L'informateur de Clete ?

– Juste un pauvre maladroit qui n'a pas eu de chance. »

---

1. Louisiana State University.

Elle braqua sa torche sur une larme verte qui restait sur sa peau. « Il faisait partie de l'AB ?

– Jusqu'à ce qu'ils le vendent à la Black Guerilla Family.

– Je n'arrive pas à croire qu'il y ait des types comme ça par ici, dit-elle. Est-ce que ce n'est pas l'AB qui avait traîné comme ça un Noir, au Texas, il y a une vingtaine d'années ?

– Ils avaient des tatouages du suprémacisme blanc. Ils appartenaient peut-être à l'AB, et peut-être que non. Ici, ça n'a rien de racial.

– Oui, mais ce sont eux. »

Munie d'une lampe-torche, je suivis la piste de sang et de peau. La lune était sortie des nuages et éclairait le bayou, et les quenouilles et les fourrés de cannes dans les bas-fonds. Il y avait du sang à la base de deux chênes verts au bord de la route. J'espérais que Lebeau était inconscient quand il les avait heurtés. J'éteignis ma torche, et retournai vers Helen.

« Tu ne m'as pas l'air bien, me dit-elle.

– Pas assez dormi.

– C'est vrai.

– Lebeau a essayé de me vendre une information, pour marquer un point, ou quitter la ville, dis-je. Je l'ai envoyé promener.

– Tu ne te fiais pas à son information ?

– Non.

– Alors qu'est-ce que tu étais censé faire ? Lui donner quand même de l'argent ? Oublie ça, Pops. »

Je rallumai ma torche et la braquai sur la bouche de Lebeau. « Je ne pense pas que ses dents se soient brisées sur la route. »

Elle me regarda.

« Il n'y a plus de racines. Je crois qu'on lui a arraché les dents avant de le traîner. »

J'avais besoin d'un verre. Et je crois qu'Helen aussi. Vous vous demandez pourquoi les flics ramènent leur boulot chez eux, ou dans un bar ? Ce n'est pas un mystère.

Nous n'avions aucune piste. Travis Lebeau vivait dans un foyer pour hommes à Lafayette. Là, personne ne se rappelait l'avoir vu le jour de sa mort. C'était un solitaire, sans famille ni amis, et il s'intéressait peu à ses compagnons du foyer. Nous avons fait passer ses photos d'identité judiciaire dans les journaux locaux et à la télévision, en demandant que quiconque susceptible de donner des informations à son sujet appelle le service.

Le vendredi, je reçus un appel d'un certain Skip Dubisson, un barman de North Lafayette. À un moment donné, il avait été lanceur dans le club-école des St. Louis Cardinals, mais il avait perdu un bras en Irak et travaillait maintenant dans un bar minable dans le quartier chaud, le vieux Red Light District non officiel de Lafayette, au nord de Four Corners.

« Je suis quasiment certain que ton homme est venu ici, Dave. Celui dont on voit la photo à la télé.

– Travis Lebeau ?

– Il ne m'a pas dit son nom. Mais ouais, c'était bien ce type, il y a une semaine. Il voulait régler une ardoise. Je crois qu'il voulait aussi tirer un coup.

– Il était accompagné ? Il s'est fait des amis, femme ou homme ?

– Je n'y ai pas fait attention. Je suis assez occupé par mes habitués, tu vois ce que je veux dire ?

– Vous avez quelques mauvais sujets ?

– Tu plaisantes ?

– L'Aryan Brotherhood ?

– Qui sait ? Par les temps qui courent, tout le monde a des tatouages, tous bleus, des poignets aux aisselles, beaucoup de croix gammées. Le racisme est revenu à la mode.

– Il ne s'agit pas d'un problème de racisme.

– Ici, tout est affaire de racisme. »

Pour aller à Lafayette, je pris mon pick-up plutôt qu'un véhicule de fonction, et me garai devant le bar. C'était un bar misérable, dans une ruelle. Le parking était jonché de cannettes de bière aplaties, et les tonneaux à ordures débordaient, couverts de mouches. J'entrai et me campai devant le comptoir. Skip me vit depuis l'autre extrémité du bar, et versa un Dr Pepper dans un verre rempli de glaçons. Il y laissa tomber deux cerises et une tranche d'orange, et le posa sur un napperon devant moi. Son bras gauche était équipé d'une prothèse. La bombe artisanale qui lui avait arraché un bras l'avait aussi défiguré sur un côté du visage, plissant sa peau comme une brûlure sur un abat-jour. Mais il était quand même bel homme, comme si, plus que ses blessures, un rayonnement intérieur le définissait. Je ne l'avais jamais entendu se plaindre, ni même mentionner son expérience de la guerre. « Comment va le travail, à New Iberia ? me demanda-t-il.

– La routine. Tu veux bien qu'on parle de certains de tes clients ? »

Mon iPhone était plein de photos d'identité judiciaire de bikers hors-la-loi, et de membres du Klan, de la Christian Identity, de l'Aryan Nations, du Parti Nazi Américain, et de l'AB. Je regardai Skip les parcourir.

« Est-ce que c'est une coïncidence si tous ces types ont l'air idiot ? demanda-t-il.

– C'est une condition sine qua non. »

Il secoua la tête. « Non, je n'ai jamais vu aucun d'entre eux.

– Tu m'as dit que Lebeau voulait tirer un coup.

– Je suis sûr que c'était bien le type qui traînait avec deux colombes plus très blanches.

– Est-ce que je peux leur parler ? »

Il se gratta la tête avec sa main artificielle. « Je ne me souviens plus auxquelles il parlait, Dave. Il était bourré et il n'avait pas d'argent. J'avais de la peine pour lui.

– Il n'a eu de problèmes avec personne ?

– Non. Pourquoi avait-il fait de la taule ?

– Meurtre au premier degré, requalifié en homicide involontaire.

– Il a vraiment été traîné derrière une voiture ?

– Avant, quelqu'un lui avait arraché les dents.

– Seigneur ! Et moi qui trouvais que l'Irak était terrible. Désolé de ne pas pouvoir plus t'aider. Tu veux un autre Dr Pepper ?

– J'ai deux autres photos sur lesquelles je voudrais que tu jettes un coup d'œil. » J'ai cliqué sur les photos face et profil non rasés d'un homme en uniforme blanc de détenu, que j'avais obtenues des Services de la Justice Criminelle du Texas.

« Ouais, je l'ai vu ici, dit Skip. Un bel homme. Un peu énervé. Il n'était pas venu chercher une pute. Je me suis demandé ce qu'il était venu faire ici. Il a bu un soda.

– Il s'appelle Hugo Tillinger. C'est un détenu évadé du Texas. Tu es certain que c'était bien lui ?

– Ouais. La semaine dernière.

– Est-ce qu'il était avec Travis Lebeau ? »

Skip regarda dans le vide, puis ramena les yeux sur moi. Quelqu'un tapota sur le comptoir pour avoir un autre verre. Skip le servit et revint vers moi. « Je me souviens de lui parce qu'il était seul assis au bout du bar, et qu'il a commandé une boisson sans alcool. Quand une prostituée s'est approchée de lui, il lui a parlé poliment, mais il n'était pas intéressé. Dans une gargote comme ça, on tire un coup, on paye, ou on se casse. Parfois, ça me met dans des situations inconfortables. Je veux dire, quand je dois dire à des gens de se casser.

– Tu as dit à Tillinger de partir ?

– Je l'ai laissé tranquille. Il me paraissait quelqu'un de bien. C'est le genre d'attitude qui me crée des ennuis avec le patron.

– Réfléchis bien. Est-ce que tu l'as vu parler avec Lebeau ?

– Ouais, peut-être. Je n'en suis pas sûr. » Il ferma les yeux, les rouvrit. « On aurait dit qu'ils se connaissaient.

– Est-ce que Tillinger est sorti avec quelqu'un ?

– Je ne sais pas. »

J'étais sur le point de renoncer.

« Mais il m'a dit une chose bizarre.

– Quoi ?

– "Vous devriez faire du cinéma." Je lui ai dit : "Vous rigolez ?" Il a répondu que je ne comprenais pas, qu'il avait des relations dans le cinéma, avec des gens qui avaient fait sortir de prison Hurricane Carter. Il a dit que j'étais photogénique. Je lui ai dit d'aller se faire examiner les yeux.

– C'est Tillinger. C'est notre homme.

– Pourquoi a-t-il été bouclé ?

– Il a fait brûler sa femme et sa fille. »

Skip poussa un grand soupir. Il me versa le reste du Dr Pepper. « Tu sais ce qu'il y a de plus déprimant, dans mon boulot ?

– Non.

– Laver les toilettes à deux heures du matin, et penser aux gens qui y sont entrés. Tu as déjà eu ce sentiment ? »

Tous les jours, pensai-je. Mais je n'ai rien dit.

Je suis retourné au bureau. En chemin, j'ai croisé Axel Devereaux dans le couloir. Il a fait semblant de ne pas me voir. Quand un type comme Devereaux fait semblant de ne pas vous voir, mieux vaut faire gaffe.

« Axel ? »

Il se retourna.

« Tu veux qu'on se retrouve quelque part, et qu'on mette les choses à plat ? dis-je.

– Mettre les choses à plat ? J'ai envie de t'arracher le visage.

– Parce que je t'ai frappé ?

– Non, parce que tu es un putain de menteur.

– À propos de quoi ai-je menti ?

– En disant que j'avais tué les animaux de Sean McLean. Tu as raconté ça partout.

– Tu t'es moqué de lui. Tu as imité son chat et son chien.

– Celui qui t'a raconté ça est un menteur. Exactement comme toi.

– À mon âge, je n'ai plus grand'chose à perdre, Axel. Tu vois ce que je veux dire ?

– Tu me verras venir, trou-du-cul. Je suis pas un cafard qui raconte tout le temps des saloperies sur les gens. »

Si vous n'êtes pas familiarisé avec la nature des petits Blancs du Sud, vous ne comprendrez pas la chose suivante : ils constituent une race génétiquement produite et ils ont en commun un état d'esprit sans rapport avec la classe sociale à laquelle ils appartiennent. Leur origine, pas plus que leur conduite, ne tient à un aspect financier. On ne peut pas les changer. Ils se font une gloire de la violence et de la cruauté, se vantent de leur ignorance, et n'auraient pas eu de problèmes pour assurer le service des fours à Auschwitz. Et il ne s'agit pas d'une hyperbole. En regardant Axel au fond des yeux, je compris que la gifle que je lui avais donnée avait été une gifle donnée à son âme, et qu'un jour je paierais pour ça.

« Quand tu as manqué de respect à ma partenaire, c'est toi qui as distribué les cartes, dis-je. Mais je n'aurais pas dû te frapper. Et je m'en excuse. Ça veut dire aussi que pour moi, l'affaire est close. »

Il se mit un cure-dents dans la bouche, puis l'en ressortit et l'observa, avec une lueur dans le regard. « Alors tu n'as pas de problème. »

Je m'éloignai, puis jetai un dernier coup d'œil sur lui avant d'entrer dans mon bureau. Il était toujours debout dans le couloir, solitaire, sa silhouette se dessinant sur le fond d'une fenêtre, comme un découpage noir dépourvu de traits et d'humanité.

J'avais sur mon bureau trois dossiers concernant des homicides : Lucinda Arceneaux flottant en mer sur une croix ; Joe Molinari suspendu à un arbre dans un filet à crevettes, et Travis Lebeau torturé et traîné à mort par une voiture. En termes de preuves, rien ne nous permettait de faire un lien entre ces trois affaires. Mais on ne pouvait nier l'aspect théâtral de chacun de ces meurtres. Certains fils semblaient aussi se recouper. L'homme que Lucinda Arceneaux avait voulu tirer du couloir de la mort s'était évadé d'un hôpital pénitentiaire, et était venu ici plutôt que dans une vaste zone urbaine où il lui aurait été plus facile de se cacher. Il était aussi sorti de sa réserve pour dire à un barman qu'il connaissait des gens dans le cinéma. L'homme avec qui il avait copiné, Travis Lebeau, avait fini assassiné. Mais que venait faire là-dedans Joe Molinari ? Il avait vécu de façon quasiment invisible. Avait-il été choisi au hasard par un cinglé, et mis en scène pour représenter le Pendu du tarot, ou Bailey Ribbons et moi avions-nous laissé libre cours à notre imagination ?

Normalement, les mobiles de tout homicide volontaire ont un rapport au sexe, à l'argent, au pouvoir, ou à n'importe quelle combinaison des trois. La similitude des meurtres Arceneaux et Molinari tenait au manque de mobile, et à la possibilité d'un fanatisme religieux frisant la folie. La mort horrible de Travis Lebeau pouvait être une simple vengeance de l'AB. Mais demeurait le fait qu'il était copain avec le détenu évadé, Hugo Tillinger, et que Tillinger était un ami de Lucinda Arceneaux. Tillinger avait connu ces deux personnes, et toutes deux, maintenant, étaient mortes.

Tillinger était notre seule piste. Skip, mon ami barman, avait dit que Tillinger semblait être un type bien. Un jury du Texas avait pensé le contraire. Mais, en fait, que savions-nous de lui ?

Il avait, ou non, tué sa famille. Il était raisonneur, et avait des attitudes moralement inflexibles. Il s'était sans doute introduit dans trois camps de pêche, mais n'y avait volé que peu de choses de valeur et, apparemment, son casier ne comportait aucun élément le signalant comme malhonnête. Skip m'avait dit qu'il n'avait pas sa place dans un bar qui était à peine plus qu'une maison de passe. Un maton du Texas l'avait traité de menteur de fils de pute à qui il ne fallait pas tourner le dos.

Et dans tout ça, nous devions choisir.

Ce soir-là, je rentrai tard et j'allai au fond de mon terrain, jetant dans le courant des noix de pécan moisies que je regardai s'enfoncer sous l'eau. Snuggs était assis à mes pieds, humant le vent, la queue enroulée autour de mon mocassin. J'entendis Alafair arriver derrière moi. « Que ce passe-t-il, chef ?
– Arrête avec ce mot de 'chef', s'il te plaît.
– J'ai signé avec l'équipe de Desmond, dit-elle. Je vais peut-être aller en Arizona.
– Pardon... Quoi ?
– Je vais m'occuper de la nouvelle mouture du script. Et j'aurai aussi un petit rôle dans le film.
– C'est bien.
– Lou et moi prenons l'avion la semaine prochaine pour rejoindre le lieu du tournage.
– Lou Wexler ?
– Ouais. Et alors ?
– Il est vieux.
– Il est plus vieux que moi. Ça ne veut pas dire qu'il est vieux.
– C'est ta vie, Alf.
– Pourquoi te sens-tu obligé de dire ça, Dave ?
– Je ne fais pas confiance à ces types. Quand ils ont obtenu ce qu'ils veulent, ils disparaissent. À chaque fois, sans exception.
– Alors je devrais me tenir à l'écart du monde du cinéma ? Et des éditeurs ? Dois-je me tenir à l'écart des maisons d'édition ? »

D'un arc de cercle, j'ai jeté une noix de pécan au milieu du bayou. « Je suis dans une impasse pour trois affaires d'homicide. Mais je suis cependant sûr d'une chose : Antoine Butterworth y est mêlé.
– Je pense que tu as tort, dit-elle. Et d'ailleurs, Lou le déteste.

– Pourquoi appelles-tu ce type par son prénom ?
– C'est ce que font les gens quand ils se connaissent. Et je ne veux pas dire au sens biblique du terme. Tu crois que Desmond est un pourri ?
– Non.
– Alors tu ne verras peut-être pas d'inconvénient au fait qu'il aimerait donner un rôle à Bailey Ribbons ?
– C'est elle que ça regarde. » Je lançai une noix de pécan dans le bayou.
« Tu éprouves des sentiments pour elle ?
– Arrête avec ça, Alafair. Quand est-ce que tu pars ?
– Mardi. Lou a un avion privé.
– Bon voyage. »
Je ramassai Snuggs que je calai sur mon épaule, rentrai dans la maison, et ouvris pour lui une boîte de nourriture pour chats que je posai sur une marche. Mon Tee Coon n'était pas en vue. Puis je me lavai les mains à l'évier, et sortis par devant sans dire au revoir, ni préciser à Alafair où j'allais. Je descendis East Main dans le crépuscule, sous la canopée de chênes verts, et passai devant la bibliothèque publique, tout en marquant mentalement la cadence. J'entrai dans Little River Inn et m'assis à une table du fond, empli de pensées et de désirs qui n'auguraient rien de bon pour personne.

9

« Vous dînez ici, ce soir, Dave ? demanda le serveur.
- Qu'est-ce que vous avez de froid à me proposer ?
- Du thé glacé ?
- Quoi d'autre ?
- Ce que vous voulez.
- Vous avez de la glace à la vanille ?
- Évidemment. Vous voulez quelque chose dessus ? »

Je regardai par la fenêtre, mon œil agité d'un tic. « Qu'est-ce que vous me proposez ?
- Crème de menthe, sauce brandy et chocolat, sauce chocolat simple, sauce caramel. »

Il y avait dans la cour de derrière un chêne vert entouré de guirlandes de petites ampoules. Le ciel était pourpre, un croissant de lune était suspendu à l'étoile du berger.

« Je n'ai envie de rien, dis-je. Je vais peut-être rester là cinq minutes.
- À votre aise, Dave. Si vous avez besoin de quelque chose, dites-le-moi. »

Après le départ du serveur, j'allai aux toilettes, puis je sortis. Je continuai de marcher à travers la ville, longeai The Shadows, traversai le pont à bascule sur

Burke Street, puis remontai Loreauville Road jusqu'à un cottage de style acadien qui se dressait sur un demi-hectare de verdure donnant sur le bayou. Toutes les lumières étaient allumées. Je sonnai.

Bailey m'ouvrit. « Ça alors, Dave ! Entrez. » Elle portait des sandales, un jean délavé et une chemise imprimée de fleurs pâlies.

J'entrai.

« Où est votre pick-up ?

— J'étais sorti marcher un peu.

— Sur Loreauville Road ? »

Le salon était immaculé. Je sentais une odeur de cuisine sur le feu. « Je suis désolée de vous avoir dérangée pendant le dîner.

— Non, vous allez manger avec moi.

— J'ai déjà mangé. Je ne resterai que quelques minutes.

— Venez dans la cuisine. Quelque chose ne va pas ? »

Elle me désigna une chaise à côté de la table. La cuisine était claire et propre, la moindre surface était bien essuyée. Par la fenêtre, j'apercevais la longue étendue verte du jardin, les ombres des arbres sur l'herbe, et le reflet de lumières sur le bayou. Mon corps éprouvait une sensation étrange, ma peau était comme morte, mes oreilles bourdonnaient. Je ne savais pas ce que je faisais là. Mes jambes se transformaient en caoutchouc. Je m'assis.

« Alors ? dit-elle.

— Desmond Cormier veut vous donner un rôle dans son film, tout en sachant que vous enquêtez sur un meurtre qui peut impliquer des gens avec qui il travaille.

— Il ne m'en a rien dit.

— Je suis désolé de faire irruption de cette façon. »

Elle mit sur son assiette un sandwich et deux cuillerées de salade de pommes de terre, puis posa sur la table deux verres et un pichet de thé glacé. « Vous voulez bien me dire ce qui vous préoccupe, s'il vous plaît ?

– Il y a deux ou trois salopards dans le service, dis-je. Axel Devereaux en fait partie.

– Et alors ?

– Il est misogyne.

– Vous croyez que je m'occupe d'un homme comme ça ?

– Il se peut qu'il ait empoisonné les animaux de McLean.

– Ouh ! Est-ce que quelqu'un va faire quelque chose ?

– Il n'y a aucune preuve.

– La moindre pensée de cet homme se lit sur son visage. Et, à propos, que fait-il dans le service ?

– D'après ce que je sais, vous avez grandi dans un quartier traditionnel de La Nouvelle-Orléans, Bailey ?

– Je ne vois pas le rapport.

– Au Vietnam, on avait l'habitude de dire "C'est le Nam". Ici, c'est pareil. On est en Louisiane. Ça veut dire qu'on est le punching-ball de tout le monde. Des guerres aux énormes conséquences se déroulent dans des endroits dont tout le monde se fiche.

– Vous n'avez pas à me protéger, Dave. Ni à me parrainer.

– Je vous crois. Je ferais mieux d'y aller. »

Elle regarda son assiette. Elle n'y avait pas touché. « Ça fait combien de temps que votre femme est morte ?

– Trois ans.

– Un accident de voiture ?

– J'appellerais ça un homicide. Pourquoi me demandez-vous ça ?

– Mon mari est mort alors qu'il n'avait que vingt-cinq ans. Il avait été en Irak, mais il a fallu qu'il rentre ici pour se faire tuer. Je sais ce que c'est que de perdre quelqu'un et de se retrouver seul.

– Je ne suis pas seul.

– Ne faites pas semblant.

– Desmond a raison. Vous ressemblez à l'actrice qui jouait Clementine dans le film avec Henry Fonda.

– Je suppose qu'il faudra que je le regarde un de ces jours.

– Ne vous approchez pas de ces gens, Bailey. Ce sont des fils de pute.

– J'essaierai de faire attention à moi. »

Je ne savais pas si elle faisait de l'ironie, ou si elle essayait de se montrer polie. Je me versai un demi-verre de thé, que je bus en une gorgée. « On se voit lundi matin.

– Passez quand vous en avez envie. Vous voulez que je vous reconduise ?

– Non. » Je n'avais pas envie de partir. J'aurais voulu être plus jeune de dizaines d'années. J'aurais voulu être tout, excepté ce que j'étais. Malheureusement, à un certain âge, vouloir être autre chose que ce qu'on est, ou vouloir ce qu'on n'a pas, devient un mode de vie.

À mon retour, Alafair et Lou Wexler étaient assis dans des rocking-chairs sur la galerie.

« Où étais-tu ? demanda Alafair.

– Je suis allé marcher un peu.

– Et si tu me prévenais, la prochaine fois ?

– Comment allez-vous, Mr. Robicheaux ? me dit Wexler.

– Je me porte bien. Et vous ?
– C'est une soirée merveilleuse, dit-il.
– Vous partez pour l'Arizona mardi ?
– Oui, monsieur, dit-il en se balançant.
– Dans votre avion privé ?
– À vrai dire, je l'ai loué. Je bénéficie d'une réduction d'impôts dans le cadre professionnel.
– C'est comme ça que ça marche ? Je crois que je vais déclarer mon pick-up.
– Rentrons, on va manger un peu de tarte aux noix de pécan, dit Alafair.
– Il faut que j'aille faire une visite à un barman que j'ai insulté.
– Tu as fait QUOI ?
– Un barman noir, dans cette boîte de blues sur le bayou. Je lui ai dit qu'il devrait avoir un blason représentant un balai et un seau.
– Tu n'as pas pu faire une chose pareille.
– J'étais de mauvaise humeur.
– Ne va pas là-bas.
– Je n'en ai pas pour longtemps. »
Elle se leva de son rocking-chair, qui continua à se balancer derrière elle. « Je t'en prie.
– Tu te fais trop de soucis, dis-je.
– On peut vous accompagner ? demanda Wexler.
– Inutile. Ils ont une clientèle plutôt dure. Vous connaissez la Louisiane.
– Essayez certains ports d'Afrique de l'Ouest.
– C'est exact. Vous étiez mercenaires, Butterworth et vous.
– Je m'occupais d'une société de sécurité privée. Butterworth était un dandy dégénéré.
– Vous aimez la guerre, Mr. Wexler ?
– Non, je déteste ça. Et je déteste aussi ceux qui en vivent.

– Ce n'est pas le cas des sociétés de sécurité privées ?

– Sauf votre respect, monsieur, nous avons sauvé la vie de milliers de gens qui auraient été massacrés dans leurs villages.

– C'est une noble tâche. Bonne soirée à vous. »

Je montai dans mon pick-up et je démarrai. Alafair s'approcha de ma fenêtre. La courroie du ventilateur grinçait, le levier de vitesse vibrait dans ma paume. « Change d'attitude, ou je ne reviendrai pas, dit-elle.

– Société de sécurité privée, mon cul.

– Je parle sérieusement, Dave. »

Mon cœur était un glaçon.

Je roulai jusqu'au club de blues sur le bayou. La nuit glissait dans les heures où le métabolisme psychique de certaines personnes s'inverse, où apparaît ce qu'il y a de pire en elles, et où elles alimentent des feux qui les déforment et les modifient. Le ciel était noir, l'air sec et plein de poussière, le parking rempli de tacots. À l'entrée, un homme et une femme se disputaient. La femme frappa l'homme, et partit en furie. Il lui fit un grand sourire, s'empoigna les couilles, et dit « Suce ».

J'entrai et m'assis dans l'ombre, à l'extrémité du bar. La chanteuse qui disait être une négresse du Mississippi jouait un instrumental accompagnée de deux Créoles qui portaient des feutres, des bretelles de pompiers et des chemises habillées à manches bouffantes de couleur rose qui semblaient aussi fraîches que les fleurs du même nom. Mon ami le barman à la tête en forme de bouton de porte en acajou pianota sur le comptoir devant moi. « Qu'est-ce que ce sera, chef ?

– J'ai l'air d'avoir des plumes dans les cheveux ?

– Même question. Vous voulez des travers de porc ? Vous voulez une bière ? Qu'est-ce que vous voulez ?

– J'ai fait une plaisanterie à propos d'un seau et d'un balai et de Stepin Fetchit.

– Ça m'a foutu en l'air.

– Je m'excuse.

– J'ai pas toute la nuit.

– Donnez-moi un Dr Pepper sans alcool.

– Ici, c'est pas une buvette.

– Donnez-moi un Dr Pepper, et donnez à la femme qui est sur scène ce qu'elle veut.

– Elle boit des doubles scotchs avec du lait.

– Alors donnez-lui ça. Autre chose.

– *Quoi ?*

– Est-ce qu'Hilary Bienville est passée ?

– La fille qui fait le tapin ? D'après ce que j'ai entendu dire, elle accepte pas le frotti-frotta, vous voyez ce que je veux dire ?

– Quel est votre nom ?

– Lloyd.

– Vous êtes un charmeur, Lloyd.

– Il faudrait voir un psychiatre, mon vieux.

– Vous avez sans doute raison. Donnez-moi une assiette de travers de porc et du riz sauvage », dis-je en poussant vers lui un billet de vingt.

Dix minutes plus tard, la chanteuse à la cicatrice pareille à un serpent enroulé autour de son cou s'assit à côté de moi, son double scotch dans une main, un verre de lait dans l'autre. Elle portait une jupe noire, une veste de cow-boy, une chemise bordeaux en brocart, et suffisamment de bijoux pour qu'on les entende tinter. Elle but une gorgée de scotch, les yeux fixés sur moi. « Merci, chéri. Où tu étais ?

– Je traînais dans le coin. »

Elle toucha ma cannette de Dr Pepper. « Tu bois ça ?

– Ce soir, je bois ça.

– Tu assistes à des réunions des Alcooliques Anonymes ?

– Ça fait un moment. Mais je ne suis pas un bon exemple.

– La religion, tout ce cirque ?

– J'imagine que ça m'évite de devenir dingue.

– Qu'est-ce que tu viens faire ici, chéri ?

– Il faut que je sache qui est le patron d'Hilary Bienville.

– D'mande lui.

– Elle ne veut pas se faire défigurer à l'acide.

– Arrête d'aller pêcher des infos que personne te donnera.

– Vous ne m'avez jamais dit votre nom.

– Bella.

– Bella quoi ?

– Delahoussaye.

– C'est un joli nom. »

Elle fit tinter ses bijoux. « Tu sais ce que c'est que ce bruit ? »

Je secouai la tête.

« Le même bruit que tu fais quand tu marches. Tu traînes une chaîne, mon cœur. Exactement comme moi.

– Vous lisez dans les têtes ?

– Je peux lire dans la tienne.

– J'ai une dette envers des gens qui sont privés de parole, dis-je. Parce qu'ils se trouvent au cimetière. Ou enterrés dans un sac mortuaire dans une forêt tropicale de l'autre côté du monde.

– Ce n'est pas en les rejoignant que tu leur feras du bien. »

Je poussai mon assiette vers elle. « Vous voulez des travers ?

– Tu te crois trop vieux ?

– Trop vieux pour quoi ?

– Pour moi.

– Ma femme a été tuée dans un accident de voiture, il y a trois ans. Je passe la plus grande partie de mon temps seul. »

Elle regarda dans le vide. « Les morts s'en fichent. Le monde est pour les vivants. Il faut tenter sa chance.

– C'est une façon de voir les choses. »

Elle versa son scotch dans son lait. Il fit comme des tortillons de caramel dans son verre. Elle vida le verre, les yeux fermés, ses paupières couvertes de fard bleu. Elle se leva de son tabouret. « Je finis à deux heures. Reste par là.

– Vous ne me connaissez pas. Je pourrais être quelqu'un de dangereux.

– Mais ce n'est pas le cas. »

Tandis que je sortais, je l'entendis chanter une chanson écrite par Big Mama Thornton, et rendue célèbre par Janis Joplin. Elle parlait de désespoir, de perte, de malheur inconsolable, une chanson que, peut-être, seule une femme noire de l'époque de Thornton pouvait vraiment comprendre. Elle s'appelait « Ball and Chain ».

I was settin' by my window, staring out at the rain,
When something grabbed ahold of me.
It felt to me, Lord, like a ball and chain[1].

---

1. J'étais assis à ma fenêtre, à regarder la pluie tomber/ Quand quelque chose m'a agrippé/Ça m'a fait l'effet, Oh Seigneur, d'un boulet avec sa chaîne.

À deux heures du matin, je me garai devant l'entrée de service du bar.

Bella Delahoussaye me regarda à la lueur des phares, puis monta et referma la portière sans dire un mot.

« Où est votre guitare ? demandai-je.
– Dans mon casier. Qu'est-ce que tu as là ?
– Un bouquet et une boîte de chocolats.
– Tout est fermé.
– Pas le Wallmart. » Je démarrai. « Où habitez-vous ?
– À St. Martinville.
– D'abord, je veux vous emmener quelque part.
– Je suis pas regardante. À part en ce qui concerne mes hommes. » Elle effleura ma cuisse.

Je roulai jusqu'à un cimetière de la paroisse St. Martin, non loin d'un grand lac et d'une zone marécageuse qui donnaient sur Atchafayala Swamp. La lune était voilée, le ciel noir et parcouru par des tourbillons de poussière montés des champs. Etrangement, le lac brillait d'une clarté qui semblait irradier de sous la surface. Lorsque j'étais enfant, nous croyions que le loup-garou qui vivait sous le lac était responsable de la disparition de personnes et d'animaux.

Je coupai le moteur, pris un deuxième bouquet derrière le siège, allai à la portière passager et ouvris à Bella.

« Qu'est-ce que tu fais ? dit-elle.
– Il faut que je vous montre quelque chose. »

Elle descendit de la voiture, un peu déséquilibrée. Je glissai ma main sous son bras. Je sentis ses muscles frémir, je perçus un éclat de peur au coin de son œil. Elle s'écarta de moi. Je sortis une petite lampe de ma poche, et l'allumai. « C'est là que se trouve la tombe de ma femme.

– Pourquoi tu veux me la montrer ?

– Elle s'appelait Molly. Elle appartenait à l'ordre des Sœurs de Maryknoll au Salvador et au Guatemala. Des amis à elle y ont été assassinés. Notre gouvernement les a abandonnés, et il a même couvert leurs meurtriers.

– Pourquoi tu me racontes ça ?

– Je veux que vous compreniez ce que je veux dire quand j'affirme que j'ai une dette envers les morts. Ma femme a passé sa vie à aider les autres. Un salopard l'a écrasée en conduisant son pick-up trop vite. Il n'y avait pas de témoins. Le salopard a dit que c'était de sa faute à elle, et il s'en est tiré. Maintenant il est mort. Ce n'est pas moi qui l'ai tué, mais j'aurais bien voulu. »

Bella ramena ses cheveux en boucle sur la nuque. Elle avait les yeux étirés, plus comme une Asiatique que comme une Noire. Ils avaient un éclat humide, comme l'obscurité sur le lac. « Je ne veux pas te manquer de respect, mon cœur, mais je n'aime pas ce genre de truc. »

Je m'approchai de la tombe, m'accroupis, et mis les fleurs dans un vase près de la plaque sur laquelle était gravé le nom de Molly. Quand je me relevai, mon dos craqua. « J'ai perdu une autre femme, des hommes l'ont tuée plutôt que de me tuer moi. Elle s'appelait Annie. Pendant le reste de ma vie, je dois chercher à ce que justice soit rendue à Molly et à Annie. Résultat, j'ai tué plusieurs hommes. Je ne regrette pas de l'avoir fait, et je pense que j'ai rendu le monde meilleur. Pendant les heures nocturnes, il m'arrive de vouloir en tuer d'autres. C'est ce que j'éprouve ce soir. Mais demain matin, ce sera fini.

– Tu n'as pas encore compris ? Je suis dans le milieu. Je fais partie des gens que tu détestes.

– Non, vous n'en faites pas partie. Vous êtes une artiste.

– On apprend le blues dans la rue, chéri. Une fois qu'on est passé par là, on ne revient pas en arrière.

– Ne laissez personne vous raconter des conneries pareilles, Bella. Qui est le maquereau d'Hilary Bienville ?

– Le maquereau est un intermédiaire. Hilary n'a pas d'intermédiaire, juste une merde avec un insigne qui s'occupe d'elle.

– Axel Devereaux ?

– C'est pas moi qui l'ai dit, répondit-elle. Ramène-moi chez moi, s'il te plaît. Je ne chante pas le blues, je le vis. Et je n'essaie pas de faire un bon mot, chéri. »

Nous arrivâmes à sa petite maison de St. Martinville juste à l'instant où un orage balaya la ville, claquant comme de la grêle sur mon pick-up. Je protégeai nos têtes d'un imperméable et courus avec elle en direction de sa porte, puis je lui dis au revoir et rentrai à New Iberia.

10

Le samedi matin, je dormis tard, et je fus réveillé par le chant des oiseaux et le soleil dans les arbres. Alafair était partie sans me laisser un mot. Snuggs était assis sur les marches de derrière, sa fourrure blanche souillée de boue, barrée d'une entaille pareille à dix centimètres de ruban rouge. Je l'essuyai, soignai sa blessure, le portai à l'intérieur et le nourris par terre. La blessure était dentelée, comme s'il s'était accroché tout seul en franchissant une clôture.

« Tu te sens bien, mon pote ? » demandai-je en lui tapotant la tête.

Je sortis à la recherche de Mon Tee Coon. Aucune trace de lui. J'appelai Clete, lui parlai de ma conversation avec Bella Delahoussaye, la veille au soir, et de mes préoccupations concernant mes animaux.

« Alors Axel Devereaux rackette les putes du coin ? dit-il.

– Sur un plan ou sur un autre. Peut-être qu'il se contente de les sauter.

– Tu crois qu'il a fait du mal à ton raton-laveur ?

– Il a sans doute tué le chien et le chat de Sean McClain.

– C'est l'avis de tout le monde ?

– Exact.

– Et il aurait fait la même chose à tes animaux, en sachant qu'il serait le premier que tu soupçonnerais ?

– C'est un sociopathe et un sadique. Il ne peut pas changer ce qu'il est. S'il n'est pas cruel envers un animal, il le sera envers une personne.

– Et si je lui démolissais sa bagnole ?

– C'est hors de question.

– C'est *toi* qui m'as appelé, Dave.

– Je le regrette.

– Mais qu'est-ce qui t'arrive, nom de Dieu ?

– Je suis comme toi. J'aimerais la jouer à l'ancienne. Mais ce n'est plus possible.

– Parle pour toi. » Il raccrocha.

Je le rappelai. « Je m'excuse.

– Arrête de te crucifier, mon noble ami. On a la situation en mains. Ils distribuent les cartes, et on brouille leur jeu. »

Si ça pouvait marcher comme ça, pensai-je. Mais je n'essayai pas de discuter.

À 8 h 06 le lundi matin, le téléphone sonna dans mon bureau.

« Inspecteur Robicheaux à l'appareil, dis-je.

– J'ai essayé de vous joindre tout le week-end, dit une voix d'homme. Personne ne voulait me donner votre numéro.

– C'est parce qu'il est en liste rouge. Qui est à l'appareil ?

– Peu importe qui je suis. C'est vous qui vous occupez du meurtre de Travis Lebeau, c'est bien ça ?

– Je fais partie de l'équipe.

– Vous croyez que c'est l'AB ?

– Il faut me dire qui vous êtes, mon vieux.

– Non. Vous, il faut que vous m'écoutiez. Peut-être que l'AB a rattrapé Travis, et peut-être que non.

Ou peut-être que le coupable est quelqu'un de chez vous. »

Je composai le numéro d'Helen sur mon portable, que je posai sur mon bureau, afin que, dès qu'elle aurait décroché, elle puisse entendre ma conversation avec l'homme.

« Est-ce que je suis en train de parler à Mr. Tillinger ? demandai-je.

– Appelez-moi Hugo. Vous connaissez mon histoire, non ? L'incendie, le procès, mon évasion de cet hôpital ?

– Oui, monsieur.

– Je n'ai tué ni ma fille ni ma femme. En aucune circonstance je ne ferais du mal à une femme ou à un enfant.

– Pourquoi êtes-vous venu dans la région ?

– Pour trouver Miss Lucinda. Pour lui demander de l'argent sans être forcé d'en voler, et pouvoir me tirer le plus loin possible d'ici.

– Qui l'a tuée ?

– C'est pour ça que je vous appelle. Mon but est de choper ceux qui ont fait ça.

– On n'a aucune piste, dis-je. Je peux peut-être avoir un moyen de vous joindre ?

– Ouais, dans vos rêves. Pour qui vous me prenez ?

– Un type qui a la sagesse des prisons, un gars qui est peut-être tombé pour une mauvaise raison. »

Il y eut un bref silence. « Est-ce que Miss Lucinda a souffert ?

– Elle n'a pas été torturée ni violée, si c'est ce que vous voulez dire.

– Mais elle a souffert ?

– On lui a fait une injection d'héroïne. Peut-être s'est-elle simplement endormie.

– Mais elle a quand même souffert, non ?

– Vous connaissez la réponse.
– Qui est la dernière personne à l'avoir vue ?
– C'est nous qui posons les questions, dis-je.
– Ça a donné de bons résultats, hein ?
– Elle devait prendre un vol à Lafayette pour Los Angeles. Elle n'a jamais embarqué. » Il y eut un nouveau silence. « Vous avait-elle parlé de gens du cinéma ? demandai-je.
– Elle avait juste dit qu'ils m'aideraient.
– Qui, en particulier ?
– Elle ne me l'a pas dit. Elle m'a quand même donné le nom d'un type du coin. Un flic pourri. Il a des putes à son compte.
– Quel rapport entre un flic pourri et le fait de vous tirer du couloir de la mort ?
– Aucun. Miss Lucinda disait qu'elle voulait le mettre sur la touche parce qu'il s'en prenait aux femmes noires. Vous m'enregistrez ?
– À votre avis ?
– Je dis que vous seriez tous incapables de trouver votre cul en y mettant les deux mains.
– Ça m'a fait plaisir de vous parler.
– Je m'apprête à faire une mise au point, le genre de mise au point dont le type se souviendra. Vous me suivez ?
– Non, je ne vous suis pas. Je pense que je perds mon temps à vous parler. »
Je raccrochai et attendis. Cinq minutes plus tard, il rappela. « Elle a quitté l'aéroport avec quelqu'un qu'elle connaissait et en qui elle avait confiance, quelqu'un qui avait plus d'importance pour elle que les gens de chez son traiteur ou que le petit ami qui l'attendait à Los Angeles, dit-il. J'ai raison, non ?
– Vous êtes un homme intelligent.

– Je suis un mort vivant, et on le sait tous les deux. Vous savez ce que ça a de positif ?

– Vous n'avez rien à perdre.

– Vous voyez ? Vous aussi, vous êtes un malin. »

Un évadé du couloir de la mort qui ne parlait pas grossièrement ? Cette affaire devenait de plus en plus bourbeuse.

Le mardi à l'aube, Lou Wexler arriva dans sa Lamborghini pour conduire Alafair au jet privé qui devait les emmener à Monument Valley, en Arizona, à temps pour un déjeuner tardif. Elle me donna une carte avec le nom, le téléphone et l'adresse mail de l'hôtel où elle devait loger. Je lui demandai un instant de conversation en tête à tête.

« Qu'y a-t-il ? demanda-t-elle.

– Je veux te poser une question personnelle. Je n'ai pas l'intention de te blesser. »

Elle scruta mon visage. « Ne le dis pas, Dave.

– Je dois le faire.

– Ne fais pas ça, je t'en prie.

– As-tu une chambre séparée ?

– Tu n'as pas le droit de me demander ça.

– Je m'en fiche. Je suis ton père. Je ne fais pas confiance à ces types. À aucun.

– C'est une évidence. Au revoir. Je t'appellerai quand on arrivera. Tu sais vraiment t'y prendre, Dave. »

Tandis qu'ils reculaient dans la rue, Wexler leva son chapeau pour me saluer. Je fermai un œil, pliai mon pouce, et le visai avec mon index.

Axel Devereaux ne se présenta pas à l'appel de huit heures. Il appela Helen de chez lui. Elle vint à mon bureau, dont elle ouvrit la porte sans frapper. « Va chercher Bailey, et rendez vous tous les deux chez Devereaux. Quelqu'un s'est introduit chez lui.

– Tu veux qu'on enquête sur une effraction suivie de vandalisme ?

– Apparemment, il s'agit plus d'un vandalisme que d'une effraction, dit-elle. La justice est peut-être finalement en train de rattraper ce trou-du-cul. »

Bailey réserva une voiture, et nous remontâmes tous les deux le bayou jusqu'au pont à bascule au sud de Loreauville, où Axel vivait seul dans une maison crasseuse en stuc, dont le jardin était jonché de déchets en polystyrène et de pièces de voiture, avec deux bateaux et des tas de pièges à crabes. Il nous attendait à la porte, furieux.

« Calme-toi, dis-je.

– Regarde ma maison. Il a fait ça pendant que je dormais.

– *Qui* a fait ça ? dis-je en entrant.

– L'exterminateur, dit-il.

– Quel exterminateur ?

– Un indépendant. Hier, il faisait du porte-à-porte.

– Vous n'utilisez pas les services réguliers ? » demanda Bailey.

Jusque-là, il n'avait pas semblé remarquer sa présence. « Les termites, je m'en occupe moi-même. J'ai fait affaire avec ce type.

– Comment savez-vous que votre vandale, c'est l'exterminateur ? demanda-t-elle.

– Je garde un trousseau de rechange sur la commode, dit Axel. Ce n'est que ce matin que j'ai remarqué qu'il avait disparu. Personne d'autre n'est venu ici, en dehors de moi. »

Le salon était un chef-d'œuvre de destruction, accomplie visiblement avec une perfection silencieuse.

Le canapé et les fauteuils avaient été entaillés, peut-être avec un cutter ou un rasoir de barbier, le rembourrage en avait été répandu, les posters de décoration bas de gamme sur les murs et les photos sur le manteau de cheminée lacérées et arrachées de leurs cadres, les tapis et le plancher couverts de peinture. Dans la cuisine et la salle de bains, l'intrus, ou les intrus, avaient répandu un mélange de béton dans les évacuations, de l'huile et de la colle dans les appareils. Un fusil de chasse, une carabine et un pistolet Luger avaient été sortis d'un placard, cinq cents dollars volés dans un tiroir, et une montre en or et un pistolet dans un coffret à bijoux.

Par la fenêtre, Bailey regarda la cour arrière. Un pick-up Ford neuf bleu électrique était garé à côté d'un abri à bateaux en métal. Elle sortit par la porte-moustiquaire.

« Où est-ce qu'elle va ? demanda Axel.

– Elle va regarder autour de la maison, évidemment. Tu as voulu qu'on vienne, ou non ?

– Qu'est-ce qui te prend, Robicheaux ? On n'a jamais eu de problème tous les deux !

– C'est avec le monde entier que tu as un problème, Axel. Comment s'appelait l'exterminateur ?

– Je ne lui ai pas demandé. C'était juste un exterminateur.

– Tu n'as pas regardé sa licence, ou son certificat d'assurance ?

– Pour ramper sous la maison en aspergeant du poison sur les termites, ce n'est pas la peine d'être diplômé de l'université.

– Tu n'as rien entendu pendant la nuit ? Pendant qu'il démolissait ta maison ?

– J'avais bu quelques verres. Quelqu'un avait laissé une bouteille de Dewar sur la galerie.

– Ça ne t'a pas semblé bizarre ?
– Des gens me font des cadeaux.
– Pour te remercier de quoi ?
– De les avoir aidés, répondit-il. De faire mon boulot.
– À quoi ressemblait l'exterminateur ?
– Blanc, taille moyenne, trapu, des cheveux noirs bouclés, pas rasé.
– Un type du coin ?
– Du Texas ou du Mississippi.
– Au volant de quel genre de véhicule ?
– Un SUV, couvert de boue, immatriculé en Louisiane.
– Tu te souviens de son numéro ?
– Je n'y ai pas fait attention. Je n'avais aucune raison de le faire.
– Arrête de tourner autour du pot, Axel. Tu avais embauché un exterminateur non déclaré.
– Oh, je finirai ma vie dans le remords ! » Il se pencha pour voir sous le store. « Qu'est-ce qu'elle fout, cette pute ?
– Si tu répètes ça encore une fois, je te défonce la tête.
– Essaie un peu. Ici, ou n'importe où. » Il montra sa joue. « Je n'ai pas oublié ce que tu as fait dans les toilettes. Ce bleu ne disparaît pas. »

Je refermai mon carnet de notes, et cliquai sur mon iPhone, pour lui montrer une photo. « Tu reconnais ce type ?
– C'est lui, l'exterminateur.
– C'est Hugo Tillinger.
– Le détenu évadé ? Qu'est-ce qu'il me veut ?
– Connaissais-tu Lucinda Arceneaux ?
– Peut-être que je l'ai vue dans le coin. C'était une bonne âme, ou un truc du genre.

– Ouais, ou un truc du genre. Pourquoi Tillinger s'en prendrait-il à toi, Axel ?

– Pourquoi se fait-on frapper par la foudre ? »

Bailey rentra. « Vous n'avez pas vérifié votre pick-up.

– J'ai regardé par la fenêtre. Il m'a paru intact. Il est intact, non ?

– Désolée de ce que je vais devoir vous dire. Vous avez quatre pneus tailladés. Vos sièges, votre appuie-tête et l'intérieur de vos portières sont tailladés. Il y a un sac de sucre vide près du bouchon de votre réservoir. Le contact était mis, mais le moteur était mort. Le capot est encore chaud. Le moteur a dû tourner un sacré moment.

– C'est quoi, ce bordel ? » dit Axel.

Elle laissa tomber les clefs dans sa paume, les lâchant à une hauteur suffisante pour que leurs mains ne se touchent pas. Elle l'observa en silence, d'un air doux, comme elle aurait regardé un étranger dans un cercueil.

« Qu'est-ce qui se passe ? dit-il. Pourquoi m'arrive-t-il des choses pareilles ? Pourquoi est-ce qu'on me traite à ce point comme une merde ?

– Tillinger avait une raison de faire ça, dis-je. Tu sais laquelle. Tu veux nous en parler ?

– Foutez le camp d'ici.

– Avec plaisir, dis-je.

– Et vous, qu'est-ce que vous regardez ? demanda-t-il à Bailey.

– Un homme triste, dit-elle. Faites-vous aider. »

Alafair m'appela d'Arizona tard dans la soirée. « Tu devrais voir comment c'est, ici, dit-elle.

– Magnifique, hein ? répondis-je, le cœur rempli d'un manque étrange au seul son de la voix de ma fille.

– Je ne voulais pas être désagréable avec toi, ce matin.

– Ne t'inquiète pas de ça. J'ai une façon bien à moi de dire ce qu'il ne faut pas au mauvais moment.

– J'ai une chambre séparée. Lou est juste un ami.

– Tu n'as pas d'explications à me donner.

– Si. Tu cherches à me protéger. Mais je vais bien. Fais-moi un peu confiance.

– Desmond est là-bas ?

– Oui. Pourquoi tu me demandes ça ?

– Il se conduit bien avec les femmes.

– Mais ce n'est pas le cas des gens avec qui il travaille, c'est ça ?

– Je ne fais pas confiance à Butterworth, c'est sûr.

– Il est resté à Cypremort Point.

– Quand est-ce que tu rentres ?

– Sans doute dans quelques jours. Dave, tu es sûr de ce que tu dis de Desmond ?

– Que veux-tu dire ?

– Parfois, il se renferme en lui-même, et il met un moment avant d'en ressortir.

– Il est sans doute dépressif. C'est le cas de la plupart des artistes.

– Je lui ai posé la question. Tu sais ce qu'il m'a répondu ? 'Les poètes morts continuent à nous parler. Mieux vaut les écouter. Sinon, ils se fâchent'. »

Ce fut comme si quelqu'un m'avait versé de l'eau glacée dans le dos.

« Tu es encore là ? demanda-t-elle.

– La dernière personne qui m'a dit une chose comme ça, c'était une prostituée qui vit dans ce bidonville de caravanes, près du pont à bascule de Jeanerette.

— En Acadie, ce n'est pas inhabituel.

— Son bébé avait une amulette nouée à la cheville. Une croix de Malte. La mère n'a pas voulu me dire comment elle l'avait eue. Il y avait une minuscule chaînette à la cheville de Lucinda Arceneaux, à laquelle était attaché un morceau de fil d'argent.

— Tu me fais peur, Dave.

— Reviens à la maison.

— Je ne peux pas. J'ai pris un engagement. Pourquoi toi, tu ne viendrais pas ? Tu adorerais. C'est comme mettre un pied dans l'éternité.

— Tu étais née pour être écrivain, Alfenheimer. »

J'étais dans le jardin avec mon portable. Je vis un alligator glisser sous les jacinthes, sa queue crantée coupant à travers les fleurs et les vrilles.

« Je t'aime, Dave.

— Moi aussi, ma fille.

— Il faut que j'y aille. Je t'appelle demain matin. »

Je lui dis au revoir et refermai mon portable. J'entendis un bruit dans les branches du chêne au-dessus de moi, sentis une pluie de feuilles me tomber sur la tête, et pensai que peut-être Mon Tee Coon était revenu. Une hulotte avec une aile blessée s'était prise dans les branches. J'allai chercher une échelle dans ma cabane à outils, grimpai dans l'arbre, et descendis l'oiseau, que je plaçai dans un carton, puis j'appelai un ami qui tenait un refuge pour animaux à Loreauville, afin qu'il vienne le chercher. Puis je roulai jusqu'à l'Université de Louisiane, à Lafayette, là où, en 1960, j'avais été certifié professeur, avec un diplôme d'anglais.

11

Je garai mon pick-up sous les chênes à côté de Burke-Hawthorne Hall, et marchai jusqu'à la bibliothèque. L'avantage d'avoir une certaine connaissance du monde classique, c'est que rares sont ceux pour qui c'est le cas. Le second avantage, c'est qu'on a conscience que tous les problèmes qu'on affronte aujourd'hui se sont déjà produits de nombreuses fois, que la conduite des protagonistes est toujours prévisible, et que les conséquences sont toujours les mêmes. C'est un peu comme aller aux courses avec, dans la poche, les noms des gagnants et des perdants.

Toute intrigue littéraire se trouve soit dans la Bible, soit dans la mythologie grecque, soit dans le théâtre élisabéthain. Hemingway disait qu'un auteur avait le droit de voler, à condition d'améliorer le matériau. J'avais le même sentiment en ce qui concerne une enquête sur un homicide. Les détails extérieurs sont superficiels. Les mobiles n'ont rien de mystérieux. L'avarice, la peur, la frénésie sexuelle, la vengeance, la soif de pouvoir, la rage qui a des effets chimiques sur le cerveau : tels sont les détritus flottant sur le patrimoine génétique. Lisez le récit fait par Charles Dickens d'une exécution publique à Londres. Ça vous donnera envie de fuir l'humanité.

Je posai mon carnet de notes et mon bloc-notes jaune sur une grande table dans la salle de lecture des archives, et tentai de donner un certain degré de cohérence aux événements qui s'étaient produits depuis que j'avais vu le corps de Lucinda Arceneaux dansant sur l'eau de Weeks Bay. La pendaison apparemment rituelle du cadavre infesté de mouches de Joe Molinari dans un filet à crevettes, une canne enfoncée dans la poitrine, n'avait aucun sens, sauf si on reliait sa mort à celle d'Arceneaux. Pendant ce temps, la présence d'Hugo Tillinger parmi nous était devenue pesante. Il avait maintenant des armes et de l'argent, grâce à Axel Devereaux, et une raison pour s'en servir, liée à la prostitution.

Hilary Bienville, avec un morceau de ruban rouge, avait noué une croix de Malte à la cheville de sa fille, puis affirmé – facétieusement, j'en suis persuadé – qu'elle l'avait eue dans un distributeur de chewing-gums. Quand j'avais insisté sur ce sujet, elle m'avait dit « Ça me regarde », non sans une certaine fierté. À la bibliothèque, je trouvai sept livres spécialement consacrés aux chevaliers Croisés. La croix de Malte était supposée être le signe de reconnaissance d'une secte de la fin du seizième siècle, mais elle pouvait avoir une origine plus ancienne. Peu importe. Elle symbolisait l'éthique du chevalier errant qui, muni de son armure, de sa cotte de mailles, de sa masse d'armes et de sa large épée, parvenait à faire la synthèse de ce que la Chrétienté a de plus noble et du goût du sang.

Je restai à la bibliothèque jusqu'à l'heure de la fermeture, les yeux brûlants. À un certain stade de la vie, on accepte le fait que la démence se manifeste sous plus d'une forme. Existe-t-il rien de plus inquiétant que le bruit de bottes cloutées avançant en cadence sur une rue pavée ? Ou que notre tendance à user des rituels et des cérémoniaux pour rendre plausible l'impensable ? Dans les camps, des chrétiens baptisés faisaient fonctionner les fours. Si l'on est suffisamment inquiet, on peut parvenir à se convaincre que le napalm et les bombes sont sélectifs, et qu'une croix violette peinte sur un bouclier peut rendre acceptable le fait de décapiter des Sarrasins sur un échafaud à Jérusalem.

Je remerciai la bibliothécaire pour son aide, et retournai à mon pick-up. Le campus était sombre, le ciel semé d'étoiles. Quand j'arrivai à ma voiture, je vis qu'une feuille de bloc-notes à spirale avait été glissée sous mon essuie-glace. Le message était écrit au stylo-bille, et chaque lettre ressemblait à un ensemble de balafres :

Cher inspecteur Roboshow,
Ça m'a fait plaisir de vous avoir au téléphone. J'espère que vous lisez la Bible. Cette citation des Psaumes est une de mes préférées : « Levez-vous, Seigneur, sauvez-moi, mon Dieu. Parce que vous avez frappé tous ceux qui se déclarent contre moi sans raison ; vous avez brisé les dents des pécheurs[1]. »
Votre ami ?
H.T.

Je pliai le mot et le mis dans la poche de ma chemise. J'avais la sensation que Tillinger m'observait, mais je ne me trahis pas. La lune était haute, les ombres d'arbres engloutis bougeaient sur l'eau de Cypress Lake, près du vieux centre d'étudiants. Je

---

1. *Psaumes de David*, III, 6-7, traduction Lemaître de Sacy.

glissai mon .38 à canon court hors de mon holster de ceinture à pression, et le tins derrière ma hanche. Je marchai jusqu'au bord de l'eau. « Vous êtes là, Hugo ? »

Pas de réponse.

« Vous ne devriez pas me suivre à la trace, camarade », dis-je.

J'entendis un éclaboussement. Ça pouvait être aussi bien une grenouille que quelqu'un jetant une motte de terre dans le lac.

« On poursuit peut-être le même but, dis-je. Ça ne dérange personne que vous vous soyez introduit dans la maison d'Axel Devereaux. Les armes à feu, c'est autre chose. Vous échapperez peut-être au couloir de la mort au Texas. Ne gâchez pas tout en vous faisant inculper pour agression en Louisiane. »

Je crus voir une silhouette se fondre à l'angle du centre des étudiants, mais je n'en étais pas sûr. Aucun bruit ne venait du bord du lac, ni des allées. Je montai dans mon pick-up et mis le moteur en marche. Puis les mots du Livre des Psaumes me revinrent, et je fermai les yeux, fort, pour bien comprendre ce qu'ils impliquaient.

Tôt le lendemain matin j'entrai dans le bureau d'Helen.

« Ce mot est de Hugo Tillinger ? dit-elle.
– De qui d'autre ?
– Tu sais, je ne suis pas vraiment une spécialiste de la Bible. Relis-moi cette citation.
– Elle fait référence à Jéhovah brisant les dents des pécheurs. »

Elle avait les yeux fixés sur les miens. « Travis Lebeau, dit-elle. Ses dents avaient été arrachées.
– Ouais.

— Lebeau était l'ami de Tillinger.
— Cette citation est peut-être une coïncidence. Ou peut-être que Tillinger est un véritable cauchemar.
— J'espère que c'est notre homme, dit-elle. J'aimerais mettre toute cette folie sur le dos d'un seul type, et le buter.
— Sauf que c'est beaucoup plus compliqué que ça, non ?
— C'est le moins qu'on puisse dire, répondit-elle. Juste avant ton arrivée, j'ai reçu un coup de fil de Desmond Cormier. Il dit qu'il veut que Bailey Ribbons ait un rôle dans son film, mais il ne veut pas lui causer de problèmes.
— Alors pourquoi crée-t-il lui-même des problèmes ?
— C'est à peu près ce que je lui ai dit. Comment s'en tire Bailey ?
— Bien. On ne fait pas mieux.
— Vraiment ?
— Il est censé y avoir un sous-entendu ?
— Pas du tout. C'était juste une question. » Elle s'enfonça dans son fauteuil pivotant, le regard vide, le visage sans expression. « On s'amuse, hein, bwana ? »

Quand il se trouvait à New Iberia, Clete habitait sur East Main, au Teche Motel, un motel des années quarante comportant des bungalows de part et d'autre d'une étroite bande d'asphalte ombragée d'arbres qui se terminait en cul-de-sac par un bosquet de chênes au bord du bayou. Deux ou trois soirs par semaine, il faisait cuire un rôti de porc ou un poulet au barbecue sous les chênes, et partageait son repas avec quiconque voulait bien s'asseoir près de lui. Tard le vendredi après-midi, un tacot fumant complétement cabossé roula jusqu'au dernier bungalow. Hilary Bienville en sortit, et frappa à la porte du bungalow.

« Je suis par là », dit Clete.

Au son de sa voix, elle tressaillit. « J'peux vous parler ?

– Ouais. Qui vous a dit où j'habite ? »

Elle marcha vers lui. Elle était vêtue d'un jean, de sandales, et d'une chemise d'homme kaki nouée à la taille. « Le barman du club.

– Qu'est-il arrivé à votre visage ?
– J'ai trébuché sur les marches.
– Vous vivez dans une caravane.
– J'ai trébuché ailleurs.
– Qui vous a fait ça ? demanda-t-il.
– C'est pas important.
– Vous êtes allée à l'hôpital ?
– Je fréquente pas les urgences.
– C'est Axel Devereaux qui vous a tabassée ?
– J'ai peur, Mr. Clete.
– Je suis pas un 'Mister'. Répondez-moi.
– Je me fiche bien d'Axel. Je suis là à propos de quelqu'un d'autre. De ce qu'il me fait. » Elle pointa un doigt sur sa tête. « Là-dedans. »

Clete souleva le capot de son barbecue, et un nuage de fumée blanche monta dans les arbres. Il sortit une bière à long col d'un bac rempli de glace à moitié fondue, en dévissa la capsule, et la posa sur la table de jardin. « Asseyez-vous. Je vais vous faire un sandwich. Dave Robicheaux m'a dit qu'il était allé vous voir. Pourquoi vous ne lui en parlez pas ?

– C'est un policier.
– C'est Axel Devereaux qui vous a tabassée ?
– Vous m'écoutez pas. » Elle s'assit à la table, et se mit les deux mains sur le visage. « Personne

m'écoute. Personne sait ce que c'est quand on est toute seule contre le monde entier. »

Clete prit la bouteille, et lui en effleura le bras. « Buvez ça. »

Quand elle souleva la bouteille, sa main tremblait. De la bière se répandit autour de sa bouche. Il lui tendit une serviette en papier. « Quel est ce type qui vous court dans la tête ? »

Elle s'essuya le menton. « J'ai pas été au lycée.
– Et alors ?
– Je sais que c'que j'pense est vrai, mais j'trouve pas les mots pour le dire. Quand j'suis avec lui, j'ai pas d'pouvoir. Je deviens toute faible. La façon dont il me touche et qu'il me parle à l'oreille et qu'il me regarde dans les yeux comme aucun homme avant lui. C'est comme s'il me mettait des images dans la tête qui ont rien à y faire, et ça me fiche la trouille. J'peux pas dormir, oh non.
– S'agit-il d'un Blanc ou d'un Noir ?
– Un Noir peut vous frapper, mais il vous met pas la tête à l'envers.
– Ce n'est pas un maquereau ?
– Non, il est pas comme ça. »

Clete découpa le rôti, et mit deux morceaux de baguette, avec de la viande, de la sauce, des tomates, de la salade et des oignons, sur une assiette en carton qu'il posa devant elle.

« J'ai pas faim, dit-elle.
– Mangez quand même.
– Vous allez pas m'aider, hein ?
– Dites-moi le nom de cet homme, et peut-être qu'on arrivera quelque part.
– Il m'a dit que j'devais pas faire ça. En disant ça, il me tenait le menton dans ses doigts et me regardait dans les yeux.

– Ce type m'a l'air d'être une vraie merde. Dites-moi qui c'est, et je m'occuperai de lui.

– Il a dit que je suis un calice. Je dois être pure parce que je suis élue. Elue pour quoi ?

– Vous lui avez posé la question ?

– J'avais peur.

– Écoutez-moi, Miss Hilary. Vous me racontez la moitié de l'histoire, et vous ne me faites pas confiance pour l'autre moitié. »

Il attendit qu'elle parle. Elle prit une petite bouchée de son sandwich, qu'elle mâcha comme si c'était du carton. Puis elle retira la nourriture de sa bouche, et la posa sur l'assiette. « Je vais vomir.

– S'agit-il d'un client ?

– Pas un client normal.

– Vous ne faites rien avec lui ?

– Il me donne de l'argent, des petits cadeaux.

– Où l'avez-vous rencontré ?

– Au Winn-Dixie. Son chariot est rentré dans le mien. Il a dit 'Désolé, jolie madame.' »

Clete referma le capot du barbecue et s'assit en face d'elle. « Connaissiez-vous Lucinda Arceneaux ?

– Je connais personne qui s'appelle Lucinda.

– On a trouvé son cadavre flottant sur une croix de bois à Weeks Bay.

– Je connais rien de tout ça.

– Vous ne lisez pas les journaux, vous ne regardez pas les informations ?

– Ça a rien à voir avec moi. »

Clete ferma les yeux et les rouvrit. « Décrivez-moi les images que l'homme sans nom vous met dans la tête.

– Des chevaux au galop, des gens qui brûlent dans leurs cabanes, des enfants qui crient. Si je fais pas ce qu'il dit, les choses comme ça seront de ma faute. Il dit qu'on fait tous partie d'un grand projet.

– Est-ce qu'on est en train de parler d'un nommé Hugo Tillinger ?

– Non.

– Ce type n'est pas seulement mauvais, c'est un imposteur. Le seul pouvoir qu'il a, c'est celui que vous lui accordez. »

Elle regarda fixement Clete comme s'il était une apparition, et que l'homme qui lui avait empoisonné l'esprit était réel. Sa peau était pareille à du chocolat noir, avec un creux sur une joue, une cicatrice comme un morceau de sparadrap blanc au coin de l'œil. Elle avait une trace de rouge à lèvres sur une dent. Clete se demanda avec qui elle avait été avant de venir à son bungalow. Il se demanda combien de fois, enfant, un violeur avait abusé d'elle et lui avait fait jurer le secret.

« Qu'est-ce que c'était, le 9/11, Hilary ?

– Qu'est-ce que c'était *quoi* ?

– Le 9/11.

– Vous parlez de l'épicerie Nine/Eleven ? »

Il nota son numéro de portable au dos d'une carte de visite qu'il lui tendit. « Quand vous serez prête à me donner le nom de ce type, appelez-moi.

– Maintenant je me rappelle ce qu'il a dit. Je suis la Reine des Coupes. C'est quoi ?

– Une connerie qu'il utilise pour faire peur aux gens », dit Clete. Il sortit de la glacière une autre long-col, en dévissa le bouchon, et but à la bouteille. « Votre bébé va bien ?

– Oui, m'sieur.

– Vous avez besoin d'argent ?

– À votre avis ? »

Il sortit de son portefeuille deux billets de vingt qu'il lui mit dans la main. « Pendant quelques jours, ne vous approchez pas des bars, et écartez-vous des gens mauvais. Et si Axel Devereaux vous tourne autour, appelez-moi. »

Elle regarda l'argent. « Vous voulez pas que je fasse rien pour vous ?

– Dès qu'elles me voient nu, les femmes se précipitent au couvent. »

Il pensa qu'elle allait sourire, mais non. Elle s'éloigna sans dire merci ni au revoir. Il la regarda monter dans sa voiture et démarrer dans le cliquetis de son silencieux. Il appuya sur la touche de numérotation rapide de son portable et monta dans sa Caddy tout en parlant, puis prit East Main.

Nous nous assîmes sur les marches de devant, tandis qu'il me répétait tout ce que lui avait dit Hilary Bienville. Le soleil était presque couché, et à travers les arbres j'apercevais dans ses dernières lueurs des nuages pourpres et jaunes, à moitié chargés de pluie.

« Tu as une idée de qui pourrait être ce type ? me demanda-t-il.

– Le même que celui qui lui a donné la croix de Malte qu'elle a attachée à la cheville de sa fille.

– Ouais, mais ce type, qui c'est ?

– N'importe qui peut acheter des cartes de tarot, dans le Vieux Carré, ou sur Internet. »

Clete n'arrêtait pas d'agiter les mains, de passer les doigts sur ses jointures, grosses comme des pièces de monnaie. « Qu'est-ce qu'il cherche ? Pas le sexe, en tout cas.

– Peut-être qu'elle sera à nouveau agressée, et qu'elle nous dira tout.

– Alors on la laisse dans son coin ?

– C'est son choix, dis-je.

– Et ce Butterworth ? Ton copain flic à West Hollywood dit que c'est un seau de vomi.

– Il est difficile à cerner. Il passe beaucoup de temps à s'exhiber. »

Clete se leva. « Il faut que j'y aille.

– Où ?

– Je ne sais pas encore. Est-ce que Mon Tee Coon est revenu ?

– Non.

– Je vais avoir une petite conversation avec Axel Devereaux.

– Mauvaise idée.

– Ce type tabasse des femmes. Il va falloir qu'il s'arrête. Pareil quand il fait du mal aux animaux des gens. »

Maintenant j'étais assis dans son ombre, la grêle faisait cliqueter les branches au-dessus de nous, les derniers rayons du soleil se rétrécissaient dans des nuages sombres et gonflés de pluie que faisait trembler le tonnerre. « Quoi que je dise, ça ne changera rien, hein ?

– On peut pas toujours attendre le batteur, Dave. Il arrive qu'on doive l'attaquer. Devereaux a fini son temps. » Le feutre de Clete avait glissé sur son front, une cigarette éteinte pendait à ses lèvres.

« La clef de tout, c'est le tarot, dis-je. Devereaux est juste un trou-du-cul et une fausse piste.

– Pas quand on est une femme, et qu'il vous met le visage en marmelade. »

Clete recula jusque dans la rue, et s'éloigna. La grêle cessa et se transforma en pluie, de grosses gouttes qui s'aplatissaient sur la chaleur prisonnière de la rue et du trottoir, et remplissaient l'air d'une douceur semblable aux étés de notre jeunesse. Je me levai et rentrai dans la maison. Je coupai les climatiseurs et ouvris les fenêtres, laissant la maison se gonfler de vent. Puis une étrange sensation s'empara de moi, de la même façon que le soir où, sans but précis, j'avais marché jusque chez Bailey Ribbons, sans autre explication à ma conduite que le fait qu'il me semblait avoir pénétré dans un vide où les seuls sons que j'entendais étaient dans ma tête.

La pluie tombait en gouttes de plomb sur le toit de métal et sur le bayou. Je sortis du placard du couloir un vieux Stetson taché de sueur, qui avait appartenu à mon père. Je le mis sur ma tête, son rebord déformé par la pluie, et je marchai jusqu'au bayou.

Je me dis que j'ignorais pourquoi je me tenais sur le bord du courant, sous une pluie qui, de seconde en seconde, devenait plus violente. Mais ce n'était pas vrai. Pour moi, la pluie a toujours représenté un passage entre le monde visible et le monde invisible. Il y a des années, Annie, ma femme assassinée, me parlait sous la pluie, et des camarades de patrouille morts m'appelaient au téléphone au cours d'orages secs, leurs voix à peine audibles au milieu des grésillements, et mon père, mort dans l'explosion d'une plate-forme offshore, m'apparaissait dans le ressac au milieu des rafales, toujours vêtu de son casque de chantier, de sa salopette et de ses bottes à bout d'acier, me faisant signe, le pouce levé, tandis que les vagues glissaient à hauteur de ses genoux et que la plate-forme qui l'avait tuée se détachait sur le ciel.

La pluie a un rapport avec la mort. C'est ce qui la définit. C'était une vieille amie, et sa présence était la bienvenue. Je connaissais son odeur lorsque je passais à côté d'un égout pluvial par temps froid, ou m'asseyais pour faire une pause dans une forêt humide de l'Oregon pleine de roches couvertes de lichen qui ne voyaient jamais le soleil, ou apercevais dans le tramway de St. Charles Avenue une silhouette spectrale, la tête encapuchonnée, le visage comme du caoutchouc gris, les lèvres retroussées de façon étrange en un huit déformé, comme si elle disait *Dès que tu seras prêt, mon gars.*

J'entendis un froissement de feuilles et levai les yeux sur le chêne vert. Mon Tee Coon venait de glisser sur une petite branche et de tomber sur la grosse qui était en dessous. Un raton-laveur plus petit que lui le regardait d'en haut, la queue pendante.

« *Comment la vie ?* dis-je. *Bienvenu, mon raton laveur et votre tee amis, aussi*[1]. »

Tous deux me regardaient, leur pelage luisant de pluie.

« Et si on fêtait ça avec une boîte de sardines ? »

Ils s'entre-regardèrent, puis me regardèrent moi.

« *C'est ce que je pensais. Allons-allez*[2]. »

Je retournai vers la maison, ouvris la boîte au-dessus de l'évier, et la vidai sur les marches. Mon Tee Coon et sa dame arrivèrent en courant.

Je pensai appeler Clete pour lui dire que Mon Tee Coon était revenu. Mais je n'en fis rien. Clete était Clete, et aucune puissance au monde ne pouvait le faire changer d'avis sur rien. En plus, j'étais las d'essayer de protéger des gens comme Axel Devereaux. Ou peut-être étais-je las de tout. L'acceptation de la Mort, ou tout au moins sa présence, se manifeste parfois ainsi et n'est pas le chancre de l'âme qu'elle est supposée être.

Je n'avais jamais porté le Stetson avachi de mon père, et ça me faisait bizarre. La pluie s'était

---

1. Tel dans le texte original.
2. *Idem.*

transformée en bruine, et elle soufflait à travers les moustiquaires. Je ne sais pourquoi, mentalement, je voyais une mesa pareille à une pierre tombale, une mesa posée au premier plan d'un désert qui semblait plonger dans l'infini.

Le téléphone sonna sur le comptoir de la cuisine. Je regardai qui m'appelait, et décrochai. « Qu'est-ce qui t'arrive, Baby Squanto ?

– Arrête de m'appeler de ces noms stupides, Dave, dit Alafair. Tout se passe bien, là-bas ?

– Bien sûr.

– Ici il pleut. Il ne pleut jamais autant à cette époque de l'année. Je regarde le désert, et ça me fait penser à toi. Je ne sais pas pourquoi.

– Je vais bien.

– Sûr et certain ? J'ai un mauvais pressentiment.

– Tu ne devrais pas. Mon Tee Coon vient de revenir.

– C'est super. Mais ne viens pas ici.

– Je n'en avais pas l'intention.

– De ma fenêtre, je vois une énorme mesa sous la pluie. Je ne sais pas pourquoi j'avais la sensation que tu t'apprêtais à venir. Peut-être parce que tu te fais du souci pour moi.

– Faux.

– Il faut que j'y aille. Les pots de fleurs et les jarres en terre sont en train de se casser sur le patio.

– On se reparle plus tard, ma fille.

– J'ai un pressentiment terrible, Dave. Ça a un rapport avec la mort. Je ne sais pas pourquoi je ressens ça.

– Ça passera.

– Qu'est-ce qui passera ?

– Cette peur de la mort.

– Ce que je ressens, c'est à ton sujet. Pas au mien.

– Je comprends. Mais tu t'inquiètes pour rien. Allô ? »

La communication était coupée.

Je m'assis et, par la fenêtre, regardai la pluie. Un éclair fendit le ciel gris et vibra sur le mât de métal du parc municipal, comme une aberration refusant de mourir au milieu des éléments déchaînés.

12

Le dimanche, Alafair m'appela depuis l'aéroport de Dallas. Elle avait pris un vol commercial, et elle était sur le chemin du retour.

« Tu démissionnes ? dis-je.

– Non. Desmond et Lou doivent régler un problème syndical à Los Angeles et à La Nouvelle-Orléans. Je n'arrivais à rien, alors j'ai décidé que je travaillerais à la maison.

– Ils étaient d'accord ?

– Je ne sais pas. Je n'ai pas posé la question. »

J'allai la chercher à Lafayette. Sans nous en rendre compte, nous avions glissé dans l'été indien. Le ciel était d'un bleu aussi dur que de la porcelaine, les feuilles des chênes rouge et or et cliquetantes comme des grillons quand le vent les faisait rouler sur la pelouse. D'une certaine façon, je savais que des jours meilleurs nous attendaient.

Une fois rentrés à la maison, je préparai à dîner pour deux et, plus tard, nous avons nourri Snuggs sur le sol de la cuisine et Mon Tee Coon et sa petite amie sur le toit de la niche de Tripod. Cette nuit-là, nous avons dormi avec les fenêtres ouvertes, et je sentais les camélias et l'épaisse odeur citronnée de notre magnolia à floraison tardive dans le jardin. Tandis que je glissais dans le sommeil, je pris la résolution de capturer et de protéger la moindre goutte de soleil qui me serait accordée jusqu'à la fin de mes jours, et de ne pas me laisser aller à des humeurs de saison, ni me vouer à des causes maudites.

Je fus réveillé à six heures et demie par le bruit de la pluie et par la sonnerie du téléphone. Je décrochai et allai à la cuisine pour ne pas réveiller Alafair. C'était Sean McClain. « Je suis devant chez Axel Devereaux, près du pont à bascule sur Loreauville Road. J'ai besoin d'un témoin.

– Pourquoi ?

– Il y a quelque chose de bizarre dans cette maison. Les gens savent que je ne m'entends pas avec Devereaux et ses copains. Je ne veux pas entrer dans la maison tout seul.

– Que s'est-il passé ?

– Il y a une demi-heure, je suis passé devant chez lui. Tout était allumé, et les stores étaient baissés. Il y avait un SUV noir dans la cour. J'ai vu une femme sortir en courant par derrière, et j'ai cru entendre un bris de verre.

– Continue.

– J'ai ralenti, mais je ne me suis pas arrêté.

– Pour quelle raison ?

– Je ne voulais pas me mêler de ses affaires personnelles. »

Il avait déjà commis deux erreurs : il avait ignoré une situation de violence en cours, et il n'avait pas appelé à l'aide. Je n'avais pas envie de penser à ce qui allait suivre.

« Qu'est-ce qui t'a fait changer d'avis ?

– Ma garde s'arrête à sept heures. Je me suis dis que j'allais effectuer un dernier tour. Le SUV était en train de se tirer. Je n'ai pas repéré son immatriculation. Les lumières étaient éteintes dans la maison, une fenêtre de devant était défoncée, et le store et la moustiquaire pendaient à l'extérieur. Le pick-up de Devereaux était dans son abri. Cette fois, j'ai frappé à la porte. Pas de réponse.

– Et en ce moment, où es-tu ?
– Dans la cour.
– Essaie encore une fois.
– J'ai déjà failli la défoncer en cognant dessus.
– Tu as essayé par derrière ?
– Oui, monsieur. J'ai frappé sur le mur de la chambre.
– Donne-moi quelques minutes. »

Je me brossai les dents, me lavai le visage, sortis du frigidaire une petite bouteille de jus d'orange et un petit pain à la cannelle, et pris le chemin de Loreauville Road. La pluie avait cessé, et le ciel était pareil à un lavis, comme si le soleil refusait de se lever. Lorsque je tournai dans la propriété d'Axel Devereaux, une couverture de brume blanche s'étendait depuis le bayou. Sean attendait sur la galerie. Une bouteille de whisky vide humide de rosée brillait dans le jardin. Je montai les marches.

« Tu sais qu'Axel est un alcoolo, hein ? dis-je.
– Si c'est ça le problème, il doit être totalement bourré ! »

Du plat du poing, je cognai sur la porte. « Ici Dave Robicheaux et Sean McClain ! Ouvre, Devereaux ! »

Je sortis un mouchoir, et tournai le bouton de la porte. Elle était verrouillée. Je reculai d'un pas, pris mon équilibre sur la porte-moustiquaire et donnai un grand coup de semelle dans la porte en bois. À la deuxième tentative, elle s'arracha du jambage. Apparemment, Axel avait réparé les dégâts produits dans son salon par Hugo Tillinger. De l'autre côté du couloir, je distinguais à peine une silhouette immobile assise à la table de la cuisine, dos tourné. Puis je compris qu'il portait un bonnet pointu orné de clochettes, comme des décorations sur un petit arbre de Noël.

Je traversai le couloir, suivi par Sean. Il regarda par-dessus mon épaule. « Oh, mon Dieu.

— Ne touche à rien, dis-je. Bigophone à Bailey et à Helen. Et ne laisse aucun photographe s'approcher.

— Ils disent qu'ils en ont le droit.

— Devereaux ne valait pas un crachat sur un trottoir. Mais on n'a pas à pénaliser sa famille. »

J'étais convaincu qu'une bagarre, ou une tentative de s'enfuir de la maison, avait commencé dans le salon, pour se terminer dans la cuisine. Il y avait des assiettes et des verres cassés. Des couteaux tombés d'un support en bois étaient répandus sur le sol. La porte du frigidaire était ouverte, et, sur le côté, un carton de lait s'égouttait sur la clayette des légumes. Les climatiseurs étaient réglés à fond, la porte de derrière fermée à clef, la clef avait disparu.

Même dans la mort, le visage d'Axel évoquait un œuf bouilli, les yeux grands ouverts, incrédules. Ses poignets étaient attachés derrière sa chaise avec des liens de plastique. Une petite matraque avait été enfoncée dans sa gorge jusque dans sa poitrine, lui soulevant le menton. Mais je doutais qu'il s'agît de la cause de sa mort. Une boucle de cuir, avec trois nœuds, lui avait été passée autour du cou. Les brûlures s'enfonçaient d'un centimètre dans sa chair. Sa tête était coiffée d'un bonnet de feutre vert feuillage, avec de minuscules clochettes argentées.

Les auxiliaires médicaux arrivèrent les premiers, en ambulance, suivis par Helen, Bailey et Cormac Watts. Par la fenêtre de devant, je vis un camion de la télévision et la voiture du reporter du *Daily Iberian* remonter la route. Sean était derrière la maison. Il portait des gants en latex. Il se pencha, et ramassa une clef avec laquelle il ouvrit la porte. « Pour quelle raison l'assassin aurait-il voulu enfermer le cadavre ?

– Afin de se donner le maximum de temps pour quitter la ville.

– Vous le soupçonnez d'avoir monté la climatisation ?

– C'est comme ça que je vois les choses.

– Merde, je regrette de ne pas m'être arrêté quand j'ai vu cette femme sortir par derrière en courant.

– Ça fait longtemps qu'Axel avait distribué le jeu, Sean. C'était un homme cruel, méchant, et il est mort tel qu'il était.

– Personne ne mérite de mourir de cette façon. Regardez le bout de la matraque.

– Et alors ? »

De la pointe de sa chaussure, Sean poussa un marteau arrache-clou sur le linoleum. « Celui qui a fait ça l'a enfoncée comme il l'aurait fait d'un piquet de tente. »

Helen et Bailey traversèrent le hall. Toutes deux, sans parler, impassibles, regardèrent fixement le profil de Devereaux.

« La porte de derrière était fermée à clef de l'extérieur, dis-je. Sean a trouvé la clef dans le jardin.

– Tu as vu quelqu'un partir dans un SUV noir ? demanda Helen à Sean.

– Oui, m'dame. En se magnant le cul.

– Tu n'as pas pris son numéro ?

– Non, m'dame. Les phares étaient éteints.

– Tu ne l'as pas poursuivi tu n'as appelé personne ?

– À ce stade-là, je n'avais pas de raison de le faire. » Il baissa la tête en rougissant.

« À votre avis, que représente le bonnet ? dit Helen.

– C'est celui du Fou dans le jeu de tarot, dit Bailey.

– Encore le tarot ? dit Helen.

– Bailey a raison, dis-je.

– Je n'ai jamais dit le contraire, répliqua Helen. Mais quel rapport entre Devereaux et les cartes qui prédisent l'avenir, que diable ?

– Le Fou représente l'orgueil, l'arrogance, la présomption, dis-je. Il est représenté sifflotant alors qu'il s'apprête à sauter d'une falaise. Il a un bâton sur l'épaule. Joe Molinari avait une canne plongée dans la poitrine.

– J'ai vraiment du mal à croire à tout ce symbolisme à la con, Dave, dit-elle.

– Tu as une meilleure explication ? »

Elle regardait dans le vide. « Et est-ce que les nœuds ont un sens ?

– Notre assassin avait sans doute un entraînement de commando. Les nœuds sont destinés à briser le larynx pour que la victime soit silencieuse.

– À moins qu'il ne s'agisse tout simplement d'un sadique, dit Bailey. On trouve sur Internet plein d'informations auxquelles Jack l'Eventreur n'aurait pas pensé. »

Cormac Watts était resté derrière nous. « Je peux jeter un coup d'œil ? demanda-t-il.

– Pardon », dis-je en m'écartant.

Il se pencha, et observa le visage d'Axel, le garrot et la matraque. Il se redressa et nous regarda.

« Qu'y a-t-il ? dis-je.

– Le garrot est là purement pour la forme, dit-il. Il a pour but de nous mener sur une fausse piste.

– Je ne te suis pas, dis-je.

– Regarde le suintement sur le manche de la matraque. Devereaux était vivant quand on la lui a enfoncée dans la gorge. Il regardait droit dans les yeux le type en train de lui faire ça. Il a une larme dans l'œil. L'assassin n'est pas seulement un ritualiste. Il prenait plaisir à ce qu'il faisait. »

Une mouche bourdonnait au plafond. Helen se tourna vers Sean. « Tu as vu une femme sortir en courant ?

– Oui, m'dame.

– Blanche ou noire, grosse ou mince ?

– Je ne l'ai pas bien distinguée, Miss Helen.

– Super, dit-elle.

– Pardon ? dit-il.

– On va passer pour les plus grands idiots de la terre, dit-elle. On n'est même pas capables de protéger les nôtres. »

Le visage de Sean sembla se résorber, le sang déserter ses joues.

« Devereaux n'était pas l'un des nôtres », dis-je.

Je sentais les yeux d'Helen sur mon profil. Je sortis dans la cour. Les ambulanciers roulaient la civière, sur laquelle était plié un sac mortuaire. Helen me suivit. « Ne me reprends jamais plus devant des tiers, Pops.

– Tu as été trop dure avec Sean. »

Sa tête parut osciller comme un ballon au bout d'une ficelle. Ses yeux lançaient des flammes. « Il a tout foutu en l'air. Il faut qu'il assume et qu'il ait ce qu'il mérite.

– Tu vas mettre ça dans son dossier ?

– Il aurait dû appeler. À l'heure qu'il est, ce cinglé serait bouclé.

– Il y a des années qu'on aurait dû virer Devereaux du service. C'est nous les responsables.

– Je ne peux rien à ce qui s'est passé 'il y a des années'. Le type qui a assassiné Devereaux va recommencer, et on aurait pu le coincer, alors que là on n'a rien du tout. Pardonne-moi de n'être pas aussi miséricordieuse que toi. Non seulement tu me gonfles, Dave, mais tu me déçois.

– Après être passé devant la maison, Sean est revenu, dis-je. S'il était entré plus tôt, en pensant que Devereaux était en pleine querelle domestique, il serait sans doute mort lui aussi. »

Elle avait les traits pincés, les poings serrés sur les hanches. « Très bien.

– Quoi, très bien ?

– Je parlerai à Sean. Pas de rapport. »

L'équipe médico-légale était en train de passer la maison au peigne fin, les auxiliaires médicaux d'emballer Devereaux, le brouillard de se lever sur le bayou. Une nouvelle journée commençait pour tout le monde, sauf pour Devereaux. J'avais presque de la peine pour lui. Mais je le soupçonnais d'avoir fait lui-même un grand nombre de victimes, et que la plupart d'entre elles ne parleraient à personne des outrages qu'il leur avait fait subir. *En tout cas, bon voyage de l'autre côté*, pensai-je en me dirigeant vers mon pick-up.

« Où vas-tu ? demanda Helen.

– Travailler. »

Quand Hugo Tillinger m'appela à mon bureau, plus tard dans la journée, je ne fus pas surpris. Il y a dans ce pays une sous-culture qui paraît sans précédent : une combinaison de télé-réalité, de journalisme façon *National Enquirer*, de fondamentalisme religieux, de militarisme, et de football professionnel. Et le centre de tout ça, c'est le culte de la célébrité, de quelque façon qu'elle soit obtenue, ou sous quelque forme qu'elle se manifeste. Les femmes font la queue pour épouser Richard Ramirez[1] et les frères Menendez[2] ; ceux qui constituent la clientèle de Jerry Springer[3] sont capables de s'humilier et d'humilier leur famille, de détruire toute forme de dignité dans leur vie, pour passer dix minutes devant une caméra. Tillinger était sans doute tombé dans son rôle de l'innocent dans le couloir de la mort, puis, après quelques gros titres, avait décidé que quelques pirouettes sous le feu des projecteurs valaient bien d'avoir quelques ennuis. Voyez l'histoire de Caryl Chessman.

« Qu'est-ce que vous voulez, cette fois-ci ? lui demandai-je.

– Vous allez essayer de me mettre le meurtre de Devereaux sur le dos ?

– Vous seriez un suspect logique.

– Sur quelles bases ?

– Vous aviez déjà vandalisé sa maison ?

– J'avais fait ça pour Miss Lucinda.

– C'est peut-être pour la même raison que vous lui avez enfoncé une matraque dans la gorge.

– C'est comme ça qu'il est mort ?

– Ne vous inquiétez pas de ça. Avez-vous mutilé Travis Lebeau, avant de le tirer sur la route ?

– Où diable avez-vous été trouver ça ?

---

1. Tueur en série, coupable de 11 viols et de 14 meurtres, mort de maladie au pénitencier de San Quentin en 2013 après avoir été condamné à mort en 1989. En 1996, il épousa, en prison, une journaliste indépendante.
2. Deux frères, fils d'un richissime producteur de cinéma de Los Angeles, condamnés à vie en 1993 pour le meurtre de leurs parents, en 1989. Tous deux se sont mariés en prison.
3. Animateur d'une émission de télé-réalité.

– Vous avez cité un verset du Livre des Psaumes, à propos de Jéhovah brisant les dents de Ses ennemis.

– Ça ne veut pas dire que je passe mon temps à mutiler des gens.

– Vous êtes nuisible, Mr. Tillinger. J'aimerais que vous disparaissiez.

– C'est sans doute l'AB qui a tué Travis. Mais je pense que l'ordre venait de Devereaux.

– Devereaux était en cheville avec l'AB ?

– Elle contrôlait ses putes. Comment se fait-il que vous ne le sachiez pas ?

– Je ne suis pas assez malin », dis-je en regardant la trotteuse de ma montre. Huit secondes passèrent avant qu'il ne reprît la parole.

« Je ne veux pas retourner au Texas, Mr. Robicheaux.

– Ça peut se comprendre.

– Toutes les nuits, je rêve qu'on me fait l'injection mortelle.

– Je n'ai aucun pouvoir pour influer sur votre cas, monsieur.

– Vous pourriez m'adresser aux gens qu'il faut. Des acteurs, des célébrités du coin. En ce moment, des gens tournent des films dans tout l'État.

– Un barman de Lafayette m'a dit que vous connaissiez déjà ce type de personnes.

– C'est Miss Lucinda qui les connaissait. »

Mon attention commençait à se relâcher.

« Elle travaillait sur sa généalogie, dit-il. Elle était orpheline. Son père adoptif est un prêcheur.

– Et alors ?

– Elle pensait qu'elle était peut-être apparentée à un type connu d'Hollywood. Elle ne m'a pas dit qui.

– Quand vous le saurez, vous me le direz, hein ? Pour l'instant, c'est terminé.

– Vous êtes un salopard obstiné.

— Juste autodestructeur. Vous avez volé des armes à feu dans la maison de Devereaux. Qu'avez-vous l'intention d'en faire ?

— Buter quiconque essaiera de me ramener au Texas. »

J'ai vraiment parlé comme un imbécile, dis-je. « Ne me rappelez pas ici sauf si vous avez une information utile. »

Je raccrochai. Cette fois, il ne rappela pas. Helen ouvrit ma porte. « Les empreintes sur la scène de crime chez Devereaux ne nous apprennent rien. La clef était propre. L'assassin portait sans doute des gants quand il est entré. Et de ton côté ?

— Tillinger vient de m'appeler. Il téléphonait d'un portable. Ce n'est pas notre homme.

— Comment peux-tu en être sûr ?

— C'est un péquenaud de première. Exactement ce dont il a l'air.

— Tu n'es pas persuadé qu'il a fait brûler sa famille ?

— Si j'avais participé au jury, j'aurais eu un doute raisonnable.

— Alors, on n'arrive à rien.

— Il y a Antoine Butterworth, dis-je.

— Pourquoi Butterworth ?

— Son âme doit ressembler aux fosses à bitume péhistoriques de La Brea.

— Comment vas-tu te débrouiller pour nous l'amener ?

— Il est loin de ses bases habituelles. Voyons l'effet que ça lui fait de se retrouver parmi les petites gens. »

13

J'appelai mon ami le capitaine du poste de West Hollywood aux services du Shérif de Los Angeles, et lui posai des questions plus précises sur le casier de Butterworth. La réputation de Butterworth en matière de déviances était universelle. Mais la légende et la réalité judiciaire ne coïncident pas toujours. Des prostituées racontaient à son sujet des histoires scandaleuses. L'une affirmait qu'il l'avait suspendue à un crochet avant de la battre jusqu'au sang, mais elle avait fait deux séjours à la prison de Camarillo et n'avait pas porté plainte. Aussi brutale que fût la conduite de Butterworth, elle paraissait avant tout théâtrale, relevait moins du registre criminel que d'une obscénité adolescente.

« Il n'a jamais été fiché comme délinquant sexuel ? demandai-je.

– Il y a douze ans, il s'est fait coincer pour détournement de mineure, me dit mon ami. Elle avait seize ans, mais elle en paraissait vingt-cinq. Le procureur voulait le boucler, mais la fille a obtenu un grand rôle dans un film en Amérique du Sud, et elle a quitté la ville.

– C'est Butterworth qui lui a obtenu le rôle ?

– En général, c'est comme ça que ça marche.

– Et quel est aujourd'hui le statut de l'accusation ?

– Aucun statut. L'affaire a terminé dans un classeur.

– C'est tout ce que je voulais savoir. Merci de votre aide.

– Je ne vois pas en quoi je vous ai aidé.

– Ici, on est en Louisiane, capitaine. Le langage employé dans notre législation concernant les prédateurs sexuels provoquerait chez vous une rupture d'anévrisme. »

À midi, le lendemain, j'avais un mandat d'arrestation pour Butterworth, et un mandat de perquisition pour la maison de Desmond. Je composai le numéro en liste rouge de Desmond, en espérant qu'il serait chez lui. Malheureusement, c'est Butterworth qui décrocha.

« Est-ce que Desmond est là ? demandai-je. Dave Robicheaux à l'appareil.

– Oh, mon inspecteur préféré.

– Je dois lui parler, s'il vous plaît.

– Aujourd'hui, c'est une journée de repos. Il fait de la voile. De toute façon, pour la scène que nous tournons, la lumière est mauvaise. Je peux vous aider ?

– Il faut que je prenne quelques photos depuis votre terrasse. Je suis en train d'établir un rapport concernant la découverte du cadavre d'Arceneaux.

– On ne va pas encore reparler du télescope, non ?

– Non, c'est à propos des marées. Dans l'heure qui vient, vous êtes là ?

– Je m'en ferai un point d'honneur. Ciao, mon chou. »

Bailey et moi prîmes une voiture de patrouille et nous dirigeâmes vers Cypremort Point. J'étais au volant, et Sean McClain suivait dans un second véhicule. Il y avait de grosses vagues sur la baie, la mousse sur les arbres se raidissait et les bateaux à l'amarre se balançaient dans les vagues comme des cannettes de bière.

« Je ne suis pas convaincue de ce que nous sommes en train de faire, Dave, dit Bailey.

– Nous sommes en terrain glissant, mais Butterworth n'en sait rien. »

Elle regardait droit devant elle, pensive. « Je ne suis pas certaine de me trouver très à l'aise.

– Vous avez déjà entendu parler d'un homme riche qui se retrouve sur la chaise, ou dans la chambre à gaz, ou sur la table à injection ?

– Je suppose que ça n'arrive pas très souvent.

– Ça n'arrive jamais. »

J'attendis qu'elle me dise quelque chose, mais elle n'en fit rien. « On en fait baver aux méchants, Bailey.

– Ce qu'on fait, c'est qu'on punit les gens qu'on a sous la main. »

Je regardai son profil. Elle était de ces gens dont le calme et l'assurance n'étaient en rien un signe d'arrogance ou d'élitisme. Mais je ne pouvais oublier qu'Ambrose Bierce, un ancien combattant, avait une fois défini un pacifiste comme un Quaker mort, que Bailey était jeune pour ce travail, et moi trop vieux, et que, pour couronner le tout, je me demandais si sa place n'était pas dans le bureau du Défenseur Public.

« Vous êtes quelqu'un de bien, Dave.

– Pourquoi me dites-vous ça ?

– Je suis bonne juge des gens. »

Tout mon raisonnement passa à la trappe.

Alors que nous approchions de la pointe de la péninsule, je vis une silhouette solitaire sur la terrasse de la maison de Desmond. Le vent aplatissait son pantalon et sa chemise hawaïenne sur son corps. Il jouait du saxophone, visiblement indifférent au bruit du ressac, du vent et des mouettes, le pavillon doré du saxo aussi brillant qu'une héliogravure dans la lumière du soleil.

« Pourquoi ce type me fait-il penser à un lézard la tête en bas ? dis-je.

– Parce que c'est à ça qu'il ressemble », dit-elle.

Je sonnai à la porte. Quand Butterworth vint m'ouvrir, j'entrai sans y être invité, et tendis les deux mandats. Bailey et Sean me suivaient. « Vous êtes en état d'arrestation pour ne pas vous être fait enregistrer comme délinquant sexuel, Mr. Butterworth, dis-je. Retournez-vous, s'il vous plaît, et mettez vos mains derrière vous. »

Et, sur ma lancée, je le menottai et commençai à lui lire ses droits.

« Je ne suis pas un délinquant sexuel, dit-il. D'où est-ce que vous sortez ça ?

– Je vais vous accompagner au canapé et vous faire asseoir. Où est votre chambre ?

– Au bout du couloir. Pourquoi est-ce que ma chambre vous intéresse ?

– Notre mandat de perquisition est limité à une partie de la maison.

– Vous avez entendu ce que je viens de vous dire ? Je ne suis pas un délinquant sexuel. Je n'ai jamais été inculpé pour délit sexuel. »

Je l'installai sur le canapé de cuir. Il était pieds nus. Le dessus de ses pieds était strié de veines vertes.

« Selon la loi de la Louisiane, un délinquant sexuel venu d'un autre Etat doit s'enregistrer dès qu'il s'installe ici, même si l'inculpation dans l'autre État est tombée à l'eau, dis-je. L'inculpation pour détournement de mineure à laquelle vous avez échappé en

Californie serait considérée en Louisiane comme une inculpation « différée ». Les délinquants « différés » doivent s'enregistrer. Vous vous êtes fourré dans le pétrin, Mr. Butterworth.

— Je veux appeler mon avocat.

— Vous pourrez l'appeler de votre cellule.

— Mr. Butterworth ? » dit Bailey.

Il leva les yeux. Son front et son crâne étaient bronzés et gras, ses pupilles comme des billes noires.

« Vous êtes défoncé ? dit-elle.

— Moi ? Quelle importance ? J'ai des prescriptions pour des psychotropes.

— Vous êtes un homme intelligent, dit-elle. Vous savez que nous ne sommes pas ici à propos de ce viol sur mineure datant d'il y a douze ans.

— Alors pourquoi me dire le contraire ?

— Notre problème, c'est la jeune femme sur la croix, et un indigent suspendu comme un morceau de viande pourrie dans un filet à crevettes, et un adjoint du shérif dont l'œsophage, le larynx et les poumons ont été lentement perforés et déchirés avec une matraque, dit-elle. Votre passé indique que vous avez des tendances au sadisme. Si vous étiez à notre place, à qui vous adresseriez-vous maintenant ?

— Bien essayé, chérie, dit-il.

— Ne me parlez pas comme ça, dit-elle. Où étiez-vous, tôt lundi matin ?

— Endormi. Dans ma chambre. Desmond vous le confirmera. C'est à ce moment-là que cet adjoint est arrivé à son rendez-vous à Samarra[1] ?

— Restez avec lui », dis-je à Bailey.

---

1. Allusion au roman de John O'Hara *Rendez-vous à Samarra*, dans lequel le protagoniste a rendez-vous avec la mort.

Je sortis sur la terrasse pour appeler Desmond sur son portable. Le vent était brûlant, rempli d'embruns, et d'une odeur de sel et d'algues. Desmond répondit à la première sonnerie.

« Ici Dave, dis-je. Nous sommes en possession de deux mandats. Un concernant l'endroit où vit Butterworth, et l'autre concernant Butterworth lui-même.

– Tu plaisantes !

– Il affirme que tôt hier matin il dormait dans sa chambre. Est-ce qu'il ment ? » Il n'y eut pas de réponse. Je mis le téléphone à mon autre oreille. « Tu as entendu ?

– Dimanche soir, il est allé se coucher tôt. Sa porte était fermée quand je me suis levé le matin.

– Est-ce que tu l'as vu ?

– Je devais retrouver quelques types à l'antenne-relais de Lafayette. Je suis parti vers six heures et demie.

– Alors tu ne sais pas s'il était ou non dans sa chambre ?

– Je ne pourrais l'affirmer. »

Mais il me cachait quelque chose.

« Quand tu es parti, où était sa Subaru ?

– Je ne l'ai pas vue. Mais ça ne veut rien dire.

– Est-ce qu'il lui arrive de conduire un SUV noir ?

– Il a accès aux SUV. On en a loué un certain nombre. Écoute, peut-être qu'il était sorti. Il a une ou deux petites copines. Des filles du coin. Parfois elles le déposent, et il les laisse se promener dans sa décapotable. Il vit une vie de célibataire.

– Il saute sur tout ce qui bouge ?

– Non. C'est du harcèlement, Dave. Ce n'est pas ton homme. Tu n'aimeras pas entendre ça, mais

Antoine n'est pas le salopard maléfique qu'il fait semblant d'être.

— Il m'a bien eu !

— Pour le sac et la cendre, c'est un spécialiste.

— Va raconter ça à quelqu'un d'autre, Des.

— C'est pour ça que je ne vis plus ici. Vous corrompez tout ce qu'il y a de beau dans vos vies, et vous collez ça sur le dos des autres. Si on y mettait le prix, vous placeriez des mines dans le jardin d'Eden.

— Alors pourquoi venir faire des films ici ? dis-je, le cœur battant la chamade.

— La Louisiane est la pute de tout le monde. On peut l'acheter pour trois sous. »

Je refermai le téléphone et regardai à travers l'étendue de Weeks Bay l'endroit où, pour la première fois, j'avais vu flotter le cadavre de Lucinda Arceneaux, les bras étendus sur la croix, ses cheveux ondulant comme des serpents autour de sa gorge. Puis je rentrai dans la maison, le vent me sifflant dans les oreilles.

« Pas de chance, camarade, dis-je à Butterworth. Desmond ne vous couvre pas. Quand il est parti, hier matin, la porte de votre chambre était fermée, mais votre voiture n'était pas là.

— Parce que je l'avais prêtée à l'une de mes amies.

— Des a mentionné que c'était une possibilité. Quelle amie ?

— Une dame qui travaille dans un bar à blues.

— Une chanteuse ?

— Oui.

— Comment s'appelle-t-elle ?

— Belle Delahoussaye. »

Je restai impassible.

« Vous vous entendez bien avec elle ? lui demanda Bailey.

– Qu'est-ce que ça signifie ?

– Vous savez comment ça se passe dans nos provinces, dis-je. Les valeurs familiales, l'abstinence totale, les réunions de prière, les illuminations du vendredi soir, et ainsi de suite. Nous plaçons la barre très haut.

– J'ai remarqué ça la première fois que j'ai assisté à un combat de coqs à Breaux Bridge, dit-il.

– Y a-t-il dans votre chambre quelque chose dont vous voulez nous parler avant qu'on ne le trouve ? Des hallucinogènes, des excitants, de la blanche de Chine ? » demandai-je.

Quand il tourna la tête, la peau de son visage était tendue comme celle d'une tortue. « Vous êtes dépassés. Comment s'appelait le policier assassiné ?

– Axel Devereaux », dis-je.

Butterworth secoua la tête. « Il avait un lien avec l'Aryan Brotherhood ?

– Comment savez-vous ça ? demanda Bailey.

– Certains d'entre eux ont essayé de trouver des rôles de figurants chez nous, répondit-il. C'est Devereaux qui les avait envoyés. Il avait des prostituées qui travaillaient pour lui. Cinq cents dollars la nuit. Il pensait qu'il allait faire ami-ami avec les stars.

– Quel était votre lien avec Devereaux ? demandai-je.

– Je n'avais aucun lien avec lui. Je ne l'ai pas laissé pénétrer sur le plateau. Desmond l'a viré, et Lou Wexler l'a raccompagné à sa voiture. On avait notre boulot à faire.

– Vas-y », dis-je à Sean.

Je mis la main sous le bras de Butterworth, et le conduisis dans sa chambre. Je tirai une chaise pour qu'il s'assoie pendant que Sean commençait à ouvrir les tiroirs, et à en déposer le contenu sur le lit.

« Vous avez le numéro de téléphone de Bella Delahoussaye ? demandai-je.

– Pas vous ?

– Répétez-moi ça ?

– Arrêtez cette plaisanterie, inspecteur. Vous l'avez raccompagnée chez elle. »

Bailey me regarda.

« C'est exact, je l'ai raccompagnée, dis-je.

– Je suppose qu'elle vous a donné un cours de guitare, dit-il.

– Vous devriez venir jeter un coup d'œil là-dessus », dit Sean.

Je ne comprenais pas pourquoi Sean avait délibérément interrompu Butterworth. Butterwoth m'avait poignardé. J'avais le visage brûlant, les poignets palpitants. Je vis une lueur de déception dans les yeux de Bailey.

« Qu'est-ce que tu as trouvé ? » demanda-t-elle à Sean.

Il vida un carton à chapeau sur le dessus de lit. Des menottes en cuir de mouton en tombèrent, ainsi qu'une cagoule pourpre, un flagellum muni de lanières de feutre, un blouson de cuir noir, et des dessous féminins. Suivirent un kit hypodermique, et divers sachets d'herbes et de plantes séchées.

« C'est à vous ? demandai-je à Butterworth.

– Il m'est arrivé d'utiliser certains objets dans des situations intimes. En réalité, il s'agit d'accessoires de scène. » Il regardait dans le vide.

« Et les épices ? demandai-je.

– Je prends des remèdes homéopathiques. Il n'y a rien d'illégal dans cette boîte.

– Je pense que vous avez de la réalité une perception extra-terrestre.

– Vous assumez élégamment votre hypocrisie, dit-il.

– Permettez-moi de mettre une chose au point. J'ai raccompagné Miss Bella chez elle lors d'un orage. Je l'ai déposée devant sa porte, et je suis rentré chez moi. J'ai le sentiment que c'est ce qu'elle vous a dit, mais vous vous êtes servi de cette information pour me mettre dans l'embarras, et pour jeter le doute concernant l'impartialité de cette enquête.

– Je me fiche complétement de vos peccadilles. Le problème n'est pas là. Vous essayez de m'humilier tout en prétendant le contraire.

– Avez-vous mis du LSD dans la nourriture d'une femme de ménage, afin de pouvoir la filmer et la ridiculiser ? »

Là, il m'a surpris. « Oui, c'était une folie. J'ai fait beaucoup de choses que je regrette. » Il fixa son regard sur moi, puis détourna les yeux, détaché, comme s'il était ailleurs.

Sean retira d'une étagère des piles de livres qu'il posa sur le lit, puis entreprit de fouiller le placard. Parmi les livres il y avait des volumes de Lee Child, de Frederick Forsyth, de Somerset Maugham, de Joseph Conrad, de Graham Greene, et une histoire des Croisades. Mais celui qui attira mon attention était un album relié en cuir d'autruche rempli de photographies, de cartes postales, de lettres manuscrites ou tapées à la machine, jaunies par le temps et collées aux pages.

« Je préférerais que vous ne regardiez pas ça, dit Butterworth. Rien de tout ça n'a le moindre rapport avec votre enquête. »

Je commençai à tourner les pages. Chacune d'elles était raide comme du carton. Ça concernait visiblement l'Afrique : des animaux sauvages en train de paître sur des étendues herbeuses, sur fond de montagnes couronnées de neige, des véhicules de l'armée à six roues motrices pleins de soldats noirs munis d'AK-47 et de fusils d'assaut Herstal, des villages arides où tous les enfants avaient le même ventre gonflé, les mêmes yeux creux, le même visage squelettique. Je pouvais presque entendre le bourdonnement des mouches.

« Dans quel pays ont été prises ces photos ? demandai-je.

— La plupart de ces endroits n'ont même pas de nom.

— Les types dans ces camions ressemblent à des amis de Kadhafi et de Castro.

— Ce sont les amis de ceux qui les paient. »

Sur la page suivante était collée une photo en couleurs de format 20 x 25, floue, comme si l'œil avait voulu la rejeter. Les paillotes de part et d'autre d'un chemin de terre étaient en feu. Une colonne de soldats avançait dans un soleil rouge, certains des hommes regardant des corps éparpillés le long de la route. Un vieillard flétri, édenté, vêtu seulement d'un short et de sandales, était assis, une jambe repliée sous lui, les bras étendus, implorant la pitié. À côté de lui, comme des poupées désarticulées, gisaient les cadavres d'une femme et d'un enfant. Un soldat se tenait derrière lui, une machette suspendue à une lanière qu'il avait au poignet.

Je tins la page ouverte devant les yeux de Butterworth. « Vous avez été mêlé à ça ?

— Si j'y ai participé ? Non. Si j'y étais ? C'est moi qui ai pris la photo.

— Vous avez tenté d'intervenir ?

— Ma tête aurait servi de ballon de foot.

— Qui était l'officier en charge ?

– Un voyou africain, un ami d'Idi Amin.
– Quel était votre rôle ?
– Conseiller. »

Je refermai l'album, et le laissai tomber sur le lit. « Levez-vous.

– Pour quoi faire ?
– Il faut changer d'endroit. »

Je lui fis traverser le salon, et le conduisis sur la terrasse, mes doigts s'enfonçant dans son bras. J'ouvris ses menottes et l'accrochai à la rambarde, le soleil lui cognant le visage, ses yeux toujours dilatés, et maintenant humides. Il était visible qu'il essayait de ne pas ciller. « Pourquoi faites-vous ça ?

– Je ne vous aime pas. Vous vous shootez souvent ?
– Désolé, je refuse de vous parler de ma vie privée.
– Avez-vous shooté Lucinda Arceneaux ?
– Alafair m'a dit que votre ami Purcel avait combattu au Salvador, du côté des gauchistes.
– Et alors ?
– Il ne vous a jamais raconté ce qui se passait là-bas ? Les atrocités commises par les crétins que votre gouvernement avait entraînés à l'École des Amériques[1] ?
– Je vais vous laisser ici quelques minutes, et ensuite on vous conduira à la prison. En attendant vous auriez intérêt à fermer votre gueule.
– Vous ignorez pourquoi vous me haïssez, et pourquoi vous avez peur de moi, n'est-ce pas ?
– Quoi ?
– Je suis le symbole de la conséquence catastrophique de la décision américaine d'abandonner la

---

1. Centre d'enseignement militaire célèbre pour avoir enseigné aux militaires latino-américains les doctrines de contre-insurrection.

république que le monde entier admirait et adorait. En me voyant, vous réalisez combien vous avez perdu. »

Je voulais croire que c'était un fou, un sybarite, un cynique débauché et défoncé décidé à nous contaminer avec ses agents pathogènes. Avec ses mains menottées à la rambarde, le vent qui aplatissait ses vêtements sur son corps, il ressemblait à la silhouette torturée du célèbre tableau d'Edvard Munch.

« Dites-moi que je me trompe », dit-il.

Je retournai dans la chambre.

« Qu'est-ce que vous cherchiez à faire ? demanda Bailey.

– Peu importe. Vous avez trouvé autre chose ? »

Elle secoua la tête.

« Mets l'album et tout le reste dans le carton à chapeau, dis-je à Sean. Je vais installer Butterworth dans la voiture.

– Cette descente me gêne, dit Bailey. On risque d'avoir des problèmes légaux. Nous ne sommes pas à l'abri d'une plainte et d'un procès.

– Pas si on trouve sur cette aiguille l'ADN de Lucinda Arceneaux.

– Mais vous savez qu'il n'y est pas, non ? Qu'est-ce que vous avez contre ce type ? »

Je ne répondis pas. J'allai récupérer Butterworth sur la terrasse et le crochetai à un anneau à l'arrière de la voiture. Bailey et moi montâmes à l'avant, et suivîmes l'étroite route à deux voies menant à New Iberia, les frondaisons des palmiers sur le côté cliquetant sèchement dans le vent, les vagues se brisant contre les bateaux amarrés. Elle me jeta un coup d'œil de côté.

« Qu'est-ce qu'il y a ? demandai-je.

– Rien », répondit-elle. Elle me fit un clin d'œil. « Je trouve que vous êtes un type bien. C'est tout. »

C'est à cet instant que je compris que la folie de l'âge est une maladie contagieuse qui n'épargne aucun homme, sauf s'il a la chance de mourir jeune.

14

Nous avons rempli les formalités d'écrou de Butterworth, avant de le transférer à la prison de la paroisse. Ce soir-là, Desmond, au volant d'une Cherokee neuve, tourna dans mon allée. Il semblait porter ses contradictions comme on porte un costume. J'avais une sonnette, mais il frappa doucement à la porte. J'avais une allée pavée, mais il traversa la pelouse, bien qu'elle fût humide à cause de l'arroseur. La légèreté avec laquelle il effleura la porte n'était pas en phase avec l'intensité de son expression, ni avec les veines noueuses saillant sur son avant-bras.

Je le regardai à travers la porte-moustiquaire. « Si tu es là à propos de Butterworth, je te parlerai dans le service, pendant les heures de bureau.

– Antoine est mon ami. Toi aussi. C'est dans cet esprit que je voudrais te parler. »

Je m'avançai sur la galerie. La lumière faisait une flaque dans le ciel, comme un bol d'or renversé ; les chênes du jardin étaient plongés dans l'ombre, leurs troncs entourés de belles-de-nuit jaunes et rouges qui poussaient sous leurs frondaisons.

Les yeux bleu pâle écartés de Desmond ne cillaient pas, mais ils étaient voilés ; ils étaient vides comme ceux d'un sociopathe.

« Abandonne Butterworth à son sort, dis-je.
– Il n'a rien fait.
– Est-ce que tu as vu les photos dans son album ?
– Il endure peut-être une pénitence différente du reste d'entre nous. Hollywood est l'endroit des secondes chances. Et qui plus est, c'est un lieu où il n'y a pas de victimes. Là-bas, tout le monde connaît les règles et les risques. Pourquoi as-tu brutalisé Antoine ?
– Au téléphone, tu m'as dit que si on y mettait le prix, on minerait le jardin d'Eden. Tu as grandi dans le jardin d'Eden ?
– Qu'es-tu en train de me dire, Dave ?
– Tu as grandi sur le sol dur d'une réserve qui n'a été donnée aux Indiens que parce que les Blancs n'en voulaient pas.
– Pour mieux dire les choses, ils n'auraient même pas craché dessus. Où veux-tu en venir ?
– Le casino a un peu amélioré la vie de certains des tiens. Tu trouves que c'était une mauvaise idée ? Si tu nous lâchais un peu ? La plupart d'entre nous font du mieux qu'ils peuvent.
– Je pensais pouvoir raisonner avec toi, dit-il. Je me trompais. Je ferais mieux de partir avant de dire quelque chose que je pourrais regretter.
– Dis-le quand même.
– Je vois la façon dont tu regardes Bailey Ribbons. Je ne t'en veux pas. Pour moi, elle est Clementine Carter. Elle nous ramène dans le passé, à notre premier amour, à l'Amérique telle qu'elle était avant que les gens des chemins de fer et les industriels ne mettent la main dessus. En sa compagnie, chaque jour est un printemps, et la mort n'a plus aucun pouvoir. »

Comment se fâcher contre un homme qui s'exprime comme Pétrarque ? « Cet après-midi, j'ai parlé avec Bella Delahoussaye.

– Qui ?

– Elle est l'alibi de Butterworth. Quand il dit qu'il lui a prêté sa Subaru, il ne ment pas. Mais il y a quand même un problème.

– Lequel ?

– Elle dit qu'il conduit aussi un SUV noir. Et un SUV s'est enfui de la scène du meurtre de Devereaux.

– Je t'ai déjà expliqué ça, dit Desmond. Nous en avons plusieurs dans notre parc de voitures. Au nom du ciel, arrête d'être obsédé comme ça par Hollywood. Vous êtes tous pareils. Vous ne supportez pas le succès. Vous ne supportez pas l'art, ou la raison, ou quoi que ce soit qui ne ressemble pas à votre mode de vie répugnant. Vous êtes tous à la recherche d'une maison sans miroirs.

– Bien tenté », dis-je.

Il regardait les feuilles balayer la rue, les ampoules électriques allumées dans les feuillages des chênes, la pénombre qui, comme dans un rêve, envahissait les pelouses de maisons visitées un jour par la veuve de Jefferson Davis. « Je m'excuse. Moi aussi, c'est mon pays natal. Même si tu y as plus de droits que moi. Selon vous tous, j'ai mal agi. J'aimerais pouvoir y changer quelque chose. Mais sans doute ne le ferai-je jamais. »

Il n'y avait rien de pompeux, ni de théâtral, ni de mielleux, dans sa voix ou dans son expression. Il marcha jusqu'à sa voiture, son physique imposant à peine atténué par son pantalon étroit et sa chemise délavée.

J'étais convaincu que, comme dans le cas d'Helen Soileau, bien des personnalités vivaient dans la peau de Desmond, mâles ou femelles, enfantines ou adultes. Il ne s'était jamais marié, et il n'était jamais resté longtemps non plus en compagnie de la même femme. Une chose était sûre : c'était un égalitariste, un esthète, un acteur et un peintre. Il avait la flamme d'un artiste fou, la voix d'un chanteur, et l'indifférence aux critiques qui est l'apanage inconscient de tous les artistes. J'ai dit plus tôt qu'il était capable, d'un sourire, d'éclairer une pièce. Ça faisait longtemps que je ne l'avais pas vu le faire. Clementine Carter et Bailey Ribbons étaient-elles les clefs de sa résurrection, le moyen de faire rouler un rocher qui bloquait le soleil et privait d'air ses poumons ?

Le lendemain matin, Antoine Butterworth fut mis en liberté sous caution. Il n'y avait aucune trace d'ADN sur l'aiguille hypodermique. Son avocat avait démoli nos accusations fabriquées.

Six semaines passèrent sans incident significatif, et nous nous sommes retrouvés dans le doux murmure du cœur de l'été indien, dans les journées somnolentes et les nuits fraîches qui nous accordent une pause avant l'hiver et la lumière qui s'éteint. Je commençais à penser que notre enquête sur les étranges homicides dont avaient été victimes Lucinda Arceneaux, Joe Molinari, Travis Lebeau et Axel Devereaux était dans une impasse et qu'elle avait largement été influencée par des suppositions. Je me demandais aussi si Bailey et moi n'avions pas, sans nous en rendre compte, superposé des symboles sur chaque affaire, afin de pouvoir trouver un lien entre elles. Ça arrive parfois. Le meilleur exemple en est la mort du président Kennedy et les théories complotistes qui perdurent. Quand l'esprit se fatigue, on est tenté de simplifier pour pouvoir avancer. La conscience collective n'aime pas les détails ni la complexité. Et, par ailleurs, ne vaut-il pas mieux laisser le Diable mourir dans les flammes qu'il a allumées ?

Je voulais m'évader, dériver dans la saison, l'odeur des feux de feuilles mortes et les vestiges d'une jeunesse innocente. Dans un instant de rêverie, je me rappelai un bal étudiant au Southwestern Louisiana Institute, la musique jouée par Jimmy Dorsey et son orchestre, une marmite d'écrevisses bouillant sous les chênes du parc voisin du campus, l'excitation du coup d'envoi d'un match de football entre LSU et Ole Miss, quand toutes les étudiantes portaient un corsage et brûlaient du désir d'être embrassées.

Je n'étais pas simplement las de l'iniquité du monde. J'étais las en particulier de l'avidité et de l'exhibition ostentatoire de la fortune caractéristiques de notre époque, des justifications de ceux qui pillent la terre et lèsent nos frères humains. Le grand avantage qu'il y a à vieillir, c'est qu'on se rend compte que chaque matin est une bénédiction, de nature aussi votive que l'élévation d'une hostie. J'avais pris l'habitude de laisser le monde continuer jour après jour, mais, malheureusement, c'est lui qui ne voulait pas me lâcher. Les machines du commerce et de l'acquisition fonctionnent sept jours sur sept, vingt-quatre heures sur vingt-quatre, impitoyablement, sans permettre de moments de douceur à ceux qui broient leur vie en les servant à la sueur de leur front.

Je suis en train de parler de l'avarice, qui est au cœur de la plupart des souffrances humaines. Oui, la vengeance joue un rôle, et il en va de même de toutes les manifestations sexuelles qui déforment notre vision, mais personne ne met un cierge à la cupidité et aux défenses que nous produisons pour la protéger.

Clete n'aurait pas utilisé les mêmes mots, mais il les connaissait, et en connaissait le sens. Et ses pensées étaient identiques quand il décida de faire un tour au club de blues au bord du bayou, pour manger du poulet au barbecue, du riz sauvage, et boire une chope de bière glacée, comme il le faisait dans sa jeunesse au Tracey's Bar, dans l'Irish Channel, sur la Troisième et Magazine.

Comme c'était un vendredi soir, le bar, les tables et la petite piste de danse débordaient sur les plats-bords. Bella Delahoussaye chantait « Got My Mojo Working », accompagnée à l'harmonica par un Noir qui gémissait et geignait comme un train dans une église. Un homme chauve assis sur le tabouret voisin de celui de Clete se pencha vers lui, hurlant pour se faire entendre. Il avait les lèvres perlées de salive, la cravate dénouée, et son ventre débordait de la veste de son costume. Clete essuya sa joue avec une serviette en papier, et essaya de se pencher de l'autre côté.

« Vous m'avez entendu ? cria l'homme. Qu'est-ce que vous pensez de cette histoire à propos des monuments ?

– Quels monuments ?

– Ils démontent les monuments confédérés à La Nouvelle-Orléans. Ils viennent d'enlever la statue de Robert E. Lee. Que pensez-vous de ça ? »

Une goutte de salive atterrit sur le menton de Clete. « Je pense que ce sont des imbéciles. Ils veulent que La Nouvelle-Orléans ressemble à Omaha. Ils font la même chose que les Talibans et l'État islamique.

– Oui, mais ne pensez-vous pas qu'il est temps que...

– Arrêtez de me hurler au visage.

– Pas la peine de vous énerver », dit l'homme en balançant sa panse hors du tabouret.

Clete essaya de revenir à l'assiette qu'il avait devant lui, mais en la regardant, il imagina ce qui venait sans doute de lui arriver et la repoussa. Il en commanda une autre.

« C'est la maison qui offre, mon vieux, dit le barman.

– Merci », dit Clete. Il posa sur le comptoir un billet de dix. « Donnez au gros type ce qu'il a envie de prendre. Mais ne lui dites pas d'où ça vient. Gardez la monnaie. »

Bella se lança dans « The House of the Rising Sun », la chanson dont Eric Burdon et les Animals avaient fait ce qui est peut-être, dans l'histoire du blues, la description la plus obsédante de la vie dans un bordel et du désespoir spirituel. Le message de désespérance absolue qu'elle véhiculait était, Clete ignorait pourquoi, comme un clou émoussé enfoncé dans son cœur. Il lui arrivait d'attribuer cette sensation à l'engloutissement de la ville lors de Katrina[1], ou au crack qui avait transformé la ville en capitale du meurtre en Amérique, ou aux boutiques de T-shirts et à l'affectation de débauche qui voulait imiter l'ancienne tradition d'excentricité de la ville, sa culture bohème et l'exubérance Dixieland.

L'influence qu'avait sur lui cette chanson n'avait aucun rapport avec rien de tout ça, ni même avec La Nouvelle-Orléans. La chanson parlait d'exploitation et de l'anonymat qui semble le lot de tous ceux qui sont utilisés pour l'agrément des autres. La chanson n'avait pas d'auteur. Le narrateur de l'histoire pouvait être une narratrice, mais n'avait pas de nom. Le soleil levant ne dissipait pas la nuit, ne servait qu'à éclairer la rudesse du matin, le verre cassé dans les caniveaux, un ivrogne inanimé dans une ruelle.

---

1. Voir *La Nuit la plus longue* du même auteur dans la collection Rivages/noir.

Clete parcourut des yeux le bar, les tables, les danseurs sur la piste, et se demanda combien d'entre eux quitteraient ce monde comme des moins-que-rien, sans même avoir une plaque sur leur tombe dix ans après leur disparition. Lors de la première soirée qu'il avait passée à La Nouvelle-Orléans, à son retour du Vietnam, il s'était défoncé dans le Vieux Carré et avait rencontré un célèbre écrivain Beat qui nourrissait des pigeons sur un banc de Jackson Square. L'écrivain l'avait mis au défi de citer les noms de cinq esclaves sur les dix millions qui avaient vécu et étaient morts dans la servitude.

Clete n'avait pu aller plus loin que Spartacus et Frederick Douglass.

« Qu'est-ce que ça prouve ? avait demandé l'écrivain.

– Que je suis pas bon en histoire ?

– Non, mec, ça prouve qu'il n'y a pas d'histoire. Juste des bosses dans la terre qui veulent que quelqu'un raconte leur vie. Tu penses que je pète un plomb ? »

Bella termina sa chanson et remonta le comptoir sur toute sa longueur. Elle passa un ongle sur la nuque de Clete. « Où est votre ami ?

– Dave ?

– Qui d'autre ? Je l'ai pas vu dans le coin. Dites-lui que ça me fait de la peine.

– Il est assez occupé. Des gens qui se font assassiner, des trucs comme ça.

– Ça veut pas dire qu'il peut pas passer. » Elle fit un clin d'œil. « Dites-lui que j'ai le rythme et que c'est à lui de bouger.

– Montrez un peu de respect pour vous-même, dit Clete.

– Je dis ce que je veux, baby. »

Clete regarda le bout du bar. « Il y a quelqu'un qui est assis là, et qui ne devrait pas y être. »

Bella leva la tête et vit une femme noire dix tabourets plus loin. La femme noire portait une robe blanche, et un collier de pierres rouges pendait entre ses seins. « Hilary Bienville ? J'suis pas la gardienne de ma soeur.

– Elle devrait vous écouter.

– Cette fille court après son cercueil. Et elle va le trouver.

– Elle traîne toujours avec un Blanc ?

– Elle est à quatre pattes depuis qu'elle était gamine. On peut rien pour des filles comme ça. Une fille bousillée devient une femme bousillée.

– Qui est le type ?

– J'ai pas demandé. Je finis à deux heures. Vous me ramenez ? Ça me rendrait bien service. »

Elle s'éloigna de Clete, jeta un coup d'œil derrière elle. Il commanda un shot de Jack qu'il laissa tomber dans sa bière, verre compris. Il vida la chope, le petit verre cliquetant contre le gros. Il regarda le bout du bar, et ce qu'il vit lui fit plisser les yeux, qu'il se frotta avant de les rouvrir.

L'homme avait des cheveux gris acier, coupés court, ramenés droit en arrière par du gel, comme s'il avait voulu paraître plus jeune. Il s'était laissé pousser la barbe et avait perdu du poids, mais le profil était celui que Clete avait vu sur les photos d'identité judiciaire qu'il avait trouvées sur Internet. L'homme parlait à Hilary Bienville ; il portait un pantalon bleu marine et le genre de chemise kaki à manches courtes qu'aurait pu porter un mécano dans une station-service.

Ça ne peut pas être lui, pensa Clete. *Pas un type qui s'est évadé du couloir de la mort et devrait chercher refuge dans une grotte d'Afghanistan.*

Clete se leva de son tabouret à l'instant où la porte s'ouvrait pour laisser entrer deux pleines voitures de fêtards. Le temps que Clete se soit frayé un chemin au milieu d'eux, l'homme avait disparu.

Hilary regarda Clete d'un œil vide. Elle tenait à la main un verre de Collins. Elle avait le regard trouble.
« Qu'est-ce que vous voulez ?
— C'était Hugo Tillinger ? demanda-t-il.
— J'connais pas d'Hugo Tillinger.
— Que faites-vous ici ?
— Je viens voir mes amis. J'ai l'air de faire quoi ?
— La dernière fois que je vous ai vue, vous étiez dans la panade. Où est votre bébé ?
— Y a pas de mal que j'vienne ici. Mon bébé va bien.
— Où est-elle ?
— À Iberia General. Elle a le croup.
— Rentrez chez vous, Hilary. Ne vous infligez pas ça.
— C'est ma vie. C'est pas la vôtre. J'ai les *gris-gris*. En route vers l'enfer. Rien pourra me sauver.
— Où est allé ce type ?
— Je sais pas. Vous avez l'air d'un flic. J'crois qu'il vous a vu.
— Il sait qui je suis ?
— Je connais rien de tout ça.
— Attendez ici.
— Vous êtes comme les autres. "Ferme ta gueule." "Fais-moi à bouffer." "Suce ma bite." Où vous allez ? »

Clete regarda dans les toilettes pour hommes. Un homme en train d'uriner lui fit un grand sourire. Clete sortit par la porte de derrière au moment où un SUV noir quittait lentement le parking, ses phares allumés, la silhouette du chauffeur se découpant derrière le volant. Le chauffeur s'engagea sur la route. Clete ne vit pas l'immatriculation.

Il monta dans sa Caddy et suivit le SUV. Le SUV s'arrêta au carrefour, traversa le pont à bascule et se dirigea vers la quatre voies, sans jamais dépasser la vitesse autorisée. Ses vitres étaient baissées. On entendait la radio. Clete crut reconnaître « Rock of Ages ».

Il suivit le SUV en se faufilant à travers la circulation jusqu'à Lafayette. Deux fois, il en fut assez proche pour avoir confirmation que le chauffeur était bien l'homme qu'il avait vu parler à Hilary Bienville. Rien dans l'attitude du chauffeur n'indiquait qu'il se savait suivi. Juste à la sortie de Lafayette, l'homme s'arrêta à une station d'essence, descendit de son véhicule et commença à faire le plein. Clete se gara derrière le bâtiment, avec une bonne vue sur les pompes, et coupa son moteur. Il prit ses jumelles dans la boîte à gants, et les régla sur le visage du chauffeur. Il n'eut plus aucun doute : l'homme qu'il voyait était bien Hugo Tillinger.

Il mit dans la poche de sa veste sa matraque et ses menottes, et sortit son .25 semi-automatique du holster en Velcro qu'il portait à la cheville.

Désolé, mon vieux, pensa-t-il en descendant de la Caddy. *Si tu finis sur la table à injection, c'est que tu n'auras pas eu de bol, et je n'y suis pour rien.*

Un tacot bancal d'où sortait une fumée d'huile s'arrêta aux pompes. La conductrice était une minuscule Noire aux cheveux gris vêtue d'une robe fourreau décolorée et de chaussures de tennis pour homme. Sur le siège arrière était assise une fillette de huit ou neuf ans. Un unique écrou retenait la plaque d'immatriculation au pare-chocs. La femme descendit de la voiture, inséra dans la pompe une carte de crédit, et batailla pour libérer le tuyau de son crochet. Soudain, la fillette jaillit de la portière arrière pour se précipiter aux toilettes, à l'instant où un pick-up quittait la route dans une embardée et se dirigeait vers le parking devant le casino.

Clete sentit sa poitrine se vider de son souffle. La scène se figea dans sa tête, comme un projecteur de cinéma qui se bloque. Dans moins de deux ou trois secondes, la fillette serait empalée sur la calandre du véhicule. Le chauffeur avait la tête tournée vers sa passagère. La vieille Noire avait laissé tomber sur le ciment le tuyau qui vomissait de l'essence sur ses chaussures. La petite fille faisait un bond, un genou plié, l'autre touchant à peine le sol, la bouche ouverte, comme si elle était peinte sur l'air. Clete ne pouvait supporter cette vision.

Tillinger surgit de derrière son véhicule, attrapa la fillette sous les bras, la serra contre sa poitrine, et fit un bond en avant comme un quarter-back prêt à s'écraser au-delà de la ligne. Il tordit le corps pour atterrir de côté, heurtant le ciment de plein fouet, sans jamais lâcher la fillette.

Il se releva, ramassa la petite fille et la tendit à la femme âgée. Il sourit pour esquiver toute tentative de remerciement, et se dirigea vers le chauffeur du pick-up. Celui-ci coupa ses phares, mit le pied au plancher, et disparut en grondant dans l'obscurité.

Tillinger entra dans la boutique, acheta un paquet de Fritos et un quart de lait, et s'installa à une petite table pour manger. Et c'était ce type-là que Clete s'apprêtait à envoyer sur la table à injection ?

Clete le suivit jusqu'à un motel bordé de tubes de néon roses et verts au nord de Four Corners et le regarda se garer devant la dernière chambre de la rangée. Tillinger entra et alluma une lampe. Clete gara sa Caddy sous un arbre, et attendit cinq minutes. Puis il sortit avec son .25 semi-automatique et frappa doucement à la porte.

« Qui est là ? demanda Tillinger.

— La sécurité. Il se peut que quelqu'un ait tenté de fracturer votre véhicule. »

Tillinger décrocha la chaînette et ouvrit la porte. Il était pieds nus, vêtu d'un caleçon et d'un T-shirt blanc propre. « Je vous ai vu dans le club. Que faites-vous dans mon motel ? »

Clete fit un pas à l'intérieur et, de son bras tendu contre la poitrine de Tillinger, le fit tomber en arrière sur un fauteuil. D'un coup de pied, il referma la porte derrière lui. « Restez assis.

— Que se passe-t-il ? Qui êtes-vous ?

— Un type à qui vous avez causé beaucoup de soucis.

— Des soucis ? Je n'ai aucune idée de qui vous êtes. »

Clete prit un oreiller. « Regardez mon arme. C'est un *throw-down*[1]. Pas de numéro de série, intraçable. Pas de conneries avec moi. Je vous bute, et une minute après je serai déjà loin. Demain matin, la femme de ménage sentira une odeur bizarre, et vous vous retrouverez étiqueté dans un sac, et au frigo. *Diggez-vous*[2], noble sire ?

---

1. « *Drop* », ou « *throw-down* » : arme dont le numéro a été limé, la crosse entourée parfois de fil de fer, et qui a été rendue intraçable, de façon à pouvoir la laisser sur un homme abattu et faire croire que celui-ci était armé, et a été abattu en légitime défense.

2. Tel dans le texte original.

– Noble quoi ?
– Vous vous êtes échappé du couloir de la mort au Texas. Je vous pensais plus malin.
– Dites-moi qui vous êtes, et peut-être que je comprendrai quelque chose à ce que vous racontez.
– Je suis un gars qui vous a déjà laissé filer, à tort. J'étais en train de pêcher près du pont sur chevalet qui franchit la Mermentau River quand vous avez sauté du wagon de marchandises. J'aurais dû vous dénoncer, mais je ne l'ai pas fait, et depuis j'en paie le prix.
– Vous vous êtes trompé de chambre. »
Clete glissa le .25 semi-automatique à l'arrière de sa ceinture, agrippa Tillinger par son T-shirt et l'expédia dans le mur, si violemment que la pièce en trembla. Tillinger tomba sur le sol. Il avait l'expression de quelqu'un aux oreilles de qui on vient de frapper deux cymbales.

« Prochain arrêt, la cuvette des toilettes », dit Clete.

Tillinger se redressa sur les coudes. « Faites le pire dont vous êtes capable. Et ensuite mettez-vous au régime. Vous avez un sérieux problème de poids, en plus d'un sérieux problème mental.
– Pourquoi vous en êtes-vous pris à Hilary Bienville ?
– Vous êtes un flic ?
– Je l'étais. Vous avez fourré des conneries dans la tête d'Hilary ? Il faut être un drôle de Blanc pour faire ça à une femme de couleur.
– J'étais ami avec Lucinda Arceneaux. Lucinda m'avait raconté comment certaines femmes de couleur étaient utilisées par des flics pourris. Vous savez qui était Travis Lebeau, non ?
– Il appartenait à l'Aryan Brotherhood, dit Clete. Il a été traîné par une voiture, jusqu'à ce que mort s'ensuive.

– J'ai essayé de découvrir qui a tué Lucinda. Ça a un rapport avec la prostitution.

– Qui a enfoncé la matraque dans la gorge d'Axel Devereaux ?

– Je n'en sais rien. Je m'en fiche. Je peux me lever ?

– Un SUV pareil au vôtre fonçait sur la route juste après que Devereaux s'est fait couper le sifflet.

– J'ai été là-bas. Mais il était déjà mort. Vous m'en voulez parce que j'ai gâché votre partie de pêche ?

– Comment avez-vous eu cette bagnole ?

– Je l'ai fauchée.

– Pourquoi êtes-vous allé chez Devereaux ? Vous vous y étiez déjà introduit une fois.

– Je voulais le tabasser jusqu'à ce qu'il le crache.

– Qu'il crache quoi ?

– Le nom d'un type du cinéma dont Devereaux avait la trouille. À ce que disaient certains machinistes. Devereaux s'était même fait gifler par ce type. Le type l'a viré du plateau.

– Parce que Devereaux faisait le maquereau ?

– Je ne sais pas. C'est ce que je voulais apprendre. Miss Lucinda était proche de tous ces gens. Vous avez déjà vu *Le Dossier Adams* ? Ce film a sauvé la vie d'un innocent. Ça pourrait être mon histoire.

– Je vous laisse cinq minutes pour vous habiller et pour vous tirer d'ici, dit Clete. Ensuite, votre compte est bon. »

Tillinger se leva précautionneusement, titubant, une main appuyée contre le mur. « Vous savez pourquoi j'ai été en taule ?

– Pour avoir tué votre famille.

– Ça ne vous gêne pas ?

– Non.
– Pourquoi non ?
– Je pense que vous êtes innocent. Ce qui n'empêche pas que vous soyez un trou-du-cul, dit Clete. Vous avez déjà perdu une minute. »

15

Tôt le dimanche matin, Clete se tenait devant ma porte-moustiquaire à l'arrière, douché de frais, les cheveux humides et peignés, les vêtements repassés. Mais son air pimpant et sa tentative de se mettre en accord avec la pureté du matin et l'odeur de rosée qui montait des parterres avaient du mal à dissimuler la culpabilité enfantine qui était toujours la sienne, du moins quand il pensait qu'il m'avait nui, ce qui n'était jamais intentionnel.

Alafair dormait encore. Je préparai du café et des petits pains, et attendis que Clete en vienne à ce qui le préoccupait. Ça prit un moment. Clete avait une façon bien à lui d'évoquer n'importe quel sujet, avant de mentionner au passage, sans insister dessus, un incident mineur, comme lorsqu'il avait défoncé à la niveleuse l'intérieur de la maison d'un mafieux, sur le lac Pontchartrain, comme lorsqu'il avait attaqué à la lance à incendie un rital debout devant un urinoir, au casino, comme lorsqu'il avait versé du sable dans le réservoir d'un avion rempli d'autres ritals, qui avaient terminé sous forme de pétroglyphes sur le flanc d'une montagne de l'ouest du Montana.

« Tu as laissé échapper Hugo Tillinger parce qu'il avait sauvé la petite fille ? dis-je.

– Ce n'est pas un assassin. »

Nous étions assis à la table de la cuisine. La fenêtre était ouverte, un vent doux traversait la moustiquaire, Snuggs et Mon Tee Coon étaient installés sur le toit du clapier de Tripod.

« Tu ne vas rien dire ? demanda-t-il.

– Nous n'avons pas eu cette conversation. On enterre ça ici. Compris ?

– Tu n'es pas fâché ?

– J'aurais sans doute fait la même chose. Ce type n'a pas été bien traité, au Texas.

– Tu ne crois pas qu'il ait pu enfoncer la matraque dans la gorge de Devereaux ?

– Ces meurtres ont un rapport avec l'argent, Clete.

– Je ne te suis plus, mon noble ami.

– Le tarot et la croix qui flotte ont une signification particulière pour l'assassin, mais les motifs vont au-delà de ça. Il ne s'agit pas de sexe, il ne s'agit pas de pouvoir, ni de contrôle. Reste l'argent.

– Je crois que tu tiens trop de choses pour acquises, dit Clete.

– L'assassin a injecté à Arceneaux une dose létale d'héroïne. Les autres ont souffert. Pourquoi établir une distinction dans la façon dont il a tué ses victimes ? C'est parce qu'il a un grand dessein. Réfléchis à ça. Un tueur en série a envie de barbouiller les murs, et il jouit de la moindre seconde. Il est animé par une compulsion. Et, sauf s'il a des motivations misogynes, ses cibles sont prises au hasard. Alors que notre homme a un plan. Tillinger est un simple d'esprit qui veut devenir une vedette. Ce n'est pas notre homme. »

Clete avait un petit pain dans la bouche. Il me regarda un long moment, puis, sans me quitter des yeux, but une gorgée de café. « Pourquoi uniquement dans notre zone ?

– C'est le grand problème. Il nous fait passer un message.

– Heureux veinards que nous sommes », conclut Clete.

Mes spéculations semblaient sans doute pompeuses. En réalité, je ne parlais pas uniquement de nos homicides locaux. J'étais persuadé alors, comme je le suis encore aujourd'hui, que notre malheureux État est victime d'un déclin historique rarement admis comme tel. Le sud de la Louisiane, à l'époque de la Grande Dépression, avait encore bien des caractéristiques d'un monde antédiluvien, que l'Age industriel n'avait pas touché. Notre côte était caractérisée par ses marais sauvages. Ils étaient vert émeraude, semés de tertres, de tupelos aquatiques submergés, de cyprès, de rivières serpentines, de bayous virant au jaune après les pluies de printemps, de lacs à la fois clairs et noirs en raison du fin limon déposé au fond, le tout couverts d'aigrettes couleur de neige, de hérons bleus, de mouettes et de pélicans bruns.

Nous n'avions pas beaucoup d'argent, sans pour autant nous considérer comme pauvres. Notre vision du monde, si je peux employer ce terme, n'était pas matérialiste. Si nous avions une théorie sur nous-mêmes, elle était égalitaire, même si nous ignorions le sens de ce mot. Nous parlions uniquement français. Il y avait un lien entre les Cajuns et les gens de couleur. Les Cajuns ne voyageaient pas, car ils étaient persuadés de vivre dans le plus beau lieu du monde.

Mais, d'une certaine façon, ce qu'il y avait de pire en nous, ou en dehors de nous, s'est affirmé, a prévalu sur ce qu'il y avait de bon dans nos existences, et l'a remplacé. Nous avons bradé notre langue, nos coutumes, nos rangées de cyprès, nos terres à canne à sucre, notre identité, et notre fierté. Les étrangers se moquent de nous, et nous trouvent stupides ; les professeurs interdisent à nos enfants de parler français à l'école. Les îles qui nous servaient de barrière sont draguées jusqu'à disparaître. Notre côte est striée de milliers de kilomètres de canaux industriels, qui détruisent le système racinaire de l'herbe-scie et des marais. Le fond de l'État continue à disparaître dans le canal du Mississippi à un rythme de seize milles carrés par an.

Et la plupart de ces maux, nous nous les sommes infligés à nous-mêmes, de la même façon qu'un alcoolique comme moi détruira un don irremplaçable qui lui a été donné par la main divine. Les bas-côtés de nos routes sont jonchés d'ordures, nos canaux de drainage en sont recouverts, nos voies navigables deviennent des dépotoirs remplis de pneus, de divans, et de matériaux de construction. Pendant que nous banalisons la responsabilité de nos drive-in à daiquiris et la médiocrité de nos politiciens en nous répétant, comme un mantra complaisant, *laissez les bons temps rouler*[1], la limite sud de l'État vacille au bord de l'oubli, se transforme en une poignante bande de dentelle verte qui va en diminuant, qui finira par ne plus exister que sur les photos.

Cet après-midi-là, Alafair nous demanda, à Clete et à moi, si ça nous dirait d'aller faire un tour en Arizona

---

1. Tel dans le texte original.

du nord. Clete dit que non. Moi, je dis « Pourquoi pas ? »

Je pris quatre jours de congé, et embarquai en compagnie d'Alafair, de Lou Wexler et de Desmond Cormier dans un Learjet à destination d'une ville touristique à la lisière de Monument Valley. Pendant le trajet, Wexler dormit, Desmond passa la plus grande partie du temps sur son ordinateur, et Alafair et moi jouâmes au Monopoly. Plusieurs fois, même lorsqu'elle était petite, elle et moi avions passé du temps à Hollywood avec des gens du cinéma rencontrés en Louisiane. Nous étions toujours traités avec gentillesse, et j'avais réappris une ancienne leçon concernant le jugement qu'on porte sur les autres. Les gens d'Hollywood sont souvent égocentriques, mais ça ne les empêche pas de rêver, et beaucoup d'entre eux sont dotés d'une perception du monde qu'ils gardent pour eux, sous peine de sembler bizarres, ou excentriques, ou malhonnêtes. Il y a peut-être en eux une forme de mystique séculière. Assez semblable à celle de Desmond.

Je ne savais pas quoi penser de Lou Wexler. C'était, sans aucun doute, un bel homme, avec sa peau sombre, son profil taillé à la serpe, ses cheveux décolorés par le soleil et ses larges épaules qui se fuselaient jusqu'à une taille de mannequin. Dès notre arrivée à l'hôtel, qui imitait le style navajo, il enfila un maillot de bain, et marcha sur les mains jusqu'au bout du plongeoir, avant de faire un saut périlleux dans la piscine. Même si je le supposais proche de la quarantaine, il avait une peau parfaite, en dehors d'une cicatrice blanche dentelée là où avait dû se trouver son rein. Alors que les autres, avant de dîner sur la terrasse, commandèrent des boissons alcoolisées, il alla derrière le bar, se prépara son propre cocktail énergétique, qu'il but, tout mousseux, directement au shaker. J'imaginais que, lors d'une confrontation, il serait un adversaire redoutable, le genre de type qui a le feu aux tripes.

À table, il s'assit à côté de moi. Des gens que je ne connaissais pas se joignirent à nous. Plusieurs d'entre eux, visiblement, avaient démarré tôt. Vers le nord s'étendait la vastitude du désert, sous un ciel d'un bleu homogène dans la lumière tombante, les buttes de grès se dressant comme des châteaux du sol rocailleux. Wexler jeta un coup d'œil sur mon thé glacé. « Apparemment, on est de la même école.

– En quel sens ?

– L'école de l'abstinence. Mais je ne peux pas dire que, chez moi, il s'agisse d'une vertu.

– Que voulez-vous dire ?

– Je n'ai jamais été attiré par l'alcool. C'est plus un boulet qu'un atout. Mon père a bu toute sa vie. Sur son lit de mort, il a demandé une bouteille de bière brune. »

Je ne répondis pas.

« Vous n'êtes pas bavard, monsieur », dit-il.

Comme la plupart des alcooliques repentis, je n'aime pas parler d'alcool ou d'alcoolisme avec ce que nous appelons « les Terriens », ceux qui ne boivent pas. « Appelez-moi Dave, je vous en prie. Quel genre de film êtes-vous en train de tourner ? Quel rapport entre l'Arizona et la Louisiane ?

– C'est une épopée qui couvre trois générations d'une famille légendaire. Des gens du Sud qui ont émigré sur la frontière, puis gâché la frontière de la même façon qu'ils avaient gâché tout ce sur quoi ils avaient mis les mains.

— Je suppose que vous n'êtes pas un adepte de la Destinée manifeste[1]. »

Il tartina de guacamole un taco qu'il s'enfourna dans la bouche, et observa Desmond assis au bout de la table, qui parlait à deux très belles femmes. Wexler avait devant lui un saladier d'argent rempli d'eau, sur laquelle flottaient des fleurs tropicales. Les miettes de son taco tombèrent dedans.

« Ce film signifie énormément pour Desmond, dit-il. À vrai dire, il s'agit même d'une obsession. Il y a investi soixante-quinze millions de dollars de l'argent des autres, et trente millions de dollars de son argent à lui.

— Qui a mis les soixante-quinze millions ?

— Autrefois, on lessivait les Japs, jusqu'au moment où ils se sont rendu compte qu'ils continuaient à payer pour Pearl Harbour. Les Arabes sont une bonne source, si on ne réfléchit pas trop à ce qu'ils font dans les prisons saoudiennes, ou aux femmes qui sortent des clous.

— Vous n'avez pas répondu à ma question.

— Parce que je n'avais pas l'intention de le faire, dit-il en riant.

— J'ai remarqué votre cicatrice. Vous avez récolté ça en Afrique ?

— Un type m'a crocheté avec une machette. Je me suis dit qu'il était temps de trouver un meilleur boulot. Alors, maintenant je fais ça. Desmond est un bon partenaire. Pas de conneries. Si on est accro, on est viré.

— Alors pourquoi tolère-t-il Antoine Butterworth ?

---

1. Idéologie selon laquelle la nation américaine avait pour mission divine l'expansion de la « civilisation » vers l'Ouest.

— Il estime qu'Antoine est plus un artiste qu'un sadique dégénéré qui met la tête sous les jupes des femmes. »

Je regardai autour de moi pour voir si quelqu'un l'avait entendu. Si tel était le cas, personne n'en montra rien. Wexler tourna la tête pour aspirer une bonne bouffée de l'air frais du désert. « Demain, nous tournons une scène remarquable. Sans doute rares sont ceux qui la remarqueront, mais si elle fonctionne, ce sera un moment extraordinaire, comme la fin de *La Poursuite infernale*. Elle est tirée de la dernière scène du roman dont le scénario est adapté. »

Ça faisait longtemps que je n'avais pas lu le livre, ou les livres, dont le film était l'adaptation, et j'avais du mal à suivre le fil de sa pensée.

« Ne faites pas attention à moi, Mr. Robicheaux, je veux dire Dave. Je ne suis pas un mauvais scénariste, mais je suis meilleur quand j'adapte le travail des autres. Et comme la plupart des producteurs, je suis super quand il s'agit d'appeler un traiteur pour faire manger une bande de riches gugusses. »

Il regarda les derniers rayons du soleil zébrant le désert, les flaques d'ombre à la base des buttes, la poussière qui montait des crêtes dans la lumière, comme des rubans de fumée. « C'est comme contempler l'infini, non ? Desmond est persuadé que la mort se trouve de l'autre côté de l'horizon, là où s'arrête la terre et où le ciel commence. Je pense qu'il a tort. Ce n'est pas la mort qui nous attend là-bas. Pas du tout. »

Les gens qui avaient démarré tôt se faisaient plus bruyants, leurs rires devenaient cacophoniques et décalés. L'air du soir se fit soudain plus frais, les formations de grès moins rouges que couleur lavande, ressemblant plus à des tombes qu'à des châteaux.

« Si ce n'est pas la mort, alors qu'est-ce que c'est ? demandai-je.

– Quelque chose qu'on ne peut pas connaître, dit-il en me fixant de ses yeux creux, aveugles. On est noyé dedans. C'est l'omphalos, le centre de toutes choses. Vous y avez été, monsieur. Vous savez de quoi je parle.

– Où est-ce que j'ai été ?

– Vous savez sacrément bien de quoi je parle. Là où on voit les réalités, sans jamais en parler à personne. »

Je me demandai si j'étais en train de parler à un fou. Ou à quelqu'un qui avait visité le Jardin de Gethsémani. Ou à quelqu'un qui était shooté aux hallucinogènes.

« Désolé. Après sept heures du soir, je suis atteint de logorrhée, dit-il.

– Vous êtes parfait. Il faut que j'aille marcher un peu.

– Et le dîner ?

– Je reviens dans quelques minutes. Il m'arrive d'avoir des problèmes de sciatique.

– Je vous accompagne.

– Bien sûr.

– Je sais que votre promenade a un but, dit-il. Je comprends toujours un homme qui a été dans l'armée. Vous arrive-t-il de marquer la cadence ? Seigneur, ça fait circuler le sang. C'est Orwell qui a dit ça. Après tout, peut-être que la guerre a quelque chose de magnifique. »

Faux, pensai-je. Mais à quoi bon discuter ?

À cinq heures et demie du matin, je descendis prendre mon petit déjeuner dans le restaurant de l'hôtel, et, à une table près d'une immense baie vitrée qui donnait sur le désert, je crus voir une apparition. Clete portait son costume sport bleu pastel, un pantalon gris et des mocassins sang de bœuf cirés ; son feutre était posé à l'envers sur la nappe. Il était entouré d'un tas de *pancakes* fourrés de croquettes à la saucisse, d'œufs brouillés et de galettes de pommes de terre, d'un bol de béchamel, de toasts, de café, d'un pichet de crème, et d'un verre de jus de tomate sur le bord duquel était insérée une tranche d'orange..

« Qu'est-ce que tu fais ici ? demandai-je.

– Je me suis dit que j'allais m'absenter un moment, au cas où Helen aurait envie de bavarder à propos d'Hugo Tillinger. J'irai peut-être marcher dans la montagne. Perdre quelques kilos. »

Je m'assis. « Tu mijotes quelque chose ?

– Non, parole.

– Je te connais, Clete.

– Bailey Ribbons est en route. J'ai entendu dire qu'Helen est *beaucoup* agacée.

– Bailey vient ici ?

– Cormier lui donne un rôle. Je ne savais pas ce que tu penserais de ça.

– Elle est libre de faire ce qu'elle veut. Cesse d'essayer de gérer mon existence.

– Tu veux des pancakes ? »

Je me dirigeai vers la chambre d'Alafair. Elle était en train d'en sortir. Je lui répétai ce que Clete venait de m'apprendre.

« Clete est là ? demanda-t-elle.

– Helen n'est pas de la meilleure humeur possible.

– Et Bailey Ribbons rejoint la distribution ? »

Je ne répondis pas. Je n'avais pas envie de le dire une deuxième fois.

« Elle lâche le département ? dit Alafair.

— Je n'en sais rien. Et je m'en fiche. »

Elle me tira dans sa chambre, et referma la porte. « Comment veux-tu que je te dise ça ? Deux de tes femmes sont mortes de mort violente, et la troisième à la suite d'un lupus. Tu ne surmonteras jamais ton chagrin. Mais ce n'est pas avec Bailey que tu régleras ce problème.

— On a sur les bras quatre homicides non résolus. Ce n'est pas une abstraction, et on n'est pas dans un *soap opera*. J'ai besoin d'elle. Au boulot, je veux dire.

— Les homicides ne sont pas le problème. Arrête de te raconter des histoires, ne fais pas l'idiot.

— Lâche-moi un peu, Alafair. »

Elle avait le visage pincé, les mains nouées. « OK, je suis désolée. Bailey me rend folle.

— Pourquoi ?

— Elle est privilégiée. Elle est jolie et intelligente, elle a du charme et des manières innocentes qui donnent aux hommes envie de la protéger. Helen Soileau a gagné son boulot. Pas Bailey. Et maintenant elle te plante, et te laisse en guerre avec toi-même.

— Je survivrai, répondis-je en essayant de sourire.

— Excuse-moi. Je vais dans la salle de bains vomir un coup. »

Je m'approchai de la fenêtre et regardai les kilomètres et les kilomètres de montagnes désertiques, rouges, majestueuses et désolées dans le soleil levant. Elles étaient une œuvre d'art parfaite, en dehors du temps, des lois de la probabilité et de l'emprise des saisons, comme façonnées dans la glaise par la main de Dieu qui les avait laissées sécher là, tandis que les mers reculaient, que les dinosaures et les ptérodactyles venaient gambader sur une terre marécageuse qui, cent millions d'années plus tard, s'était transformée en pierre. En contemplant les volutes de couleur sur la terre sèche et la sauge s'accrocher à la vie dans le lit des rivières asséchées, et la solennité des buttes, massives et pourtant miniaturisées par l'ondulation infinie des montagnes, je sentis en moi l'attirance de l'éternité.

J'entendis Alafair revenir de la salle de bains, et sentis sa présence derrière moi. « À quoi tu penses ? demanda-t-elle.

– À rien. Je parie que Desmond donne à Bailey le rôle de la dirigeante syndicale du livre. Celle qui a assisté au massacre de Ludlow[1]. » Alafair me regardait avec une expression partagée entre pitié et colère.

« Je peux aller sur le plateau ? demandai-je.

– Evidemment.

– Je voudrais lui souhaiter bonne chance.

– Tu ferais mieux de souhaiter bonne chance à Desmond. Je pense qu'il va y laisser sa chemise.

– Je croyais qu'il avait la main de Midas.

– Il a hypothéqué sa maison et son vignoble de la Napa Valley. Il me fait penser au capitaine Achab à la poursuite de la baleine blanche. Il parle toujours de 'la lumière'. Il dit qu'il s'agit d'une 'émanation plotinienne du monde invisible'. »

Mon attention commença à se relâcher. « Clete doit être encore dans la salle à manger. Allons le rejoindre.

– Je dois t'avouer quelque chose, dit-elle. Je pense que les meurtres à New Iberia ont un rapport avec nous.

– Qui, 'nous' ?

---

1. Le 20 avril 1914, 26 mineurs grévistes ont été massacrés par la Garde nationale, à Ludlow, dans le Colorado.

– Hollywood. Le diable qu'apparemment on a du mal faire sortir de nos vies. L'héritage de l'esclavage. Peu importe.

– Cesse de te flageller. Ça fait longtemps qu'on a cueilli la pomme sur l'arbre, Alf.

– Ah ouais, Ève, cette mauvaise fille. Épargne-moi ça, Dave. »

16

Sur un terrain privé juste à la frontière côté Utah, Desmond avait construit un paysage censé reproduire le territoire indien au dix-neuvième siècle, et une bande de la Cimarron River au nord du Texas Panhandle. Il avait fait venir des réservoirs, et détourné un cours d'eau dans une ravine dont il avait tapissé les bords de vinyle qu'il avait recouvert de gravier, avant de placer un cavalier solitaire à cinq cents mètres du rivage improvisé.

Wexler se tenait à côté de moi. « Cette scène va coûter plus de cinquante plaques aux gars du New Jersey. J'espère qu'elle vous plaira.

– Pardon ?

– C'est la dernière scène du film, même si on n'en est qu'à un tiers du tournage. Le type qui a écrit le bouquin dit que c'est la meilleure scène qu'il ait jamais écrite, et que la dernière réplique est la meilleure réplique qu'il ait jamais écrite. Je parie que nos amis du New Jersey vont adorer ça.

– Qui sont vos amis du New Jersey ?

– Pas les Four Seasons[1]. »

---

[1]. Groupe de rock du New Jersey qui connut le succès dans les années soixante. *The Jersey Boys*, de Clint Eastwood (2014), retrace leur histoire.

Le cavalier était un grand garçon efflanqué qui paraissait n'avoir pas plus de quinze ans. Son cheval était un alezan de seize mains, à la queue et à la crinière blondes. Desmond parlait aux cameramen ; puis il agita un drapeau jaune au-dessus de sa tête. À travers des jumelles, je vis le garçon se pencher en avant, bas sur le garrot, les jambes écartées et tendues, fouettant le cheval avec ses rênes, son chapeau retenu par un cordon. Le soleil était bas et rouge à l'horizon, et le cavalier en surgissait tout droit, comme un chiffre noir s'échappant d'une planète en fusion. Il avait deux sacs de courrier en cuir accrochés dans le dos, dans lesquels des flèches étaient enfoncées jusqu'au fut.

« Cette scène a un rapport avec le Pony Express ? demandai-je.

– À un certain niveau, m'expliqua Wexler. Mais en réalité, il s'agit de la quête du Graal. »

Je le regardai.

« Ne vous inquiétez pas de ne pas comprendre. De toute façon, il est probable que ça échappera à tout le monde. En particulier à cette sympathique bande de gangsters du New Jersey.

– C'est une allégorie ?

– Pour Desmond, rien n'est une allégorie. Il entend le son des cors à Roncevaux. Encore pire que moi. »

Le cavalier fonça d'une traite à travers le courant ; son cheval peinait, le cou noir de sueur, au milieu des éclaboussements et du claquement des cailloux.

« Coupez ! dit Desmond. Magnifique ! Absolument magnifique ! »

Quand le garçon fut descendu de cheval, Desmond le serra contre lui. Je me sentis gêné pour le jeune homme. « Où as-tu appris à monter à cheval ? demanda Desmond.

– Dans le coin, dit le garçon en rougissant de façon visible.

– Eh bien, tu es merveilleux, dit Des. Va te chercher une boisson fraîche. On se reparle plus tard. Avec tes parents. On fera quelque chose de toi, petit. »

Tel était le véritable don de Desmond. Il rendait les gens fiers d'eux, et il ne le faisait ni par orgueil ou de façon compulsive, ni dans le but de se sentir puissant, de contrôler les autres. Il utilisait son propre succès pour confirmer ce que les gens qui l'entouraient avaient de meilleur en eux. Mais cette médaille avait un revers. Les gens autour de lui n'étaient pas seulement des employés, ils étaient des acolytes, et je soupçonnais que Bailey allait devenir l'un d'entre eux. Et, uniquement pour cette raison, je sentis grandir mon ressentiment, un ressentiment mesquin et humiliant.

« Qu'en penses-tu, Dave ? demanda Desmond.

– Ce jeune gars est impressionnant.

– Allons, tu es quelqu'un de malin. Que penses-tu de nous, une bande de types en loques disant des conneries sur les Croisés et tentant de vendre ça à un public qui préférerait un putain de jeu vidéo ?

– Qu'est-ce que j'en sais ? »

Bailey Ribbons se tenait à dix mètres, vêtue en pionnière élégante. Je ne lui avais pas encore parlé.

« Que penses-tu de cette scène, Bailey ? demanda Wexler.

– Je trouve qu'elle est superbe. » Elle s'approcha de nous. Sa robe lui descendait aux pieds. Son corsage blanc froufroutant était boutonné à la gorge, ses cheveux coiffés haut sur sa tête. « Vous ne me dites pas bonjour, Dave ?

– Il faut m'excuser. J'hésitais à parler sur le plateau.

– Vous êtes surpris de me voir ici ?

– Si j'avais su que vous seriez là, je n'aurais pas demandé à Helen quelques jours de congé. Maintenant, elle manque de personnel.

– Je n'avais pas l'intention de causer de tort à quiconque », dit-elle.

Je jetai un coup d'œil sur ma montre. « Je ferais mieux de rentrer à l'hôtel. J'ai quelques coups de fil à passer.

– Vous déjeunerez avec nous ? demanda-t-elle.

– Ça dépend de ce que fera Clete.

– Clete Purcel est ici ?

– Il traîne dans le coin.

– Eh bien, je suis contente qu'il ait pu venir », dit-elle.

Je ne savais plus quoi dire d'autre. J'étais déçu, à la fois par Bailey et par moi. « Merci de m'avoir invité, Des. On se revoit plus tard. »

Je m'éloignai, avec l'impression d'être stupide et déplacé, comme si j'étais en train de perdre une part de moi-même.

« Vous voulez que je vous dépose ? » proposa Wexler.

J'avais oublié que j'étais venu sur le tournage avec Alafair et lui. « Je ferai du stop », dis-je.

Au bout de quatre kilomètres, le chauffeur d'un camion de volailles dépourvu de vitres s'arrêta. Nous franchîmes la frontière de l'Arizona au moment où une tempête de poussière obstruait le soleil.

Arrivé à l'hôtel, j'appelai Helen, et m'excusai de l'avoir abandonnée en sous-effectif.

« Ne t'inquiète pas de ça, dit-elle. Quand elle rentrera, il faudra que j'aie une petite conversation avec Bailey.

– Pourquoi l'as-tu laissée venir ici ?

– Je me suis dit quel mal à ça ? Quelles sont les choses que tu regrettes le plus dans ta vie, bwana ?

– De faire sans cesse mon propre bilan.

– Tu sais ce que je suis en train de te dire. On regrette de ne pas avoir fait certaines choses, et pas les choses qu'on a faites. Toutes les histoires d'amour qu'on n'a pas eues, les musiques sur lesquelles on n'a pas dansé, les enfants qu'on n'a pas élevés. Alors je l'ai laissée faire sa tentative à Lotusland[1]. Puis j'ai été en colère contre moi-même de l'avoir laissée. Au fait, j'ai reçu un appel d'un agent fédéral à propos d'Hugo Tillinger. »

De tous les sujets qu'elle aurait pu aborder, Tillinger était celui dont j'avais le moins envie de parler.

« Cet agent a grandi avec lui, poursuivit-elle. D'après lui, il se peut que Tillinger ait tué un biker appartenant à l'AB, il y a une dizaine d'années. Le biker avait violé une vieille femme de Coricana avant de lui briser la nuque. Elle appartenait à la même église que Tillinger. Quelqu'un a démoli le motard à coups de pioche. »

Je sentis mon estomac se contracter. « Il en a la preuve ?

– Aucune. Le crime est resté non élucidé. Quelques autres membres de l'église ont interrogé Tillinger à ce sujet. Il a répondu : 'Car je suis le Seigneur qui aime la justice'[2]. C'est dans Isaïe. »

---

1. Nom parfois donné à Los Angeles.
2. Isaïe, 61, 8.

J'avais la tête qui tournait.

« Tu es toujours là ? demanda-t-elle.

— Oui.

— Qu'est-ce qui ne va pas ?

— Clete t'expliquera. »

Là, elle se tut. Puis elle dit : « Est-ce que Clete a revu Tillinger, Dave ?

— Il l'a vu sauver la vie d'une petite fille à une station d'essence de Lafayette. Clete l'a suivi jusqu'à un motel de Four Corners, mais il l'a laissé filer.

— Fils de pute, dit-elle. Depuis combien de temps tu es au courant ?

— Deux jours.

— Et pourquoi ne m'en as-tu rien dit ?

— Je pensais qu'il n'en sortirait rien de bon.

— Non, tu pensais édicter tes propres règles. Tu as mis ton amitié avec Clete au-dessus du boulot. Je te suspends, Pops. Je ne peux pas accepter une connerie pareille.

— Je suis mis à pied ?

— Tu es en congé sans solde. Je ferai un rapport aux Affaires internes.

— Et Clete ?

— Il ferait mieux de ramener son gros cul à La Nouvelle-Orléans, et de ne pas en bouger pendant un moment.

— J'ai commis une erreur. Clete aussi. On n'était pas au courant de l'assassinat du biker.

— Comme on fait son lit on se couche. Tu braques une perceuse sur les gens qui t'aiment le plus, Dave. Tu ne sais pas à quel point tu me fais mal. »

À la mi-journée, Alafair était toujours sur le plateau. Je déjeunai seul, puis m'allongeai dans ma chambre et m'endormis. Une heure plus tard, je m'éveillai d'un rêve désagréable à propos d'un désert montagneux qui n'était pas un témoignage sur la beauté apaisante du monde naturel, mais un artefact effrité où il n'y avait que du vent. Je m'assis au bord du lit, m'agrippant les genoux, ma tête remplie d'une chaleur confuse qui donnait l'impression de marquer le début du délire de la malaria, un état que je connaissais depuis mon enfance.

Peut-être que je me rendormis. Je n'en sais plus rien. Ensuite je descendis, restai assis un grand moment à l'entrée du salon, puis choisis une table près de la baie vitrée donnant sur la piscine et sur un panorama évoquant la longue piste qui se fond au milieu des buttes dans la dernière scène de *La Poursuite infernale*. La serveuse me demanda si je voulais qu'elle m'apporte quelque chose du bar.

« Un verre de thé glacé, s'il vous plaît », dis-je.

Elle était jeune et jolie, avec d'épais cheveux châtain clair et un innocent visage de lutin. « Bien sûr. »

Elle s'éloigna avec un bâillement discret, regardant par la fenêtre les gens qui nageaient dans la piscine. Je me demandai si elle rêvait d'être l'un d'eux. La plupart étaient des célébrités, ou les enfants ou les amants de célébrités, et ceux qui n'étaient pas des célébrités était, de façon manifeste, riches et sans soucis et, comme les célébrités, profitaient de la fraîcheur et de l'éclat turquoise de l'eau et de la chaleur du soleil sur leur corps, comme si tout cela avait été créé pour eux, comme si les formes creusées par le vent, qu'on voyait vers le nord, n'avaient aucun rapport avec leur existence.

La serveuse posa près de ma main le thé et un dessous de verre. « Vous êtes avec l'équipe du film ?

– Je crains que non. Je suis juste un touriste.

– Ça doit être bien, non ?

– Qu'est-ce qui doit être bien ?

– De vivre comme ça. De faire des films, et de ne s'inquiéter de rien.

– Possible, dis-je.

– Si vous avez besoin de quoi que ce soit, appelez-moi. »

Je la regardai s'éloigner, en essayant de ne pas regarder en dessous de sa taille, puis fis mettre l'addition sur ma chambre et laissai sous mon verre un billet de cinq dollars, dont je savais que c'était plus que me le permettait mon budget personnel. Pour remonter, j'empruntai l'escalier plutôt que l'ascenseur, et passai dans ma chambre le reste de l'après-midi. Dans la salle de bains un robinet gouttait, faisant autant de bruit qu'un réveil mécanique, donnant la même impression d'urgence et de gâchis. J'essayai de serrer le robinet à fond, en vain. Je m'allongeai et me mis un oreiller sur la tête. Derrière mes paupières, le soleil de l'après-midi était rouge comme du feu.

Il était tard quand Alafair revint du plateau. Je dînai avec Clete dans un restaurant mexicain, et lui parlai de mon coup de téléphone à Helen, et du fait que je l'avais informée de la décision qu'il avait prise de laisser partir Tillinger. Je lui parlai aussi de la sanction qu'elle m'avait imposée, et des sentiments qu'elle avait éprouvés en apprenant que Clete, une deuxième fois, avait laissé filer Tillinger.

« Un Fédé dit qu'il a massacré un type de l'AB avec une pioche ? dit Clete.

– Ce qui signifie que c'est peut-être lui qui a enfoncé la matraque dans la gorge d'Axel Devereaux.

– Et pourquoi le Fédé n'a-t-il rien fait ? Pourquoi il nous met ça sur le dos ?

– Personne ne nous met rien sur le dos. Tu as fait un choix, et moi aussi. C'était le mauvais choix.

– Je n'ai pas légalement le pouvoir d'arrêter qui que ce soit, Dave. Je peux mettre des évadés de conditionnelle en prison, parce qu'ils sont considérés comme propriété de l'État, mais c'est tout. Helen a tort.

– Non, elle n'a pas tort.

– Je suis désolé que tu te sois fait suspendre, mon noble ami.

– Comme tu dis, on devient trop vieux pour ces conneries.

– Viens avec moi. On remettra au boulot les Bobbsey Twins des homicides.

– Je vais y réfléchir.

– Non, tu ne vas pas y réfléchir. Tu vas t'asseoir et souffrir en silence.

– Laisse tomber, Cletus. Pour l'instant je ne me sens pas très bien.

– Tu crois vraiment que Tillinger aurait buté un type à coups de pioche ?

– Je crois que Tillinger, et ses rares semblables, seraient capables d'inventer une nouvelle religion qui ferait passer les Islamistes radicaux pour des disciples de Saint François. »

Ce soir-là, les dernières manifestations de la saison des moussons passèrent devant le soleil, obscurcissant et mouillant la terre, et illuminant le ciel d'éclairs électriques qui tremblaient avant de disparaître entre les buttes et les nuages. C'était l'anniversaire de Desmond Cormier. La fête commença sur la terrasse, sous la canopée où étaient accrochées des lanternes japonaises. Tandis que la tempête se dissipait, les invités descendirent jusqu'à une aire de pique-nique équipée d'une piste de danse et de cheminées extérieures. Un orchestre comprenant des congas, des cors, un marimba et d'énormes guitares de mariachis jouait à l'intérieur d'un kiosque. Desmond était imbibé jusqu'aux yeux, et il dansait tout seul, une bouteille de champagne à la main, vêtu d'un short moulant taillé dans un jean et d'un T-shirt coupé aux ciseaux en travers du ventre, et avec son corps à la fois ferme et lisse, ses yeux écartés et délavés, ses dents pareilles à des pierres tombales, le renflement de son short et la mégalomanie peinte sur son visage, il s'affichait comme un modèle de sensualité.

Clete, Alafair et moi étions assis à une table près de l'une des cheminées de glaise, occupés à rouler dans des tortillas des feuilles de laitue, des tranches de tomates et de fromage, et des lanières de steak, tout en regardant danser Desmond. Les flammes des lampes à gaz peignaient sur son corps des bandes jaunes et orange, comme les reflets d'un feu ancien sur les parois d'une grotte. Une grande femme très mince, aux cheveux noirs de jais et à la peau d'un blanc laiteux, à la robe fendue jusqu'en haut de sa cuisse, essayait de danser avec lui, ses yeux fixés sur les siens. Mais si elle désirait profiter de cet instant pour devenir l'âme sœur de Des, elle avait sous-estimé la tâche. Il la souleva, un bras passé sous ses fesses, et la fit valser en cercle, tenant toujours le magnum dans son autre main, tandis que tout le monde applaudissait, et que la femme mince tentait de dissimuler sa surprise et son embarras.

Je sentis une ombre tomber sur mon profil. Je me retournai, et levai les yeux sur Antoine Butterworth.

« Bonne soirée à tous, dit-il.

– Salut, Antoine », dit Alafair. Elle me regarda, puis Clete, d'un air inquiet. « Je croyais que tu t'occupais de ce qui se passe à New Iberia.

– J'en ai eu assez des moustiques et de l'humidité. »

Alafair me regarda à nouveau, puis regarda Butterworth. « Tu veux te joindre à nous ?

– Je n'avais pas l'intention de m'imposer.

– Asseyez-vous, lui dis-je.

– Votre attitude a changé ? Vous avez eu une révélation en voyant le ciel, ce genre de chose ?

– Je suis suspendu du service, dis-je. Vous n'avez rien à craindre. »

Il tira une chaise en se grattant le menton. La peau de son visage et de son crâne rasé paraissait aussi tendue que le latex d'un mannequin. « Je peux vous demander pourquoi ?

– De temps en temps, le shérif a envie de faire du ménage, dis-je. Un peu comme de la discrimination positive inversée.

– Rien à voir avec nous, les infidèles de Californie ?

– Non, tout a à voir avec moi, dit Clete. J'ai laissé filer un détenu évadé. Dave ne m'a pas dénoncé, et maintenant c'est lui qui porte ma croix. Vous avez entendu parler d'Hugo Tillinger ?

– J'ai vu sa photo dans le journal. Un homme qui a fait brûler sa femme et sa fille, dit Butterworth. Un type charmant, j'en suis sûr. Vous dites que vous l'avez laissé filer ?

– C'est le genre de trucs que je fais », dit Clete. Il en était à sa quatrième Heineken. « Je sabote tout. Ça vous est déjà arrivé ? De saboter des choses ?

– On a tous nos talents particuliers, dit Butterworth.

– Vous voyez, ce qui me turlupine, c'est que Tillinger était copain avec un ancien membre de l'AB, qui s'appelait Travis Lebeau, un type qui a été traîné à mort sur Old Jeanerette Road, dit Clete. Vous voyez, il se peut qu'il ait été en rapport avec un shérif adjoint pourri qui maquereautait des filles du coin qui auraient peut-être plu à certains types d'Hollywood, histoire de changer un peu. Vous voyez ce que je veux dire ?

— Ça suffit, Clete, dit Alafair.

— C'est pas mal, hein, mon gars ? dit Clete à Butterworth. Vous arrivez, vous faites un plongeon dans la mare locale, et ensuite vous retournez à Malibu. *Splish-splash*.

— Calme-toi, Clete, dis-je.

— 'Déso', dit-il en continuant à s'adresser à Butterworth. C'est vous qui avez lancé cette expression[1]. Samuel Jackson dit ça dans un film, et maintenant tous les gens du coin le disent. Vous avez une grosse influence sur Ploucville, hein, les gars ? Vous le saviez ?

— Allons-y, Alf, dis-je en me levant.

— Ne vous en faites pas, dit Butterworth. Je m'en vais. Oh, regardez. Des semble avoir trouvé une nouvelle partenaire. Mon Dieu, mon Dieu, et miam, miam. »

Desmond et Bailey Ribbons valsaient en un large cercle. Tous les autres danseurs avaient quitté la piste. Peut-être, comme moi, s'étaient-ils rendu compte que Des et Bailey étaient devenus Henry Fonda et Cathy Downs, valsant à la manière excessive des gens de la frontière, dans *La Poursuite infernale*. Et l'orchestre, de fait, s'était lancé dans la chanson ; j'ignorais si on le leur avait demandé. J'avais la sensation d'avoir pénétré à l'intérieur du film, mais pas de la bonne

---

1. L'expression est « My bad » prononcée dans *Hitman and Bodyguard* (2017).

façon. J'aurais dû être le témoin d'un hommage à un moment phare de l'histoire du cinéma et de l'Ouest américain, mais au lieu de ça, l'ivresse de Desmond, son regard impénétrable, la crudité de son corps à moitié dévêtu, étaient autant de violations d'un espace sacré, un espace sacré qui avait été creusé dans un vaste site funéraire.

Alafair me tira par le bras. « Allons, Dave. Termine ton dîner.

– Bien sûr, dis-je. C'est juste qu'aujourd'hui je suis un peu patraque. »

Mais ce n'était pas fini. Bailey et Desmond s'assirent avec leurs amis, et quelqu'un alluma un gros joint qu'il fit circuler. Quand arriva le tour de Bailey, elle se pencha et tira une bouffée, puis le fit passer, tandis qu'elle expirait en riant. Je laissai tomber ma serviette sur la table et allai dans ma chambre.

Un quart d'heure plus tard, Bailey frappa à ma porte.

« Que se passe-t-il ? dis-je.

– Je m'apprêtais à venir vous parler, mais vous êtes parti brutalement.

– Ça a été une longue journée. Je suis sur la touche.

– Je peux peut-être entrer ? Ou est-ce que je dois rester dans le couloir ? »

Je m'écartai pour la laisser passer. Quand elle me frôla, je sentis son parfum. Je refermai la porte.

« Que voulez-vous dire, 'sur la touche' ?

– Helen m'a mis en congé sans solde.

– Pour quelle raison ?

– Manquement au devoir, je suppose. J'ai gardé une information par devers moi pour éviter des ennuis à Clete Purcel.

– Pourquoi êtes-vous fâché contre moi ?
– Qui a dit que j'étais fâché ?
– En ce moment même, votre colère remplit la pièce.
– Vous fumiez de l'herbe.
– Et Clete Purcel, ça ne lui arrive jamais ?
– Ce n'est pas un flic. Si vous méprisez votre insigne, qui le respectera ? »

Elle avait le visage rigide, les yeux brûlants de colère, le bord des narines blanc. « J'ignorais que je pouvais vous mettre aussi mal à l'aise.
– Le problème, ce n'est pas moi. Vous avez prêté un serment. Si on ne fixe pas la norme, ce sont des flics pourris comme Axel Devereaux qui le font.
– Je ne serai plus une source d'embarras pour vous.
– Vous allez vous associer avec ces types ?
– M'associer avec eux ? Je vais avoir un petit rôle dans le film : une femme syndiquée qui était présente au massacre de Ludlow. Pourquoi est-ce vous me parlez comme ça ? »

J'avais meilleure opinion de vous. « J'ai lu le livre. Il ne s'agit pas d'un petit rôle. Vous devenez pour la vie la compagne d'un Texas Ranger qui a mis en prison John Wesley Hardin.
– Ne me regardez pas comme ça, dit-elle.
– Comme quoi ?
– Comme si vous aviez honte de moi. »

J'allai à la fenêtre, ouvris les rideaux, et regardai les buttes dans le lointain. Les éclairs de chaleur avaient cessé, et le ciel éclatait d'étoiles. J'étais persuadé que la piste qu'Henry Fonda avait suivie à travers les buttes était toujours là, s'étendant jusqu'aux confins de la terre, nous attirant vers le lendemain et l'occasion de construire la vie que nous aurions dû avoir. Je sentis le sol osciller sous mes pieds. Quand je me retournai, Bailey Ribbons était partie.

17

Le matin venu, même si mes finances me le permettaient à peine, je pris un vol commercial pour rentrer chez moi. Le lendemain, j'appelai Helen et le chef des Affaires internes, et leur laissai à chacun un message pour leur dire que je me tenais à leur disposition. Puis je m'assis dans le silence de la cuisine en regardant les feuilles tomber des chênes dans le jardin. C'était étrange de me trouver seul chez moi au milieu d'une journée de travail, séparé de ma profession et de tous les symboles de mon identité : mon insigne, la voiture de patrouille qui était toujours à ma disposition, la déférence et le respect obtenus par des années passées à gagner la confiance des autres. Je me regardai dans la glace, et me demandai qui j'allais devenir.

Cet après-midi-là, je descendis à pied en ville, traversai le pont à bascule et m'assis seul à une table de pique-nique à côté du diamant de softball. Le parc était vide, l'herbe parsemée de minuscules morceaux de feuilles broyées par la tondeuse ; une bâche de plastique était tendue au-dessus de la piscine. Au crépuscule, je rentrai chez moi, et croisai sur le pont des gens que je ne connaissais pas, et qui ne répondirent pas à mon salut. Clete ne devait pas rentrer avant le lendemain, et Alafair restait avec Desmond jusqu'au week-end. Je nourris Snuggs et Mon Tee Coon, puis pris une douche, me rasai, et enfilai un pantalon repassé et une chemise hawaïenne que je laissai pendre par dessus ma ceinture. La pluie tombait d'un ciel qui semblait renversé, comme un tonneau d'eau sombre semé d'étoiles. Je mis un chapeau de pluie, et roulai jusqu'au club sur le bayou, où le blues n'était pas seulement une musique, mais un mode de vie.

***

Bella Delahoussaye était en train de chanter une chanson de Lazy Lester, un musicien de Lafayette. Au milieu du vacarme, la seule phrase que je parvins à distinguer était *Don't ever write your name on the jailhouse wall*[1]. Je m'assis à l'extrémité du bar, et commandai un sandwich au poulet grillé et un 7Up avec une tranche de citron. Dix minutes plus tard, un homme fortement charpenté fit tourner le tabouret à côté du mien, comme pour me signaler sa présence, puis s'assit, un nuage de nicotine et de sueur séchée montant de ses vêtements. « Je pense que tu t'es fait baiser, Robicheaux. »

Sa tête avait la dimension d'un ballon de football, gonflée au centre, et plus fuselée au niveau du crâne et du menton. Sa petite bouche était entourée d'une barbe poivre et sel qu'il taillait tous les jours. Quand il parlait, sa bouche donnait l'impression d'être à la fois bovine et féroce. Il s'appelait Frenchie Lautrec. Il commanda un shot et un verre d'eau. Avant de rejoindre le service, il avait été gardien de prison chez

---

[1]. « N'écris jamais ton nom sur le mur de la prison. »

les Marines et agent de libération sous caution. Il était aussi un ami de longue date d'Axel Devereaux.

« Tu as entendu ce que je viens de dire ? demanda-t-il.

— Ouais, dis-je. Alors, qui m'a baisé ?

— La Reine des Salopes, Helen Soileau. Qui d'autre ?

— Je t'interdis de parler d'elle de cette façon.

— Pas de problème. Je pense quand même qu'elle t'a collé ça sur le dos. Qu'est-ce que tu es en train de boire ? »

Mon verre était à moitié vide. « Rien.

— Tu as décroché ?

— Qu'est-ce que tu cherches, Frenchie ?

— D'après ce que je sais, les Affaires internes te tiennent par les couilles. Tu as franchi la ligne trop souvent. J'ai entendu le connard qui s'occupe de ton affaire dire ça.

— Qui est le connard qui s'occupe de mon affaire ?

— J'essaie de te donner une chance, Robicheaux. Si tu as besoin d'aide, peut-être d'un boulot, d'une petite rentrée, je suis là. Etre de la vieille école, c'est ça. On prend soin les uns des autres.

— Je m'en sortirai.

— Chapeau ! Mais si tu as besoin d'un coup de pouce, dis-le-moi.

— Pour faire quoi ?

— Arrondir les angles.

— Quel genre d'angles ?

— On est sur la Riviera Cajun, non ? Réfléchis un peu.

— Peut-être que je te contacterai.

— L'idée, c'est ça. » Il me donna une tape dans le dos, et se leva. « Si tu veux un peu d'action, c'est la maison qui offre. Tu vois ce que je veux dire ? »

Je le regardai s'éloigner, les épaules voûtées, nouant et dénouant ses mains. Je finis mon sandwich et commandai un deuxième 7Up. Après son set, Bella Delahoussaye s'assit à côté de moi. « Ce type qui était ici, tu le connais ?

– Je travaillais avec lui. »

Elle détourna les yeux, avant de me regarder à nouveau. « Que veux-tu dire, travail*lais* ?

– Je suis suspendu sans solde. Viré.

– Pourquoi ?

– Pour avoir merdé, dis-je. Vous buvez quelque chose ?

– Tu n'as rien à faire ici, baby.

– Et comment je vous entendrais chanter ?

– Tu comprends très bien ce que je veux dire. Tu n'es pas censé traîner autour des liquides défendus.

– Que savez-vous de Frenchie Lautrec ? »

Elle s'entortilla une mèche de cheveux autour d'un doigt. Elle effleura la cicatrice qui courait sur la moitié de sa nuque, et regarda les visages alignés le long du comptoir. « Les murs ont des oreilles.

– À quelle heure vous finissez ?

– Comme si tu ne le savais pas. Je ne te fournirai pas une excuse pour rester assis dans un bar. Rentre chez toi. Ne cherche pas les ennuis. »

Je lui souris. Elle me serra la cuisse et retourna sur la scène. Elle s'accrocha la guitare autour du cou, et son regard se perdit dans l'ombre. « Maigre et méchant, sale et soumis, tout ça. C'est du blues que je parle. »

Je frappai à sa porte à St. Martinville le lendemain matin à dix heures. Elle ouvrit la porte, la tête entourée d'un bandana. « Mon boogie-woogie man préféré de *la Louisiane*.

– Je pensais t'emmener petit-déjeuner. »

Elle parcourut la rue des yeux. « Personne ne t'a suivi ?

– Pourquoi est-ce que quelqu'un me suivrait ? »

Elle me fit entrer et referma la porte. « Frenchie Lautrec et Axel Devereaux maquaient les prostituées. Maintenant que Devereaux est mort, Frenchie a tout pour lui.

– La prostitution ?

– Tu as tout compris, mon gars.

– Ça ne peut pas être si important que ça.

– Ils ont des filles qui se font cinq cents dollars par nuit. Certaines vont même jusqu'à mille. La plupart des macs sont à La Nouvelle-Orléans et à Baton Rouge. Frenchie a un avion. »

Son salon était exigu, des perles pendaient sur l'encadrement des portes ; il y avait un vieux Victrola contre un mur, le canapé et les fauteuils bordeaux et pourpre rembourrés étaient ornés de glands, de l'encens brûlait dans une coupe sur la table basse. Bella portait des sandales, un jean, un T-shirt des Ragin' Cajuns trop grand pour elle, et elle avait une chaînette d'or à une cheville avec une amulette qui se balançait sur le dessus de son pied. Je sentais une odeur de jambon et d'œufs en train de cuire dans la cuisine.

« Assieds-toi. J'ai un truc à te demander, dit-elle.

– Bien sûr.

– J'ai un fils à la prison d'Angola. C'est juste un petit garçon. Un de ces salopards lui fait faire la pute.

– Pour quelle raison a-t-il plongé ?

– Meurtre. Au cours d'un hold-up, lui et un autre type. C'est l'autre type qui a tiré, mais ça n'a rien changé. J'ai été voir Harold il y a deux jours. Il peut à peine marcher. Voilà ce que lui font les salopards. Ils mettent pas de graisse, ni rien.

– Je peux passer un coup de fil. »

Elle secoua la tête, et approcha un Kleenex de son nez, comme si elle était enrhumée. Elle alla dans la cuisine. Je la suivis, et m'assis à une table près de la fenêtre.

« J'en ai assez pour deux », dit-elle.

Il y avait un chêne vert dans la cour, une balançoire cassée était suspendue à une branche, l'allée était jonchée d'ordures, hérissée de bananiers ici et là. « J'ai déjà mangé, dis-je.

– Je croyais que tu voulais aller petit-déjeuner.

– Pas vraiment.

– Tu voulais juste me cuisiner à propos de Frenchie Lautrec.

– Non. J'aime bien parler avec toi. »

Il y eut un silence. Elle agitait sa spatule dans la poêle, me tournant le dos. « Ça fait combien de temps que ta femme est morte ?

– Trois ans.

– Y a eu personne d'autre ?

– Non. »

Elle posa devant moi un toast et une tasse de café. Elle remplit son assiette et s'assit en face de moi. « Je dois te dire une chose : j'ai été élevée dans la croyance qu'un cardinal rouge ne s'installe pas dans le nid d'un corbeau.

– C'est ce que les Blancs apprenaient à tes ancêtres, avant d'oublier leur propre avertissement. J'ai remarqué la chaînette que tu as à la cheville. Que représente cette amulette ?

– Une croix.

– Où est-ce que tu l'as eue ?

– C'est Hilary Bienville qui me l'a donnée.

« – Et d'où est-ce qu'elle la tenait ?
– Je sais pas, je lui ai pas demandé. Quoi que tu dises, t'es pas venu ici pour me voir, hein ?
– Je t'apprécie et je t'admire. Crois ce que tu veux. »

Elle se leva et racla le reste de son assiette au-dessus d'une poubelle, puis la lava dans l'évier et la posa sur l'égouttoir. Elle se pencha sur le plan de travail, le visage dans l'ombre. Je me levai, et étalai ma main dans son dos. Je sentais sa respiration, la chaleur à travers son T-shirt, le bourdonnement de son sang.

« Ça va ? demandai-je.
– Non, et ça ira jamais bien. Là-bas ils vont le tuer. Ce p'tit garçon qui a jamais eu de papa, et pas de vraie maman. » Elle se retourna, et prit ma main qu'elle posa sur la cicatrice qu'elle avait au cou. Elle était aussi ferme et aussi épaisse qu'un ver de terre. « C'est un policier de La Nouvelle-Orléans qui m'a fait ça. Un policier noir. J'avais dix-sept ans. Je l'ai tué. J'ai fait ça avec une lame de rasoir. Personne l'a jamais su.
– Pourquoi me dis-tu ça ?
– Parce que je l'ai jamais dit à personne. Parce que mon p'tit garçon est en train de payer pour mon péché, si c'était un péché. Sur le moment j'ai pas pensé que c'en était un.
– Tu n'es pas une pécheresse. »

Elle fit un pas vers moi, puis enfouit son visage dans ma chemise, passa les bras autour de moi et se serra contre moi. « Serre-moi fort. »

Je posai délicatement les bras dans son dos, soulevé par une force intérieure, un espace vide au cœur de mes pensées, ses doigts dans ma peau.

« Serre-moi fort, répéta-t-elle. Serre-moi fort, je t'en prie. Oh, Seigneur, qu'est-ce que je vais faire avec mon p'tit garçon ? »

En partant, je crus voir un homme blanc dans l'allée, muni d'un appareil photo. Il me tournait le dos. Il disparut derrière un bouquet de bananiers. Je marchai jusqu'à l'allée, mais il avait disparu.

Le lendemain, un vendredi, Helen Soileau m'appela à la maison. « Tu es sur les réseaux sociaux, dit-elle.

– Je n'ai rien à voir avec tout ça, répondis-je. De quoi tu me parles ?

– Tu es en compagnie d'une femme noire. Je ne vois pas si tu es en pleine action ou pas. Je pensais que tu devais être mis au courant.

– Eh bien, maintenant, je suis au courant. Tu as vu des bons films, récemment ?

– Ça ne te gêne pas ?

– Non.

– Qui est cette femme ?

– Demande aux Affaires internes.

– Ce n'est pas moi que ça concerne, Pops.

– Et ne m'appelle plus Pops.

– Vous m'avez mise au pied du mur, Clete et toi. Ne me colle pas sur le dos le fait que tu as merdé.

– Je ne te colle rien sur le dos. Ce que tu ne comprends pas, c'est que je n'avais pas le choix. Clete a laissé filer Hugo Tillinger parce que faire autrement, ça aurait été envoyer Tillinger sur la table à injection. Et si j'avais dénoncé Clete, il aurait pu être inculpé de complicité. Si ça arrivait de nouveau, je ferais la même chose. Ce qui signifie que je prends mes responsabilités. Ce qui signifie que tu n'as rien à dire.

– Je pense que ça te fait plaisir.

– J'en ai marre des conneries des autres.

– Qui a pris la photo, à ton avis ?

— Un ami d'Axel Devereaux.
— Qui, par exemple ?
— C'était peut-être Madman Muntz[1].
— Qui est Madman Muntz ?
— Va voir sur Google la prochaine fois que tu t'amuseras à surfer sur Internet. »

Je reposai le combiné sur son socle. Elle ne rappela pas. J'attendis jusqu'après dîner, puis je mis un *throw-down* dans la poche de mon pantalon de treillis, roulai dans mon imperméable mon Remington calibre 12 à canon scié et le posai sur le sol de mon pick-up. Je roulai jusqu'au petit village de Cade, où Lucinda Arceneaux avait grandi, en tant que fille d'un prêcheur baptiste de l'Eglise du Libre Arbitre qui ne s'était sans doute jamais douté que sa fille allait mourir sur le symbole de sa religion.

Je passai devant sa caravane et sa petite église au faux campanile, au milieu d'un verger de pacaniers. Sur un chemin de terre, derrière les vestiges d'un motel qui s'appelait le Truman, destiné aux gens de couleur, et construit dans les années quarante, se trouvait la maison de brique, bien entretenue, de Frenchie Lautrec avec son toit plat, aussi massive et laide qu'un bunker. Peut-être le fait que Frenchie habite près du père de Lucinda Arceneaux, une femme digne qui avait essayé d'arracher des innocents au couloir de la mort, relevait-il d'une coïncidence. Cependant je n'avais aucun doute : Frenchie était un homme mauvais et il avait posté sur Internet des photos de

---

1. Earl William « Madman » Muntz (1914-1987), homme d'affaires et ingénieur américain, un des pionniers de la publicité télévisée grâce à son personnage outrancier de « madman ».

moi en compagnie de Bella Delahoussaye et il s'apprêtait à sortir de son trou.

Je me garai sous les pacaniers et regardai le soleil descendre dans la poussière, pareil à un globe orange ; l'ombre semblait ramper sur la terre. Puis je vis que les lumières étaient allumées dans la maison de Frenchie. Pour autant que je sache, il était célibataire et vivait avec des femmes différentes selon les périodes. La plupart d'entre elles étaient des alcooliques, ou des camées, ou des femmes battues, ou des femmes qu'il avait coincées à faire le tapin. Elles ne s'attardaient pas et ne parlaient à personne de ce qu'il leur faisait.

Je sortis de mon pick-up, le fusil enveloppé dans mon imperméable, traversai une ravine sur un pont de bois et gravis les marches de sa galerie. J'entendais une télévision dans la pièce de devant. Je frappai à la porte du plat de mon poing gauche, le canon scié toujours dans l'imperméable qui pendait à ma main droite.

Frenchie ouvrit la porte. Il était pieds nus, vêtu d'une chemise de flanelle à manches longues aux couleurs passées ; il avait les épaules noueuses et musclées, la poitrine plate d'un boxeur, les veines de ses avant-bras aussi épaisses que des pailles pour boissons gazeuses. Il souriait : « Pile au bon moment. Je m'apprêtais à faire venir un peu de chatte. Tu en es ? » Il ouvrit toute grande la porte-moustiquaire.

Je fis un pas à l'intérieur. « Merci. »

Je secouai l'imperméable pour en dégager le canon-scié, et lui balançai un coup de crosse sur la bouche. J'entendis le claquement de ses dents sur le bois. Il alla s'écraser contre le mur, les lèvres en sang. Quand il essaya de se relever, je lui donnai un coup de crosse sur le front, et lui fendis la peau à la racine des cheveux. Il se roula en boule, les avant-bras serrés contre ses oreilles. Je jetai le canon-scié sur le divan, et lui écartai un bras de la tête que j'écrasai avec mon pied.

L'intérieur de la maison donnait l'impression d'une collection de camelote synthétique achetée dans un bazar à prix unique. Il y avait même une cage à oiseau en plastique, dans laquelle se trouvait un canari en tissu.

« Qui y a-t-il d'autre dans cette maison ? dis-je. Si tu mens, je t'explose le crâne.

– Il y a personne.

– Où est l'appareil photo ?

– J'en ai pas. » Je le soulevai et le balançai sur la table basse, qui se cassa en deux.

« Mange-merde », dit-il.

Je le soulevai à nouveau, et le jetai dans une chambre. Contre un mur, il y avait un bureau, sur lequel se trouvaient un ordinateur et un appareil photo. « C'est celui dont tu t'es servi ?

– Va te faire foutre.

– Il faut que je t'explique quelque chose. Je me fiche complètement que tu postes des photos de moi sur Internet. Mais tu as fait ça à une femme innocente, et tu l'as rendue un objet de scandale et de ridicule.

– Maintenant, je me lève », dit-il en tendant une main devant lui. « Je t'ai empêché de baiser. Il faudra que tu trouves une nouvelle fente. J'ai gagné, tu as perdu. Et maintenant, sors d'ici.

– Tu ferais mieux de rester où tu es, Frenchie.

– Je t'encule. »

Je sentis que mon vieil ennemi se mettait en marche, à peu près comme une créature simiesque qui se libère de ses chaînes. Cette transformation commençait toujours par un bruit pareil à celui d'un bâtonnet de sucette se brisant dans ma tête ; puis le monde disparaissait dans une vague de couleur évoquant les différentes nuances d'un feu ravageant une forêt. Je me trouvais maintenant en un lieu dépourvu de pitié et de charité, ivre de ma propre adrénaline, mes bras et mes poings dotés d'un pouvoir tel que, chez certains, il ne diminue pas avec l'âge.

Quand j'eus fini de le frapper et de le jeter contre le mur, je laissai tomber son appareil photo sur le sol et l'écrasai jusqu'à le réduire en miettes. Puis je pris une poignée des débris, les lui fourrai dans la bouche et mis un pied dessus.

À quatre pattes, il commença à ramper pour s'éloigner de moi. Le papier peint était moucheté de sang.

« Lève-toi ! » dis-je.

Il ne répondit pas. Je crus l'entendre pleurer. Puis je compris qu'il était sans doute en train d'étouffer à mort. Je le tirai jusqu'à la salle de bains, le hissai sur le rebord de la baignoire, et le frappai entre les omoplates. J'entendis les fragments de plastique et de métal cliqueter sur le fond de la baignoire. Je mouillai une serviette, lui essuyai le visage, et l'installai sur le sol, le dos contre le mur. Sa moustache était d'un rouge vif, sa chemise collée à sa poitrine par le sang.

Je m'accroupis devant lui. « Tu veux une ambulance ? »

Il secoua la tête.

« À ta place, j'en appellerais une, dis-je.

— Ils te mettront en bouillie.

— Qui, 'ils' ?

— Les gens qu'ont du gros fric. Plus que t'imagines. Axel allait taper dedans.

— Axel Devereaux faisait autre chose que du maquereautage ?

— Un truc en rapport avec les Arabes et l'uranium, dit-il en crachant un morceau de métal qu'il avait sur la langue.

— On est dans la Louisiane du sud. On n'a pas d'Arabes, ni de dunes de sable, ni de centrifugeuses.

— Je t'ai dit ce que j'sais. Axel pensait qu'il ferait des trucs dans le cinéma. Et au lieu de ça, il a avalé sa matraque. C'est peut-être ce qu'ils vont te faire.

— Les gens du cinéma vont me faire du mal ?

— Ce sont peut-être ces types du New Jersey. Ceux qui financent les casinos. Des types qui connaissaient Nicky Scarfo. Tu crois que les Indiens dirigent eux-mêmes leurs affaires ? Les mafieux se torcheraient même pas le cul avec.

— Le père adoptif de Lucinda Arceneaux vit à quelques centaines de mètres d'ici. Tu la connaissais ?

— Je l'ai aperçue deux ou trois fois. Elle pensait que sa merde avait pas d'odeur. »

Je me relevai. J'avais les genoux tremblants, la sueur me picotait les yeux.

« Dis-moi une chose, dit-il.

— Quoi ?

— Tu lui as brouté la touffe ?

— La touffe de qui ?

— De Bella Delahoussaye. Elle m'a mis la tête à l'envers. Tu devrais essayer, si c'est pas déjà fait. » Son sourire laissait voir deux dents cassées. Il cracha un caillot de sang et se mit à rire tout seul.

« Je dois te reconnaître une chose, dit-il.

— Quelle chose ?

— J'ai jamais rencontré un flic pire que toi. À côté de toi, le mot "merde" n'est pas une insulte. »

Je remplis au lavabo un verre d'eau que je lui mis entre les mains. Je le fixai un long moment, jusqu'à ce qu'il détourne les yeux.

« *Quoi ?* dit-il.
— J'ai tué des Asiatiques qui ne m'avaient rien fait. Manque encore une fois de respect à Miss Bella, et ce que tu as connu ce soir ne sera qu'un hors-d'œuvre. »
Je lui pris le verre des mains, et lui aspergeai le visage.

18

Clete et Alafair étaient tous les deux rentrés d'Arizona, mais je ne parlai ni à l'un ni à l'autre de mes ennuis avec Frenchie Lautrec. Clete vint chez moi le lundi soir. « J'ai vu Bella Delahoussaye au Winn-Dixie. Elle m'a dit que ce salopard de Lautrec vous avait salis avec des photos sur Internet. Apparemment, c'était un message raciste.

— Ça me paraît exact.
— Que s'est-il passé ?
— Je suis allé le voir.
— Et tu as fait quoi ?
— Il a peut-être avalé quelques morceaux de son appareil photo. Et aussi quelques dents.
— Il ne t'a pas dénoncé ?
— J'ai entendu dire qu'il était en arrêt maladie. C'est un flic pourri. Il ne peut pas se permettre de dénoncer qui que ce soit.
— Il t'a photographié en action avec Bella ?
— Son fils se fait violer par des gangs à Angola. J'essayais de la consoler.
— Horizontalement ? »

Nous nous trouvions dans la cuisine. Dehors, il faisait nuit. Je voyais les étoiles au-dessus du parc ; les arbres ressemblaient à des découpages noirs.

« Pourquoi t'obstines-tu à rester en dessous de la ceinture, Clete ?

– Réponds à ma question. Tu es passé à l'action ?

– Non. Lautrec voulait venger Axel Devereaux. Ou peut-être qu'il voulait me faire virer pour que je puisse m'associer avec lui.

– Du maquereautage ?

– Qui sait ? Ecoute ça. Devereaux avait des infos sur du pognon arabe et de l'uranium. Il les tenait de gens du cinéma.

– Là on est chez les extra-terrestres, Dave.

– C'est ce que je lui ai dit. Il dit que les types du New Jersey pourraient être mêlés à ça. La bande de Nicky Scarfo.

– Little Nicky est mort, dit Clete.

– Je sais. Alors oublions ça. »

La pièce était silencieuse. J'entendais les rainettes au bord du bayou.

« Lautrec, tu l'as salement tabassé ? demanda Clete.

– On peut dire ça.

– Mais ça n'avait rien à voir avec les photos sur Internet, non ?

– Non.

– Bailey Ribbons t'a laissé tomber ?

– J'attendais mieux d'elle.

– Lâche-lui les baskets, au non du Christ. Et les femmes avec qui je suis sorti ? J'ai eu de la chance de ne pas me réveiller avec la gorge tranchée. » Il attendit que je réponde. « Allons, accouche.

– Elle fumait de la dope. En compagnie de flagorneurs et d'imposteurs.

– Ce n'est pas aussi grave que le péché originel.

– Et si on parlait d'autre chose ?

– Helen n'a pas l'intention de renoncer à consulter les Affaires internes ?
– Je ne le lui ai pas demandé.
– Tu as prévu de régler tout ça tout seul ?
– Ça m'a traversé l'esprit.
– Je peux prendre un de tes Diet Docs ?
– Sers-toi. »

Il alla au réfrigérateur et fit sauter la languette d'une cannette de Dr Pepper. « Ça ne t'embêterait pas que je t'accompagne, que je fasse un peu surveillance, que je m'assure que tout est bien sous contrôle ?
– Le contraire ne me viendrait même pas à l'esprit, Cletus. »

Il y a des leçons que l'on apprend à l'armée, ou en prison, ou dans toute autre institution où votre survie dépend de votre capacité à réfléchir plus vite que vos ennemis ou que les gens qui vous entourent. Voici quelques conseils de base. Ils peuvent être interprétés au propre ou au figuré, selon la situation.

1) Ne pas laisser sa silhouette se découper au sommet d'une montagne.
2) Ne pas s'encombrer de bijoux, en particulier de bijoux civils. L'ostentation peut vous conduire au cercueil.
3) Ne pas se faire un ennemi de quiconque a un casier.
4) Ne pas menacer quelqu'un qui sait où vous trouver, quand vous ignorez où il est.
5) Ne pas se mettre à dos les gens qui préparent vos repas, ou vous les servent.
6) Avoir conscience que ce sont les employés et les secré-taires qui gouvernent le monde et possèdent

des tampons capables de transformer votre vie en toilettes payantes hors d'usage.

7) Ne jamais se montrer impertinent envers un écrivaillon, ou envers un sergent chargé de manœuvres, ni envers tout petit Blanc du sud à l'esprit étroit ayant de l'autorité sur les autres.

8) Avancer en souriant dans la fumée des canons. Ça rend fous vos ennemis.

9) Être accompagné des bons partenaires. Qui vaut-il mieux avoir de son côté dans une bagarre de ruelle ? Un universitaire libéral ou un ouvrier chaussé de semelles cloutées ?

10) Ne pas se fier à l'acronyme FEAR[1]. Avaler sa douleur et ne pas montrer qu'on est blessé. Si ça ne marche pas, leur cracher dans la gueule.

11) Même dans les situations les plus désespérées, se tenir loin du Troupeau. Se positionner entre les grognements et l'auge à cochons est le meilleur moyen de se faire piétiner à mort.

12) Brûler cette liste avant de se faire prendre en sa possession.

Vaniteux que j'étais, je voulais m'imaginer en justicier ou, pire, en chevalier errant. Mais je m'agitais dans le noir. Des hommes comme Lautrec et Devereaux n'étaient que des petites mains. La personne qui avait assassiné Lucinda Arceneaux et l'avait clouée sur une croix qu'elle avait fait flotter sur la mer était soit un maître en manipulation, soit quelqu'un dont les mobiles étaient blindés dans son subconscient. Mon insigne était en suspens. Je n'avais aucun pouvoir légal. Comment pouvais-je procéder dans une affaire devenue une pièce dépourvue de portes ?

---

1. Fuck Everything And Run. Laisse tomber et tire-toi.

Le mardi matin, j'étais assis sur l'escalier de derrière en compagnie de Snuggs et de Mon Tee Coon, en train de jeter des noix de pécan dans un chapeau, quand j'entendis quelqu'un passer la porte cochère et faire le tour de la maison. Mon Tee Coon décampa dans un chêne. Bailey Ribbons traversa la pelouse, ses petites chaussures noires crissant sur la couche de feuilles rouges, orange et jaunes que je n'avais pas ratissées. « Bonjour », dit-elle.

Je me levai. « Comment ça va, Bailey ?

– Je peux m'asseoir ? » Elle portait une jupe noire, un chemisier lavande, et une chaîne en or ornée de petits pendentifs en forme de cœur.

« Je vais aller vous chercher une chaise. Les marches sont sales.

– C'est très bien comme ça », dit-elle en s'asseyant. Elle leva les yeux sur le chêne qui se dressait devant nous. « J'ai fait peur à votre raton-laveur ?

– Il ne vous connaît pas encore.

– Je me sens très mal, Dave. Là-bas, en Arizona, j'étais aveuglée par les étoiles. Je me suis conduite comme une imbécile. C'est un honneur d'être votre partenaire.

– Il n'y a pas de quoi s'emballer.

– Regardez-moi.

– Qu'y a-t-il ?

– Je ne voudrais pas paraître impertinente.

– À propos de quoi ? »

Elle prit ma main dans les siennes. « Je ne veux pas rester assise à vous regarder gâcher votre carrière. Vous agissez sans discernement, et je pense que ça a un rapport avec moi.

– Pour ce qui est du sabotage je suis un expert. Je n'ai besoin de personne. »

Elle me serra la main, fort. « Ecoutez-moi. J'ai travaillé avec des flics qui auraient été à leur place dans une cage. On ne peut pas se permettre de se priver de gens comme vous.

– Qui, "on" ? »

Elle lâcha ma main. « La race humaine. C'est de ça qu'il s'agit. Les bons contre les méchants. J'ai dit ça à Desmond. C'est le sujet de la dernière scène de *La Poursuite infernale*. Wyatt Earp a une plus haute destinée.

– Cette scène parle de la mort », dis-je.

Elle se leva et s'épousseta les fesses. Je me levai aussi. Elle leva les yeux sur moi. « Je peux dire quelque chose ?

– Allez-y.

– Je me fiche des conventions. »

Je détournai les yeux, puis les ramenai sur elle. J'avais la bouche sèche. Je ne parvenais pas à déchiffrer son expression. Je m'éclaircis la gorge, sans rien dire.

« Je ne juge pas les gens en fonction de leur âge, dit-elle. Je trouve ça stupide. Est-ce que je me fais bien comprendre ?

– Oui, m'dame. » Je ramassai mon chapeau, le vidai des noix de pécan, le remis sur ma tête, puis l'ôtai. « Bailey Ribbons. Est-ce que je vous ai déjà dit que j'adore ce nom ?

– Je crois que c'est l'une des choses les plus gentilles qu'on m'ait jamais dites. »

J'entendais Mon Tee Coon sauter de branche en branche au-dessus de nos têtes. Je voulais croire que la nature m'avait fourni une exemption que les gens de mon âge ne méritent pas, et dont ils bénéficient rarement.

Je déjeunai avec Clete chez Victor's, et lui parlai de la visite de Bailey. Ses yeux parcouraient la salle, comme si la terre tremblait. « Tu penses vraiment ce que je crois que tu penses ?

— Je me contente de répéter ce que Bailey m'a dit.

— Il y a deux types de nanas qui ont des liaisons avec des types âgés : les croqueuses de diamants et les traînées que ça ne dérange pas de coucher avec des momies ou des types qui ont des couches pour adultes. »

Les gens de la table voisine nous regardèrent.

« Tu veux bien parler moins fort ? dis-je.

— Quand tu cesseras de te mentir.

— Elle essayait d'être gentille.

— Quoi ? Tu as besoin qu'on te fasse la charité ? »

Je n'essayai pas de discuter. Ma conduite et mes pensées étaient idiotes, et je le savais.

« On est bien d'accord ? dit-il. Tu te sors de la tête l'idée de faire boom-boom avec la femme qu'il ne faut pas ? »

Les gens de la table voisine se levèrent pour partir.

« Oui, dis-je.

— Bien. Je ne sais pas ce que tu ferais sans moi. » Il se frotta les yeux, l'air las. « Tu sais où est le vrai problème ? Tu entends le tic-tac de la pendule. Tu veux faire ta sortie comme une chandelle romaine plutôt que de t'égoutter dans une boîte. »

Je venais d'entamer mon dessert. Je posai ma cuiller.

« Tu as mentionné Little Nicky Scarfo, dit-il. Il y a un type avec qui je voudrais aborder ce sujet.

— Quel type ?

— Tu te souviens de Cato Carmouche ?

— Le nain de cirque qui se faisait éjecter d'un canon ?
— Finis ton dessert, et en route pour le boogie-woogie. »

L'Acadie, comme La Nouvelle-Orléans, est pleine d'excentriques, en grande partie parce qu'elle n'a jamais vraiment été assimilée par l'Amérique. C'est un bon endroit pour être un artiste, un écrivain, un iconoclaste, un bohémien, ou un alcoolique. Certains Cajuns sont virtuellement incompréhensibles pour les étrangers, et cependant ils entretiennent leur accent, la structure inversée de leurs phrases, et oublient le monde extérieur. Si on le veut, l'anonymat n'est qu'à un bateau de distance. Le bassin d'Atchafalaya est le marécage le plus vaste des États-Unis. Pour le prix d'une péniche, on peut vivre dans des lieux qui n'ont pas de nom, car ils n'existaient pas hier, et auront peut-être disparu demain.

La modernité a toujours été notre perte. Nos ancêtres étaient des fermiers et des pêcheurs expulsés du Canada en 1755 par les Anglais. Naturellement illettrés et pacifiques, incapable de comprendre le choc des empires, les Acadiens ont erré pendant des années avant de s'installer sur le Bayou Teche. C'est peut-être pour cette raison que nous sommes plus tolérants envers les gens qui sont différents, ou qui ont été collectivement rejetés. Cette disposition, cet état d'esprit des Acadiens, sont peu différents de ceux des habitants de San Francisco. C'est peut-être pourquoi Cato Carmouche vivait sur une péniche, sur le bayou, au sud de Jeanerette, en violation d'un certain nombre de règlements de l'État et de la paroisse.

La plupart des Cajuns n'aiment pas voyager. Nombre d'entre eux admettront volontiers n'être jamais sortis de l'État. Pas Cato. Il avait travaillé dans un cirque, et était devenu un boulet de canon humain, jusqu'à ce qu'un soir le canon ait été orienté trop haut, et que Cato se soit envolé par-dessus le filet pour atterrir au milieu du public.

Lorsqu'il émergea d'un coma de six semaines, il découvrit que son cerveau s'était doté d'une facilité avec les chiffres incompréhensible à qui que ce soit. Il calculait les pourcentages et les probabilités aussi rapidement qu'un ordinateur. Une semaine après sa sortie de l'hôpital, il s'envola pour Atlantic City. Puis pour Reno, Vegas et Porto Rico. Cato découvrit le paradis dans les paillettes, le mauvais goût, les fontaines éclaboussantes de lumières aux couleurs criardes et l'air conditionné puant le tabac. Les dés rebondissant sur le feutre, les pièces de monnaie cliquetant dans les fentes, le claquement d'une carte sur une table de blackjack, les femmes aux seins protubérants sous leurs robes du soir, l'odeur d'alcools de luxe, la boule sautant sur la roulette – où ces bienfaits avaient-ils été pendant toute sa vie ? Avec son 1 m 30, et une cicatrice comme un éclair zébrant son crâne rasé, debout ou assis devant les tables de jeu, il se laissait arroser par les bénédictions d'une divinité factice.

Pendant ses six premiers mois sur le circuit, il prit garde à ne pas gagner trop. Puis il devint gourmand au Harrah's, à Las Vegas, et entra dans le Griffin Book[1]. Cato prit alors un emploi dans les casinos.

---

1. Où sont mentionnés tous les joueurs interdits de casino, soit parce qu'ils sont soupçonnés de tricherie, soit parce qu'ils font perdre trop d'argent au casino.

Il s'asseyait du côté des jetons, surveillait la caméra de sécurité et identifiait les arnaqueurs et les adeptes du comptage de cartes, qui croyaient connaître toutes les combines. Selon les critères de quiconque, Cato devint riche et aurait pu vivre n'importe où. Mais il préféra revenir dans le sud-ouest de la Louisiane et habiter seul sur une péniche peinte aux couleurs vert et pourpre du Mardi Gras, décorée de perles de verre qui tintaient dans le vent.

« Comment ça va, Cato ? demanda Clete en traversant la planche renforcée menant à la péniche.

– Ça va très bien, merci. Et vous ? » dit Cato.

Cato était toujours très soigné, apportait un soin méticuleux à ses vêtements et à sa coiffure, sa chevelure séparée par une raie tirée au cordeau, chaque mèche gominée semblable à un fil de fer brillant. Sa voix semblait sortir d'une boîte métallique pleine de pièces et de ressorts. Ses yeux étaient de minuscules morceaux de charbon. Je ne sais pourquoi il me faisait penser à Desmond Cormier, comme s'ils avaient en partage une même solitude, le genre de solitude qui est souvent le destin de ceux qui ont des dons artistiques.

« Que puis-je faire pour ces messieurs ?

– 'Ces messieurs' ? dit Clete.

– J'ai passé pas mal de temps dans le New Jersey. Là-bas, c'est comme ça qu'ils disent.

– On connaît votre histoire avec l'industrie des casinos, Mr. Cato, dis-je. Nous nous posions des questions sur la création d'une maison de production cinématographique.

– Allez-y, posez-moi des questions. Et ne m'appelez pas "Mr." Cato »

Sa péniche était ancrée à l'ombre d'un chêne. Une canne à pêche bas de gamme était appuyée contre la rambarde du deck, le flotteur et le fil décrivant un S à côté des nénuphars dans les eaux peu profondes.

« Nous avons appris que Desmond Cormier était financé par l'industrie du jeu, dis-je.

– Il ne s'agit pas d'un jeu. Il s'agit de se faire rincer, dit Cato.

– Vous avez des informations à nous donner, monsieur ?

– L'argent du New Jersey, c'est l'argent du New Jersey. Les champs de courses en sont remplis. Il y a de l'argent malhonnête, et de l'argent honnête. Les courses et les casinos sont des blanchisseries. Il faut que j'aille vérifier ma ligne. Et ensuite, je prendrai une douche avant de me changer. Une amie doit venir m'enlever, si vous voyez ce que je veux dire, soit dit sans grossièreté. »

Clete me regarda ; visiblement, il se retenait de rire.

« Connaissiez-vous une certaine Lucinda Arceneaux ? demandai-je.

– Ce nom ne me dit rien. » Cato tira de l'eau son flotteur, son petit plomb et son hameçon appâté, et les lança dans une direction différente.

« Elle a été assassinée, Mr. Cato.

– J'appelle les autres mister, mais je ne veux pas la pareille. Vous savez pourquoi ?

– Je crains que non.

– Parce que les gens qui ont besoin de titres ont besoin que quelqu'un leur dise qu'ils valent quelque chose. Soit dit sans émettre de jugement.

– Vous avez entendu parler d'investissements arabes dans le coin ? demandai-je.

– Je dois dire que je n'ai pas vu d'Arabes récemment. Vous parlez de ces gens qui se déplacent en chameaux ?

– Ça ne répond pas vraiment à ma question. »

Il regarda sa montre. C'était une montre en or, de la taille d'un demi-dollar, incrustée de diamants. « Puis-je offrir à ces messieurs un café ou une boisson avant que mon amie arrive ? Il va pleuvoir. Ça veut dire que les crapets de roche ne vont pas tarder à mordre.

– Merci du temps que vous nous avez accordé, Cato, dit Clete.

– Oui, m'sieur. C'était très gentil à ces messieurs de passer. »

Je traversai la planche avec Clete, puis m'arrêtai sous un arbre. « Attends-moi une minute, tu veux bien ?

– Quoi qu'il sache, il ne dira rien. Laisse tomber.

– J'en ai pour un instant. »

Je retraversai jusqu'à la péniche. Cato était assis sur une chaise pliante en toile. Le ciel s'était assombri et j'entendais le tonnerre gronder dans le lointain, je sentais le baromètre chuter, je sentais l'odeur des poissons en train de se regrouper sous les nénuphars. Une grosse orphie ondula aussi sinueusement qu'un serpent près d'un bouquet de canne englouti.

« J'ai une information à partager avec vous, dis-je. C'est un peu plus haut sur le bayou, sous un de ces gros chênes comme il y en sur le rivage, que j'ai pris mon premier poisson. J'avais sept ans. »

Je marquai une pause. Cato regardait les éclairs silencieux zébrer le ciel d'un violet pourpre. L'atmosphère était humide, douce, lourde de l'odeur des cannes à sucre et du bayou à marée haute.

« C'est un endroit spécial, dis-je. Des types comme nous se rappellent comment c'était avant. Mais un tas de méchants ont mis la main sur nous, Cato.

– Je vois ce que vous voulez dire, m'sieur.

– Pourquoi êtes-vous revenu en Louisiane du sud ?

– Ailleurs, j'avais rien laissé.

– Desmond est proche des types des casinos ?

– Ça remonte à loin. Desmond a grandi sur la réserve Chitimacha.

– Est-ce que quelqu'un prépare un gros coup ?

– Il s'agit d'argent venu d'au-delà des mers. Du blanchiment, ce genre de choses. Des politiciens sont mêlés à ça. C'est le genre de trucs que je veux pas savoir.

– Qui sont les protagonistes ? »

Il leva les yeux sur moi. « Vous feriez mieux de pas avoir d'histoires avec eux, Mr. Robicheaux.

– Appelez-moi Dave. Pourquoi ne devrais-je pas avoir d'histoires avec eux ?

– Je parle de centaines de millions de dollars. Vous savez ce que les gens sont prêts à faire pour des sommes pareilles ? Et pas juste ici. Partout. C'est pas les Arabes qui ont inventé l'avidité, et les trucs méchants dont les gens sont capables. »

Il rembobina sa ligne, le regard fixé sur le ciel, et refusa d'en dire plus, pas même au revoir.

J'ai toujours été persuadé que les morts parcourent la terre bien des années après que nous avons tenté de les enfouir sous des pierres. Et je suis persuadé aussi qu'ils sont plus nombreux que nous. C'est pour cette raison que je n'ai jamais discuté l'idée qu'ils pénètrent dans nos existences et tentent de les remodeler pour racheter les leurs. Je ne fus donc pas étonné par la vision que j'eus quand je regardai par la fenêtre de ma chambre, à trois heures du matin, après ma visite à Cato Carmouche.

Les nappes de brouillard sur le bayou étaient aussi blanches que du coton, butant sur le sol entre les arbres, tandis qu'un remorqueur, tous feux allumés, scintillant à travers la brume, se dirigeait vers le pont à bascule. La silhouette ne mesurait pas plus d'un mètre soixante et paraissait faite de pâte à pain. La rotondité de son visage, de ses membres, de son ventre et de ses douces fesses semblait avoir été esquissée par un artiste. Sa bouche était comme une tranche de pastèque, ses cheveux aussi vaporeux que de la barbe de maïs.

J'aurais voulu me persuader que je voyais une apparition, une âme errante essayant de se libérer des chaînes de la tombe, réclamant la fraîcheur et la vibration oxygénée de l'air, que les vivants tiennent pour une chose acquise. Mais je savais que tel n'était pas le cas. J'avais déjà vu cette silhouette. Je passai la main sous mon matelas pour y prendre mon .45 automatique 1911 de l'armée que j'avais payé 25 dollars dans la Bring Cash Alley de Saïgon. J'enfilai mon treillis et mes mocassins et traversai la cuisine pour gagner le vestiaire. Au-dessus du banc de brume, le ciel était clair, le sommet des arbres éclairé par la lune. J'avançai dans le jardin. La silhouette se cacha derrière un arbre à un mètre de moi.

« C'est vous, Smiley ? » demandai-je.

Pas de réponse.

« Vous m'avez fait peur, dis-je. J'espère que l'un d'entre nous est en train de rêver. »

Une rafale de vent passa dans les arbres, donnant une nouvelle vie aux gouttes de pluie sur les feuilles, remplissant l'air de l'odeur tannique d'automne, de gaz et d'ombre nocturne dans une forêt qui voit rarement la lumière du jour.

« J'espère que vous n'êtes pas vexé, dis-je. Ça n'avait rien de personnel.

— Ne vous approchez pas plus près, Mr. Robicheaux », dit la silhouette. Sa voix était zézayante, d'un zézaiement mouillé déconcertant, comme celui d'un enfant démesuré en train de téter.

« Je sais que c'est vous, camarade, dis-je. Dites-moi ce que vous faites ici. On se sentira mieux, tous les deux.

— Vous m'avez forcé à faire des choses que je ne voulais pas faire.

— Vous avez tué une adjointe du shérif. Une brave femme qui ne méritait pas de mourir.

— C'est faux. Des gens me tiraient dessus. Je n'ai même pas visé en direction de la femme. Ne racontez pas d'histoires.

— Elle est quand même morte. Vous voulez que je vous appelle Chester ou Smiley ?

— Mes amis m'appellent Smiley. Mais si vous n'êtes pas mon ami, appelez-moi autrement.

— Il faut que vous quittiez la région. Et alors tout ça ne sera plus qu'un rêve.

— Je partirai quand j'aurai fini mon travail.

— Quel est votre travail ?

— Vous ne le savez pas ?

— Vous faites justice pour les gens incapables de se défendre eux-mêmes. C'est une noble mission, Smiley. Mais il faut partir. Peut-être retourner en Floride. Travailler votre bronzage.

— Vous vous moquez de moi ?

— Je m'en garderais bien. »

Je dégoulinais de sueur. Le véritable nom de Smiley était Chester Wimple. Il n'entrait dans aucune catégorie, aussi limitée soit-elle. Sous une lumière crue, son corps semblait doté de la translucidité et de la mollesse de celui d'une méduse. Il parlait comme Elmer Fudd, petit-déjeunait de Ding Dongs, et se nourrissait d'esquimaux et de Buster Bars toute la journée. Il avait exécuté des cibles avec un pic à glace dans le métro de New York, dans les gradins d'un champ de courses et dans une réunion de la Chambre de commerce du New Jersey. Il n'avait pas passé un seul jour en prison.

J'entendis ses pas dans les feuilles. Je soulevai mon arme qui se découpa sur le clair de lune. Je libérai le magasin que je glissai dans ma poche, puis éjectai la cartouche qui se trouvait dans la chambre et la laissai tomber dans l'herbe. « Je ne suis pas une menace pour vous, Smiley. Je suis suspendu du service. Maintenant je vais m'approcher de vous. Ça vous va ? »

Le vent se calma. Les feuilles des arbres étaient aussi immobiles que du métal poinçonné. Je marchai vers l'endroit où s'était tenu Smiley ; la brume enveloppait la moitié inférieure de mon corps. Je vis une pirogue s'éloigner de la rive, un homme solitaire assis à l'arrière, qui pagayait de façon régulière. Il agita les mains pour me dire au revoir, sans se retourner, comme s'il savait que je le suivrais jusqu'au bord de l'eau, mais ne m'opposerais plus à sa présence en Acadie.

Dans l'obscurité, j'entendais ma respiration.

19

Le soleil apparut comme un coup de tonnerre, d'un rouge sang jaunâtre dans la fumée d'un feu de chaume qui se propage. Je ne parlai pas à Alafair ni à Clete de ma rencontre avec Smiley, en partie parce qu'ils m'auraient pris pour un détraqué. De plus, je ne croyais pas à mes propres perceptions. Pour le meilleur comme pour le pire, mon obsession de la mort et du passé avait défini la plus grande partie de ma vie ; j'avais depuis longtemps fait ma paix séparée avec le monde, et abandonné toute prétention à la normalité, à la raison ou au juste milieu. Waylon Jennings avait dit ça, il y a des années : *J'ai toujours été cinglé, mais ça m'a empêché de devenir fou.*

J'appelai un ancien agent de la CIA que j'avais connu au programme antialcoolique. Il s'appelait Walter Scanlon. Pendant quarante ans, il avait fait mariner son cerveau et son foie à l'aide d'une bouteille de vodka chaque soir tandis qu'il rampait comme un lombric dans les bas-fonds du Nouvel Empire américain. Maintenant il fumait cigarette sur cigarette et assistait à des réunions du genre « Franchis-les-Étapes-ou-Meurs, Fils de Pute » à La Nouvelle-Orléans, silencieusement assis au fond de la salle, avec son visage qui semblait aussi vieux qu'un papyrus et des yeux de la couleur d'huîtres crues. Rares étaient ceux qui avaient idée des actes stockés dans le sous-sol de son âme.

« Ouais, Chester Wimple, dit-il. Il se fait appeler Smiley, ou je ne sais plus trop quoi.

– Il a été l'un des vôtres ? demandai-je.

– On ne recourait pas à des gens comme ça.

– Mais vous l'avez croisé ? Vous savez des choses sur lui ?

– Nous pensions qu'il avait buté un de nos informateurs à Mexico. Un violeur d'enfants. Pas une grande perte. Vous n'avez pas parlé au FBI ?

– Ils n'en savent guère plus que nous.

– Laissez-moi passer quelques coups de fil. »

Il me rappela le soir même. « Quand avez-vous été pour la dernière fois en contact avec ce type ? dit-il.

– Je pense l'avoir peut-être vu un peu plus tôt dans la journée.

– Vous feriez mieux de consulter votre ophtalmo. Chester Wimple s'est fait démolir dans un café par un calibre cinquante, au Venezuela, il y a huit mois.

– Ça doit être une erreur.

– Les types que j'ai eus ont fait faire des tests ADN.

– Merci de votre temps, dis-je, la bouche sèche. Comment ça marche, le programme ?

– Je n'ai pas dormi depuis la chute de Saigon. Merci de me l'avoir rappelé. »

Le lendemain matin, à 7 heures et demie, Helen Soileau était devant ma porte.

« Il se passe quoi ? demandai-je sans ouvrir la porte moustiquaire.

— Il faut reprendre le boulot, dit-elle. J'ai enterré la plainte aux Affaires internes. Qu'est-ce que tu dis de ça, Pops ? »

Je poussai la porte. « Entre. » Je m'écartai pour la laisser entrer la première dans la cuisine. Je pris sur le plan de travail le pichet en Pyrex et deux tasses, et m'assis à la table. « Pourquoi ce changement d'attitude ?

— J'avais tort.

— J'ai gardé pour moi une information au lieu de faire un rapport.

— Dans ce cas tu aurais fait le sale boulot des Texans à leur place. Sans doute que moi non plus je n'aurais pas dénoncé Tillinger. » Elle sortit mon insigne de sa poche et le posa sur la table. Il était doré, avec des lettres bleues incrustées.

« On a une nouvelle merde sur les bras ?

— J'ai besoin de tous les mecs sur le terrain.

— Tu sais comment dire les choses, Helen.

— Alors, oui ou non ? »

Je pris mon insigne sur ma paume mais sans le mettre dans ma poche. « Très tôt hier matin, j'ai eu un visiteur. Chester Wimple, alias Smiley.

— Il est juste passé te voir alors qu'il était en route pour tuer quelqu'un ?

— Il était debout sous les arbres, derrière. Il est parti en pirogue.

— Je ne veux pas entendre ça, dit-elle.

— Et maintenant, écoute le pire. J'ai appelé un ami qui a travaillé pendant quarante ans pour la CIA. Il m'a dit que Smiley avait été transformé en nourriture pour chiens par un calibre cinquante, il y a huit mois.

— Je ne sais pas quelle histoire est la pire, la tienne ou celle de ton ami.

– Prends ça comme tu veux. J'ai dit à Smiley qu'il n'était pas le bienvenu. J'ai déchargé mon arme sous ses yeux. Je l'ai regardé pagayer en direction du pont à bascule. La CIA n'est pas constituée d'imbéciles. »

Je la vis pâlir.

« OK, dit-elle.

– Quoi, OK ?

– Peut-être que ça explique quelque chose.

– Que ça explique quoi ?

– On a un autre homicide.

– De qui s'agit-il ?

– Vous avez fait ce que vous avez pu, Clete et toi. Il y a des gens qu'on ne peut pas aider, Dave.

– Arrête ton bla-bla, Helen. On est en train de parler de qui ? »

Elle tapota la table avec ses articulations, et leva son regard sur le mien. Elle avait les yeux humides.

« Putain de merde. »

Le côté dur que se donnait Helen était une façon de dissimuler l'humanité qui la définissait. Cela dit, la scène de crime à l'intérieur de la caravane d'Hilary Bienville était de celles qu'aucun flic n'a envie de voir. Elle était de celles qui vous obligent à recréer les souffrances et la terreur de la victime ; de celles qui se gravent dans la mémoire, deviennent le catalyseur de votre premier verre de Jack ce soir-là, et d'images qui vous hanteront à vie.

Hilary avait été tabassée sauvagement ; son sang aspergeait tous les murs et tous les meubles. Les coups avaient été d'une violence telle que son visage était méconnaissable, et là on ne parlait même plus d'identification personnelle. Son crâne et sa face n'avaient plus rien d'humain. Je ressortis. Bailey Ribbons frappait aux portes. Sean McClain avait été le premier sur les lieux. Il regardait fixement le pont à bascule et la maison d'avant la Guerre civile, d'un blanc immaculé, tapie au milieu des chênes verts de l'autre côté du bayou. Sa bouche était grise et pincée, sa peau pâle. Il avait du sang sur son pantalon et sur le bord de ses chaussures. Il vit que je regardais ça.

« On avait l'impression que quelqu'un avait renversé un seau de peinture, dit-il. J'ai trouvé le bébé et l'ai amené chez sa grand-mère.

— Vous avez été prévenu par le 911 ?

— Le voisin a dit avoir entendu quelqu'un saccager la caravane autour de cinq heures du matin. Il a cru que c'était un miché. Le bébé n'arrêtait pas de pleurer, alors il nous a appelés à six heures et quart.

— Il n'a pas vu un véhicule partir ?

— Il dit qu'il en a entendu un, mais qu'il ne l'a pas vu.

— Tu le crois ?

— Sans doute que non.

— Allons lui faire un peu de conversation. »

Celui qui avait appelé le 911 portait des tongs, un pantalon informe et un marcel troué. Ses joues étaient couvertes de chaume, son origine impossible à déterminer, ses yeux des puits de méfiance. « J'vous ai déjà tout dit. J'ai rien vu et j'sais rien. Elle avait toujours des michetons chez elle. J'me mêle pas de ça.

— Vous n'avez pas eu la curiosité de jeter un coup d'œil par la fenêtre ?

— Pour quoi faire ? Vous croyez que j'sais pas quel dépotoir c'est ? »

Un argument difficile à contester.

Sean et moi retournâmes dans la caravane d'Hilary Bienville. Il y avait là deux policiers en civil de Jeanerette. La police scientifique était déjà au travail. Bailey nous suivit à l'intérieur. Le verre et la vaisselle brisés, les meubles saccagés, les murs cabossés, indiquaient un tueur dont la rage était telle qu'elle était toujours prête à lui transpercer la peau ; le genre d'homme dont les yeux sont perpétuellement agités de tics. Les auxiliaires médicaux attendaient qu'Helen leur dise d'emmener la dépouille. Je baissai les yeux sur ce qui avait été le visage d'Hilary Bienville. Son assassin lui avait planté dans le front une étoile pailletée, comme on en mettrait au sommet d'un sapin de Noël.

« La Suite des Pentacles, dit Bailey.

– De quoi s'agit-il ? demanda Helen.

– C'est notre homme. Les Pentacles, ou les Deniers, représentent la prospérité et l'estime de soi. Faire pousser des choses, ou augmenter leur valeur.

– Une pute qui augmente la valeur des choses ? » dit Helen qui, du regard, chercha mon soutien. Je secouai la tête, sans intervenir.

« Notre type est devenu enragé parce qu'elle ne satisfaisait pas à ses critères, dit Bailey. C'est du moins mon avis. »

À l'intérieur de la caravane régnaient le silence et la chaleur, comme si, tous, nous étions prisonniers d'une photographie dans laquelle nous n'aurions pas voulu être. Dans des moments pareils, on comprend que Treblinka, Nankin et Hiroshima ne sont pas des abstractions. « Alors, qu'est-ce qu'on fait, shérif ? demanda l'un des auxiliaires médicaux.

– Emmenez-la », dit Helen.

Je ressortis. La plupart des enfants vivant dans le parc de mobile homes étaient partis par le bus scolaire. Aucun adulte ne sortit de sa caravane. Quelques-uns regardaient par leur fenêtre. Cormac Watts, le coroner, se tenait à côté de sa voiture, un pied sur le pare-chocs. Le visage inexpressif, il me regarda me diriger vers lui.

« Content de te voir de retour, dit-il.

— Je vais te poser une drôle de question.

— Tu veux savoir si elle était inconsciente quand le criminel l'a dépecée ? » dit-il.

J'attendis.

« Hémorragie interne massive. Je pense qu'il l'a sans doute piétinée et bourrée de coups de pied après qu'elle est tombée.

— Comment tu imagines ce type ?

— Je ne peux pas l'imaginer.

— On a un autre acteur en piste, dis-je. Je pense qu'il faut que tu le saches.

— Qui ?

— Smiley. Je l'ai vu. Je lui ai parlé. »

Ses yeux s'embrumèrent. « Tu auras quelque chose sur ton bureau d'ici ce soir. Amuse-toi bien, Dave. »

Il monta dans sa voiture et s'éloigna.

***

Smiley avait été élevé à Mexico, dans un orphelinat. Selon tous les témoignages, y compris le sien, il avait été victime de graves violences sexuelles, à la fois à l'orphelinat et dans les rues de la ville, où on se le passait de mains en mains dans des ruelles spécialisées dans la prostitution enfantine. Sans doute peu avant ses vingt ans, il réussit à se rendre au sud de la Floride et découvrit qu'il possédait un énorme talent – en un mot, une capacité à flotter comme un ectoplasme au milieu du monde du crime, et à se faire négliger ou mépriser jusqu'à l'instant où quelqu'un se retrouvait avec un .22 automatique dans l'oreille, ou avec un pic à glace dans le cerveau.

Ses activités semblaient être un travail d'amour. Il recevait le nom de ses cibles, et était payé via des boîtes postales. Ses armes lui arrivaient par UPS. Où qu'il aille, il achetait des glaces aux enfants, et il lui arriva un jour de voler un camion de glacier, dont il distribua le contenu à des enfants noirs dans un parc près du Bayou Lafourche, tandis qu'un homme qu'il avait attaché et bâillonné et qu'il avait prévu de tuer ensuite se débattait vainement pour sortir du réfrigérateur.

Il essaya aussi de tuer un politicien local qui avait pour pères spirituels Huey Long et George Wallace. Sans l'avouer, je pensais toujours que Smiley avait de bons côtés.

Mais Smiley était aussi responsable de la mort d'une inspectrice de police qui avait servi en Afghanistan. Elle avait été brièvement la maîtresse de Clete Purcel. Je ne voulais vraiment pas parler à Clete de la visite de Smiley. Pas plus que je ne voulais voir ce qui se passerait si Clete mettait la main sur lui. Cependant, cet après-midi-là, à cinq heures, je pris la voiture et roulai jusqu'au motel de Clete, sur East Main. Il était assis sur une chaise longue au bord du bayou, un litre de bière bouchée dans un seau à côté de lui. Il lisait un roman de Michael Connelly.

« Comment va, Cletus ? »

Il me regarda par-dessus ses lunettes de lecture. « À chaque fois que j'entends cette voix, je sais que je ferais mieux de me trouver ailleurs.

– J'ai repris le boulot. Et j'ai reçu la visite de Smiley.

– Dis-moi que tu as bu.

– Il est de retour, et prêt à se lâcher.

– Pourquoi est-il de retour ?

– Il dit qu'il veut être notre ami. »

Clete se leva lentement et posa son livre sur sa chaise-longue. Il ôta ses lunettes, qu'il rangea. La chaleur du soleil sur son profil était comme un contraste avec la froideur de son regard. Il fixait les quenouilles courbées par le vent, la surface du bayou plissée comme une peau de vieillard. « Où penses-tu que je pourrais le trouver ?

— Aucune idée. »

Il se mit une cigarette entre les lèvres, sans l'allumer. Je n'avais pas encore abordé le pire motif de ma visite. Visiblement, il avait été absent toute la journée, ou n'avait pas écouté les nouvelles, ni lu un journal local.

« Hilary Bienville est morte, Clete. »

Il se retourna et ôta la cigarette de sa bouche. « Répète-moi ça.

— Tôt ce matin. Elle a été tabassée à mort dans sa caravane. Son assassin lui a enfoncé dans le front une étoile pour arbre de Noël. »

Il blêmit, le visage comme poché, ses dents visibles derrière ses lèvres. Ses yeux étaient des billes vertes. « Le même type qui a expédié Lucinda Arceneaux ?

— C'est l'impression que ça donne.

— Et sa gamine ?

— Le bébé va bien. Sean McClain l'a emmenée chez la grand-mère.

— Des témoins ?

— Pas qu'on sache.

— C'était dur ?

— Aussi dur que ça peut l'être. »

Il plia sa chaise longue, prit son livre, et se coinça son seau à glace sous un bras. « Je veux voir la scène de crime.

— Tu connais le règlement.

– Oublie que je te l'ai demandé. Je me débrouillerai tout seul. »

Quand nous sommes arrivés au parc de mobile homes, le soleil était bas à l'horizon, orange et voilé de poussière. On ne voyait pas d'enfants en train de jouer. J'abaissai le ruban de scène de crime sur la petite galerie, et ouvris la porte de la caravane d'Hilary Bienville avec une clef que m'avait donnée Helen. Clete et moi entrâmes, tous deux munis de gants en latex. Clete braqua sa torche sur le verre brisé, sur les taches de sang et les éclaboussures sur le mur, sur la table et les chaises cassées. « Qui était l'adjoint chargé de l'affaire ?

– Sean McClain.

– Ce n'était pas déjà lui, pour l'homicide Devereaux ?

– Plus ou moins.

– Aucun rapport ?

– Non.

– La porte était fermée à clef ? demanda-t-il.

– Exact.

– Alors ce n'était pas un miché soulevé dans un bar ? C'était quelqu'un en qui elle avait confiance ?

– C'est ce que je dirais.

– Quand il est parti, le bébé devait hurler, mais il a quand même fermé à clef ?

– À quoi penses-tu ? dis-je.

– Le type ne voulait pas qu'on découvre Hilary immédiatement, mais il se fichait que le bébé meure de chaleur ou s'étouffe dans son vomi.

– Le type qui a tué Hilary se fiche de tout et de tout le monde. »

Clete éteignit sa torche. « J'en ai assez vu.
- Qu'est-ce que tu en penses ?
- Il avait une sorte de relation professionnelle avec elle. Mais quelque chose lui a fait péter les plombs. Elle était en pyjama ?
- Oui.
- Peut-être qu'il voulait la baiser et qu'elle lui a dit d'aller se faire foutre. Une violence pareille a presque toujours un rapport avec le sexe. Il n'y a pas de trace de viol, ou de morsure, ou d'une connerie comme ça ?
- Selon le coroner, non. »

Clete regarda le soleil, et la maison néo-classique au milieu des arbres de l'autre côté du bayou. « Je me demande pourquoi cet endroit me fait penser à un champ de morts sur la frontière cambodgienne.
- Parce que c'était un cimetière d'esclaves, dis-je. Ils sont sous nos pieds.
- Seigneur », dit-il, le visage parcouru par un tic.

***

Plus tard ce soir-là, je m'assis dans le salon en compagnie d'Alafair. Les fenêtres étaient ouvertes, les lampadaires allumés. J'apercevais des feuilles presque fumantes comme du charbon porté au rouge dans un égout pluvial, je sentais l'odeur de la pluie imminente et le parfum lourd du bayou. Je ne voulais plus penser à Hilary Bienville, ni aux actions diaboliques commises par les humains. J'avais autrefois un ami qui travaillait avec des fous criminels à Norwalk, en Californie. C'était un Quaker et un humaniste, et il paraissait immunisé contre le contact avec des patients coupables de crimes impensables. Je lui avais demandé quel était son secret.

« Je l'ai admis, avait-il répondu.
– Admis quoi ?
– Qu'il y a des gens qui sont en paix avec le mal. Ça se voit dans leurs yeux. Ça leur tient chaud. Ils sont comme ça dès qu'ils viennent au monde. »

Il y avait une lampe de lecture au-dessus de la tête d'Alafair. Elle n'arrêtait pas de me regarder de façon bizarre. « Tu te sens bien ?
– Je suis un peu fatigué. J'ai acheté un dessert. »

J'allai à la cuisine, et nous coupai à chacun une tranche moelleuse de gâteau au chocolat, que je mis sur des assiettes que je rapportai au salon. Elle avait passé la journée en extérieurs à Morgan City, et n'était pas au courant pour Hilary Bienville. Alors je lui en ai parlé, ainsi que de Smiley. La pièce était silencieuse.

« Tu ne me crois pas, à propos de Smiley ? dis-je.
– Je ne sais pas trop. Tu vois des choses que les autres ne voient pas. Tu ne m'as rien dit de la scène de crime chez Bienville.
– Mieux vaut ne pas en parler.
– Qui est-ce qui fait ça, Dave ?
– Je n'en ai aucune idée. Il n'y a pas le moindre fil rouge qui relie toutes ces affaires. Nous ne savons pas si nous avons affaire à un seul tueur, ou à plusieurs. »

Elle semblait avoir l'esprit ailleurs. « Il y a quelque chose qui ne va pas chez Desmond.
– Quoi ?
– Aujourd'hui, quelqu'un a dit quelque chose à propos de l'assassinat de Lucinda Arceneaux, en suggérant d'introduire dans le film la croix flottant avec le corps. Desmond lui a défoncé la tête.
– Il n'était peut-être pas dans son assiette.
– Il y a autre chose qui me gêne. Aujourd'hui, Des s'est mouillé, et il changeait de chaussettes. Il a une

croix de Malte tatouée sur la cheville. Tu ne m'as pas dit que la fille d'Hilary Bienville avait à la cheville une amulette en forme de croix de Malte ?

– Si.

– C'est juste une coïncidence ?

– C'est un mot que les menteurs utilisent souvent », dis-je.

20

Tôt le lendemain matin, je pris la voiture pour me rendre sur le tournage à la lisière de Morgan City, où Desmond avait reconstitué la réplique d'une ferme-prison du début des années cinquante. Des matons à cheval en uniforme gris et lunettes noires, la peau aussi sombre que le cuir d'une selle, se découpaient sur fond de soleil levant au sommet de la levée, tandis que, plus bas, des hommes en tenues rayées et chapeaux de paille peints en rouge arrachaient des souches avec des mules et des chaînes.

Une partie du décor comprenait, un peu plus loin, un baraquement à un étage aux fenêtres munies de barreaux, et deux étuves en fonte, verticales, fixées dans le ciment. Alafair avait quitté la maison avant moi, et était assise derrière une caméra, un bloc-notes sur les genoux. Desmond avait interrompu une scène, et demandait à un acteur de la refaire. L'acteur était jeune et beau, et ne ressemblait pas à un détenu qui se serait trouvé dans le Red Hat[1] d'Angola il y a plusieurs dizaines d'années.

---

1. Unité disciplinaire particulièrement sévère de la prison d'Angola.

« Tu m'endors, Zeb, dit Desmond. C'est un moment d'hara-kiri. Quand tu te dresses face au maton, tu sais que tu vas finir à l'étuve. On parle d'une température de plus de cinquante degrés, avec un seau à merde entre les chevilles, un trou du diamètre d'un cigare pour respirer, le cul et les genoux en train de frire contre du métal brûlant. Mais tu hais tellement le capitaine que tu acceptes toute cette souffrance pour conserver le respect de toi-même. Jusque-là, tu ne montres pas, ni à moi ni au public, l'homme courageux que tu es censé être.

– Je vais essayer de faire mieux, dit l'acteur.

– 'Essayer', ce n'est pas le bon mot, dit Des, dont les yeux pâles s'élargirent.

– Oui, monsieur », dit l'acteur.

Desmond se plaça derrière la caméra. « Moteur », dit-il.

Le capitaine était à califourchon sur un cheval qui pouvait mesurer dix-sept mains. Il portait une chemise écarlate à manches longues, un Stetson et des lunettes noires. À la différence des autres, il n'était pas armé. Une cravache était enfoncée dans sa botte. Plus loin sur la levée, trois femmes ramassaient des boutons d'or qu'elles mettaient dans une corbeille en paille. L'ombre du capitaine tombait sur Zeb, le jeune acteur.

« Tu faisais de l'œil à des dames ? demanda le capitaine.

– Non, monsieur, dit Zeb.

– Moi, j'crois que si. L'une d'elles est la femme du directeur, fiston.

– J'ai jamais fait de l'œil à des gens libres, patron, dit Zeb.

– Tu me traites de menteur ? »

Zeb secoua la tête.

« Je t'ai pas entendu, dit le capitaine.
- Non, monsieur, j'ai pas dit ça.
- Le capitaine LeBlanc dit que tu parlais pendant l'appel.
- C'était pas moi, Cap.
- Tu m'as déjà vu transformer un nègre en chrétien. Je peux te le faire à toi, aussi.
- J'lui faisais pas de l'œil. J'parlais pas pendant l'appel. J'faisais rien que d'purger ma putain d'peine, m'sieur patron.
- Coupez », dit Desmond.

Zeb attendait impatiemment.

« J'obtiendrais plus de vitalité d'un cadavre électrisé », dit Desmond. Il s'approcha du cheval du capitaine. « Donne-moi ta cravache. »

L'acteur qui jouait le rôle du capitaine fit glisser la cravache hors de sa botte et la tendit à Desmond. La poignée en était moletée ; à son extrémité pendait un gland de cuir. Desmond mit la cravache dans la main de Zeb. « Frappe-moi.
- Pardon ? répondit Zeb avec un demi-sourire.
- Frappe-moi ! Au visage ! Fort !
- J'peux pas faire ça. »

Desmond serra les doigts de Zeb autour de la poignée de la cravache. « Tu trouves ça drôle ?
- Non, monsieur. »

Desmond lâcha la main de Zeb et lui donna un coup de poing au visage. « Maintenant, frappe-moi avec la cravache.
- Non. »

Desmond lui donna un autre coup de poing. L'équipe et les autres acteurs fixaient le sol. « Soit tu me frappes, soit tu prononces tes répliques comme tu es censé le faire, dit-il. Ton haleine sent l'alcool, Zeb. Ne te pointe plus bourré sur le plateau. »

Il y avait des larmes dans les yeux de l'acteur. Alafair posa son bloc-notes sur son siège, passa près de moi, et s'éloigna du plateau.

Ils recommencèrent la scène. Elle fut puissante, réaliste, viscérale, et pénible à regarder. Zeb cracha pratiquement au visage du capitaine, puis les autres matons le tabassèrent jusqu'à lui faire perdre connaissance, le traînèrent à genoux jusqu'à l'étuve, le jetèrent dedans et claquèrent la porte métallique comme s'ils venaient de suspendre un porc dans un fumoir.

Desmond cria « Coupez », et tout le monde applaudit. J'avais des nausées. Je m'approchai de Des par derrière, et lui donnai une tape sur l'épaule. Quand il se retourna, il avait un large sourire.

« Il faut que je te parle, dis-je.
– Pour l'instant, je suis un peu occupé.
– Ouais, je t'ai vu en pleine action.
– Tu trouves que je suis trop dur ?
– C'était un truc de lâche.
– Je n'ai pas entendu Zeb se plaindre. »

Je détournai les yeux, comme on le fait quand on ne parvient pas à dissimuler son dégoût pour la façon dont quelqu'un se comporte. « J'aimerais bien que tu fasses quelques pas avec moi.

– Tout ce qui peut te faire plaisir. »

Nous nous mîmes à l'ombre d'une bâche tendue sur quatre poteaux. La toile battait dans le vent, le temps d'automne était à la fois frais et chaud. Les acteurs et l'équipe buvaient du café et mangeaient des beignets à la cantine.

« On a un autre homicide sur les bras, dis-je.
– C'est ce que j'ai entendu dire.
– Elle s'appelait Hilary Bienville. Elle traînait dans les mêmes boîtes de blues que Butterworth.

— Alors c'est à lui qu'il faut en parler.
— Perte de temps. C'est un menteur pathologique, et en plus c'est un malin. J'ai appris que tu avais une croix de Malte sur la cheville.
— Tu aimerais la voir ?
— Je me demandais si tu appartenais aux chevaliers du Temple. Ou au parti nazi.
— J'ai peut-être fait la route avec des bikers.
— Les Hells Angels ?
— J'ai dit 'peut-être'. Lâche-moi un peu, Dave.
— Tu mens, Des.
— Je ne permets pas qu'on me parle comme ça.
— Et la façon dont tu as parlé à ce gosse ?
— Les petits pleurnichards n'ont pas leur place dans ce métier.
— Et les brutes y prospèrent ?
— Va te faire foutre, Dave.
— Répète-moi ça encore une fois, et je te fais avaler tes dents. »

Je marchai jusqu'à mon pick-up. Je vis Alafair me regarder, debout près du trailer de la cantine. Des lèvres, elle forma la devise de Clete Purcel. *Prends des noms et botte des culs, mon noble ami.*

Tard le samedi soir, la voiture de location de Smiley obliqua en direction d'un motel solitaire au bord d'une deux-voies goudronnée qui se terminait en cul-de-sac dans une tourbière loin au sud de Lake Charles. La lune était haute, le golfe couleur d'étain, les vagues glissaient à travers les dunes de sable, l'herbe de sel et un quai à crevettiers qui avait été saccagé par l'ouragan Rita. L'enseigne du motel était éteinte, le bureau obscur ; une camionnette était garée à mi-chemin de la rangée de chambres. Smiley coupa ses phares et son moteur, sortit de son véhicule avec une mallette noire de médecin et s'avança sur le passage en ciment, la peau marbrée d'orange et de jaune par la lumière du néon qui entourait le motel. La fenêtre et la porte de métal rouge de sa cible étaient mouchetées d'insectes. Il glissa un tournevis dans le jambage et ouvrit la serrure, puis il tira la porte et entra.

Un homme trapu, pas rasé, dormait sur le flanc, en sous-vêtements sur ses couvertures, avec des ronflements spasmodiques. Smiley sortit de sa mallette une seringue hypodermique, l'enfonça dans la carotide de l'homme et appuya sur le piston. Le dormeur émit une suffocation étonnée, ouvrit brusquement les yeux, puis il plongea dans un puits.

Vingt minutes plus tard, l'homme se réveilla et découvrit les liens qui l'attachaient, bras et jambes, au montant du lit. Un tampon à récurer lui avait été fourré dans la bouche, maintenue fermée par du ruban adhésif. Quand il essaya de parler, son visage ressembla à un raisin sur le point d'éclater. Smiley était assis sur un fauteuil près du lit, en train de manger une glace qu'il avait sortie d'un carton pris dans le frigidaire. Un bidon de déboucheur liquide était posé sur la table de nuit.

« Mes amis m'appellent Smiley, dit-il. Vous êtes Hugo Tillinger, et vous avez été très méchant. Je n'aime pas les gens qui font ce que vous avez fait. Je peux me servir de votre cabinet de toilettes ? Clignez des yeux pour dire 'oui'. »

Tillinger le fixait comme une statue. Smiley laissa tomber dans la corbeille à papier le carton de glaces, alla aux toilettes pour se soulager, se lava les mains et enfila ses gants en latex, puis revint au chevet du lit et baissa les yeux sur Tillinger. « Ça risque de faire un peu mal. » Il arracha le sparadrap du visage de Tillinger, et lui retira la paille de fer de la bouche. « Ça n'a pas été si douloureux, non ? Vous vous sentez bien, maintenant ? »

Tillinger tourna la tête et cracha sur les draps du savon et des fragments de paille de fer. « Que faites-vous dans ma chambre ?

– Vous avez tué votre famille.

– Non, c'est faux.

– Ça ne vous servira à rien de mentir.

– Comment saviez-vous que j'étais là ?

– Vous avez appelé un oncle à Denver. Quelqu'un écoutait. Vous auriez dû vous enfuir très loin, et ne pas téléphoner. Pourquoi restez-vous dans la région ?

– Parce que je voulais retrouver une femme noire qui a essayé de m'aider. Vous êtes un tueur à gages ?

– Non, et vous feriez mieux de ne pas m'appeler comme ça.

– Alors, qu'est-ce que vous êtes ?

– Je me débarrasse des gens qui font du mal aux enfants ou qui me font du mal. Vous avez fait brûler votre famille. J'ai vu des photos de leurs corps.

– Vous êtes une sorte de vampire ? »

Smiley sortit un entonnoir de sa mallette noire et dévissa le bouchon du bidon de déboucheur. Tillinger tira sur ses liens, le front luisant de sueur. « Je ne sais pas qui vous êtes, ni pourquoi vous m'en voulez, mais je n'ai pas tué ma famille, dit-il. Quoi qu'il arrive ici, mettez-vous bien ça dans la tête, espèce de petite merde.

– Vous m'énervez.

– Vous verrez ce qui vous arrivera si je vous retrouve, espèce de gerbille », dit Tillinger.

Smiley fourra la paille de fer dans la bouche de Tillinger et lui tendit en travers des joues une bande de ruban adhésif, laissant le rouleau pendre sur l'oreiller. Il sortit de sa poche un stylo à bille, qu'il empoigna comme une dague. Il fixait le visage de Tillinger, en dessous de lui. Dans sa tête, il voyait une gardienne, dans un orphelinat de Mexico, le frapper en plein visage. Il se déconnecta de l'image qu'il avait dans la tête, s'approcha de la fenêtre et regarda à l'extérieur. Le golfe était noir, agité, zébré d'écume et de la lumière de la lune. Les vagues sur la levée faisaient le bruit de cartes qu'on bat. Il se sentait fatigué ; il ne comprenait plus le sens de sa mission, ses bras étaient mous et inutiles, comme des boudins de pâte à pain. Le soulagement que lui faisait éprouver son travail était de plus en plus fugitif. Pourquoi ne pouvait-il pas se sentir libre ?

Il retourna près du lit, et arracha le sparadrap de la bouche de Tillinger. « Insultez-moi encore, et vous souhaiterez être mort. Vous êtes un homme cruel. Je veux vous faire des choses horribles.

– C'était un court-circuit, dit Tillinger. J'ai tenté de les sauver. Vous me semblez intelligent. À votre avis, pourquoi êtes-vous devenu ce que vous êtes ?

– Je ne comprends pas ce que vous voulez dire.

– Dans le couloir de la mort, j'étais avec des types comme vous. Tous avaient une histoire triste. Et voilà ce qu'il y a de marrant. Leurs histoires étaient vraies. C'est pourquoi ils avaient fini en monstres comme vous. Ce n'est pas de votre faute, à vous tous.

– Vous méritez une leçon. » Smiley sortit de sa mallette une perceuse électrique, et chercha la prise murale. Il entendait Tillinger lutter contre ses liens. Il brancha l'appareil et le déclencha. Il gémit et vibra dans sa paume. « Ouvrez grand les yeux.

– Ne faites pas ça, dit Tillinger.

– Vous avez tué le shérif adjoint, n'est-ce pas ?

– Non.

– La femme de couleur sur la croix ?

– Celui qui dit ça est un sacré menteur.

– Laissez-moi approcher ça de votre œil. Ne clignez pas. Vous répéteriez ça, maintenant ? Vous me traiteriez encore de gerbille ? Vous voulez que je commence par vos yeux, ou par vos tympans, ou par votre nez ? Dites-moi ce que vous préférez. Quel est ce bruit que j'entends ? Vous allez faire pipi dans votre pantalon ? »

Tillinger avait les yeux exorbités, les joues tremblantes. « Baise-moi le cul. »

Smiley fit un large sourire. « Méchant garçon. Je veux juste faire une petite entaille. Afin de ne pas me sentir coupable de n'avoir pas fait mon boulot. » Il effleura de la pointe de la perceuse le lobe de l'oreille de Tillinger. « Voilà. Une petite fleur rouge sur la taie d'oreiller comme souvenir de moi. »

Les poumons de Tillinger semblèrent se vider. Smiley coupa la perceuse et débrancha la prise, puis entortilla le cordon autour de la perceuse et remit dans sa mallette perceuse et déboucheur. Il sortit un cran d'arrêt de la poche de son short de tennis, et appuya sur le bouton pour libérer la lame.

« Qu'est-ce que vous faites ? » dit Tillinger.

Smiley fendit un des liens sur toute sa longueur. Puis il s'écarta du lit et, sans quitter Tillinger des yeux, replia la lame dans son fourreau.

« Je ne comprends pas, dit Tillinger.

– Vous n'avez jamais demandé à votre fille de couper elle-même une baguette pour la battre ?

– Qu'est-ce que ça signifie ?

– La faire participer à sa propre punition. La faire se haïr elle-même.

– Un homme qui fait ça n'est pas un père.

– Il faut que je parle aux gens pour qui je travaille. Quand ils entendront ce que j'ai à leur dire, ils seront fâchés contre moi.

– Quels gens ? Fâchés à propos de quoi ?

– Vous allez vivre. Parce que quelqu'un a menti à votre sujet. Ne soyez plus là demain matin.

– Vous parlez de mafieux du New Jersey ou de Floride qui blanchissent de l'argent, c'est ça ?

– Ils sont de partout. Peut-être qu'on se reverra. Vous pourriez être mon ami. La plupart de mes amis sont des gens de couleur.

– Pourquoi de couleur ?

– Ils vous acceptent pour ce que vous êtes. On les déteste et on se moque d'eux, comme on le fait de moi. »

Smiley ouvrit la porte et s'emplit les poumons d'air salin. Il jeta un coup d'œil derrière lui, dans la chambre. Il avait le regard vague, les yeux éclairés d'un éclat bleu, comme si la lune brillait par un trou derrière sa tête. « Maintenant vous êtes mon ami. Ne me trahissez pas. Personne ne m'a jamais trahi. »

Il referma la porte derrière lui et s'éloigna, un sourire idiot aux lèvres.

Quand on est un véritable ivrogne, on n'a pas besoin d'alcool pour faire de sa vie un gâchis. Un véritable ivrogne sait que son saloon est ouvert vingt-quatre heures sur vingt-quatre à l'intérieur de sa tête, et il peut s'échauffer les viscères, libérer les gargouilles du sous-sol, et accéder à tout le menu de l'ivrogne – psychose alcoolique, sexe sans protection, imprudences avec des armes à feu, couteaux, gens dangereux, tout ça aussi vite qu'on fait sauter la capsule d'une bouteille de bière. Je vais utiliser une autre métaphore. On se transforme tout simplement en billard électrique humain, rebondissant au petit bonheur sur les *flippers* ou s'écrasant sur les *bumpers* tandis qu'un tonnerre électrique gronde, que des clochettes tintent et que des éclairs de toutes les couleurs de l'arc-en-ciel célèbrent votre autodestruction.

Le dimanche après-midi, Bailey Ribbons m'invita chez elle pour un barbecue. Je cirai mes mocassins, enfilai un pantalon gris et une chemise habillée à manches longues, mis une cravate, et montai dans mon pick-up. Un ballon rose était attaché par un ruban à la boîte aux lettres au bord de la route. L'allée de schiste menant à son pavillon était d'un blanc immaculé contrastant avec l'herbe de St. Augustin d'un vert sombre fraîchement coupée. À travers les chênes, je voyais le bayou scintiller dans le soleil, la fumée d'un barbecue montant dans un ciel d'un bleu dur sur lequel on aurait pu frotter une allumette.

Je pensais qu'il y aurait d'autres invités, mais le seul autre véhicule sur la propriété était sa petite voiture, garée sous la porte cochère. J'ai actionné la sonnette. Elle est arrivée presque aussitôt. Elle portait des huaraches, un pantalon de treillis qui soulignait ses longues jambes, un chemisier violet, un tablier, et un rouge à lèvres clair. « Ce n'était pas la peine de mettre une tenue habillée, dit-elle.

– Je croyais qu'il s'agissait d'une garden-party dans les formes, dis-je en entrant.

– Rien d'aussi somptueux, dit-elle en refermant la porte derrière moi. Je me disais qu'on allait juste passer un bon moment. J'ai tiré ma révérence à Desmond.

– Vous n'allez pas faire le film ?

— C'était une mauvaise idée. C'est un monde qui paraît fascinant, mais ce n'est pas le cas. C'est juste comme notre monde à nous, en pire.

— Je ne renoncerais pas à ça. C'est une occasion exceptionnelle.

— Non. Il y a quelque chose de pervers, dans toute cette bande. Entrez et aidez-moi à préparer la salade. J'ai mis deux poulets à griller, et j'ai de la citronnade et des sodas au frais. »

Elle me précéda dans la cuisine. Elle avait une épaisse chevelure châtain, propre, et de minuscules mèches pendaient sur ses joues comme des particules de lumière. J'avais du mal à la différencier de Clementine Carter debout au bord d'une route désertique plongeant dans l'éternité.

Elle se retourna et me sourit, sans rien dire. Ses yeux étaient mystérieux, dotés d'un rayonnement qui semblait dépourvu de source.

« Vous savez que vous avez l'habitude de regarder avec insistance ? dit-elle.

— Je pense que vous êtes née pour faire du cinéma.

— Absolument pas.

— Vous n'êtes pas forcée de travailler avec Desmond. La Louisiane est remplie de gens qui font des films. L'Etat les subventionne à hauteur de vingt-cinq pour cent.

— On va couper quelques pommes. »

Je remontai mes manches, et me mis au travail à ses côtés. Je ne pouvais m'empêcher de regarder son profil. Elle n'avait pas une ride sur le visage ni sur la gorge. Je sais que ça pourra paraître stupide à certains, mais je ne parvenais pas à relier l'image d'elle en train de tirer sur un joint à la femme debout près de moi. À vrai dire, je détestais cette idée.

« Je sais à quoi vous pensez, dit-elle. Je suis désolée d'avoir tiré une taffe de ce joint à Monument Valley. J'éprouve les mêmes sentiments que vous. Les vices à la mode sont en général la marque de dilettantes qui se croient importants. En plus, je suis flic.

– Ce n'est pas la fin du monde », dis-je.

Elle posa le couteau et, par la fenêtre, regarda se dissiper dans le vent la fumée qui montait de la fosse du barbecue. Un lapin à queue blanche était allongé au milieu des camélias, marron et gras, les oreilles repliées, le regard vif. « Vous voulez qu'on aille dehors ? proposa-t-elle.

– On est bien comme ça », dis-je.

Elle s'essuya les mains sur un torchon qu'elle suspendit à la poignée du four. « Je me suis mariée à seize ans. Mon mari est mort l'année d'après lors d'une course de stock cars. Pour distraire des gens munis de crachoirs en polystyrène.

– Je suis désolé.

– Je suis au courant de la mort de vos femmes. Je ne sais pas comment vous avez pu survivre à ça. »

Je ne répondis pas. Elle resta immobile, sans rien dire, jusqu'à ce que nos regards se croisent. « La différence d'âge ne me dérange pas, dit-elle.

– C'est la femme qui paie, Bailey. Les hommes s'en sortent. La lettre écarlate n'a pas disparu avec les Puritains. »

Elle leva les yeux sur moi. Elle m'effleura la joue. « Tu ne renonceras pas, hein ?

– Renoncer à quoi ?

– Aux principes, à l'orgueil, peu importe comment tu appelles ça. Toi et ton ami Clete, vous vous voulez rebelles, mais vous êtes des traditionalistes. Tu sais ce qu'est un traditionaliste, non ? Quelqu'un qui laisse les morts contrôler sa vie. »

Elle ouvrit le robinet d'eau froide, et passa ses mains et ses poignets sous le robinet, le dos raide. Je posai la main sur son épaule. Elle coupa l'eau et me regarda. Je crus entendre résonner dans ma tête les sifflets de deux trains qui se croisent.

Je posai délicatement mes bras dans son dos, écartai les doigts entre ses omoplates, et effleurai ses cheveux de ma joue. J'avais peur de la serrer contre moi. « J'aime ton nom.

– C'est tout ce que tu trouves à dire ? »

Comment ne pas l'aimer ? pensai-je. Mais je ne prononçai pas les mots.

Je sortis et descendis les marches menant à l'allée de schiste. Elle sortit sur la galerie, et leva une main pour me dire au revoir. Son expression blessée me donna envie de faire exploser ma cervelle au plafond.

Je remontai Loreauville Road, les vitres baissées, passant à toute vitesse devant les égouts pluviaux, les champs de canne, les haras et les *shotgun houses* du dix-neuvième siècle, avec dans la tête une vision à laquelle j'avais du mal à résister. Je voyais un saloon sombre et frais, avec un long comptoir bordé d'une barre d'appui, des ventilateurs aux pales de bois accrochées à un plafond estampé, des tables de domino et de *bourree*, et peut-être un tableau noir avec les résultats des courses marqués à la craie, des boules de billard s'entrechoquant sur un feutre vert, des cartes de paris de football éparpillées sur le sol. Je me voyais moi-même assis dans l'ombre, démarrant l'après-midi avec un double shot de Jack versé sur de la glace pilée avec un brin de menthe, et, en guise de *chaser*, une chope glacée de bière pression, ou une bouteille de Bud perlée de gouttes. Je voyais même ce qui suivait, le réveil à l'aube dans un soleil rouge sang, une soif dévorante et le premier verre de la journée, un cocktail de vodka Collins avec des cerises et des tranches d'orange et des glaçons à moitié fondus glissant dans le tube digestif et procurant un bien-être comparable seulement à une dose de morphine dans une infirmerie de campagne après qu'on a sauté sur une mine.

Il y avait, dans les paroisses d'Iberia ou de St. Martin, d'innombrables endroits où je pouvais me saouler en compagnie de gens qui savaient que je n'avais rien à faire là, mais qui étaient assez sages pour savoir qu'aucune puissance sur terre ne peut empêcher un alcoolique de boire quand il a décidé d'empoigner l'aspic et de se l'entortiller autour du bras.

Le bar que j'ai trouvé n'était pas tel que celui que je viens de décrire. C'était un bar feutré à St. Martinville, un bar aussi sombre que du satin noir, dont l'air conditionné était aussi froid et impitoyable qu'une tombe. Je me suis assis à une extrémité d'un comptoir en fer-à-cheval, j'ai bu un Barq's Red Creme Soda dans une chope et tenté de terminer un sandwich au jambon dépourvu de moutarde. C'était la première fois que je voyais le barman. Je crachai une bouchée de sandwich dans une serviette en papier que je posai sur mon assiette.

« J'ai un peu de gumbo de poulet à la cuisine, dit le barman.

— Je suis déjà à mi-chemin du cimetière.

— C'est comme ça, Mac, dit-il.

— J'aimerais vraiment que vous m'appeliez Dave. Je n'aime vraiment pas le prénom de Mac. Qu'est-ce qui pue comme ça ? Vous laissez toujours la porte des toilettes ouverte ? »

Il s'éloigna, sachant reconnaître une situation désespérée. Je regardai l'extrémité du corridor, et par la fenêtre du fond je vis le ciel s'assombrir, un lampadaire s'allumer, puis la pluie commença à tomber, suivie de grêlons qui rebondissaient sur l'asphalte comme une brume blanche. Je rappelai le barman. « Donnez-moi quatre doigts de Jack dans une chope, sec, sans glace. Et une Budweiser pour accompagner, avec un œuf cru dans un verre.

– Je pense que vous vous êtes trompé de bar. »

J'ouvris mon insigne. « Est-ce que ça m'autorise à garder mon tabouret ?

– On n'a pas d'œufs.

– Alors laissez tomber l'œuf.

– Vous prenez vos responsabilités. »

Je le regardai remplir à ras-bord deux doubles shots, et faire sauter la capsule d'une Budweiser. Il posa devant moi les shots, la bouteille et une chope à bière. J'avais comme un grondement dans la tête. Je me pressai les tempes. Le monde extérieur paraissait vidé de couleurs, un palmier se balançait de l'autre côté de la rue, la grêle rebondissait et roulait comme des pastilles antimites.

« J'ai demandé le Jack dans une chope.

– Vous voulez causer des problèmes ? dit le barman.

– Pas du tout. Vous savez ce que signifie le Chêne d'Évangeline ?

– Aucune idée. Je viens de Big D. C'est au Texas, au cas où vous n'auriez pas vérifié récemment.

– C'est là que les Acadiens ont accosté, il y a plus de deux cents ans. Evangeline a perdu son amant au cours du voyage depuis la Nouvelle-Écosse. Elle est devenue folle, et, pendant tout le restant de sa vie, elle a attendu à côté de cet arbre.

– Vous avez terminé votre sandwich ?

– Ouais. Et si vous l'emballiez, et que vous l'emportiez pour votre chien ?

– Autre chose ?

– Sérieusement, vous n'avez jamais entendu parler d'Evangeline ? »

Il se pencha assez près pour que je sente sa respiration sur mon visage. « Insigne ou pas insigne, ici, on ne tolère pas les conneries. »

Je me levai de mon tabouret et sortis mon portefeuille de ma poche arrière. « Vous vous appelez comment ?

– Harvey. »

Je posai un billet de vingt dollars sur mon sandwich à moitié mangé. « Je vais vous dire un truc, Harvey. Donnez mes verres au type au bout du comptoir. S'il reste de la monnaie, c'est pour vous. » Je lui fis un clin d'œil.

Il regarda derrière lui. « Il n'y a personne au bout du comptoir, trou-du-cul. »

Je regardai dans la pénombre. Contre le mur du fond, un Wurlitzer imitation 1950 éclairait les tabourets vides. « Alors c'est vous et votre chien qui boirez à ma santé, dis-je. Si ça ne vous va pas, on peut sortir tous les deux et avoir une petite conversation.

– Vous feriez mieux de vous tirer d'ici, tête de nœud. »

J'eus la sensation que quelque chose s'était décroché dans ma tête. Chez les AA, on appelle ça une ébriété sèche. La pièce basculait. Je voulais exploser Harvey, lui piétiner le visage, lui casser les dents, le laisser lové sur le sol. Je voulais remplir mes mains de la froideur lourde et mortelle de mon .45

automatique modèle 1911. Je sortis du bar en titubant et continuai à marcher tête nue sous la pluie jusqu'à la place et à l'immense chêne vert qui s'étendait au-dessus du Bayou Teche, là où certains prétendent avoir vu Evangeline attendre son amant. Le bayou était haut, les oreilles d'éléphant flottaient comme un tapis vert jusqu'au bord des rives. Au-dessus de ma tête, les énormes branches protectrices du chêne, couvertes d'écailles de lichen aussi rêche qu'une peau de dragon, semblaient vouloir atteindre les nuages, les étoiles et la pluie, comme un conduit menant dans le passé et dans un espace noir et infini.

C'est sous cet arbre que, à l'âge de dix-neuf ans, j'avais pour la première fois embrassé Bootsie Mouton. Plus tard le même soir, sous une pluie pareille à celle-ci, nous avions perdu notre virginité sur un coussin pneumatique gonflé dans une cabane à bateaux au bord du bayou, tandis que des grêlons crépitaient sur le toit. Après la mort de ma femme Annie, j'avais épousé Bootsie, mais elle avait succombé à un lupus. Puis Molly avait perdu la vie à cause d'un homme arriéré et ignorant qui prenait un virage sur des pneus crissants avec la joie d'un Wisigoth saccageant les œuvres d'art d'une cathédrale.

Je regardai le bayou se soulever, les canards chercher abri dans les roseaux, la brume monter des tombes du cimetière entre le chêne et une église bâtie en 1836. Mais le passé est le passé, et on ne le retrouve pas. Malheureusement, c'est une leçon que je n'ai jamais pu apprendre. Peut-être que c'est le cas de tout le monde. Ou peut-être qu'on doit tuer son propre cœur pour parvenir à s'extraire de ses souvenirs. Si tel est le cas, je n'en ai jamais eu le courage.

Je savais où j'allais. Même avant d'entrer dans le bar, je le savais. Peut-être que c'était mal, et que je serais jugé pour ça. Mais le monde d'où je viens est mort, et le pays que j'ai aimé toute ma vie est jonché de détritus, notre eau est polluée, et nos principes sont à vendre. C'est du moins ce que je me disais tandis que je marchais sous la pluie jusqu'à la maison de Bella Delahoussaye.

Elle mit longtemps à arriver à la porte. Elle portait des boucles d'oreilles, et elle avait les cheveux ramenés au sommet du crâne. « Tu donnes l'impression d'avoir fait naufrage avec le bateau.

— Le bateau n'aurait pas voulu de moi. »

Elle scruta mon visage. « Je suis pas Polk Salad Annie[1], baby.

— Je te crois.

— Je n'ai rien à t'offrir, à part le blues.

— Ça serait plus que suffisant. »

Elle crocheta ma chemise avec son doigt, et leva son visage à hauteur du mien, en écartant les lèvres.

---

1. Fille de pauvres paysans du Sud, personnage d'une chanson de Tony Joe White (1968).

21

Je me réveillai sur le divan à quatre heures du matin. La pluie dégoulinait du toit. La guitare acoustique de Bella était appuyée contre un fauteuil rembourré, les cordes côté fauteuil. La porte de sa chambre était ouverte. Elle dormait sur le flanc, les couvertures traînant par terre.

J'avais fait sécher mes vêtements devant un ventilateur et les avais renfilés. Je me rappelais à peine être venu chez elle, et pendant un instant je crus que je perdais la tête. J'avais entendu parler de *blackouts* secs, mais n'en avais jamais fait l'expérience. Je fermai sa porte, allai à la cuisine et commençai à préparer du café. Par la fenêtre, je distinguais le premier scintillement de la lumière à l'est, des flaques d'eau dans l'allée, des gouttes de pluie glissant sur une feuille de bananier qui butait contre la vitre.

« Tu ne vas pas partir sans dire au revoir, quand même ? » dit-elle.

Je me retournai. Elle portait un peignoir de bain. Une épaisse mèche de cheveux barrait la cicatrice sur sa gorge. La croix de Malte que lui avait donnée Hilary Bienville était suspendue à son cou. Son rouge à lèvres était pourpre, ses traits comme de l'ivoire gravé.

« Désolé d'avoir fait irruption dans ta vie, Bella.
– Personne ne fait irruption dans ma vie. C'est moi qui lance les invitations.
– Tu es la meilleure.
– Tu ne m'as rien laissé faire pour toi. Tu m'as un peu blessée.
– Tu n'y es pour rien. Je porte malheur. »

Elle s'approcha et prit ma nuque dans sa main, enfonçant les ongles à la racine de mes cheveux. Elle m'embrassa sur la bouche, enfonça sa langue. Puis elle me regarda dans les yeux. « Ils vont te tuer, baby.
– Non, ils ne me tueront pas.
– Tu ne comprends pas. C'est ce que tu cherches.
– C'est faux.
– Tu ne te feras pas exploser toi-même, parce que tu es pratiquant. Tu crois que Madame la Mort ne sait pas ce que tu mijotes ? »

Je m'écartai d'un pas, et heurtai le poêle.
« Reste avec moi, dit-elle.
– J'ai du travail à faire.
– Nous sommes pareils. Tu sais que le monde n'a pas de réalité. Tu sais que la plupart des croyances des gens n'ont pas de réalité.
– Je pense que tu as raison. »

Elle pétrit ma gorge de ses pouces, appuyant sur ma trachée, ses yeux scrutant l'intérieur de ma tête. « Tu n'es pas obligé de revenir. Et tu n'es pas obligé non plus de te sentir coupable.
– Ne dis pas ça. Que je ne suis pas obligé de revenir.
– Prends soin de toi. Tu accomplis une peine de bagnard. C'est juste que tu n'entends pas cliqueter le boulet et les chaînes. »

Je sortis et me dirigeai vers mon pick-up. Le capot était ouvert, ma batterie avait disparu.

Les rues et la place étaient presque désertes, les égouts débordaient. Une décapotable rouge cerise, la capote remontée, s'arrêta à côté de moi. Le chauffeur baissa sa vitre. « Un problème de moteur ? »

C'était Lou Wexler. Son corps massif, sa beauté rugueuse, son fouillis de cheveux décolorés par le soleil, sa présence physique, si vous voulez, semblaient trop larges pour sa voiture. Il me rappelait d'autres mercenaires que j'avais connus. Au fond d'eux-mêmes, ils étaient des Calvinistes séculiers persuadés que l'homme était né dégradé ; en conséquence, ils contemplaient les atrocités d'une humeur égale, substituaient le pragmatisme à la compassion, et dormaient du sommeil du juste.

J'ignore pourquoi Lou Wexler suscitait en moi ces réflexions. Je n'étais pas rasé, ni douché, mon corps était moite, mon amour-propre en lambeaux. Il n'y a rien de tel que de trouver un bouc émissaire quand on en a besoin.

« Quelqu'un m'a pris ma batterie, dis-je. J'ignorais que vous habitiez à St. Martinville.

– J'ai loué une maison un peu plus haut sur le bayou. Je vous invite à prendre le petit déjeuner, et on appellera un dépanneur de l'American Automobile Association.

– Je n'en suis pas membre, mais je veux bien que vous me rameniez à New Iberia.

– Montez. »

Je m'installai sur le siège passager. La pluie avait cessé, et le cuir était chaud, moelleux et confortable. Je jetai un regard derrière moi sur le Chêne d'Evangeline, sur la petite église et le cimetière à côté, sur le bayou dont les eaux étaient hautes et lisses, d'un brun jaunâtre dans la pénombre, et je ne sais pourquoi je sentis qu'une grande partie de ma vie m'échappait, et cette fois pour de bon.

Tandis que nous roulions en direction du quartier noir, je vis Bella dans son jardin, toujours en peignoir, qui agitait mon portefeuille dans notre direction.

« Arrêtez-vous, vous voulez bien ? J'en ai pour une minute, dis-je.

– Il y a une voiture qui nous suit, dit Wexler. Je ferais mieux de tourner dans l'allée. »

Je regardai derrière nous. La voiture qui nous suivait était déjà à moitié engagée dans la rue. Wexler vira dans l'allée de Bella. Je fixai son profil. Il ne manifesta aucune réaction. Je baissai ma vitre. Bella se pencha et me tendit mon portefeuille. « Tu l'avais laissé tomber par terre.

– Merci. Je te présente Lou Wexler, Bella. Il est producteur de cinéma.

– Je pourrais avoir un rôle ? demanda-t-elle.

– Quand vous voulez. »

Elle éclata de rire et rentra dans la maison. Wexler recula dans la rue et traversa le quartier noir jusqu'à la route nationale menant à New Iberia. Il regardait droit devant lui. Il alluma la radio, puis la coupa.

« Bella est une amie, dis-je.

– Elle est musicienne ?

– Comment le savez-vous ?

– Antoine Butterworth n'arrête pas de parler des musiciens de blues. Je crois l'avoir entendu mentionner son nom. Elle est attirante.

– C'est vrai.

– J'aime faire les choses simplement, et je m'occupe de mes affaires, Mr. Robicheaux. Où aimeriez-vous manger ?

– Que voulez-vous dire, vous vous occupez de vos affaires ?

– Je ne suis pas en lutte avec le monde, et avec la façon dont il fonctionne.

– La question reste quand même posée, camarade. »

Il avait les dents blanches ; c'était peut-être des couronnes. « Pas pour moi. Mais il y a quand même une chose qui m'intrigue : la croix de Malte qu'elle porte autour du cou. On n'en voit pas beaucoup comme ça, dans le coin.

– Desmond en a une tatouée sur la cheville.

– Il a réalisé un documentaire sur des bikers. Desmond ne connaît absolument rien à la sous-culture.

– Je crois qu'il sait se débrouiller avec la sienne.

– Des aime se présenter comme un homme du peuple. Je pourrais l'emmener dans des endroits où il vomirait tripes et boyaux. Et je suppose que vous pourriez en faire autant.

– Pas moi, dis-je.

– Vous n'avez jamais eu l'expérience des cages à tigre, ou d'un Viet en train de se souiller après que quelqu'un l'avait accroché à une manivelle de téléphone ?

– Je n'ai jamais rien vu de pareil.

– Heureux homme. »

La balade commençait à me coûter cher. Je me demandais à quel point Alafair était engagée dans sa relation avec Wexler. Les images que j'avais dans la tête étaient du genre de celles qu'aucun père n'a envie de voir.

« J'espère que je n'ai rien dit de désagréable, dit-il.

– Absolument pas. »

Nous pénétrâmes dans le tunnel de chênes menant au quartier nord de New Iberia, et passâmes devant une maison qui avait été construite par un homme de couleur possédant des esclaves et dirigeant une briqueterie, avant l'émancipation. Le bois était desséché, dévoré par les termites, mal peint, le bâtiment taché d'un blanc cassé immonde par les nuages de poussière et la fumée des feux de chaume. Pour changer de sujet, j'ai mentionné à Wexler l'origine de cette maison.

« Ce n'est rien, dit-il. Vous auriez dû voir ce que les moricauds pouvaient faire avec un pneu en feu. Quand ils s'en prennent à ceux de leur race, c'est là qu'ils sont les pires. »

Je lui demandai de me poser à une station-service à l'entrée de la ville, et j'appelai Alafair pour qu'elle vienne me chercher.

Le même jour, à 16 h 30, Helen nous convoqua dans son bureau, Bailey et moi. Elle faisait les cent pas devant sa fenêtre, les mains aux hanches, l'expression tendue. Sur son sous-main était posé un bloc-notes jaune griffonné d'encre bleue. « Le shérif de la la paroisse de Cameron a appelé. Ce matin tôt, deux types au volant d'une voiture de prix immatriculée en Floride sont entrés dans une chambre de motel, et ont tiré deux balles à travers un rideau de douche. L'eau coulait, mais l'occupant de la chambre avait dû sortir par la fenêtre. Le tireur a sans doute utilisé un silencieux. Le shérif pense qu'il s'agissait d'un tireur professionnel, alors il a relevé les traces sur le rebord de la fenêtre, et envoyé les empreintes à l'AFIS[1]. Devinez quel nom est apparu ?

---

1. Automated Fingerprint Identification System.

— Tillinger ? dis-je.

— Et il y a encore mieux. L'occupant d'une autre chambre a vu, quelques heures plus tôt, un type à l'air bizarre quitter la chambre de Tillinger.

— L'air bizarre, en quel sens ? » demanda Bailey.

Helen lut sur son bloc-notes. « Un type qui donne l'impression d'être sorti d'un tube de dentifrice.

— Smiley ? dis-je.

— Je ne comprends pas la présence de ces types immatriculés en Floride, dit Helen. Quel rapport entre Smiley et Tillinger ? Pourquoi ces types de Floride voulaient-ils buter Tillinger ?

— Je crois que ça a un lien avec le blanchiment d'argent, dis-je.

— Mais que diable Tillinger a-t-il à voir avec ça ? dit Helen.

— C'est peut-être leur maillon faible, dis-je. Il est obsédé par la mort de Lucinda Arceneaux. Et en même temps, il veut qu'on tourne un documentaire sur sa vie. »

Helen regarda Bailey. « Qu'en penses-tu ?

— Rien de tout ça n'explique le tarot, dit Bailey. Ni la façon dont Hilary Bienville est morte. Je pense que notre assassin est dévoré par la rage, et que son mobile est sexuel. Il est difficile d'ignorer ce que signifie la matraque enfoncée dans la gorge de Devereaux.

— Le bureau du maire et la chambre de commerce disent que le tourisme chez nous a baissé d'à peu près cinquante pour cent, dit Helen. Ce matin, le maire m'a posé des questions sur nos "progrès". Je ne lui ai pas dit que Smiley est de retour. Es-tu certain que tu l'as vu, Dave ?

— Quelle drôle de question !

– Frenchie Lautrec est venu dans mon bureau ce matin. Il m'a dit que tu l'avais tabassé.
– Pourquoi il te dit ça maintenant ?
– Il se chie dessus.
– Pourquoi ?
– Pour partager ses informations, ce n'est pas le roi.
– Nous lui avons donné un insigne, un uniforme, et un pouvoir sur les gens sans défense, dis-je. C'est un lâche. C'est pour ça qu'il a peur. Pas à cause de moi.
– Tu ne m'as pas l'air d'avoir bien dormi cette nuit, dit-elle.
– Merci de me prévenir. Et si on allait à la paroisse de Cameron, Bailey et moi ?
– À votre aise. »

Bailey réserva une voiture, alluma le gyrophare, et en moins de deux heures nous étions au motel. Le ciel était couvert de nuages de pluie, couleur de plomb, le vent soufflait du sud, les vagues étaient pleines de sable jaune et d'algues, et débordaient au-dessus d'un dock ressemblant à une moelle épinière déchirée. Le propriétaire du motel nous conduisit à la chambre de Tillinger. La serrure avait été fracturée, et l'intérieur de la chambre était sillonné de traces de pas, sans doute celles des policiers sur la scène. Le propriétaire poussa la porte de la salle de bains. C'était un petit homme nerveux qui portait une cravate et une chemise blanche, et puait les cigarettes fumées dans une pièce fermée.
« Vous pouvez voir les deux trous dans le rideau de douche, dit-il. Les balles ont touché le mur près de la fenêtre. Ils ont laissé l'eau couler. Ça a presque vidé mon réservoir.

— Quel genre de véhicule conduisait votre client ? demandai-je.

— Une camionnette comme celle d'un peintre ou d'un plombier. Toute cabossée.

— Où se trouve-t-elle ? demanda Bailey.

— Les flics sont revenus pour la remorquer, dit-il. Ils disent que ce type s'est évadé de l'hôpital d'une prison. Il a tué sa famille. »

Je lui montrai une photo de Tillinger.

« C'est lui, dit le propriétaire. Qui va payer pour tout ça ?

— Pour tout quoi ? demanda Bailey.

— Les trous dans le mur. La moquette. Le rideau de douche. La porte. Ma facture d'eau.

— Combien de temps notre homme est-il resté chez vous ? demandai-je.

— Deux semaines et trois jours. C'est la faute de l'État.

— Qu'est-ce qui est la faute de l'État ? dis-je.

— Que ce type se soit évadé. Qu'il ait saccagé une propriété privée. Qu'il ait fait fuir les trois clients qui sont partis quand ils ont vu des flics partout.

— On va examiner un peu tout ça et on vous dira quand on partira, dis-je.

— Regardez-moi cette serrure, dit-il en fixant le montant de la porte d'un air furieux. Ne me mettez pas dans cette chambre plus de bazar qu'il n'y en a déjà.

— C'est d'accord », dis-je.

Il claqua la porte.

« Quel type joyeux », dit Bailey.

Je remis le battant de la porte dans l'axe et calai une chaise sous la poignée. « Il va être encore moins joyeux.

— Qu'est-ce que tu fais ?

— Tillinger a passé plus de deux semaines dans cette chambre. Il a laissé derrière lui tout ce qu'il possède.

— Les adjoints de Cameron ou les flics du Texas ont sans doute tout emballé, dit-elle.

— Ils ont emballé ce qu'ils ont vu. À chaque fois, Tillinger s'est montré plus malin que nous tous. »

Le bureau, le placard, la commode étaient vides, à part la Bible des Gédéons dans le tiroir du bureau. Un exemplaire du *Times* et une chemise sale traînaient sur le sol de la salle de bains. Je retirai du lit les draps, la couverture et le couvre-pieds, et dressai le matelas contre le mur. Rien. Je me mis debout sur le lit, dévissai le ventilateur placé haut sur le mur et fouillai à l'intérieur. Quand je sortis la main, elle était couverte de toiles d'araignée et de poussière. Je descendis du lit, et, du pouce, feuilletai les pages de la Bible. Elles étaient abondamment annotées au stylo bille. L'encre paraissait fraîche.

« Qu'est-ce que tu cherches, Dave ?

— Tillinger a son propre cadre de références. Il se croit plus intelligent et perspicace que les autres. C'est peut-être un fanatique religieux, mais en même temps il veut se mettre en scène. Un type comme ça tient toujours un journal, ou fait des dessins, prend des notes sur le monde. Il est comme tous les mégalomanes ; il veut graver son nom dans l'Histoire.

— On devrait peut-être parler au shérif de Cameron.

— Ça nous obligerait à traîner deux jours dans le coin », dis-je.

Je roulai le matelas, et en tâtai les bords. Puis je remarquai une fente sur le côté et une bosse rectangulaire sous la housse. J'y plongeai la main, profondément, mais l'objet avait glissé jusqu'au milieu. Je dégageai ma main, ouvris mon canif, déchirai la housse et l'écartai du rembourrage, au milieu duquel se trouvait un carnet à la couverture de carton rigide.

J'appuyai sur l'interrupteur, mais il n'y avait pas de courant. Je soupçonnai le propriétaire d'avoir coupé le circuit pour nous compliquer la tâche. Je m'approchai de la fenêtre, ouvris le carnet et le tins à la lumière. L'écriture était serrée, crispée comme l'esprit de Tillinger, que je supposais rempli d'images suscitées par les récits bibliques de génocides et de la colère divine. Sur la première page, on lisait : « L'Histoire de Hugo Jefferson Tillinger et de Sa Quête de la Justice et de l'Assassin de Lucinda Arceneaux. » Le récit était décousu, en grande partie consacré à son procès, à sa condamnation, et à sa détention dans le couloir de la mort. Il semblait y avoir des taches d'eau sur la page qui contenait son récit de l'incendie et de la mort de sa famille. Je pense que son émotion était réelle. Puis le récit bifurquait, avec plusieurs entrées écrites au stylo à bille rouge au lieu de bleu.

Voici la première :

Touché le jackpot dans les vieux dossiers du Charity Hospital de Lafayette. Desmond Cormier a été porté là-bas à l'âge d'un jour. L'homme qui l'apporta s'appelait Ennis Patout. Patout a refusé de reconnaître qu'il était le père. Il a dit que la mère s'appelait Corina Cormier, et venait de la Réserve Indienne de Chitimacha. Elle avait laissé le bébé à l'arrière d'un semi-remorque à Opelousas, et était partie où vont les gens comme elle.

Seconde entrée en rouge :

Les grands-parents de Cormier tenaient une petite épicerie, mais ils sont morts depuis plusieurs années. Apparemment, Desmond a laissé tomber sa famille et il est parti à Hollywood. Me demande s'il a connu la bande de Charlie Manson. Me demande s'il a toujours gardé sa bite dans son pantalon. Tout cet endroit mérite un brasier, si vous voulez mon avis.

Et ces mots étaient écrits par le même homme qui voulait qu'un documentaire sur sa vie soit réalisé à Hollywood.

Il avait écrit des notes sur Antoine Butterworth, Lou Wexler et plusieurs acteurs que je n'avais jamais rencontrés, et aussi sur Joe Molinari, la victime suspendue dans un filet à crevettes ; il avait aussi mentionné le nom des flics pourris, Frenchie Lautrec et Axel Devereaux. Mais il ne faisait aucun doute sur celui qui était au centre de son enquête : il insistait sur Desmond Cormier. Je ne sais vraiment pas pourquoi. Peut-être Tillinger était-il tout simplement un adepte des célébrités. Ou un assassin potentiel. Desmond était tout ce que n'était pas Tillinger. Je ne pouvais ignorer une autre considération : Tillinger avait bien connu Lucinda Arceneaux, alors que le reste d'entre nous ne l'avions pas connue du tout. Le carnet se terminait sur ces mots, pour lesquels il avait repris l'encre rouge :

Il y a un Ennis Patout à Opelousas. C'est peut-être le père de Desmond Cormier. Ou peut-être est-il le fils du père. Je pense que je n'ai plus beaucoup de temps. Je pense que les hommes de Huntsville vont me retrouver et me remmener et me remplir les veines de poison et éteindre la lumière dans mes yeux. J'ai une nouvelle pour eux. S'ils veulent me prendre vivant, ils auront du mal. « Car il viendra un jour de feu semblable à une fournaise ardente ; tous les superbes et tous ceux qui commettent l'impiété seront alors comme de la paille, et ce jour qui doit venir les embrasera[1]. » Malachie IV, 1.

Je refermai le carnet. Le soleil de l'ouest était bleu et rouge et strié de nuages qui, alors qu'il descendait sur le golfe, ressemblaient à des fumées d'usine.

« Tu es trop fatiguée pour aller à Opelousas ? dis-je.
– Qu'y a-t-il à Opelousas ?
– Le passé.
– Allons-y », dit Bailey.

Je voyais la fatigue sur son visage, ses yeux dans le vague. Ni elle ni moi n'avions mentionné mon départ de chez elle, hier, alors qu'elle avait sans doute passé une demi-journée à se préparer pour mon arrivée.

« On en a assez fait pour aujourd'hui, dis-je. Je t'invite à dîner.
– Je préférerais rentrer.
– Pas de problème.
– À partir de maintenant, on reste sur un plan strictement professionnel. D'accord ? »

Je sentis mon cœur se fêler.

« Pas de problème », dis-je.

---

1. Traduction Lemaître de Sacy.

22

Le lendemain matin, je trouvai le nom d'Ennis Patout dans le bottin téléphonique d'Opelousas. Je réservai une voiture, et Bailey et moi roulâmes jusqu'à la Paroisse St. Landry. Le temps était clair et frais, l'herbe sur le terre-plein central bien tondue, et scintillante de rosée. Alors que nous approchions d'Opelousas, je la regardai et dis : « Une bonne nuit de sommeil guérit bien des maux, n'est-ce pas ? »

Elle sourit sans répondre.

J'obliquai à la sortie et continuai jusqu'à un bâtiment en stuc d'un étage, taché de suie, sur la deux-voies menant à Baton Rouge. Ç'avait été une concession automobile durant la Grande Dépression, et c'était maintenant un service de dépannage et de réparation pour les camions. Les pompes devant le bâtiment étaient hors d'usage et rouillées. J'avais appelé Patout avant notre départ de New Iberia ; quand j'avais dit qui j'étais, il avait raccroché. Un Noir en salopette blanche sale travaillait sur un moteur dans l'atelier.

« Est-ce que Mr. Patout est là ? demandai-je.

– Il est en haut. Qu'est-ce que vous lui voulez ? »

J'ouvris l'étui de mon insigne. « J'ai appelé tout à l'heure. Demandez-lui de descendre.

— Il va pas aimer ça.
— Et pourquoi ?
— Mr. Ennis a pas besoin de donner de raison. » Il gravit un escalier de bois partant de l'atelier, et redescendit. « Il sera là dans une minute. Il faut qu'il prenne les médicaments pour son cœur. »

Quelques instants plus tard, un homme de stature imposante apparut à la porte menant à l'escalier. Il avait les mêmes yeux bleu pâle écartés que Desmond, la même lèvre supérieure longue, et la même apparence musclée, mais là s'arrêtaient les ressemblances. Son visage m'évoquait un potiron fendu. Ses yeux étaient dissymétriques, leur éclat blanc était comme une gifle. Il y avait dans sa posture une férocité contenue. Ses mains dures pendaient à ses côtés. Sa salopette était plus sale que celle du Noir. À deux mètres, il se dégageait de lui l'odeur d'un tonneau de crevettes pourries.

« Je suis l'inspecteur Robicheaux, dis-je. Et voici l'inspecteur Ribbons. Je vous ai appelé de New Iberia. »

Il ne regarda pas Bailey. « Je sais qui vous êtes. » Malgré son nom français, il avait l'accent rauque du Mississippi ou du nord de la Louisiane.

« Nous sommes à la recherche d'un détenu évadé qui s'appelle Hugo Tillinger. Nous avons des raisons de penser qu'il a pu essayer de vous contacter.
— Jamais entendu parler.
— *Lui* a entendu parler de vous, dit Bailey. Nous avons trouvé dans son carnet votre nom, et celui de la ville où vous habitez.
— Tillinger, vous avez dit ?
— Oui, dis-je. Il a été condamné pour avoir fait brûler sa famille.
— Qu'est-ce qu'il me veut ? »

Les policiers disposent de plusieurs ruses légales pour l'interrogatoire d'un témoin ou d'un suspect, et l'une des plus efficaces consiste à laisser entendre qu'on dispose d'informations qu'en réalité on n'a pas. « Je crois qu'il veut vous parler de votre fils, Desmond Cormier.

– Qui dit que j'ai un fils ?

– C'est dans les dossiers, dis-je. Vous avez apporté le bébé au Charity Hospital de Lafayette, il y a de nombreuses années. Vous lui avez sans doute sauvé la vie. Vous n'avez jamais vu Desmond ? C'est un homme célèbre.

– Je sais ce que vous essayez de faire, dit-il. C'est à propos d'elle, n'est-ce pas ? Elle recommence à raconter des mensonges.

– C'est possible, dis-je, sans donner d'indice sur la femme dont il parlait. Et si vous nous donniez votre version de l'histoire, et qu'on en reste là ?

– C'est une alcoolique et une pute, dit-il. J'ai été bon avec elle quand tout le monde la laissait tomber. Elle couchait avec tout ce qui portait un pantalon. Je l'ai prise sur le fait un certain nombre de fois, mais je l'ai jamais frappée.

– On est bien en train de parler de Corina Cormier ? dis-je.

– À votre avis ?

– Où puis-je la trouver ?

– Aucune idée. » Maintenant, il regardait Bailey. « Si elle est vivante, c'est sans doute une épave. L'homme qui couchait avec elle devait s'attacher une planche sur le cul pour pas tomber dedans, et c'était il y a quarante ans.

– Mesurez un peu votre langage, Mr. Patout, dis-je.

– Me faites pas la leçon, mon garçon, dit-il. Le fait est qu'il faut décaniller maintenant. J'ai du boulot.

– Décaniller ?

– On est sur la paroisse de St. Landry. Vous avez aucune autorité ici. Revenez avec un mandat, ou restez au diable. Ça veut dire que je veux que vous tiriez votre cul d'ici, tous les deux. »

Il arrive que l'on tienne sa position, et il arrive parfois qu'on abandonne le terrain. Dans le cas présent, nous n'étions pas sur notre territoire. Un autre facteur entrait en jeu. Patout n'était le genre d'homme à céder facilement. Il était le genre d'homme qu'on finit parfois par tuer.

Ses mains pendaient toujours à ses côtés, recourbées comme celles d'un singe, ses ongles à moitié couverts de crasse et de graisse. « Pourquoi vous me regardez comme ça ? »

Je sentais mon vieil ennemi se ranimer, comme une flamme qui s'approche d'un épi de maïs à la fin de l'été. « On se reverra », dis-je.

Je lui fis un clin d'œil. C'était un piètre moyen de masquer notre défaite face à un homme ignorant, et visiblement violent. Nous remontâmes dans notre véhicule et nous éloignâmes.

« 'On se reverra' ? » dit Bailey.

Je ne répondis pas. Au bout d'un kilomètre, elle dit : « Fais demi-tour.

– Pourquoi ?

– Sois tu fais demi-tour, soit je descends et j'y vais à pied.

– Mauvaise idée.

– Alors arrête la voiture. »

Le gyrophare était déjà en marche. Je fis demi-tour en plein milieu de la deux-voies, et repris la direction du service de dépannage de Patout. Bailey et moi sortîmes ensemble de la voiture. Patout était dans l'atelier, sous le capot d'un camion. Il leva la tête. « Et quoi encore, maintenant ?

– Vous voyez ça ? dit Bailey.

– Votre insigne ? dit-il.

– Ce n'est pas juste un insigne. C'est un symbole d'honneur et d'intégrité. Et vous le respecterez. Vous ne direz pas de grossièretés à un représentant de la loi, homme ou femme, et vous ne lui direz pas ce que vous allez faire ou ne pas faire. Et vous ne vous montrerez plus irrespectueux envers quiconque de notre paroisse porte cet insigne. Ça commence par le fait de ne pas appeler un adulte "mon garçon". »

Il tourna les yeux vers moi. « Elle parle sérieusement ?

– Et si vous vous conduisiez en homme, et que vous vous excusiez ? dis-je.

– Bon, dit-il.

– Bon, quoi ? dis-je.

– Je m'excuse. Vous me traitez brutalement. J'suis pas fait pour ça. J'ai un cœur en mauvais état et un mauvais caractère. Faites pas attention à moi. Comment va Desmond ?

– Allez lui poser la question, dit Bailey.

– Je doute que ça lui fasse plaisir.

– Essayez quand même, dit Bailey.

– J'y ai déjà réfléchi », dit-il. Il regardait le sol de ciment, les yeux dans le vague, ses émotions, quelles qu'elles fussent, aussi mortes que des cendres humides. « Ce qui est fait est fait. Y a pas moyen de changer. C'était un bon petit garçon. Il me manque toujours, ce petit garçon. Des fois je peux pas me le sortir de la tête. »

Après le déjeuner, je suis allé voir Helen dans son bureau.

« Ainsi Hugo Tillinger est en train de courir à poil sans sa camionnette, et Smiley peut se trouver n'importe où, et votre entretien avec le père de Desmond Cormier n'a abouti nulle part ?

– Je ne vois pas les choses de cette façon, dis-je. Tillinger est un type intelligent. S'il fait des recherches sur la famille de Desmond Cormier, c'est qu'il a de bonnes raisons pour ça. »

Helen se tenait près de la fenêtre. « Viens ici. »

Je fis le tour de son bureau, et me mis à côté d'elle.

« Regarde de l'autre côté du bayou, dit-elle. Ces gens qui piquent-niquent sous les abris, et ces enfants qui font voler des cerfs-volants sur le terrain de base-ball n'ont aucune idée de la réalité du monde. Tu imagines de montrer à n'importe lequel d'entre eux une photo d'Axel Devereaux avec la matraque enfoncée dans la gorge ? Ou d'Hilary Bienville massacrée ? Ou de certaines des victimes de Smiley ?

– Tu prêches un convaincu.

– Tu ne me comprends pas. Je suis en train de dire qu'un pavillon noir a son utilité.

– Ce n'est pas non plus une bonne solution.

– C'est toi qui me dis ça ? Arrête.

– C'est une erreur d'entourer ces meurtres d'une sorte de mystique.

– Il s'agit juste d'affaires courantes ?

– Je suis en train de te dire qu'il s'agit d'argent.

– C'est ce que tu voudrais bien croire. Mais tu sais bien qu'il n'en est rien. »

Je regardai ma montre. « Je ferais mieux de m'y mettre. Autre chose ?

– Vous vous entendez bien, Bailey et toi ?

— Pourquoi on ne s'entendrait pas ?
— Tu mérites une belle vie, bwana.
— Tu peux me traduire ça ? »

Elle baissa les yeux sur ma poitrine et sur mes bras. Je portais une chemise blanche habillée et une cravate.

« Tes chemises sont trop empesées, dit-elle. Tu devrais changer de blanchisserie. Te détendre. Te laisser porter.

— Adios », dis-je.

Helen se montrait intrusive au sujet de ma vie sexuelle en partie parce que la sienne était hors normes, mais j'étais content qu'elle ait changé de sujet et mis fin à une discussion qu'aucun flic n'aime avoir. Voilà la vérité à propos de la profession que j'ai pratiquée pendant presque toute ma vie d'adulte : il y a des moments inconfortables pour presque tous les flics. Leurs combats sont similaires à ceux du mystique qui se met à douter de l'existence de Dieu ; de l'amant qui regarde dans les yeux de sa compagne après l'orgasme, et n'y voit que du désintérêt et de l'éloignement ; de l'humaniste qui voit un voisin fouetter sauvagement un enfant dans le jardin. Si un flic fait son boulot depuis suffisamment longtemps, il a vu des choses dont il ne parlera jamais à personne, sauf s'il est affligé des mêmes désordres psychiques que les sociopathes qu'il boucle. Cet instant que je décris, cet instant qui surgit au milieu de la nuit, quand l'alcool, l'herbe et les pilules ne font plus d'effet, c'est lorsqu'on prend conscience que le véritable mal n'est pas simplement le produit de facteurs environnementaux. Il peut s'agir d'une présence désincarnée flottant autour de nous, cherchant à laisser tomber ses tentacules sur tout hôte qu'elle peut trouver.

Quelles sont ses origines ? Je n'en sais rien. Charles Manson et les gens comme lui sont des arlequins et des poseurs. Quiconque cherche à vérifier la nature collective du mal peut faire un reportage photo des camps d'extermination d'Hitler, et il décidera alors si le tigre de William Blake[1] est ou non parmi nous.

Plus tard le même jour, Smiley Wimple était assis dans une laverie automatique de Morgan City, en train de lire une bande dessinée de Wonder Woman, quand deux hommes apparurent à la porte. Il ne les avait jamais vus, mais il connaissait leur espèce. Leurs costumes cintrés avaient un éclat liquide ; leur coupe de cheveux et leurs rouflaquettes avaient trente ans de retard ; ils puaient la pommade et le déodorant, et évoquaient à Smiley des usines chimiques ambulantes. Ils avaient toujours une cigarette soit aux lèvres, soit dans la coupelle de leurs mains, comme s'ils étaient des dragons cracheurs de feu, les inventeurs de la flamme, une force flamboyante dont la chaleur faisait fondre les gens comme de la cire. Leur regard dévorait la scène et les personnages qui la peuplaient. Leurs compteurs étaient toujours en route, tic-tic, tic-tic, tic-tic.

Les deux hommes se dirigèrent droit sur le siège de Smiley. Il portait un chapeau de brousse et des Ray-Ban. Il regarda par-dessus sa bande dessinée

---

1. Allusion à l'un des plus célèbres poèmes de la langue anglaise, *The Tyger,* du poète William Blake, extrait du recueil *Songs of Experience.*

comme une vierge timide et souriante. « Salut, salut, dit-il.

– Suivez-nous », dit l'un des deux ritals. Sa moustache noire était semée de poils gris et de minuscules miettes de nourriture.

« On m'a toujours appris à ne pas parler aux étrangers, aussi gentils soient-ils.

– C'est exactement nous. On est gentils », dit le même homme. Quand il souriait, la peau autour de sa bouche paraissait ratatinée, comme si elle était en caoutchouc, ou qu'elle fonctionnait mal.

« Mes amis m'appellent Smiley, mais mon vrai nom est Chester.

– Ouais, on est au courant, dit le même homme. Je m'appelle Jerry Gee. Vous ne vous souvenez plus de nous, à Miami ?

– Je viens de La Nouvelle-Oualéans.

– Super ville, dit Jerry Gee. Ils ont – comment ils appellent ça, déjà ? – des beignets qui fondent dans la bouche. Et les putes, c'est pareil. C'est quoi que vous lisez ? »

Les vêtements tournaient et retombaient dans le sèche-linge, boutons cliquetant contre le métal, tissu basculant contre la vitre, comme des créatures vivantes à l'intérieur d'une bathysphère détachée de son câble. Il régnait une odeur de cuisson, de propreté, de confort, comme un utérus que Smiley n'avait pas envie de quitter. Il baissa les yeux sur sa bande dessinée. Wonder Woman faisait dévier des balles avec ses bracelets magiques.

« Hé, vous m'entendez ? dit Jerry Gee.

– Je lis une histoire de Wonder Woman.

– Ah ouais ? C'est un joli morceau, hein ? dit Jerry Gee.

– Ne lui manquez pas de respect, dit Smiley.

– Ouais, je vois ce que vous voulez dire. Moi aussi, elle me botte », dit Jerry Gee. Ses cheveux noirs luisaient de gomina, une mèche pendait sur sa paupière, il évoquait un gamin espiègle de la classe ouvrière dans un film des années trente sur les Bowery Boys. « Il y a dans notre voiture une grosse enveloppe pour vous. De la part d'un ami commun.

– Et ensuite on ira déjeuner », dit le deuxième homme. Il était plus grand que l'autre, et les revers de sa chemise passaient par-dessus son costume, révélant sa poitrine velue. Il avait aux doigts des bagues sur lesquelles étaient montées des pierres, et qui ressemblaient moins à des bijoux qu'à des coups-de-poing américains. « Je m'appelle Marco. Comme Marco Polo. Quand on aura déjeuné, on reviendra ici et on vous aidera à plier vos affaires. »

Smiley roula sa bande dessinée et resta assis, les mains entre les cuisses. « Il faut que j'aille faire pipi.

– On vous accompagne. Pour surveiller la porte des toilettes, dit Jerry Gee en se penchant. Cet endroit est rempli de cannibales, mec. Vous devriez choisir un quartier de la ville moins dangereux. »

Smiley serra son pénis. « Je vais me faire pipi dessus.

– Allez-y. Qu'on en finisse », dit Jerry Gee en reculant d'un pas.

Les deux types suivirent Smiley jusqu'aux toilettes et attendirent dehors. Marco se peigna devant une glace, se baissant pour mieux se voir, se lissant les cheveux de sa main libre. Jerry Gee frappa la porte du poing. « Remballez votre saucisse. Il y a des gens qui attendent. »

Les deux hommes rirent sous cape.

« Je vais faire caca, répondit Smiley à travers la porte.

– Vous pouvez emporter la poubelle avec vous », dit Marco.

Smiley ouvrit la porte. Un morceau de papier toilette était collé à sa chaussure. Marco jeta un coup d'œil sur la laverie derrière lui, puis poussa Smiley dans la ruelle. « Montez dans la Buick. On va avoir une petite discussion.

– Non, vous vous êtes moqué de moi. »

Jerry Gee ouvrit la portière arrière de la Buick. Marco crocheta d'un doigt la bouche de Smiley, le jeta à l'intérieur, et monta après lui. Jerry Gee se mit au volant, verrouilla les portières, et démarra. En quelques secondes, ils étaient sur la quatre voies, en train de rouler en direction d'un pont qui dominait l'Atchafalaya River et des kilomètres de forêts inondées où des aigrettes effrayées s'élevaient dans l'air comme des flocons de neige soufflés par un vent violent.

Jerry Gee roula le long d'une levée et se gara dans un bosquet de plaqueminiers au bord d'une baie. À travers les troncs, Smiley voyait l'éclat du soleil sur l'eau, et un crevettier à moitié englouti encerclé par des garpiques alligators ondulant comme des serpents de mer. Jerry Gee sortit et ouvrit la portière arrière. Il tira Smiley sur le sol, couvert de feuilles jaunes humides mouchetées de moisissure noire. Jerry Gee en prit une poignée qu'il fourra dans la bouche de Smiley. Smiley suffoqua et essaya de s'éloigner en rampant. Jerry Gee lui donna un coup de pied aux fesses, puis se mit debout sur sa colonne vertébrale.

« On n'en est qu'à la bande-annonce. Ne nous force pas à te passer le film. Tu avais un boulot à faire, et tu ne l'as pas fait. Tu étais supposé appeler pour dire ce que tu avais appris, ou buter le type. »

Smiley s'assit, hoquetant, ses yeux pareils à des coupes de graisse et de terre. Marco se pencha, et lui donna un coup sur l'oreille. « T'es sourd ? Réponds au monsieur ! »

Smiley regardait bouger les poissons-alligators, les vagues traverser la cabine du bateau englouti, les plaqueminiers grouillant de fourmis.

« Qu'est-ce qu'il t'en coûte ? dit Marco. Tu veux qu'on te fasse du mal ? Je veux dire, qu'on te fasse *vraiment* du mal ? J'ai dans le coffre des outils que tu vas pas aimer.

– Lève-le », dit Jerry Gee.

Marco souleva Smiley et commença à l'épousseter.

« Contre la voiture », dit Jerry Gee.

Marco leva les mains, paumes écartées, comme pour dire *Quoi* ?

« Fais-le », dit Jerry Gee.

Marco jeta Smiley par-dessus le pare-chocs, écrasa son visage sur le capot, lui aplatissant le profil contre le métal, lui tordant la bouche jusqu'à la déformer.

Jerry Gee ramassa une branche cassée. « J'ai entendu dire que tu avais passé un sale moment dans un orphelinat, et que t'avais fini dans les rues comme appât pour les pédés. Alors si on faisait un petit voyage dans Memory Lane ? Qu'on revienne aux origines de ton problème ? »

Jerry Gee fit un signe de tête à Marco. Marco le regarda, articulant silencieusement *C'est quoi, cette connerie ?*

« Baisse son pantalon », dit Jerry Gee.

C'était un pantalon à élastique, et il glissa facilement sur les genoux de Smiley. Malgré la chaleur, il avait la chair de poule sur les fesses et les cuisses.

« Une dernière chance, Smiley, dit Jerry Gee en chatouillant du bout de la branche le derrière de Smiley.

– Seuls mes amis m'appellent Smiley. Vous n'êtes pas mon ami.

– Tout ça, c'est de ta faute. Alors boucle-la. »

Smiley sentit une douleur pareille à celle d'une scie perçant son rectum et ses viscères, et remontant par sa colonne et ressortant par sa bouche.

À son réveil, il était allongé sur le sol. Les deux types avaient les yeux baissés sur lui ; leurs visages à contre-jour étaient perdus dans l'ombre.

« Ça va, petit bonhomme ? » dit Marco.

Smiley ne répondit pas.

« Tu vas être un gentil garçon ? dit Jerry Gee.

– Oui.

– Qu'as-tu trouvé pour nous ? dit Jerry Gee.

– Le méchant homme du Texas sur mon magnétophone.

– Pourquoi tu ne nous l'as pas dit ?

– Parce qu'il sait rien, absolument rien. Je voulais pas qu'on se fâche contre moi.

– T'aurais dû le descendre, dit Jerry Gee.

– Il a pas tué sa famille. Quelqu'un m'a raconté des craques.

– T'es un type honnête, dit Marco en le remettant sur ses pieds. Nettoie-toi et monte dans la voiture. En te ramenant à ta bagnole, on t'achètera une glace. Eh, arrête de pleurer, conduis-toi comme un homme. »

Smiley avait les yeux dégoulinants. À l'intérieur de l'éclat de bronze de l'eau, il vit un bouclier de métal monter à la surface comme une énorme bulle d'air venue de temps anciens. Une femme habillée d'un corsage rouge et or et d'un short d'un bleu métallique semé d'étoiles pataugea jusqu'à la rive, une ceinture magique autour de la taille. Elle lui sourit, les yeux remplis de la lumière de l'amour et de la pitié.

Les hommes le reconduisirent à la laverie automatique, et plièrent pour lui son linge qu'ils mirent dans une panière. Marco posa la panière à l'arrière de la voiture de Smiley, et monta devant. Jerry Gee les suivit sur la nationale jusqu'au quartier commerçant d'une petite ville, qui avait été tué par Wallmart. Le soleil venait de se coucher. Les bâtiments et les rues étaient déserts, les enseignes des magasins avaient été retirées, les murs étaient grêlés de pointes rouillées. Tout le quartier semblait lessivé de ses couleurs, même le ciel, comme un décor de cinéma en carton-pâte. Quelques voitures étaient garées derrière un vieux bâtiment d'un étage, autrefois une mercerie. Smiley et les deux hommes gravirent un escalier de bois à l'arrière, et entrèrent. On entendait un grondement en dessous.

« T'as loué une chambre au-dessus d'un bowling ? » dit Marco.

Smiley s'assit sur le lit et regarda dans le vide. « Je fais semblant de croire qu'il s'agit de soldats de plomb. Ils tombent tous, et ils se relèvent.

– T'es quelqu'un de spécial, c'est sûr, dit Jerry Gee. Où est le magnétophone ?

– Je vais le prendre », dit Smiley en tendant la main vers la table de nuit

– Waouh », dit Marco. Il ouvrit le tiroir et sortit le magnétophone. Il le mit en marche, et écouta. « C'est Tillinger ?

– Je vous l'avais dit, non ? dit Smiley.

– Ouais, tu nous l'avais dit, dit Marco. Tu veux une aspirine, ou quelque chose ?

– Vous m'avez fait mal à l'intérieur. Vous êtes pas mon ami. Ne faites pas semblant.

– On est désolés, dit Marco. T'aurais pas dû nous mener en bateau. On se contente de suivre les ordres. »

Jerry Gee prit le magnétophone des mains de Marco, le porta à son oreille, et écouta tout en regardant la rue. Il le coupa. « Je rapporte ça à Miami.

– Il est à moi.

– Non, il est plus à toi. Réponds à une question, tu veux bien ?

– Quoi ? dit Smiley.

– On raconte que tu te sers d'urine de cerf. Enfin, quand tu fais le boulot. C'est vrai ?

– Ça dissimule l'odeur humaine, dit Smiley.

– Les gens que tu vas buter sont pas des cerfs, ni des élans, dit Jerry Gee.

– Y a pas de différence. On est tous des animaux.

– Tu connais pas mal le coin ? » dit Jerry Gee.

Smiley était immobile sur le lit, la bande dessinée de Wonder Woman près de sa cuisse. Il ne répondit pas.

« Où il faut aller pour une bonne partie de baise ? demanda Jerry Gee.

– Vous voulez dire faire quelque chose avec de mauvaises femmes ? dit Smiley.

– Dans ce cas-là, mauvais, ça veut dire bien.

– Retournez à Morgan City.

– Tu veux bien te retirer de la bouche ce que tu es en train de sucer ? Où, à Morgan City ?

– Je suce rien », dit Smiley. Il lui donna le nom d'un bar, et le nom d'un motel voisin.

« Et là, je pourrai tirer mon coup ? demanda Jerry Gee.

— Tirer quoi ? » dit Smiley.

Jerry Gee passa la main sur le dessus de la tête de Smiley, puis la tapota pour faire bonne mesure. « T'es un mignon petit gars. Continue à te servir de l'urine de cerf. Là-bas, la nana qu'il te faut t'attend. »

Après leur départ, Smiley prit un bain dans une baignoire aux pieds en forme de griffes, au bout du couloir, et enfila des sous-vêtements propres, une chemise kaki non repassée, un pantalon de treillis vert, et des tennis roses, avec l'effigie de Mickey en relief sur le caoutchouc des orteils. Il se vissa sur la tête une casquette de base-ball, descendit difficilement les escaliers, monta dans sa voiture, et roula jusqu'au hangar de stockage qu'il louait à la sortie de la ville. À l'intérieur étaient rangés son matériel de survie, une boîte de passeports et de permis de conduire, une valise remplie de vêtements, sa collection de sceaux et de pièces de monnaie, des cartons de bandes dessinées qu'il relisait sans cesse sans les considérer comme des objets de collection, un Springfield 1903 à lunette, un Taser, une demi-douzaine de pistolets, un fusil automatique Browning, un fusil de précision M107, un AK-47, le classique couteau de commando anglais, des grenades aveuglantes, et un étui qui contenait une arme qu'il avait essayée, mais qu'il n'utilisait jamais pour son travail.

Il ouvrit la serrure de l'étui, plongea la main à l'intérieur, saisit par son épaisse bretelle l'arme qu'il tenait dans la main, et l'en dégagea. Son visage et ses mains étaient parcourus de fourmillements, comme des clochettes que le vent agite dans un arbre, ou la musique d'une fourgonnette de glacier. Quelques minutes plus tard, il était en route pour Morgan City ; le ciel nocturne s'éclairait, les étoiles brillaient, aussi lumineuses que sur le short de Wonder Woman.

Il passa devant un chantier naval, une série de docks, et un night-club délabré. À côté se trouvait un motel qui affichait des publicités porno, et un tarif horaire. Smiley avança et recula dans le parking du night-club, puis fit le tour du motel, mais ne vit aucune trace des deux hommes ou de leur Buick bleu nuit. Il roula jusqu'à l'entrée du motel, et entra. Une homme d'une trentaine d'années, avec une moustache et des rouflaquettes aussi brillantes que de la graisse noire, des bras gros comme des cure-pipes, vêtu d'un blouson de vinyle sans chemise en dessous, était assis derrière le comptoir, en train de faire des mots croisés.

« Salut, salut. Je peux avoir une chambre pour une demi-heure ? dit Smiley.

– Une demi-heure ? demanda l'employé qui scruta l'obscurité au-delà de Smiley. Vous êtes avec quelqu'un ?

– J'ai besoin de faire caca.

– Vous vous moquez de moi.

– J'ai très très envie de faire caca.

– Allez à la boîte à côté.

– Les gens font pipi sur le siège.

– Il faut dégager d'ici, mon vieux. »

Smiley ne montrait que l'arrière de sa tête à la caméra de surveillance fixée au mur. « Pas la peine d'être désagréable. »

L'employé posa son crayon. « Vous voulez que je vous accompagne à votre voiture ?

– Est-ce que mes amis Marco et Jerry Gee sont passés ?

– On ne donne pas le nom de nos clients. Vous allez finir par comprendre ? Dehors !

– Je reviendrai peut-être un peu plus tard. J'aime bien les mots croisés.

– Vous l'aurez voulu, dit l'employé en se levant de son tabouret.

– Vous êtes méchant. Vous verrez ce qui arrive aux gens méchants », dit Smiley. La clochette au-dessus de la porte tinta quand il sortit.

Il se gara derrière une benne de recyclage, avec une vue sur le club et sur le motel. À 12 h 17, la Buick pénétra sur le parking, et Marco et Gerry entrèrent dans le club, après avoir jeté leurs cigarettes, celle de Jerry Gee contre le mur. À 13 h 48, ils apparurent à la porte en compagnie de deux femmes. L'une était forte, et portait une jupe noire brillante. L'autre était mince comme un rail, habillée en cowgirl, instable sur ses jambes, son jean lui pendait sur les hanches. Tous quatre montèrent dans la Buick et s'arrêtèrent devant l'entrée du motel. Marco entra, puis ressortit, se mit au volant, et tous quatre roulèrent jusqu'à l'arrière du bâtiment. Aucune des chambres voisines n'était occupée. Jerry Gee et la femme à la jupe noire entrèrent dans l'une d'elles, Marco et la cowgirl dans celle d'à côté.

Pendant les vingt minutes qui suivirent, Smiley resta assis immobile derrière son volant, les yeux à demi clos, le visage aussi inexpressif que de la cire. Puis il sortit de la voiture, traversa le parking, s'accroupit à l'arrière de la Buick, introduisit la pointe de son stylet dans la valve pneumatique, et regarda le pneu s'aplatir sur sa jante.

À 3 h 18 du matin, Jerry Gee sortit de sa chambre, en faisant jouer son cou et ses épaules, sa veste enfilée. Derrière lui se tenait la femme forte vêtue maintenant de sa seule culotte et de son soutien-gorge. Elle semblait l'injurier. Puis elle referma la porte. Quelques instants plus tard, Marco sortit de l'autre chambre. La cowgirl le regarda brièvement, avant de fermer le rideau. Tandis que Smiley les observait de sa voiture, Marco et Jerry montèrent dans la Buick et entreprirent de reculer. La jante d'acier du pneu dégonflé fendit le caoutchouc, puis crissa sur le ciment.

Smiley prit sous un siège un .22 semi-automatique, puis sortit de la voiture et fit le tour du motel. Il entra par la porte de devant et en ressortit au bout d'un instant, se frottant de l'épaule quelque chose qu'il avait sur la joue. Il refit le tour jusqu'à la benne, déverrouilla sa voiture, laissa tomber le pistolet sur le siège, et fit passer sur son bras et ses épaules les bretelles de son arme récemment acquise. L'attache et les réservoirs de propane s'adaptaient confortablement à son dos. Le tube et l'allumeur étaient d'une forme simple, et aussi légers que de l'aluminium ; c'était un vrai plaisir d'appuyer sur la poignée support. Il traversa le parking d'un pas léger pendant que Marco et Jerry Gee dévissaient les écrous de la roue.

« Salut, salut », dit Smiley.

Tous deux étaient accroupis. Ils regardèrent l'objet que Smiley avait entre les mains et sur le dos, et blêmirent.

« Montez dans votre voiture, dit Smiley.

– Seigneur Jésus », dit Marco. Il dérapa sur le côté, et dut reprendre son équilibre sur le ciment.

« Vous m'avez mis très en colère.

– Tout ce que tu voudras, dit Jerry Gee.

– Je veux que vous montiez dans votre voiture, dit Smiley en serrant les dents.

– Nos nanas sont encore à l'intérieur, dit Jerry Gee. On a de l'alcool. Tu veux boire un verre ? On peut discuter. »

Smiley souleva l'extrémité du tube.

« OK, d'accord, mec, dit Jerry Gee. Ce qu'on a fait plus tôt dans la journée, c'était juste du boulot. On est comme toi, on suit les ordres. OK, OK, OK. On monte dans la voiture. On va aller quelque part. D'accord ?

– Montez tous les deux du même côté, par la portière passager, dit Smiley.

– D'accord, dit Marco. Tu te souviens de ce que je t'ai dit ? T'es un type honnête. C'est moi qui t'ai dit ça.

– Vous m'avez dit de me conduire comme un homme. Je n'ai pas l'air d'un homme ?

– T'es un bon gars, dit Marco. J'étais en train de dire ça à Jerry. Je l'ai dit aux filles. Viens, tu peux faire leur connaissance. Ce sont de braves filles.

– Montez dans la voiture et laissez les portières ouvertes. Et ensuite mettez le moteur en marche.

– Bien sûr, dit Marco. Ne dirige pas ce machin sur nous. Ici, on ne fait pas de choses comme ça. Tu t'amuses un peu. Je peux le comprendre. Détends-toi.

– Je fais le compte à rebours, je commence à trois, dit Smiley.

– OK, on est sur le coup, dit Marco. On travaille pour le même type. Il faut garder ça en tête.

– Trois, dit Smiley.

– Je t'entends », dit Marco. Il grimpa sur le siège, suivi de Jerry. Tous deux regardaient fixement Smiley, attendant son approbation, incapables de regarder directement le tube du lance-flammes.

« Baissez les vitres, dit Smiley.

– Les quatre ? À quoi on joue ? »

Smiley ne répondit pas.

« OK, on s'en occupe, dit Jerry Gee, tâtonnant à la recherche du bouton de la vitre. Tu veux qu'on te rende ton magnétophone ? Il est dans la boîte à gants. »

Les visages des deux hommes étaient des prunes incolores et déformées. Leurs yeux étaient remplis d'impuissance à un point qu'ils n'avaient sans doute encore jamais éprouvé.

« Fermez les portières. Ne touchez pas au levier de vitesse », dit Smiley.

Les hommes fermèrent les portières. Jerry Gee leva les yeux sur Smiley. « Je t'en supplie, mec. J'ai une famille. J'suis pas... »

Smiley recula dans l'ombre, trois mètres, six mètres, près de dix mètres. Le vent était frais, il venait du sud, sentait le sel et la pluie. Il raidit son doigt dans le pontet. Le jet de flamme fit un arc à travers la fenêtre de la Buick et transforma l'intérieur en brasier, ratatina le capitonnage du plafond, fit exploser le pare-brise sur le capot. Quand il relâcha la détente, le tableau de bord bouillonnait, et Marco et Jerry Gee étaient assis au milieu des flammes qui diminuaient, comme des mannequins rabougris couverts de cendre blanche.

La femme à la forte carrure ouvrit la porte de sa chambre et n'en crut pas ses yeux.

« Courez, dit Smiley.
– Pardon ?
– Ça peut exploser. Allez chercher l'autre mauvaise femme et courez. Vous avez été très méchante. Ne faites plus jamais ce genre de choses.
– Je ne le ferai plus.

– Mes amis m'appellent Smiley. Vous aussi, vous pouvez m'appeler Smiley. Quel est votre nom ?
– Dora.
– Je suis content de vous connaître, Miss Dora. Dites à l'autre dame ce que je vous ai dit. Vous ne devriez pas tenir compagnie à des hommes méchants, ni aller dans de mauvais endroits.
– Vous n'allez pas revenir pour me faire du mal, hein ?
– Je fais pas de mal aux gentilles personnes. Je sais qu'à l'intérieur vous êtes quelqu'un de très gentil. »

Elle referma la porte, et la verrouilla discrètement. Smiley marcha jusqu'à sa voiture, rangea le lance-flammes dans le coffre, et démarra. L'enseigne au néon devant le motel indiquait CHAMBRES DISPONIBLES. La lumière du bureau était allumée. Il semblait n'y avoir personne au comptoir. Le motel et son ambiance semi-tropicale s'étaient transformés en nature morte – en ordre, calme, chaque chose à sa place, parfaitement propre et lavé, comme si une pluie mystique était tombée.

Moins de quarante-cinq minutes plus tard, Smiley était de retour dans sa chambre de location, profondément endormi, sa bande dessinée sur l'oreiller à côté de lui, la couverture inclinée, pour que Wonder Woman puisse veiller sur lui.

23

C'est à 4 h 15 du matin que je reçus l'appel du shérif de la paroisse de St. Mary. « On a deux gars grillés juste à côté d'un motel de passe, dit-il. Je pense que c'est votre homme, ce petit pisseux dingo qui tuait des gens, il y a environ dix-huit mois.
– Wimple ?
– Il a été filmé par une caméra de sécurité sur le parking d'un night-club. À peu près un mètre soixante, des réservoirs de propane sur le dos, on dirait qu'il est tombé d'un sac de farine. Vous connaissez beaucoup de gens qui correspondent à cette description ?
– Il avait un lance-flammes ?
– Venez, si vous voulez. Il faut que je m'y mette. On n'arrive pas à trouver le gardien de nuit du motel. »

J'appelai Bailey Ribbons et passai la prendre un quart d'heure plus tard.

Plus d'une douzaine de véhicules – voitures de patrouille, ambulances, camions de pompiers – étaient garés sur la scène de crime, les gyrophares clignotant dans le soleil levant. Le sol, l'asphalte, le motel et le night-club étaient moites d'humidité et partiellement dans l'ombre, l'air de la couleur bleue d'une contusion, dans une odeur de fruit pourri portée par la brise. Les deux victimes se trouvaient sur le siège avant d'une Buick grêlée de cloques de peinture, la tête sur la poitrine comme s'ils en avaient eu assez du spectacle et s'étaient endormis.

« La trace des gouttes tombées du lance-flammes ne va pas à plus de huit mètres », dit le shérif. Il était immense, environ 1 m 90, il avait passé la cinquantaine, et avait encore le ventre plat. Il était originaire d'Amarillo, et avait été Texas Ranger. « Si le réservoir d'essence avait explosé, il aurait pu emporter avec lui ce petit trou-du-cul.

– Je crois que ça aurait plus à Smiley Wimple, dis-je.

– Pardon ?

– Il aurait fait un excellent pilote dans l'armée japonaise », répondis-je.

Le shérif regarda dans le vide. Il était d'une autre génération. « Nous avons trouvé l'employé. »

Nous le suivîmes dans le bureau. Il y avait une porte derrière le comptoir. Je levai les yeux sur la caméra de surveillance.

« Quelqu'un l'a déjà déchargée », dit le shérif. Il franchit la porte, puis me regarda. « Vous venez ? »

La pièce de vie contenait une petite cuisine, une table, une chaise et un petit lit. Une ampoule à la lumière crue pendait au plafond. Il y avait des magazines porno sur la table, et entassés sur une étagère murale. Les deux portes d'un placard sous l'évier étaient ouvertes. Un homme maigre à la poitrine nue vêtu d'un blouson de vinyle était à l'intérieur du placard, si coincé sous les tuyaux qu'il avait presque la forme d'un ballon. Pour autant que je puisse voir, il avait trois entrées de balles sur le visage, une dans la gorge et une dans la bouche. Aucune trace de sortie n'était visible.

« Le tireur a récupéré ses douilles, mais j'imagine qu'il s'agissait d'un .22, peut-être être une pointe creuse, dit le shérif. Vous pensez que ce gamin essayait de se cacher ? »

Bailey toucha du bout de sa chaussure un bidon d'Ajax qui traînait par terre. « Non, il a été fourré là-dedans. Wimple voulait l'humilier. Enfant, il a sans doute été enfermé dans un espace confiné, et il veut provoquer la même peur chez quiconque se moque de lui.

– J'ai une pute à l'arrière de mon véhicule, dit le shérif. Elle s'appelle Dora Thibodaux. La Buick était garée juste devant sa chambre. La chambre avait été louée par un certain Jerry Gemoats, celui au nom de qui la Buick est enregistrée.

– On peut parler à la femme ? » demandai-je.

Il me tendit une clef. « Je l'ai attachée à un anneau. Je pense que vous n'en tirerez rien. Elle claque des dents. »

Bailey et moi nous approchâmes du véhicule du shérif. Les vitres étaient baissées. Dora Thibodaux avait un poignet menotté à un anneau métallique sur le sol devant le siège arrière, son épaule faisait un angle inconfortable. Son eye-liner avait coulé, et ses cheveux étaient complètement emmêlés. Deux pansements étaient collés bout à bout sur une veine de son avant-bras gauche. Son visage était déformé soit par la gueule de bois, soit par un état de manque.

Je donnai à Bailey la clef de la menotte. Elle fit le tour de la voiture, et libéra le poignet de la femme. « Je suis l'inspecteur Ribbons, Miss Thibodaux. Et voici l'inspecteur Robicheaux. Nous travaillons aux homicides pour la paroisse d'Iberia. Nous enquêtons sur la mort des deux hommes dans la Buick, rien de plus. Compris ?

— J'ai rien vu », répondit Thibodaux.

Je me penchai à la fenêtre. « Nous ne vous demandons pas de décrire ce que vous n'avez pas vu, Miss Dora. Nous savons déjà qui a tué les deux hommes. Il s'appelle Chester Wimple. Parfois, il se fait appeler Smiley. » Je vis à son regard que ce nom lui disait quelque chose. « Il vous a dit son surnom ?

— Moi, je dis rien.

— Smiley ne donne pas à tout le monde la permission d'utiliser son surnom, dis-je. C'est flatteur pour vous. »

Elle leva la tête, fixa les yeux sur moi.

« Vous pensez que Smiley pourrait vous faire du mal ? dis-je.

— Non.

— Un type qui a descendu deux personnes au lance-flammes ne ferait pas une chose pareille ?

— J'en connais un rayon sur les hommes. Il a dit que j'étais une gentille personne.

— Votre amie dans la chambre voisine, elle vous a laissée ?

— C'est pas quelqu'un de bien. C'est pas une perte.

— Pourquoi n'êtes-vous pas partie ?

— Seymour me connaît.

— Qui est Seymour ?

— Le veilleur de nuit. Il vous aurait donné mon nom, et j'aurais eu encore plus de problèmes. Qu'est-ce qu'il fait ?

— Nous nous intéressons aux deux hommes dans la Buick, dis-je. Ils vous ont dit leur nom ? »

Elle secoua la tête.

« Ils s'appelaient par leur prénom, dis-je. Ne nous mentez pas, Miss Dora.

— C'est des ritals de Miami. Vous savez ce que ça veut dire.

— Vous n'avez pas peur de Smiley, mais vous avez peur des deux morts ?

— Les gens comme eux sont jamais morts.

— Il y en a d'autres comme eux qui vont venir ?

— Evidemment, qu'est-ce que vous croyez ? Ils travaillent pour la Mafia. Ils disaient qu'ils allaient buter un type. Ils disaient qu'ils allaient faire ça pour l'État du Texas. Je leur ai dit qu'ils se la jouaient.

— Parce que vous ne vouliez pas croire qu'ils allaient vraiment le faire ?

— J'y ai pas réfléchi.

— Vous voulez manger quelque chose ?

— Non. Je pense que je vais vomir.

— Vous avez vu le visage de Smiley, Miss Dora.

— S'il avait dû me faire du mal, il l'aurait déjà fait.

— Il est imprévisible.

— Vous, vous mentez. Et vous le savez ». Du dos du poignet, elle se frotta le nez.

« Restez avec l'inspecteur Ribbons », dis-je.

Je rejoignis le shérif, puis retournai au véhicule. Je vis un bateau descendre un canal entouré d'une étendue d'herbe devenue marron à cause de l'intrusion saline. Je me penchai à la vitre de Dora. « Combien d'argent avez-vous ?

— Rien.

— Vous ne faites pas payer le miché sur-le-champ ?

— Pas avec les gens comme eux. »

Je mis un billet de cinq dollars dans la poche de sa chemise. « Vous êtes libre de partir. Allez chercher quelque chose à manger.

— Est-ce que j'ai pas de la chance ? » dit-elle en se serrant pour passer derrière moi. Elle sentait la nicotine, le sperme et l'alcool. Elle se retourna vers moi, puis prit le billet dans sa poche, le froissa dans sa paume, et le jeta dans le vent.

À midi, j'allai voir Clete Purcel dans son bureau de Main Street. La salle d'attente était vide, jonchée de mégots, d'emballages de bonbons, de pelures d'orange. Un sandwich écrasé portait la trace en demi-lune de la bouche qui l'avait entamé. Clete était assis à la table-bobine abritée par le parasol de plage, sur la terrasse en ciment derrière son bureau, en train de lire l'*Advocate* tout en buvant une bière mexicaine accompagnée d'un citron salé, qu'il suçait. Ses yeux verts étaient ternes, comme si la fumée d'un feu d'ordures y était enfermée.

« Tu démarres tôt ? dis-je.

— C'est ce que je me suis dit.

— Il s'est passé quelque chose ? »

Il lissa de la paume les plis de la première page de son journal. « Ce petit salopard recommence à tuer des gens.

— Les deux types qu'il a descendus étaient sans doute des tueurs à gages.

— Les tueurs à gages sont sains d'esprit. Alors que ce ramolli du cerveau lance des fusillades dans des casinos bondés. »

C'est ainsi qu'était morte l'ancienne amie de Clete, même si la balle ne venait pas de l'arme de Smiley.

« Il aurait pu éliminer un témoin, dis-je. Et il ne l'a pas fait. C'est une prostituée, elle s'appelle Dora Thibodaux. Tu la connais ?

— Elle travaille dans un bouge au sud de Morgan City ?

— Elle a couché avec un des tueurs. Il s'appelait Jerry Gemoats. »

Clete froissa son journal qu'il fourra dans une poubelle sous la table. « Et alors ?

– La prostituée paraissait penser du bien de Wimple.

– Et je parie qu'il adorait sa mère, aussi. Redis-moi le nom du tueur à gages ?

– Jerry Gemoats. »

Clete se redressa. « C'était l'homme de main pour toutes les cibles en dehors de Miami. Il a été envoyé ici par des gens qui ont les moyens. Comment s'appelait l'autre ?

– On n'en sait rien. La voiture dans laquelle ils sont morts était au nom de Gemoats. »

Clete entra dans son bureau et en revint avec un classeur. Il le laissa tomber sur la table en verre et l'ouvrit. Il inclina la bouteille de bière vers sa bouche et en engloutit la moitié, la mousse glissant à l'intérieur du col. Je déglutis et essayai de dissimuler le nœud que j'avais dans la gorge, l'envie dont je ne parvenais pas à me libérer. « Tu as un soda ?

– Dans le frigo. »

J'entrai dans le bâtiment et revins avec une cannette d'eau gazeuse parfumée à l'orange que je pus à peine boire. Le soleil sur le bayou était comme une lampe à acétylène. « Qu'y a-t-il dans ce dossier ?

– J'ai pris des renseignements auprès de quelques usuriers à Vegas et Tampa. Sauf qu'ils ne s'appellent plus des usuriers. Ce sont des 'institutions de prêt'. Je ne comprends pas. Ce gras du bide de Tampa doit avoir dix millions dans la rue et il n'a pas dépassé le CM2. Les intérêts sont de quatre pour cent par semaine.

– Tu peux en arriver à ce que tu veux me dire ? »

Il me regarda. « Tous les gens à qui j'ai parlé m'ont dit que Desmond Cormier est endetté jusqu'au cou. Un peu comme Francis Ford Coppola quand il a tourné *Apocalypse Now*, sauf que lui n'avait pas emprunté à des gens qui récupèrent leur argent à coups de tronçonneuse. Peut-être que Wimple, Gemoats et l'autre baiseur étaient ici pour protéger Cormier. La Mafia peut saigner Cormier pour le restant de ses jours ; en plus, ils adorent traîner avec les acteurs.

– Wimple était censé dézinguer Tillinger, et il ne l'a pas fait, alors ils lui ont collé deux tueurs sur le dos ?

– C'est ce que je parierais. »

Mais je ne pensais pas à des tueurs de Miami, ni à Smiley Wimple, ni à l'immersion quotidienne dans l'égout constituant mon moyen de subsistance. Clete suivit mon regard jusqu'à la bouteille de bière mexicaine, verte et perlée de gouttes, sur la table.

« Je peux faire une observation ? dit-il.

– Non.

– Tu es en train de tomber amoureux d'une jeune femme, et tu penses que c'est mal. Arrête de te prendre pour un moine. Tu vas retomber dans l'alcool.

– Fous-moi la paix, Cletus.

– Je sais ce que tu penses avant même que tu l'aies pensé. Tu penses que tu dois épouser chaque femme avec qui tu as couché. Sauf que cette fois elle est trop jeune. Alors au lieu de te conduire en être humain, tu vas te faire un numéro dans ta tête, et retourner au dirty boogie. Et pendant ce temps, tu ne demandes même pas son avis à la jeune femme. Peut-être qu'elle sait ce qu'elle fait. Pourquoi tu te prends pour Dieu ? » Il vida la bouteille, déglutit, et la laissa tomber bruyamment dans la poubelle. « Tu me désespères.

– Je me demande pourquoi.
– À ton avis ? Je crois que tu es trop sensible. »

Je quittai le bureau tôt dans l'après-midi, et roulai jusque chez Bella Delahoussaye. Au-delà des maisons, je voyais le Bayou Teche et les oreilles d'éléphant ondulant dans le courant à marée haute. Je tenais un bouquet de roses jaunes, et une boîte à musique remplie de chocolats. Quand elle m'ouvrit la porte, Bella était vêtue d'un jean moulant et d'un pull-over. Elle inclina la tête. « C'est le Père Noël ! »

J'entrai, lui tendis les roses et posai la boîte à musique sur la table. « Elle joue *Jolie Blon'*
– Tu es venu me faire la cour, baby ?
– Tu es une femme extraordinaire.
– Viens ici. »

Je fis un pas vers elle. Elle quitta ses sandales en poussant un pied sur l'autre. Elle se mit debout sur mes chaussures, passa les bras autour de moi et pressa tout son corps contre le mien, le visage enfoui dans mon cou, ses cheveux soyeux fraîchement lavés agités par l'air et gonflant contre ma joue. Je la serrai comme je n'avais serré aucune femme depuis la mort de mon épouse.

Elle recula et effleura mon visage. « Mais tu n'es pas venu ici pour gagner mon cœur, n'est-ce pas ?
– J'aimerais bien. Mais tu as raison.
– Tu as un peigne ? »

Je le sortis de ma poche arrière et le lui tendis. Comme l'aurait fait une esthéticienne, elle lissa mes cheveux en arrière sur ma tête, sur les tempes, à travers la mèche blanche que j'ai depuis mon enfance. « Dès que je t'ai rencontré, j'ai su que tu avais le blues. Tu n'as rien à m'expliquer. Si un jour, tu as besoin d'un endroit où reposer tes hanches, tu sais où me trouver.

— C'est un vers de Bessie Smith.

— Tu es né pour le blues, Dave. Prends soin de toi. » La croix de Malte brillait sur sa gorge. Elle prit ma main, y déposa un baiser et la serra contre sa poitrine, puis la lâcha et posa la sienne à plat sur mon cœur. Ses yeux semblaient plonger dans mon esprit. Si j'ai jamais vu la mort dans le regard d'une femme, c'est en cet instant. Mais je ne savais pas si je voyais mon reflet, ou le sien, et celui de quelqu'un d'autre que je connaissais. Elle ouvrit la porte et resta debout dans l'encadrement tandis que je retournais à mon pick-up. C'était l'été indien, le ciel du soir était d'un bleu de porcelaine, le crépuscule comme une fraîche brûlure. Quand je me retournai sur sa maison, la porte était refermée, les rideaux tirés. Bella Delahoussaye personnifiait l'Ancienne Louisiane. C'était comme si une stalactite m'avait percé le cœur.

Je roulai jusqu'à la maison de Bailey Ribbons, sur Loreauville Road, me garai devant, montai sur la galerie et frappai à la porte-moustiquaire. Elle arriva vêtue d'un peignoir de bain, une serviette entortillée autour de la tête. « Que se passe-t-il ?

— J'ai deux billets pour le concert de Marcia Ball, ce soir, à l'Evangeline Theater.

— J'ai le temps de m'habiller ?

— Ça ne commence pas avant huit heures.

— Entre. »

Elle me laissa dans le salon et se dirigea vers l'arrière de sa maison. Je ne m'assis pas. Je regardais dans le vide, le sang battant à mes poignets. Je l'entendais ouvrir et fermer des tiroirs. Elle revint dans le couloir, toujours en peignoir, ses cheveux humides sur les épaules. « Quelle est la véritable raison de ta présence ici, Dave ?

– Je n'ai jamais été très bon pour l'auto-analyse.

– Laisse-moi faire la mienne. Je suis entrée dans la police parce que j'ai été virée de mon boulot de prof.

– Pour quelle raison ?

– J'ai changé la note d'une élève noire.

– Pourquoi as-tu fait ça ?

– Pour qu'elle ne soit pas renvoyée.

– Ça me paraît terrible », dis-je.

Elle me regarda fixement de ses yeux ronds, sans ciller, une rougeur sur la gorge. « On va au concert ?

– Quiconque refuse des billets pour un concert de Marcia Ball a de sérieux problèmes spirituels.

– J'en ai pour une minute », dit-elle.

Le concert fut magnifique. Le buffet, les tenues habillées, l'odeur des cocktails, la gaieté des habitants d'une petite ville remplis de joie de recevoir la visite d'une artiste célèbre, le fait que le concert ait lieu dans le vieil Evangeline Theater, où j'avais vu *La Poursuite infernale* avec ma mère en 1946, paraissaient prouver que le passé nous accompagne toujours, dans le meilleur sens du terme, pour peu qu'on veuille bien tendre la main et l'y plonger.

Ensuite, je raccompagnai Bailey chez elle dans mon pick-up. Elle semblait assise plus près de moi que d'habitude, mais je n'en étais pas certain. Les lumières de la galerie étaient allumées, les ombres des camélias et des hibiscus ondulaient sur la pelouse. Je me garai à la limite de la lumière et coupai le moteur. Le magnolia à l'extrémité de la galerie fleurissait tardivement, son odeur était entêtante. Bailey restait assise, complètement immobile, regardant droit devant elle. J'entendais sous le capot les vibrations de chaleur du moteur.

« Dave ? dit-elle.

— Oui ?

— As-tu des regrets ? Ou, plutôt, est-ce que tu les supportes facilement ?

— Il y a plusieurs personnes que je regrette de ne pas avoir tuées.

— Tu as la conscience sensible et le cœur tendre. Ce ne sont pas toujours des qualités.

— J'essaierai d'être aussi méchant que possible. »

Je vis apparaître un sourire au coin de sa bouche. « Je suis faible.

— À quel sujet ?

— Le désir. Tu es veuf. Tu es vulnérable.

— Faux. »

Elle se tourna vers moi. Les pointes de ses cheveux châtain foncé brillaient au clair de lune. Sa bouche ressemblait à une fleur sur le point d'éclore.

« Oh, Dave, dit-elle.

— Oh, Dave, quoi ?

— Juste oh, Dave. »

Je sortis du véhicule et en fis le tour par devant. J'ouvris sa portière. Quand elle descendit, je la serrai contre moi, et embrassai son épaule, sa nuque, ses cheveux, ses yeux. Puis nous gravîmes les marches, refermâmes la porte derrière nous, remontâmes directement le couloir jusqu'à la porte de sa chambre, sans allumer la lumière. Me trouver dans une situation d'intimité avec une femme qui n'était pas ma femme me procurait une sensation étrange. Je tournai le dos pendant qu'elle se déshabillait.

« Dave ? » dit-elle.

Ma nuque était brûlante. « Pardonne-moi. Je suis maladroit pour beaucoup de choses.

— Retourne-toi, » dit-elle.

Le clair de lune l'éclairait par la fenêtre sur le côté. Son corps avait la douceur, et le rayonnement, d'une toile de la Renaissance. « Tu veux que je me sente complètement idiote ?

— Non », dis-je. J'ôtai ma chemise, mon pantalon, mes chaussettes, et nous nous mîmes au lit, chacun sur le flanc, chacun tendant les bras vers l'autre. Puis j'appuyai son dos contre l'oreiller, et l'embrassai sur la bouche, sur les yeux, sur le haut des seins. J'embrassai ses cuisses et son ventre, je mis ses mamelons dans ma bouche et sentis ses ongles dans mes cheveux et son haleine sur mon front et ses jambes qui s'écartaient pour me recevoir, puis je me trouvai profondément en elle, la grâce hospitalière de ses cuisses enserrant les miennes, ses gémissements et la cadence humide de son corps comme le rythme iambique d'un couplet rimé.

Derrière la rougeur à l'intérieur de mes paupières, je voyais une grotte rose remplie d'éventails de tulle, une vague qui tournait au milieu, glissant par-dessus un corail en forme de cœur couvert de mousse sous-marine aussi douce que du feutre, de plus en plus profond comme si je tombais au centre de la terre, puis je sentis mes parties génitales se dissoudre, la lumière déserter mes yeux et mon cœur se tordre, avec une violence telle que je crus qu'il allait exploser.

Puis je me tenais sur un lieu que j'avais vu dans le lointain, mais où je n'étais jamais allé. J'étais à l'entrée d'un canyon qui était devenu rose, puis magenta, zébré d'ombres par le soleil du soir. C'était le lieu le plus beau que j'aie jamais vu, comme si je me tenais sur le bord de la Création, ou à son terminus. Une femme était debout à mes côtés. Elle s'approcha d'un pas, m'enveloppa dans sa cape et s'allongea sur une couverture rêche étalée sur une branche de pin, et je posai la tête sur sa poitrine et tous deux nous montâmes dans le soleil, et je fermai les yeux et sentis ma semence s'enfoncer en elle, et je mis le visage entre ses seins et embrassai le sel sur sa peau et entendis son cœur palpiter comme s'il était sur le point de se briser.

Je m'écartai de Bailey, en sueur et brûlant, éprouvant déjà le besoin de la pénétrer de nouveau, et pour la première fois de ma vie je compris le sens de tout cela et me rendis compte que je ne laisserais plus jamais la mort me réclamer son dû, et que Bailey Ribbons m'avait peut-être sauvé de moi-même.

24

Je quittai ma maison à l'aube et roulai jusqu'à Cypremort Point, là où Desmond Cormier avait sa magnifique demeure à la pointe de la péninsule, là où tout avait commencé avec le corps de Lucinda Arceneaux flottant sur une croix de bois, le flux glissant sur ses yeux bleus qui ne voyaient plus.

Pourquoi s'attarder sur cette image ? Réponse : n'importe quel flic des Homicides peut s'accommoder du sadisme, ou de la bestialité, ou du meurtre de masse quand les victimes appartiennent à la même culture que ceux qui leur ont pris leurs vies. Mais quand les victimes sont des auto-stoppeuses adolescentes en route pour voir un concert à La Nouvelle-Orléans, un jeune couple forcé d'entrer dans le coffre de sa propre voiture incendiée par deux psychopathes venus d'Oklahoma, un jeune garçon violé avant d'être assassiné, une mère accompagnée de ses deux filles qui s'était fiée à un marin en vacances, et elles avaient été violées, attachées à des blocs de béton et lâchées l'une après l'autre dans l'océan, du sparadrap sur la bouche, chacune forcée d'assister au destin de l'autre, quand on voit personnellement des choses pareilles, on ne parvient jamais à s'en libérer, et c'est pour ça que les flics gobent des pilules et, le matin, passent beaucoup de temps devant la fontaine à eau.

Ces choses ne sont pas des généralités, ni des incidents inventés pour des romans policiers macabres. Toutes ces choses se sont passées, et toutes étaient l'œuvre d'hommes diaboliques. On peut boire, fumer de l'herbe, se faire fondre la cervelle à coups de calmants ou de poudre blanche, ou se faire transférer aux Mœurs, devenir accro au sexe et perdre tout respect de soi-même. Rien de tout ça n'est d'aucun secours. On reste enfermé dans une tombe, pendant le sommeil et pendant la journée. Et c'est alors qu'on commence à penser à la justice sommaire – plus précisément à penser à charger une arme de balles à fragmentation, ce qu'on appelle « balles à fragmentation », et de chevrotine 00, et à asperger les murs.

Le vent soufflait fort, redressant les palmiers sur le bord de la route, précipitant les vagues contre les blocs de ciment concassé déversés dans les hauts-fonds afin d'empêcher l'érosion de la rive. Un peu plus loin, je vis Antoine Butterworth qui faisait un footing le long de la route, en sweatshirt et short orange, sa peau de la même teinte métallique qu'un penny neuf. Une vedette de croisière longeant le rivage paraissait lui donner son rythme. À la proue se tenait un homme en lunettes noires, vêtu de la tenue – veste bleue, pantalon blanc et casquette blanche – d'un yachtman. Les mains en coupe autour de la bouche, il hurla quelque chose à Butterworth, puis lui adressa un signe d'adieu.

Le bateau s'éloigna dans le gargouillement de ses tuyaux d'échappement jumeaux. Je me mis à la hauteur de Butterworth et baissai la vitre passager. « Vous voulez que je vous fasse un bout de conduite ?

— Je suis complètement en sueur, dit-il sans ralentir.

— Comme vous voudrez. »

Je continuai jusque chez Desmond, me garai à côté de sa porte cochère et descendis de voiture. Ma veste battait dans le vent, du sable et des algues ruisselaient dans les vagues qui se précipitaient sur le rivage et remplissaient l'air d'embruns et d'une odeur de sel. Butterworth remonta l'allée en courant et prit une serviette accrochée à une douche extérieure, puis s'essuya les aisselles et l'intérieur des cuisses. « Où est votre jolie pépée ?

— Je n'ai pas entendu. Ça doit être le vent.

— J'ai dit 'pépée'. L'inspecteur Ribbons.

— Je lui dirai que vous avez demandé de ses nouvelles.

— J'espère que vous n'êtes pas venu pour moi.

— Desmond est là ?

— Il prépare le petit déjeuner. Vous vous joignez à nous ?

— Qui était ce type sur le bateau ?

— Un pêcheur de tarpons de Tampa. Pourquoi ?

— Comme ça. Joli bateau.

— Vous êtes toujours quelqu'un de mystérieux », dit-il.

Je me demandai comment il avait fait pour vivre aussi longtemps. Je gravis les degrés de bois et frappai à la porte. Desmond arriva torse nu, en pantalon de treillis, et regarda par-dessus mon épaule. « Salut, Dave. Bailey n'est pas avec toi ? »

Cette histoire avait débuté avec Desmond et, tandis que je me tenais dans son salon, je me disais qu'elle se terminerait avec Desmond. Ici, je dois avouer quelque chose. Comme beaucoup de gens, j'étais attiré par Desmond pour des raisons difficiles à admettre. Il était l'un d'entre nous, né dans la pauvreté, à peine capable de parler anglais la première fois qu'il était monté dans le bus scolaire, rejeté à cause de sa race, ou de son héritage culturel, avec interdiction de parler français dans l'enceinte de l'école. Mais à la différence du reste d'entre nous, il avait une vision, une vision plus grande que lui, ou que le monde dans lequel il était né, et il l'avait peinte aussi immense que le crépuscule sur le désert Mojave.

Quand Ben Jonson disait que Shakespeare appartenait à l'éternité, je crois qu'il parlait aussi de gens comme Desmond. Des me fixait, une spatule à la main, l'air interrogateur, les tirages encadrés de *La Poursuite infernale* derrière lui. « Tu me regardes d'un air bizarre, Dave.

— Je n'en avais pas l'intention. Il y a quelques sujets qu'il faut qu'on aborde. En particulier tes finances.

— Plus de morosité et de sinistrose. La journée est trop belle. Alors, comment as-tu trouvé le concert, hier soir ?

— Je ne t'y ai pas vu.

— J'étais au fond. Je t'ai vu avec Bailey. Vous êtes ensemble, n'est-ce pas ?

— Et si tu t'occupais de tes affaires ?

— Désolé. J'ai le plus grand respect pour vous deux. »

Desmond était un bon metteur en scène, mais pas un bon acteur. Il respirait par la bouche, il avait la mâchoire crispée, le profil pareil à celui d'un gladiateur romain, les yeux comme des pierres.

« Tu n'approuves pas que je sois avec elle ? demandai-je.

— Je n'impose mes vues à personne.
— Exact. C'est pour ça que tu es metteur en scène.
— Allons petit-déjeuner. Prends au moins un café. Je t'admire et je t'apprécie vraiment, Dave. Pourquoi ne veux-tu pas l'admettre ? »

Je suppose que son charme était une autre chose que nous enviions à Desmond. Il arborait le monde comme il l'aurait fait d'une ample cape, il était capable de dîner avec des pauvres comme avec des rois, et acceptait l'insulte et la louange avec une indifférence qui déstabilisait à la fois ses admirateurs et ses détracteurs. Je n'ai jamais connu d'autre homme, riche ou pauvre, parvenu à un tel degré de liberté personnelle.

« Alors ? demanda-t-il. Des œufs et du bacon ?
— Si tu peux répondre à une question ou deux.
— Je ferai de mon mieux. »

Je le suivis dans la cuisine. Butterworth était sur la terrasse, en train de pratiquer je ne sais quel art martial ridicule.

« Il est clair que tu es sérieusement endetté, dis-je.
— Hollywood fonctionne avec l'argent des autres.
— Tu dois pas mal d'argent à des types peu recommandables.
— L'argent est l'argent. Il n'est pas bon ou mauvais en soi. Le problème, c'est de savoir comment on l'utilise.
— Tes gros créanciers viennent du New Jersey et de Floride.
— Walt Whitman est enterré dans un des ces États, et Marjorie Rawlins dans l'autre.
— Sors-toi la tête du cul, dis-je.
— Tu veux deux tranches de bacon, ou trois ? »

J'étais décidé à ne pas le laisser me mener en bateau. J'allai dans sa salle de bains pour me laver les mains. Il y avait sur le lavabo une seringue hypodermique dans une boîte en feutre ouverte. Je retournai à la cuisine. « J'espère que la seringue appartient à Butterworth.

— Elle ne m'appartient pas à moi, si c'est ce que tu veux savoir.

— Une femme avec des amulettes m'a dit que je traînais un boulet et des chaînes. Elle a sans doute raison. Mais je crois que tu fais partie du même club, Des.

— Tu sais quel est ton vrai problème, Dave ? Tu barbouilles de ta culpabilité tous les gens que tu croises. »

C'est alors que je dis une chose que je n'avais pas l'intention de dire. « On a interrogé ton père, Bailey et moi. »

Son visage se tendit comme la peau sur une tête réduite. Sur le manche de la spatule, ses jointures étaient blanches. « Répète-moi un peu ça ?

— Il s'appelle Ennis Patout. Il possède une entreprise de dépannage à la sortie d'Opelousas. »

Il se remit à sortir les œufs de la poêle. « Je n'ai jamais eu de père. Peut-être que quelqu'un affirme être mon père, mais c'est faux. C'est bien compris ?

— Il semblait avoir des remords concernant ton enfance. Il a dit que tu étais un bon petit garçon.

— Tu ferais mieux de sortir de ma vie, Dave.

— Mon père était un ivrogne, un bagarreur de saloon, et il trompait ma mère. Mais il était incapable d'être autrement. Accepte les gens pour ce qu'ils sont. »

Desmond éteignit la cuisinière, puis ouvrit les portes coulissantes qui donnaient sur la terrasse. Le vent sifflait, les vagues s'écrasaient sur le rivage. « Entre, Antoine. Dave repart à New Iberia. Aide-moi à manger ce somptueux petit déjeuner. »

Son visage était à trente centimètres du mien. J'essayai de soutenir son regard, mais c'était difficile. Ses yeux paraissaient aveugles, des yeux comme je n'en avais vu que sur le visage des morts. Sa bouche ni ses joues n'étaient agitées d'aucun tic, sa gorge ne palpitait pas, aucun signe ne manifestait aucune émotion, en dehors de sa haine du monde en général, et de moi en particulier.

« Tu me fais peur, Des.

– Ça me réjouit. Et maintenant sors de chez moi. »

Ce soir-là, on sentait l'automne dans l'air, et j'avais envie de me débarrasser des histoires sur le mal que font les hommes, et sur les entreprises frauduleuses qui gouvernent la plus grande partie de nos vies quotidiennes. Des tas de feuilles brûlaient dans les caniveaux le long d'East Main, et le vent les soulevait, expédiant des lignes de feu serpentines sur l'asphalte. Je sentais la froide odeur automnale de gaz, d'aiguilles de pin, de flaques d'eau, de lichen sur la pierre et de bougies brûlant dans des citrouilles évidées. Alafair, Bailey et moi fîmes un bon dîner sur la table de jardin en bois rouge derrière la maison, puis allâmes au cinéma et, au retour, mangeâmes dans le salon des bols de mûres à la crème fraîche. J'avais presque oublié à quel point la vie de famille peut être merveilleuse.

Après le départ de Bailey, Alafair dit : « Vous semblez vous entendre très bien, Bailey et toi, ces temps-ci.

– C'est exact. »

Elle sourit des yeux. Par la fenêtre, je regardai les étincelles montant en spirales d'un feu de feuilles. « C'est une femme bien, ajoutai-je.

— Personne ne peut dire le contraire », dit-elle, en me donnant un coup de poing sur le bras.

Le lendemain était un vendredi. À 9 h 17, le téléphone sonna sur mon bureau. J'ignore comment, mais je savais qui c'était, de la même façon qu'on sait quand on a marché sur un chewing-gum, ou quand un coup frappé à la porte annonce un voisin paranoïaque persuadé que votre chat pisse volontairement sur ses plates-bandes.
« Robicheaux à l'appareil, dis-je.
— Devinez qui, dit la voix.
— Il faut que vous quittiez la région, Mr. Tillinger.
— Je pensais que vous seriez content de m'entendre.
— Ces deux tueurs, dans la paroisse de Cameron, ont failli vous mettre hors course. Ça serait peut-être le moment pour vous d'aller visiter le Nebraska, ou l'Antarctique.
— Si j'ai bien compris les journaux, ce sont peut-être les deux types qui ont été grillés à coups de lance-flammes. Ça vous dit quelque chose ?
— Rien du tout.
— J'ai l'Homme d'En-Haut avec moi.
— Vous connaissez la volonté et les pensées de Dieu ?
— Je ne dirais pas ça comme ça.
— Pourquoi m'appelez-vous ?
— Je parie que vous avez déjà oublié Travis Lebeau.
— Il a été traîné à mort sur le bitume. C'est une image difficile à oublier.
— Lebeau appartenait à l'Aryan Brotherhood, et l'Aryan Brotherhood fournissait des putes dont le flic pourri était le mac. Ces types de l'AB croyaient

qu'ils allaient se mêler à la partie. Ça n'a pas très bien marché, hein ? Et pour le flic pourri non plus.

— Axel Devereaux ?

— Celui qui a eu une matraque enfoncée dans la trachée.

— J'ai une théorie à votre sujet, Mr. Tillinger. Vous voulez faire du cinéma, même si ça doit vous coûter la vie.

— Miss Lucinda savait quelque chose, et c'est pour ça qu'elle a été assassinée, Mr. Robicheaux. » Sa voix avait changé, comme celle d'un homme qui a passé sa vie à dissimuler sa vraie personnalité. « J'ai parlé au père de Desmond Cormier.

— Vous avez fait *quoi* ?

— Je vous ai suivis, vous et la femme, jusqu'à la station de dépannage d'Ennis Patout, à Opelousas.

— Vous nous avez suivis, l'inspecteur Ribbons et moi ?

— On est dans un pays libre.

— Pas pour vous, dis-je.

— Vous voulez savoir ce que Patout m'a dit ? »

J'entendais ma respiration contre l'appareil. J'aurais voulu lui raccrocher au nez, mais je savais que je ne le pouvais pas. « Oui.

— Il n'a rien dit, il m'a juste menacé.

— Je pense que vous avez un problème cérébral, camarade.

— Essayez ça. J'ai vérifié les certificats de naissance dans les tribunaux de la région. Patout avait une fille il y a vingt-cinq ans.

— Vous dites 'avait'.

— Ce vieux bonhomme ne se laissait pas non plus embarrasser par la race, dit Tillinger. Vous commencez à comprendre ? À un de ces jours. »

Les vaisseaux sanguins se dilataient dans ma tête. Je descendis au bureau de Bailey. Elle était sortie. Je pris une voiture, et me dirigeai vers Opelousas. J'essayais de faire tenir ensemble tous les fragments épars d'information qui pouvaient montrer un dessein général dans les meurtres de Lucinda Arceneaux, Joe Molinari, Travis Lebeau, Axel Devereaux et Hilary Bienville. Chaque assassinat, à sa façon, avait quelque chose de rituel. Peut-être que ça avait un rapport avec le tarot et la croix de Malte. Et aussi avec la cruauté et la rage. Mais dès que je reliais un homicide à un deuxième ou à un troisième, ma logique s'effondrait.

Lucinda Arceneaux avait reçu une injection, et peut-être était-elle morte sans se rendre compte qu'elle était assassinée. Et cependant le tueur, si c'était bien le même homme, avait tabassé sans pitié Hilary Bienville. Pourquoi elle ? C'était une femme inoffensive et sans éducation qui essayait d'élever seule sa fille, et qui, chaque nuit, laissait son corps se faire pénétrer, dégrader, souiller, par les fluides d'hommes mal rasés puant l'alcool, la sueur séchée, et la graisse de station-service. Ne laissez personne vous dire que la prostitution est un crime sans victime. Les hommes qui battent les femmes sont des lâches, au physique comme au moral. N'importe quel flic de rue, n'importe quel inspecteur, voit régulièrement des violences commises contre des femmes, plus souvent aujourd'hui qu'au cours des décennies précédentes. Pour un misogyne, les femmes comme Hilary Bienville sont des fruits mûrs prêts à être cueillis. Ma mère fut la victime d'hommes comme l'assassin d'Hilary Bienville[1]. Ils apparaissent dans

---

1. Voir *Purple Cane Road* du même auteur dans la collection Rivages/noir.

mes rêves, leurs corps nus et ruisselants de sueur, leurs mains comme les pinces d'un crabe.

Où est-ce que je veux en venir ? Hilary Bienville avait cherché de l'aide auprès de Clete. Elle lui avait dit qu'elle était en relation avec un Blanc qui avait pénétré dans sa tête, et paraissait avoir sur elle un pouvoir absolu. Mais elle avait dit aussi quelque chose qui ne cadrait pas avec les détails de son meurtre. Juste avant l'entrée d'Opelousas, je frappai sur la touche d'un numéro programmé de mon portable.

Clete répondit à la première sonnerie. « Dis-moi, mon noble ami.

– Tu te rappelles quand tu m'as parlé de la visite qu'Hilary Bienville t'a rendue à ton motel ?

– Ouais, elle m'a dit qu'elle avait un miché qui aimait qu'elle lui masse le dos pendant qu'il lui mettait la tête à l'envers. Un Blanc.

– Mais il lui avait dit une chose sur elle-même. Une chose qui l'a plongée dans une confusion encore plus grande. »

Un peu plus loin, je voyais la pancarte annonçant l'entrée de la ville et, sur le bas-côté, un bosquet de pins à aiguilles longues, d'un vert sombre.

« Il lui a dit qu'elle était la Reine des Coupes, dit Clete. Il lui a dit aussi qu'elle était un calice. Qu'elle était une élue.

– Mais le type qui l'a tuée lui a planté sur le front une étoile d'arbre de Noël.

– Je ne vois pas le rapport.

– Dans le tarot, la Suite des Coupes représente l'amour, dis-je. Le calice peut aussi symboliser la fertilité et la renaissance. Bailey pense que l'étoile représente la Suite des Pentacles.

– Je ne te suis toujours pas.

— Les Pentacles ont un rapport avec la prospérité.
Le tueur exprimait son mépris. Hilary était une prostituée. Elle n'a pas compris ça.

— Je pense que tu entres trop profondément dans la tête de ce type. Tu as déjà fait ça avec le tueur façon BTK[1]. Ça ne t'a pas réussi.

— Comment expliques-tu autrement les symboles qu'apparemment notre homme utilise ?

— Le jour où on commence à comprendre les types comme ça, on s'explose la tête.

— Arrête ça.

— Il m'arrive d'avoir une impression bizarre, dit-il.

— Quelle impression ?

— L'impression qu'on est tous morts, et qu'on ne le sait pas. »

J'écartai le portable de mon oreille, le regardai, et le remis à mon oreille.

« J'arrive à ma sortie, dis-je. On se rappelle. »

Je repliai le téléphone et le laissai tomber sur le siège avant qu'il ait eu le temps de dire quoi que ce soit.

En sortant de mon véhicule, une fois arrivé à la station de dépannage d'Ennis Patout, je le vis qui jouait aux dames avec son mécanicien sur un bidon d'huile dans la travée. Il tenait un sandwich dans une main, le regard fixé sur le jeu, ses doigts sales enfoncés dans le pain. Le Noir me regarda en face, et secoua la tête comme pour m'avertir.

« Salut, Mr. Patout, dis-je. Je serai rapide. »

---

1. Dennis Rader, dit BTK (Bind Torture and Kill). Tueur en série qui ligotait et torturait ses victimes avant de les tuer.

D'un doigt, Patout déplaça un pion. « Jamais assez rapide.

— Hugo Tillinger vous a rendu visite ?
— Oui, m'sieur, il a fait ça.
— Qu'avait-il à vous dire ?
— Rien. Je l'ai viré.
— Aviez-vous une fille, Mr. Patout ? »

Il posa son sandwich sans quitter des yeux le damier. Son cou était aussi noueux qu'une souche de cyprès. « Mêlez-vous de vos affaires

— La mère de votre fille n'était pas la mère de Desmond Cormier ?
— Louis, appelle le chef de la police, et dis-lui d'envoyer quelqu'un ici.
— Oui, m'sieur, dit le Noir qui se leva et entra dans le bureau.
— Vous avez eu une fille avec une femme de couleur ? » dis-je.

Les yeux de Patout étaient asymétriques, comme deux jaunes d'œuf dans une poêle.

« Qu'est-ce que ça peut vous faire ?
— Je ne vous juge pas, monsieur. J'ai besoin de votre aide. »

Il mit ses grosses mains sur ses genoux, et regarda fixement un mur sur lequel étaient suspendus de vieux pneus, des courroies de ventilateur, des chiffons et un vélo d'enfant rouillé auquel manquait une roue. « C'était il y a vingt-cinq ans. La fille de couleur ne voulait pas de l'enfant d'un Blanc. Enfin, du moins, elle ne voulait pas d'enfant de moi. J'ai été voir Corina.

— Corina, c'est la mère de Desmond ?
— Elle a dit : "Comme on fait son lit on se couche." Elle était ivre, elle jetait des trucs. Peut-être que la chtouille lui était montée au cerveau.

– Si elle ne voulait pas de Desmond, pourquoi aurait-elle voulu élever l'enfant d'une autre ?

– Je pensais qu'on aurait peut-être pu se remettre ensemble. C'est pour vous dire comme j'étais bête. » Il montra le vélo accroché au mur. « J'avais acheté ça pour Desmond et essayé de le donner à ses grands-parents. Ils m'ont dit de me tirer. Quelqu'un vous a déjà dit ça ?

– Non, monsieur, répondis-je. Mr. Patout, il y a quelque chose qui manque à votre récit. Pourquoi les grands-parents étaient-ils en colère alors que vous essayiez de bien vous conduire ? Pareil pour la Noire mère de votre enfant ?

– Posez-leur la question.

– Aviez-vous violé la femme noire ? »

Il replia les mains, puis en serra une dans l'autre. « Un homme a des besoins.

– Vous l'aviez violée ?

– Je ne voyais pas les choses comme ça.

– Et vous avez fait la même chose avec la mère de Desmond ?

– C'est ce qu'elle a raconté. Mais c'était un foutu mensonge. » Il sortit de sa salopette un bandana dans lequel il se moucha. « Je ne veux plus en parler.

– Qu'est-il arrivé à votre petite fille ?

– Des gens de l'église l'ont prise.

– Qu'est-il arrivé à la mère ?

– Elle s'est suicidée. »

Il fixait ses chaussures de chantier, les doigts étalés sur les cuisses comme des peaux de bananes. J'approchai de lui la chaise du mécanicien, et m'assis. « Vous aviez reconnu vos erreurs. Au fil des années, vous avez fait ce que vous avez pu. Dites à l'Homme Là-haut que vous êtes désolé, et au diable le reste.

– J'aimerais bien que vous partiez, dit-il du fond de la gorge.

– Qui sont ces gens de l'église, Mr. Patout ?

– J'ai entendu dire qu'elle avait fini avec un prêcheur de couleur et sa femme, à Cade, juste à la sortie de New Iberia.

– Comment s'appelle le prêcheur ?

– Je ne l'ai jamais su.

– Vous avez dit beaucoup de choses. Ne gâchez pas ça par un mensonge.

– Arceneaux. Elle s'appelait Lucinda Arceneaux. »

Il leva les yeux sur les miens. Si l'enfer existe, je suis sûr que si j'avais tendu la main, j'aurais pu sentir sa chaleur sur la joue de Patout.

25

Le lendemain était un samedi. Dans la lumière bleutée de l'aube, je fus réveillé par un son dont je crus qu'il venait d'un rêve. Dans ce rêve, des détenus noirs d'il y a des années posaient les rails d'une voie de chemin de fer près d'Angola Farm. Ils portaient des chaînes aux chevilles et, au marteau, enfonçaient des épieux de métal dans les rails selon un rythme à trois temps.

Je m'assis et regardai par la fenêtre de derrière. Lou Wexler, torse nu, sa chemise suspendue à un camélia, lançait des fers à cheval sur un épieu de métal qu'il avait visiblement enfoncé dans le sol sans en demander la permission. J'enfilai un pantalon de treillis et un sweatshirt, et sortis. « Vous vous invitez dans le jardin de n'importe qui à six heures du matin, ou c'est juste un hasard ?

– Désolé. Je dois prendre Alafair à six heures et quart, et je suis arrivé un peu trop tôt. Elle ne vous en a pas parlé ?

– Non.

– Nous devons prendre le petit déjeuner chez Victor's.

– Quel rapport avec le fait de réveiller les gens ? Et je n'ai pas non plus envie d'avoir un jeu de fer à cheval dans mon jardin.

– C'est volontiers noté, monsieur.

– Volontiers ? »

Il tourna vers moi une tête souriante. « Plus tard dans la journée, on filme un accident d'avion à Lake Martin. Excitant. Si vous veniez avec nous ?

– Merci. Je suis occupé.

– Au fond de vous-même, je pense que vous êtes des nôtres.

– Répétez-moi ça ? »

Il me tendit une plaquette de chewing-gum. Je secouai la tête. Il s'en fourra une dans la bouche comme si nous avions tout le temps devant nous. Il semblait arborer sa sensualité comme un uniforme. Son corps avait la même teinte veloutée, le même ventre plat, les mêmes petits mamelons, que celui de Desmond. Ses aisselles étaient rasées, ses bras gonflés comme ceux d'un gymnaste. Mon Tee Coon et Snuggs nous regardaient depuis une haute branche.

« Vous avez dit que j'étais l'un d'entre vous.

– Ah, dit-il. Visiblement, vous aimez le cinéma. Et Mr. Purcel aussi. On n'est pas des gens méchants. Laissez-nous une chance. On enrichit la région.

– Je ne vois pas en quoi.

– On a fait exploser le budget. Cent vingt millions de dollars, et le compteur continue à tourner. Desmond est fauché. Au fait, à propos de Des, vous lui avez fait du mal.

– En quel sens ?

– Quelque chose en rapport avec son passé, je suppose. Des est plein de secrets. Je ne cherche pas à les connaître.

– Toute discussion que j'ai pu avoir avec lui concerne une série d'homicides. Rien de plus.

– Je suis persuadé que c'est le cas, Mr. Robicheaux. Je n'ai pas l'intention de vous offenser, monsieur. La culture dans laquelle je vis est de nature tapageuse et corrosive. Nous passons notre temps à nous escroquer pour ne pas penser à d'autres choses.

— À d'autres choses ?

— Au fait de vieillir. De nous voir perdre notre beauté. Faire semblant de rester jeunes. Qu'y a-t-il de plus idiot qu'un vieil idiot, monsieur ?

— De qui êtes-vous en train de parler, *podna* ?

— De moi. De qui d'autre ? » Il ramassa un fer à cheval qu'il jeta de dix mètres sur le pieu métallique, ses mouvements aussi fluides que de l'eau. « Bingo ! Alafair est levée ? »

Une demi-heure après leur départ, le téléphone sonna sur le comptoir de la cuisine. Je regardai qui m'appelait. Le numéro était masqué, mais je répondis quand même.

« Dave Robicheaux. Qui est à l'appareil ?

— J'espère que je ne vous ai pas réveillé, dit une voix zézayante.

— Smiley ?

— Je suis content que vous m'appeliez comme ça. Parce que c'est comme ça que tous mes amis m'appellent.

— J'ai vu ce que vous avez fait à ces deux types à Morgan City. Vous êtes un drôle d'individu.

— Je vous ai regardé.

— Pardon ?

— Je vous ai regardé avec des jumelles. Vous, et la jolie dame qui travaille avec vous. Je peux lire sur les lèvres. Vous avez été très gentils avec la dame qui vend son corps. »

Je me sentis nauséeux. Je tirai une chaise pour m'asseoir. « Il faut que je vous explique quelque chose. Vous êtes un tueur à gages. Je suis un inspecteur des services du shérif. Les gens comme moi mettent les gens comme vous dans des institutions. Parfois, nous les envoyons sur la table à injection. Les gens comme vous n'appellent pas les gens comme moi pour passer un moment.

– Pas la peine de faire le malin.

– Ces deux types étaient des tueurs venus de Floride, c'est ça ?

– Maintenant ils ne sont plus rien.

– Pourquoi les avez-vous tués ?

– Ils ont été méchants avec moi. » Je sentis qu'il respirait plus fort. « L'un d'eux s'est servi d'un bâton.

– Maintenant, ça fait de vous une cible, hein ?

– Non.

– Vous avez fait griller deux types de la Mafia, et vous n'êtes pas une cible ?

– La cible, ce sont les gens méchants qui s'en prennent à moi. Il faut les protéger de moi, inspecteur Robicheaux.

– Il n'y en a pas deux comme vous, Smiley. » Je regardai ma montre. Essayer de tracer son appel était une perte de temps. Il se servait d'un ingénieux système de relais, et paraissait en connaître un sacré rayon en matière de technologie. Ainsi que sur les munitions et la balistique. « Pourquoi m'avez-vous appelé ?

– Dites à Mr. Purcel que je suis désolé à propos de la dame inspecteur qui est morte dans le casino de La Nouvelle-Orléans.

– Elle n'est pas 'morte'. Elle a été tuée.

– Par la balle de quelqu'un d'autre. Elle ne venait pas de mon arme.

– Vous avez provoqué une fusillade dans un lieu public. D'autres en ont payé le prix.

– Vous me parlez mal. Arrêtez.

— C'est parce que vous commencez à m'énerver, Smiley.

— Mon petit ventre me fait mal. Vous me contrariez.

— Telle n'est pas mon intention. Quand j'étais enfant, un homme méchant a brisé ma famille. Je suis allé au Vietnam, et je leur ai revalu ça. Vous comprenez ce que je vous dis ?

— Vous avez tué des gens ? »

Je sentis ma gorge se serrer. « Franchement, je n'ai pas envie de parler de ça.

— C'étaient des soldats ?

— La plupart. Peut-être que...

— Peut-être que quoi ?

— J'ai tué des gens par accident. Ou j'ai donné des ordres pour tuer des PI.

— Pour tuer qui ?

— Des Personnes Innocentes. »

Je le sentais respirer contre le combiné. Dans ma tête, je voyais un visage avec de minuscules narines, des yeux inexpressifs, une bouche en quête de tétée.

« Vous êtes toujours là ? dis-je.

— Alors vous n'êtes pas si différent de moi.

— C'est faux, Smiley.

— Vous êtes en train de me dire que vous n'êtes plus mon ami ?

— Non, monsieur. Ce n'est pas ce que j'ai dit. »

Il resta silencieux, comme s'il passait ses pensées au crible, ou tentait de reconstituer ses fortifications. « Je ne serai pas loin. Peut-être qu'on pourrait travailler ensemble.

— Ça n'arrivera jamais.

— Ouille.

— Que s'est-il passé ?

— Un homme m'a marché sur le pied. Il a écrasé mon orteil. Hé, vous, venez ici !

— Non, Smiley. Ne faites pas ça. Laissez les gens tranquilles. Vous m'entendez ? Si vous voulez être mon ami, il ne faut plus faire de mal aux gens.

— Je vous ai bien eu, dit-il. Bye-bye. Vous êtes un gentil monsieur. »

J'aurais voulu écraser le téléphone.

J'accrochai ma remorque à bateau à mon pick-up, et roulai jusqu'au bungalow de Clete, au motel. Un vieux problème avait fait son retour, un problème que je traitais autrefois avec quatre doigts de Jack accompagnés d'une bière. J'avais l'impression que quelqu'un avait éteint une cigarette sur ma paupière. Ça fait partie du syndrome de Jaffe. Vous n'en avez jamais entendu parler ? Il s'agit d'un degré d'anxiété tel qu'on mangerait du verre pour s'en débarrasser. Imaginez une colonne d'hommes sur une piste de nuit, la pluie cliquetant sur leurs casques. La piste est ponctuée d'obus de 105 qui n'ont pas éclaté, de mines, de mines antipersonnel. On a l'impression d'avoir la peau arrachée des os par une paire de tenailles. On attend le *klatch* sous la botte d'un homme, ou le *ping* d'un fil de déclenchement, et on craint que son intérieur ne se liquéfie, que son sphincter ne se transforme en gelée. Pour faire monter les enchères, sir Charles, ce vieux Vietcong Charlie, lance à l'aveugle dans la jungle une grenade avec cuiller, expédiant de la boue et de l'eau sur la canopée. Votre rectum s'est rétréci à la taille de la pointe d'un crayon. Voilà le syndrome de Jaffe.

Clete était en train de laver sa Caddy devant son bungalow. Il pressa l'éponge, et la laissa tomber dans le seau. « Tu me sembles un peu tendu.

– Tu as un Dr Pepper ?
– À l'intérieur. »

J'en sortis un du frigo, et le rejoignis dehors. Je lui parlai de l'appel de Smiley.

« Laisse tomber, dit-il. Smiley arrive au bout, et il le sait.
– Il ne me dérange pas. Il ne tue que des gens qui appartiennent à son propre monde.
– Alors où est le problème, mon noble ami ?
– Le type qui a tué Lucinda Arceneaux va essayer de se surpasser.
– Tu es assailli par les Blue Meanies, mon ami. Ça va passer.
– Oui, avec un litre de vodka. »

Il regarda ma remorque à bateau. « Tu veux aller taquiner le poisson ? »

***

Nous avons mis le bateau à l'eau à Henderson Levee, et en route. C'était la saison des sacs-à-lait, le temps était frais et ensoleillé, le ciel du même bleu dur qu'on voit dans le Montana à cette époque de l'année. Sur une île engloutie, les érables étaient devenus rouges, et les feuilles des cyprès évoquaient exactement de la dentelle verte en train de virer à l'or, toutes ces couleurs infusées d'un éclat qui semblait irradier de l'intérieur des arbres. Je laissai filer l'ancre dans la vase et sentis le gouvernail nous balancer droit dans le courant, puis accrochai un leurre à l'extrémité de ma ligne et lançai ligne, flotteur et appât dans une crique bordée de jacinthes d'eau.

Clete descendait une bouteille de bière japonaise dans laquelle le soleil dansait.

« Où as-tu trouvé ça ? demandai-je.

– Une mama japonaise que j'ai rencontrée dans le Carré. Elle m'a dit qu'elle était là avec une équipe de télévision, sauf qu'elle logeait dans un bouge près d'Airline Highway. »

Je ne dis rien. Je savais que ce n'était pas terminé.

« Quand je suis parti, ce matin, j'étais plutôt dans un sale état. Elle m'a donné une caisse de bibine japonaise. Je lui ai dit que je voulais la payer. Elle m'a dit : ' Vous déjà payé'. Quand je suis arrivé chez moi, je me suis aperçu que mon portefeuille était vide.

– Quand vas-tu te décider à grandir ?

– C'est quoi, le problème ? Tout ça, c'est du rock'n'roll. »

J'avais renoncé à essayer de discuter avec Clete. On ne pouvait rien lui enseigner, il était incapable de changer, et c'était sans doute le seul homme que j'aie jamais connu dont la bonté innée était telle qu'il pouvait passer à travers le Mal sans en être corrompu.

« Je vais te résumer ça en deux mots, Dave », dit-il. Il lança en un large arc-de-cercle une mouche Rapala et la regarda faire des éclaboussures, puis il commença à la ramener depuis l'extrémité de l'îlot, le leurre nageant comme un vairon blessé. « Tu ne veux pas reconnaître à quel point nous sommes différents. J'ai grandi dans un trou à rats de l'Irish Channel. Je me suis engagé dans les Marines pour quitter La Nouvelle-Orléans. Toi, tu as grandi dans un univers de champs de canne survolés par des milliers de canards, et de gens qui allaient au *fais do-do*[1]. C'est un univers qui est pratiquement passé à la trappe.

– Je crois que j'avais compris ça, Clete.

---

1. « Bal cadien », ou soirée dansante, en français cadien de Louisiane.

– Tu ne me suis pas. Tu vois qu'on coupe les chênes, que les marais disparaissent, que l'eau et les fossés sont remplis d'ordures, que les politiciens sucent la bite de quiconque se pointe avec un carnet de chèques, que règne l'attitude 'rien-à-foutre'. Mais tu continues à attendre qu'il se passe quelque chose de si terrible que les gens se rendront compte de leurs erreurs, et se mettront à agir différemment. Comme une grande réunion des AA. Tu l'as dit toi-même : La Grande Putain de Babylone ne va pas aux réunions.

– Tu es en train de dire que je voudrais que l'équivalent d'une bombe H soit lâché sur l'État que j'aime ?

– C'est à peu près ça.

– Merci de ta compréhension.

– Pas de problème, mon noble ami. »

J'aurais pu continuer, et railler gentiment sa logique, mais c'était moi qui avais commencé par manquer de sincérité. Je savais la véritable raison pour laquelle Clete avait fini au lit avec une Asiatique. L'amour de sa vie était une Vietnamienne superbe qui vivait sur un sampan sur le bord de la mer de Chine méridionale. Elle avait été assassinée par un Vietcong parce qu'elle couchait avec un Marine au bon cœur que son père, presque chaque jour de sa vie, avait tabassé à coups de cuir à rasoir.

« À quoi tu penses ? dit Clete.

– À rien.

– Je ne pensais pas ce que j'ai dit sur la fin de tout. Ce n'est jamais la dernière valse. Sauf si on le veut bien. »

Je n'écoutais pas. À travers les arbres engloutis, je voyais un éclat, comme le reflet d'un télescope, ou d'un fusil à lunette. Puis il disparut.

« Tu vois quelque chose ? demanda Clete.

– Ouais. Tu as tes jumelles ?

– Mes lorgnettes. » Il les sortit de sa boîte à pêche et me les tendit. « Qu'est-ce que c'est ? »

Je réglai les lorgnettes, et les déplaçai sur les saules, les tupelos et les gommiers. « Peut-être un type.

– Qu'est-ce que tu veux dire, 'peut-être' ? »

À travers un endroit dégagé, je voyais une plate-forme pétrolière en train de rouiller, des aigrettes et un pélican errant qui volait bas sur l'eau, puis je vis un homme debout dans un hors-bord dans les hauts-fonds, vêtu d'un coupe-vent et d'un chapeau mou, le visage dans l'ombre. Il avait la crosse d'un fusil appuyée sur la hanche. Un fusil à lunette.

Je mis le moteur en marche. « Remonte l'ancre. Il y a au milieu des arbres un type avec un fusil à verrou et à lunette.

– On n'est pas à la saison des cerfs ?

– La saison n'est pas ouverte. »

Clete remonta l'ancre et l'enclencha à la proue. Nous commençâmes à contourner l'île. Le hors-bord avait disparu, mais nous entendions son ronflement sur l'eau, peut-être sur un canal menant à une autre baie. Je coupai notre moteur. Maintenant, on n'entendait plus que le bruit du ressac sur la coque.

« Tu vois son visage ? dit Clete.

– Non.

– C'est toujours la saison des alligators ?

– Ouais.

– Alors ne t'inquiète pas. D'accord ?

– On est dans une zone de pêche, pas sur un champ de tir.

– Alors c'était un connard qui confond son fusil et sa queue. »

Mais on savait tous les deux que ce n'était pas ça. Personne ne chasse les alligators au fusil à lunette, et personne de bien intentionné ne regarde un autre individu à travers la lunette. Je remis le moteur en marche, et nous prîmes le chemin du retour. La température avait chuté de dix degrés ; nous avions le vent en face, comme une lente brûlure sur la peau.

Je pris une douche et allai chez Bailey, dans l'espoir d'un dîner tardif. Elle était allée faire des courses à Lafayette et m'avait dit qu'elle pensait être rentrée à huit heures.

Il était près de neuf heures. Je l'appelai deux fois sur son portable, et tombai directement sur sa messagerie. Je m'assis sur la galerie et attendis. Puis je commençai à penser à des choses auxquelles je n'aurais pas dû penser. C'est du moins ce que je ressentis sur le moment.

Je ne parvenais pas à m'ôter de l'esprit la présence de l'homme au fusil à verrou sur l'île engloutie. Clete et moi avions des ennemis. N'importe quel flic en a. Mais rares sont ceux qui cherchent à se venger. J'avais assisté, en partie par devoir, en partie à leur demande, à l'électrocution de deux assassins que j'avais contribué à faire condamner. Aucun d'eux ne m'en voulait. Aucune de mes expériences passées comme inspecteur à La Nouvelle-Orléans ou à New Iberia ne m'avait aidé à résoudre la série de meurtres liés au tarot ou à la croix de Malte. Par quoi étaient-ils motivés ? C'était la grande question. Le mobile de l'argent ne fonctionnait pas.

Et s'il s'agissait de quelqu'un qui avait déclaré la guerre à quelque chose de beaucoup plus grand que lui, un misanthrope habité par la vision du capitaine Achab à la poursuite de la baleine blanche ? Le genre d'homme décidé à détruire la beauté et la bonté où qu'elles fussent ? Cela me fit penser à l'image d'un homme tirant par une fenêtre d'un complexe hôtelier de Las Vegas.

À moins qu'il ne s'agît du genre d'homme détestant les autres au point de tuer leurs amis et leurs bien-aimés, afin de s'assurer de la souffrance quotidienne de leur véritable cible pour le restant de ses jours. Je pensai de nouveau aux dégradations subies par le corps d'Hilary Bienville.

J'appelai Bailey une troisième fois. Pas de réponse. J'appelai Alafair à la maison.

« Salut, Dave, dit-elle.
– Ça va, Alfie ?
– Ne m'appelle pas de ce nom stupide.
– Ça va ?
– Bien sûr. Que se passe-t-il ?
– Juste pour vérifier.
– Où es-tu ?
– Devant chez Bailey. Je ne sais pas où elle est. Elle m'avait dit qu'elle serait rentrée de Lafayette pour huit heures.
– Tu sais bien comment est la circulation.
– Qu'est-ce que tu as fait, aujourd'hui ?
– On a quitté le plateau assez tôt, et j'ai fait un tennis avec Des chez Red's.
– Quand as-tu commencé à sortir avec Desmond ?
– Il est déprimé. Ils sont fauchés. Lou et Antoine aussi. Ils ont hypothéqué leurs maisons et leur boîte de vidéo. Dave, je sais que tu ne compatis pas, mais combien de personnes seraient-elles prêtes à tout risquer pour créer un film épique qui finira sans doute par se planter ?
– À Henderson Swamp, j'ai vu un type avec un fusil à lunette. Je crois qu'il nous regardait par la lunette, Clete et moi.

– Pourquoi tu ne me le disais pas ?
– Je ne sais pas qui c'était. Peut-être juste un promeneur.
– C'était peut-être Smiley Wimple.
– Smiley n'a rien contre moi, ni contre Clete. Ce qui signifie qu'à partir de maintenant, on ne fait plus confiance à personne. Compris ?
– C'est un peu général.
– Tu m'as entendu ?
– C'est compris. Où vas-tu, maintenant ?
– Je ne sais pas trop », dis-je.
Mais je mentais.

26

Le club de blues au bord du bayou était bondé, les corps pressés les uns contre les autres, les gens obligés de hurler pour tenir une conversation ordinaire, l'orchestre faisant exploser la boîte avec « Ay-Te Te Fee » de Clifton Chenier. Je me frayai péniblement un chemin jusqu'au bar. Lloyd, le barman noir indigné avec une petite tête, attendit ma commande en silence.

« Bella Delahoussaye ! hurlai-je.
– Quoi ? me hurla-t-il en retour.
– Où est Bella ? »
Il regarda l'estrade. « Elle n'est pas là.
– Où est-elle ?
– En retard ! Comme toujours ! hurla-t-il. Qu'est-ce que vous voulez, mon vieux ?
– Un demi poulet grillé, double portion de riz sauvage, et un Dr Pepper sans alcool ! »

Dix minutes passèrent. Toujours pas de Bella. Le barman m'apporta ma commande sur une assiette en carton, avec une serviette en papier, et un couteau et une fourchette en plastique. Le bruit était de plus en plus fort. Je commençais à avoir mal à la tête.

« Où est le Dr Pepper ? hurlai-je.

– Je vous l'ai déjà dit, on vend pas de sodas ! » répondit le barman. Puis il s'éloigna. Un homme de grande taille qu'il me semblait connaître s'assit à côté de moi.

« Surveillez mon assiette, vous voulez bien ? » dis-je.

Je me faufilai à l'extérieur, et inspectai le parking. Je n'avais pas le numéro de Bella, et n'avais aucun moyen de la contacter, sinon appeler la police municipale de St. Martinville et demander au répartiteur d'envoyer une voiture chez elle. Je pensais que Bella n'apprécierait pas. Je rentrai et me rassis. J'aperçus Sean McClean assis à une table en bas de la scène. Il était en compagnie d'autres jeunes gens, et buvait une bière à la bouteille.

« Vous avez trouvé ce que vous cherchiez ? » demanda mon voisin.

Je le regardai. Il avait le visage aussi banal et inexpressif qu'une pierre. « On se connaît ?

– Vous êtes venu à mon ancien boulot, à St. Martinville »

Je dus réfléchir. « Harvey ?

– Vous avez une bonne mémoire.

– Vous n'aviez jamais entendu parler d'Evangeline. Vous m'avez traité de 'trou-du-cul' et de 'tête de nœud'.

– C'était une soirée difficile. Et en plus, vous vous conduisiez bizarrement. Désolé d'avoir parlé de trou-du-cul et de tête de nœud. Vous venez souvent ici ?

– Non, dis-je. J'attends Bella Delahoussaye.

– La nana noire avec les doigts magiques ?

– Pardon ?

– La façon dont elle joue de la guitare. Elle est magique. »

Je commençai à manger. J'essayai de croiser le regard du serveur.

« Vous croyiez que je voulais dire quoi ? demanda Harvey.

– Rien », répondis-je.

Il vit que j'essayais d'attirer l'attention du serveur. « Qu'est-ce qu'il vous manque ?

– Ma boisson.

– Ici, le barman se la joue. » De ses articulations, il tapota le bar.

« Pas de problème, dis-je. Laissez-le tranquille. »

La porte d'entrée s'ouvrit, et un groupe entra. Au centre se trouvait une femme mince à la peau d'ébène portant un turban africain, un dashiki sans manches turquoise et or, et son corps cliquetait de perles, de chaînes et de bracelets. Je me levai et tapai sur l'épaule de Harvey. « Vous êtes encore de garde. »

La femme n'était pas Bella. Je m'arrêtai à la table de Sean McClain. Il se leva pour me serrer la main. Ses amis sourirent. « Je ne savais pas que vous traîniez par là, Dave.

– Pas souvent. Juste ce soir.

– Tout va bien ?

– Sûr.

– Vous voulez vous joindre à nous ?

– Merci. Content de vous avoir vus. »

Je retournai au bar. Un gobelet de soda rempli à ras-bord avait été posé à côté de mon assiette. « D'où ça sort ?

– Je lui ai dit de se bouger. Il a dit qu'il n'avait pas de Dr Pepper. Je lui ai demandé s'il avait du Coca-Cola. Entre vous et moi, je pense que ce type a un problème racial. Vous feriez mieux de manger.

– C'est vous qui avez payé le Coca ?

– Vous parlez d'un problème. »

Je regardai en direction de la porte. Pas de Bella. J'avais la sensation qu'une corde de guitare se tendait dans ma tête. Je chargeai une fourchetée de poulet et de riz sauvage. Je portai le gobelet à mes lèvres et penchai la tête en arrière. Je sentis le Coca-Cola et la glace pilée glisser sur ma langue, puis dans ma gorge. Mais il y avait autre chose dans le verre. Qu'avais-je fait ? N'avais-je pas reconnu l'odeur, l'éclat doré à l'intérieur du fût dans lequel on avait fait vieillir le whisky, la fraîcheur du feu qui touchait mes reins et me faisait fermer les yeux avec le soulagement de celui qui se rend, comme si une amante infidèle était revenue d'une longue absence pour une autre partie entre les draps ?

Je posai le gobelet sur le bar, plus violemment que je n'aurais dû, peut-être plus par simulacre que par inquiétude.

« Vous aimez le Jack, non ? dit Harvey. Il n'avait pas de Dr Pepper. Alors j'ai dit au gars de vous servir du Coke avec du Jack. Qu'est-ce qui tourne pas rond, chez vous ?

– Tout.

– Bon, je me tire. Un conseil. Achetez-vous un appart à Crazy Town. Et je retire mes excuses pour vous avoir traité de trou-du-cul et de tête de nœud. »

Il fit tourner son tabouret et s'éloigna dans la foule. J'avais la main gauche sur le gobelet. Je sentais sa fraîcheur s'imprégner dans mes doigts. Pour un alcoolique, un instant pareil produit la même sensation qu'un coït interrompu. Je levai le gobelet, puis le reposai. Jamais de ma vie je n'avais eu autant envie de boire, même quand je buvais tout le temps, et que je m'éveillais avec une soif telle que j'aurais pu vraiment commettre un crime pour l'étancher.

Je me levai et me frayai un chemin jusqu'à la galerie à travers la cohue, puis gagnai le parking. J'apercevais au loin les lumières de la raffinerie de canne, la fumée montant des cheminées d'un blanc électrique sur fond de ciel noir. J'aurais voulu me trouver sur une charrette de canne en 1945, en sécurité avec mes parents, loin de l'addiction métabolique qui me détruisait depuis mes seize ans. J'entendis des pas sur le gravillon derrière moi.

« Vous avez des problèmes avec ce type, Dave ? me demanda Sean.

– C'était un malentendu.

– Vous n'avez pas l'air bien.

– Je n'ai pas faim. Tout va bien.

– Vous voulez que je vous reconduise chez vous ?

– Je crois que Bella Delahoussaye est en danger.

– La dame de l'orchestre ?

– Je pense qu'il se peut qu'elle soit une cible du type qui a tué Lucinda Arceneaux.

– Oh, Seigneur, dit-il. Allez chercher votre pick-up. Je préviens mes amis. »

C'est marrant de voir comme un gosse tout simple comme Sean McClean peut vous rendre fier d'être américain.

Tandis que nous roulions à travers le quartier noir de St. Martinville, il se mit à pleuvoir. Les rues étaient humides et brillantes, les lampadaires huileux à travers la brume. Devant nous, je voyais des flaques d'éclairs jaunes dans les nuages très haut au-dessus de la place.

« Il faut que je vous demande quelque chose, dit Sean. Donnez-moi un coup sur la tête, si vous voulez.

– De quoi s'agit-il ?

– Vous étiez en train de boire, là-bas, au club ?

– J'ai pris une gorgée d'un verre que je n'avais pas commandé. »

Il regarda droit devant lui à travers les essuie-glaces. Un tramway projetait sur son visage des ombres pareilles à de l'eau de pluie.

« Tu ne me crois pas ? dis-je.

– C'est comme si vous disiez que vous ne saviez pas ce que vous avez dans votre assiette. » Il me regarda pour voir comment je prenais ça, puis détourna les yeux.

« Tu as une arme ? demandai-je.

– À la cheville. Je ne voulais pas vous blesser.

– Je sais, Sean. Tu es un bon gars. »

Oui, c'était le cas, et je regrettais de l'avoir emmené. Repensez à votre vie. Combien de décisions décisives avez-vous vraiment prises ? Ou, pour dire les choses autrement, combien de décisions avez-vous prises qui, sur le moment, paraissaient sans conséquence mais, plus tard, se sont révélées d'une importance énorme, soit pour vous, soit pour d'autres ?

Je m'arrêtai le long du trottoir devant la maison de Bella. Une seule lampe était allumée derrière un rideau. Ses gouttières étaient obstruées par des aiguilles de pin et de la mousse espagnole, et débordaient sur les murs et les fenêtres. J'entendis Sean défaire la sangle du holster attaché à sa cheville par du Velcro.

« Mets ça à l'arrière de ta ceinture, dis-je.

– Vous me prenez pour une tête brûlée ? »

Je coupai le moteur. « Quand les circonstances le veulent, tout le monde est une tête brûlée. »

Nous sortîmes sous la pluie. J'avais mis mon chapeau. La pluie cliquetait sur le bord, et le vent me la soufflait au visage. Sean s'essuya les yeux. « Vous voulez que je fasse le tour de la maison ?

— Reste derrière moi.

— Quelqu'un vous a donné un tuyau, Dave ?

— Non. Personne. Juste une intuition.

— Pardon ? »

Je marchai devant lui. J'avais clipé mon 9 mm à ma ceinture. Je frappai à la porte-moustiquaire, et attendis. Rien ne bougeait dans la maison. À travers les rideaux, j'apercevais une lampe sur une table à l'extrémité du divan. Je crus distinguer une ombre tout au bout, mais je n'en étais pas certain. Les bâtiments de part et d'autre du pavillon de Bella étaient sombres, et il était impossible de voir à travers les bananiers touffus sous les avant-toits. Un éclair frappa le bayou, illuminant le jardin comme un flash : les bananiers étaient aussi jaunes que de vieilles dents, et zébrés de moisissure noire. Puis le jardin retomba dans l'obscurité. J'ouvris la porte-moustiquaire et frappai, fort, sur la porte intérieure.

« Je vais faire le tour, dit Sean.

— Non.

— Suspect barricadé.

— Non, répétai-je.

— C'est le protocole. »

Je lui touchai le bras. « Attends une minute. Ne fais rien d'inutile. »

Il s'écarta de moi. « Là, vous avez tort, Dave. Je vais faire le tour. »

Comment convaincre un gosse pris au milieu d'une tempête électrique qu'une visite policière nocturne non annoncée dans un quartier, en particulier dans un quartier noir, suscite de la peur, et que la peur provoque des morts ?

Il regarda derrière lui pour me rassurer. « Je maîtrise la situation. » Il s'avança au milieu du jardin, main sur la crosse du *throw-down* à l'arrière de sa ceinture, la pluie perlant son visage. Les nuages s'allumèrent à nouveau, et un homme caché dans les bananiers jaillit en direction de la rue. Ça n'avait pas de sens. Si l'homme avait peur de nous, pourquoi ne pas courir vers l'allée entre les deux maisons ? Puis je me rappelai que l'accès à l'allée était bloqué par une clôture de bois entre le pavillon de Bella et la maison voisine.

« Police ! Arrêtez ! » cria Sean. Il sortit son arme de sa ceinture et, des deux mains, la pointa devant lui. C'était un .22 semi-automatique.

« Arrête, Sean !
— Ce fils de pute est armé.
— Laisse-le aller ! Laisse-le ! Laisse-le !
— Cet enculé a une arme. Je l'ai vue.
— Baisse ton arme », criai-je à Sean.

La silhouette fit demi-tour au milieu de la rue ; je ne sais pas pourquoi. Peut-être avait-il l'intention de se rendre. Mais il tendait le bras droit droit devant lui. Peut-être voulait-il montrer qu'il avait une arme, et s'apprêtait-il à la poser. Comment se mettre dans la tête d'un homme sans visage, armé, qui peut vous planter une balle en pleine face en effleurant la queue de détente de son arme ?

« Lâchez ça ! Vous m'entendez ? Lâchez ça ! hurla Sean. Sans hésiter ! Faites-le ! Faites-le ! Faites-le ! »

Je vis le poignet de l'homme commencer à tourner vers le bas. Peut-être s'apprêtait-il à poser son arme délicatement sur le bitume, pour qu'elle ne se décharge pas. J'avais sorti mon insigne, et le tenais de façon à ce que le lampadaire s'y reflète. Je commençais à sentir que nous avions la situation en main.

« Baissez lentement votre arme, et reculez d'un pas. Personne ne sera blessé. »

Je crus voir les genoux de l'homme commencer à se plier. Je crus voir sur son visage un sourire de compréhension. Mais je vis aussi le canon de son Luger se relever tandis qu'il s'apprêtait à s'accroupir.

Sean se mit à tirer, *pop-pop-pop-pop*, quatre ou cinq ou peut-être sept balles, impossible de les compter. Le verrou de son .22 semi-automatique s'ouvrit sur une chambre vide.

L'homme au Luger s'effondra comme une marionnette libérée de ses fils.

« Merde ! » cria Sean.

Je descendis du trottoir. Une voiture descendait la rue, nous balayant de ses phares. Hugo Tillinger était sur le dos, vêtu d'un manteau par-dessus un T-shirt, pas rasé. Son corps évoquait un point d'interrogation brisé. Il avait deux blessures de balle à la gorge, une à la poitrine, et une au-dessus de l'oreille. Sa main s'agitait sur sa gorge. Une grosse bulle rouge sortit de sa bouche. Le Luger était tombé à côté de lui. Je l'écartai du pied et m'accroupis. Mes genoux étaient douloureux.

« Où est Bella ? » dis-je.

Ses yeux s'ouvraient et se fermaient.

« Répondez-moi. Que lui avez-vous fait ? »

Il secoua la tête. Ses dents étaient rouges. Un mot guttural essayait de sortir de ses cordes vocales.

Sean se tenait debout à côté de moi. « Je ne voulais pas faire ça, Dave. »

Je le tirai à l'écart de Tillinger. « Ce n'est plus le moment.

– Je l'ai supplié de le lâcher. Je n'ai jamais descendu personne.

– Pose ton arme.

– Oui, monsieur.

– Il y a un kit d'urgence derrière mon siège avant. Va chercher les réflecteurs, les flashes et les fusées, et éclaire la rue. Le kit de première urgence est sous le siège. Je rentre dans la maison.

– Je ne voulais pas faire ça, Dave. Vous le savez, non ? Il va s'en sortir, non ?

– Écoute-moi. Il l'a voulu. Ton tir était justifié. Je l'ai vu lever son arme. Tu t'es identifié, et tu lui as dit de lâcher son arme. Il n'a pas obéi. Ta vie était en danger. Répète-moi cette phrase.

– Ma vie était en danger ?

– Répète encore une fois.

– Ma vie était en danger.

– Fin de l'histoire. Compris ?

– Oui, monsieur.

– Mets-lui un bandage sur la gorge. »

Je sortis mon portable et, tout en faisant le tour jusqu'à la porte arrière de Bella, j'appelai une ambulance et je signalai les coups de feu. Je m'entourai la main d'un mouchoir et, du pouce et de l'index, je tournai le bouton. La porte n'était pas fermée à clef. Un sifflement de gaz venait du four et des brûleurs. J'allumai ma lampe-stylo. La guitare acoustique de Bella se trouvait sur le sol, sa caisse réduite en petit bois, son manche cassé en deux, le chevalet et les cordes complétement emmêlés. Une bougie dans un bougeoir rouge tremblotait à l'intérieur d'un placard ouvert. Je pinçai la bougie pour l'éteindre, coupai le gaz, et cassai les vitres à coups de poêle.

J'entrai dans le salon, pris la lampe sur la table près du divan et la tins au-dessus de ma tête, renvoyant l'ombre sur les murs. Bella était assise à l'extrémité du canapé, les mains sur les genoux, ses poignets entravés, ses yeux recouverts chacun d'un sparadrap rouge en forme de X. Elle avait la tête sur l'épaule, comme si elle somnolait dans un tramway à La Nouvelle-Orléans à la fin d'une journée de travail. Sauf qu'on n'était pas à La Nouvelle-Orléans, qu'elle n'était pas dans un tramway, que sa nuque avait été brisée, et qu'on lui avait mis entre les mains un haut calice en laiton contenant une rose.

J'appelai Bailey depuis mon portable. « J'ai besoin de toi à St. Martinville, à deux rues de la place. Bella Delahoussaye a été assassinée. Sean McClean a collé au moins quatre balles à Hugo Tillinger.

– Comment ça s'est passé ? Pour Sean, je veux dire.

– Je te le dirai quand tu seras là.

– C'est Tillinger l'assassin ?

– Je n'en sais rien. Le gaz était allumé. Et une bougie brûlait à trois mètres de là.

– Tu crois qu'il a fait brûler sa famille, et qu'il voulait en faire un remake ?

– C'est pour ça que j'ai besoin de toi.

– Et toi, ça va ?

– L'assassin l'a attachée, lui a scotché les yeux, si bien qu'elle a l'air d'un personnage de dessin animé, et il lui a brisé la nuque. »

Bailey arriva vingt minutes plus tard. Les auxiliaires médicaux chargeaient Tillinger à l'arrière de leur véhicule. Bailey monta l'escalier, vêtue d'un pantalon de treillis et de bottines, un foulard noué sur la tête, son insigne pendant à un cordon autour de son cou. Le coroner n'était pas en ville. Bailey enfila des gants de latex, et s'accroupit pour voir en face le visage de Bella. Elle se releva, et écarta les cheveux de la nuque de Bella.

« Pas de contusions, pas de bleus, en dehors d'une abrasion sur le côté gauche, comme si on lui avait arraché un collier ou une chaîne, dit-elle. Je pense que celui qui l'a tuée lui a passé un bras autour de la tête, et lui a cassé le cou. Soit il a un entraînement militaire, soit ce n'est pas première fois qu'il fait ça.

— La dernière fois que je l'ai vue, elle portait une croix de Malte, dis-je.

— Comme Hilary Bienville ?

— Oui.

— Si ce n'est pas Tillinger, qui l'a tuée ? Il n'y avait personne d'autre ici, non ?

— Personne que nous ayons vu.

— Alors qu'est-ce qu'il faisait là ? »

Je secouai la tête.

« Et que s'est-il passé avec Sean ? demanda-t-elle.

— Je te raconterai ça plus tard. »

Deux policiers en civil de St. Martin se tenaient devant la porte. L'un fumait une cigarette. À ma demande, ils avaient attendu pour emmener le corps.

« Dites donc, les gars, si vous avez un Ziploc, j'emballerai le calice et la rose pour vous », dit Bailey.

D'une chiquenaude, le policier qui fumait expédia sa cigarette dans le jardin. « Il y en a sur le siège avant de la voiture. Servez-vous.

— Merci. Oh, écrasez vos mégots, vous voulez bien ? dit-elle. Je ne voudrais pas que les gars du labo mélangent votre ADN avec celui d'un maniaque homicide. Vous ne vous êtes pas servis des toilettes, hein ? »

Ils la fixaient comme ils auraient fixé une créature de l'espace. Je lui mis un Ziploc dans la main. Elle retira des doigts de Bella le calice et la rose, et les glissa dans le sac.

« Il a fait d'elle la Reine des Coupes, dit-elle. Hilary Bienville ne répondait pas aux critères, alors il lui a substitué cette pauvre femme pour son sacrifice rituel.

– Que signifie la rose ?

– Un Freudien dirait sans doute que c'est sexuel. Mais plus personne n'écoute Freud. Qu'y a-t-il dans le reste de la maison ?

– Il a démoli sa guitare dans la cuisine.

– Des indices d'effraction ?

– Non.

– Alors sans doute qu'il la connaissait. Il lui a mis du sparadrap sur les yeux parce qu'il est lâche. Il a mis des X pour l'humilier. Il a une dent contre les arts, ou la musique, ou la créativité. Il a laissé le gaz allumé et la bougie brûler pour que la maison explose.

– Qu'es-tu en train de me dire ?

– Je pense que tout ça porte la signature de Tillinger.

– Parce que Tillinger a déchiré des poster de heavy metal sur le mur de la chambre de sa fille ?

– Parce que l'État du Texas est convaincu qu'il a fait brûler sa famille.

– Un peu plus tôt dans la journée, Clete et moi avons vu un type avec un fusil dans un bateau. Il nous regardait à travers un viseur télescopique. »

Elle scruta mon visage. « Tu veux que je continue ?

– Tu crois que je m'imagine des choses ? »

Elle posa son bras sur le mien. « Viens avec moi. »

Nous passâmes ensemble dans la cuisine. Le vent soufflait par les fenêtres que j'avais défoncées, le linoleum luisait d'éclats de verre. « À quel point connaissais-tu cette femme ?

– Assez bien.

– Ne crains pas de me faire de la peine.

– Elle était une œuvre d'art, une Vénus créole montant de la mer avec une guitare autour du cou.

– Sean sent l'alcool.

— C'est le genre de gosse qui ne boit qu'une bière. Ça n'a rien à voir.

— Et toi aussi, tu sens l'alcool.

— J'ai pris un verre par erreur. »

Elle passa la main sur mon bras et mon poignet, serra ma main, et appuya le front sur mon épaule. « Si Tillinger n'est pas le coupable, on trouvera le type qui a fait ça, on l'éventrera jusqu'aux yeux, et on le suspendra à un poteau de clôture. Je te le promets. »

L'ambulance s'éloigna avec Tillinger. L'agent en civil qui avait jeté sa cigarette dans le jardin s'appelait Jody Dubisson. Il avait des rouflaquettes, et ses cheveux ressemblaient à une perruque en plastique noir. Il mâchait constamment un chewing-gum, et il n'avait sans doute pas tous les neurones connectés, mais ce n'était pas un mauvais chien. « L'assassin a essayé de me dire quelque chose. J'ai pris mon carnet, et je lui ai mis un stylo-feutre dans la main.

— On ne sait pas si c'est l'assassin, dis-je.

— Ouais, c'est sans doute un coup de Spiderman. Vous voulez jeter un coup d'œil ? »

J'ouvris le carnet. Sur la première page, Tillinger avait griffonné « AB », et « PRO » et « UNC » et « PRISON »

« Ça vous dit quelque chose ? demanda Dubisson.

— 'AB' peut signifier Aryan Brotherhood. Le reste, ça peut vouloir dire n'importe quoi. »

Il me tendit deux plaquettes de chewing-gum. « Une pour vous, et une pour le môme. » Il leva les yeux sur les miens. « Vous me suivez ?

— L'alcool n'avait rien à voir avec les coups de feu.

— J'ai dit le contraire ? Vous avez l'air dans un sale état.

– Ça fait partie de ma mystique.
– De votre quoi ?
– Vous connaissiez Bella ?
– Je l'ai vue deux ou trois fois dans la rue. C'était une femme à amulettes, ou quelque chose comme ça ? »

Je regardai le ciel. Il était couvert de nuages noirs. « J'aime à penser qu'elle est avec les étoiles, dis-je.
– Vous êtes un drôle de type, Robicheaux. »

Je mis le doigt sur la première page du carnet. « Je peux prendre ça ?
– Vous pouvez le copier. C'est notre piste. »

27

Le lundi matin, à 10 h 17, Helen descendit dans mon bureau. « J'étais au téléphone avec les autorités du Texas, je viens de raccrocher. Devine quoi ?
– Ils ne sont plus pressés de récupérer Tillinger, dis-je.
– Comment tu le sais ?
– Ses soins médicaux pourraient coûter des millions. »
Elle tira une chaise. « Raconte-moi tout encore une fois. »
Je fis ce qu'elle me demandait. Helen était un bon flic – pour moi, seul Clete Purcel était meilleur – et pas quelqu'un à qui on racontait des salades. Mais je ne voulais pas que Sean McClain soit plus atteint qu'il ne l'était déjà.
« Tu as quitté un bar et tu t'es rendu chez Delahoussaye parce que tu avais une intuition ? demanda-t-elle.
– Exact.
– Tu sais comment d'autres pourraient prendre ça ?
– C'est leur problème.
– Et dans le club de blues, Sean McClain avait bu ?
– Il n'était pas ivre.

– Et toi ?

– J'avais bu dans un verre par erreur. »

Sa mâchoire se raidit.

« Pour te la faire brève, voilà comment s'est passée la fusillade, dis-je. Tillinger a pointé son arme sur nous. Sean n'a pas cessé de lui répéter de la lâcher.

– Tillinger a pointé son arme *sur* vous, ou dans votre direction ?

– C'est une distinction trop subtile.

– Je pense que tu me caches quelque chose. »

Elle avait raison. Tillinger avait probablement pensé que j'étais de son côté. Il s'apprêtait probablement à baisser son arme et à la poser sur le bitume. Peut-être même avait-il un sourire sur le visage. Et alors Sean s'était mis à tirer. Peut-être que s'il avait attendu deux secondes de plus, le Luger aurait été posé et Tillinger aurait eu les mains en l'air.

« Je regrette d'avoir emmené Sean avec moi, dis-je. Si quelqu'un a commis une faute, c'est moi.

– On n'est pas dans un monde parfait, bwana. Mais on n'a pas le choix.

– Autre chose ?

– La paroisse de St. Martin pense que l'affaire est close.

– Ils se basent sur quoi ?

– Tillinger était sur la scène de crime, avec une arme à la main. Ça peut être une preuve.

– Y avait-il des empreintes sur le calice ?

– Non.

– Est-ce que Tillinger avait des gants sur lui ?

– Jody Dubisson dit qu'il continue de chercher.

– Ce sont des balivernes, et tu le sais.

– Les gens simples aiment les raisonnements simples.

– Je crois que Tillinger avait un Luger pour protéger Bella, pas pour la tuer.

– Comment Tillinger aurait-il su que l'assassin devait aller chez elle ?

– Peut-être que Tillinger le suivait. Il aurait sans doute fait un bon flic. Tillinger est un être humain, Helen. Le type à qui on a affaire n'appartient à aucune catégorie. »

Mon bloc-notes était ouvert sur mon sous-main. Elle regarda la copie que j'avais prise de la tentative de Tillinger pour identifier le tueur. « Que penses-tu de ça ?

– Je crois que l'Aryan Brotherhood joue un rôle là-dedans, dis-je. Il y a peut-être un lien entre eux et notre scandale dans la prison. Peut-être que 'UNC' signifie 'University of North Carolina', ou 'uncle'. Peut-être que 'PRO' signifie 'producteur'. Si on réfléchit à tout ça, on peut se perdre complétement.

– Revenons à notre scandale dans la prison, dit-elle. Quel est le lien entre ça et l'assassinat de Lucinda Arceneaux ? »

Je secouai la tête, impassible.

« Ne me fais pas ton numéro. Je te connais, Dave.

– Je n'ai aucune réponse. Et je le regrette. »

Elle attendit un long moment avant de reprendre la parole. « Des nouvelles d'Iberia General ?

– Le neurologue dit que l'intérieur de la tête de Tillinger est en bouillie. »

Elle regarda à nouveau le bloc-notes. « J'aimerais botter le cul de Sean McClain.

– C'est un brave gosse.

– Mais il a royalement merdé. » Elle se tut. Je savais qu'elle voulait en dire plus, et que ce n'était pas agréable.

« J'ai merdé aussi », dis-je.

Elle se gratta l'avant-bras, le regard dans le vague. Puis elle se leva et se mit derrière mon fauteuil. Je ne savais jamais ce qu'allait faire Helen quand elle se tenait derrière moi. Parfois, son silence me faisait peur. Ainsi que je l'ai déjà dit, plusieurs personnes cohabitaient en elle, certaines dangereuses, certaines aventureuses, certaines érotiques et presque prédatrices. Les gens parlent de « sortir du placard ». Helen avait de quoi sortir d'un entrepôt gros comme un pâté de maisons. Elle agrippa mes épaules, enfonçant ses doigts dans mes tendons. Je sentais la fraîcheur de ses vêtements, je percevais presque la chaleur de son corps.

« Il y a deux personnes au monde qui connaissent toutes tes pensées, Pops. L'une d'elles est Clete Purcel. Devine qui est l'autre ?

– Aucune idée, répondis-je.

– Que pense Bailey ?

– Que notre tueur est un chasseur de trophée inversé. Ou peut-être qu'il a un carton rempli de culottes, de soutiens-gorges et de portefeuilles. Il continuera à faire ça jusqu'à ce qu'on le bute. »

Elle me passa un ongle sur la nuque. « Si tu t'occupes de ça tout seul, je récupérerai ta tête dans une panière.

– J'attends avec impatience », dis-je.

La mort de Bella me faisait me sentir mal. J'assistai à une réunion de l'après-midi, avouai une rechute accidentelle – même si je n'étais pas certain qu'elle eût été entièrement accidentelle, ce que je dis –, passai à St. Edward's Church, et je me sentais toujours mal. Je retournai au service et discutai avec Bailey, qui, pas plus que les autorités de St. Martin, n'arrivait quelque part avec les indices, principalement parce qu'il n'y en avait pas ; puis j'appelai Clete Purcel, lui racontai tout, et fixai un rendez-vous avec lui au Red Lerille's Health and Racquet Club à cinq heures et demie.

Quand j'entrai dans la salle de sport, Clete frappait sur le gros sac, lui rentrant dedans au bout de sa chaîne, muni de gants bleu ciel, vêtu d'un ample short Everlast qui lui descendait aux genoux et d'un maillot gris sans manches LSU trempé de sueur. Il se dégageait de lui l'odeur d'un éléphant en rut.

« Mon noble ami, dit-il en immobilisant le sac.

— Tu as quelque chose pour moi ?

— Un gamin du nom de Spider Dupree. Il a fait trois ans à Soledad. L'AB lui a fait effacer ses tatouages, « rendre son encre », comme ils disent. Ils lui ont fait aussi d'autres petits trucs. Laisse-moi prendre une douche.

— Tu crois que tu en as besoin ?

— Que j'en aie besoin ou pas, je me douche. »

Vingt minutes plus tard, je le retrouvai au bar sans alcool. Il avait les cheveux soigneusement peignés, le visage brillant et joyeux, un pantalon et une chemise bien repassés. Pendant un instant, sous le doux éclairage pastel, il ressembla au flic avec qui je faisais des rondes dans le Vieux Carré, quand nous étions tous les deux persuadés de ne jamais mourir. Nous avons commandé deux jus de fruits, avec une tige de menthe plongée dans la glace pilée.

Je regardai autour de moi. « Où est ton homme ?

— On le retrouve à sept heures dans un rade pour bikers. » D'une articulation, il s'essuya une narine. « Il faut que j'aie quelques assurances à propos de ça, Dave.

— À propos de quoi ?

– De ce à quoi tu réfléchis. On a l'impression que tu as une abeille qui bourdonne derrière tes yeux. On dirait que tu t'apprêtes à canarder, mon noble ami.

– Je ne sais pas où tu vas chercher tout ça.

– Au cas où tu ne le saurais pas, on lit toutes tes émotions sur ton visage.

– Tu veux bien arrêter ? »

Il regarda autour de lui. Personne ne pouvait nous entendre. « Voilà où est le problème. Le type qui a tué Bella n'a pas besoin de mobile. Il fait ça pour le plaisir. Tu as connu des gens comme lui au Vietnam. On n'avait pas abusé d'eux enfants. Leurs mères ne les avaient pas attachés sur leur pot. Ils étaient nés pervers et plus dangereux qu'un seau de pisse de chèvre sur un radiateur.

– Et alors ?

– Alors tu commences à imaginer des choses dingues à propos d'oligarques arabes ou russes et de politiciens corrompus. Ces enculés de politiques – et la Louisiane, le New Jersey et la Floride en sont remplis – ne perdent pas leur temps à tuer des gens. Ils sont trop occupés à voler le reste d'entre nous. Regarde les choses en face. On a entre les mains ce tueur du Kansas, comment s'appelle-t-il, déjà ? BTK. On ne peut pas être plus malin que lui, parce qu'il n'est pas malin. Ce type aime la puissance, et la souffrance, et il aime voir la lumière s'éteindre dans les yeux de ses victimes.

– Ça n'a pas été le cas avec Bella.

– Parce qu'elle était plus âgée, et plus intelligente, et qu'elle voyait en lui la sale merde qu'il est. »

On ne pouvait pas tromper Clete Purcel. « Pourquoi ce gosse a-t-il dû rendre son encre ?

– Tu lui poseras la question. »

Le bar de bikers était situé dans la partie nord de Lafayette. Comme la plupart des bars de bikers, il aurait pu servir de laboratoire dédié à l'étude de la misogynie, de l'atavisme et de l'esprit de contradiction. Un drapeau confédéré était punaisé au plafond, gonflé par la brise d'un ventilateur électrique. Le drapeau du Reich était épinglé à un mur ; sur un autre mur, on voyait un drapeau noir zébré de deux éclairs blancs. J'ai toujours pensé que ce qu'il y avait de plus drôle, c'étaient les tenues des clients. Ils affectaient d'être des barbares ou des iconoclastes, mais en même temps ils semblaient rechercher l'uniformité et l'anonymat. Ils s'habillaient de la même façon, ils se ressemblaient, ils parlaient de la même voix gutturale, comme si tous se gargarisaient à l'acide muriatique. Leur air arrogant, la façon dont ils dissimulaient leurs traits sous leur pilosité faciale, me faisaient penser à des acteurs terrifiés à l'idée que quelqu'un pût surprendre leur véritable personnalité.

Ce qui ne veut pas dire qu'ils n'étaient pas dangereux. En groupe, ils étaient féroces et trouvaient mutuellement en eux la force que chacun n'avait pas. Leurs chefs étaient non seulement intelligents, mais touchants, ou impressionnants, selon les nécessités. Quels que fussent les circonstances ou l'environnement, c'était toujours une erreur que de leur chercher noise.

Spider Dupree faisait à peu près 25 ans, ses cheveux roux, qui lui descendaient aux épaules, avaient été lavés et séchés au séchoir. Il portait un pantalon zazou remonté haut sur les hanches, une chemise blanche à manches longues trop grande pour lui, brodée d'argent, avec des boutons pression en perle sur les poches et les manchettes. La peau sous son œil gauche était abîmée. Un bar de bikers semblait un lieu peu approprié pour un gosse qui, visiblement, avait été obligé de « rendre son encre ».

Clete me présenta. La poignée de main de Spider Dupree était aussi légère que l'air et ses yeux comme des pierres noires mal alignées au fond d'un bocal.

« Vous vous demandez sans doute pourquoi je fais ça, dit-il. J'ai rejoint une église, et je suis devenu clean. Ce qui signifie aussi que je dois rester honnête.

– Bien sûr », dis-je. Il était impossible de croiser son regard. Ses yeux semblaient regarder deux écrans en même temps. « Content de vous connaître, Spider. »

Il toucha l'une des cicatrices qui coulaient de son œil. « Mon histoire se lit sur mon visage. J'ai pas de secrets. Ces types ici me traitent bien. Allons dans un box. Vous voulez une bière, ou quelque chose ? »

Avant que j'aie pu répondre, Clete dit : « Apporte-moi une Miller, et apporte à Dave un Coca-Cola avec quelques cerises et une tranche de citron. Ça te va, Dave ? »

Je ne répondis pas.

Nous attendîmes que Spider revienne dans notre box avec les boissons. « Tu m'a dit que tu avais pris une gorgée de Jack, dit Clete. Alors j'ai pris les devants.

– Oublie ça. Pour quelle raison Spider est-il tombé ?

– Voies de fait sur des gays dans le Castro District.

– Trois ans ? dis-je.

– Il les a tabassés à coups de matraque, principalement sur la bouche. On pourrait dire qu'il a un léger problème de déni. Il est devenu de la viande fraîche dès qu'il est entré dans le bloc de détention. »

Dupree s'assit à côté de Clete. Il était difficile de n'être pas distrait par les cicatrices sous son œil gauche. Elles évoquaient un ver rose, segmenté, sur lequel quelqu'un aurait marché. Il se les frotta du poignet, et eut un demi-sourire. « Elles me font pleurer l'œil, même si ça ne s'explique pas.

— Raconte à Dave pourquoi l'AB a voulu reprendre son encre.

— J'ai cogné quatre types pour mériter mes larmes[1]. Deux dans la douche, un dans la cour, un dans le bloc. Ensuite ils m'ont dit que je devais me faire trouer le cul par une demi-douzaine de queutards. Ils se servaient d'un tournevis. Si je n'avais pas été transféré à Atascadero, j'aurais été tué. »

Je détournai mon regard de ses yeux. Je ne pouvais imaginer ce qu'avait dû être son enfance. « C'est du passé.

— J'ai allumé un type en isolement cellulaire. Ça vous paraît le fait d'un gars qui doit se faire défoncer le cul ? »

Je regardai Clete.

« Tu es resté droit, Spider, dit Clete. Personne n'a rien contre toi. Pas vrai, Dave ?

— Exact », dis-je.

Dans les yeux de Spider passa un éclat de lumière qui me rappela un mitrailleur de dix-neuf ans, à bord d'un hélicoptère, que j'avais connu autrefois, un gosse inconscient qui ne se rendait pas compte à quel point ses discours énervaient les autres.

« À propos de ce type qui a été étouffé dans la prison de la paroisse d'Iberia ? dit Clete. Deux gardiens se sont assis sur lui ? »

---

[1]. Pour être admise dans l'AB, une recrue potentielle doit avoir tué ou agressé quelqu'un à l'intérieur de la prison.

Spider sembla sortir d'une transe. « Ouais, il appartenait à l'AB. Mais il était sourd et débile. Il a commencé à se battre avec les matons et ils se sont assis sur lui. C'était la carpette d'un flic nommé Devereaux.

– 'Carpette', vous voulez dire petit ami ? dis-je.
– Non, il travaillait pour ce flic.
– Maquereautage ?
– Sexe, coke, amphètes. Maintenant, c'est héro et oxy. Je n'aime pas trop parler de tout ça.
– Pourquoi ne pas devenir clean ? dis-je.
– C'est bien le problème : je *suis* clean. Les voyages sur les routes de la mémoire ne sont pas très bons pour ma sérénité.
– On comprend très bien ce que tu veux dire, dit Clete. Tu nous rends un grand service, Spider. On ne l'oubliera pas.
– Le type qui s'est fait étouffer s'était cramé la tête quand il roulait avec quelques clubs de motards sur la côte Ouest.
– Raconte à Dave, pour les tatouages, dit Clete.
– Autour d'une cheville. Une chaîne de croix.
– Du genre grosses croix ? dit Clete.
– Ouais.
– La croix de Malte ? dis-je.
– La quoi ?
– Je me souviens de ce type qui est mort en prison, dis-je. Il s'appelait Frank Dubois. C'est bien de lui dont on parle ?
– Ouais, il avait un blason tatoué sur le dos. Il savait parler latin, ou grec ancien, ou une connerie comme ça. Il connaissait aussi le langage des signes.
– Connaissait-il Lucinda Arceneaux ? demandai-je.
– Je sais pas qui c'est.

– Est-ce que des gens d'Hollywood sont mêlés à ça ? dis-je.

– Au moins un, c'est sûr.

– Qui ?

– Un type qui aime suspendre les filles à des portemanteaux, dit-il. Du moins c'est ce que j'ai entendu dire. Il a un drôle de nom.

– Antoine Butterworth ? dis-je.

– Ça me dit quelque chose. Il faut que je retourne bosser. Pour les verres, c'est huit dollars cinquante. Pas de pourboire. Si vous devez revenir par là, ne devenez pas trop intimes avec la clientèle. Il y a beaucoup de gens anormaux qui traînent dans le coin, par les temps qui courent. »

Nous sommes sortis rejoindre la Caddy de Clete. Elle était garée derrière le bar près d'un bouquet d'arbres festonnés de lianes mortes. Le vent était devenu froid ; des feuilles jaunes et noires tombaient sur le parking et flottaient sur des flaques d'eau de pluie grasses d'essence. Les motos des bikers étaient rangées en lignes droites, les roues alignées selon le même angle, les carrosseries bien essuyées et brillant au clair de lune.

Clete porta à sa bouche une cigarette non allumée. Son feutre était incliné sur sa tête. Je retirai la cigarette de sa bouche et, d'une chiquenaude, l'expédiai dans l'eau. Il la regarda flotter dans la flaque. « Tu crois que Butterworth est notre homme ? dit-il.

– Et pas qu'un peu. Il aime jouer les mauvais garçons. J'ai le sentiment qu'il a envie de se faire cogner.

– En quoi est-il différent de ces types qui sont là-dedans ? demanda Clete en regardant le club. Le simple fait qu'ils soient des imitations de Hell's Angels ne veut pas dire qu'ils ne tuent personne.

– Partons d'ici. C'est déprimant.
– En quoi est-ce qu'ils te gênent ?
– Qui ?
– Les bikers.
– Ce ne sont pas les bikers. C'est ce type de bikers-là. S'ils faisaient ce qu'ils veulent, on vivrait dans le Reich américain. »

Mais il ne m'écoutait plus. « Tu oublies un type, Dave.
– Ah ouais ? »

Clete se mit une autre cigarette entre les lèvres. Cette fois-ci, il l'alluma. Une fumée cotonneuse lui sortit de la bouche. « Un type dont tu t'obstines à affirmer qu'il est d'équerre. »

Je remontai la fermeture Éclair de mon coupe-vent, et en boutonnai le col. Je lui retirai de la bouche la seconde cigarette, que je laissai tomber dans l'eau. « Arrête ce petit jeu avec moi, Clete.
– Qui se trouve au centre de toute cette affaire sans en être effleuré ? dit-il. Qui a une bonne raison de te faire vraiment mal ? Dans le cas présent, en humiliant et en tuant Bella Delahoussaye ?
– Je sais où tu veux en venir. Laisse tomber.
– Qui est obsédé par les films de John Ford, et par Henry Fonda, et Wyatt Earp, et Clementine Carter et l'actrice qui l'interprétait et la femme, ici, à New Iberia, qui lui ressemble exactement ?
– Desmond n'a rien à voir avec ça. C'est dingue.
– Tu couches avec Bailey Ribbons, Dave. Dans la tête de Desmond Cormier, tu lui as volé son rêve. Putain, réveille-toi. »

Le mardi matin, je reçus un appel d'une infirmière d'Iberia General. « Bonjour, Mr. Robicheaux. J'espère que je ne vous dérange pas.

– Absolument pas, dis-je en jetant un coup d'œil sur ma montre.

– Je sais à quel point vous êtes occupé.

– En quoi puis-je vous aider ?

– J'ai failli ne pas appeler. C'est à propos de votre ami. Ne prenez pas ça mal, je vous prie. Il me paraît quelqu'un de bien.

– Je suis désolé, madame. Je ne vois pas bien ce que vous voulez dire.

– Si, vous savez bien, ce petit bonhomme câlin.

– Câlin ?

– Il a apporté dans la chambre de Mr. Tillinger une boîte de Ding Dongs, une bande dessinée et un ours en peluche. J'ai dû lui expliquer que Mr. Tillinger est dans le coma, et qu'il est possible qu'il n'en sorte pas. Mais il n'aurait pas dû venir dans le service à 5 heures du matin. Je me demandais si vous ne pourriez pas lui parler. Sans le blesser. »

Je m'avançai sur mon fauteuil. « Il n'a pas donné son nom ?

– Ça m'est sorti de l'esprit. Heureusement que je prends ma retraite cette année. Il zézaye.

– Wimple ?

– Désolée, ce n'était pas ça. Ah, si, attendez. C'était un surnom. Que je suis bête. Il a dit que ses amis l'appelaient Smiley. Il a dit que vous étiez son ami.

– Je n'ai pas bien compris votre nom.

– Alice Mouton.

– Je ne veux pas vous inquiéter, Miss Alice, mais l'homme dont nous sommes en train de parler est un psychopathe. Si vous le revoyez, ou s'il reprend contact avec vous, ne laissez pas entendre que vous connaissez son identité. Appelez-nous. Vous m'avez bien compris ? »

Il y eut un silence sur la ligne.

« Miss Alice ?
— Oui.
— Vous avez fait tout ce qu'il fallait faire. Vous ne courez aucun risque. Ses ennemis sont en général des gens qui ont fait du mal à des enfants.
— Que voulez-vous que je fasse des affaires qu'il a laissées pour Mr. Tillinger ?
— Y a-t-il un ticket de caisse, une étiquette qui indique leur origine ?
— Pas que je voie.
— Je passerai les prendre. En attendant, laissez-les chez Mr. Tillinger.
— C'est là qu'elles sont pour l'instant. Cet homme a coincé l'ours en peluche sous le bras de Mr. Tillinger. »

Une heure plus tard, je reçus l'appel que j'attendais. « Mr. Robicheaux ?
— J'ai appris que vous aviez rendu visite à Mr. Tillinger, Smiley.
— La dame vous l'a dit ?
— Personne n'avait à me le dire. Quand vous êtes dans le coin, tout le monde le sait.
— Vous vous moquez de moi ?
— Absolument pas.
— Cet adjoint qui s'appelle Sean a tiré sur un homme innocent.
— Vous vous trompez.
— Des gens de couleur ont vu ça de leur voiture.
— Tillinger était armé. Il pointait un German Luger à la fois sur l'adjoint et sur moi.
— Mais vous, vous n'avez pas tiré. Alors que l'adjoint, si. Ça veut dire que vous saviez que Mr. Tillinger n'allait pas tirer. »

Une fois de plus, il m'avait eu. « Ne vous approchez pas de mon collègue.

— Je vais où je veux.

— Pas dans le cas présent.

— Je suis très fâché. Mr. Tillinger était courageux. Il a dit la vérité à propos de sa famille. Il m'a soutenu dans des circonstances très difficiles. Vous avez tous les deux commis une action méchante, Mr. Robicheaux.

— Inspecteur Robicheaux. Mais je veux que vous m'appeliez Dave. La protection de témoins, vous savez ce que c'est ?

— N'essayez pas de me piéger.

— Vous pourriez nous être très utile. Mais il faut que vous arrêtiez de régler les problèmes de votre côté. Les choses ne sont pas toujours ce qu'elles paraissent. Aucun de nous n'est Dieu. »

Il y eut un silence.

« Ne me raccrochez pas au nez, Smiley. Le jeune adjoint qui a tiré sur Mr. Tillinger a commis une erreur. Vous aussi, vous avez commis des erreurs, n'est-ce pas ?

— Oui.

— Sean est un bon petit gars. En ce moment, il se sent très coupable. Il a besoin d'un ami, pas d'un ennemi. Je parie que c'est ce que vous dirait Mr. Tillinger. Vrai ou faux ?

— Peut-être.

— On est d'accord ?

— À propos de l'adjoint ?

— Oui, à propos de l'adjoint.

— D'accord », dit-il.

J'étais en sueur, j'avais le cœur battant. Je me levai, le téléphone dans la main. J'avais l'impression d'avoir mis le pied dans un tourbillon. Au-dessous de moi, je voyais le bayou, et une pirogue vide en train de tourner au milieu du courant.

« Vous êtes toujours là ? dis-je.

– Maintenant, on est du même côté ?

– Vous pouvez le dire.

– Mais vous savez qu'il y a une différence entre nous, n'est-ce pas ?

– Je ne sais pas quoi vous répondre.

– Je n'ai pas de limites. Je fais des choses que les autres n'ont vues que dans leurs rêves. Et je n'ai pas de remords. »

28

Ce soir-là, quand je rentrai chez moi, j'étais complétement découragé. Nous n'avions aucun suspect crédible dans la série de meurtres qui avait débuté avec Lucinda Arceneaux ; un homme dérangé comme Smiley Wimple m'adressait des appels que je ne pouvais pas tracer ; et des étrangers, des sybarites comme Antoine Butterworth, s'essuyaient les pieds sur nous.

Alafair avait déjà préparé le dîner, et quand j'entrai dans la cuisine, elle dressait la table. Elle portait une robe blanche et elle était maquillée.

« Où vas-tu, ce soir ? demandai-je.

— Lou et moi allons à l'université voir *Le Carrefour de la mort*, avec Richard Widmark.

— Encore Wexler ?

— Lâche-moi un peu, Dave.

— C'est juste que je le trouve trop vieux pour toi. »

Quand on parle de chercher un bâton pour se faire battre...

« Tu te rends compte à quel point ça paraît ridicule, venant de toi ? » dit-elle.

La pluie bombardait les arbres du jardin, le ciel était d'un noir d'encre. J'ouvris la porte-moustiquaire pour laisser entrer Snuggs et Mon Tee Coon, tout boueux qu'ils étaient. « Je viens d'être diplômé en ridicule.

– Je suis heureuse que tu sortes avec Bailey », dit-elle.

C'était tout ma fille.

« T'es un bon gars, Alafair.

– Lou pense que *Le Carrefour de la mort* sera trop dur pour moi, dit-elle.

– Quand Tommy Udo pousse dans l'escalier la vieille dame en fauteuil roulant ?

– Lou ignorait que je venais du Salvador. Quand je lui ai raconté ce qui s'était passé dans mon village, il a été bouleversé. Il se montre très protecteur avec moi.

– Ce soir, il se peut que je rentre tard, dis-je.

– Tu vois Bailey ?

– Non. »

Elle attendit que je continue. Mais je n'en fis rien. Son expression s'assombrit.

« Je vais faire des heures supplémentaires, dis-je.

– Vous préparez quelque chose, Clete et toi ?

– Clete n'a rien à voir là-dedans.

– C'est comme si un côté de la médaille disait qu'il n'a rien à voir avec son revers.

– Attention à Tommy Udo », dis-je.

Je roulai jusqu'à Cypremort Point. En dehors d'une bande de lumière froide le long de l'horizon, le ciel était plâtré de nuages noirs. La marée montait, des vagues grêlées par la pluie heurtaient le rivage aussi fort que du plomb. Devant moi, la maison de Desmond scintillait contre le ciel. Je me garai dans la rue, et gravis les marches dans le vent et la pluie. Je n'avais aucun plan précis. Je n'aurais même pas su dire pourquoi j'étais là, en dehors du fait que Clete

Purcel avait semé dans mon esprit la graine du doute concernant Desmond Cormier.

Dans son travail, Desmond était fasciné par la lumière et les ombres. Mais était-ce la conséquence de ses pulsions artistiques, ou une façon d'extérioriser un combat qui se livrait en lui ? Son énergie et ses appétits physiques étaient énormes, sa colère latente crépitait parfois dans le renfoncement de ses yeux, comme si l'enfant qui était en lui voulait en faire à sa tête. Même sa gentillesse avait quelque chose d'enfantin, éclairant une pièce un instant, pour disparaître l'instant suivant. Son imprévisibilité, son humeur changeante, sa sauvagerie, impressionnaient et effrayaient les autres. S'il avait un antécédent artistique, c'était Michel-Ange, sculptant un bloc de marbre pour en faire une statue qui pouvait être une Pieta aussi bien qu'une tête de faune.

Je m'avançai sur la terrasse, plus en voyeur qu'en visiteur, mais je ne me préoccupais plus de protocole ni de décorum. Je me sentais bouleversé par ce qu'avait subi Bella Delahoussaye. Je me rappelais comment, il y a bien des années, alors que je voyais Joan Baez interpréter *The Night They Drove Old Dixie Down* sur la scène de l'Ole Miss, un frisson m'avait parcouru lorsqu'elle avait chanté 'Just take what you need and leave the rest/ But they should not have taken the very best[1]'.

Et c'est ce qu'était Bella, – le meilleur, *the very best.*

À travers les portes de verre coulissantes, j'apercevais le rayon scintillant d'un projecteur et les images

---

1. Chanson de The Band (1969) : « Prends ce dont tu as besoin, et laisse le reste/Mais ils n'auraient pas dû prendre ce qu'il y avait de meilleur ».

d'un film en noir et blanc dansant sur un écran descendu du plafond. Desmond était sur le divan, allongé sur le flanc, la tête sur le coude, vêtu d'un pantalon et de sandales, sans chaussettes, le torse aussi lisse et ferme et sans défauts que de l'eau coulant sur une pierre.

Au milieu du bruit des vagues et du vent, j'entendais la bande-son du film, puis je vis la scène qui se déroulait sur l'écran. Henry Fonda, Ward Bond et Victor Mature, le 26 octobre 1881, aux petites heures du matin, se dirigeaient vers le ranch d'O.K. Corral, à Tombstone, Arizona. Quelques minutes plus tard, Doc Holliday, interprété par Mature, cracherait un jet de sang dans son mouchoir, Wyatt entrerait dans l'Histoire, et Clementine Carter et lui se tiendraient dans le plan qui, de tous les films que j'ai vus, est celui qui traduit le mieux l'essence de la mortalité.

Je retournai à mon pick-up et montai dedans, mais je ne démarrai pas. J'avais du mal à imaginer Desmond comme suspect possible dans une série d'homicides. Mais j'ai déjà interrogé, dans des quartiers d'isolement, des hommes qui ne semblent pas différents de vous et moi et vous donnent le sentiment que le système a commis une terrible erreur. Il n'est pas rare que le pire des pires d'entre eux paraisse le plus inoffensif. La plupart d'entre eux ont l'expression faciale d'un bol de flocons d'avoine. Dans le Montana, j'ai connu un gosse de vingt et un ans qui avait tué deux personnes avant d'aller en prison, puis qui en tua, ou contribua à en tuer, cinq de plus lors d'une émeute. L'après-midi où il fut exécuté, on dut l'éveiller d'un profond sommeil.

Le vent secouait le pick-up, redressant les feuilles des palmiers dans le jardin de Desmond, et précipitait les vagues sur les parpaings qui bordaient la rive à l'extrémité de la pointe. Les vagues étaient remplies d'algues et visqueuses d'écume, suçant centimètre par centimètre le sable entre les blocs de ciment, détruisant notre meilleure tentative d'empêcher l'inévitable. Je pensai à Lucinda Arceneaux et au bateau blanc dans lequel elle avait peut-être été gardée captive avant sa mort, et à la personne, ou aux personnes, qui l'avaient assassinée, et je me demandai si la nature humaine et notre prédisposition au mal changeraient jamais, ou si elles perdureraient dans notre guerre contre la terre jusqu'à ce que nous ayons détruit la totalité du globe terrestre, et nos structures, et nous-mêmes, et ayons retransformé la planète en la sphère d'un bleu aqueux qu'elle fut un jour.

Mais je savais ce qui me tracassait vraiment. Desmond n'était peut-être pas un assassin, mais il connaissait des gens qui en étaient. Un participant au massacre de Pinkville[1], un maton qui avait mis l'un des corps dans la levée d'Angola, le propriétaire d'une boîte de nuit du Mississippi ayant enterré vivant un syndicaliste – ils sont toujours là, menaçants, à la limite de notre vision. C'est juste que nous refusons de l'admettre. Ils appartiennent à la culture du New Jersey, de la Floride, de la Louisiane du sud, et d'Hollywood. À côté d'eux, Smiley Wimple réussit à paraître un brave type.

J'abaissai mon chapeau sur mes yeux et décidai de rester là, jusqu'à l'aube si nécessaire. Pourquoi ? Je l'ignore. Peut-être me posais-je sur Desmond des questions que je refusais d'admettre. Il était évident qu'il était attiré par Bailey Ribbons, et même obsédé par elle, mais il paraissait vivre une vie de célibataire. Je me demandai s'il était gay, ou bisexuel, ou s'il

---

1. My Lai, dans l'argot des forces opérationnelles.

avait une relation sexuelle avec Antoine Butterworth, qu'il défendait constamment. Ou s'il était accro aux intraveineuses. J'avais vu une seringue sur son lavabo. J'avais vu aussi une croix de Malte tatouée sur sa cheville. Je ne voulais pas m'en persuader, mais Desmond n'était pas net. C'est juste que j'ignorais jusqu'à quel point.

Il sortit de sa maison, vêtu d'un ciré, d'un chapeau à larges bords et de bottes western. Je n'étais pas à plus de trente mètres, et j'étais certain qu'il me voyait. Mais il faisait comme si de rien n'était. Il ouvrit la porte de son garage avec une télécommande, monta dans un pick-up vert métallisé à la cabine allongée et passa près de moi, son profil découpé par la lumière du tableau de bord, avec l'air absorbé en soi-même que j'ai toujours associé à un comportement pathologique.

Lorsqu'il s'éloigna, ses phares creusèrent un tunnel à travers la pluie. J'attendis qu'il ait fait cinq cents mètres, puis le suivis jusqu'à un cimetière sur une petite route en dehors de New Iberia. Je tournai sur un chemin de terre dans la direction opposée, me garai derrière une cabane vide, coupai mon moteur et mes phares, et suivis un fossé jonché d'ordures. La pluie avait cessé, la lune s'était levée et à travers un fourré de cannes j'aperçus Desmond au milieu d'un groupe de tombeaux craquelés et à moitié enfoncés dans le sol. À l'origine, les occupants du cimetière étaient des sang-mêlés qui se coupaient eux-mêmes à la fois des Blancs et des Noirs et qui, dans la mort, perpétuaient le système qui les avait opprimés. Un brouillard aussi dense que du coton humide montait de la ravine, collant au sol, aux arbres, et à une grille de métal hérissée de piquants qui avait été en partie renversée par une machine agricole. Je vis Desmond poser une rose à longue tige sur un tombeau aussi éclatant, blanc et déplacé dans cet environnement qu'un bloc de neige. Je savais pertinemment qui se trouvait à l'intérieur. J'avais vu dans le *Daily Iberia* une photo du service funèbre de Lucinda Arceneaux.

Puis Desmond fit une chose à laquelle je ne m'attendais pas car, à ma connaissance, il n'était pas croyant. Il s'agenouilla sur un genou, la tête penchée, une main sur le tombeau. Ce qui me dérangeait, ce n'était pas le fait qu'il s'agenouille. C'était la façon dont il le faisait. Il semblait imiter le rituel du chevalier du Temple se soumettant à la fois à son seigneur et à sa mission fanatique. Quand il se releva, il avait la sérénité d'un homme en paix avec un programme qui devait, pendant trois siècles, baigner de sang l'Europe et la Terre Sainte.

Il monta dans son pick-up et s'éloigna. Je le suivis jusqu'à l'autoroute. Je ne savais pas où j'allais, mais j'avais du mal à m'ôter de l'esprit l'image de Doc Holliday et des frères Earp en route vers O.K. Corral.

Desmond traversa New Iberia et remonta la vieille deux voies menant au petit village de Cade, où le père de Lucinda Arceneaux habitait et maintenait sa petite église, et non loin duquel se dressait la maison au toit plat de Frenchie Lautrec.

Desmond éteignit ses phares et ralentit avant de s'arrêter devant la maison de Lautrec. Un lampadaire était allumé au coin de la propriété. Il sortit de sa voiture, ouvrit la portière de la cabine prolongée, puis prit un fusil à lunette sur le siège arrière et referma la portière. Il enroula la bretelle autour de son avant-bras gauche, serra la crosse dans sa main droite et franchit la porte d'entrée de Frenchie sans ralentir, la plus grande partie du jambage explosant dans le salon.

Aucun bruit ne venait de l'intérieur de la maison. Je sortis de sous mon siège mon .45 de l'armée 1911, me débarrassai du holster, quittai mon chapeau, décrochai l'insigne que j'avais autour du cou, franchis d'un saut un fossé de drainage, traversai le jardin et entrai dans la maison, en tirant sur la glissière du .45 pour engager une balle dans la chambre. Presque au même instant, les lumières s'allumèrent à l'arrière de la maison.

« Desmond, ici Dave Robicheaux ! hurlai-je. Pose ton arme par terre. »

Pas de réponse.

« Tu es mon ami, Des ! Mais lâche ton arme, ou je te descends ! »

Puis je sentis une odeur qui vivait dans mes rêves, une odeur qui me ramenait dans un pays tropical à la saison des moussons, quand les corps sortaient en flottant de tombes improvisées et déclaraient la guerre aux vivants.

Desmond émergea de la cuisine, essayant sans succès de s'éclaircir la gorge, un mouchoir sur la bouche, son arme pointée vers le sol. Je lui pris son fusil des mains et le laissai tomber sur le sol. « Qu'y a-t-il, là-bas derrière ? »

Il toussa et cracha dans une poubelle. « Va voir toi-même. »

J'entrai dans la chambre. Le corps pendait à un fil électrique accroché à une poutre dont quelqu'un avait gratté le mastic. Le cordon provenait dans doute d'une lampe en céramique brisée sur le sol. La victime me tournait le dos, ses poignets liés derrière elle par du ruban isolant dont le rouleau pendait toujours, le corps aussi droit qu'un point d'exclamation. À côté de lui, une chaise était renversée contre un mur. Il avait un pied chaussé d'un mocassin, et l'autre mocassin était par terre. Je me protégeai de la main le nez et la bouche, fis le tour du corps, et levai les yeux sur le visage de Frenchie Lautrec. Un canari en tissu dépassait de sa bouche.

C'était ce même homme que j'avais détesté, jusqu'à la forme de son visage, comme un ballon de football délavé, sur lequel auraient été collés un bouc bien taillé et une moustache. Non seulement je l'avais tabassé à mains nues, mais je lui avais enfoncé dans la bouche les débris de son appareil photo. C'était un maquereau, un prédateur, un misogyne, un dégénéré, un sadique, et un flic pourri, mais personne n'aurait pu regarder son visage en cet instant sans se sentir empli de pitié pour lui. Sa nuque n'était pas brisée. Il était mort en souffrant. Ses yeux ouverts avaient la même expression que ceux d'un enfant perdu.

Je sortis et composai le 911 sur mon portable. Desmond se tenait debout sur la pelouse, à quelques pas de moi, comme un simple spectateur. « Que signifie le canari en toile ?

– C'est sicilien. 'Mort aux mouchards'.

– C'est la Mafia qui a fait ça ?

– Le canari se trouvait dans une cage ornementale, dans le salon. Je l'avais remarqué quand j'étais venu la première fois. La Mafia n'a rien à voir avec ça, et tu le sais.

– Je ne sais rien du tout, dit-il.

– Pourquoi étais-tu venu ici, Des ?

– J'avais entendu dire qu'il savait peut-être quelque chose à propos de la mort de Lucinda Arceneaux.

– Lucinda était ta demi-sœur, putain de menteur. Je t'ai suivi jusqu'à sa tombe, il y a moins d'une heure. »

Il blêmit. « Tu n'en avais pas le droit.

– Je pensais que tu étais quelqu'un de correct, mais tu es un minable. Quelqu'un que tu connais l'a tuée et, d'une façon ou d'une autre, tu le protèges. Je crois que tu fais ça parce que tu ne veux pas compromettre le financement de ton film.

– C'est faux.

– Va t'asseoir dans ton pick-up en attendant l'arrivée de l'ambulance. Je ne veux pas que tu traînes autour de moi. »

Je ne crois pas avoir jamais vu plus grande expression de honte sur un visage. Je savais que je regretterais plus tard la dureté de mes mots, mais en cet instant je ne regrettais rien, et je suppose que c'est parce que je voulais toujours croire à l'affirmation de George Orwell selon laquelle les gens sont toujours meilleurs que nous ne le pensons.

***

Après l'arrivée des auxiliaires médicaux, de trois véhicules de patrouille, d'un camion de pompiers, de Bailey et de Cormac Watts, je dis à Desmond de sortir de son pick-up et de s'appuyer contre le pare-chocs.

« Qu'est-ce que tu fais ? demanda-t-il.

– Tu es en état d'arrestation.

– Pour quelle raison ?

– Je te le dirai », dis-je en passant les mains sous ses aisselles, le long de son corps et sur ses mollets. Puis je le menottai et le conduisis à l'arrière d'un véhicule de police.

« C'est bidon, dit-il. Arrête ton cinéma. Je pourrais te faire un procès.

– Tu es resté trop longtemps absent de la Louisiane. »

Je le fis monter dans le véhicule, et refermai la portière. Je jetai un coup d'œil derrière moi, sur la maison de Lautrec. Toutes les lumières étaient allumées. Par une fenêtre sur le côté, je voyais Cormac faire le tour du corps de Lautrec, pour l'étudier.

Je suivis la voiture de patrouille jusqu'à la prison de la paroisse, et bouclai Desmond dans une aile particulièrement spartiate et déprimante. En fait, ce n'était guère plus qu'un étroit corridor entre deux rangées de cellules, toutes vides, que leurs barreaux faisaient ressembler aux cages d'un zoo.

« Pourquoi décharges-tu ta colère sur *moi* ? » dit-il.

Quand on enferme quelqu'un, on ne répond pas aux questions et on ne négocie pas. Si on la respecte, la routine est un peu comme à l'armée : il faut parler en terme de rangs et de principes, et toujours à la troisième personne, pas à la deuxième. Je me grattai le visage comme si je n'avais pas entendu la question. « Un prêteur de caution sera disponible demain matin. Tout nouveau détenu a droit à au moins un appel téléphonique.

— Allons, Dave, dit-il. Que se passe-t-il ? »

Je laissai tomber le protocole. « Tu t'es agenouillé devant le tombeau de ta sœur.

— Je ne comprends pas où tu veux en venir.

— Ta posture m'a fait penser à un Croisé.

— Ma *posture* ? Tu parles comme quelqu'un qui n'a plus toute sa tête.

— Tu as une croix de Malte tatouée sur la cheville.

— Ça remonte à l'époque où j'étais biker.

— Mon cul. »

Il appuya son front entre deux barreaux, l'air abattu. J'entendis un bruit de chasse d'eau dans une autre partie du bâtiment. « Ce que tu as dit là-bas ?

— Eh bien ? dis-je.

— Tu le pensais vraiment ? Je suis un minable ?

– Je pense que tu empêches ta main droite de savoir ce que fait ta main gauche.

– Tu ne comprends pas, Dave. L'argent pour produire un film arrive de toutes sortes d'endroits. Le studio ne fait pas reculer un camion blindé sur ta pelouse, pour en déverser le contenu sur l'herbe. Une partie de l'argent vient des casinos du New Jersey. Une autre partie d'une holding qui fabrique des réacteurs nucléaires. Il se peut qu'il y ait aussi un peu d'argent russe ou saoudien. Il s'agit d'un consortium.

– Et alors ?

– J'ignore comment se sont produits tous ces meurtres. Les types du New Jersey s'inquiétaient pour leur investissement. Peut-être qu'ils sont mêlés à ça.

– La Mafia est constituée de fanatiques du tarot ? Quand as-tu appris que Lucinda Arceneaux était ta demi-sœur ?

– Il y a très peu de temps, dit-il en me regardant dans les yeux.

– Combien de temps ?

– Quelques semaines, peut-être.

– Qui te l'a dit ?

– Mon vieux. Ennis Patout.

– Quelques semaines, hein ?

– Oui », dit-il. Il cilla et expira, l'air bienveillant.

« Je vais te donner une leçon de mensonge, Des, dis-je. N'essaie pas de contrôler tes expressions. Les gens qui disent la vérité sont excédés de devoir la répéter, et ne le dissimulent pas.

– Tu sais pourquoi il est si difficile de te parler, Dave ? C'est parce que tu te drapes dans des platitudes d'Alcooliques Anonymes que tu essaies de faire passer pour la sagesse des siècles.

— Qui a payé le tombeau de ta demi-sœur ? Son père est un pasteur dont la congrégation ne compte pas plus de quelques dizaines de membres, et ils sont pauvres. Je parie que tu as dépensé cinq mille dollars pour le tombeau, et au moins la moitié de ça pour le cercueil.

— D'accord, c'est moi qui ai payé, dit-il. Je ne voulais pas admettre mon père, ni le monde dans lequel j'ai grandi. Je déteste mon père, et déteste ce qu'il a fait à ma mère.

— Ta mère t'a laissé tomber, mon vieux. Regarde les choses en face.

— S'il n'y avait pas ces barreaux entre nous, je te démolirais la mâchoire, même si tu es un vieil homme.

— Tu as détourné les yeux quand ta sœur a été assassinée, dis-je. Qui de nous deux a un problème ? »

Il essaya d'agripper ma chemise. Je m'éloignai dans le couloir, mes pas résonnant comme des marteaux dans un sous-marin.

Quand je redescendis East Main, il était presque trois heures du matin. J'avais l'impression d'avoir les yeux scellés, comme remplis de sable, comme si j'avais regardé en face le feu blanc incandescent d'une baguette de soudure touchant le métal. J'avais la gorge sèche, je sentais un bandeau commencer à pressurer la partie droite de ma tête, et à chaque respiration profonde, mon cœur se contractait.

Pourquoi cette agitation ? Pourquoi ma colère intacte contre Desmond ? J'entrai dans ce syndrome connu sous le nom d'ivresse sèche. Mais cette fois-ci c'était différent. J'avais bu une gorgée de Jack au club de blues, et l'alcool peut rester trente jours dans le métabolisme. Pour un alcoolique, avoir pendant trente jours l'ennemi au travail dans son cœur, son sang, son cerveau, sans avoir le droit de boire peut sans doute se comparer au fait de pratiquer la chasteté pendant trente jours dans un harem.

Je connaissais des bars fermés au public à deux heures du matin, mais qui continuaient à servir leurs amis jusqu'à l'aube, des casinos qui servaient des bières pression vingt-quatre heures par jour, sept jours par semaine, aussi longtemps qu'on restait assis aux tables de jeu ou devant les machines à sous. Si vous voulez vous plonger dans une culture alcoolique, il n'existe pas de meilleur endroit que l'État de la Louisiane. C'est un rêve d'alcoolique, un orgasme chimique de vingt-quatre heures, une glissade sur un arc-en-ciel qui vous fait atterrir dans un bruit sourd au milieu des thermes de Caracalla. Vous croyez que j'exagère ? Demandez à n'importe quel poivrot du Texas surgissant brutalement à Lake Charles.

Je passai devant ma maison, tournai devant The Shadows, fis le tour du pâté de maisons jusqu'à St. Peter's Street, et revins par East Main, puis me garai devant la vieille maison Burke, descendis jusqu'au bayou et m'assis sous un chêne vert au bord de l'eau. Je m'étais assis sous le même arbre avec mon père, Big Aldous Robicheaux, le jour de la victoire sur le Japon en 1945. Il restait alors des cabanes d'esclaves au bord du bayou, même si elles avaient été transformées en mangeoires, avec du blé et du maïs pour les chevaux tirant les carrioles encore utilisées par certains pour se rendre à l'église le dimanche matin. Je n'avais encore jamais été à la pêche. Pour vingt-cinq cents, mon père acheta pour moi à un homme de couleur une canne avec un flotteur en bois, un hameçon, et un plomb pour la lester. Le lest consistait en une balle de pistolet calibre 36 perforée, que l'homme de couleur avait trouvée sur le site d'une bataille un peu plus bas sur le bayou. Je n'oublierai jamais quand j'ai lancé pour la première fois le flotteur, la balle et l'hameçon appâté dans le courant, puis quand j'ai regardé la ligne se tendre et le dos des garpiques alligators onduler à la lisière des nénuphars lorsque le flotteur les dérangeait.

Mon père ne savait ni lire ni écrire et parlait à peine anglais, mais il comprenait le monde naturel et la culture du Bayou Teche. Pour nous, le bayou n'était pas uniquement un courant doté de marées unissant les différentes parties de ce que nous appelons l'Acadie ; il appartenait à une épopée biblique et, en raison de ses brumes et de ses marais enveloppés de brouillard, un lieu magique habité par des lamies, des lutins, des sacripants médiévaux, des femmes vaudou et les esprits des soldats confédérés et des Indiens cannibales Atakapa. C'était un endroit extraordinaire pour un adolescent. Le jour où je lançai ma ligne dans le courant, je compris que jamais je ne quitterais le Bayou Teche, en partie en raison de ce qui se produisit parce que mon père avait acheté la canne à pêche à un homme de couleur.

Le flotteur avait été taillé dans un morceau de balsa et percé d'un trou dans lequel était insérée une baguette dépourvue de feuilles pour stabiliser la ligne. Je vis le flotteur trembler une fois, puis plonger droit dans la vase. Je secouai la canne si violemment que je la cassai en deux, et que ligne, flotteur, plomb, hameçon, ver, et un gros crapet de roche d'un vert doré s'envolèrent dans une branche au-dessus de nous. Mon père alla à la maison Burke, où il emprunta un râteau afin de dégager le poisson de l'arbre pour moi. Je persiste à supposer que c'est la seule fois de l'histoire où un poisson a été pris dans un chêne vert à l'aide d'un râteau.

La vignette de cet instant est toujours resté gravée en moi comme le rappel du monde innocent dans lequel j'ai grandi. Ou du moins du monde innocent dans lequel nous avions choisi de vivre, peut-être pour notre plus grand regret. Alors que j'étais assis sous cet arbre à trois heures du matin, vieil homme regardant un remorqueur tirant une péniche remonter le courant, je compris que je n'étais plus contraint de me réapproprier le passé, que le passé était toujours avec moi, comme une part inexplicable de mon âme et de ma personnalité ; je pouvais faire un pas dans une autre dimension et retrouver mon père et ma mère, et je n'avais pas à boire ou à pleurer les morts ou à me crucifier pour mes erreurs ; j'étais libéré, le passé, le futur et le présent étaient au bout de mes doigts, remplis de promesses et de bonheur, et je n'avais pas à me soumettre au temps, au destin, ou à la mortalité. La fête est grandiose et de nature infinie et pareille à la musique des sphères grondantes, et je finis par réaliser qu'on est invité à y participer par le lever du soleil, un œil clair, un cœur bon, et la conviction que nous sommes déjà dans l'éternité et que nous n'avons plus rien à craindre.

Je roulai jusque chez moi et entrai dans la maison à l'instant où le vent se levait de nouveau, où les nuages se refermaient sur la lune et où une grêle blanche commençait à cliqueter et à rebondir sur le toit. Au bout de quelques minutes, j'étais endormi, et Alafair dut me secouer à l'aube pour me réveiller afin que je me douche, me rase et me rende au travail.

29

Cormac Watts était le meilleur coroner que nous ayons jamais eu, plus flic que médecin. Je l'avais toujours apprécié. Il était gay, imaginatif et heureux et, comme beaucoup de gays, en paix avec le monde même si le monde avait souvent été dur avec lui. Si professionnellement il avait un défaut, c'était sa tendance à extrapoler et à tirer une encyclopédie à partir d'une rognure d'ongle, ce qui, parfois, amoindrissait sa crédibilité. Il m'appela au bureau le mercredi après-midi. « Prêt pour les révélations à propos de Frenchie Lautrec ?

— Je croyais qu'une mort par strangulation était une mort par strangulation, dis-je.

— D'accord, c'est la cause de la mort. Mais nous avons quelques problèmes.

— Je ne peux pas te dire à quel point je déteste ce mot, Cormac. Je le mets sur le même plan que 'génial' et 'étonnant'.

— Tu veux que je te dise ce que j'ai trouvé, ou pas ? »

À la vérité, je n'avais aucune envie de l'entendre. Le soleil brillait sous la pluie, et un immense arc-en-ciel plongeait des nuages en plein milieu du parc municipal.

« Oui, parle-moi du cadavre de Lautrec.

– Je crois qu'il a mis en scène son propre meurtre.

– Il avait les poignets scotchés dans le dos.

– Réfléchis bien, dit Cormac. Quand tu l'as trouvé, le rouleau était à peine entortillé autour du poignet gauche. Il aurait pu se libérer.

– Pas s'il était inconscient.

– Son sang était propre. Pas de traces d'injection sur le corps. Pas de bleus récents, ni d'abrasions si quelqu'un l'avait soulevé. Il a envoyé la chaise contre le mur d'un coup de pied.

– Comment tu le sais ?

– Son mocassin droit était par terre. Il y avait un fragment d'ongle à l'intérieur de la chaussette. Il était droitier. C'est en expédiant la chaise du pied droit qu'il s'est cassé l'ongle.

– Ça aurait pu se passer comme ça si quelqu'un d'autre avait donné un coup de pied dans la chaise.

– Absolument pas. Il serait tombé brutalement dans le vide. Et il y aurait eu peu de chances que l'ongle se soit cassé sous le choc. »

Je me frottai les tempes. « Lautrec n'éprouvait aucun sentiment pour rien ni pour personne, à part lui-même. Je ne le vois pas se suicider.

– Il y a une dizaine de jours, je l'ai vu dans le bureau de mon agent d'assurances. Il était là avec sa fille.

– Je ne savais pas qu'il avait une fille.

– Elle vit à Biloxi. Mon agent m'a dit qu'il avait souscrit à une assurance-vie. Et il voulait aussi m'en vendre une à moi.

– On peut ne pas sortir du sujet, Cormac ?

– Lautrec pouvait se montrer menaçant. L'agent était sur le point de faire un infarctus. Je pense qu'il ne voulait pas assurer Lautrec.

— Et pourquoi pas ?
— Parce que Lautrec obtenait ce qu'il voulait ou pourrissait la vie d'autrui ?
— Je donnerai une médaille à ton agent d'assurances. Autre chose ?
— Lautrec avait une croix de Malte tatouée sur le mollet.
— Ça, ça me dérange, dis-je.
— Tu crois qu'on a affaire à une secte ?
— Je ne sais pas. Je ne comprends rien à cette affaire. »

J'appelai l'agent d'assurances de Cormac. Lautrec avait souscrit une assurance de trois cent mille dollars, qui ne couvrait pas le suicide. Sa fille en était la bénéficiaire.

J'allai voir Helen dans son bureau. Elle s'apprêtait à rentrer chez elle. Je lui racontai tout ce que je venais d'apprendre. Elle se rassit. « Tu vois Lautrec se suicider ?
— Peut-être qu'il avait peur.
— La seule chose dont Lautrec avait peur, c'est de ne pas baiser.
— Cormac est catégorique.
— Il n'y a pas d'empreintes sur le mastic arraché du plafond ?
— Aucune. »

Helen paraissait fatiguée, vieillie. « Tu sais où tout ça va nous mener, n'est-ce pas ?
— Ouais, à une bonne partie de colin-maillard. »

Dans toute situation, la majorité des gens croient ce qu'ils ont besoin de croire ; le haut est le bas, le blanc est le noir, la merde de chien est bonne avec de la purée. Voilà comment fonctionne la réaction collective à une série de meurtres non résolus : le choc et la colère sont suivis par la peur et l'achat d'armes et de systèmes de sécurité, par l'arrestation d'un bouc émissaire, par des rumeurs selon lesquelles la riche famille du tueur l'a fait secrètement interner, ou parfois par une déclaration lénifiante des enquêteurs, qui affirment que la preuve qu'ils n'ont pu trouver signifie que les homicides n'ont aucun lien entre eux, et qu'un tueur en série n'est pas en liberté dans la communauté.

Que fait un enquêteur intelligent ? Il n'écoute rien de tout cela. Le détail qui resta gravé en moi après ma conversation avec Cormac était la croix de Malte sur le mollet de Lautrec. J'ai utilisé le mot « collective » concernant la réaction aux assassinats. Pour moi, ce terme est toujours péjoratif. Mon père parlait une forme d'anglais qui était à peine un langage, mais en français cajun il pouvait s'exprimer de façon pertinente. Celui de ses dictons que je préférais était : « As-tu déjà vu une foule se ruer à travers une ville pour accomplir une bonne action ? »

Mes sentiments étaient encore plus forts que les siens. Des bottes cloutées qui marchent à l'unisson ne sont de bon augure pour personne, et plus on descend bas dans l'échelle de la pauvreté, plus on voit grandir la haine. La croix de Malte prouvait que Lautrec était impliqué. Mais impliqué dans quoi ? Il n'était ni un chef ni un suiveur ; il était un opportuniste, un pénis ambulant, un homme des cavernes essayant d'attirer loin du feu une femme primitive vêtue de peaux de bêtes, et de l'enfermer dans l'obscurité d'une grotte. Qu'est-ce qui aurait pu lui faire peur au point qu'il saute d'une chaise, et se balance au bout d'un cordon électrique sans dégager ses poignets d'un sparadrap qui les entravait à peine ?

Il y avait évidemment une autre hypothèse. Peut-être était-il coupable. À ce moment-là, j'étais persuadé, et je le suis toujours, qu'il faisait partie de ceux qui sont nés différents. Il aimait la cruauté, et la faire subir aux femmes qu'il ne pouvait contrôler. Je le croyais capable de faire subir le type de souffrances qu'avait subies Hilary Bienville avant sa mort. Ou bien il avait pu être un acteur marginal de l'agression. Il avait travaillé à la prison de la paroisse lors de l'administration précédente, lorsque les détenus étaient violemment maltraités. Une fois de plus, je n'avais aucune réponse. J'ai entendu dire que les flics qui ont bouclé les Hillside Stranglers[1] n'en avaient jamais eu non plus. Ni ceux qui ont bouclé BTK au Kansas, ou le Night Stalker[2] à Los Angeles.

Je descendis dans le bureau de Bailey, mais elle était déjà partie. Je roulai jusque chez elle. Le soleil avait disparu, et l'arc-en-ciel enjambant le parc municipal s'était évaporé, remplacé par la fumée de l'usine de canne à sucre qui se répandait comme une peluche noire sur l'herbe et sur les arbres.

Bailey était dans le jardin de derrière, en train de jouer avec sa chatte tricolore, qui portait le nom mâle de Maxwell Gato. Elle souleva Maxwell, la fit sauter dans sa paume et me la tendit. Maxwell avait des poils longs, et elle devait bien peser 10 kilos. Je la fis

---

[1]. Deux tueurs en série qui ont tué 12 femmes à Los Angeles entre octobre 1977 et février 1978.

[2]. Richard Ramirez (1960-2013), tueur en série américain condamné à mort en 1989. Il resta jusqu'en 2013 dans le couloir de la mort, avant de mourir d'un lymphome.

rebondir aussi. La chatte ferma les yeux. Je la sentais ronronner.

« Alors, marin, que se passe-t-il ? dit Bailey.
– Marin ?
– Tu n'aimes pas ça ?
– C'est comme ça que m'appelait ma femme Bootsie. Tu as mangé ?
– Non. Si je nous préparais quelque chose ? Ensuite on pourrait traîner un peu. Ça te va ?
– C'est parfait. »

Mais je dissimulais mes sentiments. Je ne me sentais pas correct avec Bailey. Elle était le rêve humide d'un homme vieillissant. Superbe, intelligente, aimante, et très joyeuse au lit. Pardonnez-moi si mes remarques sont trop personnelles, ou si elles violent le bon goût. Quand elle faisait l'amour, elle sentait les fleurs et l'océan, et elle gémissait comme une sirène d'Homère. Au dernier instant, cet instant qui brise le cœur, je sentais en elle un courant électrique qui semblait prendre le contrôle de nos deux personnes. Son corps, sa bouche, ses mains, sa respiration rauque, et même ses ongles enfoncés dans mon dos, devenaient un don de Dieu, une prière plus qu'un acte érotique, un instant si intense que j'aurais voulu mourir et ne jamais le quitter. Quand je me soulevais au-dessus son corps, je me sentais indigne de ce qui venait de se passer.

Je la regardai devant sa cuisinière. Ses épais cheveux bruns étaient ramenés au sommet de son crâne, maintenus par deux longues épingles en bois, comme en portaient les femmes de l'ère victorienne. J'avais déjà remarqué que sa cuisinière était un ancien poêle à bois transformé. Elle avait des pieds en forme de griffes, et la porcelaine était décorée de vrilles vertes, comme autrefois.

« Tu veux bien arrêter de me regarder ? dit-elle.
— Désolé.
— Je te rappelle quelqu'un ? La femme que tu as perdue ?
— Tu me rappelles tout ce qui est bon.
— Non, je vois ça dans tes yeux quand tu penses que je ne te regarde pas. Pour toi, je suis quelqu'un d'autre.
— Je suis persuadé que le temps n'est pas fait de séquences. Je suis persuadé que le monde appartient aux morts aussi bien qu'à ceux qui ne sont pas encore nés. J'ai vu des soldats confédérés dans la brume sur Spanish Lake[1]. J'ai eu envie de les rejoindre.
— Tu as vraiment dit ce que j'ai cru entendre ?
— Je pense que je t'ai volée à une autre époque. Et je suis sûr que Desmond pense la même chose. Je crains que quelqu'un ne cherche à se venger de moi en vous faisant du mal, à toi, ou à Clete, ou à Alafair.
— Tu parles de Desmond ? Il est en prison.
— Pour effraction et intrusion. Ça ne tiendra pas.
— Je peux prendre soin de moi-même. Sors-toi ces idées folles de la tête. Il faut aussi que tu oublies ces Confédérés dans le brouillard.
— Ils sont là. Je leur ai parlé. J'ai passé la main à travers l'épaule d'un petit tambour. Il avait été tué à Shiloh. »

Elle avait le regard vague ; je me demandai si elle hésitait entre m'ignorer, ou rompre notre relation. Elle laissa entrer Maxwell Gato, puis la souleva, l'embrassa sur le dessus de la tête, et me la mit dans les bras. « Le monde appartient aux vivants, Dave. Ces choses que tu me dis n'ont aucun rapport avec

---

[1]. Voir *Dans la brume électrique* du même auteur dans la collection Rivages/noir.

la réalité. En réalité, ce que tu as en tête, c'est notre relation. Tu crois que tu es trop vieux pour moi, et tu penses que tu te conduis de façon moralement répréhensible.

– C'est faux, mentis-je.

– Tu es en meilleure forme que des hommes de trente-cinq ans. Tu es honnête, et bon, et courageux. Tu crois que l'âge est important pour moi ?

– Dans quelques années, il le sera.

– Laisse-moi m'inquiéter de ça. Que voulais-tu dire en disant que tu m'avais volée à une autre époque ?

– Je pense que des portes ouvrent sur une autre dimension. » Maxwell Gato commença à pousser mon bras de ses pattes arrière, pour que je joue avec elle. Je lui tirai légèrement la queue, et la fis sauter. « J'ai toujours pensé que la normalité était surestimée. »

Bailey portait des mocassins en peau. Elle me prit Maxwell Gato et la posa sur le sol, puis se mit sur la pointe des pieds, m'embrassa sur la bouche et me passa les bras autour du cou. « Est-ce que tu m'aimes, Dave ?

– Bien sûr.

– Comme ta fille ? Parce que c'est comme ça que tu me parles.

– Je t'aime parce que tu es une des meilleures personnes que j'aie jamais connues, et une des plus belles. »

Elle se dressa sur mes chaussures et enfouit sa tête dans mon cou, le corps secoué de frissons.

« Ça va ? dis-je.

– Ça va toujours. Serre-moi contre toi.

– Dis-moi ce qui ne va pas.

– Serre-moi. Plus fort. S'il te plaît. »

Une heure plus tard, elle se leva du lit, prit une douche et revint dans la chambre, entortillée dans une serviette, le corps humide et chaud et brillant. Elle s'allongea à côté de moi, puis lova son corps contre le mien, me tint une main entre les siennes et me dit ce qu'elle m'affirma n'avoir jamais raconté à personne, du moins pas en détail.

À l'âge de dix-sept ans, veuve depuis un an, elle trouva un boulot d'été comme contrôleuse de tickets pour une fête foraine, rodéo et western show, basée en Louisiane et qui traversait le Grand Désert américain. Sur le champ de foire d'une petite ville de l'Utah entourée de falaises rouges et longée par une rivière verte bordée de *cottonwoods*, elle était en train de déchirer des tickets d'entrée quand elle vit trois jeunes gens assis à l'arrière d'un camion à plateau. Ils étaient en sueur et bronzés, aussi maigres que des lézards. Ils portaient des chapeaux de cow-boy noirs usagés, des Wrangler moulants et des bottes de cow-boy mouchetées de paille et de fumier. Ils lui adressèrent de grands sourires, comme s'ils la connaissaient ; ils buvaient des sodas et avalaient de pleines poignées de couenne de porc qu'ils prenaient dans un sac. Le plus grand sortit une bouteille d'une glacière, se laissa tomber du plateau, et s'approcha d'elle.

« Tu veux un Coca-Cola, chérie ? dit-il. Un Coca glacé.

– Non, merci. »

Il y avait une lueur dans les yeux du garçon. Il était bien rasé, ses cheveux noirs étaient coupés court, il avait un visage bien dessiné, lisse, bronzé. « Je parie que tu ne te souviens pas de moi.

– Ta tête ne me dit rien.

– Je connaissais Boyd. Ton mari. J'ai couru quelquefois avec lui. À Baton Rouge. »

Elle attendit qu'il lui présente ses condoléances. Au lieu de le faire, il sourit. « Je suis content d'être tombé sur toi. Je devais de l'argent à Boyd. Quatre-vingts dollars, pour être précis. Je m'appelle Randy Armstrong. Quand je courais, on m'appelait le Bogalusa Flash.

– C'est de là que tu viens ? »

Il parut ne pas l'avoir entendue. Il sortit son porte-feuille. « Désolé de ce qui s'est passé. C'est une des raisons pour lesquelles j'ai arrêté le stock-car. J'ai trente dollars sur moi. Je te donnerai le reste demain.

– C'est très gentil à toi. » Elle lui prit l'argent des mains, ses doigts effleurant sa paume.

Le lendemain matin, elle vaqua à ses tâches : nourrir les animaux, servir les hommes à tout faire et les opérateurs des attractions, qui mangeaient sous une tente. Dans deux jours, ils chargeraient les bêtes dans un train et les attractions de la fête foraine sur des camions, et prendraient la route de Grand Junction. Randy et ses deux amis étaient à l'une des tables. « Aujourd'hui, c'est jour de paie, dit-il. J'ai pas oublié. »

Elle partageait une petite caravane en aluminium aux coins arrondis avec une Indienne du nom de Greta, qui vendait des bijoux et des T-shirts, fumait deux paquets par jour et, chaque soir, avant de dormir, avalait un demi-flacon de sirop contre la toux. Ce soir-là, Bailey servit les tables sous la tente, puis s'assit pour manger de son côté en regardant le crépuscule sur les falaises, la rivière verte et les *cottonwoods*, l'air rempli de la musique des manèges et des cris des adolescents, le ciel du soir couleur turquoise marqué par les lumières de la Grande Roue et du Kamikaze.

Elle ne vit pas Randy et ses amis. Pas jusque tard dans la soirée du lendemain, alors que les lumières s'éteignaient sur les attractions et les stands de jeux, et que les hommes à tout faire commençaient à démonter le Kamikaze. Randy frappa à la porte de sa caravane, et ôta son chapeau quand elle lui ouvrit. Il lui tendit un billet de cinquante dollars. « Je n'ai pu toucher mon chèque qu'aujourd'hui. Allons prendre un taco avant qu'ils ne les donnent aux cochons. Je plaisante pas. Un éleveur de porcs achète toute cette merde avec laquelle ils ont nourri les gens à cinq dollars l'assiette.

— Si c'est de la merde, pourquoi tu en manges ?

— C'est de la merde qui donne envie de se lécher les doigts. »

Elle l'accompagna au stand de tacos, et il obtint deux assiettes gratuites du tenancier du stand. Ils s'assirent sur un banc de bois pour manger les tacos.

« Déjà été à Grand Junction ? demanda-t-il.

— Non, répondit-elle.

— Je connais les coins chauds. Les boîtes, et tout le reste. » Il sourit, innocemment, l'air content de lui. « Mange. Il faut que j'aille retrouver les deux mecs qui vivent avec moi. Ensuite on ira faire un tour sur les falaises, pour voir le soleil se coucher. »

Ils allèrent à la caravane de Randy, une grande caravane avec des rideaux aux fenêtres et un climatiseur sur le toit. Ses amis étaient assis sur des chaises pliantes, profitant de la brise.

« Je vais chercher un truc, dit Randy.

— Quoi ? demanda-t-elle.

— Une root beer bien glacée. » Il entra dans la caravane, puis y fit entrer Bailey comme pour partager un secret. Il referma la porte derrière elle. « J'ai un gâteau au chocolat à tomber par terre, si ces deux-là dehors ne l'ont pas tout mangé.

— Si on veut voir le soleil se coucher, on ferait mieux d'y aller. »

Il sortit le gâteau du frigidaire. Les clayettes étaient quasiment vides, en dehors d'une bouteille de piquette. Le gâteau était petit, et n'avait pas été entamé. Il le divisa en deux, en coupa une épaisse tranche, et la mit sur une assiette en carton, ainsi qu'une fourchette en plastique, et tendit le tout à Bailey. « Goûte. Ils ont créé des programmes en douze étapes pour des gens qui n'en ont mangé qu'une bouchée. Je vais me laver les mains. » Il les leva comme pour prouver ce qu'il allait faire.

Elle piqua un petit morceau, qu'elle se mit sur la langue. C'était *vraiment* bon. Quelques minutes plus tard, elle entendit la chasse d'eau, et le robinet grincer. Il sortit du cabinet de toilette en s'essuyant les mains avec une serviette en papier. « Ça y est, moi aussi je suis prêt à en manger une tranche. Mais d'abord... » Il ouvrit une deuxième fois le frigidaire et en sortit la bouteille de piquette. « J'en prends un verre chaque soir. Juste un seul. Pour prouver que je le contrôle, et pas le contraire.

— Tu as eu des problèmes avec ça ? demanda-t-elle.

— Plus maintenant. Je suis un grand garçon, pas comme ces adeptes de la sobriété qui n'arrêtent pas de pleurnicher. Tu vois ce que je veux dire ?

— Pas vraiment. »

Il regarda l'assiette vide de Bailey. « Tu l'as tout avalé. Tu en veux encore ?

— Non merci. Je peux utiliser tes toilettes ?

— Sans blague ! J'ai vaporisé un peu de déodorant.

— Pardon ?

– Ne fais pas attention à moi. »

Elle entra dans l'espace confiné du cabinet de toilette. Quand elle se fut soulagée, elle essaya de se lever du siège et se sentit fondre intérieurement. Elle avait l'impression que les tendons derrière ses genoux avaient été coupés. Ses mains, ses bras, ses cordes vocales, ne fonctionnaient plus. Un filet de salive coulait au coin de sa bouche.

Randy ouvrit la porte. « Ça va, jeune dame ? Allez, lève-toi. C'est ça. Marche un peu avec moi. C'est ça. Tout va bien se passer. Allonge-toi sur mon lit, et laisse-moi te retirer tes chaussures. Détends-toi, le Bogalusa Flash s'occupe de tout. »

À travers un brouillard, elle vit ses deux amis apparaître derrière lui. « Attendez-votre tour », dit-il.

Elle s'éveilla à l'aube, roulée en boule à côté de sa caravane, frissonnante dans la rosée. Elle se redressa sur les genoux. La bride de son sac en cuir fait main était passée autour de son cou. Ses vêtements, sa peau, ses cheveux puaient le vin dont elle se souvenait que quelqu'un l'avait forcée à en boire, passant par-dessus ses dents, glissant dans sa gorge. Elle entra en titubant dans la caravane et vomit dans les toilettes.

« Que t'est-il arrivé ? » demanda Greta, la femme avec qui elle vivait.

Bailey s'assit sur une chaise, et s'essuya le visage avec un torchon, puis ouvrit son sac et sortit son portefeuille. Les trente billets en vrac de Randy, ainsi que le billet de cinquante dollars qu'il lui avait donné plus tard, avaient disparu. Elle écarta le rideau de derrière, et regarda l'emplacement vide sur lequel avaient été garés la caravane et le camion diesel de Randy. « Je crois qu'il faut que j'aille à l'hôpital, dit-elle.

– À l'hôpital ? dit Greta. Parce que tu as pris une cuite ? »

Un chien galeux était en train de déféquer sur l'emplacement vide. Après avoir gratté de la terre sur ses déjections, il partit en boitant. Visiblement, une de ses pattes arrière était blessée.

« C'est ce qu'ils vont dire, non ? Que j'ai pris une cuite.

– On est des gens du voyage, ma fille. C'est pas une vie facile. »

Elle avait la tête de côté sur l'oreiller, ses yeux plongés dans les miens.

« Et ensuite ? dis-je.

– Le show est parti le même jour pour Grand Junction. Randy et ses amis n'étaient pas là.

– Tu n'as pas appelé les flics ?

– Dix-sept ans, imbibée de vin, sentant le vomi ? Ça aurait bien fait rire Bubba et Joe Bob !

– Que s'est-il passé plus tard ?

– On était en août, la fin de la saison. Nous étions montés jusqu'à la réserve indienne de l'ouest du Montana, au pied des Mission Mountains. Je me rappelle la glace sur une cascade, tout là-haut sur la montagne. La glace ressemblait à des dents.

– Ces types se sont montrés ?

– Ils étaient déjà là. Greta a garé notre caravane à une centaine de mètres d'eux. J'avais presque fait ma paix avec l'acte qu'ils avaient commis.

– Greta ne t'a pas donné de conseil ?

– C'était une Lakota. Elle a dit : 'La façon dont marche le monde n'est pas la façon de Wakan Tanka.' Ça voulait dire que chacun est tout seul.

– Et ensuite, qu'en est-il advenu de ces types, Bailey ? »

Elle regarda une photo sur le mur derrière moi. On y voyait son grand-père avec son équipage devant un B-17. « J'ai fini par leur servir leur repas sous la tente. À l'extérieur, Randy m'a dit : 'Content que t'aies oublié ça, petite madame. En vérité, c'est Boyd qui me devait quatre-vingts dollars, pas le contraire. Je suppose que j'imaginais qu'il me les devait toujours. Désolé de cette histoire.'

– Que lui as-tu répondu ?

– Rien. Je suis retournée à la caravane, et j'ai pleuré. »

Je m'assis sur le bord du lit. J'étais en sous-vêtements. Maxwell Gato sauta sur le lit, s'installa entre nous, et se mit sur le dos. Je la pris pour la poser par terre. « Tu as fait quelque chose, Bailey. Quoi ?

– Ça s'est passé cette nuit-là, dit Bailey. Les attractions étaient toutes fermées. Je suis allée à leur caravane, et j'ai frappé à la porte. Je ne sais pas pourquoi. Peut-être que je voulais qu'ils me fassent du mal, pour que quelqu'un appelle la police et qu'ils soient arrêtés. Ou peut-être que je voulais simplement qu'ils me regardent droit dans les yeux. Si j'avais eu une arme, je leur aurais fait peur. Il n'y avait aucun bruit à l'intérieur. Je pense qu'ils étaient défoncés. C'est drôle, ce que je ressentais. Je ne pensais pas à eux. J'avais un endroit vide dans ma tête, comme si je ne voulais pas savoir ce que j'avais l'intention de faire. La neige tombait au clair de lune sur le sommet des montagnes, et je me disais combien la terre est belle. »

Elle s'assit sur le bord du lit, prit sa chemise sur le montant, et commença à l'enfiler.

« Dis-moi ce qui s'est passé », dis-je.

Elle boutonna lentement sa chemise, en fixant le mur comme un écran de cinéma. Quand je lui effleurai le dos, il était glacé. « Je ne veux pas t'imposer ça, Dave.

— Tu ne m'imposes rien du tout.

— Il y avait un cageot à oranges rempli de papier kraft à côté d'une benne, tout près de là, et un bidon de 25 litres de diesel à l'arrière de leur pick-up. J'ai mis le cageot sous la bonbonne de gaz de leur caravane, j'ai versé le diesel dessus, et j'y ai mis le feu. »

Je la regardai. Elle avait raison. Je n'étais pas prêt à entendre ça. « Raconte-moi le reste.

— Le feu a pris très rapidement. Je sentais la chaleur sur ma peau, alors même que je m'éloignais en courant. Ils sont morts. Tous. Je ne les ai pas vus mourir, mais je les ai entendus. Je me suis bouché les oreilles.

— Ça n'est pas arrivé à cause d'une bouteille de propane en feu.

— La caravane était un laboratoire de meth.

— Personne ne t'a posé de question ?

— Personne n'avait de raison de le faire. J'ai commencé à raconter ça à Greta. Elle a mis sa main sur ma bouche. Voilà, maintenant tu sais tout. »

Il y a des moments où l'on se rend compte que notre plus grande illusion réside dans la croyance que nous contrôlons notre vie et que la raison permet de maîtriser les problèmes humains. Hugo Tillinger avait sans doute été condamné à tort pour avoir assassiné sa famille par le feu, et maintenant il était dans le coma où l'avait plongé un jeune policier rongé par la culpabilité. Ma partenaire aux Homicides avait fait brûler trois hommes, et personne ne le savait en dehors de moi et d'une Indienne qui, depuis, était sans doute morte. Comme l'a suggéré Stephen Crane il y a bien longtemps, la plupart d'entre nous sommes des adverbes, en aucun cas des noms, pas même les misérables dégénérés qui avaient violé en bande une fille de dix-sept ans trop confiante.

« Ces types l'avaient cherché, dis-je. Tu n'avais pas l'intention de les tuer. Je pense qu'ils ont eu ce qu'ils méritaient. Point final.

– *Point final ?*

– Ils avaient écrit leur destin avant même de te rencontrer. Combien de vies avaient-ils détruites avec la meth ? Combien d'autres filles auraient-ils violées ? Ne te laisse pas tourmenter par les démons des autres, Bailey. »

Elle s'assit à côté de moi et posa sa tête sur mon épaule. « Je t'ai chargé d'un fardeau ?

– Tu veux que je te dise ? Quand des types comme ça y passent, je suis content.

– Ne dis pas une chose pareille.

– Ma mère et ma deuxième épouse sont mortes des mains de gens comme ça. Ils peuvent tous aller se faire enculer. »

Je sentis son corps tressauter devant la crudité de mon langage. « Je suis désolé », dis-je. Mais c'était du baratin. Il existe des images qu'on ne peut pas se sortir de la tête, et nous le savions tous les deux.

30

Pour Clete, le jeudi avait été une dure journée. Il avait dû débusquer un évadé de conditionnelle dans une cheminée à Abbeville. La petite amie hystérique de l'évadé avait lardé de coups de couteau de boucher sa veste de sport neuve. Un avocat radié du barreau l'avait planté avec un chèque en bois après une enquête de deux mois, et sa Caddy avait été emmenée à la fourrière. Ce soir-là, il mangea en ville, et fit une petite promenade sur le pont à bascule de Burke Street. Il s'appuya sur la rambarde et baissa les yeux sur le long ruban couleur de bronze du Bayou Teche se déroulant à ses pieds, ses rives bordées de chênes verts et de nénuphars. Il semblait plonger au-delà de la terre.

Il voyait les lucioles dans les arbres, sentait dans le vent une odeur de gaz, et ressentait une impression de mortalité aussi froide et humide qu'une tombe. La lumière se rétrécissait à l'horizon et un îlot de feuilles mortes flottait sous le pont, ondulant avec le courant. Il avait dans la poche un paquet de cigarettes et voulut en allumer une. Il déchira le paquet et en laissa tomber les morceaux dans une bouche d'égout.

Il faisait presque nuit quand il arriva au motel. Il gara sa Caddy dans le cul-de-sac, entra dans son bungalow et alluma la télévision au hasard. Il ouvrit une Budweiser, et fut tenté d'y ajouter un shot, mais il s'assit sur son fauteuil rembourré et essaya de se concentrer sur l'écran et d'oublier les sensations morbides qui l'avaient englouti sur le pont. Puis il se rendit compte qu'il était en train de regarder *Le Septième Sceau*, d'Ingmar Bergman.

Il éteignit le poste, remit au frigidaire sa bière qu'il n'avait pas terminée, mit la chaînette à la porte, prit une douche et enfila son pyjama. Il était 21 h 17. Le reste du monde pouvait avoir des ennuis, mais Clete Purcel allait se coucher tôt, à l'abri dans son bungalow toujours bien rangé et d'une propreté méticuleuse.

Une heure plus tard, alors qu'il était profondément endormi, il sentit une pression sur son poignet. Il ouvrit les yeux dans le noir. Sa main droite tressauta sèchement contre une menotte accrochée au cadre du lit. À un mètre de lui, un homme minuscule avec la complexion et la musculature d'un savon liquide était assis sur un fauteuil, illuminé par l'éclat de la veilleuse de la salle de bains.

« Salut, salut, dit l'homme. Devinez qui est venu vous voir. »

Clete plissa les yeux et attendit qu'ils se réadaptent. « Comment êtes-vous entré ?

– La femme de ménage avait laissé la porte ouverte, dit l'homme. J'ai passé l'après-midi sous votre lit. Votre moquette sent mauvais. »

L'homme portait des tennis roses, un short moulant et un chapeau blanc en forme de boîte au bord raide ; son sourire rappelait à Clete un réglisse rouge. Un semi-automatique était posé sur sa cuisse.

« Vous m'avez menotté avec mes propres menottes, dit Clete. C'est très impressionnant.

— J'aurais pu vous faire autre chose. J'ai les produits chimiques pour ça.

— Écoutez, Wimple…

— Non ! Non ! Non ! C'est grossier d'appeler les gens par leur nom de famille. Ne. Faites. Pas. Ça.

— Désolé, dit Clete. Permettez-moi de repartir de zéro. Écoutez. Monsieur. Qui. Brûle. Les. Gens. Avec. Un. Lance-flammes. Qu'est-ce que vous foutez dans mon bungalow ?

— Les gens pour qui je travaillais sont après moi.

— Juste parce que vous avez incendié deux types ? Je suis choqué.

— Ils m'avaient violé. Avec une branche.

— Et si vous me libériez et qu'on discute de ça. Vous voulez une glace ? Vous adorez ça, non ?

— N'essayez pas de me piéger.

— Vous savez que ma fille s'appelle Gretchen Horowitz, n'est-ce pas ?

— Elle est tueuse à gages.

— Elle l'*a été*. Passé composé. Maintenant, elle réalise des films documentaires. Mais ne l'énervez pas, vous voyez ce que je veux dire ?

— Vous voulez dire, que je vous fasse pas de mal à vous ?

— Ce que je suis en train de vous dire, c'est de ne pas merder avec les gens qu'il ne faut pas. Smiley, ou quel-que-soit-le-putain-de-nom-que-vous-vous-donnez.

— Je ne vous autorise pas à m'appeler Smiley.

— Alors allez vous faire foutre.

— L'inspecteur qui a tiré sur mon ami Hugo Tillinger s'appelle Sean McClain.

— Tillinger est votre ami ?

— Pourquoi l'inspecteur l'a-t-il tué ?

— Tillinger braquait un Luger sur McClain. Et aussi sur Dave Robicheaux. Dave est réglo. Vous le savez. Je vais me tourner sur le côté. D'accord ?

— J'ai retiré le pistolet de sous votre matelas.

— Je vais quand même me tourner sur le côté. Écoutez, vous avez connu une enfance pourrie. Mais vous ne vous en prenez pas aux gens qu'il faut. *Diggez-vous*[1] ça, mon noble ami ?

— Que je quoi ?

— Sean McClain est un brave gosse. Et il traverse une sale période à cause de ce qui s'est passé. Comme vous le dites, votre problème, c'est la Mafia. Ce sont des trous-du-cul, pas des gens intéressants qui ressemblent à Marlon Brando et James Caan. Que savez-vous des bandes du New Jersey ?

— Ils ont prêté beaucoup d'argent à une compagnie de cinéma d'ici.

— Vous avez entendu parler des Russes ?

— Ils fabriquent des réacteurs atomiques. Ils blanchissent de l'argent dans un lieu qui s'appelle Malte.

— Comment savez-vous ces conneries ?

— J'ai entendu parler des gens à Miami et La Nouvelle-Orléans.

— Démenottez-moi. Je vous donnerai un joker. Vous avez ma parole.

— Voulez-vous être mon ami ?

— Je pense que vous êtes un gars correct. Chacun a ses petits défauts.

— Vous savez ce que je ferai si vous mentez, hein ?

— J'ai eu un aperçu de vos capacités quand vous avez versé du Drano dans la gorge de Tony Nemo. »

Smiley se leva et glissa son semi-auto dans la poche de son pantalon. Son ventre débordait par-dessus sa

---

1. Tel dans le texte original.

ceinture. Il se pencha, et resta penché assez longtemps pour chercher le regard de Clete. Il ouvrit la menotte avec la clef de Clete, et recula d'un pas.

Clete se hissa sur les coudes, laissant ses deux mains bien en vue. « Qu'avez-vous fait de mon arme ?

– Votre .38 ?
– Ouais, mon .38.
– Vous le trouverez quand vous irez faire pipi.
– Vous avez jeté mon arme dans la cuvette ?
– J'ai d'abord tiré la chasse.
– Je peux m'habiller ?
– Non.
– Ça commence à devenir pénible. Vous voulez bien me dire ce que vous voulez, et vous tirer de ma vie ?
– Je veux vous embaucher pour me protéger. Je serai votre ami.
– J'apprécie cette attention, mais vous avez tué trop de gens. Je crois que ça vous fait plaisir. Ce n'est pas bon signe.
– Les gens que j'ai tués faisaient du mal aux enfants.
– Ça, je crois que ça ne passe pas, Wimple. Désolé. Smiley.
– S'ils ne faisaient pas de mal aux enfants, ils protégeaient des gens qui le faisaient. Vous me traitez de menteur ?
– Écoutez, vous m'avez rendu un fier service. Vous avez buté un ancien maton qui s'apprêtait à me descendre. Mais vous avez démarré une fusillade qui a causé la mort d'une inspectrice. Pendant un moment, nous avions été ensemble. Et ça, je ne l'oublierai pas.
– C'était un accident.

— Allez lui dire ça. »

Les dents de Smiley ressemblaient à des rangées de minuscules perles blanches, à peine retenues par la gencive. Ses narines étaient des fentes. « Alors, vous êtes avec moi, ou pas ?

— Non », dit Clete, le regard inexpressif. Il attendit, la bouche sèche.

« Vous me rendez fou, dit Smiley.

— Inutile de le dire. »

Smiley se leva de sa chaise. « Parfois, quand je deviens fou, je fais des choses vilaines.

— Vraiment ?

— Ne vous moquez pas de moi.

— Je ne me moque pas de vous. Vous avez défié la Mafia. Personne ne l'a encore jamais fait. Ils ont dû s'en chier dans leurs bottes. Mais ne les laissez pas vous prendre vivant. Compris ? Faites une sortie en fanfare. »

Une rafale de vent mêlé de pluie balaya le toit ; des éclairs silencieux fleurirent autour des rideaux.

« Vous allez essayer de me suivre ? demanda Smiley.

— Non.

— Je sais ce que vous pensez.

— Non, vous ne savez pas ce que je pense.

— On est pareils.

— Il est temps de vous tirer, *podjo*.

— Nous sommes semblables. Je vous aime bien. Je veux que vous soyez mon ami.

— Vous n'êtes pas un peu bizarre, petit bonhomme ? Vous m'entendez ? Allô, Mars.

— Petit bonhomme ?

— Prenez ça comme un compliment.

— Je vous recontacterai. Et elle aussi.

— Qui, 'elle' ?

– Wonder Woman. Elle veille sur moi. »

Clete s'assit sur le bord du lit, les mains sur les genoux. Il regardait fixement le sol.

« Ça m'a fait vraiment plaisir. Mais maintenant je vais aux toilettes.

– Vous avez pris soin d'un orphelin.

– Vous ne pourrez pas remporter le match dont vous avez donné le coup d'envoi la semaine dernière », dit Clete.

Son regard continua à errer sur le sol, la tête baissée. Il entendit la porte s'ouvrir, sentit la pluie s'engouffrer à l'intérieur, puis la porte se referma. Il se leva et regarda à travers les rideaux. L'allée était noire, luisante et déserte. Il alla aux toilettes, récupéra son canon court dans la cuvette et le lava, puis l'essuya, le remit dans son holster, s'allongea et regarda le plafond en écoutant la pluie marteler le toit, ses paupières cousues à son front.

Tôt le lendemain matin, il était à ma porte de derrière. Alafair et moi étions en train de prendre le petit déjeuner. C'était une vieille habitude de Clete. Au crépuscule, il commençait à démolir le monde et lui-même, et à l'aube il était devant ma porte, désespéré, puant le sperme, l'herbe et la sueur de bière, en quête d'absolution, comme si j'avais eu un tel pouvoir.

Je poussai la porte-moustiquaire « Je n'ai pas entendu de sirènes. »

Il passa à côté de moi. « Ce n'est pas drôle. Salut, Alafair.

– Salut à toi, mon grand, répondit-elle.

– Prête à partir pour le tournage ?

– Pas avant un moment », dit-elle.

Clete parcourait la cuisine des yeux. Snuggs et Mon Tee Coon mangeaient dans leur bol posé sur un journal, au milieu des traces de boue qu'ils avaient laissées. « Je passais juste vous dire bonjour », dit Clete.

Je lui souris. « Dis-moi ce que tu as fait.

– Je n'ai rien fait.

– C'est pour ça que tu as l'air aussi tendu ? dis-je.

– Je peux être franc ? dit-il avec un coup d'œil sur Alafair.

– Crache ta valda, dis-je.

– C'est ce que je n'ai pas fait. Wimple est venu dans mon bungalow cette nuit. Et pas seulement cette nuit, il m'avait attendu tout l'après-midi sous mon lit. »

Pour une raison inexpliquée, Snuggs interrompit son repas et leva les yeux sur Clete.

« Il t'a menotté, ou un truc de ce genre ? demandai-je.

– Comment tu le sais ?

– Parce que c'est le genre de truc que fait Smiley. Tu l'as signalé ?

– Je l'ai laissé filer.

– Tu plaisantes ?

– Je lui ai donné ma parole.

– Je n'arrive pas à y croire.

– L'ennemi de mon ennemi est mon ami.

– Avant que tu te retrouves avec une lame entre les omoplates.

– Wimple trouve des gens dont nous ne parvenons pas à nous approcher. Il sait tout sur la Mafia. Il est comme un ver à l'intérieur d'un cadavre. »

Alafair posa le toast qu'elle était en train de manger. « Merci, Clete.

– Je peux avoir une tasse de café ? demanda-t-il. J'ai la trouille. Wimple me fout les chocottes. C'est comme parler avec une limace géante.

– Tu sais que je dois faire un rapport à Helen.

– Fais ce que tu veux. Que vaut-il mieux, élucider à fond la mort de Lucinda Arceneaux, ou mettre en cage un type qui a une pile de base en guise de cervelle ?

– Helen risque de te faire arrêter, Clete.

– Pour quelle raison ? Pour ne pas m'être fait tuer ? Wimple dit qu'il y a de l'argent de la Russie et du New Jersey dans une compagnie de cinéma dans le coin. Il dit que l'argent est blanchi à Malte.

– À Malte, comme dans la croix de Malte ?

– Ouais, le genre de croix apparue sur des morts.

– Quel rapport entre un morceau de métal estampé, ou un tatouage sur un mort, et le blanchiment d'argent ? demandai-je.

– Laisse-moi te retourner ta question. Si la croix de Malte n'est pas un signal lié au fric, alors que représente-t-elle ? La fascination d'un type pour ce qu'il trouve dans une pochette-surprise ? »

Je soulevai Snuggs et le câlinai, lové dans mon bras. Je lui essuyai les pattes avec une serviette en papier.

« Tu m'as entendu, Dave ? dit Clete.

– Ouais, je t'ai entendu. Je n'ai pas de réponse. Mais si Smiley bute quelqu'un d'autre – peut-être Sean McClain – tu ne te le pardonneras jamais. »

Il eut l'air de quelqu'un qui vient de recevoir un coup de poing dans le ventre.

Helen se mit en colère quand je lui parlai du contact que Clete avait eu avec Smiley.

« Qu'était-il censé faire ? dis-je. Courir et se prendre une balle en pleine face ?

— Clete ne nous a pas prévenus.

— Qu'est-ce que ça aurait apporté de plus ? Smiley n'a jamais été emprisonné nulle part. En plus, le service ne tient jamais compte de ce que dit Clete. »

Elle avait les poings noués sur son sous-main. Je pensais l'avoir eue.

« Hugo Tillinger est mort ce matin à sept heures et demie », dit-elle.

Je sentis mon cœur lâcher.

« Iberia General a appelé il y a une demi-heure, dit-elle. Tu sais ce que ça signifie pour Sean McClain ? »

Je retournai à mon bureau, me plongeai dans mon classeur et en sortis toutes mes notes, dossiers, photos, rapports médicaux, notes imprimées de la police de l'État et du FBI, concernant la série d'homicides qui avaient débuté avec la mort de Lucinda Arceneaux. J'étais persuadé que l'assassin était fou, obsédé, autoritaire, et prisonnier d'un système de références incompréhensible à quiconque en dehors de lui. Mais d'autres étaient mêlés à ça, ne fût-ce que de façon annexe. Des membres corrompus ou sadiques du service étaient impliqués, des membres de l'Aryan Brotherhood, la Mafia, des gens du cinéma à qui l'argent du sang ne faisait pas peur, et des affairistes russes ou saoudiens, et peut-être aussi une banque qui blanchissait de l'argent à Malte.

Une telle accumulation de facteurs peut sembler improbable pour une série de crimes commis dans une région de marais en train de disparaître sur la limite sud de notre pays. Mais Dieu est toujours dans les détails. Des guerres d'une énorme importance, aux conséquences énormes, se passent en général dans des lieux auxquels personne ne s'intéresse. Les visages des acteurs changent, mais pas les résultats. On se retrouve au cœur du maelstrom, et on découvre très vite qu'on y a toujours été. Tout réside dans la façon de considérer les détails.

Dans le cas présent, la clef de l'affaire devait se trouver dans le tarot. Lucinda Arceneaux était le Christ crucifié. La canne enfoncée dans le cœur de Joe Molinari représentait la Suite des Bâtons ; le filet dans lequel il était suspendu suggérait le Pendu. L'étoile en sequin collée sur le front d'Hilary Bienville était la Suite des Pentacles. Le calice que l'assassin avait mis dans la main morte de Bella Delahoussaye symbolisait la Suite des Coupes.

Qu'est-ce qui ne se trouvait *pas* sur les clichés ?

Réponse : La Suite des Épées. Mais s'il y avait d'autres corps que nous n'avions pas découverts ? Je ne parvenais pas à me frayer un chemin à travers le matériau que j'avais sous les yeux.

Le terme de « théorie de la conspiration » est devenu un terme de mépris, et je soupçonne que la raison en est que la plus grande partie de l'électorat ne peut accepter qu'il existe parfois plus de mal au sommet de la société que dans ses bas-fonds. Je scrutai une à une les photos des victimes. Ce fut un moment sombre. Le simple fait que de telles photos aient été prises semblait un manque de compassion, une intrusion dans la souffrance, le désespoir, la vulnérabilité des victimes. Il s'agissait du genre de photos dont les avocats de la défense n'ont jamais envie qu'elles soient vues par les jurés. L'image qui me faisait le plus mal était celle de Bella Delahoussaye.

J'aurais voulu croire que Bella avait craché au visage de son bourreau. J'aurais voulu croire qu'elle l'avait humilié, lui avait montré quel ver de terre il était. Mais je connaissais trop bien Bella pour ça. Elle l'avait sans doute traité avec pitié, ce qui avait dû le rendre encore plus enragé.

Je refermai le dossier, posai les coudes sur mon sous-main, baissai mon front sur mes mains et demandai à mon Pouvoir Supérieur de me faire remonter le temps et de me conduire auprès de Bella lors de ses derniers instants. Puis j'éprouvai une colère si énorme et si violente, d'une intensité si dangereuse, qu'une moitié de mon visage se paralysa. J'espérais que personne, en passant dans le couloir, ne regarderait à travers ma vitre.

31

Le samedi matin était parfait. Le soleil à son lever était rayé de nuages roses et pourpres, les chênes d'un vert profond après la pluie, le bayou débordait de ses rives, les nénuphars et les oreilles d'éléphant roulaient dans le courant. C'était un exemple parfait de la nature versatile de la lumière et de l'ombre, de la façon dont elles forment et recréent le monde extérieur seconde après seconde sous la seule influence d'un souffle de vent. J'y voyais quelque chose de comparable à l'obsession de Desmond Cormier pour les films de John Ford et pour la dualité manichéenne entre la lumière et l'obscurité. J'y voyais une façon de plonger au cœur du Grand Mystère, à mes pieds, dans mon jardin.

Mais mon humeur légère ne dura pas longtemps. Plus tard, tandis que je ratissais des feuilles dans la cour, je vis la Subaru d'Antoine Butterworth remonter East Main, passer devant la bibliothèque, l'hôtel de ville et la grotte vouée à la mère de Jésus. Je tournai le dos à la rue, rassemblant une pleine brassée de feuilles que j'entassai dans un baril, espérant que Butterworth continuerait sans s'arrêter.

J'entendis ses roues tourner dans mon allée et rebondir sur le ralentisseur. La capote de sa Subaru était baissée. Il coupa son moteur et sortit, vêtu d'un pantalon blanc à pli, d'une chemise de golf et de sandales, un bandana de soie bleu pâle noué autour du cou, à la façon d'Errol Flynn. Il tenait dans une main une enveloppe renforcée.

« Normalement, je devrais donner ça à votre supérieure, dit-il. Mais comme elle n'est pas de service le samedi, j'ai pensé que ça ne vous dérangerait pas que je passe. Quel petit endroit douillet vous avez là !

— De quoi s'agit-il, Butterworth ?

— En fait, ces documents m'ont été confiés par Lou Wexler, petit salopard industrieux qu'il est.

— Vous n'êtes pas britannique. Pourquoi essayer de parler comme eux ?

— Vous ne pensez pas que Lou est un petit salopard ? Oh, j'oubliais, il sort avec votre fille.

— Elle ne sort pas avec lui, connard.

— Ça va être une sacrée nouvelle pour Lou. »

Je me remis à ratisser, les dents du râteau mordant la terre.

« Il a effectué quelques recherches sur votre partenaire, l'inspecteur Ribbons, dit Butterworth. Vous voulez savoir ce qu'il a trouvé ? »

Les mains me picotaient. Je ratissai plus fort, un filet de sueur me coulant le long du nez.

« Vous n'êtes vraiment pas curieux ? Eh bien dites donc ! »

Je m'arrêtai, mon râteau à la main. « Accouchez.

— Bailey était une méchante petite fille, et elle jouait avec le feu. »

Je soutins son regard. Comment Wexler ou Butterworth pouvaient-ils être au courant de la mort par le feu de trois violeurs sur une réserve indienne de l'ouest du Montana ? Selon Bailey, elle n'avait parlé de ce qu'elle avait fait à personne en dehors de moi et de l'Indienne avec qui elle vivait.

« Le chat vous a mordu la langue ? dit-il.

— Je ne suis pas en service. Et je suis chez moi.

— Ce qui signifie ?

— Que vous risquez d'avaler votre prochain repas à travers un tube de verre.

— Je vous laisse ce rapport d'un détective privé pour que vous le lisiez quand vous en aurez envie. Bye bye.

— Pourquoi Wexler s'intéresserait-il au passé de l'inspecteur Ribbons ?

— Ce n'est pas Wexler. En dehors de son plaisir à poser devant une glace, son principal intérêt dans la vie consiste en leçons de latin classique, si vous voyez ce que je veux dire. Disons qu'il adore tourner des films en Thaïlande. Desmond lui a dit de se renseigner sur votre partenaire.

— Pourquoi elle ?

— Vous causez tous les deux des dommages financiers à Desmond. Ce qui, par extension, signifie que vous nous faites du mal, à Lou et à moi.

— Sortez de ma propriété.

— Vous n'êtes pas intéressé par les gamines qui ont été brûlées dans l'incendie d'une école ? »

C'est à cet instant que je compris qu'il ne parlait pas de la mort des violeurs. Je me sentis malade, le visage couvert de sueur, et froid dans le vent. « Où est-ce que ça s'est passé ?

— À Holy Cross, dans le Lower Ninth Ward. Aucun des enfants n'est mort. Mais une certaine petite fille a eu longtemps des problèmes. L'assistante sociale a dit qu'elle était 'perturbée'. Foyer brisé, mère alcoolique, pauvreté, tout ce tableau Petite Fille aux Allumettes, sans jeu de mots. »

Je me remis à ratisser, les mains sèches et raides sur le manche du râteau, le regard flou.

« Pas de fines remarques ? demanda-t-il.

— C'est vous qui n'arrêtez pas d'en faire.

— Vous allez juste laisser passer ça ? »

Je ne levai pas les yeux. « Quelle est la pire chose qui vous soit jamais arrivée ?

— Voyons un peu. Trois choses, à vrai dire. J'ai reçu deux balles d'AK sur lesquelles il y avait sans doute des matières fécales. Une de mes femmes m'a refilé la chtouille. Et le fait de passer du temps dans cet endroit. »

Je lui pris des mains l'enveloppe kraft, le conduisis à son véhicule, le jetai sur son siège assez fort pour lui ébranler les dents. Puis je déchirai l'enveloppe en petits morceaux dont je lui saupoudrai la tête.

« Continuez à être le magnifique exemple que vous êtes, dis-je. On sait que vous en êtes capable. »

Puis je montai dans mon pick-up, contournai sa Subaru – en accrochant son aile avec mon pare-chocs – et suivis Loreauville Road jusqu'au bungalow de Bailey, avec le cœur aussi gros et dense qu'un melon.

Elle n'était pas chez elle. Je pris mon portable et appelai Frank Rizzo, un vieil ami enquêteur qui avait été cinq ans chef du service Incendie de La Nouvelle-Orléans.

« Bailey Ribbons ? dit-il. Ouais, ça me dit quelque chose. Tu me parles d'une école à Holy Cross ?

— Ouais, dans le Lower Ninth.

— Tu peux me donner une date ?

— Non. » Je ne voulais pas lui dire que j'avais déchiré le document contenant l'information dont nous avions besoin.

« Je me mets là-dessus. Tu en as besoin tout de suite ? C'est le week-end.

– Ça me ferait plaisir. »

Deux heures plus tard, il me rappela. « C'était il y a vingt et un ans, après la classe. Un groupe de girl-scouts tenait une réunion. L'une d'elles a dit qu'elle avait appris comment faire un feu avec un silex et du petit bois. Mais elle n'arrivait pas à le faire démarrer. Les autres filles ont cessé de s'y intéresser, et elles sont sorties. Quelques minutes plus tard, les rideaux brûlaient.

– Qui faisait la démonstration avec le silex et le petit bois ?

– Bailey Ribbons. Elle avait treize ans.

– Il s'agissait donc d'un accident ? dis-je.

– C'est là que ça devient délicat. Elle a nié avoir démarré le feu. Il y avait une plaque chauffante dans la pièce. Elle a prétendu qu'une autre fille l'avait laissée allumée, et qu'un manteau était tombé dessus depuis un crochet dans le mur. Sauf qu'il y avait des allumettes au milieu du petit bois. Il était évident qu'elle voulait impressionner les autres filles, et avait préparé sa démonstration avant d'arriver.

– Quelle a été la conclusion du rapport ?

– Peut-être le manteau est-il vraiment tombé sur la plaque chauffante. Une assistant sociale et le conseiller scolaire ont dit que la fille avait des problèmes. La mère était alcoolique, le père était parti. Mère et fille vivaient de coupons alimentaires et de la charité de l'église. On a fait la leçon à la fille et on a laissé tomber l'affaire. C'était une question de jugement, le genre d'histoire qu'on a envie d'oublier. »

J'avais dans les oreilles un bruit pareil à celui du vent dans un coquillage. « Pourquoi aviez-vous envie d'oublier ?

— Quand on reçoit une formation d'enquêteur d'incendie, on essaie d'apprendre ce qui se passe dans la tête d'un pyromane. C'est une question de pouvoir et de contrôle. Cette petite fille présentait tous les signes d'alerte. Est-ce que cette femme a fait quelque chose que je devrais savoir ? »

Je sentis ma gorge se serrer. « Elle n'a pas de casier. Un type essayait de l'éclabousser.

— Tu fais une recherche d'antécédents pour le service ?

— Quelque chose comme ça.

— Je suis content de savoir que tout s'est bien terminé.

— Ouais, dis-je machinalement.

— Parfois, ça peut mal tourner.

— Pardon ?

— Tu sais, on opte pour la compassion. Et puis dix ans plus tard, on s'aperçoit que la personne qu'on a laissée libre a fait griller un tas de gens. »

Quand j'eus raccroché, j'avais les genoux si faibles que je dus m'asseoir.

Ce soir-là, une bourrasque souffla sur la paroisse, précipitant des branches sur les fils électriques, et faisant déborder les égouts pluviaux et les gouttières sur East Main. Je ne savais absolument pas où se trouvait Bailey. Je me demandais si on m'avait mené en bateau, ou si j'avais à faire à une sociopathe ou à une pyromane. Mais c'est dans la nature des on-dit, des mensonges, des semi-vérités ou des informations incomplètes. Le soupçon commence par une mince fêlure, et se termine en gouffre. Je nourris Snuggs et Mon Tee Coon dans la cuisine et essayai de trouver du réconfort dans leur compagnie.

« Comment ça va, les gars ? » dis-je.

Mon Tee Coon me balaya de sa queue.

« Laissez-moi vous avouer une chose, dis-je. Je pense que le monde serait meilleur si on vous le laissait, et que le reste d'entre nous abandonnait la planète. »

Ils continuèrent à manger, indifférents. J'entendis Alafair s'arrêter dans l'allée, sortir de sa voiture et se précipiter dans la maison en courant à travers les flaques. Elle alla chercher une serviette dans la salle de bains, et arriva dans la cuisine en s'essuyant le visage. « Tous les feux de circulation sont par terre. Quel bazar !

– Où étais-tu ?

– Je jouais au hand-ball avec Lou au Red Lerille.

– Un peu plus tôt dans la journée, Antoine Butterworth est venu ici me raconter des saloperies à propos de Bailey Ribbons.

– Je ne veux plus rien entendre sur Antoine, Dave. Il est bizarre. Quoi de neuf là-dedans ? Fin du sujet.

– Il ne s'agit pas de Butterworth. Il m'a dit qu'il tenait son information de Lou Wexler.

– Non, ça ne tient pas debout. Que pourrait savoir Lou à propos de Bailey Ribbons ? Pourquoi s'intéresserait-il à elle ?

– Manifestement, Wexler a embauché un privé dans le cadre des corvées qu'il fait pour Desmond Cormier.

– Lou ne fait pas de corvées. Il est producteur et écrivain. Lui-même est en faillite à cause de sa loyauté envers Desmond. Tu ne le sais peut-être pas, mais quand Des aura fini le film, il pourrait très bien avoir réalisé un des plus grands films de l'Histoire. Et la seule façon dont il peut le terminer, c'est de supplier, emprunter, et voler la moindre pièce de monnaie. Tu n'es peut-être pas d'accord avec ça, mais fais-leur un peu confiance, à Lou et à lui. »

Je lui pris la serviette des mains, et lui essuyai les cheveux. « Tu veux que je prépare quelque chose à manger ?

– Non. » Elle garda les yeux fixés sur les miens. « Il ne s'agit pas d'Antoine ou de Lou, n'est-ce pas ?

– Non.

– Qu'est-ce que le privé a déniché sur Bailey ?

– Il se peut qu'elle ait accidentellement provoqué un incendie dans une école, quand elle avait treize ans.

– C'est tout ?

– Elle avait mis des allumettes au milieu d'un tas de petit bois, qu'elle voulait enflammer avec un silex. »

Alafair s'approcha du réfrigérateur, prit une carafe de thé sur une étagère, le regard absent, indéchiffrable. Elle avait été brillamment diplômée de Reed, et avait terminé major de la faculté de droit de Stanford. Deux personnes sur un million avaient un QI égal au sien.

« Et la suite ? » demanda-t-elle.

Je secouai la tête.

« Ne joue pas ce petit jeu avec moi, Dave.

– Je ne sais pas vraiment qui est Bailey.

– Elle a un passé ? Quelque chose qui a un rapport avec le feu ?

– Je préfère ne pas en dire plus. »

Elle posa la carafe sur la table, et se tourna vers moi. « Oh, Dave, dans quoi t'es-tu fourré ? »

***

Une heure plus tard, le ciel s'était assombri, la pluie était devenue plus violente, soufflant en rafales sur le bayou. Le téléphone sonna sur le comptoir de la cuisine. Avant de décrocher, je regardai qui appelait. « C'est toi, Sean ?

— Vous vous souvenez, quand on a été pêcher, et que vous m'avez dit que vous me soutiendriez ? dit-il.

— Evidemment. » À la vérité, je ne m'en souvenais pas. Mais c'était sans importance. « Que se passe-t-il, *podna* ?

— Aujourd'hui, j'ai agi de façon un peu dissimulée, et je ne vois sans doute pas les choses correctement. Un des amis d'église d'Hugo Tillinger devait ramener son corps au Texas, alors j'ai été à la maison funéraire, et j'ai traîné par là. Je n'étais pas en uniforme. »

Mauvaise idée, pensai-je. Mais je n'ai rien dit.

« Un type m'a demandé si j'étais un parent ou un ami. Je lui ai dit que je venais juste lui rendre hommage. Je suppose qu'on peut appeler ça un mensonge.

— Tu étais dans une situation difficile », dis-je. Je me frottai le front et m'assis sur une chaise. Je savais où on allait, et je voulais me sortir de ça le plus vite possible. Je m'apprêtais à reprendre la parole, mais je n'en ai pas eu l'occasion.

« Alors le type me demande d'où je connaissais Tillinger. J'ai répondu au type que c'est moi qui l'avais descendu.

— Sean, écoute-moi…

— Il n'a pas dit un mot. Il m'a juste regardé fixement, ses yeux s'embuaient. C'est la première fois que quelqu'un me regardait comme ça.

— Tu es quelqu'un de bien. C'est pour ça que tu es allé à la maison funéraire. Personne n'a le droit de te condamner. Ce type n'était pas là quand Tillinger a pointé un Luger sur nous.

— C'est ce que je voulais lui expliquer.

— Il existe des situations pour lesquelles aucun mot n'est adéquat. C'en était une. Je suis certain que ce type te respecte pour être venu à la maison funéraire. »

Je l'entendis prendre sa respiration. « Je ne voulais pas vous embêter », dit-il.

Par la fenêtre, je voyais des éclairs papilloter sur les chênes dans le jardin ; la porte de la niche vide de Tripod se balançait dans le vent. « Maintenant, il va falloir que j'y aille, dis-je.

— Ce que je viens de vous dire n'est pas la seule raison de mon appel. Ce soir, j'ai failli buter un type. Je vous ai appelé parce que je ne sais pas si je ne suis pas en train de devenir fou.

— Tu as failli buter qui ?

— Quelqu'un qui traînait près de ma grange. Je l'ai appelé, et il est parti en courant.

— Explique-moi tout ça, Sean, et va droit au fait. Tu dis que tu as failli le buter. Tu lui as tiré dessus, tu l'avais dans ton viseur ? Quoi donc ?

— Il y avait des éclairs, et j'ai vu quelqu'un dans la grange. Sa peau paraissait vraiment blanche. Je crois qu'il avait un fusil. J'en suis pas sûr. J'ai sorti mon arme, mais je ne l'ai pas levée. Il est sorti en courant par l'arrière de la grange, et il a disparu au milieu des pacaniers.

— Tu l'as signalé ?

— Non, monsieur.

— Pourquoi ?

— Je ne veux pas que les gens aient l'impression que je perds la tête.

— Tu veux bien rester chez toi encore un quart d'heure ? »

Sean louait une ferme dépourvue de peinture et rongée par les termites, avec une large galerie et un toit pentu en métal, près d'Avery Island. Quand je me garai dans sa cour et montai les marches, un imperméable sur la tête, toutes les lumières étaient allumées dans la maison.

« Je n'aime pas être un poids ni un emmerdeur, dit-il. Vous voulez du café ? Il est déjà prêt.

– Non, merci. »

Il portait un T-shirt blanc, un jean repassé et des tongs. Appuyé près de la porte, on voyait un fusil à lunette avec une bretelle. Une ceinture avec un holster et un revolver était suspendue au dossier d'une chaise dans la salle à manger.

« Miss Bailey a pris contact avec vous ? demanda-t-il.

– Non, je la cherche.

– C'est drôle, elle vient de passer ici.

– Pour quelle raison ?

– Elle pensait que ce Smiley pouvait vouloir me buter, parce que Tillinger était son ami, ou je ne sais quoi.

– C'est une possibilité. Tu crois que tu as vu Smiley Wimple ?

– Je n'en suis pas sûr.

– Tu n'étais pas en service, n'est-ce pas ?

– Non, monsieur. » Il attendit. « Pourquoi vous me demandez ça ?

– Toute ta maison est allumée. Tu aurais fait une super cible contre un store.

– Je ne pense pas à des trucs comme ça.

– À des choses comme quoi ?

– À la mort. J'imagine que pour chacun, son moment est écrit. Avant qu'il arrive, je me dis que mieux vaut ne pas y penser.

– Allons jeter un coup d'œil dans ta grange. »

Il enfila un imperméable à capuche, et nous sortîmes sous la pluie, passâmes sous un chêne, traversâmes un endroit dégagé et entrâmes dans la grange à foin. Il referma la porte derrière nous et tira la chaîne d'une ampoule solitaire. Des traces de pas fraîches étaient imprimées dans la terre, mais pas au point que je puisse dire quelle taille elles faisaient.

« Tu es entré là ?
– Non, monsieur.
– Tu es resté à l'extérieur ?
– Oui, monsieur.
– Et il a couru d'ici au bosquet de pacaniers ?
– Comme je vous l'ai dit.
– Tes vêtements n'étaient pas mouillés ?
– Ils dégoulinaient. C'est pour ça que je me suis changé.
– Je me posais juste la question. Je pensais que tu avais peut-être des pouvoirs secrets.
– Vous pensiez ça, hein ? »

Il était trop tard pour retirer ma remarque sarcastique. « Qu'est-ce que Bailey avait d'autre à te dire ?
– Je ne me souviens plus.
– Sean…
– Et puis zut, Dave. Désolé de vous avoir dérangé. »

Il tira sur la chaîne de l'ampoule, et repartit vers sa maison, la pluie brillant sur son imperméable, son profil aussi acéré qu'une silhouette en étain.

***

Cette nuit-là je n'ai pas dormi. Tôt le dimanche matin, j'allai au motel de Clete et cognai à sa porte. La pluie tombait toujours, un épais brouillard blanc roulait sur le bayou, l'air froid donnait une sensation de neige sur la peau. Clete vint m'ouvrir en pyjama. « Tu es devenu fou ?

– Merci pour ces mots aimables », dis-je en passant près de lui.

Il referma la porte. « Tu as eu des problèmes avec Bailey Ribbons ?

– Qu'est-ce qui te fait penser ça ?

– Avec les femmes, tu te conduis comme un manche.

– Je me conduis comme un manche ?

– Ouais. Sans mes conseils, tu aurais vraiment des ennuis, dit-il. Que se passe-t-il avec Bailey ?

– Je veux que tu me fasses un serment. »

Sur le moment, il ne répondit pas. Il enfila une robe de chambre et des pantoufles bleues fourrées. Puis il dit : « Ne me parle pas comme ça, mon noble ami. Sois tu me fais confiance, soit tu ne le fais pas. »

Je lui parlai des hommes qui avaient violé Bailey, du feu qu'elle avait préparé sous le réservoir de propane de leur caravane, de la façon dont les hommes étaient morts, et des ennuis qu'elle avait eus à Holy Cross, quand elle avait treize ans. Puis je lui racontai ma visite chez Sean McClain la nuit précédente.

« McClain n'a pas réussi à reconnaître Smiley Wimple ? dit-il. Wimple ressemble à une chenille albinos qui brille dans le noir.

– Ouais, c'est aussi la question que je me suis posée.

– Tu as des raisons d'être préoccupé par Sean McClain ?

– Il a été présent sur trop de scènes de crime. Je n'arrête pas de penser ça. Pareil pour Bailey. Je ne sais pas qui elle est. »

Clete mit une cafetière à chauffer sur son petit réchaud à gaz. Il ouvrit son frigidaire et en sortit un beignet glacé qu'il me lança. « Tu sais ce que tu me répètes toujours, non ?

– Non.

– Les gens sont ce qu'ils font, pas ce qu'ils disent, ni ce qu'ils pensent, ni ce qu'ils prétendent être.

– Ce n'est pas rassurant. Bailey a tué trois personnes. Voilà ce qu'elle a fait. En les faisant brûler vifs.

– Ces types avaient un labo de meth. Ils méritaient ce qui leur est arrivé. En plus, elle t'en a parlé. Serait-elle honnête comme ça si elle te tenait par la queue ?

– Pourquoi tout ce que tu dis a-t-il un rapport avec le sexe ? »

Il retira la cafetière du réchaud, et la posa sur la table avec deux tasses. « Dave, ce que tu vis en ce moment a une explication. Le type qu'on recherche mène la guerre contre toute cette communauté. Il veut que nous nous prenions à la gorge entre nous. Ne tombe pas dans ce piège.

– Comment sais-tu ça ?

– Je ne le sais pas. C'est juste ce que je pense. Mais c'est la seule solution logique. »

Nous restâmes silencieux tous les deux. Je pris une bouchée de beignet.

« J'imagine aussi un scénario pire, un scénario que parfois je n'arrive pas à me sortir de la tête, dit Clete. Il me réveille en pleine nuit. Et parfois aussi le matin. C'est là que ça devient vraiment mauvais.

– Quoi, ça ?

– Le rêve. Je rêve que nous sommes tous morts. Nous avons tout foiré pendant notre vie, et maintenant nous purgeons une peine dans un lieu où il n'y a

pas de réponses, juste des questions qui vous rendent fou. J'ai été en parler à un psy.
— Que t'a-t-il répondu ?
— Rien. Je ne lui en ai pas laissé l'occasion. Il faisait partie des gens dans le rêve. Profite du jour qui vient, Belle Mèche. La mort, c'est un tas de merde. »

32

Ce matin-là, j'allai à la messe à St. Edward, et le soir j'assistai à une réunion des AA à Solomon House, en face du vieux lycée de New Iberia. Quand je quittai la réunion, les étoiles étaient lumineuses sur le ciel noir, et une brise chaude soufflait à travers les chênes verts devant le vieux lycée. C'était une soirée agréable, le genre de soirée qui vous assure qu'un jour meilleur va naître.

Sean McClain, en uniforme, était appuyé à mon pick-up, la tête sur la poitrine, la visière de sa casquette sur les yeux.

« Que se passe-t-il ? dis-je.

— Je ne voulais pas vous insulter, hier soir, répondit-il.

— Tu ne m'as pas insulté.

— J'ai réfléchi à quelques trucs. Je ne sais pas si ça sera utile ou non.

— Tu as compris qui était dans ta grange ?

— Sans doute ce petit nuisible que personne n'arrive à attraper.

— Wimple ?

— Lui ou un autre.

— Laisse-moi te rassurer un instant. S'il s'agissait de Wimple, nous ne serions sans doute pas en train d'avoir cette conversation.

– Je serais mort ?

– Probablement.

– J'ai réfléchi à divers indices à propos de ces meurtres, dit-il.

– Des indices ?

– Il n'y en a pas beaucoup. Pas depuis le jour où on a vu cette pauvre femme flotter sur la croix.

– Je ne te suis pas, Sean.

– L'indice auquel on n'a pas attaché beaucoup d'importance, c'est cette chaussure de tennis qu'on a trouvée sur la plage, vous et moi. Taille trente-huit.

– Comme indice, ce n'est pas grand-chose, Sean.

– Mais vous avez quand même fait effectuer des tests ADN, non ?

– Ouais. Elle appartenait à Lucinda Arceneaux.

– Si elle en portait une, elle devait en porter deux.

– C'est vrai, dis-je distraitement.

– Une des personnes qui ont appelé le 911 a dit avoir entendu un cri venant d'une vedette de croisière éclairée.

– C'est ça.

– Pourquoi ne pas fouiller toutes les vedettes sur Cypremort Point ?

– Les mandats de perquisition ne vont pas jusque-là, Sean. »

Il ramassa un caillou sur le trottoir, et le jeta dans la rue. « Enfin, j'essayais juste de trouver quelque chose. Désolé de ne pas être d'un plus grand secours. »

Mais Sean avait ouvert une porte dans ma tête. Une tennis verte à rayures bleues. Ça n'allait pas avec la robe pourpre que portait Lucinda Arceneaux à sa mort.

« Pourquoi vous me regardez comme ça ? me demanda Sean.

– Parce que je viens de comprendre à quel point j'ai été stupide. »

Je n'appellerais pas ça une révolution épistémologique, mais c'était un commencement. Le lundi matin, j'ouvris le placard où nous conservions les pièces à conviction et trouvai la robe pourpre de Lucinda Arceneaux. J'en sortis aussi la tennis verte à rayures bleues que Sean et moi avions trouvée. Je signai une décharge pour la robe et la chaussure, puis me rendis à St. Martinville et demandai à un policier en civil de me laisser entrer dans la maison de Bella Delahoussaye. Dans son placard, je trouvai sur un cintre une robe pourpre quasiment identique, sauf qu'elle était semée de paillettes. C'était celle qu'elle portait la première fois que je l'avais vue au club de blues au bord du bayou.

Je roulai jusqu'au petit village de Cade, et au mobile home du père d'Arceneaux, posé sur des parpaings derrière son église en bardeaux. L'arbre à bouteilles à côté de l'église tintait dans le vent. Quand le révérend m'ouvrit la porte, il paraissait avoir pris dix ans depuis l'époque de la mort de sa fille. Je tenais à la main un sac en papier contenant la robe et la chaussure.

« Je peux quelque chose pour vous ? dit-il.

– Je suis Dave Robicheaux, Révérend. Je me demandais si vous pourriez m'accorder quelques minutes.

– Vous êtes qui ?

– Inspecteur Robicheaux. C'est moi qui enquête sur la mort de votre fille.

– Ah oui, m'sieur. Maintenant je me rappelle », dit-il en ouvrant grand la porte. Sa main tremblait sur sa canne, ses yeux dansaient la gigue.

J'entrai. « J'aimerais que vous jetiez un coup d'œil sur cette robe. » Je la sortis du sac. Il y avait encore du sable et du sel dans les plis.

« Pourquoi voulez-vous que je regarde ça ?

– C'est la robe que portait Lucinda au moment de sa mort. Est-ce que vous l'aviez déjà vue ?

– Je ne me souviens pas l'avoir vue porter une robe comme ça. Mais je n'en suis pas certain, m'sieur.

– Je vois.

– Qu'est-ce que vous avez d'autre, dans ce sac ?

– Une chaussure de tennis. Vous la reconnaissez ? »

Il me la prit des mains. Aussitôt, ses yeux se mouillèrent.

« Elle portait des tennis comme ça la dernière fois que vous l'avez vue ? dis-je.

– Ouais, m'sieur. Quand elle est partie pour l'aéroport.

– Pourquoi ne vous asseyez-vous pas, monsieur ? Attendez, laissez-moi vous aider.

– Non, tout va bien. Je peux avoir sa chaussure ?

– Nous devons la garder encore un moment. Mais je m'assurerai qu'elle vous soit rendue.

– Cette robe ne pouvait pas être à elle, dit-il.

– Pour quelle raison ?

– Elle appelait toujours ses chaussures vertes et bleues ses 'chaussures de petite fille'. Elle les portait avec un jean. Elle s'habillait toujours avec goût.

– Que savez-vous de Desmond Cormier ?

– C'est lui qui a payé son enterrement. C'est un homme gentil.

– Avez-vous entendu parler d'un certain Antoine Butterworth ?

– Non, m'sieur.

– Lucinda parlait-elle de Mr. Cormier ?

– Je lui ai jamais posé beaucoup de questions sur ces gens d'Hollywood. Elle disait que la plupart d'entre eux n'étaient pas différents de n'importe qui. Comment s'est-elle trouvée avec cette robe ? Ils lui ont retiré ses vêtements quand elle est morte ? Qui a pu vouloir l'humilier comme ça ? Je ne comprends pas. Comment a-t-on pu lui faire ça ? »

Sa voix se brisa. Il fut incapable de continuer.

Je fis silencieusement le vœu d'obtenir une réponse à cette question, et je laisserais au coupable une marque qu'il porterait jusqu'à la tombe, sinon au-delà.

Le mardi matin, nous obtînmes un mandat de perquisition de la totalité de la maison de Cormier, sur Cypremort Point. Nous avions eu du mal. Auparavant, on nous avait accordé un mandat de perquisition pour la partie de la maison où vivait Antoine Butterworth. Le procureur dut convaincre le juge que Desmond était un suspect possible pour le meurtre de Lucinda Arceneaux. La vérité était autre. Desmond était une contradiction ambulante : un Michel-Ange, un humaniste, un homme doté du corps d'un dieu grec, un homme capable de se suspendre au patin d'un hélicoptère et ensuite de brutaliser un de ses subordonnés.

Le procureur se perdit dans son propre flou et demanda au juge si je pouvais parler.

« Puisque vous me semblez mal informé au sujet de votre propre enquête, je serais heureux d'entendre l'inspecteur Robicheaux », dit le juge. Il avait reçu la médaille de l'Honneur, la plus haute distinction militaire, il avait une épaisse chevelure d'un blanc de neige, et il était sans doute trop vieux pour son poste, mais ses façons patriciennes et son doux accent de planteur du Sud étaient un rappel si agréable d'une culture ancienne et plus distinguée que nous n'avions aucune envie de le perdre. « Bonjour, inspecteur Robicheaux. Qu'avez-vous à me dire, m'sieur ?

– Desmond Cormier a été fuyant et s'est montré peu coopératif depuis le début de l'enquête, Votre Honneur. À travers un télescope sur la terrasse de Mr. Cormier, j'ai vu la défunte, Lucinda Arceneaux, attachée à une croix flottant sur Weeks Bay. J'ai demandé à Mr. Cormier de regarder à travers le télescope et de me dire ce qu'il voyait. Il a dit qu'il ne voyait rien. L'adjoint qui m'accompagnait, Sean McClean, a regardé par le télescope, et il a vu la même chose que moi.

– Le corps ? dit le juge.

– Oui, Votre Honneur.

– Je ne sais pas si c'est suffisant pour vous délivrer un mandat, inspecteur.

– Mr. Cormier est aussi entré par effraction dans la maison de l'adjoint Frenchie Lautrec, après que Lautrec s'est suicidé, ou a été tué par d'autres. Lautrec avait une croix de Malte tatouée sur une jambe. Desmond Cormier en a une, lui aussi. Nous avons des raisons de penser que Lautrec était mêlé à la fois à la prostitution et à la série de crimes dans notre zone. Je pense qu'il se peut que Mr. Cormier ait été associé avec l'adjoint Lautrec. »

J'avais franchi les frontières de la probabilité, et même les frontières de la vérité, mais cette fois-ci, je me fichais bien des deux.

« Je suis profondément perturbé par ce qu'implique cette enquête, et par la rareté des preuves qu'elle a produites », dit le juge. J'adorais vraiment sa diction. « Votre mandat vous est accordé. Je vous recommande de mener vos recherches de telle façon que, lorsque la personne ou les personnes qui ont commis ces crimes arriveront devant la cour, il n'y ait pas de problèmes avec les preuves. Nous sommes tous écœurés et attristés par ce qui s'est passé au sein de notre communauté. Bonne chance à vous, messieurs. »

Une heure plus tard, Sean McClean, Bailey et moi commencions à mettre à sac la maison de Desmond.

Desmond était furieux. Il ne cessait d'arpenter son salon. Il portait un pantalon cargo, des sandales et un maillot de l'équipe de football de LSU coupé aux aisselles. Il nous regardait vider ses étagères, sortir de ses placards des brassées de vêtements, vider les tiroirs sur les lits, débarrasser de leur contenu les placards de la cuisine, faire basculer les meubles, et retirer les clayettes de son frigidaire et de son congélateur. Ses pâles yeux bleus avaient une expression psychotique, comme s'ils avaient été découpés dans un magazine et collés sur son visage.

Je crois que Desmond était surtout perturbé par la froideur de Bailey, qu'il regardait détruire nonchalamment la symétrie et l'ordre de son foyer. Mais le pire était encore à venir. Elle décrocha les photos encadrées de *La Poursuite infernale*. Elle souleva chacune d'elles de son crochet, détacha les fonds cartonnés des cadres d'acier, puis les laissa tomber l'une après l'autre sur le divan comme elle l'aurait fait d'ordures.

« Que cherchez-vous ? dit-il. En quoi mes photos encadrées ont-elles quelque chose à voir avec une enquête sur des meurtres ? Et vous êtes la première à le savoir, Bailey. Satanée bonne femme.

— Appelez-moi inspecteur Ribbons, s'il vous plaît. Et, pour répondre à votre question, nous examinerons tout ce qui nous semblera nécessaire. »

Il entreprit de ramasser les cadres, les photos et les plaques de carton.

« Ne touchez pas à ça, dit-elle.

— Maudits soyez-vous, tous tant que vous êtes, Dave. Espèce d'enculé.

— Tu nous as menés en bateau, Des, dis-je. C'est toi qui l'as cherché.

— Et comment ?

— Tu es mêlé à un culte, ou un fétichisme, ou une espèce de romance médiévale que seuls des cinglés peuvent avoir inventée, dis-je. Depuis le début, tu protèges tes arrières ou ceux de quelqu'un d'autre. Peut-être que si tu cessais de mentir à ceux qui sont de ton côté, on ne serait pas obligés de saccager ta maison.

— Pourquoi ne vous mettez-vous pas à arrêter les Francs-maçons ? Ou les mecs avec des tatouages gothiques ? Tu es un escroc, Dave. Tu as accepté de vivre une vie médiocre et tu en veux à quiconque est parti, a réussi, et est revenu ici pour te rappeler ton propre échec. »

J'étais en train d'arracher le rembourrage de son canapé. Je me redressai parce que j'avais une crampe dans le dos. « J'ai une nouvelle pour toi, Des. Certains d'entre nous sont restés ici et ont combattu pour une bonne cause, tandis que d'autres sont partis pour rejoindre des snobs qui pensent que leur merde ne pue pas. »

Son œil gauche se rétrécit en une flaque de vitriol, si intense que je me demandai si je connaissais le véritable Desmond Cormier.

Nous descendîmes au sous-sol, où il garait ses véhicules. Il resta juste derrière nous, se nouant et se dénouant les mains. Il y avait dans un coin un énorme tas de détritus. Il commençait par terre, montait jusqu'au plafond, et semblait taché d'eau et moisi à la base.

« Qu'est-ce que c'est ? dis-je.

— Les restes de l'ouragan Rita, quand ma maison a été inondée. La camelote que mes hôtes laissent derrière eux. »

Trois autres adjoints en uniforme arrivèrent. « Vous arrivez au bon moment, leur dis-je. Enfilez vos latex, les gars.

— Ça t'amuse, Dave ? dit Desmond.

— Non, ça ne m'amuse pas. J'avais toujours pensé que tu représentais ce qu'il y a de bon en nous. Je pensais que tu étais un grand artiste, un grand cinéaste, de ceux dont on se souviendra. »

Il avait l'air de quelqu'un qui vient de se frotter une allumette de cuisine sur le ventre. Derrière lui, Sean McClain sortit du tas un sac de sport noir, le secoua, et en fit tomber une serviette, un sac à fermeture éclair contenant une savonnette, un sweatshirt, une bombe de déodorant pour homme, une paire de Levi's, et un chemisier à fleurs. Puis il secoua de nouveau le sac. Une chaussure de tennis en tomba.

« Vous feriez bien de regarder ça, Dave, dit Sean.

— Qu'est-ce que tu as trouvé ? »

Sean passa son doigt à l'intérieur de la chaussure, et la souleva du tas. La tennis était vert citron, avec des rayures bleues. « Pointure 38. Exactement comme celle qu'on a trouvée sur la plage. »

Je regardai Desmond. « Qu'est-ce que tu as à dire ?

– Je ne sais pas à qui appartient ce sac, et je n'ai jamais vu cette chaussure. Lucinda Arceneaux en portait une comme ça ?

– Va raconter tes conneries à d'autres, dis-je.

– Suis-je en état d'arrestation ?

– Ça ne fonctionne pas comme ça, dis-je. Mais à ta place, je ne prévoirais pas de voyager.

– Alors, vous en avez fini, ici ? » demanda-t-il.

Bailey s'approcha de lui, les yeux brûlants. « Rendez-vous service. Arrêtez de vous conduire comme un crétin et avouez. Vous êtes une vraie plaie. »

Son visage tressaillit sous l'insulte. Je ne savais pas que Des était encore à ce point vulnérable.

« Remettons-nous au travail, dis-je. Etalez tout ça sur la pelouse. »

***

Cet après-midi-là, le père de Lucinda Arceneaux identifia le chemisier à fleurs comme appartenant à sa fille. Il n'était pas sûr pour le jean Levi's, mais la taille correspondait à celle des vêtements encore suspendus dans son placard. Il ne faisait aucun doute que la chaussure de tennis était la sienne. À quatre heures, je fis part à Helen du résultat de mes recherches.

« D'accord, je téléphonerai demain matin au bureau du procureur, dit-elle.

– Pourquoi ne pas demander aujourd'hui un mandat d'arrestation ? Ne donne pas à Desmond une occasion de se tirer.

– On verra ce que dira le procureur. Je ne pense pas que les vêtements et les chaussures soient suffisants. Le sac de sport pouvait appartenir à Butterworth.

— Notre homme n'est pas Butterworth. Ou du moins ce n'est pas notre premier suspect.

— Pourquoi ?

— Il arbore trop ouvertement ses vices. Il les donne en spectacle.

— Pourquoi es-tu si sûr de toi en ce qui concerne Desmond Cormier ?

— L'assassin est un iconoclaste.

— Un quoi ?

— Un briseur d'icônes et de totems. Mais en même temps notre homme est fasciné par ça.

— Désolée, mais ça ressemble au genre de trucs que nous sort Bailey.

— Qu'est-ce que ça coûte ? Desmond se moque de nous depuis le jour où on a tiré de l'eau Lucinda Arceneaux.

— Mais il se moque de nous à propos de quoi ? La plupart de ses dénégations concernent la source de son argent. Ça ne fait pas de lui un assassin. En plus, Lucinda Arceneaux était sa demi-sœur, nom de Dieu.

— Tout se ramène à une seule question. Ces homicides ont un rapport avec l'argent.

— On n'en sait rien, dit-elle.

— Parle pour toi.

— Détends-toi, Pops. On va le boucler, mais pour l'instant je ne suis pas vraiment persuadée du mobile.

— Jolie tournure de phrase.

— Je t'aime, bwana. Mais il m'arrive de penser que j'ai commis dans une autre vie un péché impardonnable, et que tu as été créé pour me donner une deuxième chance.

— Et si Desmond est bien notre homme, et qu'il recommence ?

— J'ai du mal à l'imaginer en tueur en série.

– Notre homme n'est pas un tueur en série. Il y a une méthode dans sa folie. »

Elle ne répondit pas. Visiblement, elle avait renoncé à discuter.

« Et s'il protège l'assassin, et que l'assassin tue quelqu'un d'autre ? dis-je. Peut-être une autre jeune femme comme Lucinda Arceneaux ?

– Tu fais vraiment tout pour que je passe une nuit blanche. »

Le lendemain, nous nous mîmes au travail sur la provenance du sac de sport. Il venait d'une boutique en ligne de Californie, qui avait fermé depuis cinq ans. Il y avait des empreintes sur la bombe de déodorant, mais elles n'étaient pas répertoriées dans le système. Bailey entra dans mon bureau. « Je viens d'avoir un appel de Butterworth.

– C'est *lui* qui t'a appelée ? Tu ne l'as pas appelé la première ?

– Il dit qu'il veut venir.

– Avec un avocat ?

– Non. Il dit qu'il veut éclaircir l'atmosphère. »

Dans toute enquête, le flic recherche ce que nous appelons « le maillon faible ». J'étais persuadé que nous avions trouvé le nôtre. « Rappelle-le. Dis-lui qu'on le retrouvera à midi dans le parc municipal.

– Pas ici ?

– Il faut qu'il se sente à l'aise, comme avec des amis.

– Ça me paraît un peu sournois.

– Ce sont les gens comme eux qui ont inventé la sournoiserie.

– OK, dit-elle. Tu veux qu'on se voie, ce soir ?

– Bien sûr.

– Parce que ce n'est pas l'impression que j'avais.
– Tu ne devrais pas penser de cette façon, Bailey.
– Je n'ai pas baissé dans ton estime à cause de ce que je t'ai dit sur mon passé ?
– Non, répondis-je en essayant de garder une expression neutre.
– On se retrouve à six heures ?
– Il me tarde d'être à six heures », dis-je.

Après son départ, mon cœur battait à tout rompre, et je ne savais pas pourquoi.

Munis d'une boîte de poulet et d'écrevisses grillées, nous retrouvâmes Butterworth dans l'un des abris à pique-nique du parc. Il gara sa Subaru sous un chêne, et en descendit. Il portait un pantalon blanc, et une chemise de soie lavande à manches longues que la lumière faisait onduler sur sa mince carcasse ; il était encore plus bronzé que la dernière fois que je l'avais vu. Il se mit une Nicorette sur la langue.

« Asseyez-vous, dis-je. Et goûtez à l'un des meilleurs plats grillés de Louisiane. Il contient assez de cholestérol pour boucher un égout pluvial.
– C'est très gentil à vous. Merci.
– De quoi souhaitiez-vous nous parler, Mr. Butterworth ? dit Bailey.
– D'une ou deux préoccupations que j'ai. Nos entreprises – ou plutôt le monde du cinéma – sont très diverses. Notre commun dénominateur, c'est un désir d'argent, de pouvoir, et de célébrité. Je suppose que vous avez déjà compris ça.
– On pourrait dire la même chose de nombreux groupes de gens, remarqua Bailey.
– Notre compagnie de production est indépendante des studios, qui ne subsistent que grâce à l'adaptation sur ordinateur de bandes dessinées. En d'autres

termes, nous devons trouver l'argent de la production dans des sources improbables. »

Son faux accent et ses fausses manières commençaient déjà à s'user. « Nous sommes conscients de ça, Mr. Butterworth, dis-je. Où voulez-vous en venir, monsieur ?

– Nous prenons de l'argent de Hong Kong, des Russes, des Saoudiens, et de certaines personnes du New Jersey.

– Et il vous arrive de blanchir de l'argent pour certains d'entre eux ? » dit Bailey.

J'essayai de lui lancer un regard d'avertissement.

« Appelez ça comme vous voulez », dit Butterworth. Il fouilla dans la poche de sa chemise comme s'il cherchait une cigarette. « Je veux que vous compreniez ma position. Je ne tue pas les gens. J'ai assez vu de choses pareilles en Afrique.

– Vous fabriquez et vous vendez des jeux de guerre destinés aux adolescents, dit Bailey.

– Je ne peux pas le nier, dit-il. J'achète aussi des bons du Trésor et, au cas où vous ne l'ayez pas remarqué, le gouvernement des États-Unis est le plus grand fabricant d'armes du monde.

– Allons, Mr. Butterworth, dis-je. Arrivez-en au fait.

– Un certain nombre de gens de la Mafia sont apparus dans nos vies. Pourquoi ? Ils veulent un profit immédiat pour leur argent. Deuxièmement, un méchant petit bonhomme, un ver de terre au nom ridicule, a, c'est évident, fait cramer deux de leurs hommes.

– Smiley Wimple ?

– Oui, ce méchant garçon.

– Vous l'avez traité de ver de terre, dis-je. Vous l'avez vu ?

— Il était sur notre putain de plateau, en train de manger un esquimau.

— Comment savez-vous qu'il s'agissait de Wimple ?

— Je l'ai déjà vu. Il y a trois ans, il tuait des gens dans le coin. Il semble avoir une prédilection pour la région. »

Je ne savais pas si je le croyais ou pas, et franchement je m'en fichais. Butterworth avait une façon sinueuse de semer la confusion sans fournir aucune information utile.

« Voici ce que je pense, Mr. Butterworth, dis-je. Vous avez prévu de ne rien nous apprendre. Et en même temps vous vous équipez d'un parachute pour pouvoir quitter l'avion avant qu'il ne s'écrase.

— Le film de Desmond sera l'un des plus grands films jamais tournés en Amérique, dit-il. J'ai vécu une vie assez inutile, mais j'éprouve une grande satisfaction de savoir que j'aurai eu quelque chose à voir dans la création d'une œuvre de cette importance. Des arrive en fin de course. J'espère qu'il pourra terminer son film.

— Répétez-moi ça ? dis-je.

— Il se pique. Ne me demandez pas ce qui coule dans ses veines, parce que je l'ignore. Quoi qu'il en soit, c'est un cocktail infernal. »

Notre table était éclaboussée de soleil, la mousse ondulait au-dessus de nous, un vent froid montait du Bayou Teche. Les pétales des camélias étaient éparpillés sur l'herbe comme des gouttes de sang. Quand on est flic, on entend tout ce dont sont capables les êtres humains. Ça ne veut pas dire qu'on s'y habitue. L'enfer a le goût de pièces de monnaie en cuivre sur un poêle brûlant, le goût de déchets qui se consument par un jour d'hiver, le goût d'un bandage imbibé de gangrène à l'intérieur d'une infirmerie d'urgence dans un pays tropical. Ce goût viole vos glandes et vos sens. Son odeur demeure dans vos rêves, et, pendant la journée, on ne manque jamais de la reconnaître. Je jure que je la sentais sur la peau de Butterworth.

« Pas de commentaire ? dit Butterworth.

– Vous êtes en train de balancer votre ami, et vous n'en avez pas honte, dis-je. C'est un peu gênant de voir ça. »

Il regarda Bailey. « Vous l'obsédez.

– Qui ?

– Desmond, dit Butterworth. Faites attention. Un grand artiste est à un doigt de la folie. Si vous ne me croyez pas, pianotez les bios de ceux qui se torturent pendant des mois pour essayer de peindre une nuit étoilée, ou l'image de Dieu. Desmond utilise des produits chimiques non pour fuir la réalité, mais pour la trouver. Jusqu'à quel point peut aller la folie ? »

33

Je passai prendre Bailey à six heures. Ou essayai de passer la prendre. Elle arriva à la porte en robe Vichy. Je portais une veste de sport en daim, un pantalon repassé de frais, une chemise bleu pâle et une cravate couleur prune. « Prête ?

– Où allons-nous ? dit-elle, comme surprise.
– On va dîner et ensuite on ira voir un film.
– J'ai déjà préparé quelque chose.
– Et ensuite un film ?
– Comme tu voudras. Tu te transformes en moine ?
– Si c'est le cas, je n'en ai pas conscience.
– Entre, Dave. Il faut qu'on parle. »

Je n'avais pas envie d'entrer ni de parler. Si quelqu'un avait braqué un revolver sur moi et m'avait demandé de dire franchement ce que j'éprouvais pour Bailey, je n'aurais pas su quoi répondre. Elle m'obsédait sûrement autant qu'elle obsédait Desmond. Peut-être essayais-je de retrouver ma jeunesse ; peut-être voulais-je lui servir de protecteur. Il était difficile pour moi de la séparer de l'image de Cathy Downs debout au bord de la route, tandis qu'Henry Fonda lui dit qu'un jour, peut-être, il reviendra à Tombstone, alors même qu'il sait parfaitement que son travail avec les Clanton de ce monde n'est pas terminé, et qu'il ne reviendra jamais.

Oui, il m'était difficile de séparer Bailey de Clementine Carter, jusqu'au moment où je pensais aux trois hommes que Bailey avait brûlés vifs.

J'entrai et refermai la porte derrière moi. Elle avait mis la table du dîner, et allumé un candélabre au milieu. « Tu me regardes encore de cette façon. Ça me met très mal à l'aise, dit-elle.

– C'est une jolie robe. Tu es très belle dedans. Tu es très belle dans n'importe quoi, Bailey.

– Je regrette de t'avoir parlé de ce que j'ai fait dans le Montana. Tu crois que je devrais démissionner ?

– Dans quel but ?

– Je devrais peut-être me dénoncer moi-même aux autorités du Montana. »

Mon cœur battait la chamade, j'avais l'estomac retourné. « Voilà la réalité. L'affaire est close depuis des années. Aux yeux de la loi, trois trafiquants de meth se sont fait exploser. Il est probable que tous les trois avaient des casiers comme dealers et violeurs. Leur mort a été considérée comme un bon débarras. Si tu rouvres le dossier, tu auras affaire aux tribunaux pendant deux ou trois ans, et ensuite tu seras sans doute mise en probation. Tous les gens mêlés à l'affaire regretteront secrètement que tu ne sois pas restée en Louisiane. Et pendant ce temps, tu seras financièrement aux abois et tu auras ruiné ta carrière. Quel bien pourrait sortir de ça ?

– Je retrouverais le sommeil », dit-elle.

J'avais essayé. Mais je ne parvenais même pas à me persuader moi-même. Et je n'avais pas relancé l'enquête sur l'incendie à Holy Cross, même si j'en avais parlé à Clete, ce qui ajoutait à ma culpabilité.

« Desmond a engagé un privé pour te salir, dis-je. Ou, plutôt, il a demandé à Lou Wexler d'engager un privé pour fouiller dans ton passé.
– Pardon ?
– Quand tu avais treize ans, tu as été mêlée à une enquête sur un incendie. Un incendie qui s'est produit lors d'une réunion de girl-scouts, à Holy Cross.
– Oui, c'était un accident.
– J'ai parlé à un superintendant à la retraite des services d'incendie, dis-je. Il pense qu'on t'a fichu la paix à cause de tes problèmes familiaux.
– Tu es train de dire que je suis une pyromane ?
– Non », dis-je. Mais le mot me colla à la gorge.
« Alors qu'est-ce que je suis ?
– Quelqu'un qui a connu une jeunesse difficile. Comme nombre d'entre nous.
– Alors, maintenant, qu'est-ce qu'on fait ? On fait l'amour ? On dîne ? On fait comme s'il ne s'était rien passé ?
– Je ne sais pas trop. »
Elle s'approcha de la table, et pinça les bougies une par une. « Voilà. Bonne nuit, cher prince. Que les anges des songes te portent à ton suprême repos[1]. »
Je la regardai, stupide. Elle évita mon regard. Je crois qu'elle était sur le point de pleurer. Je sortis, montai dans mon pick-up et rentrai chez moi dans les derniers feux du crépuscule. Je crois que jamais je ne m'étais senti aussi seul.

Le même soir, Alafair et Clete se rendirent au Red Lerille's Health and Racket Club, à Lafayette. Alafair joua au tennis avec une amie sous les lumières des

---

1. *Hamlet*, V, 12 (traduction Yves Bonnefoy).

courts extérieurs, puis rejoignit Clete à l'intérieur, où il soulevait et rabaissait lentement un haltère de cinquante kilos, ses biceps se gonflant à la taille de melons. Puis elle s'aperçut que Lou Wexler se trouvait aussi dans la salle de musculation, à dix mètres d'elle, faisant des soulevés de terre de cent cinquante kilos, le dos et les cuisses aussi noueux et tendus que du fer. Quand il lâcha la barre, les plaques rebondirent sur la plate-forme.

« Salut, toi, dit-il.

– Salut, répondit-elle. Je te croyais reparti à Los Angeles pour régler un problème avec le syndicat.

– Ça a pu se faire par téléphone. Des ne veut pas que je m'éloigne. Apparemment, il va de complication en complication.

– Je préférerais ne pas parler de Des.

– OK d'accord. J'ai vu par là ce gros type, comment s'appelle-t-il, déjà ? Purcel. Tu es venue avec lui ?

– Vous n'avez jamais été présentés ? dit-elle.

– Non, on s'est juste croisés. Je l'ai vu à Monument Valley, je crois. Quand il visitait le plateau. Inutile de le déranger.

– Vous vous entendriez bien, tous les deux.

– Tu me connais, Alafair. Je suis un peu réservé. »

Elle fit malgré tout signe à Clete de les rejoindre. « Je te présente Lou Wexler, Clete. C'est un des producteurs et auteurs de notre film.

– Heureux de vous connaître, dit Clete en tendant la main.

– Pareillement », dit Wexler. Il ne prit pas la main de Clete. Son attention s'était détournée vers un homme en survêtement noir et blanc, muni de gants de boxe jaunes, qui venait d'entrer et avait commencé de s'exercer avec des haltères modulables de dix kilos. L'homme au survêtement tendait l'haltère droit devant lui, et le ramenait rapidement d'avant en arrière, les veines de sa nuque semblables à de la corde. Il avait une tête en forme d'ampoule, avec des mèches de cheveux peignées sur le sommet du crâne.

Alafair suivit le regard de Wexler en direction de l'homme au survêtement. « Qui est-ce ?

— Un des heureux bonshommes qui ont été impliqués dans le scandale de la prison de la paroisse d'Iberia.

— C'est Tee Boy Ladrine, intervint Clete. Il était gardien à la prison. Il a été reconnu non coupable.

— Comment quelqu'un qui travaillait là-bas pouvait-il ne pas savoir ce qui s'y passait ? demanda Wexler.

— Je vois ce que vous voulez dire, dit Clete. Il était proche de Frenchie Lautrec, le type qui s'est pendu. Mais Tee Boy loue sa cervelle à la semaine. Dans un bon jour, il arrive à nouer ses lacets sans mode d'emploi.

— Quel rapport entre son intelligence et le fait qu'il prétende ignorer qu'on était en train d'étouffer un homme à côté ?

— Inutile de me le dire, noble ami.

— Quoi ?

— Ce que je voulais dire, c'est que la prison, c'est de la merde, dit Clete. J'en ai fréquenté un certain nombre, et pas en tant que visiteur.

— Dites-moi, Mr. Purcel, seriez-vous resté sans rien faire en regardant l'air se vider des poumons d'un pauvre type ? demanda Wexler.

— Sans doute que non.

— C'est juste ce que je voulais vous faire remarquer. Un type correct agit de façon correcte. Je trouve juste que ce n'est pas une bonne idée de laisser un salopard en survêtement venir dans un agréable club de sport comme celui-là. »

Clete regardait dans le vide. « Je ferais mieux d'aller prendre une douche et d'avaler une de ces boissons reconstituantes. »

Alafair mit la main sur le bras de Clete. Il était aussi dur qu'une bouche d'incendie.

« On va prendre un verre ensemble. Ça te va, Lou ?

– Bien sûr. Laisse-moi le temps de me doucher, moi aussi. Quelle belle soirée. Je ne devrais sans doute pas m'énerver à propos d'un crétin qui n'a sans doute jamais entendu un coup de feu tiré sous l'effet de la colère. »

Ils se dirigèrent vers les vestiaires et Alafair pensa que la fixation de Wexler sur l'ancien maton était finie. Puis Wexler changea de trajectoire, comme s'il avait trébuché. Il entra violemment en collision avec Ladrine, l'expédiant dans la glace surmontant le râtelier à haltères.

« Désolé, dit Wexler. Le sol doit être glissant. Vous allez bien ? On a l'impression que quelqu'un vous a enfoncé une matraque dans le cul. Commandez ce que vous voulez au bar. J'ai un compte. Je m'appelle Wexler. »

Puis il poursuivit son chemin. Alafair avait le visage en feu.

« Ce type est un étranger, dit Clete à Ladrine. Je crois qu'il a pris une balle dans la tête, l'État islamique, ou un truc comme ça.

– Ah ouais ? » dit Ladrine, les yeux comme de minuscules boulets de charbon.

– La prochaine fois que je te vois chez Bojangles, je t'offre un verre », dit Clete.

Vingt minutes plus tard, Clete, Alafair et Wexler se retrouvaient au bar sans alcool. Au moment où leurs consommations arrivaient, Ladrine passait, sans avoir pris de douche, toujours en survêtement, un sac de sport à la main.

« Excusez-moi un instant », dit Wexler. Il alla à la rencontre de Ladrine. « Encore une fois, toutes mes excuses, mon vieux. Ce sont des types comme vous qui maintiennent les bronzés à leur place. Vous êtes un authentique témoignage de la supériorité de la race blanche. » Il plongea les doigts dans le bras de Ladrine, et lui donna trois coups entre les omoplates, fort, de tout son poids, laissant Ladrine stupéfait.

Wexler revint au bar et avala la moitié de sa boisson tropicale. « Je me demande pour qui il a voté.

– Tu as perdu la tête ? dit Alafair.

– Je m'amuse juste un peu, dit Wexler. Je suis sûr que c'est comme ça qu'il l'a pris. » Clete avait gardé le silence. Wexler s'en aperçut. « Vous avez quelque chose à me dire ?

– Vous êtes un sacré type, dit Clete. J'ai cru qu'il allait cracher ses poumons.

– Non, je ne suis pas un sacré type, dit Wexler. C'est Desmond le plus grand, le champion, et il s'apprête à connaître le pire. Il a sa place à Roncevaux, et cependant il ne veut pas en tenir compte. Je suppose que c'est pour ça que je l'aime autant et qu'il me fait autant pitié. »

Alafair regarda Wexler comme si elle le voyait pour la première fois.

Tôt le lendemain matin, Clete m'appela et me demanda de le retrouver chez Victor's, où il déjeunait presque chaque jour.

« Que se passe-t-il ? dis-je.

– Je veux juste petit-déjeuner avec toi. »

Je savais que ce n'était qu'un prétexte. Clete ne faisait jamais rien à la légère, ni sans un but précis.

Il m'attendait à la porte de la cafétéria, vêtu d'un costume bleu marine et d'une cravate noire, ses souliers cirés. Il ne portait pas son feutre qui, de l'avis de tout le monde, était un anachronisme ringard. Nous prîmes place dans la file, et il commença à entasser sur son plateau des œufs brouillés, des galettes de saucisse, du bacon, des galettes de pomme de terre avec une soucoupe de béchamel, des toasts dégoulinant de beurre, des *grits*[1], du jus d'orange, du café et de la crème.

« Tu es sûr que ça te suffira ? dis-je.

– J'ai diminué le sucre et les fritures. Tu te rends compte ?

– Oui, je crois. »

Nous trouvâmes une table dans un coin et commençâmes à manger. Je me demandais combien de temps il lui faudrait pour en arriver au fait, quel qu'il soit.

« Pourquoi ce costume ? finis-je par demander.

– Je vais dans l'est du Texas. Il y a un service religieux pour Hugo Tillinger. » Il regarda innocemment la porte, comme si ce qu'il venait de dire était sans importance.

« Tu ne dois rien à Tillinger, Clete.

– Si j'avais appelé le 911 quand il a sauté de ce wagon de marchandises, peut-être qu'une grande partie de tout ça ne serait pas arrivée. Et plus tard j'ai eu une occasion de le coincer, et je ne l'ai pas fait non plus.

– Il n'avait rien à voir avec tout ça. Pose le sac et la cendre. Et fiche la paix aux Texans.

---

1. Spécialité de la Louisiane. Il s'agit d'une sorte de semoule de maïs, évoquant la polenta.

– Tu crois ? »

Une fois de plus, j'étais devenu son pasteur. « Ouais, alors je laisse tomber tout ça par-dessus bord ? » Mais moi aussi j'étais préoccupé par la mort de Tillinger. Je trouvais qu'il en avait connu de dures, jusqu'à la fin. J'essayai de changer de conversation. « Vous avez passé un bon moment, Alafair et toi, au Red Lerille's, hier soir ?

– Elle ne t'a pas raconté la prise de bec avec Tee Boy Ladrine ?

– Le maton qui s'est fait virer ?

– Ouais, Lou Wexler lui fonce délibérément dessus, puis, pour s'excuser, lui martèle le dos jusqu'à lui couper la respiration.

– Wexler a un compte à régler avec lui, ou je ne sais quoi ?

– Quelque chose à propos des droits civiques, et de la façon dont les taulards sont traités en prison. Il s'est montré un peu susceptible avec moi.

– Avec toi ?

– Alors je lui dis quel sacré type il est, et il se met à parler de Desmond Cormier, et de Roncevaux, et de l'amour et de la pitié qu'il éprouve pour Cormier.

– Alafair ne m'a rien raconté de tout ça.

– Wexler est gay ?

– Je n'en sais rien. Il semble attiré par Alafair.

– C'est quoi, cette histoire de Roncevaux ?

– C'est dans les hauteurs des Pyrénées. Une bataille s'y est déroulée au VIIIe siècle. C'est ce que célèbre *La Chanson de Roland*.

– Mais quel rapport entre Hollywood et tous ces types du Moyen Âge qui s'entrechoquaient comme des cannettes de bière ?

– C'est un peu plus compliqué que ça.

– Parle lentement, et j'essaierai de te suivre. Et s'il le faut, sers-toi de cartes illustrées.

– Clete j'essayais juste de...

– Laisse tomber.

– Il y a des gens qui pensent que les légendes du Roi Arthur, la quête du Saint Graal et les cors le long de la route de Roncevaux font que tout ça en vaut la peine.

– Que *quoi* en vaut la peine ?

– Le fait d'être né. De mourir. Ce genre de choses. »

Clete pointa un doigt sur moi. « Je ne veux plus entendre de choses pareilles. J'ai déjà assez de dingos dans ma vie. »

D'autres clients commençaient à nous regarder. Clete se pencha sur son plateau. Puis il s'essuya la bouche, et dit : « Ces trucs sont malsains, Dave. Les morts de ces femmes, cette cruauté sous-humaine. Je n'arrive plus à dormir. C'est comme de revenir du Nam. J'ai l'impression d'avoir de la merde de tigre dans la cervelle.

– On coincera le responsable, quel qu'il soit, Clete. Ce n'est qu'une question de temps.

– Et Alafair ?

– Quoi, Alafair ?

– Quelqu'un nous a visés avec un fusil à lunette sur Henderson Swamp. Peut-être le même type qui se trouvait chez Sean McClain. S'il n'arrive pas à buter l'un de nous, il trouvera peut-être une autre cible, une cible à la perte de laquelle tu ne survivrais pas.

– Ça ne se passera pas comme ça, dis-je, le visage empourpré.

– Tu connais l'avenir ?

– Arrête avec ça.

— Notre homme ne s'arrêtera pas tant qu'on ne l'aura pas éliminé. Et c'est ce que je vais faire, Belle Mèche. Je vais repeindre le paysage avec la cervelle de ce suceur de bites. »

Aux tables autour de nous, les gens se taisaient. Je regardai fixement mon assiette, les oreilles bourdonnantes, me demandant où se trouvait Alafair en cet instant.

Quand je fus revenu sur le trottoir, je l'appelai de mon portable. « Salut, dis-je.

— Hé, salut toi-même.

— Je voulais juste prendre de tes nouvelles, Baby Squanto. »

C'était son surnom quand elle était petite. Elle avait toute une collection de livres de Baby Squanto, le petit Indien. « Je suis près de Morgan City. On est en train de tourner quelques-unes des dernières séquences.

— Tu seras rentrée à quelle heure ?

— Sans doute vers sept heures. Que se passe-t-il ?

— Rien. Clete m'a dit que Lou Wexler s'en était pris à ce type, au Red's.

— Lou n'aime pas les Blancs qui frappent les femmes ou les gens issus des minorités.

— Un homme qui tient à une femme ne se lance pas dans un conflit devant elle, dis-je.

— Lou est quelqu'un de bien, Dave. Et si tu arrêtais de t'en prendre aux gens avec qui je travaille ? Juste une journée.

— Je ne savais pas que j'étais si méchant.

— Pour ton anniversaire, je t'offrirai un enregistreur.

— On se voit ce soir. »

Je refermai mon portable. Clete sortit de la cafétéria, traversa la rue, et monta dans sa Caddy garée dans la ruelle. Il s'éloigna sans me faire un signe d'au revoir. Je préférai penser qu'il ne m'avait pas vu. Je regardai les feux arrière de la Caddy disparaître au milieu de la circulation, en direction de l'ouest, de Lafayette et de la I-10. Je me sentais plus vieux que mon âge, mais j'ignorais pourquoi.

Clete roula pendant trois heures jusqu'à une église en brique au milieu des forêts de pins de l'est du Texas. Derrière elle, des pierres tombales faisaient comme une piste de dents éparpillées le long d'une pente descendant à un lac hérissé d'arbres morts, aux rives piétinées par les sabots d'Angus atteints de diarrhée rouge. La base de l'église était craquelée, les panneaux brisés du vitrail remplacés par du carton. Clete gara sa Caddy et sortit. Les arbres, au loin, étaient d'un vert vif, la lumière éclatante. Il y avait dans le vent une acidité qui lui glaçait les os.

Le service post-mortuaire, auquel Clete m'avait dit ne pas vouloir assister, venait de débuter. Il ne connaissait personne dans l'assistance, qui paraissait constituée de gens simples, de gens d'antan, aux mains et aux visages usés par le travail, le genre de gens qui ne se plaignent pas de leur sort et acceptent la mort comme ils acceptent une ombre qui se déplace sur une prairie et engloutit tout ce qui se trouve sur son passage. Il y avait en eux une innocence et une timidité comparables à celles des enfants, et il aurait voulu le leur dire mais ne savait pas comment.

La tombe avait été rebouchée, la butte de terre en partie recouverte par une bande de gazon artificiel. Un homme grand, tout en noir, les cheveux lui pendant sur les oreilles, lisait le Livre des Psaumes. Puis le service prit fin, et les proches du défunt se dirigèrent vers une table chargée de nourriture à l'ombre de l'église. Clete avait froid à la tête, et regrettait de ne pas avoir pris son chapeau. Il rattrapa l'homme en noir. « Monsieur ? »

L'homme poursuivit sa marche. De l'autre côté du lac, Clete crut voir une camionnette blanche s'arrêter dans un bosquet de pins.

« Révérend ? » dit Clete.

L'homme en noir se retourna. Il avait le visage buriné, ratatiné par le vent froid. Une des pointes de son col amidonné se dressait vers le haut, comme une dent de requin. « Par ici, les gens me disent 'Pasteur'.

— Je m'appelle Clete Purcel. J'aimerais vous poser une question à propos de Mr. Tillinger. Je suis détective privé. Ma question est assez directe, et peut-être insultante.

— Allez-y, posez-la.

— Mr. Tillinger a-t-il tué sa femme et sa fille ?

— Non, je ne le pense pas. Hugo n'aurait jamais fait de mal à sa famille. Mais ses associés, c'est une autre histoire. Des gens qui font l'œuvre du démon.

— Pardon ? dit Clete.

— Ils vendent des armes en Afrique. J'ai rendu visite à Hugo avant son évasion. Il voulait faire le ménage dans sa vie, rompre avec toutes les choses terribles qu'il avait pu faire.

— Vous connaissez les noms de ces vendeurs d'armes ?

— Non, monsieur.

— Quelqu'un d'autre pourrait-il les connaître ?

— Nous n'avons rien à voir avec ce genre de gens. Cela vous ferait plaisir de manger un morceau avec nous ?

— Oui, ça me ferait plaisir. Merci. »

Il accompagna le pasteur aux tables de pique-nique à l'ombre. La camionnette blanche était toujours garée au milieu des pins de l'autre côté du lac. La portière côté passager était ouverte. Clete crut voir le soleil se refléter sur une paire de jumelles. Une grosse femme accorte lui tendit un sandwich jambon-oignon. « À vous voir, on croirait que vous êtes sur le point de tomber, mon pauvre monsieur. Vous feriez mieux de manger un peu.

– Vous avez des camionnettes de glacier, dans le coin ?

– Comme partout, je suppose, dit-elle. Vous ne voulez pas de mon sandwich ?

– Si, m'dame, j'en veux, dit-il en mordant le pain.

– Restez par-là, j'ai d'autres choses, dit-elle avec un large sourire.

– J'ai du travail à faire.

– Je parie que vous étiez plongeur sous-marin dans l'armée », dit-elle, toujours rayonnante.

Il essaya de lui sourire des yeux et ne répondit rien, mais il était à bout d'énergie.

« J'ai toujours aimé les sandwiches jambon-oignon. Déjeuner sur l'herbe, ce genre de trucs. »

La femme lui souriait toujours. Elle semblait massive, la peau brûlée par le vent, le regard joyeux. Il jeta un coup d'œil sur la camionnette blanche. Ça ne pouvait pas être Wimple, quand même ? Était-il en train de perdre les pédales ? La femme rit d'une plaisanterie que quelqu'un venait de faire, puis ramena les yeux sur Clete. Elle lui pressa l'épaule. « Ne soyez pas si sérieux. On finira tous au même endroit. J'appelle ça la Maison de Pain d'épice. »

Est-ce qu'elle avait dit ça ? Ses lèvres bougeaient, mais aucun son ne sortait de sa bouche. Le pasteur le regardait, lui aussi, ses mains comme des griffes autour de sa Bible. Clete quitta la table et se dirigea vers sa Caddy. Il semblait trop tôt pour que le soleil se couche, comme si la nature conspirait pour lui voler une partie du jour. La camionnette blanche était toujours au milieu des arbres. Il trouva un pull qui sentait le moisi dans le coffre de la Caddy, et l'enfila sous sa veste. Quand il toucha sa peau, elle était sèche, froide et rêche. Il s'éloigna du cimetière, le groupe des amis du défunt se rétrécissant dans le rétroviseur.

Il tourna sur un chemin de terre et essaya d'accéder à l'autre rive du lac, mais il se heurta à une barrière canadienne, destinée au bétail, devant un portail fermé à clef. Il sortit sur l'accotement et scruta les arbres à l'aide de ses jumelles. La camionnette était invisible. Il laissa tomber les jumelles sur le siège passager et roula huit kilomètres sur une route de campagne, puis obliqua vers l'est en direction de la nationale. À l'instant où il franchissait la frontière de la Louisiane, il crut apercevoir la camionnette blanche derrière lui.

Le chauffage de la Caddy ne fonctionnait pas. Il ne se rappelait plus avoir eu aussi froid, ou avoir senti ses mains aussi sèches et gercées sur le volant. Il s'arrêta dans un relais routier, et demanda à une serveuse de remplir sa Thermos de café noir.

« Vous auriez une aspirine ? » demanda-t-il.

Elle jeta un coup d'œil aux comptoirs sur lesquels s'entassaient des en-cas et des médicaments sans ordonnance. « Juste derrière vous.

— Je crois que je vais m'écrouler.
— Ne bougez pas. »

Elle quitta le comptoir, et revint avec deux aspirines sur une serviette. Elle était grande, avec les cheveux noirs. Elle était entre deux âges, et semblait déplacée et trop âgée pour ce travail. Un globe et une

ancre étaient tatoués à l'intérieur de son avant-bras.
« Vous ne m'avez pas l'air en grande forme, soldat.
— Comment savez-vous que j'ai fait le Vietnam ?
— Je le sais.
— Vous pouvez faire autre chose pour moi ?
— Ça dépend.
— Vous voulez bien regarder les pompes, derrière moi, et me dire si vous voyez une camionnette de glacier ?
— Elle n'est pas là en ce moment.
— En ce moment ?
— J'ai vu une camionnette de glacier après que vous êtes entré. Elle est partie. »

Il posa sur le comptoir un billet de dix dollars, et prit une chambre au motel derrière le routier. Tandis qu'il se dirigeait vers sa chambre, il avait l'impression que ses pieds avançaient sur des trous dans le sol. Il enclencha la chaîne à sa porte, tomba sur le lit et se mit un oreiller sur la tête. Derrière ses paupières, il voyait des balles d'artillerie asperger une forêt tropicale, gribouillant des traînées de fumée sur le ciel nocturne, comme des pattes d'araignée géante. Un infirmier de la Navy appuyait un pouce sur la carotide de Clete, une main luisante de sang, bataillant de l'autre pour mettre une compresse. Le visage de l'infirmier semblait un ramassis d'os sous un casque.

34

Smiley ne mesurait pas le temps en fonction de montres ou de calendriers. Le temps pour lui était une série de sensations, comme des bulles montant d'un chaudron, dépourvues de sens et de prévisibilité. Un thérapeute lui avait dit qu'il avait été élevé dans un environnement où la cruauté se faisait passer pour de l'amour, et que les conséquences demeureraient en lui, pour le restant de ses jours, comme un bleu sur son âme.

Il associait le sommeil à un bref répit loin du monde, suivi par un lit humide le matin et des coups de ceinture sur les fesses. Le petit déjeuner consistait en un bol de porridge, et un verre de lait froid, sauf s'il était condamné à la chaise de punition. En tant que fugueur, il apprit que les rues de Mexico sont ombreuses et fraîches dans la journée et froides la nuit, et que les prostitués mâles et femelles devant les *cantinas* n'étaient pas ses amis. Il apprit aussi que les mains, les lèvres et les parties génitales qui se déplaçaient sur son corps témoignaient de son statut dans le monde –, en bref, que Smiley Wimple était une nourriture, et que les croûtes, les guenilles et la puanteur de son corps et les lentes de poux dans ses cheveux ne seraient jamais dissuasifs pour le type d'hommes dont il était la proie.

Deux soirs plus tôt, il avait volé une camionnette de glacier à l'intérieur de la coopérative laitière de Lafayette, et hier il l'avait garée sur une aire de jeux dans la petite ville de Sunset, et avait tendu des boîtes de Popsicles, d'Eskimos et de sandwiches glacés à une foule de gamins noirs. Il avait fait la même chose dans les faubourgs de Lake Charles et dans un quartier pauvre de Baton Rouge. Il avait changé deux fois de plaques d'immatriculation, même si, manifestement, c'était inutile. Un adjoint du shérif, à l'ouest de Baton Rouge, lui avait acheté un sundae.

Tôt ce matin-là il avait roulé jusqu'à New Iberia afin d'essayer de se libérer de son obsession croissante pour Clete Purcel. Pourquoi cet homme le gênait-il ? Smiley n'en savait trop rien. Smiley faisait confiance aux enfants et à certaines personnes de couleur, mais à peu d'adultes blancs, y compris lui-même, ceci en grande partie parce qu'on lui avait appris qu'il ne valait rien.

Il limitait donc au maximum ses contacts avec les autres. Lorsqu'il avait un problème, il faisait ce que les accros et les alcooliques appellent une translation géographique : il allait ailleurs. C'est la raison pour laquelle il aimait les avions. Un avion était un utérus blindé qui non seulement le protégeait, mais était détaché de la terre et de tous ses ennuis.

Concernant son genre de travail, il ne se faisait pas d'illusions. Les gens pour qui il travaillait payaient bien, et lui donnaient des billets pour Disney World, mais ils riaient de lui dans son dos, du moins jusqu'à ce que quelqu'un leur dise de quoi il était capable. En fait, depuis longtemps, Smiley avait mentalement pris note de mieux connaître certains d'entre eux après qu'il se serait retiré et pourrait se permettre de faire un ou deux cadeaux.

Alors pourquoi était-il obsédé par l'homme nommé Purcel ?

La réponse résidait dans le regard de cet homme. Il y avait dans ses yeux un calme, une absence de peur ou d'hostilité, une lueur verte indéchiffrable qui semblait absorber tout et rien à la fois. La pâleur lisse autour de ses orbites était pareille à celle d'un bébé. La plupart des gens que connaissait Smiley avaient des écailles autour des yeux.

Peut-être avait-il besoin de se prouver qu'il avait tort à propos de Clete Purcel. Les gens auxquels il avait fait confiance s'étaient généralement révélés des traîtres, ce qui impliquait qu'ils méritaient d'être punis. Cet homme était différent. C'était un homme violent capable d'une immense gentillesse, un protecteur non seulement des enfants et des femmes abusés, mais de tous les gens dépourvus de voix et de pouvoir, qu'on jetait après usage. Il aurait pu être le compagnon mâle de Wonder Woman. Tous les deux auraient pu se marier, et être les parents de Smiley. Cette pensée le remplissait de la sensation de s'enfoncer dans une baignoire remplie d'eau chaude.

Il avait suivi la Caddy jusque dans l'est du Texas, et observé le service funéraire dans le cimetière à travers ses jumelles, puis suivi la Caddy dans son trajet de retour en Louisiane, et même jusque dans le routier, où l'homme nommé Purcel avait acheté une Thermos de café.

C'est alors que Smiley, préoccupé par Purcel, se montra inattentif et devint lui-même un homme suivi.

Il reconnut le véhicule venant de la Little Havana de Miami, une Camaro argentée aux pneus arrière surdimensionnés, à la calandre en forme de bouche de monstre marin, aux haut-parleurs qui résonnaient sur l'asphalte. Elle appartenait à Jaime O'Banion, un homme de main psychotique de La Nouvelle-Orléans dont Tony Nemo disait qu'il était « moitié latino, moitié irlandais et moitié n'importe-quoi-d'autre-qui-n'utilise-pas-de-capotes ».

Bien sûr, Smiley avait effacé Tony Nemo avec un bidon de Drano, et il avait toujours eu envie de faire la même chose à Jaime O'Banion. Le bruit courait qu'à Mexico Jaime avait dézingué toute une famille, y compris les enfants, avec une bombe. Jaime présentait un autre problème. Il était le seul homme de main si dangereux et doué pour son travail qu'il s'était débarrassé de cibles à Miami, qui était une ville ouverte depuis le temps de Lansky et Trafficante. Pire encore, Jaime savait visiblement que Smiley suivait Clete Purcel, et peut-être avait-il vu Purcel prendre une chambre dans un motel derrière le routier.

Smiley avait fait un beau gâchis, comme lorsqu'il avait souillé ses sous-vêtements à l'orphelinat. Il pouvait presque encore entendre le sifflement de la ceinture. Au crépuscule, il abandonna la camionnette de glacier, et vola derrière un bar un pick-up de collection. Il jeta sur le siège passager un sac à dos rempli des outils de son métier et prit la direction du motel, en se demandant si son heure était venue.

Clete ne parvenait pas à expliquer le mal qui s'était répandu dans son corps depuis l'après-midi. Ça avait commencé par des spasmes violents qu'il associait à une intoxication alimentaire, un agrégat de douleurs intestinales pires que ses blessures au Vietnam, agrémentées d'une fièvre et de tremblements qui allaient avec la malaria qu'il avait contractée au Salvador. Il était roulé en boule sous les couvertures du motel, ses dents s'entrechoquant, les oreilles bourdonnant de moustiques imaginaires, quand il se rendit compte qu'il n'était pas seul.

Une lampe était allumée sur une table près du mur. Dans la pénombre, une silhouette versait de la soupe en boîte dans une casserole, à côté d'une plaque chauffante. Clete tenta de se redresser, et retomba sur son oreiller. « Qu'est-ce que vous faites ici ?

— Un homme méchant sait où vous êtes, dit Smiley. Il s'appelle Jaime O'Banion. Vous le connaissez ? »

Oui, pensa Clete, mais il était trop faible pour prononcer le mot. La chaînette de nuit de la porte avait été cisaillée, et la fermeture électronique sans doute ouverte à l'aide d'une carte-clef fournie par un réceptionniste complaisant. Clete ferma les yeux et respira lentement, le front en sueur, aussi froid que de l'eau glacée.

« Il faut que je vous fasse partir d'ici, dit Smiley.
— Non, dit Clete.
— Si. Ne discutez pas.
— Ne me parlez pas comme ça. »

Smiley ne répondit pas. Clete sentait la soupe en train de chauffer dans la casserole, puis il entendit Smiley retirer la casserole de la plaque chauffante, et en verser le contenu dans le gobelet d'un kit de survie de l'armée. Smiley tira une chaise près du lit, et remplit une cuiller de soupe.

« Mangez.
— Non.
— Si vous ne mangez pas, votre foie va souffrir.
— C'est déjà un ballon de football.
— Ouvrez la bouche. »

Clete se souleva sur un coude, prit la cuiller de la main de Smiley, et but la soupe à la cuiller. Il retomba sur l'oreiller. « Où est O'Banion ?

– Maintenant il est parti. Mais il reviendra environ une heure après la fermeture des bars. »

Clete n'essaya pas de répondre. Smiley connaissait ce milieu : à trois heures du matin, les princesses du trottoir, les routiers à l'affût, et tous ceux qui pratiquaient la nuit le sexe de rencontre seraient occupés à leurs sales affaires.

« Prenez-en encore un peu », dit Smiley. Il tendit le gobelet d'aluminium pour que Clete puisse boire directement dedans. Clete laissa tomber la cuiller sur la moquette. Smiley la lava dans l'évier. Clete tendit la main vers le tiroir de la table de nuit.

« Qu'est-ce que vous faites ? demanda Smiley.

– Mon arme est dedans.

– Non, elle n'y est plus. »

Clete se laissa retomber sur son oreiller, le bras sur les yeux. « Il faut que vous y alliez. Je vais appeler le 911 pour avoir une ambulance.

– Il n'est pas loin. Il est peut-être dans la chambre à côté.

– Je préférerais être mort que d'avoir ce qui est en moi en ce moment. »

La pièce resta longtemps silencieuse. La douleur était comme du verre agité dans son corps. Puis, quand il pensa qu'il ne pourrait supporter ça plus longtemps, une étrange transformation s'accomplit dans son métabolisme. Les pinces qui semblaient lui déchirer l'estomac se transformèrent en neige fondue engloutissant son corps. Sa tête tomba, comme si sa moelle épinière avait été tranchée. Il se sentit dériver dans une zone noire, rassurante, sous la terre. Quelqu'un lui prit le front entre les mains, puis la même personne mit le .38 de Clete dans sa main, et posa main et arme sur sa poitrine, comme si elle arrangeait un cadavre dans un cercueil. Clete entendit la porte s'ouvrir et se refermer, puis il s'endormit.

À son réveil, la pièce était plongée dans l'obscurité, et il avait la gorge si sèche qu'il était incapable de déglutir. Il tâtonna à la recherche de son portable, et appuya sur la touche d'appel rapide. *Allons, Belle Mèche, réponds.*

« Clete ? dit une voix.
— Ouais, dit-il d'une voix rauque. SOS.
— Quoi ?
— Je me sentais mourir. Tu te souviens quand je t'ai dit que nous vivions peut-être au milieu des morts ?
— Tu es ivre ?
— Smiley Wimple était là. Il m'a dit que Jaime O'Banion est là, lui aussi. N'appelle pas les flics du coin.
— Pourquoi ?
— Ils me détestent. Ils me boucleront. Ou pire.
— Où es-tu ? »

Clete donna le nom du routier, celui de la ville, et s'évanouit de nouveau, son portable rebondissant sur la moquette.

***

Smiley n'était pas équipé pour comprendre une expression comme « signes avant-coureurs de la mort ». Mais il comprenait son odeur. Cette odeur était dans les égouts derrière les *cantinas* où les prostituées allaient vider leurs seaux à l'aube, et dans les bidonvilles où les pauvres ratissaient à mains nues de la nourriture pourrissante dans une benne à ordures moisie, et sous un pont en dehors de Torréon où les narco-gangsters accrochaient leurs trophées à des boucles en fil de fer et les y laissaient dévorer par les chauves-souris.

Smiley ne réfléchissait jamais à ce qu'il y avait de l'autre côté de la mort, mais il était certain d'une chose – les gens passaient leur temps à tuer d'autres gens. Simplement, chacun le faisait à sa façon. Avec des bombes lâchées d'un avion. Avec des drones, ou des fusées. De cette façon, les images étaient réduites à une vidéo satellite nette et propre, dépourvue de son.

Smiley n'était pas du genre à discuter. Et il ne se lamentait pas sur la façon dont se conduisent les humains. Pour ceux qui étaient en bas de la pyramide, le problème était simple : ne pas se laisser prendre à des mensonges, et ne pas se laisser utiliser par les autres. Les seuls à négliger l'importance du pouvoir étaient ceux qui le possédaient, ou ceux qui se plaisaient à jouer le rôle de marionnettes humaines.

Le seul véritable ami qu'il eût jamais eu était une amie, une fille un peu plus âgée que lui à l'orphelinat. Elle l'aimait, et le matin elle lavait son corps et cachait ses draps mouillés pour qu'il ne soit pas puni, et parfois elle lui lisait de la poésie. Il n'en comprenait pas tout le sens, mais de temps en temps un vers se gravait en lui, un vers qui, d'une certaine façon, définissait un mystère au centre de sa vie. Il se souvenait d'un vers en particulier. Il se trouvait à la fin de ce qu'elle appelait un sonnet, écrit par un jeune homme du nom de John Keats :

Seul je m'attarde/ Au bord du monde et, tandis que je songe, Dans le néant Amour et Gloire plongent. [1]

Cela signifiait-il que chacun était seul, que l'amour et la gloire ne valaient rien, et que ni la terre ni

---

1. Keats, *When I Have Fears.*

ceux qui la peuplaient n'apportaient récompense ou secours ? Notre seule victoire résidait-elle dans la survie, dans la solitude, à l'écart de la foule lointaine ? Ou bien le poète disait-il que mieux valait être celui qui donne la mort que celui qui la reçoit ?

Smiley avait choisi de croire à la deuxième interprétation. Mais maintenant, il contredisait sa propre éthique, en aidant le dénommé Purcel au lieu de commencer par s'occuper de ses propres affaires, ce qui, dans le cas présent, signifiait régler le cas de Jaime O'Banion, connu comme l'homme de main le plus cruel et le plus malin de la côte Est. Le choix d'O'Banion comme exécuteur voulait dire que la Mafia voulait faire de Smiley un exemple, à l'ancienne, comme ils en avaient fait un de Tommy Fig, dans l'Irish Channel, il y avait des années, quand ils avaient congelé et emballé ses parties génitales et les avaient suspendues à un ventilateur aux pales de bois dans sa propre boucherie.

Le problème qu'O'Banion posait à Smiley n'était pas uniquement professionnel. Ils s'étaient croisés à Disney World, à l'hippodrome de Hialeah, et aussi au festival de jazz de La Nouvelle-Orléans. O'Banion portait des costumes blancs, des chemises de soie, des vestes cintrées, des souliers bicolores et un panama, et il avait un visage rude d'Irlandais qui rappelait à Smiley une courge tordue. Parfois, une prostituée était pendue à son bras. Il était généralement accompagné par ses courtisans. O'Banion appelait Smiley *gusano* (ver de terre) devant lui ; un jour, il dit à ses amis, tandis que Smiley passait près d'eux : « Voilà qu'arrive la chair à pédés. Préparez vos quéquettes, les gars. »

Les courtisans ricanèrent ouvertement, protégés par la présence d'O'Banion.

Maintenant, Smiley était garé derrière un relais routier dans un pick-up volé, les étoiles brillaient, l'aube naîtrait dans une heure, et il se demandait comment O'Banion avancerait ses pions. Il fouilla dans son sac à outils et en sortit un .22 magnum semi-auto, à canon long, équipé d'un silencieux, l'un des deux qu'il avait fait fabriquer sur mesure. Il adorait effleurer le canon, passer et repasser les doigts sur la froideur de l'acier, les yeux fermés, son pénis se raidissant. Il s'entendait respirer dans la cabine du pick-up, son cœur passait en surchauffe. Il posa l'arme jusqu'à ce que son excitation se calme, puis déglutit et se mit la main devant la bouche, aspirant à la délivrance que lui procurait son travail.

O'Banion n'allait pas tarder à arriver. Mais où, et comment ? Le relais routier et le motel employaient un personnel de service qui arrivait et repartait à des heures irrégulières. O'Banion, en ce qui concerne les ruses et les déguisements, était une légende. Vêtu d'une tenue de chirurgien, il était entré dans une salle d'opération de Tampa et avait buté un informateur sur la table d'opération. En lunettes à monture d'écaille, costume en tweed et perruque qui s'adaptait à sa tête comme un casque de footballeur, il avait suivi un juge du Mississippi dans les toilettes du tribunal local, échangé des plaisanteries avec lui devant les urinoirs puis, en sortant, avait nonchalamment fait exploser la cervelle du juge sur le miroir. Il utilisait aussi les services d'une main-d'œuvre bonne à jeter, en général des junkies et des gangsters noirs qui se croyaient sur le point de faire le coup de leur vie, et finissaient dans une benne à ordures.

Smiley prit sa respiration. Quelle était la bonne chose à faire ? La réponse était facile. Laisser Purcel s'inquiéter de lui-même, et choper O'Banion plus tard, en public, quand il aurait une de ses femmes à son bras. Oui, semer sa veste de minuscules fleurs roses, tout en le regardant dans les yeux.

Oui, oui, oui.

Smiley tourna la clef dans le démarreur et sentit le moteur du pick-up reprendre vie. Il vit un homme noir entrer dans le motel par une porte latérale, tirant derrière lui un chariot à linge sale. Une femme munie d'un aspirateur le suivit. Un homme en uniforme de livreur fumait une cigarette devant l'entrée principale ; il la jeta en faisant un arc, et pénétra dans le bâtiment. Un couple sortit d'un taxi, riant, marchand d'un pas instable, et entra, lui aussi.

Smiley coupa le moteur, le cœur battant. Ce n'était pas juste. Il se trouvait devant un choix : abandonner toute son éthique, ou abandonner Purcel. La seule personne à qui il avait toujours demandé conseil, dont il avait dépendu, était la fille de l'orphelinat à Mexico. Mais il l'avait tuée, ainsi que son amant, et maintenant il n'avait plus pour le guider que la voix de Wonder Woman.

Que dois-je faire ?

Sers-toi de ton imagination, disait-elle.

Entrer ?

Fais semblant d'avoir un bracelet magique et un lasso en or.

C'est fait pour les femmes.

Pas de remarques sexistes.

Je suis désolé.

Je plaisantais. Je t'aime, Smiley. Je serai toujours avec toi. Ces gens sont méchants. Tu sais ce que tu dois faire avec les gens méchants, non ?

Je n'aimais pas l'idée de ne pas demander pour Clete l'aide de la police locale. Mais en même temps je faisais confiance à ses intuitions. Il était le fléau de la Mafia, des flics qui extorquaient des cadeaux aux prostituées, des racistes, des misogynes, des gens qui faisaient du mal aux animaux, des seigneurs des taudis, des brutaliseurs d'enfants. Je connaissais des agents d'assurances qui l'auraient tué s'ils avaient pu le faire sans risques. Clete était une boule de démolition hérissée de piquants faite homme. Il avait démoli avec une niveleuse la maison d'un mafieux sur le lac Pontchatrain ; balancé deux maquereaux dans un pacanier depuis le toit d'un bâtiment de deux étages ; jeté un Teamster, un syndicaliste routier, par la fenêtre d'une chambre d'hôtel dans une piscine vide ; versé du sable, ou du sucre, ou les deux, dans les réservoirs d'essence d'un avion rempli de mafieux ; enfoncé dans la cuvette des toilettes la tête d'un flic des Mœurs de La Nouvelle-Orléans ; sorti son engin sur le parking du Southern Yacht Club et arrosé les sièges recouverts de la voiture de Bobby Earl (le raciste le plus infâme de Louisiane) alors que Bobby s'apprêtait à copuler avec sa nouvelle petite amie du grand monde.

L'histoire était sans fin. Il était l'homme le plus courageux et généreux que j'aie jamais connu, en même temps que le plus autodestructeur. Son bien le plus précieux était son code d'honneur, et il serait mort plutôt que de le compromettre. Et c'est la raison pour laquelle je ne discutais jamais avec lui quand il mettait ses principes avant sa sécurité.

Je fixai un feu d'urgence sur le toit de mon pick-up et gardai le pied au plancher jusqu'à mon arrivée au relais routier et au motel, à cinquante kilomètres de la frontière du Texas. Les étoiles commençaient à pâlir, l'obscurité se vidait du ciel à l'est. À la lumière des phares, je voyais les pins d'Elliott, à aiguilles longues, le long de la nationale, se gonfler d'une brise embaumée qui aurait dû marquer le commencement d'une autre belle journée.

Devant moi, des véhicules d'urgence se garaient devant le routier, tous éclairés par des gyrophares. Je vis une grosse femme en robe de chambre gémir en courant hors du motel, les yeux aussi gros que des demi-dollars, levant les mains au ciel.

35

La caméra de sécurité du premier étage du motel montrait un homme portant des gants et un masque montant sur une chaise, et brandissant un aérosol en direction de l'objectif. Le masque était fait de plastique rigide, brillant, d'un blanc pourpre, moulé pour imiter un esprit en pleurs dans une tragédie grecque. Rien ne sortit de l'aérosol L'homme le secoua, et réessaya. Toujours rien. Il regarda derrière lui. Personne dans le couloir. Il laissa tomber l'aérosol dans une poubelle juste à l'instant où la porte de l'ascenseur s'ouvrait, et où en sortaient un homme et une femme apparemment ivres. Une femme munie d'un aspirateur entra dans le couloir par la sortie de secours.

Quatre personnes apparaissaient maintenant sur l'écran. L'homme qui s'était débarrassé de l'aérosol n'avait pas retiré son masque. La femme à l'aspirateur sortit un petit pistolet d'une poche de sa robe et le laissa pendre à sa main. Elle avait un corps massif et musculeux, et des cheveux blonds qui lui tombaient devant le visage comme des ficelles sales. Elle arrondit les épaules, comme pour poser une question. L'homme masqué désigna une chambre à quelques mètres de là.

L'autre femme regarda la caméra de sécurité. L'homme masqué, visiblement agité, désigna à nouveau la chambre. Le compagnon de la femme avait un visage mince et pâle, une cicatrice sur le sourcil, le physique souple et la poitrine plate d'un boxeur. Lui aussi semblait fixer la caméra. Il parla par gestes à l'homme masqué. La femme était petite et rondelette, peut-être hispanique. Elle aussi regarda la caméra, puis elle s'approcha de la poubelle et en sortit l'aérosol. Ses seins se gonflaient et se dégonflaient de façon visible. Aucun des quatre ne parlait. L'homme au masque commença à s'exprimer par signes que, plus tard, un technicien de la police, devait traduire par « Je tirerai dessus quand nous sortirons ».

Clete était endormi à plat ventre, en sous-vêtements, le visage aplati contre le matelas, le bras pendant, effleurant de ses articulations l'arme sur le sol. Il rêvait de la femme asiatique morte aux mains des Vietcongs parce qu'elle avait laissé entrer dans son cœur un trouffion irlandais. Il ne se la rappelait jamais de manière impure, ni même d'une manière que d'autres auraient qualifiée d'érotique. Au lieu de ça, elle demeurait en lui comme une émanation spirituelle au milieu des fleurs humides qu'il voyait mentalement quand il la pénétrait, submergé par la douceur de son souffle, la délicatesse protectrice de ses cuisses, et par la façon dont elle pressait son visage entre ses seins et lui peignait de ses ongles l'arrière du crâne après qu'elle avait joui.

Mais les rêves qu'il faisait d'elle se terminaient toujours dans la terreur. Il voyait le flamboiement d'armes automatiques monter de l'obscurité de la jungle très haut au-dessus du rivage, et les balles danser sur l'eau, écorchant les flans du sampan. Elle se trouvait sur lui quand la balle de l'AK-47 l'avait frappée entre les omoplates et était ressortie par sa poitrine. Elle était tombée en avant, morte, les cheveux emmêlés sur le visage de Clete.

Maintenant Clete était assis sur son lit, se couvrant les yeux des mains comme s'il pouvait les protéger de l'écran qu'il avait dans la tête. Des poings, il martela le matelas, luttant contre la nature irréversible de cette perte, marquant la moquette de l'empreinte de son pied. Cette rage d'un rouge sang qu'il n'avait jamais réussi à laisser au Vietnam était de retour, une rage à la recherche d'une victime qui n'avait aucune idée du danger auquel il avait ouvert la porte.

Clete alla dans le cabinet de toilette se laver le visage, puis se rallongea. Quelques minutes plus tard, il dérivait dans une brume aussi chaude et rose que de la morphine ; il espérait que le soleil allait bientôt se lever sur un jour nouveau, un jour qui offrirait les dons du paradis et de la terre.

***

Le vers de chanson préféré de Smiley était signé Hank Williams : *I'll never get out of this world alive/ Je ne sortirai pas vivant de ce monde.* C'était la bonne façon de voir les choses. Pourquoi s'inquiéter de ce qu'on ne peut pas changer ?

Cette fois, la situation était différente. Il faisait des choix qui n'étaient pas prévus au programme. Wonder Woman lui disait quoi faire, et quand le faire. Mais lorsqu'il s'écartait du programme, la voix de Wonder Woman était comme parasitée, puis disparaissait dans le vent. Ça signifiait une chose : il se trouvait tout seul. Pour Smiley, le fait d'être seul lui garantissait un retour à l'enfant qu'il était à Mexico, et à un monde de prédateurs que les autres n'auraient jamais pu imaginer, même dans leurs pires cauchemars.

La personnalité qui vivait en lui à l'orphelinat était une victime, un enfant pitoyable qui prenait le contrôle de sa vie en s'infligeant des brûlures de cigarettes. Wonder Woman le libérait, l'autorisait à tuer, lui procurait une joie libidineuse dans l'accomplissement de son travail, qui consistait à libérer le monde de gens cruels qui n'avaient pas droit à l'air qu'ils respiraient. C'est la façon dont Smiley voyait les choses.

Les seules restrictions que souffrait ce programme concernaient les conflits entre les cibles et son intérêt personnel. Il n'était pas tueur à gages uniquement pour l'argent ; la cible devait mériter son destin. À l'occasion, il arrivait à Smiley de travailler gratuitement. Pourquoi pas ? Un Juif de ses amis lui avait dit un jour qu'une bonne action accomplie par un Cosaque restait une bonne action. Smiley ne comprenait pas vraiment ce que ça voulait dire, mais il savait que ça avait un rapport avec l'importance des bonnes actions.

La seconde restriction – se mettre en danger pour le bien des autres – pouvait, éthiquement, devenir un bourbier. Un tueur de Key West qui prétendait avoir exécuté quarante-cinq hommes et sept femmes avait dit à Smiley : « Tu as beaucoup de talent, petit. Tu iras sans doute loin. Brûle pas ton propre bateau. »

Des années plus tard, il avait vu une interview télévisée du tueur en question, à l'intérieur d'une prison fédérale de haute sécurité. Les yeux de l'homme avaient la luminosité de l'obsidienne, son visage la couleur et l'expression du carton. Quand on lui avait demandé s'il éprouvait des remords à propos de ses victimes, il avait répondu : « J'en connaissais aucune. » Quand le journaliste l'avait interrogé à propos des dommages causés aux familles de ses victimes, le tueur avait répondu : « Je les connaissais pas non plus. »

Smiley ne parvenait pas à comprendre ce que pensait cet homme. En quoi le fait de ne pas connaître quelqu'un rendait-il le crime acceptable ? Smiley était-il différent dès l'utérus, comme ce tueur à gages ? Ou était-il le glaive de la justice ? Si c'était le cas, il devait renoncer à toute pensée égoïste. Ça pouvait le mettre dans une situation difficile.

Il était encore temps d'abandonner Purcel à son sort. *Brûle pas ton propre bateau.* Même si ces mots sortaient de la bouche d'un homme puant le salami, le vin rouge, et la lotion capillaire, il était difficile d'argumenter.

Smiley avait l'impression que quelqu'un lui avait enfoncé un clou entre les yeux. Il fit décrire au pick-up volé un large cercle autour de l'arrière du motel. Des poids-lourds passaient sur la quatre voies, se dirigeant vers Dallas, Little Rock, Baton Rouge ou La Nouvelle-Orléans. Il suffisait à Smiley de faire comme eux. Ainsi il réintégrerait le programme, il serait en sécurité, il recommencerait à ne s'occuper que de lui, il s'amuserait un peu de temps en temps.

Juste à l'instant où il pensait avoir retrouvé sa sérénité, les mots de Wonder Woman lui revinrent comme une gifle.

Tu sais ce que tu dois faire avec les gens méchants, non ?

Une porte s'ouvrit dans le couloir du premier étage du motel. Un homme tirant une valise à roulettes sortit de la chambre, et se dirigea vers l'ascenseur. Les quatre personnes debout près de la caméra de surveillance s'éloignèrent dans des directions différentes, comme si elles retournaient à leur chambre ou à leur travail. L'homme masqué fit un pas dans la sortie de secours, puis revint quand la porte de l'ascenseur se referma. La femme blonde sortit un escabeau d'un placard à balais, et essaya, mais en vain, de décharger la caméra. Six minutes s'étaient écoulées depuis que les quatre individus s'étaient trouvés réunis.

Ils s'approchèrent de la porte que l'homme masqué avait désignée. Puis les câbles de l'ascenseur vibrèrent, et le mur trembla tandis que l'ascenseur s'arrêtait au premier étage ; les portes coulissantes s'ouvrirent. Les quatre personnes dans le couloir se figèrent de part et d'autre de la chambre qui avait été désignée. Personne ne sortit de l'ascenseur. La femme à la peau sombre qui pouvait être hispanique se dirigea vers l'ascenseur Elle se tourna vers les autres, et secoua la tête. L'homme masqué glissa une carte-clé dans la serrure de la chambre visée. La serrure émit un claquement sec. L'homme masqué s'appuya contre la porte, se prépara à faire irruption dans la chambre, son arme prête à tirer.

Smiley n'aimait pas être enfermé, en partie à cause des placards dans lesquels il avait été bouclé à l'orphelinat. Il n'aimait pas non plus l'odeur des serviettes humides, du linge de toilette, des draps et des oreillers souillés d'odeurs corporelles par l'accouplement des gens. Mais dans une tempête, tout port est le bienvenu, même si c'est un port qui pue. Il tenait dans chaque main un .22 magnum semi-automatique fait sur mesure. Son cœur était dilaté par l'adrénaline, son zizi se gonflait, et une odeur aussi forte que celle de l'océan montait à ses narines, comme celle de la naissance, comme celle de la Création. Ça allait être son meilleur moment.

Pour une raison quelconque, prudence ou colère contre l'homme masqué, ou simplement par désir de se conduire différemment des autres, la femme blonde marcha droit en direction de l'ascenseur. L'homme masqué marqua une pause, la main sur le bouton de la porte de la chambre. Dans l'ascenseur se trouvait un chariot de ménage rempli à ras-bord de linge et de serviettes sales. La femme blonde le regarda fixement, longtemps, remarquant peut-être le gonflement de la toile sur un côté.

Les mains d'un homme dont le corps ressemblait à une chenille blanche démesurée s'élevèrent du tas de linge, chacune serrant un semi-automatique bleu noir. La première balle toucha la femme blonde au milieu du front. Elle tomba droit sur les genoux : sa perruque tomba et révéla le visage de Jaime O'Banion.

Smiley sauta du chariot dans le couloir, balançant nonchalamment une deuxième balle dans la bouche d'O'Banion.

L'homme masqué s'enfuit par l'escalier de secours. Smiley tira sur la femme à la peau sombre et sur l'homme qui ressemblait à un boxeur avant qu'ils aient pu comprendre ce qui leur arrivait. Puis il ouvrit la porte de la sortie de secours, et baissa les yeux sur la cage d'escalier. Il entendit une porte donnant sur l'extérieur s'ouvrir, puis se refermer en claquant. Il revint au corps d'O'Banion. C'était incroyable : O'Banion était encore vivant, le visage agité de frémissements, comme un bol de tapioca. Ses terminaisons nerveuses, du moins, étaient vivantes. Peut-être était-il capable de comprendre un message.

« Tu es toujours là, Jaime ? dit Smiley. Prépare ta quéquette. La chair à pédés est de retour. »

Smiley tira cinq balles dans le visage d'O'Banion, *zip-zip-zip-zip-zip*, juste comme ça. Puis il se redressa, sentant un point de côté. *Bobo*, pensa-t-il. Il se balançait d'avant en arrière, comme une quille de bowling.

Il ne ramassa pas ses douilles, et n'essaya pas de détruire la caméra de sécurité. Il boitilla jusque dans l'ascenseur, redressant le dos, essayant de se débarrasser de son point de côté. Il ferma les portes, descendit au rez-de-chaussée et se dirigea vers le restaurant, son sac à outils à la main, grimaçant à chaque pas. Il commanda des toasts et du café à une gentille serveuse qui avait un globe et une ancre tatoués sur l'avant-bras. Elle ne nota pas sa commande.

« J'ai fait quelque chose de mal ? » demanda-t-il.

Elle détourna les yeux. « Vous saignez. »

Smiley glissa une main sous sa veste, tâtonnant à la recherche de l'endroit où il avait senti un point de côté. Il regarda sa paume, puis se mordit la lèvre en réfléchissant. Il roula en boule un mouchoir qu'il appuya à l'intérieur de sa chemise. « Je pourrais avoir aussi une tarte chaude ? Avec une boule de la glace que vous avez dans ces sacs réfrigérés ? »

36

Un inspecteur en civil cogna du poing à la porte de Clete. Un adjoint en uniforme se tenait derrière lui. Clete ouvrit la porte en sous-vêtements. Il regarda les auxiliaires médicaux emballer les cadavres sur le sol. « Je peux vous aider ?

– Ouais », dit l'inspecteur. Il regarda fixement Clete, qu'il lui semblait vaguement reconnaître. « Vous êtes Clete Purcel ?

– Qu'est-ce que vous voulez ?

– Ce que je veux ? Putain, qu'est-ce que vous foutez là ? »

L'inspecteur était grand, vêtu d'un costume gris, de bottes de cow-boy pointues parfaitement cirées. Il avait un insigne d'or à la ceinture.

« Je dormais, dit Clete. Jusqu'à ce que vous ayez martelé la porte.

– Que faites-vous *ici*, dans cette partie de la Louisiane ?

– Je suis sur le chemin de retour à New Iberia. Je suis détective privé. Je suis sur une affaire. »

L'inspecteur leva la main pour que les auxiliaires médicaux interrompent leur travail. Il baissa la fermeture éclair de deux sacs, déjà sur les civières. « Venez voir un peu ici.

— Je ne suis pas habillé.
— Votre queue n'intéresse personne. Vous connaissez certains de ces gens ? »

Clete s'avança dans le couloir. Il parcourut des yeux les visages des trois victimes, s'attardant moins d'une seconde sur celui d'O'Banion.

« Non, je ne connais aucun de ces gens, dit Clete.
— Vous mentez, dit l'inspecteur.
— J'ai été flic aux Homicides au NOPD, dit Clete. Ce n'est pas drôle de se retrouver avec un merdier pareil sur son territoire. Mais c'est votre problème, pas le mien. Alors si vous arrêtiez les insultes ?
— Allez vous habiller.
— Fouillez ma chambre. Vérifiez mon arme. Je ne suis pas votre homme. Et vous le savez. »

L'inspecteur porta une cigarette à ses lèvres, mais ne l'alluma pas. « Vous apprécierez nos installations. Au bout de deux ou trois jours, vous commencerez à apprécier les sandwiches à la saucisse.
— Allez vous faire foutre !
— Qu'est-ce que vous venez de dire ?
— Vous sabotez vous-même votre enquête, dit Clete.
— Ce type est un trou-du-cul, dit l'adjoint. Si on laissait couler ?
— Menotte-le.
— En caleçon ?
— Mets une couverture sur lui. Fais-le descendre par derrière. Peut-être qu'il ne trébuchera pas. »

Je garai mon pick-up et suspendis mon insigne autour de mon cou. Pour éviter les véhicules et le personnel d'urgence, je coupai par le restaurant, sortis par derrière, et me dirigeai vers le motel. Une serveuse fumait une cigarette près de la sortie de secours. Elle avait un pull jeté sur les épaules. Clete était dirigé vers une voiture de patrouille, les mains menottées dans le dos. Quelqu'un lui avait mis une couverture sur la tête. On voyait son caleçon et ses jambes nues.

« Inspecteur Dave Robicheaux, des services du Shérif d'Iberia, dis-je. Attendez. »

Un agent en civil me regarda. Il avait des yeux aussi durs que de l'agate. « Un problème ?

– Ouais, dis-je. Cet homme doit aller à l'hôpital. Je suis venu le chercher.

– Il y a trois macchabées dans le camion à viande froide. L'un deux semble avoir été tiré à plat ventre dans un escalier de secours. Il s'appelle Jaime O'Banion. Votre ami dit qu'il ne l'avait jamais vu.

– Et c'est pour ça que vous avez bouclé Clete Purcel ?

– Interférez avec notre enquête et vous allez le rejoindre. »

À la limite de mon champ de vision, j'aperçus une serveuse, les bras croisés sur la poitrine. Elle laissa tomber sa cigarette dans une boîte à mégots et s'approcha de nous. « Je n'ai pas pu m'empêcher d'entendre, Stan, dit-elle au policier en civil. Si vous bouclez mon ami ici présent, vous vous trompez de client.

– Ne me compliquez pas la vie, Flo, dit-il.

– J'essaie de vous empêcher de commettre une erreur, Stan. Vous pouvez vérifier ma feuille de présence. J'ai pointé à six heures et quart. Et avant, j'étais dans la chambre de mon ami de minuit à six heures dix.

– Ce type a tué un témoin fédéral. Il était du côté des communistes en Amérique du Sud ou par là-bas.

– Arrêtez ça, Stan. Il était au Vietnam.

– Vous êtes certaine pour les heures, Flo ?

– Vous croyez que ça me fait plaisir de parler de ça en public ? »

Le policier en civil se tourna vers l'adjoint. « Démenottez-le. » Il pointa un doigt sur Clete. « Bonne journée. »

Clete s'entortilla dans la couverture. Il sourit au policier en civil. « Salut.

– Quoi, salut ?

– La prochaine fois que je serai dans le coin, je passerai vous voir. On prendra un café. J'adore vraiment cet endroit. C'est le prototype de Merdeville. Quand on est là, on sait qu'on ne peut pas tomber plus bas. On doit en éprouver une sorte de sérénité. »

J'avançai d'un pas devant le policier en civil, pour couper son champ de vision.

« Merci de votre courtoisie, inspecteur. »

Ses yeux flamboyèrent sur les miens. « Emmenez-le d'ici.

– C'est comme si c'était fait. »

Je le regardai s'éloigner, accompagné de l'adjoint. Toute ma vie j'ai connu des gens comme lui – pourri jusqu'à la moelle, un pénis ambulant, en colère depuis le jour de sa naissance. Et il passait son temps à se venger, peut-être avec un Taser, ou une matraque, ou un gourdin, sur le corps d'une victime sans méfiance qui n'a aucune idée de la raison des violences qu'on lui inflige, et ce sont les gens comme nous qui payent l'addition, comme toujours.

Quand je me retournai, la serveuse avait disparu.

« Tu as tiré un coup, cette nuit ? demandai-je.

– Tu rigoles ? Mon estomac était une vraie fosse septique.

– C'est quoi, cette histoire que la femme a racontée ?

– Je n'en sais rien. Il faudra que je lui demande. Tu as vu la façon dont elle marche ? Jolis nichons, taille fine, gros cul mœlleux. » Il se tâta sous la couverture. « Ma queue vient de se réveiller.

– Arrête avec ça.

– Tout baigne. Prends mes messages pour moi. Je reviens tout de suite. » Il s'avança à travers les camions de pompiers, les ambulances, les voitures de patrouille, le personnel d'urgence et les spectateurs jusqu'à l'entrée du motel, sa couverture lui battant les mollets, comme un prophète transporté d'un autre temps qui vient de tomber dans le vingt et unième siècle. Mais c'était Clete Purcel.

Dix minutes plus tard il était de retour, les cheveux humides et peignés, ses mocassins cirés, sa veste de costume boutonnée.

« J'ai mon gyrophare sur mon pick-up, dis-je. Colle à mon pare-chocs.

– Il faut d'abord que je parle à la dame. Comment elle s'appelle ? Flo ?

– Il est temps d'y aller, Clete.

– Quand une femme veut vous faire savoir quelque chose, elle vous laisse voir ses pensées. Tu ne savais pas ça ?

– Tu vois ses pensées ?

– Viens avec moi. Je lui dirai que tu es quelqu'un de bien. »

Quel était le meilleur moyen de tenir une conversation avec Clete Purcel ? Ne rien dire, et ne pas essayer de comprendre ce qu'il disait. On saisissait un verbe ou un nom ici et là, et il fallait s'en contenter.

Je le suivis à l'intérieur. Flo était derrière le comptoir. Personne d'autre n'était à portée d'oreille.

« Que vouliez-vous nous dire, Miss Flo ? » demanda Clete.

Elle regarda dans ma direction.

« Dave est mon *podjo* de l'époque du NOPD, quand on était les Bobbsey Twins des Homicides, dit Clete.

– Il y avait un petit bonhomme, ici, dit-elle. Il avait une bouche rouge, comme s'il avait mis du rouge à lèvres. Il saignait sous sa veste. Il zézayait.

– Il vous a dit son nom ? demanda Clete.

– Non. Il a demandé une tarte chaude, avec une boule de glace. Vous connaissez quelqu'un comme ça ? »

Je posai ma carte sur le comptoir. « Si vous le revoyez, appelez-moi, Miss Flo. »

Elle repoussa la carte vers moi. « Pas question.

– Pas question, quoi ?

– Je cherche pas les ennuis, répondit-elle.

– C'est parfaitement compréhensible, dit Clete, qui sortit de sa poche un stylo à bille qu'il fit cliquer. Vous aimez le cinéma ? Je vis pour le cinéma. J'adore les gens qui adorent le cinéma. » Il prit une serviette en papier au distributeur et la fit glisser vers elle, ainsi que le stylo à bille. Elle inscrivit un numéro. « Pourquoi n'avez-vous pas dénoncé ce type ?

– Toutes les filles ont un point faible. » Elle soutint son regard.

Clete rougit. Je n'arrivais pas à y croire.

Le lendemain, Helen appela l'inspecteur qui avait bouclé Clete, et il lui envoya par e-mail la vidéo de la caméra de sécurité du motel. Helen, Bailey et moi la regardâmes dans son bureau. Bailey parla peu, ses yeux m'évitaient. Alors même que je voyais Smiley Wimple asperger les murs de sang, je ne pouvais détacher mes pensées de Bailey Ribbons. Quel idiot je suis, pensais-je. J'avais envie de la toucher, de la serrer, de sentir sa peau et ses cheveux, d'être à l'intérieur d'elle. Pour être franc, je comprends mal qu'un seul homme au monde puisse vivre sans femme. Les femmes sont la création parfaite. Et je me fiche qu'on m'entende le dire. Même avant la puberté, elles vivaient dans mes rêves nocturnes, et j'ai le sentiment qu'elles vivront avec moi dans la tombe.

« Tu es avec nous, Dave ? dit Helen.

– Bien sûr.

– Qu'en penses-tu ?

– De quoi ? »

Elle figea l'image sur l'écran. « De ce que tu viens de voir, Seigneur Jésus !

– O'Banion s'est fait buter. Ainsi que la femme et l'homme au visage en forme de punching-ball. Qui sont-ils ?

– On ne le sait pas encore, dit-elle. Tu es un vrai rayon de soleil.

– Le problème, c'est l'homme masqué, dis-je.

– Sans blague, dit-elle.

– C'est un amateur, dis-je.

– Un amateur en quel sens ? intervint Bailey.

– Il a merdé avec l'aérosol, dis-je. Et plutôt que de reconnaître son erreur, il a essayé de planquer l'aérosol, permettant que les autres se fassent identifier. Pour finir, ils ne lui auraient plus fait confiance.

– Peut-être n'étaient-ils pas destinés à rester en vie assez longtemps, dit Bailey.

– Peut-être, dis-je.

– Et pourquoi ce langage par signes ? demanda-t-elle.

– Le langage par signes et la lecture sur les lèvres sont très précieux en prison.

– Ainsi le type masqué se fiche de la loyauté ? dit-elle. Quelqu'un dépourvu de sentiments ? Un dur, une merde totale ?

– Inutile de t'exprimer comme ça », dis-je.

Maintenant, Helen nous observait tous les deux. « Que se passe-t-il ?

– Je faisais juste une observation, dit Bailey.

– Quoi qu'il se passe entre vous, ça n'a pas à franchir cette porte », dit Helen.

La pièce devint silencieuse.

Bailey toussa discrètement. « Tout le monde est certain que c'est bien Wimple qui a surgi du chariot de linge sale ?

– Il a laissé ses douilles, dit Helen. Elles portent ses empreintes.

– Je pensais que c'était un pro, dit Bailey. Pourquoi n'a-t-il pas ramassé ses douilles ?

– Il était blessé », dis-je.

Toutes deux me regardèrent. « D'où tiens-tu cette information ? demanda Helen.

– D'une amie de Clete, dis-je. Une serveuse.

– Pourquoi n'en a-t-elle pas parlé à l'enquêteur sur la scène de crime ? demanda Helen.

– Parce que l'enquêteur est un sauvage, répondis-je.

– La blessure de Wimple est grave ? demanda Helen.

– D'après ce que dit la serveuse, il saignait du flanc.

– Je n'y comprends rien, dit Helen. Wimple est un psychopathe, mais en même temps il protège Clete ? Et Jaime O'Banion recevait des ordres d'un amateur, et ça lui a coûté la vie ?

– C'est à peu près ça, dis-je.

– Et ? dit-elle.

– L'homme masqué n'a pas de nom, dis-je.

– Je ne suis pas d'humeur, Dave.
– Explique ça comme tu peux, dis-je. Rien de ce que nous pouvons faire ne changera ce qui se passe. »

Helen regarda Bailey. « Tu as une idée de ce qu'il veut dire ? » demanda-t-elle.

Bailey secoua la tête. Mais je lisais dans ses yeux. Elle savait exactement ce que je voulais dire, et à cet instant j'ai su que, malgré nos différences, nous ne parviendrions jamais à nous détacher entièrement l'un de l'autre.

« Dis-moi si je peux t'aider pour autre chose, Helen », dis-je.

Je me levai et suivis le couloir jusqu'à mon bureau. Je savais que mon attitude était complaisante, et, en plus, stupide, mais je m'en fichais. Je me mis à ma fenêtre et regardai le Teche. Il était haut et jaune, et son cours était rapide. Un amas de feuilles rouges d'érables des marais tourna dans le courant, puis disparut dans un coin, comme tombant dans l'infini. Je me demandai s'il ne s'agissait pas d'un message, exigeant de nous d'admettre non seulement l'influence de la lune sur les marées, mais l'endroit où nous finirons tous.

37

Cinq minutes après, Bailey entra dans mon bureau sans frapper. « Tu viens d'abandonner ? Cette affaire ? Ou notre histoire à nous ? Ou de tout abandonner ?

– Je ne dirais pas les choses de cette façon, dis-je.

– Ah, vraiment ?

– Je ne suis pas bon pour toi, Bailey. Je te mentais, et je me mentais à moi-même.

– Et si tu me laissais en juger ? »

Je regardai de nouveau le bayou. La lumière était dorée dans les arbres le long des rives, l'herbe d'un vert pâle, les buissons de camélias gonflés par le vent. La surface de l'eau paraissait aussi ridée qu'une peau de vieillard. Quand je me retournai, son visage était à vingt centimètres du mien. « Je voudrais te marteler de mes poings, dit-elle.

– Je ne peux pas t'en vouloir.

– Tu es en train de faire une dépression ?

– Tu as compris ce dont je parlais, avec Helen.

– À propos du fait que l'homme masqué n'a pas de nom ?

– Oui.

– Tu veux dire qu'il s'agit d'un symbole ? D'une chose que nous avons nous-même lâchée contre nous ? Et alors ?

– Je sais de qui il s'agit. Mais je ne peux pas le prouver. Mentalement, je peux presque le voir.

– Je crois que tu perds les pédales, dit-elle.

– Il ne manque plus qu'un ou deux détails.

– Si tu savais qui est notre homme, on n'aurait pas cette conversation. » Je ne répondis pas. Elle me regarda dans les yeux. « Ne fais pas ça, Dave.

– Clete ressent la même chose que moi.

– Je me fiche de ce que vous ressentez. Vous n'êtes pas des exécuteurs, ni l'un ni l'autre. »

Je la plantai là et sortis de mon propre bureau.

« Tu m'as entendue ? » cria-t-elle du bout du couloir.

Je continuai de marcher, descendis l'escalier, traversai le foyer et sortis par l'arrière dans la luminosité et la fraîcheur du jour, et l'odeur tannique de fin d'automne portée par le vent.

Ce soir-là, Alafair est rentrée tard. Je lisais sous la lampe, dans le salon. Snuggs et Mon Tee Coon étaient lovés l'un contre l'autre, sur le tapis.

« Je t'ai appelée plusieurs fois, dis-je. Où étais-tu ?

– Avec Desmond et d'autres membres de l'équipe, répondit-elle. Il faut qu'on retourne en Arizona pour refilmer quelques scènes.

– Ce n'est pas le bon moment pour traîner avec Desmond.

– Je travaille pour lui.

– Smiley Wimple est dans le coin. Il est gravement blessé. Je pense qu'il a l'intention d'asperger les murs avant de faire sa sortie.

– Qu'est-ce que ça a à voir avec Desmond ?

– Tout.

– Tu fais une fixation, Dave. Et tu ne t'en rends pas compte.

– Une fixation sur quoi ?

– Sur la destruction du monde dans lequel tu as grandi.

– Je suis censé l'ignorer ?

– Et tu fais aussi une fixation sur Bailey Ribbons, ajouta-t-elle.

– Elle n'a rien à voir là-dedans.

– Tu t'es lancé dans une relation que tu penses déplacée. Tu vois en elle moins une femme qu'un symbole. Tu te sens coupable d'aimer tout ce que tu aimes. C'est pas foutrement tordu, ça ?

– On ne parle pas comme ça dans cette maison.

– Désolée. Je vais traverser la rue et t'envoyer des signaux par sémaphore par la fenêtre. »

Je posai le livre que j'étais en train de lire, et allai dans la cuisine. Snuggs et Mon Tee Coon me suivirent, imaginant sans doute que j'allais leur donner à manger.

« Je ne voulais pas dire ça, Dave, me dit Alafair depuis le seuil de la porte.

– C'est quoi, cette histoire de sémaphore ?

– Rien. C'est un mot qui m'est venu comme ça.

– Est-ce que tu travailles avec quelqu'un qui connaît le langage des signes ?

– Je n'ai jamais vu personne l'utiliser sur le plateau.

– Le type qui a failli tuer Clete connaît le langage des signes. Il s'en servait pour communiquer avec Jaime O'Banion, au motel.

– Pourquoi t'en prends-tu à Desmond ?

– Parce qu'il n'est pas net. Parce qu'il ment. Comme tous les gens à qui nous servons de proie.

– Tu ne changeras jamais », dit-elle.

J'étalai un journal sur le sol, ouvris une boîte de sardines et la posai dessus pour Snuggs et Mon Tee Coon.

« Réponds à ma question, Dave. En quel sens Desmond n'est-il pas net ? »

Elle était appuyée au chambranle de la porte, ses cheveux noirs auréolés de la lumière des lampadaires de Main Street. Tout son poids portait sur une jambe, son jean était bas sur ses hanches. Il m'était difficile de croire que cette grande femme superbe était la petite Salvadorienne que j'avais tirée d'une bulle d'air enfermée dans un avion englouti près de la Passe du Sud-Ouest. « Prends soin de toi, Baby Squanto, dis-je. Ne te laisse pas abuser par cette bande de fils de pute.

– Tu me donnes envie de pleurer », dit-elle.

Le lendemain était un samedi. Je me réveillai à quatre heures, nourris les animaux sur les marches de derrière, puis, dans la fraîcheur de l'aube, roulai jusqu'au motel de Clete. Je frappai discrètement à la porte. Les chênes, dans l'obscurité, cliquetaient sous la pluie, le bayou tourbillonnait à travers les quenouilles et les joncs le long de la rive. Clete m'ouvrit en sous-vêtement à bretelles. Son caleçon lui descendait presque aux genoux.

« Mon très noble ami », dit-il, les yeux remplis de sommeil.

J'entrai et refermai la porte derrière moi. Il s'assit sur un fauteuil rembourré, une couverture sur les épaules. Un rai de lumière en provenance de la salle de bains tombait sur son visage. Ses joues n'étaient pas rasées, ses cheveux lui pendaient sur le front, comme ceux d'un petit garçon. Il essaya de prendre un air attentif, puis sa tête tomba sur sa poitrine. J'étais désolé de l'avoir réveillé, et de le charger de mon fardeau ; cependant, je ne connaissais personne d'autre à qui m'adresser. Je pouvais donner l'impression d'être le prêtre séculier de sa vie, mais en vérité, c'était le contraire. Oui, Clete était le filou du folklore médiéval, Sancho Panza avec un insigne, mais ces attributs étaient superficiels, et n'avaient que peu de rapport avec la véritable nature de cet homme. Clete Purcel était le chevalier redresseur de torts, quelqu'un d'authentique, avec son armure rouillée, son épée hors du fourreau, sa loyauté inébranlable, et son cœur gros comme le monde.

« Ils vont s'en tirer, dis-je.
— Qui, 'ils' ?
— Desmond Cormier et son entourage. Ils vont retourner en Arizona et fermer le cirque pendant qu'on léchera nos blessures.
— Je ne pige pas, mon noble ami. J'ai besoin de café et d'aliments solides.
— Ne bouge pas. »

Je mis en route une cafetière de chicorée, sortis une poêle et la remplis de six œufs, de huit tranches de bacon entourés de petits pains beurrés.

« Prépare aussi quelque chose pour toi, dit-il.
— C'est ce que j'ai fait.
— Oh. »

Je cassai deux œufs supplémentaires dans la poêle, puis je mis la table. Je sentais son regard sur moi.

« Tu penses à régler ça à la pirate sous le pavillon noir ?
— Appelle ça comme tu veux.
— Moi, je peux vivre sous le pavillon noir, dit-il. Toi, tu en es incapable.

– Les amis de Tillinger que tu as rencontrés au cimetière t'ont dit qu'il avait été mêlé à la vente d'armes ?

– C'est ce que m'a dit le pasteur. Il a rendu visite à Tillinger en prison.

– Ça signifie qu'il n'est pas venu ici juste pour voir Lucinda Arceneaux, dis-je.

– Difficile à dire, répondit Clete. Le pasteur a dit que Tillinger voulait se débarrasser de son passé.

– OK, réfléchis à ça. On a toutes sortes d'informations qui paraissent sans rapport entre elles. Des Russes qui fabriquent des réacteurs nucléaires, du blanchiment d'argent à Malte, des ritals de Miami, la vieille bande de Nicky Scarfo dans le New Jersey. Alors, quel est le dénominateur commun ?

– Desmond Cormier se fiche de savoir d'où vient son argent, dit Clete. Quoi d'inhabituel là-dedans ? Les propriétaires de casinos et les planteurs de marijuana paient des millions d'impôts. Tu crois que le fisc ne veut pas de cet argent-là ?

– Sauf que le problème, ce n'est pas l'argent, dis-je. Le problème, c'est un type qui déteste cette région, qui déteste ses habitants, et, avant tout, qui déteste les femmes qui, pour lui, représentent un défi. »

Clete regardait dans le vide, comme s'il voyait les cadavres de Bella Delahoussaye et d'Hilary Bienville. Il vint à table et s'assit, mais sans toucher à sa nourriture. « Non, ça va plus profond que ça. Le type a mis une rose et un calice dans les mains de Bella ?

– C'est exact.

– Comment tu mets ça en rapport avec un type qui déteste cette région ?

– Il offrait un sacrifice.

– À quoi ?

– À lui-même, même s'il n'en a pas conscience.

— Et la seule véritable preuve que vous ayez, c'est le sac de sport noir dans le garage de Cormier ?

— Ouais, qui contenait la chaussure et le chemisier de Lucinda Arceneaux.

— Et Cormier persiste à affirmer qu'il ignore à qui appartient ce sac ?

— Ouais. »

Clete commença à manger, les yeux mi-clos. « Il a une croix de Malte tatouée sur le cheville ? »

J'acquiesçai.

« Il y a une autre possibilité, Dave. Et ça ne va pas te plaire.

— Quoi ?

— Smiley Wimple. Ce type tue des gens comme on change de chaussettes.

— Ce n'est pas lui, dis-je.

— Un type qui fait griller des gens au lance-flammes, et ce n'est pas lui ?

— Il t'a protégé deux fois, et maintenant tu t'en sens coupable.

— Tu crois vraiment que Cormier est derrière tout ça ?

— Je n'arrive pas à me le sortir de la tête », dis-je.

Clete repoussa son assiette et but une gorgée de café. « Comment veux-tu la jouer ?

— Soit on les arrête, soit on les descend. Le choix leur appartient.

— Mais ce n'est pas à ça que tu penses, hein ? dit-il.

— Qui a envie de rentrer à l'écurie avec une poche à perfusion ? »

Au loin, quelque part au-delà de la lisière marécageuse de l'endroit où j'étais né, je crus entendre des cors résonner sur les parois du canyon. À moins que ce ne fût la façon pompeuse que j'avais de déguiser ce que, chez les AA, nous appelons une autodestruction obstinée.

Pour retirer le morceau de plomb calibre 25, que l'un des méchants du motel lui avait planté dans le flanc, Smiley avait utilisé une pince à épiler stérilisée. Il avait aussi fourré dans la blessure de la gaze et des médicaments volés dans une pharmacie. Le sang s'était coagulé et ne suintait plus à travers le bandage, mais il voyait l'inflammation autour du sparadrap, et quand il le touchait, c'était aussi mou qu'un furoncle infecté.

Il y avait un médecin à Houston et un autre à La Nouvelle-Orléans, tous les deux des accros, avec des yeux malveillants et des doigts sales et intrusifs. Smiley avait failli descendre l'un des deux qui regardait son zizi d'une façon qui lui déplaisait. En fait, si Smiley se sortait de cette affaire, il rendrait peut-être une nouvelle visite à ce médecin, cette fois avec un bidon de débouche-évier.

Les pilules antidouleur qu'il avait volées lui permettaient de dormir, de marcher sans boiter, et, ce qui était le plus important, de réfléchir de façon claire. À quoi devait-il réfléchir ? Se débarrasser des gens responsables de sa douleur, qui avaient envoyé sur lui O'Banion, qui avaient causé la mort de l'innocente femme de couleur, et qui voulaient tuer son ami, ce gros homme, Clete Purcel.

Les gens du cinéma faisaient partie du lot. Forcément. O'Banion avait dû être payé avec de l'argent du New Jersey ou de Miami, en provenance de la même source que celui des gens du cinéma.

Devant un bar d'Opelousas, Smiley avait fauché un pick-up Ford-150, sur lequel deux ouvriers avaient laissé les clefs. Le tableau de bord évoquait celui d'un vaisseau spatial. Il adorait plonger dans le véhicule, humer le cuir, sentir la puissance du moteur et le grondement grave de l'échappement. Si Smiley s'occupait de quelques personnes le lendemain, ou les jours suivants, il pourrait prendre la route du Mexique avec à peu près trente mille dollars en liquide qu'il gardait dans un sac à dos, et laisser derrière lui ses armes et tous les gens détestables pour qui il devait travailler. Il irait consulter dans un hôpital, peut-être à Monterrey, et regarderait le soleil du soir se fondre en une brume bleue au-dessus des collines, tout en mangeant un seau de crème glacée avec une cuiller de la taille d'un dollar.

Le samedi matin, il roula jusqu'au plateau de tournage en dehors de Morgan City, où on lui dit que la production pliait bagage et organisait une fête de fin de tournage dans le parc municipal de New Iberia. Tout le monde y était invité, comme un remerciement et un hommage à la ville. Il prit une chambre dans un motel sur la quatre-voies au sud de la ville, puis se doucha et revêtit un costume blanc avec une veste bleue scintillante, des bottes en daim, une cravate couleur prune et un chapeau de paille de planteur qui reposait sur ses oreilles. Sa douleur était maîtrisée. Il n'y avait qu'un seul problème. Un tremblement lui passait derrière les yeux, comme si quelqu'un activait et éteignait un interrupteur à l'intérieur de sa tête.

Au parc les enfants jouaient sur les balançoires, les tape-culs et la cage à poules, couraient à travers les abris de pique-nique et les tables chargées de plats et de boissons. D'où venaient tous ces enfants ? Il voyait aussi des fleurs, ou des tourbillons de couleur à l'intérieur du vert sombre de l'herbe, où il aurait dû n'y avoir ni fleurs ni tourbillons de couleur. On était à la fin de l'automne ou au début de l'hiver, non ? Certains des enfants semblaient d'origine hispanique, avec des yeux allongés et des cheveux maladroitement tondus. Il était certain qu'il les avait connus il y a des années. Certains étaient morts à l'orphelinat, l'un d'eux si petit et si maigre qu'on avait emporté son corps dans une taie d'oreiller.

La terre paraissait bouger sous ses pieds. Il s'assit à une table de pique-nique sous l'un des abris, et attendit que son vertige passe. Un groupe cajun jouait une chanson qu'il n'avait cessé d'entendre depuis son arrivée en Acadie.

Jolie blonde, regardez donc t'as fait,
Tu m'as quitte pour t'en aller,
Pour t'en aller avec un autre, qui, que moi,
Quel expoir et quell avenir, mais moi, je vais avoir ?

Smiley parlait espagnol, mais ne comprenait pas le dialecte acadien. Pourtant, obscurément, il savait que cette chanson parlait de perte. Les musiciens étaient bronzés par le soleil et minces, le type d'hommes cajuns qui avaient eu la privation pour mode de vie à l'époque de l'oligarchie. Ils jouaient la plupart des morceaux avec joie, mais pas celui-là. Il y avait quelque chose de funèbre dans leurs yeux. Smiley sentit un spasme dans son flanc, comme s'il avait été percé par une lance.

Deux petites filles le regardaient. Elles portaient des tabliers, et avaient des fleurs dans les cheveux. Leurs yeux semblaient inhabituellement enfoncés.
« Ça va, mister ? demanda l'une d'elles.
– J'ai mal à mon bedon, dit-il. Je m'appelle Smiley. Et toi ?

– Moi, je m'appelle Felicity », dit l'une. Elle avait des cheveux roux et était couverte de taches de rousseur. « Et elle, c'est Perpetua. Tu es tout blanc, Smiley. »

Il glissa une main dans la poche de sa veste, et en sortit un billet de vingt dollars. « Il y a une camionnette de glacier garée dans la rue. Vous pouvez aller me chercher un Buster Bar, et prendre ce que vous voulez ? »

Elles s'éloignèrent, se retournant sur lui avec une expression étrange. Qu'est-ce qui le gênait, dans ces filles ? Leurs robes étaient propres, mais leur peau semblait poudrée de poussière. Il sentit de nouveau le sol tanguer, et se demanda s'il n'était pas en train de perdre la tête. Les chênes se balançaient, et les feuilles étaient aussi minces que des paillettes d'or filtrées à travers les branches et les rais de soleil. Il tendit la main et ramassa une poignée de feuilles. Elles se désagrégèrent, et disparurent entre ses doigts. Pendant un instant, il crut voir Wonder Woman à la limite de son champ de vision, son lasso d'or pendant à sa ceinture, ses bracelets magiques et leur cœur étoilé baignés dans un soleil froid.

Il savait que l'infection dont il souffrait avait un nom. Comment s'appelait-elle ? Une péritonite ? Une infection septique pénétrant dans ses entrailles, creusant un trou dans son estomac. Il sentit son côlon se contracter ; son regard devint flou.

Aide-moi, dit-il à Wonder Woman.

Mais elle était perdue dans la foule, peut-être définitivement sortie du parc. À l'idée de se trouver seul, le cœur lui manqua. Il vit les petites filles se diriger vers lui. Celle qui avait des taches de rousseur portait un sac isotherme, qu'elle lui mit dans la main. « Ton Buster Bar et la monnaie sont dans le sac.

– Et vous, qu'est-ce que vous avez pris ?
– On n'a besoin de rien. On est là pour te ramener à la maison.
– À la maison ? dit-il.
– On est mortes, Smiley, dit l'autre fille. On est mortes depuis longtemps. »

Il se leva de la table, recula pour s'éloigner d'elles. Puis il se retourna et plongea dans la foule, au-delà de l'estrade sur laquelle le groupe cajun jouait « Allons à Lafayette ».

Il continua son chemin à travers les arbres jusqu'à l'autre côté du parc, s'engouffra dans un bouquet de chênes où il n'y avait ni abris ni tables de pique-nique, où l'herbe n'était pas coupée, et semée de serviettes, de gobelets et d'assiettes en carton apportés par le vent. À l'ombre, il faisait froid. Ou bien est-ce qu'il perdait du sang, et que sa température chutait ? Il vit une décapotable Subaru garée un peu plus bas sur la pente, le toit et les vitres remontés, l'ombre des arbres noire sur les vitres. Il vit une femme noire se déplacer sur le siège arrière, comme si elle essayait de se mettre à genoux mais ne trouvait pas l'espace suffisant.

Puis il comprit ce qu'il était en train de regarder.

Ces images le remplirent d'embarras et de honte ; elles appartenaient au type de pensées impures qu'on lui avait appris à ne pas avoir. L'homme était bras et jambes écartés, sa chemise déboutonnée, son pantalon baissé, son abdomen bronzé et noueux exposé. La tête de la femme montait et s'abaissait sur son corps. L'homme avait les yeux fermés, une expression d'extase.

Smiley voulait s'enfuir. Mais il reconnut l'homme : c'était un de ces gens du cinéma. Les hommes se ressemblaient – le corps dur, les cheveux décolorés aux extrémités, la chaleur du soleil prisonnière de leur peau, les dents parfaites, le regard étincelant tandis qu'ils fixaient, sans jamais ciller, le visage des gens ordinaires.

Il n'y avait personne en vue. Smiley sortit de la poche de son pantalon son petit .22 semi-automatique, libéra le cran de sûreté. Il engagea sa main gauche dans la poignée de la portière de la Subaru. Ni la femme ni l'homme ne l'entendirent ouvrir la portière. Puis la femme s'interrompit dans ce qu'elle était en train de faire, se tourna, et se couvrit le visage des deux mains, la lèvre inférieure tremblante.

« Non, dit-elle. Je vous en prie, m'sieur. Je vous en prie, je vous en prie. »

Smiley pressa la détente. Le percuteur frappa sur l'amorce d'une munition défectueuse. L'homme revint à la vie, ses yeux s'ouvrirent, ses dents étaient brillantes de salive.

38

À neuf heures du matin, Clete devait récupérer un évadé de conditionnelle à St. Martinville. Je le laissai au motel et roulai jusque chez Desmond, sur Cypremort Point. Mon calibre 12 à canon scié était enveloppé dans une couverture derrière le siège. Je n'avais pas de plan. Cependant, cette déclaration est de celles auxquelles je n'ai jamais cru dans la bouche des autres, et j'y crois encore moins quand je la pense, ou la formule moi-même. L'inconscient sait toujours ce que la personne fait, ou prévoit de faire. L'ordre du jour, c'est de trouver la situation et le raisonnement qui permettront à l'individu de commettre des actions inconscientes.

De quelque façon qu'on le dise, j'en étais revenu à la forme courte de la Prière de la Sérénité, connue chez les AA et autres groupes d'aide à la récupération sous le nom de Rien à Foutre. Je suis incapable de jauger suffisamment les nuances du Rien à Foutre, mais vous connaissez déjà la manœuvre. Je mourais d'envie de revenir au bon vieux temps du rock-and-roll, et cette fois pas avec n'importe quoi, mais avec de la chevrotine double zéro et des projectiles énormes à bout portant.

Ne faites pas l'erreur de prendre ça pour un hymne à la culture des armes à feu. C'est juste que je reconnais la folie qui a caractérisé la plus grande partie de ma vie d'adulte.

La maison était vide. Un jardinier ratissait le jardin. Il me dit que Mr. Cormier participait à un pique-nique à New Iberia.

« Et Mr. Butterworth ? dis-je.

— J'ai rien à voir avec les allées et venues de Mr. Butterworth, m'sieur », dit-il, les yeux baissés.

Je retournai chez moi, laissai mon arme derrière le siège, et entrai dans la maison. J'entendais Alafair pianoter sur son clavier dans sa chambre. Je restai sur le seuil de la porte jusqu'à ce qu'elle s'interrompe. Snuggs dormait dans sa corbeille à manuscrits, sa queue touffue pendant à travers le grillage Je ne savais pas où se trouvait Mon Tee Coon. Les mains d'Alafair restèrent longtemps immobiles, comme si elle sortait d'une transe.

« Salut, Squanto, dis-je.

— Désolée, Dave. Je ne t'avais pas vu.

— Tu travailles sur ton nouveau livre ?

— Ouais. Il s'appelle *L'Épouse.* »

Par la fenêtre, je regardai le bayou. « C'est l'équipe du film, là-bas ?

— Toute la ville est invitée.

— Tu n'y vas pas ?

— J'ai suivi ton conseil. Je prends mes distances avec Des et sa bande. Et je ne vais pas en Arizona pour les scènes à retourner. Des part demain matin.

— Qu'est-ce qui t'a fait changer d'avis ? »

Elle se frotta le front, et prit une inspiration. « J'adore Hollywood, et je me fiche de ce que les gens en disent. Mais Des n'est pas à Hollywood,

Dave. Il est Léonard de Vinci travaillant pour César Borgia, sauf qu'il refuse de l'admettre.
– Il blanchit de l'argent ?
– Probablement.
– Et que fait Wexler, dans tout ça ?
– C'est juste un ami.
– Aucun homme n'est juste l'ami d'une femme. »

Elle agita les doigts dans ma direction. « Salut, Dave. »

J'allai à la cuisine et préparai un sandwich que je mangeai, tout en buvant directement à la brique de lait. Je ne me rappelais pas avoir déjà bu directement à un carton de lait, ni à n'importe quel récipient que je partageais avec quelqu'un. Quelque chose n'allait pas dans ma tête. Ou, pour mieux dire les choses, c'était comme du papier humide qui part en lambeaux, ou des fils qui font un court-circuit, ou des images bougeant derrière un rideau dont on sait qu'on ne doit pas l'effleurer.

J'ouvris la porte de derrière pour laisser entrer Mon Tee Coon, avec ses pattes mouillées, puis je sortis dans le jardin pour regarder les participants à la fête dans le parc, de l'autre côté du bayou. J'éprouvais dans ma poitrine une sensation difficile à décrire. Elle était pareille à un cauchemar récurrent que je faisais, enfant, quand ma mère s'enfuit avec le dénommé Mark et que mon père resta, ivre, à s'ensanglanter les poings sur n'importe quel homme assez idiot pour se tenir à sa portée. Dans le rêve, le ciel prenait la couleur d'une feuille de carbone, puis le soleil descendait au-delà du bord de la terre et le temps s'arrêtait à jamais, sans transition, dans un royaume paradisiaque, sans but ni aucune signification. Sans le savoir, j'avais découvert la quintessence de la mort, et j'étais incapable de l'expliquer aux autres.

J'entendis Alafair ouvrir la porte-moustiquaire derrière moi. « J'ai oublié de te dire, l'adjoint chargé du casier des pièces à conviction a appelé.

– À quel propos ?

– Il a juste demandé que tu le rappelles. »

L'adjoint qui supervisait notre stock de pièces à conviction était un vieil homme gentil, qui s'appelait Ben Theriot. Personne ne connaissait son âge, sa vue était mauvaise et sa mémoire guère meilleure, mais personne n'avait le cœur de le pousser à la retraite.

« Comment ça va, Mr. Ben ? demandai-je quand je l'eus en ligne.

– Peut-être pas si bien que ça, Dave. Vous vous souvenez de ce sac de sport que vous nous avez apporté ?

– Celui qui venait de chez Desmond Cormier ?

– Oui, m'sieur, celui-là. Je nettoyais l'étagère du haut, et je l'ai fait tomber. Un p'tit truc comme une pastille de menthe en est tombée. Elle devait être coincée dans la doublure. Au début, je ne l'ai pas vue, et j'ai marché dessus.

– De quoi s'agit-il, exactement ?

– D'une Nicorette. »

Je me rappelai avoir interrogé Antoine Butterworth dans le parc municipal, et l'avoir vu se mettre une Nicorette sur la langue. « Mettez-la dans un Ziploc, et lundi on verra ce que le labo pourra faire pour nous.

– Dave, je suis gêné de vous dire ça, mais je n'ai pas bien réfléchi. Je me suis contenté de me mettre un peu de lotion sur les mains, j'ai ramassé la pastille, et je l'ai remise dans le sac. »

Je me pinçai les yeux, essayant de ne pas réagir. « Ne vous faites pas de souci. L'information que vous venez de me donner est intéressante en soi.

– Vous n'allez pas vous contenter de me dire ça.

– Utilisez des pinces pour mettre la pastille dans le Ziploc, et tout ira bien

– Merci », dit-il.

Peut-être venions-nous de saboter la première preuve solide que nous avions concernant le meurtre de Lucinda Arceneaux, mais que dire à des gens qui font de leur mieux, alors que leur mieux n'est pas suffisant ? D'ailleurs, je n'avais pas besoin de preuve supplémentaire. J'en étais venu à penser que si on jetait une pierre sur Desmond, ou Butterworth, ou quiconque de leur entourage, on toucherait sans doute un coupable.

Mon sentiment n'avait rien de rassurant. Je sentais dans ma poitrine un poids de la taille d'une brique.

« Où vas-tu, Dave ? me demanda Alafair.

– Est-ce que Butterworth et Desmond sont dans le parc ?

– Tout le monde y est. »

Je hochai la tête. « Belle journée pour ça, hein ?

– Pour quoi ? »

Je souris, haussai les épaules, puis sortis dans le jardin et jetai des noix de pécan contre un tronc d'arbre. Quand j'entendis qu'Alafair se remettait à pianoter sur son clavier, je descendis l'allée, montai dans mon pick-up, et suivis Loreauville en direction de chez Bailey Ribbons.

Je n'essayai pas de lui dire pourquoi j'étais venu, car moi-même je n'en savais trop rien. Je n'ai pas l'intention de me montrer trop personnel, mais il y avait bien longtemps que j'avais fait un serment à l'Homme d'en haut, et lui avais demandé que mon sacrifice soit acceptable à Ses yeux. Je ne regardais jamais en arrière, même quand je foutais ma vie en l'air à coups de râteau. Je connaissais la règle : on appartenait au club ou on n'y appartenait pas. Pour un alcoolique, la perte de la sobriété devient la perte de tout ce à quoi on attache de l'importance, qu'on aime et qu'on respecte, y compris son âme, et ensuite sa propre vie. Quand on est sobre, on lance les dés au lever du soleil. C'est en soi une victoire qu'il ne faut pas prendre à la légère. Le simple fait de participer à l'action est glorieux, mais il ne faut pas avoir l'illusion de la contrôler.

Bailey ne savait pas quoi faire de moi. C'est drôle, comme elle m'évoquait une jeune fille comme il faut sortant d'une école sur la frontière. « Tu as repris tes esprits ? dit-elle. Tu as renoncé à tes discours sur la vieillesse ?

– Non, je suis toujours vieux. Mais j'ai une dette envers toi.

– Quelle dette ?

– Tu as partagé ta vie avec moi, petite fille.

– Appelle-moi encore une fois comme ça, et je te gifle. »

Je posai la main sur son épaule. « Je t'aimerai toujours. Je serai là pour toi à chaque fois que tu auras besoin de moi.

– Mon Dieu, tu es fou.

– Sans doute.

– Il y a dans tes yeux une expression vraiment troublante, Dave.

– Quoi ?

– Tu t'apprêtes à faire quelque chose qui ne te ressemble pas.

– Je n'ai jamais trouvé qui je suis, dis-je. Et je pense que c'est pareil pour tout le monde. C'est la plaisanterie la plus énorme qui soit. »

Nous nous tenions devant son bungalow. Le vent lui rabattait sa jupe sur les jambes. Sa bouche avait la couleur d'une prune mâchée. Je voulais l'embrasser, mais je savais que si je faisais ça, je ne partirais plus. Alors je lui répétai que j'aimais le nom de Bailey Ribbons, et je pris la route.

Je m'arrêtai à St. Edward Church et, avant de repartir, glissai dans le tronc des pauvres une épaisse liasse de billets. Puis je pris la route du parc municipal, avec dans la tête le tic-tac d'un réveil. Je savais comment finirait la journée. À moins que « journée » ne soit pas le mot exact. Je n'enregistrais plus le passage du temps en termes de minutes, d'heures, de semaines ni de mois. Je savais que je venais de pénétrer dans une nouvelle saison de ma vie, une saison qui n'avait rien à voir avec la rotation de la terre. C'est la saison lors de laquelle on accepte son destin, où l'on renonce à la peur et au souci, où l'on met fin à sa querelle d'amoureux avec le monde, et où l'on suit les traces de pas d'hominidés qui s'enfoncent en un lieu qu'on a peut-être déjà à portée de main. Quand ça vous arrive, on le sait, et si on est sage, on n'essaie pas de l'expliquer aux autres, pas plus qu'on n'essaierait d'expliquer la lumière à un homme privé de la vue à la naissance.

Par coïncidence, ce moment de paix et de méditation après mon départ de l'église devait subir l'effraction du flux et du reflux qui réduisent la tragédie au rang de mélodrame et une vision plus ample de la condition humaine au sordide de la procédure. Cette transformation se manifesta sous la forme de mon portable vibrant sur le siège du pick-up.

Je l'attrapai, les yeux fixés sur la route. « Robicheaux à l'appareil.

– Où es-tu, Pops ? demanda Helen.
– Je sors de St. Edwards.

– Va au parc. J'y ai déjà envoyé du monde. Je ne sais pas trop ce qui se passe. Sean McClain est déjà sur place. D'après ce qu'il dit, Wimple pourrait bien avoir fait une dernière apparition en scène.

– Il a tué quelqu'un ?

– C'est à peine croyable. On fonce au parc.

– Compris. »

Je descendis East Main, passai devant ma maison et The Shadows, franchis avec fracas la grille d'acier du pont à bascule qui enjambe le Teche, puis pénétrai dans la forêt urbaine que nous appelons le parc municipal. Si quelque chose allait de travers, je n'en voyais rien. Les invités se donnaient du bon temps, l'orchestre jouait, il y avait de longues files devant les fûts de bière et les tables où on servait de l'alcool fort. Je suivis le chemin goudronné en direction du fond du parc, puis je vis une ambulance au milieu des arbres, gyrophare allumé. Une voiture de patrouille était garée à côté, portière ouverte, et Sean McClain se tenait dans l'ombre, parlant dans son micro. Je m'arrêtai derrière lui. Une décapotable Subaru noire immatriculée en Californie était garée derrière un fossé de drainage à sec rempli de feuilles mortes et festonné de plantes grimpantes. Les auxiliaires médicaux tiraient une civière de l'ambulance.

« Qu'as-tu trouvé, Sean ? demandai-je.

– Apparemment, on dirait bien que notre vieux copain a fini par user sa chance. Enfin, si c'est bien lui, je veux dire. »

Je traversai les feuilles jusqu'au bord du fossé. Les deux portières avant de la Subaru étaient ouvertes, le siège passager repoussé contre le tableau de bord. Smiley Wimple, vêtu d'un costume blanc, était lové en boule sur le sol. Il avait les yeux ouverts et sans vie. Il y avait un trou sanglant dans son costume, juste au-dessus de son cœur. Il paraissait étrangement apaisé. Un petit semi-automatique bleu noir reposait dans sa paume droite.

D'autres véhicules d'urgence quittaient Parkview Drive, suivant un chemin sinueux le long de la vieille National Guard Armory.

« Que s'est-il passé ? dis-je.

– Une Noire, nom inconnu, a appelé le 911 », répondit Sean. Il sortit un carnet de la poche de sa chemise. « Voilà ce que m'a dit le répartiteur.

– Vas-y.

– La femme noire a dit : 'Il y a un tout petit bonhomme tué dans le parc. Il n'était pas obligé de le faire.'

– *Il* n'était pas obligé de le faire ?

– Oui, monsieur.

– Aucune idée de qui est ce 'il' ?

– Non, monsieur. Est-ce que nous n'avons pas déjà vu cette voiture ? Peut-être à Cypremort Point ?

– C'est exactement là que nous l'avons vue. Elle appartient à Antoine Butterworth. »

J'enfilai des gants en latex et examinai le siège arrière de la Subaru. Il y avait une bourse remplie d'herbe sur le sol, et une douille de .22 sur le siège. Je me redressai et fermai la portière à l'instant où le véhicule d'Helen arriva. Elle en sortit, et regarda le corps de Smiley. Elle portait un pantalon bleu marine, une chemise blanche amidonnée, son insigne en or et sa ceinture de service. « C'est Wimple ?

– Je le crains. »

Elle leva sur moi des yeux inexpressifs et professionnels. « Une grande perte pour le monde ? C'est ce que tu t'apprêtes à dire ?

– Si j'avais grandi dans les conditions où il a grandi, je n'aurais sans doute pas agi différemment. Je n'arrive pas à comprendre comment le tireur a pu l'avoir. »

Helen enfila des gants à son tour, s'accroupit et, à l'aide d'un stylo bille, dégagea le pistolet de la main de Smiley. Elle laissa tomber le magasin et tira la culasse en arrière. Il y avait une balle dans la chambre, avec une indentation là où elle avait été frappée par le percuteur. Elle tapota l'arme et fit tomber la balle dans sa paume. Elle était intacte. Le percuteur avait frappé une munition défectueuse. Elle se releva, et mit dans un sac l'arme, le magasin, et la balle.

« Comment vois-tu les choses ? dit-elle.

– Selon Sean, celle qui a appelé le 911 a dit : 'Il n'était pas obligé de le faire.' Il n'y a pas de douille sur le sol. Wimple n'avait pas tiré. Le tireur avait le choix. Il a décidé de descendre Wimple. C'est du moins ce qu'a dit la femme qui a appelé le 911.

– Tu as vérifié l'immatriculation ?

– C'est inutile. Il s'agit de la voiture de Butterworth.

– Pourquoi aurait-il, sans raison, tué Wimple ?

– Peut-être qu'il avait la trouille. Ou peut-être qu'il a fait ça pour s'amuser.

– N'importe quel avocat l'aurait fait libérer sous prétexte de légitime défense. Pourquoi s'est-il enfui ?

– Il a sans doute entendu parler de la suite nuptiale d'Angola.

– Je n'y crois pas, dit Helen. Wimple avait une raison d'abattre Butterworth. Il ne tuait que deux sortes de gens : les violeurs d'enfants, et ceux qui essayaient de lui faire du mal. Butterworth n'est pas un violeur d'enfants. Alors il y a autre chose en jeu. Peut-être que Butterworth est notre homme, après tout.

– Ou bien ça, ou bien c'est *l'un* de nos hommes.

– Qui peut être la femme, à ton avis ?

– Quelqu'un qui est pauvre et aux abois, et prête à tout pour quelques dollars. »

Le vent soufflait dans les arbres, éparpillant les feuilles et redressant les plantes grimpantes, et je remarquai une chose que je n'avais pas vue auparavant. Je m'accroupis de nouveau à côté du corps de Smiley. Parmi les feuilles, il y avait des marguerites aux tiges cassées, des boutons d'or écrasés et des pétales de roses. Je les pris dans ma main et les observai. Même dans l'ombre, ils étaient aussi lumineux que des éclaboussures de peinture. Aucune fleur de ce type ne poussait nulle part aux abords de la scène de crime. Je regardai le visage de Smiley. Il avait un éclat humide dans un œil, traduisant moins une expression de chagrin qu'une expression de chaleur.

« Qu'est-ce que tu regardes ? me demanda Helen.

– Ces fleurs. Je ne sais pas comment elles ont atterri ici.

– Quelles fleurs ?

– Celles-ci. » Je soulevai ma main.

« Ce sont des feuilles. »

Je me levai et regardai les rayons de soleil perçant la canopée. Je me frottai les doigts. Je regardai Helen, puis mes mains. « Je n'ai pas beaucoup dormi, ces dernières nuits.

– Ne me fais pas ton cinéma, bwana. Récupérons tout ce qu'on pourra, et donnons-le au labo. »

Les auxiliaires médicaux mirent Smiley dans un sac mortuaire, remontèrent la fermeture éclair jusqu'en haut, recouvrant son menton, son nez, son crâne, puis le laissèrent tomber sur la civière qu'ils chargèrent dans l'ambulance, le sac tressautant, comme rempli de porridge.

39

Deux heures plus tard, j'étais au motel de Clete. Il resta assis, silencieux, sur un fauteuil près de la fenêtre, son profil se découpant sur le store, tandis que je lui racontais tout ce qui s'était passé dans le parc.

« Je n'aurais jamais imaginé que Wimple se ferait descendre par un amateur, dit-il.

– Il avait sans doute une boîte de munitions périmées et il n'y a pas fait attention après avoir été blessé au motel.

– Merci de me le rappeler, dit-il.

– Tu n'y es pour rien.

– Je n'ai pas dit le contraire. Quel est ton plan ?

– Un avis de recherche a été lancé concernant Butterworth.

– Ce n'est pas ce que je te demande.

– On le boucle, et on lui explique ses choix. On arrête de tourner autour du pot. Je ne crois plus que ce type ait agi seul. Il y a longtemps que Cormier aurait pu mettre fin à tout ça.

– J'irai plus loin, dit Clete. D'après ce que je sais, ou ce que tu m'as dit, je pense que Cormier et sa bande sont camés, leurs têtes brillent dans le noir. Peut-être sont-ils tous sado-masos. J'ai entendu dire que Cormier a une bite sur laquelle on pourrait hisser un drapeau. »

Comme toujours, j'étais impressionné par les images de Clete, venues de nulle part. « Je l'ignorais », dis-je.

Plus important, je ne voulais pas croire que le timide garçon *redbone* que j'avais toujours admiré était capable de permettre à un assassin et à un sadique de prospérer parmi nous. En même temps, je ne doutais pas qu'il y eût dans sa personnalité un élément de cruauté, pareil à une chandelle qui tremblote avant de reprendre vie.

« J'ai le sentiment que nous avons négligé quelque chose, dit Clete.

– C'est pareil dans toutes les enquêtes.

– Celle-ci est différente. Cette histoire de rituel, le tarot, la mise en scène des victimes, ouais, tout ça, c'est vrai. Mais on a loupé un truc, un truc vraiment simple. » Il attendit que je parle. « Allô, Houston ! Répondez !

– J'ai trouvé quelques fleurs écrasées près du cadavre de Wimple. Alors qu'il n'y avait de fleurs nulle part autour de la scène de crime. Je les ai ramassées et j'ai essayé de les montrer à Helen, mais alors elles se sont transformées en feuilles. »

Il souleva son holster d'épaule du dossier de sa chaise, et l'enfila. « On a déjà assez de problèmes comme ça, mon noble ami.

– J'ai interrogé trois participants au pique-nique, qui ont dit avoir vu un homme correspondant au signalement de Wimple en train de parler à deux petites filles avec des fleurs dans les cheveux et autour du cou. Personne ne les connaissait, ni ne savait d'où elles venaient.

– Laisse tomber.

– C'est toi qui m'as dit que nous vivions peut-être dans une nécropole. C'est une pensée réjouissante, non ?

– C'est pour ça que j'évite de m'écouter, répondit-il.

– Je suis passé à St. Edward cet après-midi. Je crois que pour moi, ça sent l'écurie. Tu connais ce sentiment. Ne me dis pas le contraire.

– Si tu disparais, moi aussi. Alors merde. »

Clete sortit de son holster son .38 à canon court, éjecta le cylindre de la carcasse, et laissa tomber les balles dans la corbeille à papiers. Il sortit du placard de la cuisine une boîte de balles neuves, et commença à les glisser l'une après l'autre dans les chambres, le regard clair, le visage serein. « À ton avis, c'était qui, ces petites filles ?

– Une femme a dit qu'elle avait entendu l'une d'elles dire quelle s'appelait Felicity, et son amie Perpetua. »

Il acquiesça, comme si ces noms lui disaient quelque chose, mais j'étais persuadé du contraire. C'étaient les noms de deux femmes mortes dans une arène de Rome au début du troisième siècle.

« Wimple paraissait apaisé. Je crois...

– Ah ouais ? dit-il.

– J'espère que Smiley est bien là où il est. Allons faire un tour. »

Dix minutes plus tard, mon portable vibra, et je répondis à l'appel le plus étrange que j'eusse jamais reçu.

L'identificateur d'appel indiquait « numéro inconnu », mais il n'y avait pas d'erreur possible sur la voix.

« Inspecteur Robicheaux ?

— Butterworth ?

— Oui », dit-il. Ce mot semblait aussi serré qu'un nœud sur une corde humide.

« Où êtes-vous, monsieur ? demandai-je.

— Ça n'a pas d'importance.

— Vous voulez me dire quelque chose ?

— Oui.

— À propos de Smiley Wimple ?

— Oui.

— Il y a un écho. Vous êtes sur haut-parleur ?

— Oui.

— Il vaudrait mieux que vous veniez de votre plein gré. Amenez un avocat. Selon nous, le coup de feu relève du légitime défense.

— Non. Pour moi, c'est l'heure du départ.

— Ce n'est pas une bonne idée », dis-je. Clete et moi étions toujours dans son bungalow. Il me regardait depuis l'autre bout de la pièce.

« Au fil des années, j'ai eu beaucoup de problèmes, dit Butterworth. J'ai ruiné ma réputation à Hollywood. Desmond a été bon pour moi. Mais il est sur le point de dire adieu à ses origines, et peut-être à l'amour de sa vie. C'est tout ce que j'ai à dire.

— Où êtes-vous, monsieur ?

— Qu'est-ce que ça change ? »

Pendant un bref instant, je crus entendre un bruit de vent et de vagues. « Ne lâchez pas tout, camarade. Avez-vous tué Lucinda Arceneaux ? »

Pas de réponse.

« Vous m'entendez ? Ressaisissez-vous, Mr. Butterworth. Vous êtes un homme intelligent et éduqué. Ne cédez pas à l'auto-apitoiement.

— Vous êtes un sacré type. Ça m'a fait plaisir de vous connaître, inspecteur Robicheaux.

— Qu'êtes-vous en train de me dire ?

– Rien. Rien du tout. Rien. Un jour, vous lirez entre les lignes. »

Il coupa la communication. Clete me regarda. La bretelle de son holster d'épaule mordait sur sa chemise. « C'était à propos de quoi ?

– Je ne sais pas comment interpréter ça. Je regrette de ne pas l'avoir enregistré.

– Tu as une idée de l'endroit d'où il appelait ?
– Il y avait des vagues et du vent en bruit de fond.
– Cypremort Point ? » dit-il.

La marée était haute, les nuages à l'ouest avaient tourné à l'or, et les vagues se courbaient et explosaient sur les parpaings en bas de la propriété de Desmond. Les portes du garage, sous la maison, étaient ouvertes. Le garage était vide. Je coupai le moteur, et Clete et moi gravîmes les deux volées de marches en bois menant à l'entrée. La porte était légèrement entrouverte. Je la tapotai du doigt. La porte s'ouvrit.

« Services du Shérif d'Iberia ! » criai-je.

Pas de réponse. J'entrai, suivi par Clete, son canon court à la main. La porte coulissante donnant sur la terrasse était ouverte, et la pièce était parfumée de l'odeur du sel.

« Oh, mec », dit Clete avec une grimace.

Butterworth avait glissé d'un fauteuil de cuir rembourré, et se trouvait assis par terre, la tête tordue d'un côté. La balle était entrée sous son menton, et un .22 semi-automatique était à quelques centimètres de sa main. La balle avait visiblement traversé son palais et s'était incrustée ou avait rebondi dans sa boîte crânienne. Il lui manquait un œil. Le sang qui coulait de sa blessure serpentait sous sa chemise de soie.

Je commençai à me diriger vers lui. Clete serra le poing en l'air, ce qui, dans l'infanterie, est l'ordre de s'arrêter. Il fit le tour de toutes les pièces de la maison, et revint. « Personne. »

J'appelai Helen depuis mon portable. « Envoie les voitures chez Desmond Cormier. On en a un de plus.

– Desmond ?

– Butterworth. Apparemment, il s'est tiré une balle. Avec un .22 auto. J'ai le sentiment que la douille correspondra à celle de l'arrière de sa Subaru.

– Qu'est-ce que tu fais là-bas ?

– Butterworth m'a appelé. Il n'a pas voulu me dire où il était. J'ai pensé qu'il pouvait être ici.

– Qui est avec toi ?

– Clete.

– C'est lui que tu as amené avec toi, et pas Ribbons ?

– Affirmatif. Terminé. » Je refermai mon portable. « Des problèmes ? dit Clete.

– Toujours. Tu vois quelque chose qui cloche ?

– À propos de Butterworth ? Difficile à dire. C'était le genre de type à faire vivre l'enfer à ses victimes, mais incapable d'en supporter la chaleur.

– Sa Subaru est à la fourrière. Comment est-il revenu ici ?

– Peut-être en taxi. Reprends les choses en arrière. Lucinda Arceneaux est morte d'une injection d'héroïne entre les orteils. Qui utilise des aiguilles comme ça, à part un junkie ? Au cours d'une fouille, tu as trouvé les instruments de Butterworth, non ?

– Desmond aussi se fait peut-être des intraveineuses », dis-je.

Clete portait son feutre. Il l'ôta, et le fit tourner sur un doigt. « Helen est fumasse que je sois là ?

– Oublie ça. De toute façon, je vais sans doute quitter le service.

– Je ferais mieux de me tirer.

– Non, tu ne vas nulle part. » Je parcourus le salon des yeux. Le soleil avait entamé sa descente dans la baie. Dans le hall, la lumière brillait sur les photos encadrées. « Tout à l'heure, tu as dit qu'on avait loupé quelque chose.

– Ouais, trois femmes ont été assassinées. Qu'avaient-elles en commun ?

– Bella Delahoussaye était chanteuse, répondis-je. Hilary Bienville était prostituée à mi-temps. Lucinda Arceneaux voulait que des innocents sortent du couloir de la mort. Toutes trois étaient noires.

– Elles avaient toutes des qualités, dit-il. Le type qui les a tuées les haïssait et les désirait. Et le type dans le filet à crevettes ? Comment s'appelait-il ?

– Joe Molinari.

– C'est lui qui ne cadre pas avec le reste. »

Clete sortit sur la terrasse. Le vent soufflait fort, mouchetant de gouttes de pluie sa chemise hawaïenne. Il s'apprêtait à rentrer, quand il s'arrêta et regarda quelque chose dans la rainure de la porte coulissante. De la pointe de son stylo à bille, il dégagea ce qu'il avait vu, et prit la chose entre ses doigts. « Regarde un peu.

– Une dent ?

– Un morceau de dent. Il y a du sang dessus.

– C'est peut-être la balle qui l'a fait sauter de la bouche de Butterworth.

– Peut-être, dit-il. Tu crois qu'on se fait mener en bateau ?

– Avant de me raccrocher au nez, Butterworth a fait l'éloge de Desmond.

– Comme s'il était forcé de le faire ?

– Je n'en sais trop rien. Il était visiblement perturbé. La dernière chose qu'il m'ait dite, c'est 'Un jour, vous lirez entre les lignes.'

– Tu as une idée de l'endroit où peut se trouver Cormier ?

– Non, mais quand on le trouvera, il semblera sous le choc, indigné et consterné.

– Félicitations, dit-il. Je pense que tu finis enfin par comprendre qui est ce type. »

Je tournai en rond pour inspecter de nouveau la pièce. Le saxo ténor de Butterworth était appuyé au canapé ; l'embouchure était posée sur l'un des accoudoirs. Contre un mur, un gros électrophone de collection Stromberg-Carlson était allumé, le couvercle relevé. Je regardai le 33 tours sur la platine. Il s'agissait d'un enregistrement de *Jazz at the Philharmonic*, de Norman Granz, auquel participait Flip Phillips, le saxophoniste ténor de légende dont Desmond m'avait dit que Butterworth l'admirait.

« Tu es trop indulgent avec moi, dis-je à Clete. Je n'ai rien compris du tout. »

***

Je ne savais absolument pas par où commencer pour trouver Desmond. Bailey arriva avec l'ambulance, ainsi que Cormac le coroner et l'équipe scientifique. Clete resta au bord de l'eau, le dos tourné à la maison.

« Aucune idée de l'endroit où se trouve Des, hein ? dit Bailey.

– Des ?

– Ne retourne pas ta colère contre moi, Dave.
– Non, je ne sais pas où il est.
– C'est un type lunatique et sentimental, dit-elle.
– Qu'est-ce que ça signifie ?
– J'ai entendu dire que toute l'équipe reprend demain matin la route de Monument Valley. Je pense qu'il va vendre sa maison, et qu'on ne le reverra plus jamais. »

Je devais lui reconnaître une chose : elle avait toujours une longueur d'avance. Je me demandai ce qui se serait passé si je l'avais rencontrée cinquante ans plus tôt. « Tu prends les choses en charge ici ?
– Où vas-tu ?
– Chercher Desmond.
– Prends Clete Purcel avec toi. Helen est en route. »

Je plongeai les yeux dans la lumière magique de son regard, et je compris que je ne l'oublierais jamais, quoi qu'elle ait pu faire au cours de ses jeunes années. « À plus tard.
– Je dis que Desmond est un sentimental. Ça ne veut pas dire que je lui fais confiance. Gare à tes fesses, Dave.
– Ne parle pas comme ça », dis-je. J'essayai même de sourire mais je ne parvenais à croire que j'avais dit ça, et en cet instant je compris que, autant que Desmond, je faisais une fixation sur l'image de Clementine Carter, et que pour le restant de mes jours j'éprouverais pour elle un désir secret et dont je ne parlerais à personne.

Je sortis dans le vent, récupérai Clete, et remontai vers le nord sur la deux voies. Je lui parlai de ma conversation avec Bailey concernant Desmond.

« Alors où penses-tu qu'il soit ? demanda Clete.

— Soit sur la tombe de Lucinda Arceneaux, soit là où il est né.

— Tu crois encore à ces conneries ?

— Je crois à quelles conneries ?

— Cormier le grand artiste. Les grands artistes brutalisent et humilient les gens sur un tournage ? Parce que c'est bien ce qu'il a fait, non ? »

Nous roulâmes en silence. Le soleil brillait sur la baie, aussi lumineux qu'un bouclier de bronze. Les pélicans piquaient du ciel comme des bombardiers, les ailes repliées en arrière, disparaissaient sous l'eau, puis ressurgissaient avec des poissons dans la poche de leur bec.

« J'ai quelque chose à dire, dit Clete.

— Vas-y.

— J'aime à croire que Butterworth ne s'est pas suicidé, et que notre homme est toujours dans le coin. J'aime à croire ça, parce que j'ai prévu de l'exploser. Non, pire que ça. Je veux le mettre en morceaux.

— Et alors ?

— Alors, rien. Tu as parlé à Butterworth avant qu'il effectue sa Grande Sortie. Si quelqu'un braquait une arme sur lui, il avait de nombreux moyens de t'envoyer un signal.

— Peut-être que le signal, c'était de me dire qu'un jour je lirais entre les lignes.

— Les pleurnichards qui tabassent des prostituées aiment paraître profonds. En réalité, ce sont des pleurnichards qui tabassent des prostituées, et en général de petites prostituées.

— Il écoutait un enregistrement de *Jazz at the Philharmonic*, et peut-être qu'il l'accompagnait. Il s'est peut-être interrompu pour nettoyer son embouchure. Pourquoi m'aurait-il soudain appelé, avant de se suicider ?

— Le suicide n'est pas un acte rationnel. J'ai connu des mercenaires au Salvador. Ils étaient tous à la recherche du cimetière. Sauf qu'ils l'ignoraient. Tu sais ce que je pense ?
— Non.
— Butterworth et Cormier avaient une relation à géométrie variable. Et je pense aussi qu'on ne saura jamais quelle était cette relation. »

Peut-être avait-il raison ; et peut-être que non. Je m'en fichais. J'avais toujours cru en Desmond de la même façon que j'avais cru en Bella Delahoussaye. Ils venaient de la Louisiane que j'aimais, et j'aimais la Louisiane comme une religion. On se fiche qu'une obsession soit rationnelle, et on se fiche qu'un amour soit en partie érotique. La Grande Putain de Babylone est une maîtresse exigeante. Une fois qu'elle a écarté les cuisses et vous a accueilli en elle, elle ne vous lâche jamais.

« Oublie la tombe, dit Clete. Va à la réserve naturelle.
— Pourquoi la réserve ?
— C'est là qu'est le casino, et sans doute quelques-unes des vermines du New Jersey qui ont financé les films de Desmond. Ils ont peut-être amené leurs pouffiasses, et il pourra se faire cirer le gland avant de continuer sa vie de grand artiste. »

40

Nous trouvâmes Desmond Cormier en fin d'après-midi sur la parcelle de terre sèche où ses grands-parents avaient autrefois tenu un magasin général. Maintenant, le terrain était grêlé d'entonnoirs et enfoui sous les plaqueminiers, les palmiers nains, et les érables des marais sur lesquels les plantes grimpantes et les débris que les tempêtes avaient apportés du Bassin d'Atchafalaya faisaient comme des toiles d'araignée. Desmond se tenait près d'un Humvee, fixant les ombres près d'une crique rougie par le crépuscule. Derrière nous, j'apercevais au loin les lumières du casino.

Je crois qu'il ne voyait pas les mêmes choses que moi. J'étais persuadé qu'il regardait dans le passé, et revoyait le maigre gamin de douze ans qui ficelait des parpaings à chaque extrémité d'un manche à balai, sous un soleil de feu, et entreprenait de se fabriquer un corps qui ferait craindre la colère de Dieu aux brutes qui le tourmentaient dans le bus scolaire. Je soupçonne qu'il se demandait quel avait été le destin de ces brutes qui le harcelaient et le jetaient sur le gravier. Certains étaient sans doute morts, certains purgeaient des peines à Angola, d'autres lavaient des sols, munis de balais et de serpillières. S'il les rencontrait, ils ne feraient probablement pas le lien entre lui et le garçon dont ils se moquaient. J'étais au moins sûr d'une chose : si Desmond tombait sur eux, il les traiterait avec gentillesse.

C'est ce qui me mettait en rage. Il avait les capacités de faire énormément de bien. Mais il dilapidait ses dons par petits bouts, petite pièce par petite pièce, et jamais dans l'anonymat, sauf dans le cas du tombeau de Lucinda Arceneaux.

Son talent était globalement reconnu, mais il n'avait pas suffisamment foi en sa créativité pour renoncer à l'argent illégal qui finançait ses entreprises artistiques. Et il s'agissait bien d'entreprises. Sans les foules laborieuses et la satisfaction qu'elles exigeaient pour le prix d'un billet de cinéma, Desmond aurait sans doute dirigé une société de production indépendante en filmant des lézards dans le Texas Panhandle.

Je me garai sur l'étroit rebord du chemin de terre qui traversait la propriété, et demandai à Clete de rester dans la voiture.

« Comme tu veux », dit-il en rabaissant son feutre sur ses yeux.

Je marchai derrière Desmond. Rien en lui ne trahit qu'il avait conscience de ma présence, mais je savais qu'il m'entendait.

« Que se passe-t-il ? » dis-je.

Il eut un grand sourire, de ceux avec lesquels, enfant, il pouvait illuminer une pièce. « Comment ça va, Dave ?

– Difficile à dire, les choses vont trop vite. Selon toute apparence, Antoine Butterworth a tué Smiley Wimple, avant de se flinguer.

– Waouh.

— Tu n'en savais rien ?

— C'est quoi, cette histoire d'Antoine en train de se flinguer ?

— Il m'a appelé de chez toi, puis il s'en est collé une sous le menton. C'est du moins l'impression que ça donne.

— Je ne peux pas croire ça.

— Si ça peut te consoler, il a fait tes louanges avant de se débrancher. »

Maintenant Desmond me faisait face, les manches remontées, ses avant-bras gonflés et musculeux. « Ne sois pas cynique, Dave. Antoine est mon ami.

— Ton 'ami' a peut-être, sans raison, tué Smiley Wimple.

— Que veux-tu dire, 'sans raison' ?

— C'est ce qu'affirme l'unique témoin. L'arme de Wimple a eu un raté, et Butterworth n'était pas forcé de le tuer, même si un procureur aurait du mal à le prouver. »

Desmond se frotta le nez. « Tu ne me racontes pas de salades ? Antoine est mort ?

— Sauf s'il a ressuscité.

— Où est-il ?

— Sand doute sur une table d'autopsie.

— Tu es insensible.

— Il m'a dit qu'un jour je parviendrais à lire entre les lignes. Tu as une idée de ce qu'il voulait dire ?

— Non.

— D'où vient ton argent ? demandai-je.

— D'une demi-douzaine de sources différentes, toutes légales.

— Tu peux bien avoir une croix de Malte tatouée sur la cheville, mais tu ne seras jamais le preux chevalier de Geoffrey Chaucer. Je me fiche du nombre de douches que tu peux prendre, mais tu sens toujours la merde. »

Il tourna son visage face au vent, les cheveux soulevés par la brise, ses yeux écartés dépourvus de lumière, aussi inexpressif qu'un moule à tarte, son torse, sous sa chemise, pareil à un bloc de pierre sculptée. Je n'aurais pas été surpris qu'il me balance un coup de poing.

« Est-ce qu'il a souffert ? demanda-t-il.

– Butterworth ? C'est possible. Avant de faire sa sortie, il écoutait *Jazz at the Philharmonic*.

– Ça lui ressemble bien. Il adore Flip Phillips.

– L'homme à qui j'ai eu à faire était vraiment nerveux.

– C'était un artiste, dit-il. Et, à sa façon, un rêveur.

– Quand il ne suspendait pas des employées de maison à des portemanteaux. Tu pars en Arizona demain ?

– À l'aube.

– Tu peux faire tous les films que tu veux. Je finirai par t'avoir. » Je m'éloignai.

« Tu crois que tu peux me faire du mal ? cria-t-il dans mon dos. Après ce qui s'est passé ici ? C'est ce que tu crois ? »

Je montai dans le pick-up et démarrai. Clete avait somnolé. « Hé ! Que se passe-t-il avec Cormier ?

– Il était sous le choc, et indigné », répondis-je.

Nous avons fait demi-tour jusqu'à la deux-voies. Un soleil orange, strié de la fumée des feux de chaume, se dissolvait dans les marécages.

***

Tôt le dimanche matin, Cormac, le coroner, me téléphona chez moi. « Cette nuit, je n'ai pas pu dormir.

– Quel est le problème ? demandai-je.

– Pour Butterworth, je devrai probablement conclure à un suicide, mais ça me gêne.

– Pourquoi ?

– La dent cassée que ton ami Purcel a trouvée dans la rainure de la porte. La balle est entrée derrière la mâchoire, et elle a traversé tout droit la langue et le palais. Il est possible que la balle ait dévié sur une dent, mais je n'en ai aucune preuve.

– Dis les choses comme tu les vois.

– C'est là que j'ai un autre problème : hier soir, j'ai parlé au procureur. J'ai l'impression que tout le monde veut clore l'affaire.

– Wimple et Butterworth sont emballés et enregistrés, et tout le monde est content ?

– Les gens sont ce qu'ils sont, dit-il. Quel est ton avis ?

– Desmond Cormier connaît la vérité, mais jamais il ne nous la dira.

– Sa demi-sœur a été assassinée. Qu'est-ce qui cloche chez ce type ?

– L'argent et le pouvoir. Tu connais une drogue plus puissante ?

– Le fait de se lever le matin avec la conscience tranquille ? répondit-il. Tu as parlé à Butterworth avant sa mort. Tu crois vraiment qu'il s'est foutu en l'air ?

– Je crois qu'il se peut que quelqu'un ait piégé Cormier, et je pense qu'il est trop ahuri pour s'en rendre compte. »

Je me préparai un bol de Grape-Nuts avec du lait et des mûres, et le mangeai sur les marches de derrière. Je portai aussi un bol de nourriture pour chats à l'intention de Snuggs et de Mon Tee Coon. Les arbres dégouttaient d'humidité, le bayou était haut et gonflé de boue, les oreilles d'éléphant englouties le long du rivage étaient perlées de gouttelettes qui glissaient dessus comme du mercure. J'entendis un véhicule s'arrêter dans l'allée, puis des bruits de pas qui faisaient le tour de la maison.

« J'espère que je ne vous dérange pas un dimanche matin », dit Sean. Il était en uniforme, les joues brillantes d'après-rasage, sa ceinture à holster bien cirée, les plis de son pantalon aussi affûtés que des lames de couteau.

« Prends une tasse de café sur la cuisinière. Alafair dort encore. Et rapportes-en aussi encore un peu pour moi », dis-je en lui tendant ma tasse.

Il entra, et revint chargé de deux tasses remplies. Il s'assit à côté de moi et regarda Snuggs et Mon Tee Coon. Il avait une petite bouche de fille, et des yeux d'enfant.

« Ce matin, j'ai été à l'aéroport.

– Pour quoi faire ?

– Pour regarder décoller l'équipe du film. Ils étaient heureux, comme si tout ce qui s'est passé ici n'avait aucune importance.

– Je ne te suis pas.

– J'ai tué un homme. Il demeurera dans mes rêves pour le restant de mes jours. Et sans ces gens, rien de tout ça ne serait arrivé.

– Si tu fais porter la responsabilité à d'autres, tu ne seras jamais en paix.

– C'est ce que vous vous disiez au Vietnam ?

– Je n'étais pas assez malin pour ça.

– Dave, je donnerais tout ce que j'ai pour n'avoir pas tué Tillinger. Ça me ronge.

– Je ne pense pas que Tillinger t'en voudrait, Sean. Il a fait un choix, – le mauvais choix. Où qu'il soit, je pense qu'il le sait, et qu'il te pardonne.

– Vous ne rêvez pas aux hommes que vous avez tués ?

– Ça m'arrive.

– Et qu'est-ce que vous faites contre ça ?

– J'évite de boire. »

Il posa sa tasse et se frotta les mains l'une sur l'autre. « J'ai le sentiment de n'être pas meilleur que ces policiers qui ont étouffé l'homme sourd dans la prison.

– Tu n'as rien à voir avec eux.

– C'est une histoire triste, vous savez. J'ai entendu dire qu'au moment où il est mort, le sourd essayait de s'exprimer par signes. »

Je regardai ma montre. « Je vais à la messe à St. Edward's. Tu veux m'accompagner ?

– Merci pour le café. J'apprécie que vous m'ayez écouté.

– Tu veux bien me répéter ce que tu m'as dit sur l'homme sourd et le langage des signes ? »

Après son départ, je me rendis à St. Edward's. À mon retour, il y avait un mot sur le réfrigérateur. *Allée prendre un brunch au Café Sydnie Mae. On se voit cet après-midi.*

Je regardai par la fenêtre sur le côté. La voiture d'Alafair était toujours sous la porte cochère. Je l'appelai sur son portable. Je tombai directement sur sa boîte vocale. J'appelai le Café Sydnie Mae à Breaux Bridge. Elle n'y était pas. Il était 11 h 14.

J'allai au bureau, ouvris mon classeur à tiroirs, et en sortis tous les dossiers que j'avais concernant la série d'homicides entamée avec le meurtre de Lucinda Arceneaux. Je pris aussi connaissance de la moindre information électronique que je pus trouver sur Franck Dubois, l'homme sourd qui avait été étouffé dans la prison de la paroisse d'Iberia. Son casier judiciaire était rempli de contradictions, comme une boîte de puzzle qu'on a secouée et vidée sur le sol. Il avait grandi à La Nouvelle-Orléans, à la lisière du Garden District, et, dans les années soixante, avait étudié trois ans à Tulane University, mais avait été arrêté deux fois pour possession de drogue ; puis il était parti pour le soleil de Californie, et s'était mis en cheville avec les motards du gang des Mongols. Il avait été arrêté une demi-douzaine de fois pour des raisons liées aux narcotiques, à San Bernardino, Bakersfield et Oakland, et avait fini par passer un an à Atascadero. En marge de son dossier, un psychologue de la prison avait noté : *QI supérieur à 160, symptômes de troubles borderline. Asocial, narcissique, redoute l'isolement et les contraintes physiques. Potentiellement dangereux.*

Je parcourus mes notes sur toutes les victimes. Joe Molinari me troublait toujours plus que les autres. Pourquoi notre assassin aurait-il voulu tuer quelqu'un d'aussi inoffensif ? Ses boulots ne le menaient nulle part, ses employeurs étaient insignifiants et gardaient rarement des dossiers. Sauf un : pendant deux ans, Molinari avait été concierge au tribunal de la paroisse d'Iberia.

Ça peut paraître bizarre à un étranger, mais la culture du parrainage, en Louisiane, fait partie du système, depuis le travail le plus humble jusqu'aux bureaux du gouvernement. La procédure, une conduite honorable, le respect des règles, la perspicacité, l'expérience, la compétence, ont, au mieux, une importance secondaire. Si on n'a pas de relations, on n'obtient pas un poste officiel de préposé aux toilettes. Pour un homme comme Molinari – qui démolissait des installations en amiante –, un salaire régulier, des horaires décents, une assurance santé, la sécurité sociale et l'assurance chômage étaient un don de Dieu.

Alors qui lui avait trouvé ce travail ? J'ai appelé Helen, et lui ai posé la question.

« Je me souviens de lui quand il travaillait au tribunal, dit-elle. Il n'était pas liant.

– Pas d'amis ?

– En général, il déjeunait avec un adjoint, près du cimetière.

– Quel adjoint ? »

Il y eut un long silence.

« Helen ?

– Un des types qui ont étouffé un détenu dans la prison. Un fils de pute. »

J'entendais le bourdonnement du combiné à mon oreille. « On ne peut s'attendre à ce que tu te rappelles une information datant de vingt-cinq ans.

– Non, non, j'ai merdé. L'adjoint était son cousin. Il a sans doute dit un mot en faveur de Molinari, et lui a obtenu le travail. Peut-être la mort de Molinari a-t-elle un rapport avec ce scandale dans la prison.

– Possible, dis-je.

– J'avais la tête dans le cul, Dave. Je t'ai retiré ton insigne alors que c'est à moi que j'aurais dû le retirer. Le type sourd, comment s'appelait-il ?

– Frank Dubois.

– D'où était-il originaire ?

– De La Nouvelle-Orléans. Il a été à Tulane. Un ancien membre de l'AB, Spider Dupree, dit que

Dubois avait un blason tatoué dans le dos, et qu'il parlait latin ou grec.

– Je te dois des excuses, Dave. Je me suis conduite comme une vraie salope.

– Tu es beaucoup de choses, mais ça n'en fait pas partie, dis-je.

– C'est pour ça que je t'aime, Pops. »

J'appelai Bailey pour lui dire ce que je venais d'apprendre.

« Tu crois que Molinari a payé pour cet étouffement ?

– Ouais, c'est ce que je pense.

– Alors qui fait le lien avec Molinari ?

– Je l'ignore. Peut-être l'un de nos amis du cinéma.

– Il faut que je te dise quelque chose. Desmond m'a appelée hier soir.

– Tu n'es pas forcée de me dire quoi que ce soit, Bailey.

– Il m'a demandé de partir avec lui en Arizona. Je lui ai répondu non.

– Bailey...

– Je ne sais pas si c'est terminé entre nous, ou pas, dit-elle.

– C'était une erreur depuis le départ. Et pas de ta part. De la mienne. J'ai profité de la situation.

– Moi, je serais une victime ? dit-elle. Je serais trop jeune et inexpérimentée pour savoir ce que je fais ?

– Il faut que j'y aille, Bailey.

– À chaque fois que nous parlons, j'ai l'impression qu'on m'arrache le cœur. »

Je reposai le combiné sur son socle et me tins devant la fenêtre, les yeux baissés sur le Teche et le soleil qui lançait dans le courant des éclairs aussi lumineux que des dagues.

J'appelai la maison de Desmond Cormier. Pas de réponse. J'appelai Sean McClain sur son portable. « Ce matin, à l'aéroport, qui as-tu vu monter dans l'avion ?
– Il y avait deux avions.
– OK. Qui as-tu vu embarquer ?
– Je ne connais pas leurs noms.
– Tu as vu Desmond Cormier ?
– Non, monsieur.
– Et Lou Wexler ?
– Je ne sais pas qui c'est. Qu'est-ce qui ne va pas ?
– Je ne sais pas où est Alafair.
– Vous croyez…
– Ouais, c'est exactement ce que je crois, et ça me fout une trouille bleue.
– Que voulez-vous que je fasse ?
– Retourne à l'aéroport, et tâche de savoir qui était dans ces avions.
– Peut-être qu'Alafair va réapparaître, Dave. Ne vous inquiétez pas trop.
– Tu te rappelles à quoi ressemblait le corps d'Hilary Bienville ? » demandai-je.

J'allai de maison en maison tout le long d'East Main, pour demander à mes voisins s'ils avaient vu Alafair quitter notre modeste *shotgun house*. À ce point de mon histoire, je mentionne sa simplicité pour indiquer le contraste que je ressentais entre la beauté du matin, les fleurs épanouies dans les jardins, les chênes verts massifs mouchetés d'ombre et de lumière, tous ces dons du ciel, juxtaposés à la violence et à la cruauté tombées sur nous comme un fléau, et qui maintenant semblaient avoir jeté leur filet sur ma fille.

Je passai devant la Steamboat House, posée à sec comme un bateau à aubes décoré avec une splendeur victorienne d'avant la Guerre civile qui, souvent, démentait les réalités de l'esclavage et, plus tard, le terrorisme de la White League pendant la Reconstruction. Plus bas dans la rue, une vieille dame était à quatre pattes, en train d'arracher les mauvaises herbes dans le jardin de la vieille maison Burke, le nez chaussé d'une paire de lunettes à monture métallique. Elle leva les yeux sur moi et sourit. « Comment allez-vous, Mr. Robicheaux ?

– Très bien, dis-je. Pendant que j'étais à la messe, Alafair est sortie avec un ami. Je me demandais si vous l'aviez vue ?

– Je ne l'ai pas vue, mais j'ai vu une voiture inhabituelle devant votre maison, dit-elle, toujours à quatre pattes. Je l'avais déjà vue.

– Inhabituelle en quel sens ?

– Je crois qu'elle a un nom italien.

– Une Lamborghini ?

– Je ne connais pas grand-chose aux voitures.

– De quelle couleur était-elle ?

– Rouge cerise. Aucun doute là-dessus. »

Wexler.

« Ça vous inquiète ? demanda-t-elle.

– Vous m'avez été d'un grand secours, dis-je, sentant mes genoux flageoler. Merci. »

Je m'éloignai à grands pas, l'estomac retourné.

41

Je rappelai le portable d'Alafair, et une fois de plus je tombai directement sur sa boîte vocale. J'appelai Sean.

« Yo, Dave, dit-il.

— Où es-tu ?

— Je reviens juste de l'aéroport. Je n'ai trouvé personne qui sache quoi que ce soit de façon sûre. Un type a dit qu'il avait vu Cormier monter dans un avion privé, mais il n'en était pas sûr.

— Lou Wexler a loué une maison à St. Martinville, mais je ne sais pas où. Il conduit une Lamborghini rouge cerise. Va aux services du Shérif de St. Martin, et renseigne-toi. On fonce là-bas.

— Vous arriverez sans doute avant moi.

— Je passe prendre Clete Purcel.

— C'est quoi, le problème avec Wexler ?

— Je n'en sais rien. J'ai raté quelque chose à son sujet. Quelque chose que Clete m'a dit. Ou qu'Alafair m'a dit, peut-être. Je ne me souviens plus.

— Compris, dit-il. Je raccroche. »

Je montai dans mon pick-up, passai devant The Shadows, puis obliquai dans St. Peter's Street et me dirigeai vers le motel de Clete. Le dimanche, en général, Clete lavait et astiquait sa décapotable, et faisait cuire au barbecue un rôti de porc ou un poulet sur sa grille, sous les chênes au bord du bayou. S'il faisait chaud, il portait son short de boxe Everlast qui lui descendait aux genoux, et un sweatshirt LSU, ou Tulane, ou Raging Cajuns, ses bras de la circonférence d'une lance à incendie sous pression maximale. Avec un peu de chance, son métabolisme finirait pas se débarrasser des toxines qui avaient perturbé la plus grande partie de son existence.

Ce matin-là, pourtant, rien de ce que je viens de dire n'était vrai. Il faisait les cent pas devant son bungalow, son portable collé à l'oreille, vêtu d'une chemise hawaïenne qui dépassait de son pantalon ; ses souliers étaient cirés, ses cheveux humides bien peignés. Il semblait plus mince, rajeuni de vingt ans, parfaitement concentré. J'arrêtai mon pick-up et en descendis, sans couper le moteur. « Que se passe-t-il ?

– J'étais en train de t'appeler. Où est Alafair ?

– Peut-être avec Lou Wexler. »

Il regarda dans le vide, puis ramena les yeux sur moi. « Wexler ?

– Oui.

– Je pensais que peut-être...

– Quoi ?

– Je suis troublé. Ce matin, tôt, j'ai vu Cormier passer en voiture.

– Tu en es sûr ?

– Combien de types dans le coin sont aussi expressifs qu'un poêlon, et paraissent taillés dans le roc ? Je pensais qu'il était peut-être allé chez toi. »

Il était rare de voir la peur sur le visage de Clete Purcel. Il pinça la bouche.

« Qu'y a-t-il ? dis-je.

– Je viens d'avoir un appel d'Alafair.

– Tu lui as parlé ?

– Non. La voix n'était qu'un petit hoquet, comme si elle avait composé le numéro, avant de parler à quelqu'un d'autre et de raccrocher. C'est du moins ce que j'ai cru entendre.

– Ce que tu dis n'a pas de sens, Cletus.

– Je crois qu'elle disait peut-être 'À l'aide'. »

Je sentis un trou s'ouvrir au fond de mon estomac. « Est-ce que Desmond conduisait une Lamborghini ?

– Non, il était dans un Humvee, celui qu'il conduisait à la réserve.

– La dame qui vit dans la vieille maison Burke dit qu'elle a vu une Lamborghini rouge cerise s'arrêter devant chez moi.

– C'était Wexler ?

– Il n'y a pas d'autre Lamborghini dans le coin. Attends un instant. » J'appelai Helen chez elle. Personne ne répondit. J'appelai Bailey Ribbons. « Je crois que soit Lou Wexler, soit Desmond Cormier, a enlevé Alafair.

– Ça ne me paraît pas possible, dit-elle. En ce moment, Des est sans doute en Arizona.

– Il n'est pas en Arizona. Clete l'a vu il y a peu de temps.

– Je ne comprends pas.

– Ça n'a rien de compliqué. Desmond Cormier est un menteur.

– Inutile de parler de cette façon », dit-elle.
Je raccrochai.

« Qu'as-tu l'intention de faire ? demanda Clete.

– On est censés foncer avec Sean McClain à St. Martinville.

– Il faut que je prenne mon arme.

– Va la chercher.

– Qu'est-ce que tu as dans ton pick-up ?

– Ne t'occupe pas de ça », dis-je.

Nous remontâmes la deux voies en direction de St. Martinville, à travers le tunnel de chênes au nord de New Iberia. Peut-être que ça tenait à la saison, ou peut-être que non, mais la lumière était désagréable. Elle était dure, vacillante, agressait les yeux, suggérant une présence cruelle dans le monde naturel. Nous passâmes devant la maison à charpente de bois avec une galerie à faux pilastres qui avait été construite par un homme de couleur, mais libre, avant la Guerre civile. Selon la légende, il était élégamment vêtu, parlait le français avec l'accent parisien, et ses terres et sa fortune, après la guerre, lui avaient été volées par les *carpetbaggers*[1]. Jusqu'à ce jour, personne n'a réussi à peindre le bâtiment d'une couleur blanche brillante : en peu de temps, la peinture est rapidement ternie par la poussière des champs de canne ou par la fumée des feux de chaume, comme si sa structure elle-même portait l'héritage d'un homme ayant trahi sa race et pensé devenir ce qu'il n'était pas aux dépens de ses frères de couleur et, pour finir, de lui-même.

Tandis que je regardais fixement à travers le pare-brise la deux-voies qui se déroulait devant moi, je compris que quelque chose de terrible se passait dans la structure externe du monde, dans les règles qui sont censées gouverner la mortalité et les lois de la physique. Des tourbillons de poussière bouillonnaient au milieu des tiges de canne, expédiant des gerbes de débris à vingt mètres de hauteur, alors que la température chutait et que le vent était assez froid pour

---

1. Terme désignant les Nordistes venus s'installer dans le Sud après la fin de la guerre de Sécession, pour s'enrichir en profitant du chaos.

dessécher et craqueler la peau. Sur le bord de la route il y avait un stand de pastèques et de fraises, avec des tables en bois sous un chêne vert festonné de mousse espagnole. Ça faisait des décennies qu'il n'y avait pas eu un stand de fruits sur cette route ; en plus, on ne voyait jamais de pastèques ni de fraises après le mois d'août, sauf s'il s'agissait de produits d'importation vendus dans une épicerie de luxe de Lafayette.

Puis je vis deux personnes entre deux âges se tenant par la main sur le talus. L'homme était très grand, et portait une salopette et un casque d'aluminium incliné sur la tête. Il eut un grand sourire et leva les pouces en me voyant. La femme portait une robe en tissu imprimé délavé, et elle avait un hibiscus rouge dans les cheveux. Elle aussi souriait, comme quelqu'un qui accueille un visiteur à l'entrée d'un chemin.

L'homme et la femme étaient ma mère et mon père. Derrière eux, je vis Smiley Wimple avec deux fillettes vêtues de blanc, parées de colliers de fleurs. Sur le flanc de Smiley, sa blessure brillait d'un éclat qui faisait monter les larmes aux yeux.

Mon pick-up passa à toute vitesse près d'eux, soufflant sur la route de la poussière et un vieux journal.

« Regarde où tu vas ! dit Clete.

– Tu as vu ça ? dis-je.

– J'ai vu quoi ? »

Je jetai un coup d'œil dans le rétroviseur. Le journal s'était posé sur le bitume. Il n'y avait rien d'un côté ni de l'autre de la nationale, en dehors des pâturages et des champs de canne. « Tu as vu ces gens ?

– Quels gens ?

– Ne te fiche pas de moi !

– Je n'ai rien vu du tout. De quoi diable est-ce que tu me parles ? »

Je le regardai fixement, puis je dus redresser le volant pour empêcher la voiture de mordre sur l'accotement. « Je ne vais pas te mentir. Je viens de voir mes parents. Et j'ai vu aussi Smiley. Avec deux petites filles.

— Arrête-toi.

— Non.

— On n'est pas au Nam, Belle Mèche. Tu piges ça, mon noble ami ? On n'a pas d'évacuation sanitaire. Et dans le quart d'heure qui vient, il se peut qu'on ait à botter quelques culs pas faciles. Cesse de raconter des conneries.

— Je sais ce que j'ai vu. Et arrête de m'enquiquiner avec ça.

— OK, répondit-il. OK. On n'a pas le droit de louper notre coup. Ces types vont tuer Alafair.

— Ces types ?

— Ces enculés de malades travaillent ensemble.

— Dans quel but ?

— Ça concerne la prison. Il y a une guerre dans toute cette putain de région. » Il regardait droit devant lui, raide sur son siège, les poings serrés sur ses genoux comme de petits marteaux, le visage aussi tendu que du latex sur son ossature, la poitrine palpitante.

« Tu perds la tête, Clete ?

— Et c'est le type qui vient de voir ses parents qui me dit ça ? »

Sa main droite tressaillait sur sa cuisse.

Vous savez comment est la mort. Elle peut être une étrange compagne. Son odeur n'a pas d'équivalent dans le monde. Je me rappelle une unité de l'Armée de la République du Vietnam exhumant les corps de villageois qui avaient été enterrés vivants le long du lit d'un ruisseau, en plein territoire ennemi. La puanteur s'exhalait du sol, et me faisait penser aux putes vidant leurs seaux hygiéniques dans les toilettes derrière les bouges de Railroad Avenue, dans le vieux *red light district* de New Iberia. La putrescence de cette odeur, cependant, n'est pas comparable à l'image de la chair révélée par une pelle. Elle est marbrée, avec des furoncles d'un jaune blanchâtre et des fissures dans la peau qui ressemblent à des mille-pattes, et les yeux sont comme des écailles de poissons, soit à demi fermés, soit exorbités et noir et blanc comme une boule de billard.

Si quelqu'un est intéressé par le genre de scène de guerre sur laquelle est tombée ma patrouille, je peux ajouter quelques détails afin de satisfaire sa curiosité. Si cet hypothétique observateur avait été présent, il aurait vu les cadavres roulés dans des bâches, et les mains des morts à peine plus que des os maintenus ensemble par une bande de peau. Il aurait aussi remarqué que les ongles étaient cassés et incrustés de terre ; et ce soir-là, notre observateur aurait bu une boisson très forte et tenté de se persuader que Dachau et Nankin étaient une perversion de l'Histoire, et non pas une manifestation du ver qui ronge l'inconscient humain.

Ce ne sont certainement pas des images auxquelles il est agréable de penser, mais il me plaît de les proposer pour l'édification de ceux qui aiment les guerres tant qu'ils n'ont pas à y participer. Cela dit, l'ubiquité de ce ver ne se manifeste pas uniquement sur les champs de bataille. Il peut se doter d'une invisibilité plus insidieuse que les films dont je n'arrive pas à laver mes rêves. On ne le sent pas, on ne le voit pas, mais, pendant le sommeil, on le voit grandir, se nicher dans votre poitrine, et vider l'air de vos poumons. On passe le reste de la nuit lumière allumée ou un verre à la main, ou les doigts serrés sur une médaille bénie, et on prie à genoux pour que l'aube arrive. Quand le soleil apparaît à l'horizon, on voit parfois des silhouettes debout à l'ombre d'un bâtiment, ou dans une ruelle, ou au milieu d'arbres que le vent a remplis d'ordures, et on comprend rapidement que le glas qu'on entend résonner au loin est de ceux que personne d'autre ne peut voir ni entendre.

C'est à cet instant qu'on sait qu'on vient de s'installer dans un endroit très particulier dont on ne peut pas parler aux autres, sauf si on veut les effrayer ou se mettre dans l'embarras. Vous avez vu la grande réalité et l'avez acceptée pour ce qu'elle est et, ce faisant, vous avez été libéré. Mais, incontestablement, le prix à payer n'est pas à la portée de tout le monde. Les psychiatres appellent ça l'expérience du Jardin de Gethsémani. C'est une saloperie, et on n'a pas envie de la connaître deux fois.

Ce que je suis en train de dire, c'est que je ne m'inquiète plus de la mort, du moins pas de la mienne. Mais l'idée de perdre ma fille était plus que je ne pouvais supporter. Il n'y a pire expérience humaine que celle de la perte d'un enfant, et perdre un enfant livré à des hommes diaboliques cause une douleur sans égale. Quiconque dit le contraire est un menteur. C'est pourquoi je ne discute jamais avec ceux qui veulent que les assassins de leurs enfants subissent le châtiment ultime, même si personnellement je ne crois pas à la peine capitale.

Nous traversâmes le centre de St. Martinville, puis le quartier noir, passant devant le bungalow de Bella Delahoussaye, et nous arrêtâmes devant les services du Shérif. Sean McClain nous attendait, debout à côté de son véhicule.

Je me garai et sortis de mon pick-up. « Qu'est-ce que tu as appris ?

— J'ai l'adresse de Wexler, plus haut sur le bayou, répondit Sean. Un adjoint m'a dit qu'il avait vu la Lamborghini passer sur la place, tôt ce matin. Il s'en souvenait, parce qu'elle avait passé deux jours dans l'atelier de réparation de son beau-frère.

— C'est pour ça que, dans le parc, Wexler conduisait la Subaru de Butterworth, dis-je. Y a-t-il un adjoint en train de surveiller la maison de Wexler ?

— Je leur ai dit de ne rien faire avant votre arrivée.

— Donne-moi l'adresse. Suis-nous, mais reste à distance.

— Et les adjoints de St. Martin ? » dit Sean.

Je secouai la tête.

« Vous êtes sûr que c'est la chose à faire ? » dit Sean.

Je le regardai sans parler.

« C'est vous le patron », dit-il.

Nous nous arrêtâmes sur une zone ombreuse au bord du Teche, juste à la sortie de la ville. La maison était grande, couleur pain d'épice passée. La large galerie à rampe débordait de frondaisons de bananiers, les gouttières étaient remplies de feuilles et de mousse, le toit métallique était zébré de rouille. La cheminée était craquelée, un paratonnerre cassé pendait des briques. Il n'y avait aucun véhicule, ni dans la cour, ni dans le garage. Je sortis, puis cognai à la porte, avant de faire le tour de la maison. Ma mise en garde concernant les autorités de la paroisse de St. Martin n'était pas nécessaire : il n'y avait personne. Je fis exploser la porte de son jambage, et entrai.

Toutes les chambres étaient d'une propreté immaculée, et bien rangées. Je commençai à décrocher des cintres et à vider sur le sol le contenu des étagères.

« Qu'est-ce que tu fais ? demanda Clete.

– J'essaie de trouver tout ce que je pourrai trouver.

– Nous ne sommes pas certains qu'Alafair soit aux mains de Wexler. Cormier est quelque part dans le coin.

– C'est Wexler. Elle est venue ici. Je le sens. »

Clete me regarda d'un air bizarre.

« C'est une chose que sait un père », dis-je.

Sean McClain était encore dehors. Par la porte d'entrée ouverte, je vis le véhicule de Bailey Ribbons pénétrer sur la propriété. Elle en descendit et entra dans le salon. « Helen dit que tout le service va se mettre sur l'affaire, Dave. Jusque-là, qu'est-ce que vous avez trouvé ?

– Un adjoint de St. Martin nous a appris que la Lamborghini de Wexler était passée à l'atelier. Quand Wimple l'a accosté, il avait sans doute emprunté la Subaru de Butterworth.

– Tu as vidé ses placards et ses étagères ?

– Je viens de commencer.

– Tu pourrais peut-être mettre un peu la pédale douce. Il ne faut pas qu'on laisse échapper quelque chose au milieu du bazar. »

Elle avait raison. J'étais en surmultipliée. « Fouille la cuisine. Je monte au grenier. »

J'ouvris la trappe au plafond de la chambre, et gravis les marches. Je promenai ma lampe-stylo sur les murs du grenier. Dans un coin se trouvaient une lourde malle, une penderie et un couffin de bébé tissé à la main comme une panière. La penderie était bourrée de costumes anciens qui sentaient l'antimite. Le couffin était rempli de bandanas, de souliers de femme, de porte-monnaie et de portefeuilles vides, et de vieilles photos Polaroid représentant des femmes du Tiers-Monde dans des bars et des cafés. Toutes souriaient. La malle n'était pas fermée à clef. Je soulevai le couvercle. Elle était pleine de jeux vidéo, le genre de jeux qui donnent aux tireurs, ou aux conducteurs, des points pour chacune des victimes qu'ils accumulent.

Je vidai la malle et la penderie sur le sol, puis le couffin. Tandis que s'entassaient les porte-monnaie, les portefeuilles, les vêtements de femme et les photos, je repérai un objet que je n'aurais pas voulu trouver, un objet qui vida l'air de mes poumons.

Je le pris sur le tas, descendis l'échelle, remis la trappe en place, puis descendis à la cuisine. Bailey était assise à la table. « Qu'est-ce que c'est ? »

Je posai la boîte sur la table. « Un jeu de tarot.

— Merde », dit Clete derrière moi.

Je m'assis et mis le jeu dans les mains de Bailey. « Regarde s'il y a là-dedans quelque chose de significatif. Des cartes manquantes, par exemple. »

Elle commença par trier les suites, puis s'interrompit et mit une carte de côté. Cette carte s'appelait l'Impératrice. Elle était défigurée. Elle continua à trier le jeu, et en sortit quatre cartes représentant l'Impératrice. « La Reine des Coupes, la Reine des Pentacles, le Pendu, le Dix de Bâton, l'Impératrice, l'As de Bâton et le Fou, toutes ont une découpure en forme de X, dit-elle. La Reine des Coupes, c'est Bella Delahoussaye. La Reine des Pentacles, c'est Hilary Bienville. Le Pendu et le Dix de Bâton pourraient être Joe Molinari. Le Fou pourrait être Antoine

Butterworth. L'Impératrice, c'est Lucinda Arceneaux. L'As d'Épée est sûrement Axel Devereaux.

– Vous en êtes certaine ? demanda Clete.

– Non, répondit-elle. Ce ne sont que des suppositions.

– Pourquoi l'Impératrice est-elle Lucinda Arceneaux, et pas Hilary, ou Bella ? dis-je.

– L'Impératrice représente la Terre mère, la patronne de la charité et de la bonté.

– Pourquoi es-tu aussi certaine que l'As d'Épée est Axel Devereaux ? dis-je.

– L'As d'Épée représente le pouvoir brutal, dit-elle. À l'inverse, il peut signifier la perte, la haine et l'autodestruction. Devereaux avait une matraque enfoncée dans la gorge. L'assassin lui a mis un bonnet de fou sur la tête pour le ridiculiser une fois mort.

– Pourquoi deux cartes pour Molinari ? dis-je.

– Bonne question. Selon moi, Wexler le considère à la fois comme une personnalité sacrificielle et comme un médiocre. Molinari avait un lien avec l'un des gardiens à la prison ?

– Oui », répondis-je. Mais elle le savait déjà. Elle gardait une information pour elle, et je craignais de savoir laquelle.

« La Grande Prêtresse manque à ce jeu, dit-elle.

– Qu'est-ce que la Grande Prêtresse ? dis-je.

– Elle est assise à l'entrée du Temple de Salomon. Elle tient dans la main le Livre de la Sagesse, et se caractérise par sa pureté et son intelligence. »

Je sentis mon cœur se ralentir, comme s'il n'avait plus la force de pomper le sang. « Tu crois que la Grande Prêtresse, c'est Alafair ? »

Visiblement, Bailey faisait tout son possible pour ne pas déglutir. « Qui d'autre pourrait-elle être ?

Peut-être l'a-t-il préservée pour ça ? Je voudrais te montrer autre chose. »

Je toussai dans ma main. « Quoi ?

— Ceci. » Les lettres B et S avaient été gravées sur le plateau de la table. « Les traces sont fraîches. Elles ont peut-être été faites par une fourchette. Est-ce que pour toi, elles signifient autre chose que 'BêtiseS' ? »

J'avais du mal à respirer. « C'est un message qu'Alafair a laissé pour moi. Je crois qu'elles signifient 'Baby Squanto'. »

Je sortis, traversai la galerie et descendis dans le jardin. Le ciel était d'un bleu surnaturel, brillant, difficile à soutenir. Bailey me suivit. « Tout ce qu'on est en train de dire est basé sur des suppositions, dit-elle.

— Je crois que tout ce que tu as dit est exact, dis-je. N'essaie pas de nous voiler les yeux.

— Ce n'est pas ce que je veux dire. Le type à qui nous avons affaire est un ritualiste. Ce qui nous paraît fou est pour lui parfaitement logique. Il va revenir là où il a commencé. Le défi, c'est de se mettre dans la tête d'un dingue.

— Répète-moi ça ?

— Les ritualistes recherchent souvent la symétrie. Les gens affligés de troubles psychologiques graves ont du mal à dessiner un arbre, ou à tracer un cercle. Notre homme essaiera de faire un cercle complet.

— Avec la croix qui flotte sur l'eau ? dis-je.

— Ou quelque chose d'approchant.

— Tu as une idée de l'étendue d'eau dont tu es en train de parler ? dis-je.

— On ne peut pas faire mieux, Dave, répondit-elle. Je suis désolée de te dire tout ça. Et peut-être que je me plante complétement. »

Je regardai la maison, derrière nous. Le soleil était plus haut dans le ciel. L'ombre était tombée sur les arbres. Dans la vive clarté, la maison paraissait froide et vide et morne.

« Tout ça paraît trop facile, dis-je.

– Qu'est-ce qui paraît trop facile ?

– La poussette de bébé remplie de trophées de ses crimes. Le jeu de cartes, dans sa boîte, avec des cartes marquées d'un X.

– C'est quelqu'un qui tue pour des trophées », dit-elle.

Clete, sur la galerie, parlait à Sean, qui regardait ses pieds comme s'il se faisait réprimander. Clete s'approcha de moi. « Vous pouvez nous laisser une minute, Miss Bailey ? dit-il.

– Non, je ne peux pas, dit-elle. Où va vous mener cette attitude ?

– C'est juste que je me posais une question à propos de Sean McClain.

– Quoi, Sean McClain ? dit-elle.

– Il m'a dit qu'il se pouvait qu'il aille à Hollywood. Que Cormier allait peut-être lui donner un rôle.

– Quel rapport avec cette affaire ? dit-elle. C'est un gosse.

– Je croyais que c'était le Lone Ranger de la Louisiane du nord, dit Clete.

– Qu'est-ce que tu lui as dit ? demandai-je.

– Qu'il ne devait pas faire copain-copain avec un type qui est peut-être en train d'aider et d'encourager un assassin », dit Clete.

Je regardai Sean dans la lumière du soleil. Il portait une casquette de service, et sous la visière son visage paraissait gris et terreux, comme s'il avait passé la journée à travailler dans un champ. Il essaya de me sourire, mais sa lèvre semblait s'accrocher à une dent du bas.

« Tu es sûr que ce gamin n'est pas bizarre ? » dit Clete.

Mon portable vibra dans ma poche. C'était Lou Wexler.

42

« Je suis content de vous avoir », dit-il.
Le téléphone tremblait dans ma main. « Où êtes-vous, Mr. Wexler ?

— Je cherche Alafair. Oublions les formalités. On est du même côté.

— Alafair n'est pas avec vous ?

— Desmond a mis la main sur elle. Cessez de croire aux mensonges de cet homme.

— Nous sommes dans votre maison de St. Martinville. J'ai vu le jeu de tarot. J'ai vu vos trophées dans le grenier.

— Quels trophées ?

— Les portefeuilles, les porte-monnaie, les chaussures, les bandanas.

— Il s'agit d'accessoires pour un film que nous avons fait sur un serial killer. » Il m'en donna le titre, me nomma les acteurs et les metteurs en scène. Ma tête bourdonnait. Je ne comprenais pas ses mots.

« Je ne suis pas au courant d'un jeu de tarot, continua-t-il. Si vous l'avez trouvé dans ma maison, c'est Des qui l'y a mis. Il a salé le puits de mine. Ce n'est pas l'expression qu'on emploie ?

— Comment expliquez-vous la fusillade dans le parc municipal ?

— Là, vous marquez un point. Ma Lamborghini était à l'atelier, alors j'avais emprunté la Subaru d'Antoine. J'avais un rencard avec une dame du coin quand ce sale petit con s'est approché de moi et a essayé de me descendre. Alors je l'ai descendu. Je n'aurais pas dû m'enfuir. Je m'apprêtais à me rendre aujourd'hui. J'ai un avocat. Vous pouvez vérifier mon histoire.

— Dites-moi où vous êtes.

— À ce stade, je crains pour ma sécurité.

— Vous croyez qu'on va vous tuer en prison ?

— J'ai vu la façon dont vous et votre falstaffien ami menez vos affaires. L'autre problème, c'est que je crois que vous ne savez fichtrement rien de ce qui se passe dans votre propre vie.

— Répétez-moi ça ?

— Je n'aime pas être le porteur de mauvaises nouvelles, mais votre partenaire n'est pas ce qu'elle paraît être. Enfant, elle a mis le feu à une école, et elle a fait griller quelques types sur le terrain d'une fête foraine, dans le Montana.

— Comment savez-vous tout ça ?

— Je l'ai connue à La Nouvelle-Orléans. Je la baisais bien longtemps avant vous. Désolé de vous le dire, mais elle n'est pas Clementine Carter, comme Des ne cesse de le répéter. Quelle putain de blague ! Je vous rappelle plus tard. Ou peut-être pas. »

Il coupa la communication. Je refermai le téléphone, et essayai de garder une expression neutre.

« C'était Wexler ? dit Bailey.

— Oui, répondis-je.

— Que t'a-t-il dit ?

— Qu'en dehors d'avoir abattu Wimple, il est innocent de tout.

— Tu le crois ?

– Tu le connaissais à La Nouvelle-Orléans ?
– Non.
– Tu ne l'avais jamais vu avant de venir dans les services du shérif d'Iberia ?
– Non. Il t'a dit le contraire ?
– Il faut qu'on mette un filet sur Desmond Cormier, dis-je.
– Il tient Alafair ?
– Je ne suis sûr de rien. »

Elle me regarda, consternée. Je marchai vers mon pick-up. Ça fait longtemps que j'ai des problèmes de vertige, le genre de problèmes causés par la tension des vaisseaux sanguins dans le cerveau. Je sentais le sol onduler sous mes pas. Puis je sentis la main de Clete se glisser sous mon bras. Il ouvrit la portière côté conducteur, et me redressa pour que je puisse monter.

« Tout va bien, dis-je.
– Qu'est-ce qu'il t'a raconté, cet enfoiré ?
– Il connaît sur Bailey des choses qu'il lui est impossible de connaître, sauf s'il a eu une relation avec elle. Il dit que ce qu'on a trouvé dans le grenier, c'est des accessoires pour un film. Il n'est pas au courant d'un jeu de tarot.
– Quoi d'autre ?
– Il se peut qu'Alafair soit déjà morte. Ou peut-être que Cormier a mis la main sur elle. Franchement, je n'en sais rien.
– Ne dis pas qu'elle est morte. Tu m'entends, Belle Mèche ? N'y pense même pas. Je vais choper ces types. Je te le promets. »

On avait l'impression qu'il était en train de se noyer.

Bailey, le pilote de notre département, et moi avons survolé en hydravion tous les marais au sud de New Iberia. À d'autres, ça aurait pu sembler une perte de temps, mais on n'avait aucune autre piste. Je n'avais aucune idée de l'endroit où pouvait se trouver Desmond Cormier. Wexler connaissait l'histoire de Bailey, ce qui rendait plausibles les autres choses qu'il m'avait dites. Peut-être avait-il été le compagnon de meurtres de Desmond. Ce que j'ai dit de la physionomie de Desmond en révèle sans doute plus sur moi que sur Desmond. L'influence alcoolique prénatale imprimée sur ses traits est indéniable, la réalité intérieure que je n'avais jamais voulu accepter.

Tandis que l'appareil plongeait, tournait, glissait au-dessus des marais et des marécages qui se rétrécissaient jour après jour, je me demandais ce que nous cherchions. Peut-être une vedette blanche dans une baie verte. Une Lamborghini rouge cerise. Une péniche ou un camp de chasse où Alafair aurait allumé un feu de détresse. Ces pensées étaient le produit du désespoir, et elles me menaient à des pensées encore pires : que je pourrais retrouver Alafair costumée et flottant sur l'eau, refermant le cercle pour l'assassin, comme l'avait prédit Bailey.

J'avais pensé que mes jours dans le Jardin de Gethsémani étaient terminés, que mon ticket était poinçonné, et que j'appartenais au club de ceux qui avaient subi les blessures les pires que le monde peut offrir. Mais tandis que je scrutais les miles et les miles d'eau salée, de gommiers engloutis et de rideaux d'algues d'un vert laiteux flottant sur les baies, je savais que je n'avais aucun pouvoir sur la situation, et que le dernier vestige de ma famille avait peut-être été absorbé par les forces diaboliques contre lesquelles j'avais lutté toute ma vie, la plupart du temps en vain.

Que signifie l'expression « l'enfer sur la terre » ? Selon mon expérience, ça a en général un rapport avec nos activités. Des wagons de marchandises cliquetant sur les rails, en route pour Buchenwald. Une paysanne de dix-neuf ans enchaînée à un poteau, à Rouen, et brûlée vive. Le massacre de cinquante millions de bisons afin d'affamer les Indiens, et de les pousser à la soumission.

Ou une enfant survivante d'un massacre dans un village du Salvador, devenue juriste et romancière, pour se trouver kidnappée par un homme de sa région, et peut-être enfermée dans un coffre de voiture, ligotée, les yeux et la bouche couverts de sparadrap. Cette image était comme projetée sur un écran dans ma tête.

L'hydravion amerrit au large de Cypremort Point et flotta jusqu'à un quai où Clete Purcel nous attendait. Il portait un coupe-vent, un pantalon de treillis, des bottes de chasse en toile et en caoutchouc, et ses cheveux étaient agités par le vent. Il regarda Bailey, puis ramena les yeux sur moi. « J'ai un tuyau. »

J'attendis, assourdi par le vent.

« Je le tiens de la fille noire qui suçait Wexler quand il a buté Wimple dans le Parc municipal.

– Inutile d'entrer dans les détails, dit Bailey.

– Vous voulez entendre ce que j'ai à vous dire, ou pas ? dit Clete.

– Que vous a-t-elle dit ? demanda Bailey.

– Elle se prostitue dans quelques motels de Lafayette, continua Clete. Elle a des spécialités pour les mecs bizarres. Elle dit que Wexler est un de ses réguliers. Elle a dîné une fois avec Cormier.

– Dîné ? dis-je.

– Ouais, elle le connaît plutôt bien. Elle dit qu'il est tordu.

– Et que sait-elle à propos d'Alafair ? dis-je.

– J'y viens, dit-il. Elle dit que Wexler et Cormier l'ont amenée dans un camp de chasse. Cormier est parti à ses affaires pendant qu'elle s'occupait de Wexler. Elle dit que Wexler lui a raconté qu'à un kilomètre du rivage, il y avait des bateaux nazis engloutis. Elle a cru qu'il se moquait d'elle. » Il gardait les yeux sur moi.

« Vous connaissez un endroit comme ça ? demanda Bailey.

– Je ne sais pas trop », dit Clete.

Je savais exactement où se trouvait cet endroit, et Clete aussi. Pendant les premiers temps de la Seconde Guerre mondiale, des sous-marins allemands guettaient les pétroliers qui venaient des raffineries de Baton Rouge. À New Iberia, nous voyions, la nuit, la lueur des pétroliers en feu, juste à l'horizon, vers le sud. À l'automne 42, un bâtiment allemand avait été touché par une grenade anti-sous-marine, et avait coulé à vingt mètres de profondeur. Depuis toutes ces années, il avait dérivé jusqu'à la limite du plateau continental, mais il revenait toujours à l'endroit où il avait été coulé.

« Où se trouve cette femme noire, en ce moment ? demanda Bailey.

– Je lui ai parlé sur son portable, dit Clete. Il n'est pas question qu'elle s'approche de nous. »

Bailey était venue au quai dans un véhicule de police et j'avais mon pick-up. La Caddy de Clete était garée près d'une cale en pente douce.

« Je vais retourner en ville, dis-je à Bailey. Je t'appellerai de chez moi.

– On a besoin de la femme noire, dit-elle. Elle s'appelle comment ?

– Je ne peux pas vous le dire, dit Clete.

– Vous allez avoir de sérieux ennuis, dit-elle.

– Quoi de neuf ? » répondit-il.

Elle s'éloigna, le dos raidi par la colère, dans un vent assez fort pour laisser voir son crâne. Je ne voulais pas tromper Bailey, mais je ne lui faisais plus confiance, ni à Sean McClain, ou à divers autres collègues qui avaient eu des liens avec Axel Devereaux.

« J'ai apporté mon AR-15, dit Clete.

– Tu es sûre que la prostituée ne nous mène pas en bateau ?

– Je suis comme toi. Je ne suis sûr de rien. *Let's rock.* »

***

Il faisait presque nuit quand nous arrivâmes à l'extrémité sud de la paroisse de Terrebonne et nous garâmes sur la levée. Nous descendîmes la pente jusqu'à avoir de l'eau jusqu'aux chevilles. J'avais enfilé un blouson de toile, et un chapeau pour protéger mes yeux des branches, et j'avais rempli une de mes poches de chevrotines 00 et de balles rondes dites *pumpkin*, et dégagé de mon épaule mon canon-scié à pompe. Dans l'autre poche de mon blouson, j'avais une lampe-torche et un magasin de réserve pour l'AR-15 de Clete. Il l'avait pris à un passeur de drogue qu'il avait coincé comme évadé de conditionnelle sur l'autoroute 10. Il était équipé d'une crosse à ressort, et tirait aussi vite qu'une mitraillette.

Les bancs de sable étaient couverts d'aigrettes qui s'élevèrent dans la canopée dans un claquement d'ailes tandis que nous essayions, sans faire de bruit, d'avancer à travers les bourbiers, et par-dessus les rondins et les tas de débris organiques qui gargouillaient sous nos pieds et sentaient les œufs de poisson.

Des plantes grimpantes nous effleuraient le visage, un énorme alligator rampait sur le ventre dans un profond creux noir à trois mètres de nous, et des mocassins d'eau qui n'étaient pas entrés en hibernation étaient enroulés sur des branches de cyprès juste au-dessus de l'eau. Derrière nous, dans le golfe du Mexique, le soleil était un orbe géant d'un rouge terne qui semblait ne pas donner de chaleur. Clete était devant moi, les épaules voûtées, son fusil en bandoulière, chargé d'un magasin de trente balles. Il leva le bras gauche, poing serré, pour me faire signe de m'arrêter. À travers les arbres engloutis et les derniers rayons du soleil qui dansaient sur l'eau, j'apercevais un monticule sec et une cabane en pin brut devenue noire à cause du lichen, de l'eau dormante et du manque de soleil. Des carillons à vent tintaient sur la galerie, et, dans le crépuscule, de la fumée montait d'une ancienne cheminée et s'aplatissait dans les arbres. Je sentais une odeur de crabes ou d'écrevisses en train de bouillir. La scène aurait pu se passer en 1942, juste avant qu'un avion garde-côte américain n'arrive au ras de l'eau, et, lâchant une seule charge, ne brise la coque d'un sous-marin nazi.

Derrière la cabane il y avait un lieu d'aisance et une souche, dans laquelle était enfoncée une hache, qui servait de billot de boucher. Tout autour, le sol était jonché de plumes de dinde et de poulet. Il y avait aussi un abri à bateau contenant une pirogue suspendue au plafond par des câbles, et une levée mal entretenue envahie par des pousses de saules et de palmiers. À travers les arbres, je voyais, dans une crique, une vedette de croisière blanche qui se soulevait et retombait avec la marée montante. Clete se tapit, et, de la main gauche, ramassa de la boue qu'il se passa sur le visage, autour des yeux, et sur la nuque. Il se retourna vers moi et tendit le bras vers la gauche, pour m'indiquer de me mettre sur le côté de la cabane.

Je secouai la tête. J'ignorais pourquoi. Pour la deuxième fois de la journée, je ne croyais pas à ce que je voyais. Le silence, l'immobilité, la raideur, la sévérité de la cabane semblaient porteurs d'une intensité prête à exploser. Je n'avais éprouvé cette sensation qu'une seule fois. Imaginez un village entouré de rizières, une grosse pleine lune au-dessus des paillottes, un buffle soufflant dans un enclos, aucun villageois en vue, un fil de fer brillant tendu à travers la piste menant au village.

Que faire ?

Tirez, lieutenant, murmure un gamin noir en sueur de West Memphis, Arkansas, les mains agrippées sur son lance-grenades, l'haleine surie par la peur. *Tirez sur cette saloperie.*

Clete me refit le même geste. Nous étions maintenant tous deux sur un genou. Je pointai deux doigts sur mes yeux, puis indiquai l'avant de la cabane. Le soleil avait presque disparu, le monticule glissait de plus en plus profond dans l'ombre. La porte de la cabane était ouverte. Je vis un feu brûlant dans un poêle à bois, comme des lignes liquides d'un jaune rouge dessinées sur l'obscurité ambiante. Je crus aussi voir la forme de deux silhouettes, immobiles, mais je n'en étais pas sûr. Même si nous approchions de l'hiver, l'air était dense d'humidité, comme si tout l'environnement était en sueur. Du dos de la main, j'écartai l'humidité de mes yeux, et tentai de voir nettement ce qu'il y avait au-delà de la porte. Mais comme toujours quand on fixe quelque chose trop longtemps dans la pénombre, je ne voyais pas la limite entre la réalité, la peur et l'imagination.

Charlie est là. Pas le temps d'être gentil avec le bétail. Il est temps de lâcher le napalm, lieutenant.

Mais c'était ce que quelqu'un voulait nous voir faire. C'est ce que les méchants veulent toujours qu'on fasse. J'entendais le ressac contre la coque de la vedette, un alligator avancer dans un canal, déchirant sans doute des fouillis de jacinthes aquatiques, expédiant dans les arbres de la boue et de l'eau. Je ramassai une motte de boue que je jetai sur la gauche de la cabane.

Rien.

Clete commença à s'occuper du flanc droit. Je ne peux pas vous dire comment j'ai su que quelque chose clochait. C'était peut-être la détermination de Clete à appliquer une justice sommaire quel que fût le prix à payer. Ou peut-être me rappelais-je toutes les fois où lui et moi avions agi sous le pavillon noir, et où nous avions dû, plus tard, nous accommoder des spectres qui demandaient pourquoi nous avions fait ça.

À moins que mon angle de vision n'ait été meilleur que le sien. Je savais qu'il y avait deux silhouettes de l'autre côté de la porte. L'une était plus large que l'autre. La plus petite portait une casquette. Toutes deux étaient aussi immobiles que de la peinture sur une toile.

Je regrettais que nous n'ayons pas amené Bailey et du renfort. Je lançai un peu de terre sur Clete, pour attirer son attention. Il continua à avancer, accroupi, vers la droite, passa devant la porte de la cabane, puis entra dans l'ombre des arbres, se baissant dans des herbes hautes d'un mètre. Je devais prendre une décision. Je ne pouvais communiquer avec Clete. Je n'avais aucun moyen de savoir s'il avait vu les deux silhouettes. Et je n'avais aucune idée de leur identité. Et si la vedette n'appartenait pas à Wexler, ni à Desmond, mais à un pêcheur en excursion qui avait décidé de lâcher l'ancre et de se faire bouillir des crabes ?

Je reculai sous les arbres, et me frayai un chemin pour contourner la cabane par la gauche. Puis je me rendis compte que je n'avais pas vu tout ce qu'il y avait autour. Le Humvee de Desmond était garé en contrebas de la levée. Des feuilles noires étaient collées aux vitres, une balle avait fait un trou dans le pare-brise côté conducteur.

Je pris le risque. J'étais prêt à me prendre une balle plutôt que de laisser les choses partir en vrille, et j'étais persuadé que c'est ce qui allait arriver à tout instant. Je me relevai, sentant soudain un vent froid sur mon visage. Mon doigt était engagé dans le pontet de mon calibre 12, ma main droite sur le fût.

« Services du Shérif d'Iberia ! », dis-je. « Peu importe qui vous êtes ou ce que vous faites, mais ça doit cesser ! Il ne faut pas qu'il y ait de blessés ! On va s'en sortir ! »

Pas de réponse. Le dernier rayon de soleil sur le golfe était couleur étain. L'air était dense d'une odeur froide, comme celle de vagues se brisant sur une plage, comme celle d'algues entassées, comme celle de l'accouplement et de la naissance, comme celle d'une tombe exhumée.

« Vous avez ma fille, bande de fils de pute ! dis-je. Rendez-la moi, ou je vous canarde, et je vous envoie dans l'autre monde membre après membre ! »

J'aimerais pouvoir dire que mes paroles avaient quelque chose de théâtral. Mais ce n'était pas le cas ; je pensais ce que je disais. Il ne s'agissait pas d'un problème d'éthique. Le problème, c'est que mes mots étaient maladroits.

Je vis Clete se soulever de l'herbe, la crosse de son arme modifiée pour tirer plus rapidement coincée contre son épaule.

Les images qui suivirent étaient comme du verre coloré se brisant sur un sol de pierre, et encore aujourd'hui j'ai du mal à les reconstituer. Le premier bruit que j'entendis fut le crépitement des cartouches, comme un ruban de pétards lancé sans précautions depuis une automobile. En même temps, je voyais des éclairs dans la cabane. Je crus voir une balle traçante jaillir de la levée, ou de la crique, et flotter au-dessus de l'eau comme un morceau de néon cassé.

Je vis Clete commencer à tirer, les cartouches utilisées s'envolant de la fenêtre d'éjection de l'AR-15, les balles rebondissant sur le poêle à bois. J'entendis aussi des coups de feu venus d'ailleurs, mais je ne savais pas d'où. Je commençai à courir vers Clete, poussant des cris incohérents, agitant les bras. Je lui rentrai dedans et le fis tomber. Il me regarda, ses yeux verts comme des pastilles de bonbons Life Savers sur son visage couvert de boue. Des deux mains, j'agrippai sa chemise et hurlai : « Tu ne m'as pas écouté ! Tu n'écoutes jamais ! »

Sous l'effet de ce que signifiaient mes paroles, son visage se dilata. « Oh, mon Dieu ! Oh, mon Dieu, Dave ! Dis-moi que je n'ai pas fait ça ! »

Je laissai tomber mon canon scié dans l'herbe, lui pris son fusil des mains, jetai le magasin à moitié vide, et en insérai un plein que je sortis de la poche de mon blouson. Je me mis à courir vers la porte de la cabane, gardant la cabane entre moi et la levée et la crique. Dans le poêle, les flammes flamboyaient, à cause des trous que Clete avait faits dans la plaque de fer. La silhouette au chapeau était affaissée en avant sur un fauteuil. L'autre silhouette était tombée sur le sol, juste à côté. Je franchis le seuil, indifférent au mal que pouvaient me faire Desmond Cormier ou Lou Wexler.

La tête de la silhouette dans le fauteuil se détacha. Ces silhouettes étaient des mannequins. Des douilles étaient éparpillées sur le sol et sur le dessus du poêle. Deux balles étaient intactes, à l'intérieur du poêlon qui en avait sans doute été rempli. Je sentis mes yeux se mouiller, mes poumons s'emplir de l'air épais de sel et de la froideur du golfe.

Je fis demi-tour et retournai sur la galerie. « Ce n'est pas Alafair, Clete ! »

Il s'était remis debout. Il me fit un grand sourire, tenant mon canon scié à la main. Puis il y eut des explosions, des traits de lumière zébrèrent l'obscurité et il s'affaissa à genoux, deux fleurs rouges s'épanouissant sur son coupe-vent, la mâchoire tombante, ses bras inertes à ses côtés.

43

Je sortis par la porte de derrière à l'instant où les phares du Humvee s'allumèrent, braqués droit dans mes yeux. Je levai la main pour me protéger de leur éclat, et je vis Lou Wexler à côté du Humvee. Il visait mon visage avec un fusil semi-automatique. Desmond Cormier était allongé sur le sol, les mains dans le dos, entourées de fil de fer et attachées à ses chevilles, une balle de caoutchouc bleue enfoncée dans la bouche.

« Posez votre arme, ou plus jamais vous ne reverrez votre fille », dit Wexler.

La lumière des phares me mettait les larmes aux yeux.

« Je vais les descendre tout de suite, Des et elle », dit-il.

Je laissai tomber l'AR-15.

« Reculez », dit-il.

Je lui obéis. Il se baissa, ramassa l'AR-15 en le prenant par le canon, et le jeta dans l'obscurité. « C'est la pute qui m'a donné, n'est-ce pas ?

– Quelle pute ?

– Celle que j'ai baisée dans le parc municipal.

– Où est Alafair ?

– Heureuse comme un coq en pâte.

– Que retirez-vous de tout ça, Wexler ?

– Une sacrée rigolade, et une petite revanche pour ce que vous et les ignorants de votre espèce avez fait à mon oncle dans la prison de la paroisse.

– Helen Soileau, nos amis et moi n'avions rien à voir là-dedans.

– Oh, que si, mon petit gars. Vous vous prenez pour un chevalier errant, mais vous n'êtes qu'un mal blanchi sans éducation, exactement comme Cormier. J'ai maintenu à flot son opéra de quatre sous pendant des années, et je m'y suis ruiné, ainsi que ce pauvre imbécile de Butterworth, pendant que les Golden Globes et les nominations allaient à cette pitoyable merde que vous voyez par terre.

– Pourquoi avez-vous tué Lucinda Arceneaux ?

– Je l'ai sauvée.

– Quoi ?

– Elle aurait pu être ma reine, mais elle a préféré une vie médiocre. Alors je lui ai attribué un rôle que personne ici n'oubliera jamais. Vous devez bien reconnaître que c'est du très bon théâtre. »

Je n'avais aucun doute : il était fou. Mais ça n'enlevait rien à sa cruauté. Sur le sol, Desmond tressaillit. Wexler mit un pied sur sa nuque, et appuya. J'entendais les vagues commencer à heurter la coque de la vedette, un claquement régulier qui projetait du sel dans l'air, de plus en plus haut.

« Alafair n'a rien à voir là-dedans, dis-je. Si vous croyez vraiment à l'éthique des Chevaliers du Temple, vous devez la relâcher, Lou.

– On s'appelle par nos prénoms, c'est ça ? À genoux.

– Est-ce qu'elle est sur le bateau ?

– Possible. Mais revenons à notre leçon biblique. Vous vous souvenez de la citation de la Bible, non ? 'Tout genou fléchira devant moi' ?

— Je ne peux pas faire faire ça.
— Peut-être que ceci va vous aider. »

Il me tira une balle dans le dessus du pied. Je sentis un instant de douleur intense, comme si les os entre la cheville et les orteils avaient été frappés par un marteau, puis plus rien, tandis que ma chaussure se remplissait de sang. J'aurais voulu dire quelque chose de courageux, ou de malin, mais j'en fus incapable. Mon meilleur ami était au sol, peut-être mort, et il se pouvait qu'Alafair eût déjà subi le sort d'Hilary Bienville. Si Clete et elle étaient partis, j'étais prêt à en faire autant.

« La prochaine, collez-la-moi entre les deux yeux, dis-je.
— Qu'est-ce que ça veut dire ?
— Pour vous, c'est l'occasion ou jamais. Je veux que vous le fassiez.
— Ne tentez pas le diable.
— Le diable ne vous laisserait pas vider son pot de chambre. »

Il me donna de la crosse de son fusil un coup qui m'expédia au sol. Il pointa le canon sur mon visage. « Embrassez-le.
— Allez vous faire foutre. »

Je devais continuer à le faire parler. Une fois qu'il aurait disparu, Alafair disparaîtrait aussi, peut-être pour toujours. *Où es-tu, Bailey ? Où es-tu, Helen ?* Je tenais ma médaille bénie, les yeux fermés. J'étais totalement impuissant, et je savais que je n'avais plus aucune maîtrise sur ce qui allait se passer.

J'entendis Wexler s'éloigner. Quand j'ouvris les yeux, je le vis descendre d'un petit ponton sur une passerelle accrochée à la porte d'entrée de la vedette. La coque s'enfonça profondément dans l'eau, se heurtant au ponton et aux souches de cyprès le long de la rive. Il alluma la lumière dans la cabine, en tira Alafair, et la tint afin que je pusse voir son visage. Du sang lui coulait du crâne.

Je me relevai et tentai de boiter en direction du ponton, comme si j'étais à moitié fondu. Je crus entendre un hélicoptère vrombir au-dessus de l'eau, et je me demandai si j'avais remonté le temps jusqu'à l'Asie du sud-est, et aux images dont je ne m'étais jamais libéré. On ne pouvait se tromper sur la vibration des pales.

« Vous n'irez nulle part, connard, dis-je.

– Je respecte votre passé militaire, dit-il. Ayez l'humilité de l'admettre, et acceptez une mesure de clémence accordée par un frère d'armes.

– Vous avez mis du sparadrap sur les yeux de Bella Delahoussaye parce que vous ne supportiez pas de la regarder en face pendant que vous l'assassiniez, espèce de foie jaune, sac à merde. »

Il empoigna les cheveux d'Alafair. Elle avait les mains menottées dans le dos. J'étais maintenant à cinq mètres du bateau. Les vagues explosaient contre le ponton, trempant ma casquette et mon visage. Je voyais des lumières s'approcher, basses sur l'écume au loin.

« Vous entendez ce bruit ? dis-je. C'est la cavalerie. Ils vont vous dézinguer, Wexler. Et quand ils l'auront fait, je vous botterai le cul.

– Vous ne serez plus là pour le voir. Et elle non plus. »

Le visage d'Alafair était blanc d'épuisement, ou à cause du choc, ou du sang qu'elle avait perdu. On aurait dit qu'elle avait été tabassée. Sa lèvre inférieure était coupée et enflée, ses cheveux tapissés de sang. J'aurais parié qu'elle s'était défendue. Non, je *savais* qu'elle s'était défendue. Et j'étais décidé à ne pas me montrer moins courageux qu'elle. Puis, juste au sud de la vedette, je vis une ombre se déplacer à travers les arbres, voûtée, déséquilibrée, une ombre géante, impossible à arrêter dans sa course et son objectif.

« Butez-moi si vous voulez, dis-je. Je ne serai pas une grande perte. Mais avant que j'effectue ma sortie, vous voulez bien me dire une chose ?

— J'en serais ravi, répondit-il.

— Comment avez-vous eu cette information à propos du passé de Bailey Ribbons ?

— J'ai travaillé pour trois agences de renseignement gouvernementales. Mais peut-être aussi que je l'ai sautée deux ou trois fois. À vous de choisir. »

Je m'approchais de plus en plus près de lui. Il se tenait juste à côté de l'écoutille de la cabine, tenant Alafair par les cheveux, le canon de son fusil appuyé sur la hanche, tandis que les vagues se gonflaient sous la coque. La planche d'abordage était crochetée à l'arrière du bateau, elle s'éloignait de la rive, à demi engloutie.

« Regardez-moi, dis-je.

— Pour quoi faire ?

— Le shérif Soileau se trouve dans cet hélico. Et avec elle, pas de quartier. Faites le choix intelligent. Rendez-moi ma fille, et tirez-vous. »

Il attira Alafair à lui, et l'embrassa sur le sommet du crâne. « Je pourrais faire ça. Pas ce soir. Mais un soir. Elle viendra. Vous verrez. Vous verrez. Ce sont les vainqueurs qui écrivent les livres d'histoire. »

Il la laissa tomber et tira l'ancre, la faisant glisser, couverte de boue, sur la proue, avant de la laisser tomber lourdement sur le pont. Il rentra dans la cabine et mit le moteur en marche, tout en me regardant à travers la vitre. Ma jambe gauche me lâchait, mon pied gargouillait dans ma chaussure. Je fis un pas vers la passerelle, tout en sachant que je n'y arriverais pas. Puis je vis Clete Purcel sortir des arbres en boitant, les trous qu'il avait dans l'épaule ou la poitrine se vidant sur sa chemise, mon canon-scié à pompe calibre 12 dans une main.

Soit Wexler ne souciait pas de la passerelle, soit il l'avait oubliée. Il se concentrait pour faire reculer l'embarcation selon un angle qui empêcherait les vagues de la précipiter contre le dock, ou contre les cyprès.

La planche d'aluminium ploya sous le poids de Clete, ses souliers claquèrent sur le métal et, tandis qu'il titubait sur la passerelle et entrait sur l'arrière du bateau, il pataugeait dans les vagues jusqu'aux chevilles.

Wexler se retourna, d'abord surpris, puis souriant. « Vous traînez toujours dans le coin ? Vous voulez vous en prendre une autre dans la poitrine ? »

J'avais vu les deux trous sanglants dans le coupe-vent de Clete, mais je n'avais pas réalisé la gravité de ses blessures. Son bras gauche pendait de sa cavité articulaire comme une serviette gorgée d'eau et tordue. De son bras droit, il essayait de lever le canon scié, et n'y réussissait pas, comme si son gyroscope était cassé, qu'il avait perdu son mojo, que ses moteurs étaient en pleine confusion. Mais il continuait d'avancer, comme un alcoolique patenté avançant en tanguant vers le bar, en quête d'une dernière goutte de sa nemesis.

Wexler leva son fusil. « Bien essayé, ducon. J'espère que vous trouverez un endroit bien à l'ombre. »

Puis il se passa une chose qui relevait peut-être d'une coïncidence, et peut-être que non. Une grosse bulle de lumière sembla nous entourer. Une énorme houle noire plongea sous le bateau, et le souleva au sommet d'une vague, qui l'inclina d'au moins trente degrés. Peut-être un passager de l'hélicoptère avait-il braqué une torche sur nous. Peut-être une tempête venue du golfe allait-elle frapper la côte. Ou peut-être le fantôme du pilote qui avait épinglé ce sous-marin nazi voulait-il marquer encore un point pour les Bons.

Wexler se trouva déséquilibré, la barre tournant tandis qu'il essayait de braquer son arme sur le visage de Clete. Clete lui rentra dedans de tout son poids, l'écrasant contre le tableau de bord. Wexler avait le doigt dans le pontet, et essayait de diriger le canon sur le pied de Clete, pour tirer un coup qui en ferait un handicapé. Clete enfonça mon canon scié dans le pantalon de Wexler.

« Et voilà pour Smiley Wimple et Hilary Bienville, trou-du-cul », dit-il en appuyant sur la détente.

La quantité de déchirures dans le tissu ne laissait aucun doute sur le fait que la chambre était remplie de chevrotine. Wexler paraissait me regarder en face quand il réalisa ce qui venait de lui arriver. Sa bouche se plissa comme celle d'un guppy, son visage se rétrécit comme s'il avait été miniaturisé, sa voix resta bloquée dans sa gorge comme si aucun son ne pouvait traduire de façon adéquate l'expérience qu'il faisait.

La bulle pareille à du plexiglas disparut, le bateau s'immobilisa contre le dock, et les vagues qui l'avaient secoué si violemment se transformèrent en écume, et s'éloignèrent dans l'obscurité.

C'est drôle, la façon dont la colère disparaît quand on voit un homme mourir, même un homme mauvais comme le diable. Je rajustai la passerelle, montai à l'arrière, et ramassai Alafair. Je la tins contre moi, et la chaleur de son corps irradiait à travers ses vêtements. Je humai ses cheveux et le sel sur sa peau, je sentis son cœur battre quand j'appuyai mes mains contre son dos. Elle avait le visage enfoui dans ma poitrine. Elle ne parlait pas. Elle était redevenue la petite Salvadorienne de cinq ans que j'avais sortie, il y a tant d'années, d'un avion submergé. Les années qui avaient passé entre-temps ne comptaient absolument pour rien, je savais qu'elle était ma petite fille, et que j'étais son père, et qu'il en serait toujours de même, et que Clete Purcel resterait à jamais notre ange gardien, et que jamais nous ne changerions le monde mais que, du même coup, le monde ne nous changerait jamais.

Épilogue

Neuf mois plus tard, nous louâmes tous les trois une maison sur pilotis juste au-dessus de Bodega Bay, où chaque soir les vagues martelaient les falaises et les formations de coraux, et où le soleil laissait sa lumière sous l'océan bien longtemps après qu'il eut disparu du ciel. Alafair avait vendu ses premiers droits cinéma à une compagnie de production, et avait un contrat pour réaliser l'adaptation. Pendant qu'elle travaillait sur son ordinateur et tentait de se libérer du mensonge, de la violence, du vol de confiance, qu'elle avait subis, Clete et moi roulions sur la Nationale 1 dans sa Caddy, nos cannes et nos moulinets pour eau de mer appuyés sur le siège arrière ; le vent était à la fois frais et chaud, tandis que des *low riders* en jean et en cuir nous doublaient à toute vitesse et que leurs compagnes dures à cuire se retournaient sur nous en souriant, leurs cheveux leur balayant le visage.

Nos blessures cicatrisèrent ; pas nos mémoires. Lou Wexler nous avait blessés de bien des façons. Oui, bien sûr, l'incube avait ses origines dans les violences commises à la prison, mais le véritable nid d'épines, c'était les soupçons et l'amertume que nous avions permis à Wexler d'instiller en nous. Nous en étions arrivés à nous méfier les uns des autres, et à perdre confiance en nos institutions et en nous-mêmes. J'en étais arrivé à soupçonner Sean McClain, à me quereller avec Helen Soileau, à douter de Bailey Ribbons, qui m'avait permis de remonter dans le temps et de croire que je pouvais défier l'âge et la mortalité, et, ainsi, effacer les erreurs que j'avais commises jeune homme.

J'aimerai toujours Bailey, mais d'une façon silencieuse et protectrice. Quand elle nous invita, Alafair et moi, à son mariage avec Desmond Cormier, en Arizona, sur fond de l'immensité de Monument Valley, je trouvai une excuse et décidai de ne plus jamais penser à la vie que j'aurais pu avoir. Mais la tentation de rêver demeure en moi, tous les jours, un peu comme l'éclat à l'intérieur d'une bouteille de Johnny Walker Red, ou le scintillement du gin coulant sur des glaçons.

En ce qui concerne Desmond, je suis persuadé que son obsession pour l'ombre et la lumière a un rapport avec la lutte entre le bien et le mal. Ce n'est pas une coïncidence si, dans *La Poursuite infernale*, la lumière des lampes à huile ne brille que dans les bordels et les saloons, tandis que le désert alentour est baigné d'obscurité. Je suis persuadé que Desmond avait fermé les yeux sur les crimes de Wexler, y compris l'assassinat de sa demi-sœur, et que cette omission, comme celle de Butterworth, le conduirait un jour à une découverte fatale à propos de lui-même et d'un jardin où il n'avait aucune envie de pénétrer.

Ce qu'il y a de plus étrange dans tout ça, c'est que je suis certain que Desmond m'a transmis son obsession de la lumière et de l'ombre. Je ne peux pas voir la course du soleil à travers le ciel et sa transformation en une boule en fusion sans éprouver une faiblesse dans mon cœur, comme si Dieu se terrassait Lui-même avec chaque feuille qui s'envole, et qu'il n'y ait véritablement pas de plus grand vol que celui du temps.

Mais comme Wyatt Earp et Henry Fonda, j'adore le nom de Clementine. Et j'adore le nom de Bailey Ribbons. Et j'adore les noms d'Alafair Robicheaux et de Clete Purcel. Et avec ces noms dans mon cœur, pourquoi craindrais-je jamais ce que peut amener le lendemain ?

Pas plus tard que l'autre jour, Clete, Alafair et moi assistâmes à un bal de rue à Santa Rosa, et je pensai terminer cette histoire par une citation de « Going up the Country », la chanson de Canned Heat, avec la connotation martiale qu'elle implique. Mais je décidai qu'il était temps de prêter l'oreille à d'autres paroles, venues d'autres chansons. La république verte est toujours là, les champs de blé font des vagues, les nuages de poussière soufflent, nos montagnes, nos déserts de diamant, les yeux du Gulf Stream sont un don fait à nous tous. Et ceux qui s'introduisent, la nuit, pour voler, qui répandent le doute, la peur et l'amertume, finiront par tomber au bord de la route, et par être des chiffres oubliés qui disparaîtront comme des morceaux de journaux dans notre rétroviseur.

Avec ces pensées en tête, Clete, Alafair et moi nous rendîmes à une célébration sauvage, parmi des milliers de fêtards dans le centre de Santa Rosa, entourés par des collines brillant au crépuscule avec une auréole pourpre sous un ciel rempli d'étoiles, tandis que *Dancing in the Street*, par Martha & the Vandellas hurlait dans les haut-parleurs.

Et c'est ainsi que s'achève cette histoire manichéenne, par une nuit d'été au pays de la liberté et la patrie des courageux[1], enfermée entre des vignobles, des mers, et les âmes des émigrants qui arrivent avec la poussière et partent avec le vent, tous trois tournoyant au milieu de jeunes gens avec des fleurs dans les cheveux, tandis qu'une cloche sonnait sans arrêt dans le clocher d'une mission espagnole.

Roll on forever, Woody.

---

1. Paroles de *The Star-Spangled Banner*.

Du même auteur
chez le même éditeur *(suite)*

Autres ouvrages

La Moitié du Paradis
Vers une aube radieuse
Le Bagnard
Le Boogie des rêves perdus
Jésus prend la mer
Texas Forever

Achevé d'imprimer en avril 2021
sur les presses de Normandie Roto Impression s.a.s.
61250 Lonrai (Orne)
pour le compte des Éditions Payot & Rivages
60/62, avenue de Saxe - 75015 Paris
N° d'imprimeur : 2101822
Dépôt légal : mai 2021

Imprimé en France